U0116077

# Red Hat Linux
# 实用全解 （普及版）

陈忠盟 胡观成 潘瑾瑜　编著

- **系统安装**：从安装、配置到系统应用
- **系统管理**：Linux桌面系统（X Window）、用户管理、文件系统、远程服务、网络配置、内核管理及防火墙
- **服务配置**：DNS、Apache、Samba、FTP、Mail、Proxy、Telnet、数据库

科学出版社
www.sciencep.com

# 内 容 简 介

这是一本全面讲述 Red Hat Linux 系统配置及应用细节的普及版教程。

本书深入浅出地介绍了 Red Hat Linux 9.0 的各项基本功能和操作方法。内容涉及 Linux 操作系统的安装过程、硬件配置、GNOME 桌面环境以及 OpenOffice.org 办公套件的使用，以及多类视听软件、图形图像软件、系统管理软件、联网知识、防火墙、Apache 服务器、Samba 服务器、FTP 服务器和 Mail 服务器的搭建与维护等知识。

本书既可作为高等院校学生的教材，也可作为社会各种培训班学员以及 Linux 从业人员和爱好者的自学用书。

**图书在版编目（CIP）数据**

Red Hat Linux 实用全解（普及版）/ 陈忠盟 胡观成 潘瑾瑜 编著 . —北京：科学出版社，2009

ISBN 978-7-03-024365-2

Ⅰ. R...　Ⅱ.①陈...②胡...③潘...　Ⅲ. Linux 操作系统　Ⅳ. TP316.89

中国版本图书馆 CIP 数据核字（2009）第 052753 号

责任编辑：但明天　　/责任校对：红月亮文化
责任印刷：金明盛　　/封面设计：刘荣惠

**科学出版社** 出版
北京东黄城根北街 16 号
邮政编码：100717
http://www.sciencep.com

北京金明盛印刷有限公司印刷

科学出版社发行　各地新华书店经销

\*

2009 年 7 月第 1 版　　　开本：787mm×1092mm 1/16
2009 年 7 月第 1 次印刷　印张：32.75
印数：1-3 000　　　　　字数：575 千字

定价：49.00 元

# 前　言

如果说 Linux 的出现是一个偶然，那么随着 Internet 技术的应用和发展而席卷全球的 Linux 热潮则是一个奇迹。

由于 Linux 操作系统具有开放性、安全性、稳定性、可靠性、免费使用、技术支持广泛等诸多优点，使其以不可阻挡的趋势迅猛发展。Linux 作为一款自由软件，在如今屈指可数的操作系统中，除了微软的 Windows 就要数 Linux 了。而当 Windows 依然存在诸多安全隐患的同时，Linux 则受到越来越多的青睐，越来越多的组织和公司都决定使用 Linux 作为自己的操作平台。

Red Hat Linux 操作系统（俗称红帽子）作为 Linux 的一个主要发行版本，以稳定、强壮、可靠的性能，快捷的管理性和优越的 Internet 环境支持能力而著称，它支持多用户、多进程以及多线程，实时性较好，功能强大而稳定。同时，它又具有良好的兼容性和可移植性，被广泛运行在 x86 PC、SUN Sparc、Alpha 和 PowerPC 等平台上，可以说是目前运行硬件平台最多的操作系统，在网络技术日益发展的今天，它越来越受到用户的青睐。

Red Hat Linux 9.0 不但继承了 Linux 的优秀性能，而且融入了更多易操作的特点，同时还开发了很多新功能。Red Hat Linux 9.0 整合了各开源代码社团的最新 Linux 技术成果和优秀的 BlueCurve 界面，因此它增加了更多的新功能和改善了桌面系统。在安装过程中，字体浏览、打印服务等都有了显著的改进。另外，Red Hat Linux 9.0 还采用了 Linux 2.4.20 内核、Apache 2.0、最新版的 Mozilla 浏览器、Ximian Evolution 电子邮件客户端软件、日历和交流工具以及 OpenOffice.org 提供的办公套件等。

## 本书主要内容

本书全面、系统地介绍了 Red Hat Linux 9.0，既兼顾 Linux 相对于 DOS、Windows 系统的一般特点，同时突出了 Red Hat Linux 9.0 的新技术、新特点，尤其是在桌面应用、网络客户端、打印服务等方面。全书深入浅出地介绍了 Red Hat Linux 9.0 的各项基本功能和操作方法。内容涉及 Linux 的基本知识、安装过程、硬件配置、GNOME 桌面环境、OpenOffice.org 办公套件的使用、视听软件、图形图像软件、系统管理软件、网络基础、Apache 服务器、Samba 服务器、FTP 服务器和 Mail 服务器等知识。

从内容上可以分为以下五部分：

- ■ 第一部分（第 1 章～第 4 章）介绍 Red Hat Linux 9.0 的新特性、安装过程、shell 以及常用 Linux 命令的使用。
- ■ 第二部分（第 5 章～第 8 章）主要介绍了 Red Hat Linux 系统的桌面环境。包括 X Window System、Linux 上的两大图形化用户界面（Graphic User Interface，GUI）

——GNOME 和 KDE。另外还简要介绍了 GNOME 和 KDE 桌面系统下各种常用工具的功能和使用方法。

- 第三部分（第 9 章～第 13 章）主要介绍了基本的系统管理，剖析了整个 Red Hat Linux 9.0 系统的文件体系结构及文件系统类型以及 Red Hat Linux 9.0 系统下的远程登录系统、用户管理、用户分组、系统信息监控、备份与恢复、软件包管理和网络设备的配置与使用技巧。

- 第四部分（第 14 章～第 20 章）介绍了各种常用的服务器在 Red Hat Linux 9.0 下的架设过程和方法。包括架设 FTP 服务器、Apache 服务器、Mail 服务器以及代理服务器等。

- 第五部分（第 21 章和第 22 章）介绍了 Linux 下的防火墙配置与使用，以及如何对 Linux 内核进行编译。

## 读者对象

本书的主要目的是让读者对 Red Hat Linux 操作系统有一个整体的认识，以便尽可能开始使用它。这里假定读者只是稍微懂一点计算机知识，或者完全没有使用Linux(或者UNIX)的经验。读者也许只是因为 Red Hat Linux 的联网和多用户特性，正在从一个 Microsoft 操作系统转向 Linux 操作系统；也许希望作为一个技术人员或者网络管理员开始新的职业生涯，并且发现在整个操作系统手册及相关的书籍上花费一些金钱远远比上那些培训班、电视培训等提供的技术课程更合算；或许仅仅是认为"免费"操作系统很时髦。

无论如何，读者在仔细阅读本书之后，会很好地了解到在 Linux 环境下如何运行应用程序、设置一个小型网络、连接到 Internet 以及如何配置各种各样的服务（Web 服务、打印服务、文件传输服务、邮件服务等）。

## 致谢

在本书的编写过程中，张樱、刘咏、杨雪、冉林仓、刘伟、赵磊、李东玉、周鸣扬、唐兵、张江涛、李鹏飞、徐杰、刘秋红、周松建、王如松、张颖、张海霞、李子婷、李士良、沈应逯、王军茹、李翠莲、杨小勇、张俊岭、齐洪喜、杨军、王涛、范翠丽等人也参加了书中部分内容的编写，在此一并表示感谢。

限于作者水平，书中不足之处在所难免，欢迎广大读者批评指正。另外，在本书的编写过程中还参考了一些有关文献，在此向这些文献的作者深表感谢。

编　者

# 目　　录

# 第 1 章　Linux 快速入门

## 1.1　Linux 概述

在目前的服务器类操作系统市场上，UNIX 和 Windows NT 系列这两大家族占据着统治地位。UNIX 家族中包括很多种操作系统，而 Linux 正是其中的佼佼者，当然 Linux 还不能算做严格的 UNIX。据不完全统计，全世界使用 Linux 操作系统的人已经有数百万之多，而且人数还在迅速增长之中，绝大多数是在网络上使用的。在中国，一批主要以高等院校的学生和 ISP（Internet Service Provider，因特网服务提供商）的技术人员组成的 Linux 爱好者队伍也已经蓬蓬勃勃地成长起来。

那么 Linux 是什么呢？Linux 是一个遵循 POSIX（Portable Operating System Interface of UNIX，UNIX 操作系统标准接口）标准的免费操作系统，具有 UNIX 的 BSD 和 SYS V 内核的扩展特性，它同常见的 UNIX 如 SUN 公司的 Solaris 等在界面和性能上非常相似，但是所有的系统核心代码都被重新编写过了。它的版权所有者是芬兰的 Linus Benedict Torvalds 和其他开发人员，并且遵循 GPL 声明（GNU General Public License，即 GNU 通用公共许可证）。

Linux 可以在基于 Intel 386/486、Pentium、Pentium Pro、Pentium MMX、Pentium 系列处理器以及 Cyrix、AMD 兼容芯片（比如 6x86、K 系列等芯片）的个人计算机上运行，它可以将一台普通 PC 立刻变成一台功能强大的 UNIX 工作站。

在 Linux 上可以运行大多数 UNIX 程序：TEX、X Window 系统、GNU 的 C/C++编译器等，它让用户坐在家中就可以享受 UNIX 的全部威力。如今，越来越多的商业公司都采用 Linux 作为操作系统。科学工作者使用 Linux 来进行分布式计算，ISP 使用 Linux 配置 Intranet 服务器、电话拨号服务器等网络服务器；CERN（西欧核子中心）采用 Linux 做物理数据处理。美国 1998 年 1 月最卖座的影片《泰坦尼克号》中的计算机动画的设计工作就是在 Linux 平台下进行的。越来越多的商业软件公司宣布支持 Linux。在国内外的大学中很多教授用 Linux 来讲授操作系统原理。

当然，对于编程爱好者来说最重要的是，他们可以在自己家中的计算机上进行 Linux 编程，享受阅读操作系统的全部源代码的乐趣。

## 1.2　Linux 的历史

Linux 从出现至今只不过十多年的历史。1991 年 10 月 5 日，一位来自芬兰赫尔辛基大学的年轻人 Linus Benedict Torvalds 宣布，他已经编制出一种类似于 UNIX 的小型操作系统，也就是 Linux。事情的缘起是这样的：为了使用著名的计算机科学家 Andrew S. Tanenbaum 开发的 Minix 系统（一套功能简单易用的 UNIX 操作系统，可以在 8086 上运行。后来 Minix 也支持 80386，并且在一些 PC 平台上非常流行），Linus 购买了一台 486 微机，但是他发现 Minix 的功能很不完善，于是他决定自己写一个保护模式下的操作系统，这就是 Linux 的原型。最开始的 Linux 是用汇编语言编写的，主要用来处理 80386 保护模式下的日常工作。

以下是选自 Linus 本人的描述：

最开始的确是一次痛苦的航行，但是我终于可以拥有自己的一些设备驱动程序了，并且排错也变得更容易了。我开始使用 C 语言来开发程序，这大大加快了开发速度，我开始担心我发的誓言"做一个比 Minix 更好的 Minix"，我梦想有一天我能在 Linux 下重新编译 GCC……

我花了两个月时间来进行基本的设置工作，直到我拥有一个磁盘驱动程序（有很多错误，但碰巧能在我的机器上工作）和一个小小的文件系统，这就是我的第 0.01 版（大约是 1991 年 8 月下旬的事情）。不过它并不完善，连软盘驱动器的驱动程序都没有，什么事情也做不了，但是我已经被它吸引住了，除非我能放弃使用 Minix，不然我不会停止改进它。

Linus 发布 Linux 的第一个正式版本为 0.02 版，可以运行 bash（GNU 的一个 UNIX shell 程序）、GCC（GNU 的 C 编译器），此外它几乎不能完成什么工作，但是它被设计成一个黑客的操作系统，开发工作主要集中在系统的核心上，没有人注意用户支持、文档工作、版本发布等技术支持的东西。

最开始的 Linux 版本被放置到一个 FTP 服务器上供大家自由下载。FTP 服务器的管理员认为这是 Linus 的 Minix，因而就建了一个 Linux 目录来存放这些文件，于是 Linux 这个名字就传开了，这就是 Linux 名称的由来。

之后这个还处在摇篮之中的操作系统开始以两个星期出一次修正版本的速度迅速成长，在版本 0.03 之后 Linus 将版本号迅速提高到 0.10，这时候更多的人开始在这个系统上工作。数次修正之后 Linus 将版本号提高到 0.95，这表明他希望这个系统迅速成为一个"正式"的操作系统，这时候是 1992 年，但是直到一年半之后，Linux 的系统核心版本仍然是 0.99.p114，已经非常接近 1.0 了。正式的 1.0 版本是在 1992 年 3 月发布的，到本书编写的时候，Linux 内核的最新稳定版本已经是 2.6.29。

现在 Linux 已经是一个完整的类 UNIX 操作系统，并且受到越来越多人的关注，也产生了越来越重要的影响。

现在再介绍一下 GNU。GNU（GNU's Not UNIX）与 Linux 相辅相成、密切相关。可以这样说，如果没有 GNU，Linux 就不会有今天的成就；同样，如果没有 Linux，GNU 也不会有当前如此巨大的影响力。

GNU 的创始人 Richard M. Stallman 当时看好 UNIX 操作系统，并且自信有能力改进 UNIX 的缺点，使它成为一个优秀的操作系统，即 GNU。GNU 是同 UNIX 兼容的，同时 Stallman 开发这个系统的目的就是让所有用户不但可以免费获得它（包括它的源代码），还可以自由拷贝。为了让 GNU 永远是免费的、公开的，GNU 的版权声明（即 GPL）：用户获得 GNU 软件后可以自由使用和修改，但是用户在发布 GNU 软件时，必须让下一个用户有获得源代码的权利并且必须通知他这些规定。

1984 年 Stallman 发起 GNU，后来他成立了自由软件基金会（Free Software Foundation,

FSF）来推广 GNU 计划。GNU 开始的战略就是先开发 UNIX 已有的程序，因为计划中的 GNU 是与 UNIX 兼容的操作系统，所以当 GNU 的系统核心出来之后，可以立即使用所有先前的 GNU 应用程序。而随着 Linux 的发展和成熟，GNU 实际上可以使用 Linux 作为核心，构成一套完整的操作系统。今天 GNU 与 Linux 的珠联璧合已经在全球拥有了数百万用户，并且正在变得更加普及。

## 1.3　Linux 与 UNIX 的关系

UNIX 操作系统是 AT&T 的贝尔实验室在 20 世纪 60 年代末编写的、专门用于程序员的开发平台。但是在那个时期，美国联邦政府的法令禁止 AT&T 进入计算机市场。AT&T 的 UNIX 版本称为 System V UNIX，该 UNIX 源程序的拷贝被免费地分发到各个大学，其中包括加利福尼亚大学的伯克利分校，伯克利分校进一步把 UNIX 开发成 BSD（Berkeley Software Distribution，伯克利软件套件）。后来，AT&T 开始将源程序卖给各个硬件厂商，供它们开发自己的 UNIX 版本。

UNIX 源程序开放以后，产生了多种版本，例如 DEC 专门用于 VAX 系列的 Ultrix、HP 的 HP-UX、SCO UNIX、SUN Microsystem 的 SUN OS 以及 Solaris 等。

UNIX 技术成熟、稳定性高、可扩展性强，再加上具有丰富的应用软件，绝大多数的关键性部门（比如金融、邮政、电信、交通、能源、政府部门等）都使用 UNIX 作为其操作系统。

什么是 Linux？它是当前流行的一种操作系统，是 UNIX 的一个变种。为什么这么说呢？因为，它虽然从操作及结构上看起来非常像 UNIX，但它的所有代码都是重新编写的。这一切都归功于芬兰人 Linus Benedict Torvalds 的一个想法，当他还是一个学生时，为了演示操作系统中的一些简单的内部工作过程，并且梦想将它们集成到一种类似 UNIX 的单机系统上。

后来，他在网络中实现了 Linux。

也就是说，从表面看来，Linux 与 UNIX 几乎一模一样。现在，网上还有超过好几万页的关于 Linux 的各种技术精华文章，有英文的也有中文的，还有数万名程序员和网络专家在为这个系统努力工作，这就是自由的魅力。

当然，要使人们对 Linux 进行全面的认识十分困难。特别是对普通用户来说，Linux 还太年轻，并且由于国内有些报道不够准确、客观，大多数人只是听说却没有使用过它，便会产生误解。下面仅回答一些常见的疑问。

### 1．不同的 Linux 发行包差别有限

现在可能有上百种不同的 Linux 发行版本，选择起来确实让人头痛。但是大部分 Linux 发行包都很简单，包括的内容也非常相似。另外的差别就是加上一些发行商自己的软件包，增加了一些自己的实用程序，而其他的差别并不太多。

除了 Linux，类似 UNIX 的免费操作系统还有一些，比如 FreeBSD，而且其性能上甚至超过了 Linux。但是，如果要问为什么选择 Linux 的话，那就是 Linux 的程序员非常多，资

料更加丰富，并且得到了大多数硬件厂商的支持。

### 2．Linux 能够完成关键业务

完全免费的宣传，Linux 给许多人留下了其仅是业余产品的印象。其实，Linux 是一种严谨的操作系统，拥有成熟操作系统的一切共有特性，并且被成功地应用于许多关键性业务上。也许你还记得电影《泰坦尼克号》中庞大的灾难场面吧？其中，Linux 起到了幕后英雄的角色，剧中的许多场面都是由数十台 Linux 组成的网络处理来完成的。

另一个例子就是 Google 搜索引擎，现在 Google 几乎成为网络搜索的代名词，而它的核心就是一个由上百台 Linux 服务器组成的巨型集群网络。

由于 Linux 服务器的性价比非常高，网络中的 Linux 服务器越来越多，可以说每天都有成千上万个 Linux 系统为你提供服务。

### 3．Linux 更加可靠

应该从两个角度来评价 Linux 系统的可靠性：一是系统自身的可靠性，人们普遍存有 Windows 不如 Linux 可靠的印象，这主要来源于 Windows 众多良莠不齐的软件。当然，Linux 比 Windows 结构简单，在一定程度上也可以提高可靠性。二是从安全性角度来说，Linux 的源代码开放机制使得其漏洞容易被发现并被及时消灭，它明显借鉴了非常成熟的 UNIX 系统模型，故在稳定性方面有保证。

### 4．Linux 花费很小

大部分的 Linux 发行包只需要花少量金钱购买。当然，有些版本可以从网络上免费下载，但是你需要付上网的费用。有时，发行包未必符合你的应用需求，所以需要经过一些改动和定制才能运行良好，当然这需要支付再次开发的成本费用。

## 1.4 Red Hat Linux 的特性

### 1.4.1 常见的 Linux 版本

由于 Linux 是由全世界许多志愿者自发开发完成的，因此它的更新速度很快，在短短 10 年时间里，便出现了数十种版本。下面介绍一些常见的版本。

- SUSE Linux　来自德国公司 Novell 的发行版本，与德国其他产品一样，性能稳定、界面清晰流畅，非常值得一用，而且提供了许多易用的功能，非常适合家用。
- Turbo Linux　最早被汉化的操作系统，当初它的出现为 Linux 系统汉化起了非常重要的促进作用，也引起了不小的轰动。但 Pacific HiTech 公司更注重服务器端的应用，它是最早提供 Linux 集群服务器的厂商之一。
- Dedian Linux　被称为最符合 GNU 精神的 Linux，它上面的所有应用程序都是基于自由源码软件的，而且其结构紧凑，目录设置非常规范，最适宜于教学之用。
- SlackWare Linux　最早出现的 Linux 版本之一，曾经是 Linux 的经典，但由于安装不是很方便，现在用的人已经不多了，但在一些传统的 Linux 讨论区内，还受

到一定关注。

- **Red Hat Linux**　现在最流行的 Linux 版本。它将易用性和可扩展性完美地结合在一起，将其他竞争对手远远地甩到后面，无论是工作，还是学习、娱乐，都是首选的 Linux 版本。

现在，许多国内厂商的 Linux 平台都已经相当完善，特别是在中文处理与显示方面有了很大的提高，而且还出现了许多相关配套产品，例如输入法工具等。

最主要的中文版本有：

- **红旗 Linux**　由北京中科红旗技术有限公司开发的，由于该公司与中科院软件所的渊源，使得它成为国内最重要的 Linux 版本。
- **Xterm Linux**　冲浪平台上最早推出的中文 Linux，曾经创下中国系统软件销量的纪录，引起很大轰动。
- **蓝点 Linux**　非常有特色的中文 Linux，在易用性和个性化方面做得很出色，并且是首个将内核进行汉化的 Linux 系统。

每种 Linux 发行版本各有所长，应根据实际需要，以及管理上的方便来决定所使用的版本。当然，如果初学者希望试用 Linux，则建议选择安装容易、使用方便的系统，这里推荐使用 Red Hat Linux。

## 1.4.2　不同版本的主要区别

- **安装方式**　安装程序不同。有的 Linux 要求用户制作引导盘，而有的则可以提供包括磁盘引导安装、硬盘安装、网络安装以及直接从 CD-ROM 或 DVD-ROM 引导等多种方式。有的版本只有十分简单的安装程序，而有的则提供十分友好的图形菜单式的安装界面。
- **配置方式**　有些版本没有提供配置工具，需要手动编辑配置文件来进行系统配置，但有的版本则提供了图形化用户界面（GUI）的工具来简化配置。
- **捆绑软件**　不同版本的 Linux 捆绑的软件数量、种类都有很大差别。有的仅仅提供可进行管理的一组软件，而另外一些则捆绑了数以百计的各种类型的软件包。
- **技术支持**　不同版本的 Linux 由不同的开发组织所开发，这些组织的规模、实力以及组织方式都有很大差别，当然他们的技术支持能力也相差很大。

## 1.4.3　Red Hat Linux 9.0

本书介绍的是 Red Hat Linux 9.0，它也是作者最喜欢的 Linux，该版本是目前使用最广泛、安装最方便、最容易入门的 Linux 版本，图 1-1 为 Red Hat Linux 系统图标。Linux 的创始人 Linus Benedict Torvalds 也对 Red Hat Linux 推崇备至。就连 Linux 鼻祖都这样认为：Red Hat Linux 有很多技术优势，比如著名的 RPM 套件安装程序就是由 Red Hat 首先推出的。除了技术上的优势之外，Red Hat（红帽子）公司的市场推广实力也是其成功的原因之一，它的市场营销、包装及服务等都是其他公司难以比拟的。

图 1-1　Red Hat Linux 图标

同其他版本的 Linux 相比，Red Hat Linux 的独特之处主要有以下几点：

- 能够通过 HTTP 方式安装。
- Window Manager Enlightenment 与桌面环境 Gnome 完美地集成。
- 最先推出 RPM 软件套件安装程序。
- 系统简易被安装并升级。
- 能自动设置 X Window 系统，可以直接使用 GDM（Gnome Display Manager）作为系统登录界面。

目前 Red Hat 已经发布了 9.0 的版本。同以前的版本相比，Red Hat Linux 9.0 在性能上有了很大的提高。Red Hat Linux 9.0 是一款容易使用的作业系统，它拥有 Red Hat Linux 的最新科技及令人眼前一亮的 BlueCurve 用户界面，并继承了 Red Hat Linux 8.0 的全部优点，同时消除了 Red Hat Linux 8.0 出现的 BUG。

具体说来，Red Hat Linux 9.0 的特性及优点表现在下面几个方面。

### 1．安装和设定特性

在安装过程中，使用者可以选择不同的安装组别，例如个人桌面版、工作站安装、服务器安装模式和定制安装模式，还可以选择升级现有系统的安装模式。

利用安装界面可以得到软件包的详尽说明，并且可以执行新增或删除软件包的工作。

在首次启动的时候，Setup Agent 会在一个已经成功安装的系统下提供一些系统首次设定，例如调整日期、时间、音讯装置、登记 Red Hat Network 以及安装一些附加元件。在此环境下，使用者能够感受到 Red Hat Linux 9.0 的有效性及方便性。

### 2．界面的改进

新的 BlueCurve 用户界面。

由安装过程至日常系统，所使用的界面都是完全统一化的。

有系统、有组织的桌面环境，能够更直接地找到所需的应用程序。

### 3．特定应用程序及软件工具

OpenOffice.org 是一种开放源码的办公软件，利用 OpenOffice 我们可以制作一些文字文件、计算表、简报、图像和网页设计等多种类型的文档。

Mozilla 是一种开放源码的浏览器，同时 Mozilla 能够提供电子邮件资料系统、地址本及网页设计编辑工具。

### 4．Linux 标准机制 1.2（LSB 1.2）认证

Red Hat Linux 9.0 符合 LSB 的运行环境。

　　LSB 将 Linux 的内核功能及内核函数库进行了标准化处理，因此开发者能够专心地提升 Linux 在各方面的功能。

## 5．Red Hat Linux 9.0 中文语言

繁体中文（Big 5）。

简体中文（GB18030）。

荣获中国政府 GB18030 认证。

## 6．Red Hat Linux 9.0 的重要核心软件包和版本号

| | |
|---|---|
| gcc 3.2.1 | booty 0.19 |
| linux kernel 2.4.20 | bridge-utils 0.9.3 |
| GNU libc 2.3.2 (with NPTL) | bridge-utils-devel 0.9.3 |
| Web server powered by Apache HTTP Server 2.0 | bug-buddy 2.2.0 |
| CUPS 1.1.17 | busybox 0.60.5 |
| GNU Emacs 21.2 | busybox-anaconda 0.60.5 |
| Ximian Evolution 1.2.2 | byacc 1.9 |
| GIMP 1.2.3 | bzip2 1.0.2 |
| GNOME Meeting 0.93.1 | bzip2-devel 1.0.2 |
| gphoto2 2.1.0 | bzip2-libs 1.0.2 |
| KDE 3.0.3 | caching-nameserver 7.2 |
| MrProject 0.6 | cadaver 0.20.5 |
| Mozilla 1.0.1 | cdda2wav 2.0 |
| Postfix 1.1.11 | cdecl 2.5 |
| Perl 5.8.0 | cdicconf 0.2 |
| XFree86 4.2.0 | cdlabelgen 2.3.0 |
| 4Suite 0.11.1 | cdp 0.33 |
| Canna 3.6 | cdparanoia alpha9.8 |
| Canna-devel 3.6 | cdparanoia-devel alpha9.8 |
| Canna-libs 3.6 | cdparanoia-libs alpha9.8 |
| ElectricFence 2.2.2 | cdrdao 1.1.7 |
| FreeWnn 1.11 | cdrecord 2.0 |
| FreeWnn-common 1.11 | cdrecord-devel 2.0 |
| FreeWnn-devel 1.11 | chkconfig 1.3.8 |
| FreeWnn-libs 1.11 | chkfontpath 1.9.7 |
| GConf 1.0.9 | chromium 0.9.12 |
| GConf-devel 1.0.9 | cipe 1.4.5 |
| GConf2 2.2.0 | ckermit 8.0.206 |
| GConf2-devel 2.2.0 | cleanfeed 0.95.7b |
| Glide3 20010520 | compat-db 3.3.11 |

Glide3-devel 20010520

Gtk-Perl 0.7008

Guppi 0.40.3

Guppi-devel 0.40.3

ImageMagick 5.4.7

ImageMagick-c++ 5.4.7

ImageMagick-c++-devel 5.4.7

ImageMagick-devel 5.4.7

ImageMagick-perl 5.4.7

LPRng 3.8.19

MAKEDEV 3.3.2

Maelstrom 3.0.5

MagicPoint 1.09a

MyODBC 2.50.39

MySQL-python 0.9.1

ORBit 0.5.17

ORBit-devel 0.5.17

ORBit2 2.6.0

ORBit2-devel 2.6.0

Omni 0.7.2

Omni-foomatic 0.7.2

PyQt 3.5

PyQt-devel 3.5

PyQt-examples 3.5

PyXML 0.7.1

SDL 1.2.5

SDL-devel 1.2.5

SDL_image 1.2.2

SDL_image-devel 1.2.2

SDL_mixer 1.2.4

SDL_mixer-devel 1.2.4

SDL_net 1.2.4 SDL

SDL_net-devel 1.2.4

SysVinit 2.84

VFlib2 2.25.6

VFlib2-VFjfm 2.25.6

VFlib2-conf-ja 2.25.6

VFlib2-devel 2.25.6

compat-gcc 7.3

compat-gcc-c++ 7.3

compat-gcc-g77 7.3

compat-gcc-java 7.3

compat-gcc-objc 7.3

compat-libgcj 7.3

compat-libgcj-devel 7.3

compat-libstdc++ 7.3

compat-libstdc++-devel 7.3

compat-pwdb 0.62

compat-slang 1.4.5

comps-extras 8.0.94

comsat 0.17

control-center 2.2.0.1

coreutils 4.5.3

cpio 2.5

cpp 3.2.2

cproto 4.6

cracklib-dicts 2.7

crontabs 1.10

ctags 5.4

cups 1.1.17

cups-devel 1.1.17

cups-libs 1.1.17

curl 7.9.8

curl-devel 7.9.8

cvs 1.11.2

cyrus-sasl 2.1.10

cyrus-sasl-devel 2.1.10

cyrus-sasl-gssapi 2.1.10

cyrus-sasl-md5 2.1.10

cyrus-sasl-plain 2.1.10

db4 4.0.14

db4-devel 4.0.14

db4-java 4.0.14

db4-utils 4.0.14

dbskkd-cdb 1.01

ddd 3.3.1

Wnn6-SDK 1.0

Wnn6-SDK-devel 1.0

XFree86-100dpi-fonts 4.3.0

XFree86 4.3.0

XFree86-75dpi-fonts 4.3.0

XFree86-ISO8859-14-100dpi-fonts 4.3.0

XFree86-ISO8859-14-75dpi-fonts 4.3.0

XFree86-ISO8859-15-100dpi-fonts 4.3.0

XFree86-ISO8859-15-75dpi-fonts 4.3.0

XFree86-ISO8859-2-100dpi-fonts 4.3.0

XFree86-ISO8859-2-75dpi-fonts 4.3.0

XFree86-ISO8859-9-100dpi-fonts 4.3.0

XFree86-ISO8859-9-75dpi-fonts 4.3.0

XFree86-Mesa-libGL 4.3.0

XFree86-Mesa-libGLU 4.3.0

XFree86-Xnest 4.3.0

XFree86-Xvfb 4.3.0

XFree86-base-fonts

XFree86-cyrillic-fonts 4.3.0

XFree86-devel 4.3.0

XFree86-doc 4.3.0

XFree86-font-utils 4.3.0

XFree86-libs 4.3.0

XFree86-libs-data 4.3.0

XFree86-syriac-fonts 4.3.0

XFree86-tools 4.3.0

XFree86-truetype-fonts 4.3.0

XFree86-twm 4.3.0

XFree86-xauth 4.3.0

XFree86-xdm 4.3.0

XFree86-xfs 4.3.0

Xaw3d 1.5

Xaw3d-devel 1.5

Xbae 4.50.0

Xbae-devel 4.50.0

Xlt 9.2.9

Xlt-devel 9.2.9

a2ps 4.13b

ddskk 11.6.0

ddskk-xemacs 11.6.0

dejagnu 1.4.2

desktop-backgrounds-basic 2.0

desktop-backgrounds-extra 2.0

desktop-file-utils 0.3

desktop-printing 0.1.10

dev 3.3.2

dev86 0.16.3

devlabel 0.26.08

dhclient 3.0pl1

dhcp 3.0pl1

dhcp-devel 3.0pl1

dia 0.90

dialog 0.9b

dictd 1.5.5

dietlibc 0.21

diffstat 1.31

diffutils 2.8.1

diskcheck 1.4

dmalloc 4.8.1

docbook-dtds 1.0

docbook-style-dsssl 1.76

docbook-style-xsl 1.58.1

docbook-utils 0.6.12

docbook-utils-pdf 0.6.12

dos2unix 3.1

dosfstools 2.8

doxygen 1.2.18

doxygen-doxywizard 1.2.18

dtach 0.5

dump 0.4b28

dvdrecord 0.1.2

dvgrab 1.01

e2fsprogs 1.32

e2fsprogs-devel 1.32

ed 0.2

eel2 2.2.1

abiword 1.0.4

ac-archive 0.5.39

acl 2.2.3

adjtimex 1.13

alchemist 1.0.26

alchemist-devel 1.0.26

am-utils 6.0.9

amanda 2.4.3

amanda-client 2.4.3

amanda-devel 2.4.3

amanda-server 2.4.3

ami 1.2.2

anaconda 9.0

anaconda-help 9.0

anaconda-images 9.0

anaconda-runtime 9.0

anacron 2.3

apel 10.4

apel-xemacs 10.4

apmd 3.0.2

arpwatch 2.1a11

arts 1.1

arts-devel 1.1

ash 0.3.8

asp2php 0.76.2

asp2php-gtk 0.76.2

aspell 0.33.7.1

aspell-ca 0.1

aspell-da 1.4.22

aspell-de 0.1.1

aspell-devel 0.33.7.1

aspell-en-ca 0.33.7.1

aspell-en-gb 0.33.7.1

aspell-es 0.2

aspell-fr 0.6

aspell-it 0.1

aspell-nl 0.1

aspell-no 0.3

eel2-devel 2.2.1

efax 0.9

eject 2.0.13

elfutils 0.76

elfutils-devel 0.76

elfutils-libelf 0.76

elinks 0.4.2

emacs 21.2

emacs-el 21.2

emacs-leim 21.2

emacspeak 17.0

enscript 1.6.1

eog 2.2.0

epic 1.0.1

eruby 1.0.1

eruby-devel 1.0.1

eruby-libs 1.0.1

esound 0.2.28

esound-devel 0.2.28

ethereal 0.9.8

ethereal-gnome 0.9.8

ethtool 1.6

evolution 1.2.2

exmh 2.5

expat 1.95.5

expat-devel 1.95.5

expect 5.38.0

expect-devel 5.38.0

expectk 5.38.0

fam 2.6.8

fam-devel 2.6.8

fbset 2.1

festival 1.4.2

festival-devel 1.4.2

fetchmail 6.2.0

file 3.39

file-roller 2.2.1

filesystem 2.2.1

aspell-pt 0.1

aspell-pt_BR 2.4

aspell-sv 1.3.8

at 3.1.8

at-spi 1.1.8

at-spi-devel 1.1.8

atk 1.2.0

atk-devel 1.2.0

attr 2.2.0

audiofile 0.2.3

audiofile-devel 0.2.3

aumix 2.7

aumix-X11 2.7

authconfig 4.3.4

authconfig-gtk 4.3.4

autoconf 2.57

autoconf213 2.13

autoconvert 0.3.7

autoconvert-xchat 0.3.7

autofs 3.1.7

automake 1.6.3

automake14 1.4p6

automake15 1.5

autorun 3.10

awesfx 0.4.3a

balsa 2.0.6

basesystem 8.0

bash 2.05b

bash-doc 2.05b

bc 1.06

beecrypt 2.2.0

beecrypt-devel 2.2.0

bg5ps 1.3.0

bind 9.2.1

bind-devel 9.2.1

bind-utils 9.2.1

binutils 2.13.90.0.18

bison 1.35

findutils 4.1.7

finger 0.17

finger-server 0.17

firstboot 1.0.5

flex 2.5.4a

flim 1.14.4

flim-xemacs 1.14.4

fontconfig 2.1

fontconfig-devel 2.1

fontilus 0.3

fonts-ISO8859-2 1.0

fonts-ISO8859-2-100dpi 1.0

fonts-ISO8859-2-75dpi 1.0

fonts-KOI8-R 1.0

fonts-KOI8-R-100dpi 1.0

fonts-KOI8-R-75dpi 1.0

fonts-hebrew 0.71

fonts-ja 8.0

foomatic 2.0.2

freeciv 1.13.0

freetype 2.1.3

freetype-demos 2.1.3

freetype-devel 2.1.3

freetype-utils 2.1.3

ftp 0.17

ftpcopy 0.5.2

g-wrap 1.3.4

g-wrap-devel 1.3.4

gail 1.2.0

gail-devel 1.2.0

gaim 0.59.8

gal 0.23

gal-devel 0.23

galeon 1.2.7

gawk 3.1.1

gcc 3.2.2

gcc-c++ 3.2.2

gcc-g77 3.2.2

| | |
|---|---|
| bitmap-fonts 0.3 | gcc-gnat 3.2.2 |
| bitmap-fonts-cjk 0.3 | gcc-java 3.2.2 |
| blas 3.0 | gcc-objc 3.2.2 |
| blas-man 3.0 | gconf-editor 0.4.0 |
| bluez-libs 2.3 | gd 1.8.4 |
| bluez-libs-devel 2.3 | gd-devel 1.8.4 |
| bluez-utils 2.2 | gd-progs 1.8.4 |
| bogl 0.1.9 | gdb 5.3post |
| bogl-bterm 0.1.9 | gdbm 1.8.0 |
| bogl-devel 0.1.9 | gdbm-devel 1.8.0 |
| bonobo 1.0.22 | gdk-pixbuf 0.18.0 |
| bonobo-activation 2.2.0 | gdk-pixbuf-devel 0.18.0 |
| bonobo-activation-devel 2.2.0 | gdk-pixbuf-gnome 0.18.0 |
| bonobo-conf 0.16 | gdm 2.4.1.3 |
| bonobo-conf-devel 0.16 | gedit 2.2.0 |
| bonobo-devel 1.0.22 | genromfs 0.3 |
| bootparamd 0.17 | |

Red Hat 公司开发、推出新的 Linux 版本的速度非常快，而且注重产品的集成性能和图形环境，这使得它的许多软件工具能够成为 Linux 下事实上的标准，例如 RPM（Redhat Package Manager，红帽子软件包管理器）软件安装管理方式，现在已经成为最主要的软件传播、安装形式。

在最新的版本中，为了方便管理，将多种配置、管理程序统一以 redhat-config-开头来命名，并在桌面上放置进入集中管理界面的图标。

由此可以看出，为什么大多数用户都非常愿意使用 Red Hat Linux，正是因为它具有业界最高的操作系统水平之故。

# 第2章　安装和引导 Red Hat Linux

本章将介绍如何在计算机上安装 Red Hat Linux。Red Hat Linux 可以在许多硬件平台上运行，与以前的版本相比，Red Hat Linux 9.0 对硬件的支持有了很大的提高。本章主要介绍如何在英特尔公司的奔腾系列主机上安装 Red Hat Linux 9.0。

## 2.1　检查硬件需求

### 2.1.1　检查计算机硬件配置

因为 Red Hat Linux 9.0 提供了菜单问答式安装向导，所以它的安装方法同 Windows 一样，安装起来非常方便。但是在安装之前还需要注意一些问题，就是首先了解自己机器的硬件配置。

如果用户的机器已经安装了 Windows 9x 操作系统，那么可以通过以下方式来了解机器的详细硬件配置。用鼠标选中桌面上的【我的电脑】图标，单击鼠标右键，选择【属性】菜单则出现图 2-1 所示的对话框。

单击【设备管理器】标签，就可以看到以图标方式表示的计算机硬件配置的详细信息列表，如图 2-2 所示。

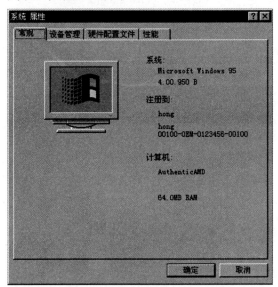

图 2-1　Windows 9x 系统属性

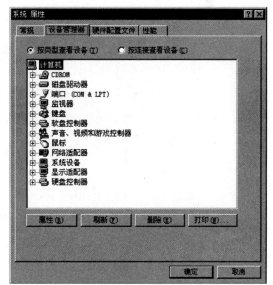

图 2-2　Windows 9x 设备管理器

单击每个设备选项左边的+号即可获得该设备的详细信息，其中记录了自己计算机的配置情况。

如果计算机中已经安装的是 Windows 2000/XP 操作系统，则可以通过以下步骤获得计算机的硬件配置情况：

（1）用鼠标选中桌面上的【我的电脑】图标，单击右键，选择弹出菜单中的【属性】命令，则出现图 2-3 所示的窗口。

（2）在【系统属性】对话框中单击【硬件】选项卡，则出现图 2-4 所示的对话框。

图 2-3　Windows XP 系统特性

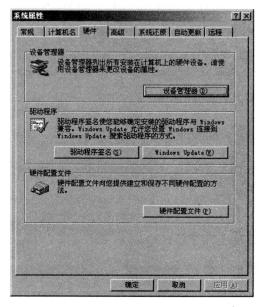

图 2-4　Windows XP【硬件】选项卡

（3）单击【设备管理器】按钮，则出现【设备管理器】对话框，如图 2-5 所示。

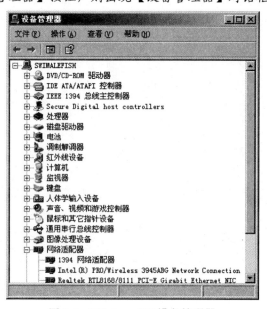

图 2-5　Windows XP 设备管理器

（4）单击每个设备选项左边的+号即可获得该设备的详细信息，其下记录了自己计算机的配置情况。

## 2.1.2　Red Hat Linux 支持的常用硬件

当了解自己计算机的硬件配置情况之后，还需要了解 Red Hat Linux 能够支持哪些硬件，这样才能确定 Red Hat Linux 9.0 是否支持自己主机的硬件配置，只有这样 Red Hat Linux 9.0 的安装才能顺利进行。

Red Hat Linux 支持的常用硬件如下：

■　CPU　支持 Intel 公司的 Pentium（P54C）、Pentium Pro、Pentium MMX 系列（P55C）、Celeron、Pentium II、Pentium II Xeon、Pentium III、Pentium III Xeon、Pentium 4、S845WD1-E；支持 AMD 公司的 K5、K6、K6-2、K6-III、Athlon、Thunderbird、Duron；支持 Cyrix 公司的 MediaGX、6x86、MII；IDT 公司的 WinChip；不支持 Intel 公司的 80386 和 80486，AMD 公司的 486、5x86。

■　主板　Red Hat Linux 9.0 对任何一家品牌 PC 主板都支持，唯一必须注意的是主板的 BIOS 是否已经解决了 2000 年问题和支持大于 8.4GB 硬盘等问题。现在各厂家生产的主板都不存在这些问题。

■　内存　各种内存像 DRAM、EDO 和 SDRAM，Red Hat Linux 9.0 都能支持。内存在性能中是最重要的因素之一，内存的大小往往能决定 Red Hat Linux 作为服务器处理请求的处理速度指标，推荐最少使用 192MB 以上内存，Linux 支持的最大内存是 4GB。

■　硬盘　SCSI 和 IDE 的硬盘都能支持，也支持 USB 移动硬盘。需要指出的是，Red Hat Linux 9.0 并不支持所有的移动硬盘。如果是用作服务器，那么最好使用 SCSI 硬盘，这样能够提高系统的性能。

■　输出/输入设备　绝大多数软驱都能支持，也包括 IDE 接口的软驱。Red Hat Linux 9.0 对光驱也支持得很完美，DVD-ROM、刻录机、SCSI 光驱、IDE 光驱、CD-RW 等都没有问题。

■　显卡　任何显卡都可以在 Linux 的 text-mode（文字模式）下使用。在运行 X Window 系统的情况下，Red Hat Linux 9.0 支持的常用显卡芯片组如表 2-1 所示（表中并没有包括 Red Hat Linux 9.0 支持的所有显卡芯片组）。

■　网卡　速度是 10Mbit/s、100Mbit/s 或 10～100Mbit/s 自适应的网卡 Red Hat Linux 9.0 都支持。目前市场流行的网卡种类很多，表 2-2 列出了 Red Hat Linux 9.0 对市场上主流网卡的支持情况。

相对来说，Red Hat Linux 9.0 除了对声卡的支持比较欠缺一些之外，对其他硬件的支持都是很好的。

网站 http://hardware.redhat.com/hcl 上有详细的关于 Linux 支持硬件的资料库。

表 2-1　Red Hat Linux 9.0 支持的常用显卡芯片组

| 生产厂家 | 显卡型号 |
| --- | --- |
| ATI | Mach32，Rage II/II+DVD，3D Pro Turbo/PC2TV，RageIIC，Rage Pro Turbo，Graphics Xpression，3D Rage Pro AGP，Graphics Ultra /Pro，Graphics Pro Turbo，All-in-Wonder/All-In-Wonder Pro，3D Xpression/Xpression+/ Xpression+PC2TV，Mach64，Rage 128/Fury/LT，Rage Mobility，WinBoost，WinCharger，WinTurbo，Xpert 98，Xpert 99/128，Xpert@Work/@Play/@Play 98 |
| ATC | 2345C |
| 3Dvision | i740 AGP |
| Aopen | PA2010，PA45，PG50D/E/V，PA80/DVD，PG128，PG975，PS3010，PT70/5，PT80 |
| Asus | 3D Explorer，AGP-V2740，PCI-A/V264GT，PCI-A/V264CT，Video Magic PCI V864/VT64 |
| Chaintech | Desperado 3F10，Desperado RI20，Desperado RI30，Desperado RI40/41，Desperado RI50，RI60，Desperado SI21/31，Tornado I7000，Tornado S6000 |
| Diamond | Edge 3D，FireGL 1000/1000 Pro/3000，Monster Fusion，Stealth 3D (2000/2000 Pro/3000)，Speedstar A50，Speedstar 24，Stealth 32，Stealth 64 (DRAM/VRAM)，Viper，Viper Pro，Viper V330，Viper V550，Viper V770/V770 Ultra |

表 2-2　Red Hat Linux 9.0 支持的主流网卡

| 生产厂家 | 显卡型号 |
| --- | --- |
| 3COM | 3C509 (Etherlink III ISA), 3C509B (Etherlink III ISA), 3C590 (Etherlink III PCI), 3C595 (Fast Etherlink III 10/100 PCI), 3C900 (Etherlink XL PCI), 3C900B (Etherlink XL PCI), 3C905 (Fast Etherlink XL PCI 10/100，3C905-TX), 3C905B (Fast Etherlink XL PCI 10/100, 3C905B-TX), 3C905C (Fast Etherlink XL PCI 10/100, 3C905C-TX) |
| D-Link | DE-100，DE-200，DE-220-T，DE-250，DE-520，DE-530，DE-600，DE-620，DE-650，DFE-530TX，DFE-500FX，DFE-660LT，DFE-650TX |
| Accton | EN2212，EN2209，MPX，EN1203，EN1207，EtherDuo-PCI，EN2218 |
| Intel | Ether Express PRO/10，Ether Express，Ether Express PRO/10 PCI(EISA)，Express PRO 10/100B |
| IBM | Home and Away，Home and Away 28.8，Pit/Pit-Phy/Olympic，CreditCard Ethernet |
| Novell | NE1000，NE1500，NE2000，NE2100，NE3200，NE5500 |

## 2.2　安装 Red Hat Linux

### 2.2.1　准备安装 Red Hat Linux

在安装 Red Hat Linux 9.0 之前，还有很多准备工作要做。

首先要根据软件的获得途径来确定 Red Hat Linux 9.0 的安装方法，目前 Red Hat Linux

的安装方法大致分为：光盘安装、硬盘安装、FTP 安装以及 NFS 安装。

　　光盘安装和硬盘安装都属于本地安装方式，FTP 安装、NFS 安装则属于网络安装方式。以上几种安装方法都需要制作启动盘，网络安装和本地安装的启动盘的制作方法不同。如果采用光盘或硬盘安装，则用 Red Hat Linux 提供的 boot.img 文件来制作启动盘；在光盘安装方式中，如果计算机支持光盘启动，则可以直接使用 Red Hat Linux 9.0 的第一张光盘作为启动盘，采用光盘启动的方式来安装。如果采用网络安装方法，则必须使用 bootnet.img 文件来制作启动盘，这种安装方法不需要 Red Hat Linux 光盘，硬盘上也不需要 Red Hat Linux 9.0 的源文件，但是必须知道 FTP 服务器和 NFS 服务器的地址以及存放 Red Hat Linux 9.0 的详细路径，当然还要确保计算机能访问这些服务器。

　　Red Hat Linux 9.0 的启动盘制作文件有 3 个：boot.img、bootnet.img 和 pcmcia.img。boot.img 用来制作光盘安装和硬盘安装的启动盘，bootnet.img 用来制作网络安装方法的启动盘，pcmcia.img 则用来制作笔记本电脑安装的启动盘。读者可以根据自己的需要制作相应的启动盘，这些文件都在 Red Hat Linux 9.0 的第一张光盘的 images 目录下。

## 2.2.2　制作 Red Hat Linux 启动盘

　　不管是哪种安装方式，都需要制作启动盘，所有 Linux 版本制作启动盘的方法都是一样的。启动盘可以在 DOS/Windows 环境下制作，也可以直接在 Linux 环境下制作。

### 1. 利用 rawrite 制作启动盘

　　在 MS-DOS 中制作启动盘需要用到 rawrite.exe 程序，该程序在 Red Hat Linux 9.0 的第一张光盘的 dosutils 目录下。制作启动盘需要一张空白的、已经格式化了的 3.5 英寸软盘，分别将 dosutils/rawrite.ext 和 image/boot.img 复制到硬盘（比如 G:盘），然后按照以下步骤制作启动盘：

```
G:\>rawrite
Enter disk image source file name: boot.img
Enter target diskette drive: a:
Please insert a formatted diskette into drive A: and press --ENTER-- : [Enter]
```

boot.img 文件的内容刚好能容纳在一张 3.5 英寸软盘中。启动盘中除了文件数据之外还包含系统信息，当 boot.img 文件中的内容被写到软盘之后就包含了这些信息，所以可以作为启动盘来启动系统。其他的启动盘制作方法类似。

### 2. 用 dd 命令制作启动盘

　　不管是在何种版本的 Linux 下制作启动盘，首先都要有写 3.5 英寸软驱设备的权限（即在 Linux 下的/dev/fd0 设备文件）。准备好一张空白的 3.5 英寸软盘，然后将它插入到软驱当中（先不要给 Linux 挂上软驱），进入到有 boot.img 文件的目录，并执行以下命令：

```
# dd if=boot.img of=/dev/fd0 bs=1440k
```

　　上面这行命令的意思是，dd 程序将 boot.img 文件写到/dev/fd0 上输出，并规定每次读、写磁盘所存取的 block size 大小为 1440KB。其中 dd 是 disk dump 的缩写，if 是 input file（输入文件）的缩写，of 是 out file（输出文件）的缩写，bs（block size，块大小）被设为 1440KB。

### 2.2.3 以图形界面安装 Red Hat Linux

使用光盘或者启动盘重新启动机器，就会进入 Red Hat Linux 9.0 的启动菜单。也可以用下面的命令进入启动菜单：

```
C:\>H:
H:\cd \dosutils
H:\dosutils>autoboot.bat
```

其中 H:是插入了 Red Hat Linux 9.0 的第一张光盘的光驱，但这种方式只能在纯 DOS 下执行，而不能在 Windows 的命令提示符中执行。

安装程序同时提供了 5 个虚拟控制台来显示安装信息，通过功能键我们可以方便地在各个控制台之间来回切换。这些虚拟控制台对安装 Red Hat Linux 是很有帮助的，控制台显示的信息能够帮助我们查明安装过程中出现的问题，表 2-3 介绍了虚拟控制台和功能键以及控制台的显示内容之间的对应关系。

表 2-3　Linux 控制台的功能键和显示内容

| Console（控制台） | 功能键 | 显示内容 |
| --- | --- | --- |
| 1 | [Ctrl]-[Alt]-[F1] | 安装对话框 |
| 2 | [Ctrl]-[Alt]-[F2] | shell 提示 |
| 3 | [Ctrl]-[Alt]-[F3] | 安装日志 |
| 4 | [Ctrl]-[Alt]-[F4] | 系统相关信息 |
| 5 | [Ctrl]-[Alt]-[F5] | 其他信息 |
| 7 | [Ctrl]-[Alt]-[F7] | X 图形显示 |

启动安装程序的初始界面如图 2-6 所示。

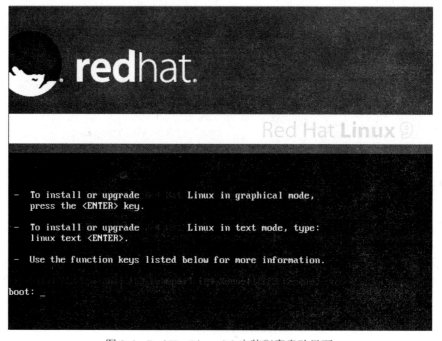

图 2-6　Red Hat Linux 9.0 安装程序启动界面

提示选择安装模式，缺省选择的是以图形操作界面安装 Red Hat，直接按 Enter 键即可进入这种模式；输入 text 给 boot:text 则选择 text 模式，也就是传统的文字菜单安装模式；直接按 Enter 键进入图形操作界面安装，再按照下面的步骤进行操作。

### 1. 测试安装光盘

如果是光盘安装，为了确保以后的安装过程能够顺利进行，则 Red Hat Linux 9.0 的安装程序在安装之前要对三张安装光盘进行测试，测试界面如图 2-7 所示，选择 OK 按钮则进行测试，选择 Skip 按钮则直接忽略这项工作。

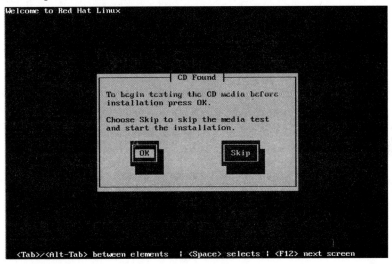

图 2-7　测试安装光盘

### 2. Red Hat 安装程序欢迎界面

完成了安装盘的检测之后，就会进入图形安装界面，首先是赏心悦目的欢迎界面，如图 2-8 所示。界面左边的列表框里是安装帮助说明，可以通过单击 Hide Help 按钮来隐藏。这一步不需要作任何选择，直接单击 Next 按钮进入下一步。

图 2-8　Red Hat Linux 安装程序的欢迎界面

### 3. 选择语言

同以前版本不同的是，Red Hat Linux 9.0 增加了支持简体中文和繁体中文的安装界面，这是在以前版本里没有的，在这里我们选择简体中文，如图 2-9 所示。接下来安装程序会根据所选择的语言来确定大概所处的时区，这个 GUI 安装界面也可以用键盘来操作，方法是用 Tab 键进行切换。单击 Next 按钮进入下一步。

图 2-9　选择安装界面的语言

### 4. 配置键盘

从这一步起，安装向导开始进入中文安装界面。因为一般键盘都同 U.S. English 101 键盘兼容，所以可以直接选择默认的键盘即可，如图 2-10 所示，单击【下一步】按钮进入下一个安装界面。

图 2-10　配置键盘对话框

5. 配置鼠标

这一步要为系统配置正确的鼠标类型，如图 2-11 所示。如果没有找到与你的鼠标相对应的鼠标类型，则选择一种与系统兼容的鼠标类型。

通过观察鼠标同计算机之间的接口（见表 2-4），可以确定鼠标的类型。

表 2-4 常见的鼠标接口

| 类型图示 | 描 述 |
| --- | --- |
| | 串口鼠标同计算机之间的接口 |
| | PS/2 鼠标同计算机之间的接口 |
| | USB 鼠标同计算机之间的接口 |
| | AT 鼠标同计算机之间的接口 |

如果不能确定鼠标同哪种接口兼容，则可以根据鼠标的按钮个数和接口类型来选择鼠标类型。

图 2-11 配置鼠标

6. 选择 Red Hat Linux 的安装模式

这一步要选择安装 Red Hat Linux 9.0 的模式，如图 2-12 所示。可以选择个人桌面（Personal Desktop）、工作站（Workstation）、服务器（Server）、定制（Custom）等几种安装模式，每种安装模式所需要的硬盘空间如下：

■ 个人桌面 台式机安装模式需要选择安装图形桌面环境，至少需要 1.7GB 硬盘空间。如果同时安装 GNOME 和 KDE 两种桌面环境，则至少需要 2.1GB 硬盘空间。

- 工作站　在工作站环境下安装，除了需要安装桌面环境之外，还需要安装软件开发工具，至少需要 2.1GB 硬盘空间。如果同时选择 GNOME 和 KDE，则需要 2.4GB 硬盘空间。在这种模式下，安装程序会把硬盘上所有的 Linux 分区全部删除。

- 服务器　在不选择安装 X Window 系统的情况下，服务器安装形式需要至少 1.4GB 硬盘空间。在这种模式下，安装程序会把硬盘上所有的分区全部删除，包括其他操作系统的分区。

- 定制　在定制安装模式下，选择最小安装只需要 400MB 硬盘空间，而选择所有的软件包组，则需要 5GB 硬盘空间。在这种安装模式下，一切工作都得由用户自己来设置。

此外，如果你的机器上已经安装了比较早的 Red Hat Linux 版本（7.3 或更早的版本），那么还可以选择升级（Update）安装模式，以便更新最新的软件包和内核，而且安装速度很快。

这一步必须非常小心，在工作站和服务器模式下，安装程序会自动分割并格式化硬盘，这样硬盘上的数据将会全部丢失。

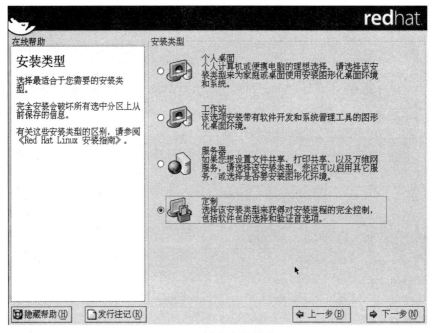

图 2-12　选择安装模式

在这里我们选择定制，并进入下一个安装界面。

### 7. 磁盘分区设置

在这一步里提供了两种创建分区的方式，分别是自动分区和使用 Disk Druid 手工分区，如图 2-13 所示。两种分区的使用方法在安装界面里都有清楚的说明，在这里我们选择 Disk Druid 手工分区，并进入下一步。

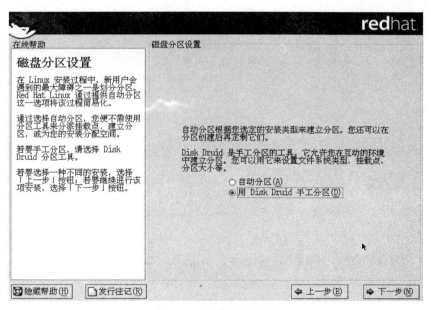

图 2-13　磁盘分区设置

## 8. 硬盘分区

进入硬盘分区界面之后，可以清楚地看到所有硬盘的分区情况，如图 2-14 所示。

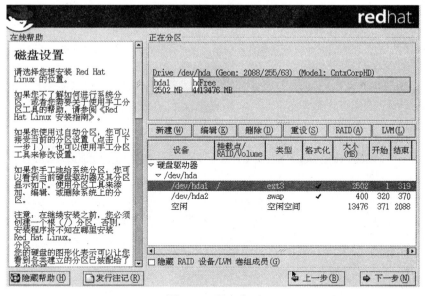

图 2-14　硬盘分区

在这一步里，要为即将安装 Red Hat Linux 进行硬盘空间的划分。其实，这些操作都很简单，单击【新建】按钮就可以添加一个分区；单击【编辑】按钮可以编辑已经存在的分区；单击【删除】按钮则删除一个已经存在的分区；选择 RAID 可以做硬盘或者分区的备份，但必须有两个和两个以上的硬盘分区才可以制作备份，当然只有重要的服务器数据才用这项功能；单击 LVM 则制作逻辑卷管理器，就是将多个硬盘分区上的存储单元汇聚成一个逻辑卷，在这里不作详细介绍。单击【新建】按钮创建一个分区，如图 2-15 所示。

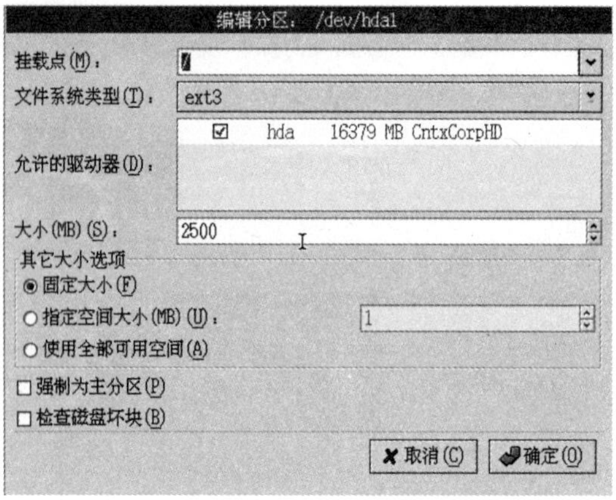

图 2-15　添加根分区

挂载点可以是/加任意名称，/就是 root 分区。Red Hat Linux 最简单的分区只要有/分区和 SWAP 分区就已经可以运行。ext2 文件系统支持标准的 UNIX 文件类型，它能支持最长为 255 个字符的文件名；ext3 是基于 ext2 而来的，但是它有一个重要的优点：支持日志功能，日志功能在文件系统崩溃之后的文件恢复过程中将起到重要的作用。除 SWAP 分区的文件系统类型选择 SWAP 外，其他分区推荐都使用 ext3。建议采用服务器安装模式的分区方法，共分/boot、/、/usr、/home、/var、SWAP 六个分区，分区的大小同硬盘大小、安装软件数目、用户人数多少、内存大小等数据相关，其中 SWAP 分区是内存大小的 1～2 倍，但不超过 512MB。选择好分区之后再对分区进行格式化，完成之后则进入下一步。

9. 配置引导装载程序

为了使下次机器重新启动时不需要启动盘，这里需要配置引导装载程序，如图 2-16 所示。引导装载程序是计算机启动第一个需要加载的程序，引导装载程序有两种 GRUB（Grand Unified Bootloader）和 LILO（Linux Loader）。

图 2-16　引导装载程序配置

　　GRUB 是默认的启动程序。LILO 是 Linux 的通用启动程序，它不依赖任何文件系统，能够从硬盘甚至软盘启动 Linux 内核，同时还可以启动其他操作系统（比如 DOS）。如果不想使用 GRUB 来引导，则单击【改变引导装载程序】按钮以选择引导装载程序的种类，在这里我们选择 LILO，如图 2-17 所示。

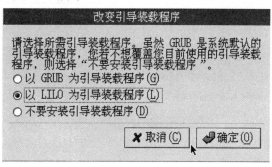

图 2-17　改变引导装载程序

　　图 2-16 中有一个"配置高级引导装载程序选项"，这个选项用来确定引导装载程序的安装位置。有两种选择，如图 2-18 所示。

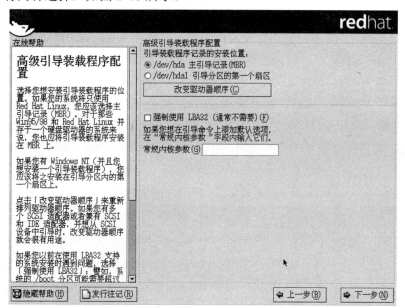

图 2-18　高级引导装载程序配置

- MBR（Master Boot Record）　MBR 即主引导记录，在 MBR 没有被其他操作系统占用的情况下，推荐选择 MBR。MBR 位于 Master 硬盘的 0 柱面 0 磁头的第一个扇区。在电脑开机后，BIOS 会自动加载这块区域来启动操作系统，把 GRUB 和 LILO 安装在这里，可以启动 Red Hat Linux 和其他任何操作系统。

- boot 分区（引导分区的第一个扇区）　如果主机上已经安装了其他引导装载程序，则推荐选择该项。在这种情况下，电脑开机后，你安装的其他引导装载程序首先会取得机器的控制权，你需要配置这个引导装载程序来加载 GRUB 或 LILO，之后便将电脑的控制权交给 GRUB 或 LILO，并以后者来启动 Red Hat Linux。

在主机已经安装 Windows 或只安装 Red Hat Linux 的情况下，都可以选择 MBR。单击【改变驱动器顺序】按钮，则可以重新安排驱动器的顺序；勾选【强制使用 LBA32】选项，则能够使你摆脱/boot 分区不得超过 1024 磁道的限制。

10．网络配置

如果主机上没有网络设备（比如网卡），将会跳过这一步。网络配置的界面如图 2-19 所示。

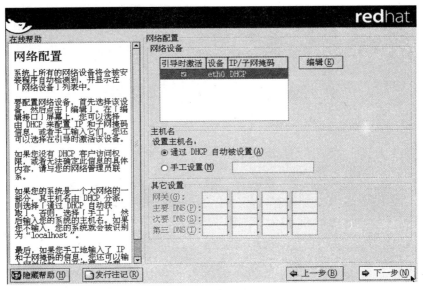

图 2-19　网络配置

安装程序会自动检测主机的网络设备，并将其显示在"网络设备"区域的表中。选中一个网络设备，单击【编辑】按钮将会弹出编辑界面，可依照编辑界面中的各个参数以配置网络设备 IP 和子网掩码。同时根据实际情况配置其他设置，如图 2-20 所示。

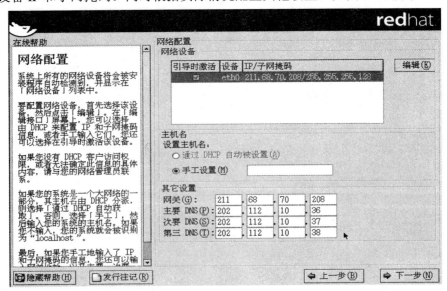

图 2-20　网络配置结果

最后面的次要 DNS 和第三 DNS 都可以不填，如果主机没有固定 IP，则使用 IP 保留地址字段 192.168.XXX.XXX，主机名可以随便填写。这一步可以在系统安装完成之后，进入系统重新配置。

### 11. 配置防火墙

Red Hat Linux 提供了防火墙保护来加强系统安全。处于计算机和网络之间的防火墙决定机器上的哪些资源能够被网络中的远程用户访问，适当地配置防火墙能够极大地加强系统的安全性能，这一步是配置防火墙的属性，如图 2-21 所示。

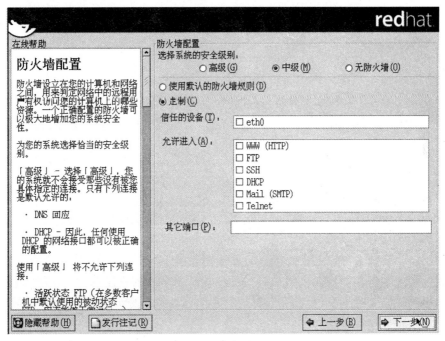

图 2-21　防火墙配置

系统的安全级别分为三类：高级、中级和无防火墙。

（1）高级

如果选择高级，对于那些没有被明确允许接收的连接，Red Hat 将拒绝接受这些连接。在默认情况下，只有下列网络连接能够被建立：

- DNS 应答。
- DHCP。

在安全级别为高级的情况下，下列连接将肯定不被接受：

- 主动模式下的 FTP。
- IRC DCC 文件传输。
- RealAudio TM。
- 远程 X Window 系统客户连接。

如果主机已经连接到因特网，并且不准备提供任何服务，那么这种安全级别是最佳选择；如果要提供特定的服务，则可以选择定制来允许特定的服务通过防火墙。

（2）中级

选择安全级别为中级，防火墙将控制远程主机访问本地主机的某些资源。在默认情况下，下列资源将不能被访问：

■ 端口低于 1023 的应用程序，例如 FTP、SSH、Telnet、HTTP 以及 NIS 等。

■ NFS 服务器端口（2049）。

■ 本地 X Window 主机将不能被远程 X Window 客户端访问。

（3）无防火墙

在这种安全级别下，系统不会进行安全检查。只有当主机运行在值得信任的网络中时，才选择这种方式。

图 2-21 中有一个"信任的设备"选项，在该选项中，被选中的任何网络设备都将成为值得信任的设备，从该设备到达的数据都会被系统接收，而且防火墙规则对该设备不起任何作用。

例如：主机位于本地局域网之中，以太网适配器为 eth0，通过 PPP 拨号连接接入到 Internet，拨号适配器为 ppp0，那么选择 eth0 作为信任的设备意味着所有在以太网中传输的数据都会被允许通过，而 ppp0 上通过的数据依然受到防火墙的限制。

12．选择所支持的语言

Red Hat Linux 能安装和支持使用多种语言，其中包括简体中文和繁体中文。当系统安装完成之后，将会使用默认安装的语言。

在这一步里可以改变默认选择的语言，如图 2-22 所示。只选择一种语言将会节省很多空间，这种情况下默认选择的语言就是安装过程所使用的语言，本例中是简体中文。

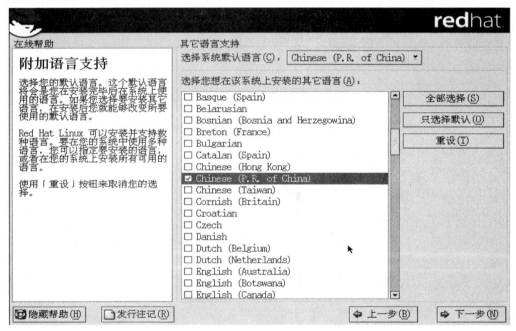

图 2-22　选择系统支持的语言

## 13．设置系统时钟

在这一设置中可以看到一张世界地图，上面的白点代表世界各大城市；只需要单击地图上的白点即可将主机的时区设置成该地区的时区，也可以直接选择界面右下方的下拉菜单，然后再选中适当的时区，如图 2-23 所示。图中的【系统时钟使用 UTC】选项是将系统时钟设置成格林威治标准时间。

图 2-23　设置系统时钟

## 14．设置系统用户

可以在安装 Red Hat Linux 的过程中——安装完毕后——直接添加系统用户和设定 root 用户的密码，如图 2-24 所示。其他很多版本的 Linux 则是在安装完系统之后，通过唯一的超级用户登录到系统中来完成这项功能，这也是 Red Hat Linux 的优点之一。

图 2-24　根用户管理

设置 root 用户的密码是安装过程中最重要的工作之一。root 用户相当于 Windows NT 中的 Administrator 用户，它能够执行安装软件包、审计 RPM 软件以及执行绝大多数系统维护工作。以 root 用户登录能够控制整个系统，建议只在对系统管理的时候使用 root 用户登录。建立一个普通用户来进行日常工作，这样可以减小不适当操作对系统的损害。需要 root 权限时，再用 su 命令来切换到 root 用户，当然还需要输入 root 的密码才能登录。

root 用户的密码长度最少为 6 位，设置 root 密码需要输入两次，先在根口令文本框中输入根口令并在确认文本框中再输入一次进行确认，只有两次输入的密码一致才能生效。设置 root 的密码不要太简单，黑客攻击系统的最终和最重要目的就是获得 root 的权限，即取得 root 用户的密码。

设置 root 用户的密码请不要使用常用英文单词、自己的生日、姓名、简单数字组合、电话号码等，这些都很容易被破解。好的密码应该同时包含大写字母、小写字母、特殊符号，但不要包含字典中的单词。记住：密码是区分大小写的。

### 15. 密码加密认证

为了增加系统的安全性，Red Hat Linux 采用屏蔽口令（Shadow Password），即将假密码放在/etc/passwd 目录下，而将真实的用户密码放在/etc/shadow 文件中，并且只有唯一的超级用户 root 才能查看和编辑这个文件。同时采用 MD5 密码加密技术，将任何长度的密码加密成 256 位长度后，再存放到/etc/shadow 中，以增加系统的安全性。在图 2-25 所以的密码加密认证菜单中，共有 3 个选项：启用 MD5 口令、启用屏蔽口令和启用 NIS。

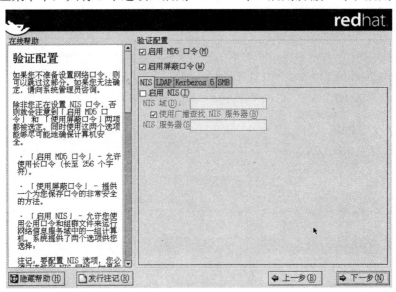

图 2-25　密码加密认证配置

分别对相关选项介绍如下：

- 启用 MD5 口令　允许使用长密码（最长可以为 256 个字符），取代标准的 8 位和 8 位以下的密码。
- 启用屏蔽口令　提供一个安全机制来保护密码，密码存储在/etc/shadow 中，只有 root 用户才能读取。

- 启用 NIS 在一个具有共同的密码和组文件的 NIS（Network Information Service）域中，可以运行一组机器。

启用 NIS 后，还可以设置如下选项：

- NIS 域名 指定主机所在的组名或域名。
- 使用广播查找 NIS 服务器 在局域网中发送广播信息，以查找一个可靠的 NIS 服务器。
- NIS 服务器 让主机使用一个指定的 NIS 服务器，而非通过在局域网中发送广播信息来查找可靠的服务器。

至于 LDAP、Kerberos、SMB 这些加密认证方式，因为使用较少这里不作介绍。

### 16. 选择软件包组

这一步只有在定制安装模式下才会出现，而在其他安装模式下，安装程序会自动选择最适合的软件包进行安装。

在这一步的安装界面里，所有的软件被 Red Hat Linux 启动程序分类规划，以供选择，如图 2-26 所示。例如：要想使用 KDE 的图形化用户界面，那么必须选择 KDE 桌面环境这个软件包组；要想主机提供邮件服务，就得选择邮件服务器软件包组；想同时使用 X 窗口系统、GNOME 桌面环境、KDE 桌面环境，可以同时将它们选上。

Red Hat Linux 9.0 安装程序已经预设好了默认值，建议不要删除缺省的默认值。根据所装系统所要提供的服务来选择需要安装的软件包组。直接将滚动条拖到最下方，会出现两个选项：最小值和全部，如图 2-27 所示。选择"最小值"就是选择最小安装方式，安装最少的软件包，"全部"则是安装所有的软件包。其中最小安装需要 400MB 硬盘空间，全部安装则需要 4.5GB 硬盘空间。

图 2-26 选择软件包组

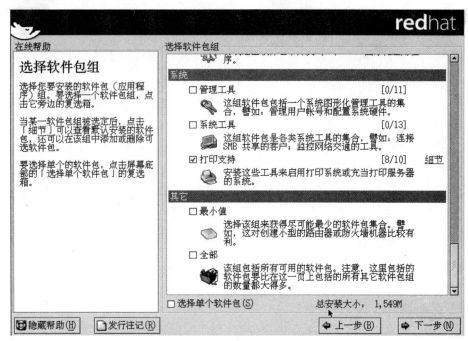

图 2-27　选择最小值或全部的软件组

选中一个软件包组，然后单击"细节"，则出现图 2-28 所示的界面。在该界面中可以查看在默认状态下，安装选中的软件包组时所需要安装的软件包；还可增加或删除该软件包组中的软件包。

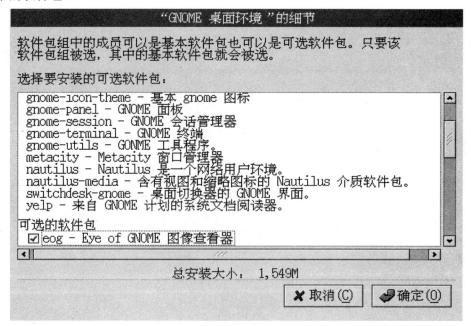

图 2-28　查看软件包组的细节

选择图 2-27 中的【选择单个软件包】选项，然后单击【下一步】按钮，即出现图 2-29所示的界面，在这个界面中可以选择和取消选择某个要安装的软件包，还可以树形视图和平面视图来查看单个软件包组中的软件包。使用树形视图可以查看按照应用类型归类的软件包。在这个视图中，有一个软件包组的列表，从该列表中选中某个软件包组时，即可扩展开此软件包组，该组内的软件包将会在右侧的表格中被列出。使用平面视图可以查看在屏幕右侧列出的所有按照字母排序的软件包。在右边列表中单击"软件包"工具条，可以按字母顺序排列软件包；单击"大小"工具条，则按照软件包的大小来排列软件包的顺序。

图 2-29 选择单个软件包

选择安装软件包组时，可能会出现软件依赖性问题，即安装某个软件包组，需要另外一些软件包组。例如：许多图形界面的系统管理工具需要 python 和 pythonlib 软件包组。为了确保系统已经安装了所有需要的软件包组，安装程序在每次安装或删除软件包组时都进行软件包组的依赖性检查。

如果安装某个软件包需要另外一个软件包，而另外的软件包没有被选中，这时安装程序会显示一个界面，如图 2-30 所示。该界面列出了所有未解决的依赖关系，并提示你解决这些问题。

图 2-30 中列出的未解决的依赖关系的意思是：执行 gnome-session 软件包时需要 redhat-artwork 软件；执行 gnome-panel 软件包时需要 gnome-desktop 和 libwnck 软件包；执行 wine 软件包时需要 sane-backends 和 libusb 软件包。

选择"安装软件包以满足依赖关系"选项，安装程序会自动安装相应的软件包（比如 redhat-artwork、gnome-desktop、libwnck、sane-backends、libusb）来解决依赖关系。如果不希望安装这些未满足依赖关系的软件包（比如 gnome-session、gnome-panel、wine），则选择"不要安装需满足依赖关系的软件包"选项。选择"忽略软件包依赖关系"选项，则不考虑软件包的依赖关系。

图 2-30　软件包未解决的依赖关系

**17．即将安装**

在这一步中安装程序会告诉你，即将进行系统安装，如图 2-31 所示。并且将所有的安装日志记录在/root/install.log 文件中。如果想取消安装进程，则可以通过按主机的复位按钮或利用 Ctrl+Alt+Delete 组合键才能完成。

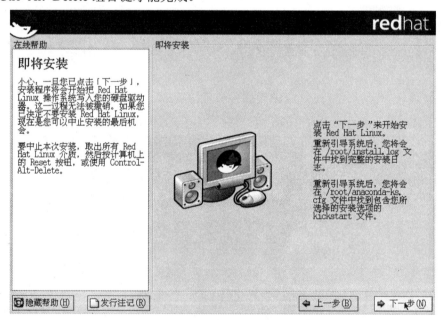

图 2-31　即将开始安装系统

**18．进行软件安装**

现在正式安装所有软件，如图 2-32 所示。完成这一步要花费一段时间，时间的长短取决于主机的性能和所需安装的软件包的数量。

图 2-32　正在安装软件包

### 19．制作系统引导盘

所有软件安装完成之后，安装程序会提示你插入空白软盘以制作引导盘。插入空白软盘，单击【下一步】按钮，开始制作引导盘，如图 2-33 所示。如果不想制作引导盘，则可以跳过这一步，放弃制作引导盘。

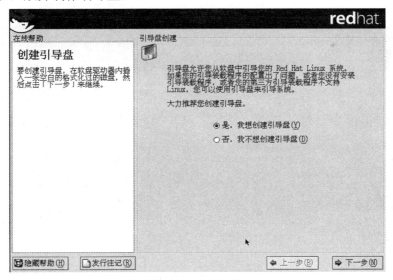

图 2-33　创建引导盘

### 20．配置显卡

多数情况下，视频硬件可以被自动检测到，如果检测到的设置对该硬件而言不正确，则需要手动选择正确的设置。在完成创建引导盘之后，就进入了图形化配置 X Window System 界面。图 2-34 是配置显卡的界面。如果希望直接跳过这个配置界面，则勾选界面下面的【跳过 X 配置】选项来完成。

图 2-34  配置显卡

**21．显示器配置**

同配置显卡一样，显示器可以被自动检测到，当然也有可能不正确。根据实际情况选择适当的显示器，并且设置显示器的垂直和水平频率范围，然后单击【下一步】按钮进入下一项。

图 2-35  显示器配置

**22．定制图形化配置**

在这一步里，可以设置色彩深度和屏幕分辨率，同时还可以设置在 Red Hat Linux 系统启动时的登录类型：图形化和文本，如图 2-36 所示。

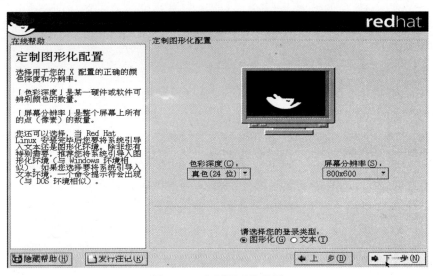

图 2-36　定制图形化配置

### 23．完成安装

到这一步，Red Hat Linux 9.0 的安装就大功告成了，单击【退出】按钮即可重新启动系统以进入 Red Hat Linux 9.0，如图 2-37 所示。

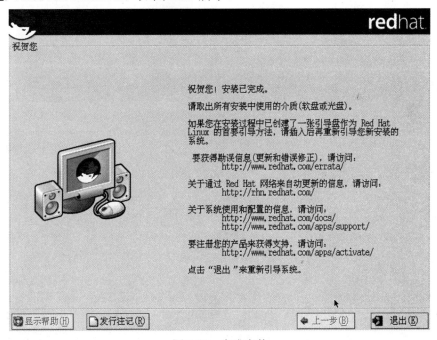

图 2-37　完成安装

## 2.2.4　安装 Red Hat Linux 的其他方法

并不是在所有情况下都可以使用图形安装界面来安装 Red Hat Linux，当采用网络安装方式时，就不能使用图形安装方法，这时就要使用 text（文本）模式的安装方法。图形界面安装方法和文字模式的安装方法所采取的步骤都是一模一样的，如同先前所介绍的，唯一的区别只是界面的不同而已，本节将介绍几种文本模式安装方法。

### 1. 本地安装方法

与 Red Hat Linux 8.0 及其以前的版本不同的是，使用文本模式安装时，同样可以选择简体中文的语言形式，这是 Red Hat Linux 9.0 的特点，如图 2-38 所示。单击【确定】按钮即可进入选择安装程序的语言环境，如图 2-39 所示。

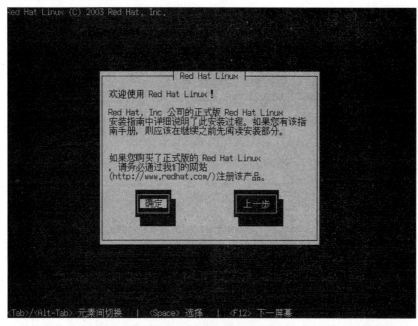

图 2-38　文本模式的安装界面

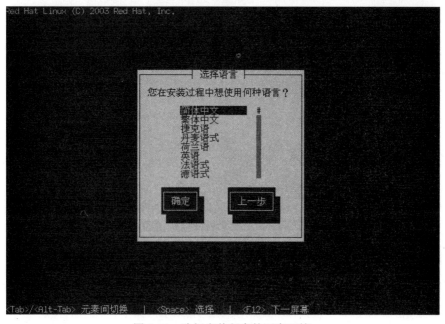

图 2-39　选择安装程序的语言环境

这里同样可以选择简体中文的安装界面。用 Tab 键可以在各个选项之间来回选择，切换到【确定】按钮，然后按回车键进入下一个安装界面，如图 2-40 所示。

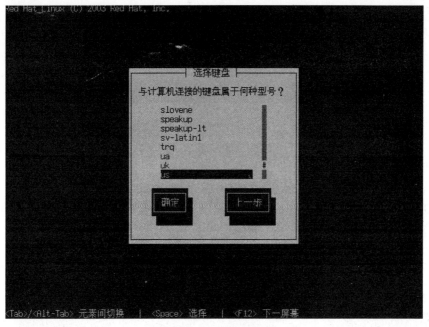

图 2-40　选择键盘类型

同样可用 Tab 键来在各个选项之间切换以选择适合的键盘，选择规则同之前介绍的一样。单击【确定】按钮然后按回车键进入下一个文字界面，如图 2-41 所示，再选择合适的鼠标类型。

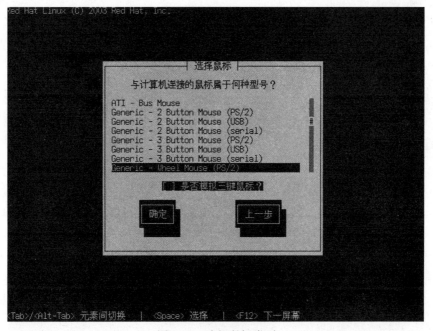

图 2-41　选择鼠标类型

以后的步骤同前面介绍的图形安装方式是一样的。本地安装有两种方式：光盘安装和硬盘安装。选择硬盘安装方式需要注意的是，必须有可以进行硬盘安装的 Red Hat Linux 安装文件。

如果是 ISO 文件，则应有 3 个 ISO 文件 shrike-i386-disc1.iso、shrike-i386-disc2.iso 和 shrike-i386-disc3.iso，而且这 3 个 ISO 文件的位置应处于硬盘上的某个分区（该分区不能为准备安装 Red Hat Linux 的分区）的根目录下，在随后的选择安装文件所在的分区界面中，选中包含这 3 个文件的分区，硬盘安装方式才能进行下去。

### 2．网络安装方法

有 NFS、FTP、HTTP 三种网络安装方法。在网络安装方式下，启动盘的制作方法同硬盘安装方法有所不同，虽然制作启动盘同样使用 rawrite.exe 程序，但是所用的磁盘镜像文件是 bootnet.img，而不是 boot.img。可以按照下面的方法来在 MS-DOS 下制作启动软盘：

```
G:\>rawrite
Enter disk image source file name: bootnet.img
Enter target diskette drive: a:
Please insert a formatted diskette into drive A: and press --ENTER-- : [Enter]
```

利用所制作的启动盘启动系统，选择语言和键盘种类之后就能进入文字界面来选择网络安装方式，如图 2-42 所示。

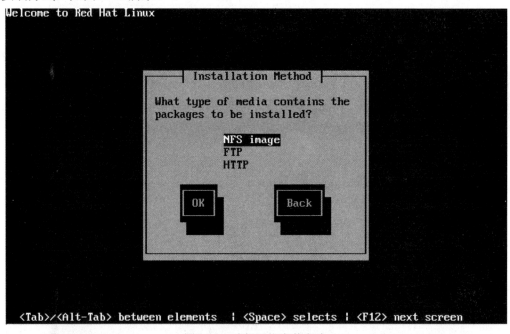

图 2-42　选择网络安装方式

图 2-42 提到了 3 种网络安装方式，这 3 种网络安装方式的设置都是一样的，都需要了解 TCP/IP 网络如何设置，并且要知道网络上存放 Red Hat Linux 9.0 的地址，即 FTP、NFS 和 HTTP 服务器的 IP 地址及其存放 Red Hat Linux 的路径。图 2-43 是设置主机 TCP/IP 的界面。

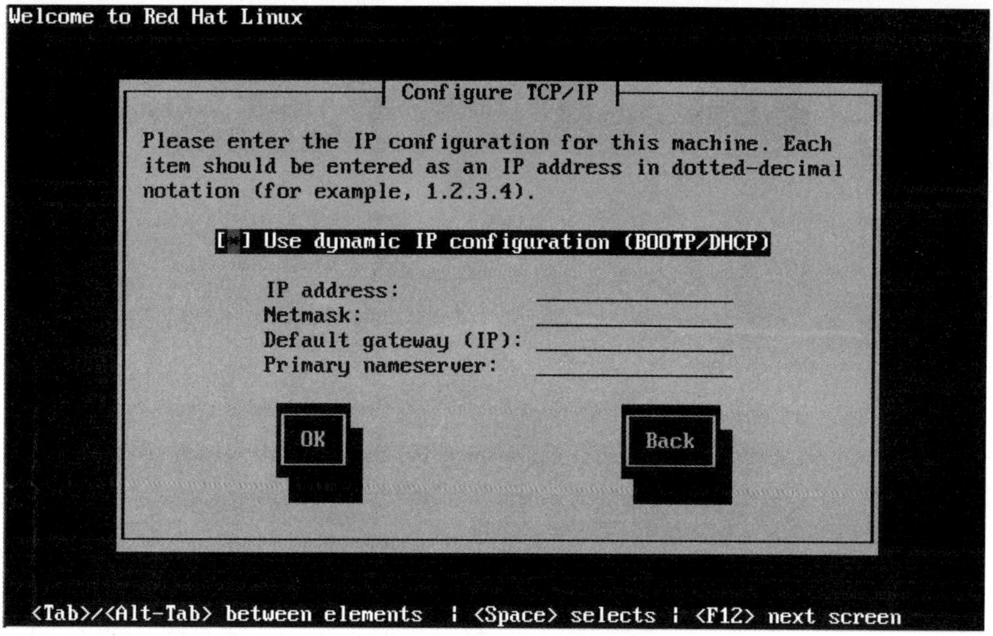

```
Welcome to Red Hat Linux

              ┌───────────┤ Configure TCP/IP ├───────────┐
              │ Please enter the IP configuration for this machine. Each │
              │ item should be entered as an IP address in dotted-decimal │
              │ notation (for example, 1.2.3.4).                          │
              │                                                           │
              │    [*] Use dynamic IP configuration (BOOTP/DHCP)          │
              │                                                           │
              │        IP address:              _____         │
              │        Netmask:                 _____         │
              │        Default gateway (IP):    _____         │
              │        Primary nameserver:      _____         │
              │                                                           │
              │         ┌────────┐                  ┌────────┐            │
              │         │   OK   │                  │  Back  │            │
              │         └────────┘                  └────────┘            │
              │                                                           │
              └───────────────────────────────────────────────────────────┘

  <Tab>/<Alt-Tab> between elements  |  <Space> selects  |  <F12> next screen
```

图 2-43　主机 TCP/IP 网络设置

必须配置 TCP/IP 网络，只有这样的主机才能登录网络，访问网络上的 Red Hat Linux 9.0
安装文件。下面分别介绍 3 种网络安装方式的服务器的设置界面。

（1）FTP

选择 FTP 方式，必须知道 FTP 服务器的 IP 地址和存放 Red Hat Linux 9.0 的路径，如
图 2-44 所示。下面还有一个选项，指明是否采用匿名的 FTP 站点。

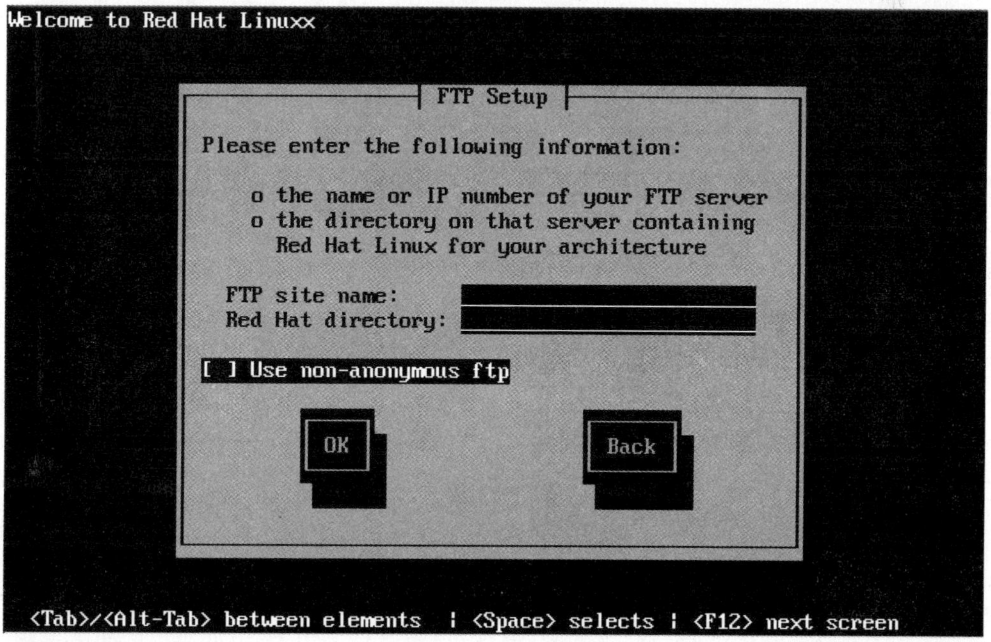

```
Welcome to Red Hat Linuxx

            ┌──────────────┤ FTP Setup ├──────────────┐
            │ Please enter the following information:    │
            │                                            │
            │    o the name or IP number of your FTP server │
            │    o the directory on that server containing  │
            │      Red Hat Linux for your architecture      │
            │                                            │
            │    FTP site name:      ████████████████    │
            │    Red Hat directory:  ████████████████    │
            │                                            │
            │    [ ] Use non-anonymous ftp               │
            │                                            │
            │       ┌────────┐          ┌────────┐       │
            │       │   OK   │          │  Back  │       │
            │       └────────┘          └────────┘       │
            │                                            │
            └────────────────────────────────────────────┘

  <Tab>/<Alt-Tab> between elements  |  <Space> selects  |  <F12> next screen
```

图 2-44　FTP 安装方式

（2）NFS

选择 NFS 安装方式，必须填入 NFS Server 的地址和存放 Red Hat Linux 9.0 的路径，如图 2-44 所示。

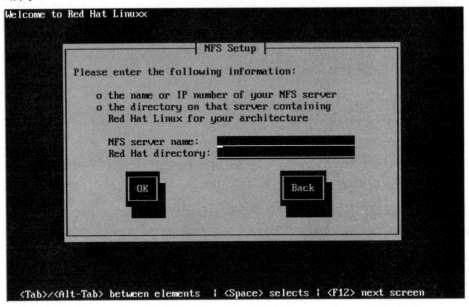

图 2-45　NFS 安装方式

（3）HTTP

HTTP 网络安装方式同样需要知道 HTTP 站点和安装文件的路径，如图 2-46 所示。

图 2-46　HTTP 安装方式

安装完毕之后，就可以启动系统并进入已经安装好的 Red Hat Linux 9.0 操作系统了，如图 2-47 所示。

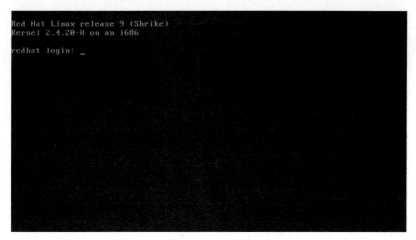

图 2-47　登录进入 Red Hat Linux 9.0

# 2.3　Linux 引导程序 LILO

如果 Linux 被配置成机器自动装入，那么 Linux 会在开机后很快运行。但是，很少有系统仅仅运行 Linux。事实上，大多数 Linux 用户更倾向于使用多操作系统引导工具来有选择地进入特定的操作系统。在前面已经简单介绍了，Red Hat Linux 可以使用 GRUB、LILO 和软盘引导进入系统。因为绝大部分 Red Hat Linux 都使用 LILO 作为系统引导程序，所以在本书里我们只对 LILO 作介绍。

## 2.3.1　LILO 引导程序的机制

LILO 是 Linux Loader 的缩写，是一个引导管理程序。它可以引导多种操作系统，例如 Linux、PC/MS-DOS、DRDOS、OS/2、Windows 9x、Windows NT、386BSD、SCO UNIX、UnixWare 等，LILO 的界面如图 2-48 所示。LILO 引导操作系统的前提是，该操作系统只存在于自己的硬盘分区里（引导扇区必须在硬盘的前 1024 磁道之内）。

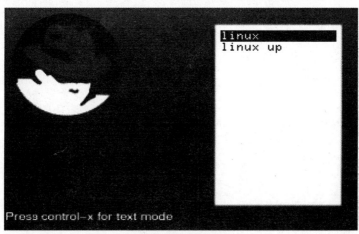

图 2-48　LILO 界面

计算机在刚开机之后是由 BIOS 控制的，在进行一些初始化（比如对内存、键盘等进行检测）之后，BIOS 就会尝试加载硬盘的主引导记录（MBR）或软盘引导扇区。

MBR 可以两种方式运行：

- 定位到活动分区并加载相应的引导扇区，然后由引导扇区完成对该分区操作系统的基本组件的加载。
- 直接从指定分区中加载信息，并通过它装入任一分区中的操作系统，而 LILO、OS/2、Boot Loader 等引导加载程序都能设置这种方式。

只要把 LILO 安装在 MBR、活动分区或者引导软盘上，它就可以取得计算机控制权，然后执行各项操作，并引导进入相应的操作系统。

在 LILO 中建有一个引导表地址编码，借此它的引导程序就能定位到 Linux 的内核文件，这种地址编码既可以按照柱面/磁头/扇区（CHS）模式，又可以采用 LBA 线性块号模式，即使是某些 SCSI 控制程序，LILO 也能良好运行。

当 LILO 定位到配置文件后，经过预先引导过程，显示提示符 LILO boot:，这时系统可以选择引导不同的操作系统或者不同的内核配置。按 Tab 键可以选择列表的选项，如果选择了引导 Linux，还可以直接传递参数给系统内核。

同 Red Hat Linux 提供的另外一个引导程序 GRUB 相比，LILO 的特点如下：

- LILO 没有交互式的命令接口。
- 对于在 MBR 中需要装载的操作系统或内核地址信息，LILO 都会存储起来。
- LILO 不能读取 ext2 分区。

### 2.3.2 配置 LILO

LILO 的配置文件是/etc/lilo.conf，这个文件决定了 LILO 将哪些东西写到 MBR 之中，即哪种操作系统或内核将被启动。下面是一个/etc/lilo.conf 的例子。

```
boot=/dev/hda
map=/boot/map
install=/boot/boot.b
prompt
timeout=50
message=/boot/message
lba32

default=linux
image=/boot/vmlinuz-2.4.0-0.43.6
label=linux
initrd=/boot/initrd-2.4.0-0.43.6.img
read-only
root=/dev/hda5
other=/dev/hda1
label=dos
```

这个例子说明了 LILO 在一个系统中引导两种操作系统的配置方式：Red Hat 和 DOS。以下为这个文件的详细说明：

- boot=/dev/hda　这条指令告诉自己将被安装在 IDE 硬盘的第一个硬盘分区里。
- map=/boot/map　定位镜像文件，这项一般不要修改。
- install=/boot/boot.b　LILO 将指定的文件安装到新的引导扇区里。正常情况下，该项不要更改，默认指定的文件是/boot/boot.b。
- prompt　这条指令告诉 LILO 在引导的时候显示提示符 lilo:。在这个提示符下，用户可以直接输入将被启动的操作系统或内核的名字。默认情况下，如果事先定义了倒计时命令，则 LILO 将保持等待用户输入的状态。
- timeout=50　告诉 LILO，在引导过程之前，LILO 等待用户输入的时间。这里以 1/10 作为时间单位，默认是 50 个单位。
- message=/boot/message　在 LILO 等待用户输入的过程之中，显示 LILO 等待的时间信息。
- lba32　告诉 LILO 硬盘的物理性质。另一个选择是 linear，除非你非常有把握，否则不要改变这项设置。
- default=linux　告诉 LILO 在默认状况下引导的操作系统，这个选项的结果将成为后面 label 的选项之一。
- image=/boot/vmlinuz-2.4.0-0.43.6　定义一个特殊的引导映像。这是第一个数据块，而且将作为缺省的引导映像，被引导的是/boot/vmlinuz-2.4.0-0.43.6，这是一个 Linux 操作系统的内核。
- label=linux　指定 LILO 显示的操作系统的名称，在本例中即是在默认情况下的设置，它的值为 linux。
- initrd=/boot/initrd-2.4.0-0.43.6.img　指定在引导时间内进行初始化和启动设备的内存空间映像，使得引导内存变得可能。
- read-only　说明 root 区是只读的，在系统引导过程中是不能更改的。
- root=/dev/hda5　告诉 LILO 哪一个硬盘分区将作为 root 分区。

除了以上例子中的 LILO 参数之外，还有一些参数可以直接从 LILO 传递到内核，如表 2-5 所示。其中包括请求引导至单用户模式的参数，可以在 lilo:提示符下输入那些参数。例如，可以输入 linux s，即启动时将在 label=语句中定义 Linux 的内核映像，并把参数 s 传递给它，最终 LILO 引导 Linux 进入单用户 5 模式。当然，这些参数的操作仅仅局限于 Linux 内核。

表 2-5　Linux 控制台的内核参数

| 内核参数 | 描　述 |
| --- | --- |
| append=string | 把 string 添加到用户输入的每个命令行参数后面 |
| literal=string | 类似 append，但是 string 并不是被附加到用户通过命令行传递的参数的后面，而是完全取而代之 |
| read-only | 定义根文件系统需要挂载为只读属性。在内核加载完成并使用 fsck 工具对根文件系统进行检查之后，再把它重新挂装为读/写属性 |
| append=string | 把 string 添加到用户输入的每个命令行参数后面 |

## 2.4 卸载 Red Hat Linux

要删除 Red Hat Linux 其实非常简单，使用任何一个系统的磁盘分区程序都能将 Linux 分区删除，然后再用硬盘分区工具将原来安装 Red Hat Linux 的空间格式化成想要的格式即可。在删除的同时，也要注意删除安装在 MBR 区的 GRUB 和 LILO 引导程序。

在 DOS、Windows NT 和 Windows 9x 下可以用 fdisk 程序来格式化 MBR，这个程序可重写 MBR，并使 MBR 能够引导至 DOS 分区。删除 Linux 的步骤如下：

（1）使用 fdisk 将 Linux 分区删除。

（2）将已经删除的分区再添加为 FAT32 文件系统格式的分区。

（3）重新启动系统并格式化此分区。

（4）进入 MS-DOS 环境，执行 fdisk /mbr 以删除安装在 MBR 上的 GRUB 和 LILO。

## 2.5 登录 Red Hat Linux

### 2.5.1 设置代理

首次启动 Red Hat Linux 系统时，会看到【设置代理】，它会引导用户进行 Red Hat Linux 的配置。

使用该工具，可以设置系统的日期和时间、安装软件、在 Red Hat Linux 网络中注册机器以及执行其他任务。【设置代理】让用户一开始就配置环境，从而能够快速地开始使用 Red Hat Linux 系统。

1. 设置日期时间

【设置代理】允许设置机器的时间和日期，或者和网络时间服务器——通过网络连接向用户机器传输日期和时间信息的机器——同步用户机器的时间和日期。

使用日历工具来设置日期、月份、年份，并在提供的文本框内按时、分、秒设置时间。时间和日期设置完毕后，单击【前进】按钮继续下面的设置，如图 2-49 所示。

完成 Red Hat Linux 设置代理程序提供的相关设置后，用户就完成进入系统之前的初始化配置工作，这样就可以顺利进入 Linux 系统了。如果用户配置完成后，还想改变刚才的配置，则在进入系统后再启动终端工具 ■，或者输入命令 redhat-config-time。当然，要完成这个步骤，需要先获取 root 权限。

2. 设置 Red Hat 网络

如果想在 Red Hat 网络上注册系统并进行 Red Hat Linux 系统的自动更新，可选择"是，我想在 Red Hat 网络注册我的系统"选项，这会启动 Red Hat Linux 更新代理——一个引导用户进行 Red Hat 网络注册的向导。选择"否，我不想注册我的系统"选项则会跳过注册。

关于 Red Hat 网络和注册主机的详细信息，请参阅 Red Hat 网络文档

http://www.redhat.com/docs/manuals/RHNetwork/。

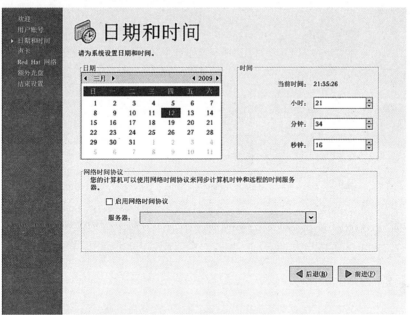

图 2-49　设置日期和时间

图 2-50　Red Hat 网络注册客户

### 3．安装附加软件包

如果想安装尚未安装的 Red Hat Linux RPM 软件包、第三方的软件或者正式版 Red Hat Linux 文档光盘上的文档，则可以在【安装附加软件】界面办到。插入包含想安装的软件或文档的光盘，单击【安装...】按钮，然后根据提示进行安装。如果从 Red Hat Linux 安装光盘中安装，则必须插入第一张光盘，再单击【安装...】按钮，选择要安装的软件包或部件。

如果提示更换光盘，请更换光盘。

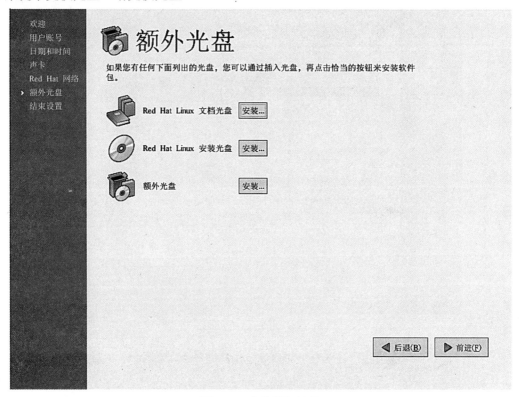

图 2-51  安装附加软件

至此，系统已经配置完毕，此时用户已经做好了登录和使用 Red Hat Linux 的准备。

### 2.5.2  图形化登录

使用 Red Hat Linux 系统的下一个步骤是登录。登录实际上就是用户向系统做自我介绍，又称验证（authentication）。也就是输入用户名、密码，如果正确的话，就允许该用户进入系统。

与某些操作系统不同，Red Hat Linux 使用账户来管理特权、维护安全等。但不是所有的账户都"生"来平等：某些账户所拥有的文件访问权限和服务要比其他账户低。

如果在安装过程中没有创建用户账户，则用户必须登录为根用户。在创建了用户账户后，极力建议用户登录为一般用户而不是根用户，以防止对 Red Hat Linux 系统的无意破坏。

在安装过程中，如果选择了图形化登录类型，则会看到类似图 2-52 所示的图形化登录屏幕。除非为系统选择了一个主机名（主要用于网络设置），否则机器默认名为 localhost。

要在图形化登录屏幕上登录为根用户，则在用户名文本框中键入 root 并按 Enter 键，再在口令文本框中键入安装时设立的根口令，然后按 Enter 键。

要登录为普通用户，则在用户名文本框中键入用户名，再在口令文本框中键入在创建用户账户时所设置的口令，然后按 Enter 键。

从图形化登录界面登录，则会自动启动图形化桌面。

当然，如果安装系统时，默认选择使用的是英文，则会看到图 2-53 所示的界面。

图 2-52　图形化登录屏幕

图 2-53　英文登录界面

这时，也可以通过使用语言选单列表（Language）来选择图形界面所使用的语言。Language 列表中显示了多种语言。

### 2.5.3　虚拟控制台登录

虚拟控制台是 Linux 设计的一个特色，这里先不解释它的意义，暂时可以认为虚拟控制台登录，就是使用文本方式登录。读者可能还记得早期 DOS 时代的操作系统的样子吧！

仅仅是在显示器上显示一个提示符，就是这个样子 x:\>。

一般用户可能有这么一个疑问：图形化界面既漂亮又方便，为什么还有人用文本方式登录呢？其实，字符界面在处理某些任务时非常方便，更何况对于一个忙于处理的其他事件——只希望做某种简单事件处理的人，看着机器硬盘狂闪半天，最后进入系统，简直是一种折磨。

对 UNIX 系统熟悉的用户都知道，它是产生于机器硬件性能还不是很强大时代的 OS，它的系统响应非常简洁、明了，可以说简单而直接的处理方式是它的一大特点。比如，在 MS-DOS 系统中，无论执行的命令成功与否，它都会产生一定的应答，而对于 UNIX 来说，只响应错误，命令成功执行后，什么响应都没有。

因此，使用文本方式登录的答案非常简单，因为它简洁明了，执行速度快。下面介绍使用文本方式登录，也就是虚拟控制台登录。

在安装过程中，如果你选择了文本登录类型，那么在系统引导成功后，你会看到一个与下面提示相仿的登录提示：

```
Red Hat Linux release 8.0
Kernel 2.4.18-0.1 on an i686
Localhost login:
```

除非给机器另选了一个主机名（主要用于网络设置），使得用户的机器可能会叫做 localhost.localdomain。如果设置成为某企业网络的一部分，则可以将主机名设置为管理员提供的名称，例如 dhcp59-229.rdu.redhat.com。

要从控制台登录为根用户，只要在用户名文本框中键入 root 并按 Enter 键，再在口令文本框中键入安装时所设置的根口令，然后按 Enter 键。要登录为常规用户，则在用户名文本框中键入你的用户名并按 Enter 键，再在口令文本框中键入在创建用户账户时所设置的口令，然后按 Enter 键。

在控制台登录后，用户也可以通过键入 startx 或 xinit 来启动图形化桌面。

当然，这时最常用的启动方法就是使用 startx，它是一个 shell 脚本程序，其位置为 /etc/X11R6/bin/startx。有兴趣的读者，可以用文本编辑器（比如 vi）来了解或者修改其中的内容。

具体来说，startx 是一个启动 xinit 的 Shell Script，其执行过程如下：

（1）调用 xinit 首先启动 X 服务器。

（2）X 服务器尝试查找用户根目录中是否存在.xinitrc 文件。如果存在，则按照其中的定义，启动相应的桌面环境、窗口管理器及界面样式等。否则，使用系统默认的 /etc/X11/xinit/.xinitrc 文件，启动相应的功能。

（3）X 服务器尝试查找用户根目录中是否存在.Xclients 文件。如果存在，则会在 X 窗口启动时，启动其中定义的 X 程序。否则，使用/etc/X11/xinit/.Xclinets 文件。

（4）X 服务器创建主窗口，这时用户会看到一个 X 形的图标在闪动。

（5）X 服务器完成相应的启动功能设置。

### 2.5.4　远程登录

除了以上介绍的从本机进行登录外，还有一种方式就是可以使用 Telnet 来进行远程登录。这种方式不仅能够应用于 Linux，还可以应用到各种版本的 Windows 系统中。对于只想学习使用 Telnet，而不想在自己机器上安装 Linux 的人来说，也可以在 Windows 系统中的命令提示符下使用 telnet 命令，登录到网络中的 Linux 系统中。

命令如下：

```
# telnet linuxServer
```

其中 linuxServer 指服务器主机，可以是主机名.域名的全 URL 形式，也可以是主机的 IP 地址。在局域网环境下，IP 地址方式非常简便，但在互联网环境下，最好使用全域名的形式，否则容易和其他主机混淆。

执行以上的命令后，就会出现登录界面，其中与本机上登录最大的不同点是无法使用 root 身份进行登录，这是设计系统时在安全方面的考虑。如果强制以 root 身份登录，则系统会响应错误的信息：

```
Red Hat Linux release 8.0
Kernel 2.4.7-10 on an i686
Login:root
Password:
Login incorrect
Login:
```

在后面的章节中还会更加详细地介绍远程登录和管理的方法，并且提供一种安全的远程登录模式。

# 第 3 章　shell 会话

## 3.1　shell 简介

### 3.1.1　虚拟终端

终端又称控制台，是 UNIX 的一个标准特性，早期的 UNIX 系统都是多用户、多任务系统，每个用户都是通过终端访问 UNIX 主机的资源。终端是用户的显示和输入设备，主要由显示器和键盘通过并口线路接入到远程主机上。

Linux 不仅能够支持多达 256 个终端连接到主机，还实现了 6 个虚拟终端。也就是说，将主机的显示器和键盘当成 6 个终端接入到系统中。

这里介绍的只是在字符操作环境中的情况，而在图形界面中使用的 X Window 虚拟终端同样可被认为是连接到系统中的多个终端设备。

#### 1. 终端启动

在安装 Red Hat Linux 时，可以选择启动后进入文字模式或者图形模式。如果选择的是文字模式，在启动系统后，则进入字符操作环境，否则进入图形界面。

字符界面非常简单，会看到类似如下的提示：

```
Red Hat Linux release 8.0(Psyche)
Kernel 2.4.18-14  on an i686

Localhost login:
Localhost password:
```

在 login:提示下输入用户后，系统继续提示输入密码。

输入正确的密码后就能进入系统，如果使用超级用户 root 登录，则会看到提示符#，否则就是美元符$。同时，系统还会提示上一次用户从控制台登录的时间。

完整的显示类似于：

```
Red Hat Linux release 8.0(psyche)
Kernel 2.4.18-14 on an i686

Localhost login : root
Last login : Sun Feb 23 18:08:49 on  tty1
[root@localhost root]#
```

这个提示前面已经出现过多次，相信读者已经熟悉了，其中#号表示当前用户具有 root 根用户的最高权限。一切系统管理操作，都可以由根用户来完成。

#### 2. 虚拟控制台

Linux 设计的一个非常鲜明的特点是，系统自带 6 个虚拟控制台，用 tty1 到 tty6 表示。

它们之间可以通过使用快捷键 Ctrl+Fn 来切换，其中 n 为 1～6，分别表示 6 个虚拟控制台。

登录到系统之后，系统就会告诉你所登录的是哪个控制台。你还可以用一个用户登录到第 1 个控制台后，然后切换到第 2 个控制台，用另一个身份登录系统。

如果使用 X Window，则系统会将图形界面认为是第 7 个控制台。这时如果想要使用快捷键 Alt+Fn 切换窗口，则会发现只是在图形界面中切换多个桌面；如果想切换到文字模式的虚拟控制台，则需要使用快捷键 Ctrl+Alt+Fn。

既然系统认为图形窗口是第 7 个控制台，那么在使用某个虚拟控制台时，还可以切换显示图形界面，按快捷键 Ctrl+F7 则可以立刻回到图形界面。

### 3. 从虚拟控制台启动 X Window

在虚拟控制台启动 X Window 只须要使用命令 startx。输入以下命令：

```
[root@localhost root]#startx
```

就可以进入前面介绍的 X Window 图形环境了，而不用重新登录，因为 X Window 已经使用你现在的权限来启动了。

另一个启动 X Window 的命令是 initx，它将启动初始 X Window 窗口。其实 startx 是一个 shell 程序（一种调用系统命令的脚本程序，后面会介绍），也要调动 initx，只是增加了一些用户的特殊设置而已。

## 3.1.2　什么是 shell

Linux 是一个操作系统，它在 CPU、磁盘驱动器、内存、监视器、键盘和其他硬件部件之间起调节的作用。处于运行中的 Linux，只在监视器上显示当前运行的一个程序，它对键盘进行监控并做出响应，而这个程序就叫做注册 shell（login shell）。shell 是用户和 Linux（更准确地说，是用户和 Linux 内核）之间的接口程序，用户在提示符下输入的每个命令都由 shell 先解释然后传给 Linux 内核。

shell 是一个命令语言解释器（command language interpreter），拥有自己内建的 shell 命令集。此外，shell 也能被系统中其他有效的 Linux 实用程序和应用程序（utilities and application programs）所调用。虽然看起来 shell 与虚拟控制台一样，但它们并不是一个概念。可以认为终端只是显示和输入设备，用户通过 shell 与系统进行交互，而且在一个终端可以使用多种 shell。

无论何时用户输入一个命令，它都将被 Linux shell 所解释。一些命令，比如打印当前工作目录命令（pwd），是包含在 Linux bash 内部的（就像 DOS 的内部命令）。而其他的命令，比如拷贝命令（cp）和删除命令（rm），则是存在于文件系统中某个目录下的单独的程序。对用户来说，不需要知道（或者可能不关心）一个命令是建立在 shell 内部还是一个单独的程序。

shell 是如何解释、执行命令的呢？shell 首先检查命令是不是内部命令，不是的话再检查是不是一个应用程序。这里的应用程序可以是 Linux 本身的实用程序（比如 ls 和 rm），也可以是购买的商业程序（比如 xv）或者公用软件（public domain software），就像 ghostview；然后 shell 试着在搜索路径里寻找这些应用程序。搜索路径是一个能找到可执行程序的目录列表，如果用户输入的命令不是一个内部命令并且在路径里没有找到这个可执行文件，那么系统就会显示一条错误信息。如果命令被成功地找到，则 shell 的内部命令或应用程序将被分解为系统调用并传给 Linux 内核。

　　shell 的另一个重要特征是，它自身就是一个解释型的程序设计语言，shell 程序设计语言支持在高级语言里所能见到的绝大多数程序控制结构，比如循环、函数、变量和数组。shell 编程语言很容易学，并且一旦掌握后它将成为用户的得力工具。任何在提示符下能够被执行的命令，也可以将其放到一个可执行的 shell 程序里，这意味着用 shell 语言能够简单地重复执行某一任务。

### 3.1.3　为什么使用 shell

　　Linux 的图形化环境最近几年有很大改进。在 X Window 系统下，几乎可以做全部的工作，只须打开 shell 提示来完成极少量的任务即可。

　　然而，许多 Red Hat Linux 功能在 shell 提示下要比在 GUI 下完成得更快。比如，图形操作需要打开文件管理器，定位目录，然后从 GUI 中用鼠标和菜单创建、删除或修改文件，而在 shell 提示下，你只须使用几个命令就可以完成这些工作。

　　在多个目录间复制文件，则在 shell 提示下输入命令：

```
[hello@localhost hello]$cp /home/usr/hello/hi.txt  /usr/share/hi.txt
```

shell 提示类似于命令行界面。用户在 shell 提示下输入命令，shell 解释这些命令，然后告诉 OS 该怎么做，并将结果显示出来。有经验的用户可以编写 shell 脚本来进一步扩展这些功能。

　　在 X Window 下典型 shell 提示窗口如图 3-1 所示。

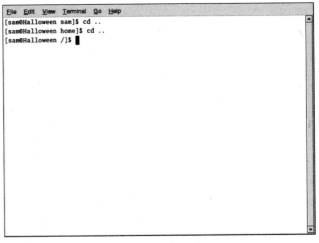

图 3-1　shell 提示窗口

### 3.1.4　shell 历史

　　最初，AT&T 公司的软件工程师为他们设计的 UNIX 操作系统开发了命令解释器，用于解释用户输入的命令，完成用户和计算机的交互。后来有两个叫 Ritchie 和 Thompson 的人，想扩展命令解释器的功能，并为此付出努力，最终的结果是一种新的命令解释器 Bourne Shell（简写为 sh，即外壳）诞生了。

在 Linux 和 UNIX 系统里可以使用多种不同的 shell，最常用的是 Bourne Shell (sh)、C Shell (csh)和 Korn Shell (ksh)。3 种 shell 都有它们的优点和缺点。Bourne Shell 的开发者是 Steven Bourne，它是 UNIX 最初使用的 shell 并且在每种 UNIX 上都可以使用。Bourne Shell 在 shell 编程方面相当优秀，但在处理与用户的交互方面不如其他几种 shell。

C Shell 由 Bill Joy 所开发，它更多地考虑了用户界面的友好性，支持像命令补齐（command-line completion）等一些 Bourne Shell 所不支持的特性。普遍认为 C Shell 的编程接口做得不如 Bourne Shell，但 C Shell 被很多 C 程序员使用，因为 C Shell 的语法和 C 语言的语法很相似，这也是 C Shell 名称的由来。

Korn Shell (ksh)由 Dave Korn 所写，它集合了 C Shell 和 Bourne Shell 的优点，并且和 Bourne Shell 完全兼容。

除了这些 shell 以外，许多其他 shell 程序吸收了原来的 shell 程序的优点而成为新的 shell。当自由软件基金会想寻求一种免费的 shell 时，开发者开始致力于 Bourne Shell 以及当时其他 shell 中某些流行功能背后的语言。这个开发结果是 Bourne Again Shell，或称 bash。虽然 Red Hat Linux 带有几种不同的 shell，但 bash 为互动用户提供的默认 shell。本章主要介绍 bash。

## 3.2　Bourne Again Shell

### 3.2.1　设置启动模式

如果安装时设定以图形界面启动，但是启动后又经常需要先进入字符操作环境工作，则可以改变系统为以字符模式启动，之后还可以在运行中切换到图形与文字模式。

要设置启动时直接进入文字模式，可以修改文本文件/etc/inittab。步骤如下：

首先，使用任何一个文本编辑器（vi，emacs 或 X Window 下的 gedit 程序）打开/etc/inittab 文件，找到文件中的 id:5:initdefault 这一段文字，然后修改为 id:3:initdefault。

修改后的文件为：

```
#Defaulf runlevel. The runlevels used by RHS are:
#0 - halt ( Do NOT set initedfalt to this)
#1 - Single user mode
#2 - Multiuser, without NFS(The helloe as 3,if you do not have networking)
#3 - Full multiuser mode
#4 - unused
#5 - X11
#6 - reboot (Do NOT set initdefault to this)
#
id:3:initedfault
...
```

这样设置系统默认的启动级别是 3 级，关于各级别的意义将在其他章节介绍。

shell 在用户成功地登录进入系统后启动，并始终作为用户与系统内核的交互手段直至用户退出系统。系统上的每位用户都有一个缺省的 shell，每个用户的缺省 shell 在系统里的 passwd 文件里被指定，该文件的路径是/etc/passwd。passwd 文件里还包含其他东西：每个人的用户 ID 号，一个口令加密后的拷贝和用户登录后立即执行的程序（为了加强安全性，现在的系统一般都把加密口令放在另一个文件--shadow 中，而 passwd 中存放口令的部分以一个 x 字符代替）。虽然没有严格规定这个程序必须是某个 Linux shell，但大多数情况下都如此。

### 3.2.2  运行时设为文字模式

有时希望在运行时将系统从图形显示模式转变成文字模式，但又不想重启，这时可以借助系统的转换运行级别来实现切换。

前面我们介绍了系统运行级别，知道在第 3 级别，系统是文字模式。可以使用设置系统级别命令 init 来实现切换，在 shell 提示下输入命令：

```
[root@localhost root]# init 3
```

在运行时，系统也可以切换到文字模式。这种切换方法并没有改变系统启动时的显示模式，当下次系统启动时，还会进入到原来设定的模式。

当然，也可以使用 init 5 将系统从文字模式转换到图形界面。

### 3.2.3  shell 配置环境

shell 是一个系统与用户交互式的环境，而用户想要了解使用 shell 的一些特性，可以通过 shell 的环境变量实现。环境变量是 shell 本身的一组用来存储系统信息的变量，不同的 shell 有不同的环境变量设置方法，下面以 Linux 的 bash 为例来介绍 shell 环境变量及其设置技巧。

#### 1. 显示环境变量

虽然不同的 shell 拥有不同的环境变量，但它们彼此间的差别并不大，要显示环境变量及环境变量值，需要使用命令 set。

```
[root@localhost root]$set
BASH=/bin/bash
BASH_ENV=/root/.bashrc
BASH_VERSINFO=([0]="2"[1]="05B"[2]="0"[3]="1"[4]="release"[5]="i686-pc-linux
-gun")
BASH_VERSION='2.05b.0(1)-release'
COLORS=/etc/DIR_COLORS
COLUMS=80
DIRSTACK=( )
EUID=0
GROUPS=( )
G_BROKEN_FILENAMES=1
HISTFILESIZE=1000
...
```

如果仅想知道某一环境变量的值，可以使用命令 echo，并在环境变量前加$号。如果想查看系统主机名，可以使用 hello 命令。

```
[hello@localhost hello]$echo $HOSTNAME
localhost.localdomain
```

### 2．修改环境变量

可以直接使用权"变量名=变量值"的方式给变量赋新值。

```
[hello@localhost hello]$ echo $LINES
24
[hello@localhost hello]$LINES=25
[hello@localhost hello]$echo $LINES
25
```

如果希望将给环境变量增加内容，可以使用如下方法：

```
[hello@localhost hello]$echo $PATH
/usr/local/sbin:/usr/local/bin:/sbin:/bin:/usr/sbin:/usr/bin
[hello@localhost hello]$PATH=$:/mydir
[hello@localhost hello]$echo $PATH
/usr/local/sbin:/usr/local/bin:/sbin:/bin:/usr/sbin:/usr/bin:/mydir
```

除了可以修改已经存在的环境变量外，如果用户想要创建自己的环境变量，还可以自行加入新的环境变量。但新变量只能使用数字、英文字母和下划线，而且变量名不能以下划线开始。

另外，系统设置的环境变量都是大写字母，但并不是必须大写，可以自定义使用小写字母。

上面介绍的都是临时改变系统环境变量的方法，用户注销再登录系统后，则环境变量的值还会恢复。

解决方法是修改用户主目录下的.bashrc 文件，下面以某个.bashrc 文件的部分来说明如何修改。

```
#.bashrc
#User specific aliases and functions
...
PAHT="$PATH:/mydir"
...
```

在文件中加入新的一行，修改后每次系统启动都会自动改变环境变量。

## 3.2.4　命令补齐

用户在 bash（或任何其他的 shell）下输入命令时，通常不必把命令输全，shell 能判断用户所要输入的命令。例如，假定当前的工作目录包含以下的文件和子目录：

```
News/
bin/
games/
mail/
samplefile/
test/
```

如果要进入 test 子目录，那么用户可以输入以下的命令：

```
cd test
```

这个命令能够满足用户的需要，但 bash 还提供了稍微不同的方法来完成同样的事情。因为 test 是当前目录里唯一以字母 t 开头的子目录，bash 在用户只输入字母 t 后就能判断出用户要做什么了。

```
$ cd t
```

在用户输入字母 t 后，唯一的可能就是 test。想让 bash 帮助用户结束命令的话，按下Tab 键。

```
$ cd t<Tab>
```

当用户这样做以后，bash 将帮助用户补齐命令并显示在屏幕上。但在用户按下 Enter键以前命令并没有被执行，bash 会让用户检验补齐的命令是不是用户真正需要的。

在输入这样短的命令时用户也许看不出它的价值所在，甚至在命令很短时还会减慢输入的速度，但是当用户要输入的命令较长时，就会发现这个特性是多么的美好。

当目录里有不止一个以字母 t 开头的文件时会发生什么情况呢？在用户使用命令补齐时会有问题，看看下面的情况，当前目录里有下列内容：

```
News/
bin/
mail/
samplefile/
test/
tools/
working/
```

现在这个目录里有两个以字母 t 开头的文件。假设用户仍然想进入 test 子目录，那么如何使用命令补齐呢？用户像先前那样输入：

```
$ cd t<Tab>
```

bash 将不知道用户到底想进入哪个子目录，因为给出的信息并不唯一。如果用户这样做了的话，bash 将发出一声蜂鸣提醒用户没有足够的信息来补齐用户的命令。

蜂鸣之后 bash 并不改变输入的命令，这将使用户能在原来的基础上再输入更多的信息。在这个例子中，用户只须再输入一个 e 并按一下 Tab 键，这时 bash 就有足够的信息来完成用户的命令了。

```
$ cd test
```

当用户输入命令时，不论何时按下 Tab 键，bash 都将尽其所能地试图补齐命令，不行的话会发出蜂鸣来提醒用户需要更多的信息。用户需要输入更多的字符，并再次按下 Tab键，重复这个过程直至用户期望的命令出现。

### 3.2.5 通配符

另一个使命令输入变得更简单的方法是在命令中使用通配符，bash 支持 3 种通配符：
- ■　*　匹配任何字符和任何数目的字符。
- ■　?　匹配任何单字符。
- ■　[...]　匹配任何包含在括号里的单字符。

其中*通配符的使用有些像命令补齐。例如，假设当前目录包含以下文件：

```
News/
bin/
```

```
games/
mail/
samplefile/
test/
```

用户想进入 test 目录，输入 cd test, 或者用命令补齐。

```
$ cd t<Tab>
```

现在用第 3 种方法来做同样的事。因为仅有一个文件以字母 t 开头，用户也能用*通配符来进入该目录。输入下列命令：

```
cd t*
```

*匹配任何字符和任何数目的字符，所以 shell 将把 t*替换为 test 当前目录里唯一和通配方案匹配的文件。当前目录里只有一个文件以字母 t 开头这将是可靠的，但是如果当前目录里有不止一个文件以字母 t 开头，那么 shell 将试着进入第一个符合匹配方案的目录，这个目录是以字母表排序的第一个目录，这也许不是用户所期望的。

通配符*的一个更实际的用途是，通配所要执行命令中的多个名字相似的文件。例如，假设当前目录里包含以下文件：

```
ch1.doc
ch2.doc
ch3.doc
chimp
config
mail/
test/
tools/
```

如果用户需要打印所有扩展名是.doc 的文件，那么可以使用简化的命令：

```
$ lpr *.doc
```

在这个例子中，bash 将把*.doc 替换为当前目录下所有文件名符合通配方案的文件。在 bash 进行了替换后，该命令将被处理为：

```
$ lpr ch1.doc ch2.doc ch3.doc
```

lpr 命令将以 ch1.doc、ch2.doc 和 ch3.doc 为参数被调用。除了以上给出的例子外，还有以下几种方法：

```
$ lpr *doc
$ lpr *oc
$ lpr *c
```

通配符?除了只能匹配单个字符外，其他功能都与通配符*相同，如果用通配符? 来打印前面提到的那个目录里所有扩展名是.doc 的文件，输入下面的命令：

```
$ lpr ch?.doc
```

通配符[...]能匹配括号中给出的字符或字符范围。同样以前面的目录为例，打印那个目录里所有扩展名是.doc 的文件，用户可以输入下列命令之一：

```
$ lpr ch[123].doc
```

或者：

```
$ lpr ch[1-3].doc
```

### 3.2.6 命令历史记录

bash 也支持命令历史记录，这意味着 bash 保留了一定数目的用户先前已经在 shell 里输入过的命令，这个数目取决于一个叫做 HISTSIZE 的变量。有关 HISTSIZE 的更多信息，请看本节后面的"bash 变量"一节。

bash 把用户先前输入的命令文本保存在一个历史列表中。当用户用帐号登录后，历史列表将根据一个历史文件被初始化。历史文件的文件名被一个叫 HISTFILE 的 bash 变量指定。历史文件的缺省名字是.bash_history，这个文件通常在用户的用户目录中（该文件的文件名以一个句点开头，这意味着它是隐含的，仅当用户使用带-a 或-A 参数的 ls 命令列目录时才可见）。

仅将先前的命令保存在历史文件里是没有用的，所以 bash 提供了几种方法来调用它们。使用历史记录列表最简单的方法是用上下方向键，按上方向键后最后输入的命令将出现在命令行上。再按一下则倒数第二条命令会出现，以此类推。如果上翻多了的话也可以用向下的方向键来下翻（和 DOS 实用程序 doskey 一样）。如果需要的话，显示在命令行上的历史命令可以被编辑。

另一个使用命令历史文件的方法是用 bash 的内部命令 history 和 fc（fix 命令）来显示、编辑历史命令。history 命令能以两种不同的方法来调用，第一种是：

```
history [n]
```

当 history 命令没有参数时，整个历史命令列表的内容将被显示出来。下面是一个命令历史列表的例子：

```
 1  mkdir /usr/games/pool
 2  cp XpoolTable-1.2.linux.tar.z /usr/games/pool
 3  cd /usr/games/pool/
 4  ls
 5  gunzip XpoolTable-1.2.linux.tar.z
 6  tar -xf XpoolTable-1.2.linux.tar
 7  ls
 8  cd Xpool
 9  ls
10  xinit
11  exit
12  which zip
13  zip
14  kill -1 548
15  ls -1
16  ls -1
17  vi debug.txt
18  ls -1
19  ls -1
20  ls -1
21  ls -1
22  ls -1
23  ls -1
24  ls -1
```

```
25  ls -1
26  ls -1
27  vi debug.txt
28  ls -1
29  vi info.txt
30  ls
31  ls -1
32  vi debug.txt
33  ls
34  ls -1
35  vi info.txt
36  ls -1
37  vi err.txt
38  ls
39  vi debug.txt
40  ls
```

使用 n 参数的作用是仅有最后 n 个历史命令会被列出。例如，history 5 显示最后 5 个命令。调用 history 命令的第二种方法可以修改命令历史列表文件的内容。命令的语法如下：

```
history [-r|w|a|n] [filename]
```

这种形式中的-r 选项告诉 history 命令读命令历史列表文件的内容并且把它们当作当前的命令历史列表。-w 选项将把当前的命令历史记录写入文件中并覆盖文件原来的内容。-a 选项把当前的命令历史记录追加到文件中。-n 选项将读取文件中的内容并加入到当前历史命令列表中。如果 filename 选项没有被指定，那么 history 命令将用变量 HISTFILE 的值来代替。

fc 命令能用两种方法来编辑历史命令，第一种使用下列语法：

```
fc [-e editor_name] [-n] [-l] [-r] [first] [last]
```

这里所有参数都是可选的，-e editor_name 选项用来指定用于编辑命令的文本编辑器。first 和 last 选项用于选择列出历史命令的范围，既可以是数字也可以是字符串。-n 选项禁止列出命令的编号。-r 选项反向列出匹配的命令。-l 选项把匹配的命令行列在屏幕上（而不是在编辑器中）。如果-e editor_name 参数没有被指定，则以变量 FCEDIT 的值来代替；如果该变量不存在，则用变量 EDITOR 的值来代替；二者都不存在的话将使用 vi 编辑器。

## 3.2.7　别名

bash 的另一个作用是使用户的工作变得轻松，其方法是命令别名。命令别名通常是其他命令的缩写，用来减少键盘输入。例如，用户经常要输入如下命令，这也许倾向于为它建立一个别名来减少工作量：

```
$ cd /usr/X11/lib/X11/fvwm/sample-configs
```

如果要为这个很长的命令建立一个 goconfig 的别名,则在 bash 提示符下输入如下命令：

```
$ alias goconfig='cd /usr/X11/lib/X11/fvwm/sample-configs'
```

现在，除非用户退出 bash，输入 goconfig 将和原来的长命令有同样的作用。如果想取消别名，则可以使用下面的命令：

```
$ unalias goconfig
```

如果你是一名 DOS 用户并且习惯使用 DOS 命令,则下面的别名定义将使用户的 Linux

表现得像 DOS 一样：

```
alias dir='ls'
alias copy='cp'
alias rename='mv'
alias md='mkdir'
alias rd='rmdir'
```

**注意：** 在定义别名时，等号的两头不能有空格，否则 shell 不能决定用户需要做什么。仅在用户的命令中包含有空格或特殊字符时才需要引号。

如果用户输入不带任何参数的 alias 命令，则将显示所有已定义的别名。下面是它的一个输出例子：

```
alias dir='ls'
alias ll='ls -l'
alias ls='ls -F'
alias md='mkdir'
alias net='term < /dev/modem > /dev/modem 2> /dev/null&'
alias rd='rmdir'
```

可以将别名命令写入.bashrc 文件中，这样每次系统启动后就可以使用之前设定好的别名命令。

### 3.2.8　输入、输出重定向

#### 1．输入重定向

输入重定向用于改变一个命令的输入源。一些命令需要在命令行里输入足够的信息才能工作。比如 rm，必须在命令行里告诉 rm 用户要删除的文件。另一些命令则需要更详细的输入，这些命令的输入可能是一个文件。比如命令 wc 统计输入给它的文件里的字符数、单词数和行数。如果用户仅在命令行上输入 wc <Enter>，则 wc 将等待用户告诉它要统计什么，这时 bash 就好像死了一样，用户输入的每样东西都出现在屏幕上，什么事也不会发生，这是因为 wc 命令正在为自己收集输入。如果用户按下 **Ctrl+D** 组合键，则 wc 命令的结果将被写在屏幕上。如果用户输入一个文件名做参数（像下面的例子一样），则 wc 将返回文件所包含的字符数、单词数和行数。

```
$ wc test
11 2 1
```

另一种把 test 文件内容传给 wc 命令的方法是重定向 wc 的输入。符号<在 bash 里用于把当前命令的输入重定向为指定的文件，所以可以用下面的命令来把 wc 命令的输入重定向为 test 文件。

```
$ wc < test
11 2 1
```

输入重定向并不经常使用，因为大多数命令都以参数的形式在命令行上指定输入文件的文件名。尽管如此，当用户使用一个不接受文件名为输入参数的命令，而需要的输入又在一个已存在的文件里时，用户就能用输入重定向来解决问题。

### 2．输出重定向

输出重定向比输入重定向更常用。输出重定向使用户能把一个命令的输出重定向到一个文件里，而不是显示在屏幕上。

很多情况下都可以使用这种功能。例如，如果某个命令的输出很多，在屏幕上不能完全显示，那么用户能把它重定向到一个文件中，稍后再用文本编辑器来打开这个文件；当用户想保存一个命令的输出时也可以使用这种方法。另外，输出重定向可以用于把一个命令的输出当作另一个命令的输入。这种方法就是管道，关于管道的使用将在第 3.2.9 节介绍。

输出重定向的使用与输入重定向很相似，但是输出重定向的符号是>。

当用户要把 ls 命令的输出保存为一个名为 directory.out 的文件时，那么可以使用下面的命令：

```
$ ls > directory.out
```

### 3.2.9 管道

管道可以把一系列命令连接起来。这意味着第一个命令的输出会通过管道传递给第二个命令，作为第二个命令的输入，第二个命令的输出又会作为第三个命令的输入，以此类推。只有管道行中最后一个命令的输出才会显示在屏幕上。

用户通过使用管道符|来建立一个管道行，下面的示例就是一个管道行：

```
$ cat sample.text | grep "High" | wc -l
```

这个管道将把 cat 命令（列出一个文件的内容）的输出传送给 grep 命令。grep 命令在输入里查找单词 High，grep 命令的输出则是所有包含单词 High 的行，这个输出又被传送给 wc 命令。带 -l 选项的 wc 命令将统计输入的行数，假设 sample.txt 的内容如下：

```
Things to do today:
Low: Go grocery shopping
High: Return movie
High: Clear level 3 in Alien vs. Predator
Medium: Pick up clothes from dry cleaner
```

那么管道行将返回结果 2，指出用户今天有两件很重要的事要做。

```
$ cat sample.text | grep "High" | wc -l
2
```

### 3.2.10 提示符

bash 有两级用户提示符：第一级是用户经常看到的 bash 在等待命令输入时的提示符。缺省的一级提示符是字符$（如果是超级用户，则是#号），用户可以通过改变 bash 的 PS1 变量的值来改变用户的缺省提示符。例如：

```
PS1="Please enter a command"
```

当 bash 期待输入更多的信息以完成命令时则显示第二级提示符，缺省的第二级提示符是 >。如果用户要改变第二级提示符，可以通过设置 PS2 变量的值来实现。

```
PS2="I need more information"
```

另外，用户还可以用特殊的字符来定义提示符，表 3-1 列出了最常用的特殊字符。

表 3-1 提示符特殊字符代码

| 字　符 | 含　义 |
|---|---|
| \! | 显示该命令的历史记录编号 |
| \# | 显示当前命令的命令编号 |
| \$ | 显示$符作为提示符，如果用户是 root 的话，则显示#号 |
| \\ | 显示反斜杠 |
| \d | 显示当前日期 |
| \h | 显示主机名 |
| \n | 打印新行 |
| \nnn | 显示 nnn 的八进制值 |
| \s | 显示当前运行的 shell 的名字 |
| \t | 显示当前时间 |
| \u | 显示当前用户的用户名 |
| \W | 显示当前工作目录的名字 |
| \w | 显示当前工作目录的路径 |

这些特殊字符能组合成多种有用的提示符方案（也可以组合为很奇异的方案），例如把 PS1 设为：

```
PS1="\t"
```

这导致提示符显示当前的时间，就像下面的显示一样（提示符后面不会有空格）：

```
02:16:17
```

而下面的设置：

```
PS1=\t
```

将导致提示符变成下面的样子：

```
t
```

这显示了设置中引号的重要性，下面的提示符串：

```
PS1="\t\\ "
```

会使提示符看起来像这个样子：

```
02:16:30\
```

在这种情况下，提示符后面会有一个空格，因为引号里有一个空格。

### 3.2.11　作业控制

作业控制能够控制当前正在运行的进程的行为。特别地，用户能把一个正在运行的进程挂起，稍后再恢复它的运行。bash 保持对所有已启动的进程的跟踪，用户能在一个正在运行的进程的生命期内的任何时候把它挂起或者使它恢复运行。

按下快捷键 Ctrl+Z 可以使一个运行中的进程挂起。bg 命令使一个被挂起的进程在后台恢复运行，反之 fg 命令则使进程在前台恢复运行。当用户想在后台运行而意外地把它放到了前台时，这几个命令经常被用到。当一个命令在前台被运行时，它会禁止用户与 shell 的交互，直到该命令结束。这通常不会造成麻烦，因为大多数命令很快就执行完毕。如果用户运行的命令要花费很长的时间，则通常把它放到后台，以便能在前台继续输入其他命令。

例如，用户输入这个命令：

```
$ find / -name "test" > find.out
```

它将寻找整个文件系统中的名为 test 的文件，并把结果保存在一个叫 fing.out 的文件里。如果在前台运行的话，根据文件系统的大小，用户的 shell 将有数秒甚至数分钟不能使用，用户不想这样做则可以再输入下面的内容：

```
control+z
$ bg
```

find 命令首先被挂起，再在后台继续被执行，并且用户能马上回到 bash 下。

### 3.2.12  bash 常用的命令

表 3-2 为常用的 shell 命令。

表 3-2  常用的 shell 命令

| 命　令 | 说　明 |
| --- | --- |
| alias | 设置 bash 别名 |
| basename | 执行文件并求表达式的值 |
| bg | 使一个被挂起的进程在后台继续执行 |
| cat | 显示一个或多个文件 |
| cd | 改变当前目录 |
| diff | 找出两个文件的不同点 |
| echo | 显示其后的参数 |
| exit | 终止 shell |
| expr | 计算一个表达式的值并将结果送到 STDOUT |
| export | 是变量的值对当前 shell 的所有子进程都可见 |
| false | 返回一个退出值 1，标志出错 |
| fc | 用来编辑历史命令列表里的命令 |
| fg | 使一个被挂起的进程在前台继续执行 |
| find | 检查目录树 |
| fgrep | 扫描文件，查找文本的固定字符串模式 |
| grep | 扫描文件，寻找文本模式 |
| groff | 格式化文档 |
| head | 显示文件的开始部分 |
| help | 显示 shell 内部命令的帮助 |
| info | 显示在线文档 |
| kill | 终止某个进程 |
| pwd | 显示当前工作目录 |
| unalias | 删除已经定义的别名 |

bash 还有许多常用的命令，表 3-2 只列出了其中常用的部分命令。

### 3.2.13 bash 变量

下面是几个最有用的 bash 变量，包括变量名和简单描述。

- EDITOR、FCEDIT    bsah fc 命令的缺省编辑器。
- HISTFILE    用于存储历史命令的文件。
- HISTSIZE    历史命令列表的大小。
- HOME    当前用户的用户目录。
- OLDPWD    前一个工作目录。
- PATH    bash 寻找可执行文件的搜索路径。
- PS1    命令行的一级提示符。
- PS2    命令行的二级提示符。
- PWD    当前工作目录。
- SECONDS    当前 shell 开始后所流逝的秒数。

# 第 4 章　Linux 基本命令介绍

对于初学者来说，图形用户界面的学习和使用相对比较简单，并且绝大部分功能都能通过图形界面来完成。但是这并不等于说没有学习使用命令行操作的必要，对于熟悉 Linux 命令的用户来说，使用命令行操作往往会带来更高的工作效率。

当在图形界面中打开文件管理器，定位一个目录，找到文件并打开它的时候，如果改用外壳命令行的方式，也许几行命令就能解决问题。而且，有些任务不得不在命令行的方式下完成。

外壳提示符界面和其他的命令行接口类似，用户在提示符后输入命令，然后外壳解释命令，根据命令告诉操作系统需要进行什么操作。用户还可以书写外壳脚本来完成更加复杂的任务。

## 4.1　目录和文件操作命令

文件和目录是操作系统中十分重要的概念。在 Linux 中，系统采用树形结构，即用/表示根目录和目录间隔符（DOS 下用\），用..表示上层目录，用.表示当前目录。

在 Linux 系统中，目录的存储管理是以文件的形式进行的，故对文件的很多操作都可以应用在目录上。在后续的文件系统章节中将会详细讲叙这部分内容，这里只集中介绍常用的目录文件操作相关命令。

### 4.1.1　判定当前目录命令

pwd 是 print working directory 的缩写，即打印当前工作目录。进入新的环境中，好奇的读者一定想在系统中浏览一下。一旦开始在目录中上下浏览，则很容易迷失方向或者忘记当前目录全名。

默认情况下，bash 只显示当前目录名，而不是整个路径。这时候就可以使用 pwd 命令，该命令格式和常用选项如下：

```
pwd
```

使用 root 登录系统后，执行 pwd 命令：

```
[root@localhost root]# pwd
```

应该看到类似以下的输出：

```
/root
```

这说明用户当前所在的位置是根目录下的 root 目录里。对于不熟悉文件系统的初学者，在浏览 Linux 系统时会发现使用 pwd 命令对其大有帮助。

### 4.1.2　改变所在目录命令

cd 是 changing directory 的缩写，此命令用于从一个目录跳转到另一个目录。通常 cd 后面要带上需要切换到的目录的名称，可以使用绝对路径或者相对路径来指明目录。绝对路径方式应从根目录/开始，相对路径则从当前目录开始。该命令格式和常用选项如下：

```
cd [目录名]
```

比如有以下的一个目录树结构：

```
/dir1
/dir1/dir2
/dir1/dir2/dir3
```

而当前所在的目录是 dir3，如果要切换到 dir1 目录，敲入如下的命令行：

```
[root@localhost dir3]#cd dir1
```

回车后系统会提示错误，因为系统理解刚才的输入为一个相对路径，于是在 dir3 目录下寻找 dir1 目录，当然找不到。正确的方法如下：

```
[root@localhost dir3]# cd /dir1
```

还有一种方式也可以切换到 dir1，例如：

```
[root@localhost dir3]# cd ../..
```

这里的路径不是以/开始的，而是一个相对路径。系统从当前目录开始向后寻找，..表示回到上一级目录，即父目录。所以在..之后，从 dir3 返回到 dir1。还要注意的是，.代表当前目录。对任意一个目录而言，其目录的内容至少有两个文件，即.及..。可以通过以下命令来查看：

```
[root@localhost dir3]# ls -a
```

表 4-1 列出了 cd 的几种比较特殊的用法。

表 4-1　cd 命令的用法

| 命　令 | 功　能 |
| --- | --- |
| cd | 回到用户的登录时的初始目录 |
| cd ~ | 作用也是回到登录时的初始目录 |
| cd / | 到系统的根目录 |
| cd /root | 到根用户的主目录，前提是你有相应的权限 |
| cd /home | 到用户的主目录，通常是用户登录系统时的初始目录 |
| cd .. | 回到上一级目录即父目录 |
| cd -otheruser | 到由 otheruser 指出的其他用户的初始登录目录，前提是你有相应的授权 |
| cd pathname | 到由 pathname 指出的目录，pathname 可以是相对路径，也可以是绝对路径 |

### 4.1.3　查看目录内容命令

ls 是 list 的缩写。使用 ls 命令可以查看目录下的内容，包括文件和子目录。ls 命令后面可以带很多参数，以完成不同的功能。比如前面提到的-a 选项，能显示所有的隐藏文件（以.开始命名的文件），仅仅敲入 ls 是看不到的，这时候就必须加上相应的参数，即 ls -a。该命令的格式和常用选项如下：

```
[root@localhost root]# ls [选项] [文件目录列表]
```

表 4-2 列出了 ls 命令一些常用的选项。

为了获取更多的信息，可以在 ls 命令之后使用多个参数。比如查看目录或文件的大小信息、文件或目录创建时间，文件的读写执行属性等，可以增加 l 参数，即 ls -al（多个参数直接连续书写）。

文件目录列表为 ls 要处理的文件列表，可以使用通配符。如果没有给出，那么将默认为当前目录。比如 ls -al 可以列出当前目录下的全部内容，而不管当前处于哪个目录之下。

图 4-1 是使用该命令的情形，可以看到文件的详细信息，大致有 7 列，各列对应的意义为：文件类型和权限、连接或目录计数、所有者、组、文件大小（按字节）、文件的最近修改时间以及文件名等信息。

Linux 支持多种文件类型，每一类都用一个字符来表示，即表 4-3 所示表格的每行第一个字符。表 4-3 列出了 Linux 支持的常用文件类型。

**表 4-2　ls 命令常用参数**

| 选　项 | 功　能 |
| --- | --- |
| -a | 代表 all，列出目录下的所有文件，包括隐藏文件 |
| -l | 代表 long，列出许可、拥有者、组、大小、创建日期、是否是一个连接等信息 |
| -F | 代表 file type，在列出的每一项后添加一个代表文件类型的符号，/代表该项是一个目录，@代表该项是一个符号连接，*代表该项是一个可执行文件 |
| -r | 代表 reverse，从后往前列出目录下的内容 |
| -R | 代表 recursive，递归地列出该目录下所有目录的内容 |
| -X | 按扩展名排序 |
| -t | 根据修改时间排序 |
| -S | 代表 size，按大小排列文件 |
| -version | 显示版本信息 |
| -help | 显示帮助信息 |

紧跟着文件类型的字符表示文件的权限，权限有 3 个串，各串分别代表文件所有者（称为 user）、组中其他人（称为 group）和系统中其他人（称为 other）的权限。

**表 4-3　常见的文件类型**

| 符　号 | 含　义 |
| --- | --- |
| - | 常规文件 |
| d | 目录 |
| b | 块设备特殊（磁盘） |
| c | 字符特殊设备（终端） |
| p | 有名管道 |
| s | 信号灯 |
| m | 共享存储器 |

每串由 3 个字符组成，依次代表对文件的读、写和执行权限。系统用 r 代表读权限、w 代表写权限、x 代表执行权限。

当用户没有相应的权限时，该权限对应的位置用短线-表示。

需要特别注意的是，用户对文件拥有的权限，不仅依赖于文件权限，还依赖于对文件所属目录拥有的权限。

例如，虽然一个文件的权限为 rwxrwxrwx，但其他用户只有在对该文件所属目录拥有读写和执行权限时，才能够对该文件进行读、写和执行。

```
[root@localhost etc]#ls -al
总用量 3060
drwxr-xr-x    92 root      root        8192  3月  10 21:42  .
drwxr-xr-x    23 root      root        4096  3月  10 21:42  ..
-rw-r--r--     1 root      root       15228 2003-01-25  a2ps.cfg
-rw-r--r--     1 root      root        2562 2003-01-25  a2ps-site.cfg
-rw-r--r--     1 root      root          47 10月 10 19:15  adjtime
drwxr-xr-x     2 root      root        4096 2006-08-07  aep
-rw-r--r--     1 root      root         688 2003-02-04  aep.conf
-rw-r--r--     1 root      root         703 2003-02-04  aeplog.conf
drwxr-xr-x     4 root      root        4096 2006-08-07  alchemist
-rw-r--r--     1 root      root        1343 2003-02-25  aliases
-rw-r-----     1 smmsp     smmsp      12288  3月  10 21:43  aliases.db
drwxr-xr-x     2 root      root        4096 2006-08-07  alternatives
drwxr-xr-x     3 amanda    disk        4096 2006-08-07  amanda
-rw-r--r--     1 amanda    disk           0 2003-02-14  amandates
-rw-------     1 root      root         688 2003-02-04  amd.conf
-rw-r--r--     1 root      root         105 2003-02-04  amd.net
-rw-r--r--     1 root      root         317 2003-01-25  anacrontab
drwxr-xr-x     3 root      root        4096 2006-08-07  atalk
```

图 4-1　ls 命令的使用

普通用户一般都会将文件的权限设置成 rw-r--r--，这种权限允许其他用户读文件，但不能写和执行，而目录的权限一般都设置成 rwxr-xr-x。这种权限允许其他用户查看目录，但不能在其中建立或删除文件。

### 4.1.4　新建目录命令

mkdir 是 make directory 的缩写。建立新目录命令 mkdir 很简单，用于在文件系统特定目录中建立新目录。其命令格式与常用命令选项如下：

```
mkdir  [选项]  [目录名]
```

常用选项有-m。在建立目录时，按模式参数指定目录权限。

例如，按图 4-2 所示输入命令，将显示新创建的两个目录，注意它们的权限是不同的。

```
[root@localhost root]# mkdir newdic1
```

将新建一个默认权限为 755 的目录 newdic1，而输入另一个命令：

```
[root@localhost root]# mkdir -m 777 newdic2
```

将新建一个默认权限为 777 的目录 newdic2。

```
Terminal                                                          _ □ ×
文件(F)  编辑(E)  查看(V)  终端(T)  转到(G)  帮助(H)
[root@localhost root]#mkdir newdic1
[root@localhost root]#mkdir -m 777 newdic2
[root@localhost root]#ls -lt
总用量 192
drwxrwxrwx   2 root     root        4096   3月 10 21:52 newdic2
drwxr-xr-x   2 root     root        4096   3月 10 21:51 newdic1
-rw-r--r--   1 root     root       10240 10月 10 19:14 perl.tar
drwxr-xr-x   2 root     root        4096 10月 10 19:14 perl
-rw-r--r--   1 root     root       31530 10月 10 19:08 log
-rwxr-xr-x   1 root     root         112 2008-08-22  perl.p
-rw-------   1 root     root         849 2008-08-22  mbox
-rw-r--r--   1 root     root           0 2007-10-29  project.zip
-rw-r--r--   1 root     root        1204 2007-04-09  hello.o
-rw-r--r--   1 root     root         305 2007-04-09  hello.c
-rw-r--r--   1 root     root       94884 2007-01-25  vsftpd-1.2.1-3E.1.i386
.rpm
drwxr-xr-x  17 1000     users       4096 2007-01-25  uClinux-dist
drwxrwxr-x  17 medit    medit       4096 2007-01-25  skyeye
drwx------   4 root     root        4096 2007-01-25  evolution
drwxr-xr-x   6 root     root        4096 2006-08-13  medit
```

图 4-2　建立新目录

## 4.1.5　删除目录命令

rmdir 是 remove directory 的缩写。rmdir 命令用来删除目录，一般情况下删除的目录必须为空目录，如果所给出的目录不为空，则报错。

其命令格式与常用命令选项如下：

> rmdir [选项]目录列表

常用选项为-p。在删除目录表指定的目录后，若父目录为空，则 rmdir 也删除父目录。状态信息显示什么被删除，什么没被删除。

目录列表就是以空格分隔的目录名列表，要删除的目录必须为空。

例如，删除刚才在 newdic1 下新建的两个子目录 sub1 或 sub2，使用下列命令：

> [root@localhost root]# rmdir /root/newdic1/sub1

将删除目录 sub1，而使用以下命令：

> [root@localhost root]# rmdir -p /root/newdic1/sub2

则不仅删除目录 sub1，还将删除父目录 newdic1 和 root，但由于 root 目录不为空，所以操作失败，系统同时给出相应的出错信息。

## 4.1.6　移动文件命令

mv 是 move 的缩写。mv 命令用来移动指定的文件或目录，在当前目录下移动文件时，其功能相当于 Windows 系统中对文件的重命名。其命令格式和命令选项为：

> mv [选项] [源文件和目录列表] [目标目录名]

常用选项如下：

■　-i　交互模式，在改写文件前提示。

■　-f　当目标文件存在但没有写权限时 mv 命令会提示。本选项使 mv 执行移动而不作提示，即使用了-i 标志也当无效处理。

如图 4-3 所示，将/root/sl 目录下的所有后缀名为 log 文件移动到/root/chen 目录下，可以使用如下命令：

```
[root@localhost root]# mv -f -i ./*log ./chen
```

执行后，可以看到/root/目录下的两个后缀名为 log 的文件没有了，而/root/chen 目录下新增了两个文件。

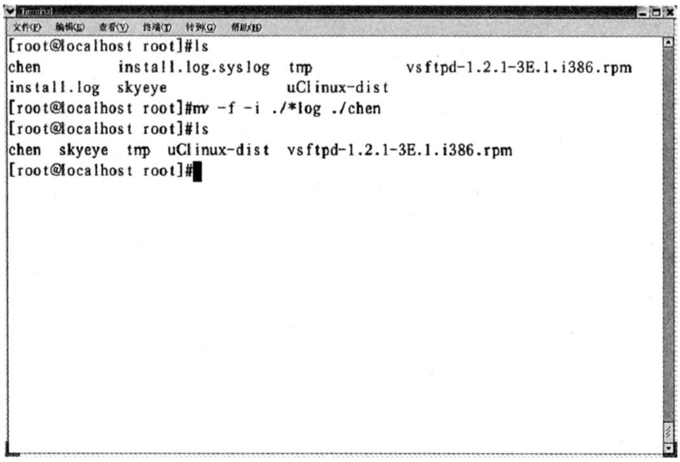

图 4-3　mv 命令实例

### 4.1.7　复制文件命令

cp 是 copy 的缩写。如果要建立新服务或者进行文件备份，都需要复制文件和目录。Linux 下的 cp 命令用于复制文件或目录，该命令是最重要的文件操作文件命令，几乎随时会用到。其命令格式与常用命令选项如下：

```
cp [选项] [源文件和目录列表] [目标目录名]
```

表 4-4 列出了 cp 命令常用的选项。不仅可以进行单个文件复制，cp 命令还可以一次复制多个文件，格式中需要将拷贝的文件和目录列表，可由空格分隔开，用作参数列表。

例如使用如下命令：

```
[root@localhost root]#cp *.txt *.doc *.bak /home
```

执行上述命令后，可以将当前目录中扩展名为 txt、doc 和 bak 的文件全部复制到/home 目录中。

表 4-4　cp 命令常用的选项

| 常用选项 | 意　义 |
| --- | --- |
| -a | 在备份中保持尽可能多的源文件结构和属性 |
| -b | 作将要覆盖或删除文件的备份 |
| -f | 删除已存在的目标文件 |
| -i | 提示是否覆盖已存在的目标文件 |
| -r | 递归拷贝目录，把所有非目录文件当普通文件拷贝 |
| -R | 递归拷贝目录，复制整个目录及其所有子目录 |
| -v | 在拷贝前打印每个文件名 |

### 4.1.8　删除文件命令

rm 是 remove 的缩写。使用 rm 删除命令时，一定需要非常小心，因为在 Linux 中没有类似回收站或者垃圾箱之类的机制，删除文件后不能被恢复。rm 命令用于从文件系统中删除文件及整个目录，其命令格式与常用命令选项如下：

rm　[选项]　[文件和目录列表]

常用选项如表 4-5 所示。

表 4-5　rm 命令常用选项

| 常用选项 | 意　义 |
| --- | --- |
| -f | 指定强行删除模式。在删除文件权限可满足时 rm 提示，本标志强迫删除，不用提示，即使用了-i 标志也当无效处理 |
| -i | 提示是否删除文件 |
| -r | 删除文件列表中指定的目录，若不用此标志则不删除目录 |
| -R | 递归删除目录，删除整个目录及其所有子目录 |
| - V | 在删除前回显文件名 |
| -- | 指明所有选项结束，用于删除一个文件名与某一选项相同的文件。例如，假定偶然建立了名为-f 的文件，又打算删除它，命令 rm -f 不起任何作用，因为-f 被解释成标志而不是文件名；而命令 rm -- -f 能成功地删除文件 |

默认情况下，rm 命令将移除指定的文件，而不能移除目录，但是当给定-r 或者-R 选项时，在指定目录之下的整个目录树都会被移除（而且通过 rm -r 移除的目录树深度是没有限制的）。需要注意的是，当文件路径末端只有.和..时，命令会出错（可用 rm -r .*之类来避免）。使用 rm 命令也可以一次删除多个文件，要删除的文件和目录列表可由空格分隔开。

### 4.1.9　改变权限命令

chmod 是 change mode 的缩写。在 Linux 系统中，用户设定文件权限以控制其他用户不能访问、修改文件。但在系统应用中，有时需要让其他用户使用某个本不能使用的文件，这时就需要重新设置文件的权限。在 Linux 中，可以使用 chmod 命令来进行有关权限的设置。但只有当拥有对该文件的写权限时，才能够改变该文件的权限（超级用户可以对所有文件进行权限设置）。chmod 命令的命令格式与常用命令选项如下：

chmod [选项]　[文件和目录列表]

命令的常用选项如表 4-6 所示。

表 4-6　chmod 命令常用选项

| 常用选项 | 意　义 |
| --- | --- |
| -c | 只有在文件的权限确实改变时才进行详细说明 |
| -f | 不打印权限不能改变的文件的错误信息 |
| -R | 递归改变目录及其内容的权限 |
| -v | 详细说明权限的变化 |

chmod 命令支持两种文件权限设定的方法：一是使用字符串设置权限，二是使用八进制数来设置权限。

### 1. 使用字符串设置权限

正如前面所述，每一个文件、目录都针对用户自己、用户所在组、其他所有账号（组），分别具有读、写、执行及其组合权限。我们用 u、g、o 分别指代用户（user）、组（group）、其他账户（other），就可以方便地设置文件和目录的权限了。当然，也可以用 a 来表示这三项。例如，要对目录/var/www/cgi-bin 下的所有 perl 脚本文件设定权限，对所有用户都可以读和执行，文件所有者还允许写许可，那么我们可以使用如下命令：

```
[root@localhost root]# chmod a+rx,u+w /var/www/cgi-bin /*.pl
```

正如上例所示，如果要使用多个访问字符串，那么它们之间要用逗号隔开，各个许可字符串之间不允许存在有空格。如果要修改目录中所有文件和子目录的权限属性，可以使用 chmod 提供的-R 参数来递归修改。例如，下列的命令将/var/www/site 目录及其下面的子目录的权限属性定义为所有者和组保留原有属性，其他用户则不可访问。

```
[root@localhost root]# chmod -R o-rx /var/www/site
```

但是一般不要轻易使用-R 选项，这可能带来安全隐患。

### 2. 使用八进制数设置权限

使用字符串方便理解，但输入那么多字母还是有点麻烦，由于文件的权限也可以使用三位八进制数来设定，其中读权限对应八进制数 4，写权限对应八进制数 2，执行权限对应八进制数 1。例如 rx 权限对应八进制数位 4+1，即 5。所以上面两个例子也可以使用如下命令来实现：

```
[root@localhost root]chmod 755 /var/www/cgi-bin /*.pl
[root@localhost root]chmod -R 750 /var/www/site
```

通过这两种不同的权限设置方法，能够将文件、目录的权限根据管理员的要求设置成相应的权限。需要注意的地方是，在使用 chmod 改变一个目录下的所有以.打头的文件时，要小心操作。比如，要改变 ustbdir 下的所有.打头的文件的权限为 rwx--x--x，但我们不想改变 ustbdir 目录的权限。图4-4 中的例子是错误的，它不仅仅改变了.打头的文件，而且把相关的文件和目录都改变了权限，在实际应用中这种危害是非常大的。

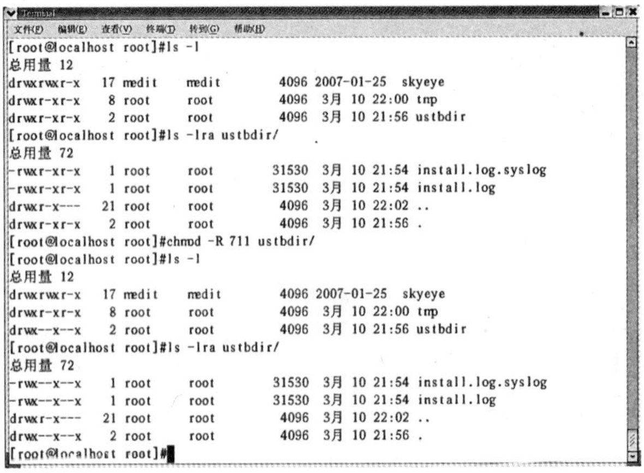

图 4-4    chmod 命令错误用法

其原因很简单，因为以.打头的文件包括.和..，而.代表该目录自身，故执行该命令后，连同目录本身和目录的上一级的权限也改变了。

## 4.1.10  改变所有权命令

chown 是 change owner 的缩写。chown 命令允许改变文件的所有权，用法比较简单，但只有超级用户才可以使用，其命令格式与常用命令选项如下：

```
chown  [选项] [所有者][:[用户组]] 文件和目录列表
```

表 4-7 是 chown 命令的一些常用选项。

表 4-7  chown 命令常用选项

| 常用选项 | 意  义 |
| --- | --- |
| -c | 只有在文件的所有权确实改变时才进行详细说明 |
| -f | 不打印所有权不能改变的文件的错误信息 |
| -R | 递归改变目录及其内容的所有权 |
| -v | 详细说明所有权的变化 |

chown 命令所连接的新的所有者和用户组之间应该以.或:表示，所有者和用户组之一可以为空。如果所有者为空，应该是:用户组；如果用户组为空就不必使用.或:了。

在用户新建立一个文件的时候，文件的所有者就是该用户。为了安全起见，只有超级用户才可以改变这个属性，即使是普通用户也不能把自己的文件所有权改变为其他用户。

值得注意的是，chown 和 chmod 命令非常类似，在改变一个目录下的所有以.打头的文件的所有者和用户组时要小心操作。

## 4.1.11  文件定位命令

有时候，即使知道系统中存在一个特定名字的文件夹但是不知道它究竟在哪个目录下，这时候可以使用 locate 命令进行快速定位，它可以列出符合指定条件的文件或目录的位置信息。其命令格式与常用命令选项如下：

```
locate 目标文件
```

比如，要查找含有 file 字样的文件或目录，可使用如下的命令行：

```
[root@localhost root]# locate file
```

回车后，locate 命令使用一个文件数据库中的信息来完成查询。文件数据库中存储着系统中所有文件的信息，诸如 file.txt、filetmp 的项都将在结果中列出。

locate 命令的执行速度很快，这完全依赖于文件数据库存储信息的帮助。系统中的文件随着各种操作而不停地增加或减少，locate 命令所使用的数据库必须经常更新才有意义，这个更新工作是由系统中一个叫 cron 的作业自动完成的。

cron 是一个在后台执行的小程序，它负责定期执行一些事先安排好的任务，而更新locate 命令数据库就是其中一项。更新操作是安排在夜间进行的，所以在此之前的关机操作可能阻止数据库的更新。

不过，也可以手动更新数据库，方法就是使用 updatedb 命令，注意这需要 root 用户权限。如果没有以 root 用户登录，则可以使用 su 命令。更新操作大概要花几分钟的时间，执行完毕后，locate 命令对应的数据库就被更新了。

### 4.1.12 文件查找命令

Linux 查找文件的命令通常为 find，find 命令能在使用、管理 Linux 的日常事务中方便地查找出我们需要的文件。对于 Linux 新手来说，find 命令也是了解和学习 Linux 文件特点的方法。

因为 Linux 发行版本繁多，版本升级很快，Linux 书籍上往往写明某个配置文件的所在位置，而 Linux 新手按图索骥还是不能找到，这时就需要 find 命令了。

比如 Red Hat Linux 7.0 和 Red Hat Linux 8.0 中有些重要的配置文件所在的硬盘位置和文件目录就有很大的改变，学会使用 find 命令，可以在成千上万的 Linux 文件中寻找到配置文件。

find 命令用可以按文件名、建立或修改日期、所有者（通常是建立文件的用户）、文件长度或文件类型进行搜索。

#### 1. 使用格式

find 命令的格式和常用选项如下：

```
find [目录列表] [匹配标准]
```

其中，目录列表为希望查询文件或文件集的目录列表，目录之间用空格分隔。匹配标准则指定搜索条件的匹配标准，以及找到文件后如何处理，主要选项如表 4-8 所示。

表 4-8　find 命令匹配标准

| 表达式 | 含　义 |
| --- | --- |
| -name 文件名 | -name 文件告诉 find 要找什么文件；要找的文件包括在引号中，可以使用通配符（*和?） |
| -size　n | 匹配所有大小为 n 块的文件（512 字节块，若 k 在 n 后，则为 1KB 块） |
| -user 用户 | 匹配所有用户序列号为前面所指定的用户序列号的文件，可以是数字型的值或用户登录名 |
| -amin n | 匹配所有在前 n 分钟内访问过的文件 |
| -mmin n | 匹配所有在前 n 分钟内修改过的文件 |
| -atime　n | 匹配所有在前 n 天内访问过的文件 |
| -mtime　n | 匹配所有在前 n 天内修改过的文件 |
| -newer 文件 | 匹配所有修改时间比 file 文件更新的文件。目录列表指定从哪个目录开始搜索，匹配标准指定搜索条件 |
| -print | 显示整个文件路径和名称。一般都要用-print 动作，如果没有这个动作，则 find 命令进行所要搜索而不显示结果 |

如图 4-5 所示，要搜索系统/root 目录下所有名称包含 install 的文件，可用如下命令：

```
[root@localhost root]# find /root -name "install*" -print
```

图 4-5　find 命令实例

### 2．通过文件名查找

知道了某个文件的文件名，就可以找到这个文件放到哪个文件夹里，即使是层层套嵌的文件夹里。举例说明，假设忘记了 httpd.conf 文件在系统的哪个目录下，甚至在系统的某个地方也不知道，则可以使用如下命令：

```
[root@localhost root]#find / -name httpd.conf
/etc/httpd/conf/httpd.conf
```

这个命令的语法看起来很容易明白，就是直接在 find 后面写上 -name，表明要求系统按照文件名查找，最后写上 httpd.conf 目标文件名即可。

稍等片刻系统就会在计算机屏幕上显示出查找结果列表，这就是 httpd.conf 文件在 Linux 系统中的完整路径，查找成功。如果输入以上查找命令后系统并没有显示出结果，那么不要以为系统没有执行 find / -name httpd.conf 命令，而是系统中没有 httpd.conf 文件。

### 3．避免错误查找

在 Linux 系统中，find 是大多数系统用户都可以使用的命令，并不是 root 系统管理员的专利。但是普通用户使用 find 命令时也有可能遇到这样的问题，那就是 Linux 系统中系统管理员 root 可以把某些文件目录设置成禁止访问模式，这样普通用户就没有权限用 find 命令来查询这些目录或者文件。

当普通用户使用 find 命令来查询这些文件目录时，往往会出现 Permission denied（禁止访问）字样。系统将无法查询到你想要的文件，为了避免这样的错误，我们可以使用转移错误提示的方法来尝试查找文件，例如输入：

```
[hello@localhost meditchen]$find / -name access_log 2 > /dev/null
```

该方法是把查找错误提示转移到特定的目录中去。系统执行这个命令后，遇到错误的信息就直接输送到 stderrstream 2 中，access_log 2 表明系统将把错误信息输送到 stderrstream 2 中。/dev/null 是一个特殊的文件，表示空设备，任何进入其中的输入都不被显示。命令执行后，查询到的错误信息将被转移到空设备中，不会再显示。当然，也可以将错误信息转移到某个文件中，例如：

```
[hello@localhost meditchen]$find / -name access_log 2 > ./chen.log
```

在 Linux 系统中查找文件也会遇到这样一个实际问题。如果在整个硬盘中查找某个文件就要花费相当长的一段时间，特别是大型 Linux 系统和容量较大的硬盘，文件放在套嵌很深的目录中的时候。如果我们知道该文件存放在某个大的目录中，那么只要在这个目录中往下找就能节省很多时间。

### 4．根据部分文件名查找

这个方法和在 Windows 中查找已知文件名的方法是一样的。不过在 Linux 中根据部分文件名查找文件的方法要比在 Windows 中的同类查找方法的功能强大得多。

例如，当知道某个文件包含有 srm 这 3 个字母时，那么要找到系统中所有包含这 3 个字母的文件就可以了，输入如下命令：

```
[root@localhost root]#find /etc -name *srm*
```

这个命令表明 Linux 系统将在/etc 目录中查找所有包含 srm 字母的文件，比如 absrmyz、tibc.srm 等，符合条件的文件都能显示出来。如果你还知道这个文件是由 srm 字母打头的，那么我们还可以省略最前面的星号，命令如下：

```
[root@localhost root]#find/etc -name srm*
```

这个命令的结果是，只有像 srmyz.txt 这样的文件才被查找出来，而像 absrmyz 或者 absrm 这样的文件都不符合要求，不被显示，这样查找文件的效率和可靠性就大大增强了。

### 5．根据文件的特征查找

如果只知道某个文件的大小、修改日期等特征，则可以使用 find 命令查找出来。下面将简要介绍如何使用特征进行查找。

例如，知道一个 Linux 文件大小为 1 500byte，那么可以使用如下命令来查找：

```
[root@localhost root]# find / -size 1500c
```

字符 c 表明要查找的文件的大小是以 byte 为单位。如果连这个文件的具体大小都不知道，那么在 Linux 中还可以进行模糊查找方式来解决。

需要输入如下命令：

```
[root@localhost root]#find / -size +10000000c
```

该命令执行后，标明指定系统在根目录中查找出大于 10 000 000 字节的文件，并显示出来。命令中的+表示要求系统只列出大于指定大小的文件，而使用-则表示要求系统列出小于指定大小的文件。

表 4-9 显示了在 Linux 中使用不同的 find 命令后，系统所要作出的查找动作。从中很容易看出在 Linux 中使用 find 命令的方式很多，只要灵活应用，将会非常强大。

表 4-9　find 命令格式

| 表达式 | 含　义 |
| --- | --- |
| find / -amin -10 | 查找在系统中最后 10 分钟访问的文件 |
| find / -atime -2 | 查找在系统中最后 48 小时访问的文件 |
| find / -empty | 查找在系统中为空的文件或者文件夹 |
| find / -group cat | 查找在系统中属于 group cat 的文件 |
| find / -mmin -5 | 查找在系统中最后 5 分钟里修改过的文件 |
| find / -mtime -1 | 查找在系统中最后 24 小时里修改过的文件 |
| find / -nouser | 查找在系统中属于作废用户的文件 |
| find / -user fred | 查找在系统中属于 FRED 这个用户的文件 |

表 4-10 对 find 命令所指定文件的特征进行查找的部分条件，这里并没有列举所有的查找条件，参考有关 Linux 书籍可以知道所有 find 命令的查找函数。

表 4-10　find 命令选项

| 选项名 | 含　义 |
| --- | --- |
| -amin n | 查找系统中最后 N 分钟访问的文件 |
| -atime n | 查找系统中最后 n*24 小时访问的文件 |
| -cmin n | 查找系统中最后 N 分钟被改变状态的文件 |
| -ctime n | 查找系统中最后 n*24 小时被改变状态的文件 |
| -empty | 查找系统中空白的文件，或空白的文件目录，或目录中没有子目录的文件夹 |
| -false | 查找系统中总是错误的文件 |
| -fstypc type | 查找系统中存在于指定文件系统的文件，例如 ext2 |
| -gid n | 查找系统中文件数字组 ID 为 n 的文件 |
| -group gname | 查找系统中文件属于 gnam 文件组，并且指定组和 ID 的文件 |

### 6．Find 命令的控制选项

为了进一步增强对命令执行的控制功能，find 命令还提供一些特有的选项来控制查找操作。表 4-11 就是我们总结出的最基本最常用的 find 命令的控制选项及其用法。

表 4-11　find 命令控制选项

| 选项名 | 含　义 |
| --- | --- |
| -daystart | 测试系统从今天开始 24 小时以内的文件，用法类似-amin |
| -depth | 使用深度级别的查找方式，在某层指定目录中优先查找文件内容 |
| -follow | 遵循通配符连接方式查找，也可忽略通配符连接方式查询 |
| -help | 显示命令摘要 |
| -maxdepth levels | 某个层次的目录中按照递减方法查找 |
| -mount | 不在文件系统目录中查找，　用法类似 -xdev |
| -noleaf | 禁止在非 UNIX 文件系统，MS-DOS 系统，CD-ROM 文件系统中进行最优化查找 |
| -version | 打印版本数字 |

对于上述多个命令选项来说，有一些选项需要做特别说明。

使用-follow 选项后，find 命令将遵循通配符连接方式进行查找，除非你指定这个选项，否则 find 命令将忽略通配符连接方式进行文件查找。

-maxdepth 选项的作用就是限制 find 命令在目录中按照递减方式查找文件的时候，搜索文件超过某个级别或者搜索过多的目录，这样导致查找速度变慢，查找花费的时间过多。例如，要在当前目录及子目录中查找一个名叫 fred 的文件，我们可以使用如下命令：

```
[root@localhost root]# find . -maxdepth 2 -name fred
```

假如 fred 文件在./sub1/fred 目录中，那么命令就会直接定位这个文件，查找很容易成功。假如这个文件在./sub1/sub2/fred 目录中，那么 find 命令就无法查找到。因为前面已经给 find 命令设置在目录中最大的查询目录级别为 2，所以只能查找两层目录下的文件。这样做的目的就是为了让 find 命令更加精确地定位文件，如果你已经知道某个文件大概所在的文件目录级数，那么加入-maxdepth n 就能很快在指定目录中查找成功。

### 7. 使用混合查找方式查找文件

find 命令可以使用混合查找的方式，混合查找可以非常容易地利用多种命令选项准确、快速匹配查找条件。

例如，想在/root 目录中查找含有 install.log 字符并且其文件大小属性为大于 10KB 的文件，那么可以使用-and 来把前面的两个查找选项连接起来组合成一个混合的匹配条件。图 4-6 是查找命令执行的结果。

使用混合查找方式非常灵活，可以利用各种可能的特征来完成快速搜索，在此不做更多的介绍。

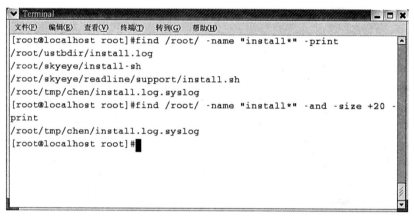

图 4-6  find 命令的混合查找例子

### 4.1.13 符号连接命令

ln 命令用于建立文件的连接，使得某个文件可以同时存在于多个目录之中。当经常使用某个文件而又不想转到该文件所在的目录中时，可以用此命令把它连接到自己的主目录或者其他便于使用的地方。当使用 ln 命令时，应说明被连接文件当前所在的路径名和当前工作目录中想使用的新文件名。

ln 命令也可以把一个目录中的所有文件连接到一个新的目录中去。也就是说，可以用一个 ln 命令连接具有许多文件的整个目录。使用 ln 命令时，应告诉 ln 命令希望连接的一组文件，通常以通配符*结尾来标识，另外还要告诉将这一组文件连接到的目标目录上去的目录名，这样可以使目标目录的文件名与原有的文件名相同。

ln 命令的格式是：

```
ln ［选项］目标源文件 ［连接名］
```

例如：

```
[root@localhost root]# ln /home/filel  file2
```

其中/home/filel 为想要连接文件 filel 的当前路径名，file2 为当前工作目录中想使用的新文件名。又如：

```
[root@localhost root]# ln /home/meditchen/*  /home/guest
```

其中/home/meditchen/*下的一组文件为希望连接的，该组文件被连到/home/guest 目录下，连接后它们的文件名保持不变。

连接有两种：一种称为硬连接（Hard Link），另一种称为符号连接（Symbolic Link）。建立硬连接时，连接文件和被连接文件必须位于同一个文件系统中，并且不能建立指向目录的硬连接，而符号连接则不存在这个问题。默认情况下，ln 产生硬连接。下面举例说明这两种连接和源文件的关系。

**1. 硬连接与目标源文件的关系**

硬连接文件相当于目标源文件的克隆体，两个文件是完全相同的。当修改其中一个文件时，另一个文件的内容也随之变化，而删除其中任意一个文件时，则不会影响到另一个文件。

新建　文件，将其命名为 ustb.txt，并为该文件建立一个硬连接 ustb1.txt，使用 ls 命令查看这两个文件的大小属性，它们的大小是一样的。然后修改 ustb1.txt 文件，再查看文件的大小属性，会发现 ustb.txt 文件的大小也会变化，并且其值和 ustb1.txt 文件的大小一样。接着删除其中一个文件 ustb.txt 文件，再查看 ustb1.txt 文件属性，会发现其文件属性都没有发生变化。操作过程见图 4-7。

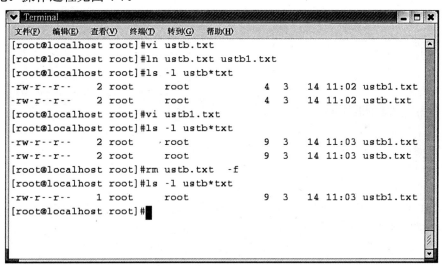

图 4-7　硬连接与源文件的关系

**2. 符号连接与源文件的关系**

软连接和硬连接不一样，它只是目标源文件的一个标记。当删除目标源文件时，软连接文件不能单独存在，虽然仍能保留文件名，但是不能查看文件的内容。

新建一文件，将其命名为 ustb.txt，为 ustb.txt 文件建立一个软连接 ustb2.txt，使用 ls 命令查看这两个文件的属性，会发现它们的大小是不一样的。在使用 cat 命令查看 ustb2.txt 时，其文件内容和 ustb.txt 是一样的。然后修改文件 ustb.txt 文件，再查看文件的大小属性，会发现 ustb2.txt 文件的大小没有变化，其大小值和以前一样大。接着删除文件 ustb.txt 文件，再查看 ustb2.txt 文件的属性，该文件会被高亮显示，在使用 cat 命令查看该文件时，会发现该文件不存在。操作过程见图 4-8。

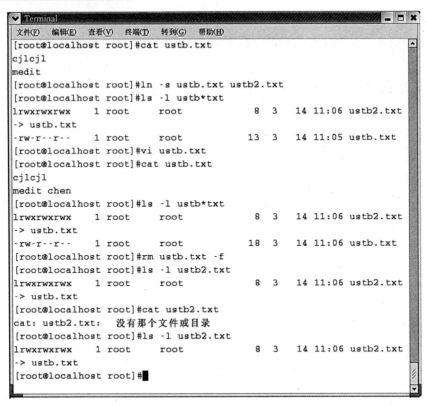

图 4-8　软连接与源文件的关系

### 4.1.14　修改文件的时间戳

当文件存在时 touch 命令把文件的修改时间更新为当前时间。当不存在时建立这个文件，这种方法与文本编辑器一样，都会创建一个空白的文件，你可以在其中添加文本或数据。touch 命令格式如下：

```
touch [选项] <filename>
```

touch 命令常见的选项见表 4-12。

表 4-12　touch 命令常见选项

| 常用选项 | 意　义 |
| --- | --- |
| -a | 改变档案的读取时间 |
| -m | 改变档案的修改时间 |
| -c | 假如目的档案不存在，不会建立新档案，和--no-create 效果一样 |
| -f | 不使用，是为了与其他 UNIX 系统的相容性而保留 |
| -r | 使用参考档案的时间记录 |
| -d | 设定时间与日期 |
| -t | 设定档案的时间记录，格式与 date 相同 |
| --no-create | 无操作 |
| --help | 详细说明权限的变化 |

例如：想把文件 medit.txt 的时间纪录改为 8 月 13 日 15 点 1 分，可用如下命令：

```
[root@localhost root]#touch -d "15:01 8/13" medit.txt
```

# 4.2　文本显示和编辑命令

文本编辑器是非常重要的工具，无论是显示简单文本文件还是需要修改某些系统配置文件。在 Red Hat Linux 系统中，有很多不同的文件显示及编辑处理工具，在此仅介绍一些常用的显示及编辑命令。

## 4.2.1　显示文件内容命令

最简单也是最早使用的显示文本文件命令是 cat，用来将文件内容显示到终端中，其命令格式与常用命令选项如下：

```
[root@localhost root]# cat [选项] 文件列表
```

表 4-13 列出了 cat 命令常用选项。

表 4-13　cat 命令常用选项

| 选　项 | 意　义 |
| --- | --- |
| -b | 计算所有非空输出行，开始为 1 |
| -n | 计算所有输出行，开始为 1 |
| -s | 将相连的多个空行用单一空行代替 |
| -e | 在每行末尾显示$符号 |

文件列表是要连接文件的选项列表。如果没有指定文件或连字号（-），就从标准输入读取。如果在标准输出上显示的文件多于一个，则 cat 依次读取其后所指文件的内容并将其输出到标准输出。

例如，在图 4-9 所示的 test.txt 文件中，同时显示出每一行的行号，并在每行末尾显示$符号。可以使用如下命令：

```
[root@localhost root]# cat -en test.txt
```

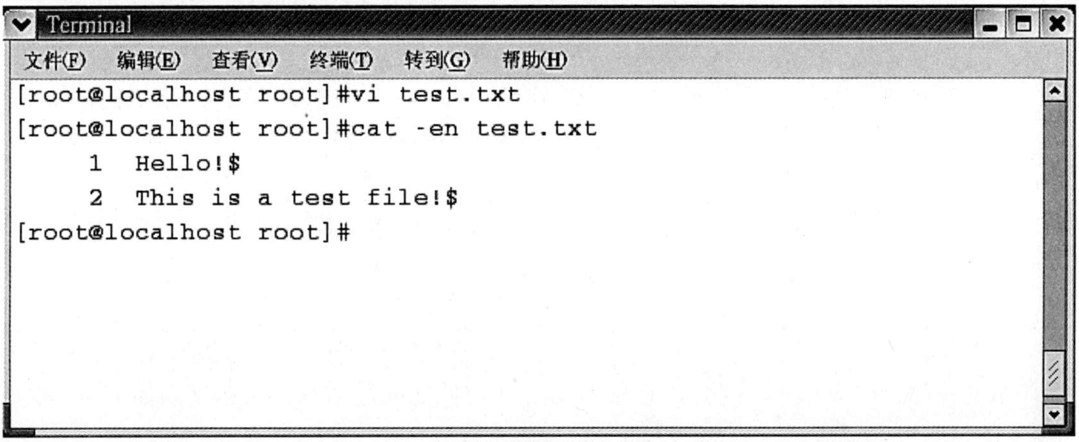

图 4-9　终端显示文本文件

### 4.2.2 查看文件前部内容

如果只想知道文件前面的部分，则可以使用 head 命令来查看文件的前部。其命令格式与常用命令选项如下：

```
[root@localhost root]#  head  [选项]  文件列表
```

常用选项如表 4-14 所示。

表 4-14  head 命令常用选项

| 选 项 | 意 义 |
|---|---|
| -c, --bytes=SIZE | 打印起始的 SIZE 字节 |
| -n, --lines=NUMBER | 显示起始的 NUMBER 行，而非默认的起始 10 行 |
| -q | 从不显示给出文件名的首部 |
| -v | 总是显示给出文件名的首部 |

如果在标准输出上显示的文件多于一个，则 head 将一个接一个地显示，并且在每个文件显示的首部给出文件名。

例如，想显示 test.log 文件的头两行，可以使用如下命令：

```
[root@localhost root]# head -n 2 -v test.log
```

执行该命令则会显示 test.log 文件的头两行。

### 4.2.3 查看文件尾部内容

同样，也可以仅查看文件的末尾部分，tail 命令能够观察文本文件末端或跟踪文本文件的增长。其命令格式与常用命令选项如下：

```
[root@localhost root]#  tail  [选项] 文件名
```

常用命令选项如表 4-15 所示。

表 4-15  tail 命令常用选项

| 选 项 | 意 义 |
|---|---|
| -c, --bytes=SIZE | 打印最后的 SIZE 字节 |
| -n, --lines=NUMBER | 显示最后的 NUMBER 行，而非默认的起始 10 行 |
| -q | 从不显示给出文件名的首部 |
| -v | 总是显示给出文件名的首部 |
| -f | 当文件增长时，输出后续添加的数据 |
| -s, --sleep-interval=S | 与-f 合用，表示在每次反复的间隔休眠 S 秒 |
| --pid=PID | 与-f 合用，表示在进程 ID 为 PID 的进程死掉之后结束 |
| --retry | 即使 tail 开始时就不能访问或者在 tail 运行后不能访问，也仍然不停地尝试打开文件，只与-f 合用时有用 |

如果在标准输出上显示的文件多于一个，那么 tail 将一个接一个地显示，并且在每个文件显示的首部给出文件名。例如，想显示 test.txt 文件的末尾两行，可以使用如下命令：

```
[root@localhost root]#tail -n 2 -v test.txt
```

执行该命令则会显示 test.log 文件的末尾两行。

## 4.2.4　搜索文件内容

如果想要在 shell 显示中查找最某个特定的字符串，可以使用 grep 命令在文件中查找与给出模式相匹配的内容，其命令格式与常用命令选项如下：

```
[root@localhost root]# grep [选项] 匹配字符串 文件列表
```

命令 grep 的常用选项如表 4-16 所示。

表 4-16　grep 命令常用选项

| 选　项 | 意　义 |
| --- | --- |
| -c | 对匹配的行计数 |
| -l | 只显示包含匹配的文件的文件名 |
| -h | 抑制包含匹配文件的文件名的显示 |
| -n | 每个匹配行只按照相对的行号显示 |
| -i | 产生不区分大小写的匹配，缺省状态是区分大小写 |
| -v | 列出不匹配的行 |

查找的各文件之间可用空格分隔。如图 4-10 所示，查找 test.txt 文件中包含 cjl 的内容并显示行号，可以使用如下命令：

```
[root@localhost root]# grep -n "cjl" ustb.txt
```

查找当前目录下包含 cjl 的文件并对各文件匹配的行计数，可以使用如下命令：

```
[root@localhost root]# grep -c "cjl" *.*
```

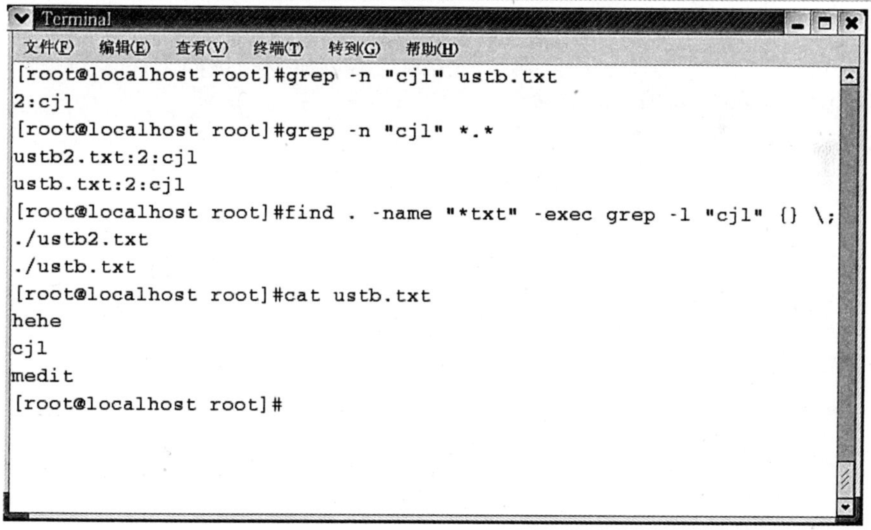

```
[root@localhost root]#grep -n "cjl" ustb.txt
2:cjl
[root@localhost root]#grep -n "cjl" *.*
ustb2.txt:2:cjl
ustb.txt:2:cjl
[root@localhost root]#find . -name "*txt" -exec grep -l "cjl" {} \;
./ustb2.txt
./ustb.txt
[root@localhost root]#cat ustb.txt
hehe
cjl
medit
[root@localhost root]#
```

图 4-10　在文件中查找特定字符串

此外，grep 和 find 命令联合使用时功能非常强大，这充分显示了 Linux 系统命令行的优势，是 Windows 系统很难做到的。下面具体讲解这两个命令的联合使用方法。其格式为：

```
[root@localhost root]# find [目录列表] [匹配标准] -exec grep [选项] 匹配字符串 {} \;
```

例如：

```
[root@localhost root]# find . -name "*txt" -exec grep -l "cjl" {} \;
```

该命令首先执行 find 命令，查找含有 txt 字符的文件，产生一个结果集；然后执行 grep

命令，在 find 命令产生的结果集中查找每个文件，若文件内容含有 cjl 字符，则将该文件名输出到显示器终端。

## 4.2.5　分屏显示文件内容

more 命令是通用的按页显示命令，也可以用来在终端屏幕上分屏显示文件，其命令格式与常用命令选项如下：

```
more [选项] 文件名
```

命令 more 的常用选项如表 4-17 所示。

表 4-17　more 命令常用选项

| 选　项 | 意　义 |
| --- | --- |
| -c | 用 more 给文本翻页时通过从头清除一行，然后再在最后写下一行的办法写入。通常，more 清除屏幕，再写每一行 |
| -n | 用于建立大小为 n 行长的窗口。窗口大小是在屏幕上显示多少行 |
| -d | 显示 "Press space to continue, 'q' quit"代替 more 的缺省提示符 |
| -s | 多个空行压缩处理为一个 |
| -p | 不滚屏，代替它的是清屏并显示文本 |

例如，想分页显示文件 log.txt，可以使用如下命令：

```
[root@localhost root]# more log.txt
```

less 也是通用的按页显示命令，它类似于 more，也允许浏览文件，但更加灵活，同时允许在文件中向前和向后移动显示，其命令格式与常用命令选项如下：

```
[root@localhost root]# less [选项] 文件名
```

命令 less 的常用选项如表 4-18 所示。

表 4-18　less 命令常用选项

| 选　项 | 意　义 |
| --- | --- |
| -? | 显示 less 接收的命令小结。若给出本选项则忽略其他选项，less 保留并在帮助屏后显示 |
| -a | 在当前屏幕显示的最后一行之后开始查询 |
| -c | 从顶行向下全屏重写 |
| -E | 第一次到文件尾后自动退出 less。若缺省，唯一退出 less 的方式是通过 q 命令 |
| -n | 去掉行号 |
| -s | 将多个空行压缩成一个空行 |
| -x n | 每次按制表符走 n 格，n 的缺省值是 8 |

通过 more 及 less 命令，用户可以非常容易的分屏显示较大的文件。

## 4.2.6　清除和复位终端窗口

在终端窗口中使用命令行操作的时候，窗口很容易因为命令的输出而占满了，如果感觉不顺眼，可以另开一个终端窗口，但是更简单的方法是使用 clear 命令，它将清除整个窗口中的显示，并回到窗口顶端的第一行重新输出命令提示符。

有的时候会出现这样的情况：在提示符下执行了某个程序，程序执行完毕后，在提示符下的输入显示变得不正确了。实际上，此时终端窗口的正常显示遭到了破坏，这时候可以使用 reset 命令恢复终端窗口的默认设置，重新正确显示。

### 4.2.7　打印命令

如果系统中已经配置好打印机，就可以进行打印了。"lpr 文件名"命令可以将指定的文件送到打印队列。比如要打印 ustb.txt，可以使用如下命令：

```
[root@localhost root]# lpr ustb.txt
```

使用 lpq 命令可以查看打印队列中的所有任务，命令的输出类似于：

```
active root 245 ustb.txt
```

这表示根用户在打印 ustb.txt 文件，其中 245 是作业号。

可以使用"lprm 作业号"命令取消打印队列中的作业。

### 4.2.8　文本编辑器

编辑器是系统必备的基本工具。Linux 提供的编辑器很多，有行编辑器也有全屏幕编辑器。行编辑器一次只能编辑一行，使用起来很不方便。全屏幕编辑器可以对整个屏幕进行编辑，用户编辑的文件直接显示在屏幕上，修改的结果可以立即看出来，克服了行编辑的那种不直观的操作方式，便于用户学习和使用，具有强大的功能。

vi 是 Linux 中很好的一种全屏幕编辑器，是 visual interface 的缩写。在命令行下输入：

```
[root@localhost root]# vi 文件名
```

即可启动 vi 编辑器，如果不指定文件名或者文件不存在则自动开启新文件。初始界面类似于图 4-11，从图中可以看出，它的界面很简单，没有任何菜单或者按钮，只能用键盘输入众多的命令来控制编辑过程中的一切操作。编辑器的名字是 VIM - Vi IMproved，这是因为现在用的 vi 都是改进版。

vi 有 3 种基本的工作模式：命令行模式、文本输入模式、末行模式。下面先解释一下这 3 种模式。

- 命令行模式　任何时候，不管用户处于何种模式，只要按一下 Esc 键，即可使 vi 进入命令行模式。命令模式也是 vi 启动后的初始模式。在该模式下，用户可以输入各种合法的 vi 命令，用于管理自己的文档。此时从键盘上输入的任何字符都将被当做编辑命令来解释，若输入的字符是合法的 vi 命令，则 vi 在接受用户命令之后完成相应的动作。输入的命令并不会在屏幕上显示出来，若输入的字符不是 vi 的合法命令，则 vi 会让计算机的蜂鸣器响铃发出警告。

- 文本输入模式　在命令模式下输入插入命令 i、附加命令 a 、打开命令 o、修改命令 c、取代命令 r 或替换命令 s 都可以进入文本输入模式。在该模式下，用户输入的任何字符都被 vi 当做文件内容保存起来，并将其显示在屏幕上。在文本输入过程中，若想回到命令模式下，按 Esc 键即可。

- 末行模式　在命令模式下输入的命令通常是单个键，都是不回显的，例如 i、a、o 等；有些控制命令比较复杂，比如写编辑的内容到指定的文件，如果不回显，则本身不是很合理。

对于这些命令，必须在命令模式下按:键，切换到末行模式。此时在编辑屏幕的最末一行会显示:，接着输入相应的命令即可，命令以回车键结束。多数文件管理命令都是在此模式下执行的（比如把编辑缓冲区的内容写到文件中等）。末行命令执行完后，vi 自动回到命令模式。

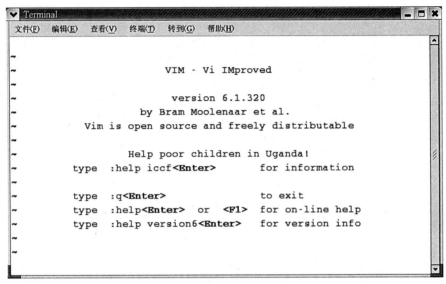

图 4-11　vi 的初始界面

若在末行模式下输入命令过程中改变了主意，可按 Esc 键，或者用退格键将输入的命令全部删除之后，再按一下退格键，即可使 vi 回到命令模式下。

进入 vi 编辑器时处于命令模式，可移动光标或作文字搜寻、删除、存盘、执行命令等操作。掌握常用的编辑命令是熟练应用 vi 的基础，表 4-19 是常用的编辑指令列表。

表 4-19　常用 vi 编辑指令表

| 命令行输入 | 说　明 |
| --- | --- |
| :wq | 存盘并离开 vi |
| :x | 存盘并离开 vi，同:wq |
| :n,mw 文件名 | 写第 n 行至 m 行到指定的文件 |
| :w 文件名 | 存盘但不离开 vi |
| :n,mw>>文件名 | 将第 n 行至 m 行插到指定文件的末尾 |
| :w! 文件名 | 强制存盘，而不管文件本身是否已经存在 |
| :q | 离开 vi |
| :q! | 强制离开 vi，而不管有没有完成文档保存工作 |
| :set number | 显示每行的计数 |
| :.= | 显示目前光标所在行数 |
| Ctrl+g | 显示文件名、目前光标所在行数、文件全部行数及所在位置%数 |
| A | 光标所在行末尾插入 |

（续表）

| 命令行输入 | 说　明 |
| --- | --- |
| a | 光标后插入 |
| I | 光标所在行行首插入 |
| I | 光标前插入 |
| O | 在本行上面开新一行并输入 |
| o | 在本行下面开新一行并输入 |
| Cc | 修改当前行 |
| Cw | 修改到字末 |
| :r 文件名 | 读取指定的文件，并插到当前行的下面 |
| U | 放弃上一个指令动作 |
| N | 重复上一个搜寻指令 |
| U | 恢复此行初态 |
| . | 重复上一个更改指令 |
| K | 往上移动光标 |
| W | 移动光标到下一个字 |
| \| | 移动光标到行头 |
| J | 往下移动光标 |
| B | 移动光标到上一个字 |
| nG | 移动光标到由 n 指出的行数 |
| $ | 光标移到行尾 |
| G | 光标移到文件的最后一行 |
| H | 光标移到往左 |
| L | 光标移到往右 |
| N\| | 光标移到当前行的第 n 个字符 |
| Ctrl+f | 屏幕下翻一页 |
| Ctrl+d | 屏幕下翻半页 |
| Ctrl+b | 屏幕上翻一页 |
| Ctrl+u | 屏幕上翻半页 |
| Backspace | 插入状态时，向前删一字符 |
| Ndd | 往下删 n 行文字 |
| nx | 往后删 n 个字符 |
| nX | 往前删 n 个字符 |
| D 光标命令 | 与光标指令配合使用来删除本文，例如:dG 删至文件尾 |
| /字符串<CR> | 找字符串所在位置 |
| ?字符串<CR> | 往前找字符串所在位置 |
| :1,$ s/str1/str2/g | 从头到尾用 str2 取代 str1 |

（续表）

| 命令行输入 | 说　明 |
|---|---|
| :n,m s/str1/str2/opt | 从第 n 列搜寻到第 m 列，搜寻 str1 字符串用 str2 字符串取代，opt: g 全部取代  c 确认再取代 p 打印取代列 |
| Nyy | 拷贝 n 行放到缓冲区中 |
| Y 光标命令 | 与光标指令配合使用拷贝数据到缓冲区中，例:yG 拷贝从当前至文件末尾放到缓冲区中 |
| P | 将最后被拷贝到缓冲区中的文字粘贴到目前光标所在位置 |
| R 字符 | 取代光标所在之字符 |
| R 字符<Esc> | 取代光标所在之字符直到按 Esc 键为止 |
| :! shell 命令 | 执行 shell 命令 |
| :r! shell 命令 | 插入指令执行后的结果输出到当前的光标位置 |

# 4.3　进程管理命令

进程管理命令不仅可以显示系统中进程的许多相关信息，或者监视某个用户进程，还可以杀死进程。

## 4.3.1　报告进程状态命令

ps 是 Process Status 的缩写。ps 命令用来报告系统当前的进程状态，其命令格式与常用命令选项如下：

```
ps［选项］
```

命令 ps 的常用选项如表 4-20 所示。

表 4-20　ps 命令常用选项

| 选　项 | 意　义 |
|---|---|
| -a | 显示所有用户进程 |
| -e | 显示进程环境变量 |
| -l | 给出长列表 |
| -r | 只显示正在运行的进程 |
| -S | 增加子 CPU 时间和页面出错 |
| -w | 按宽格式显示输出。默认情况下，如果输出结果不能在一行里显示，将会缩短结果输出，使用该选项可以避免 |
| -txx | 只显示受 tty.xx 控制的进程 |
| -u | 打印用户格式，显示用户名和进程起始时间 |
| -x | 显示不带控制终端的进程 |

例如，分页查看当前所有进程，同时显示进程的用户名和起始时间，可使用如下命令：

```
[root@localhost root]# ps -axu|more
```

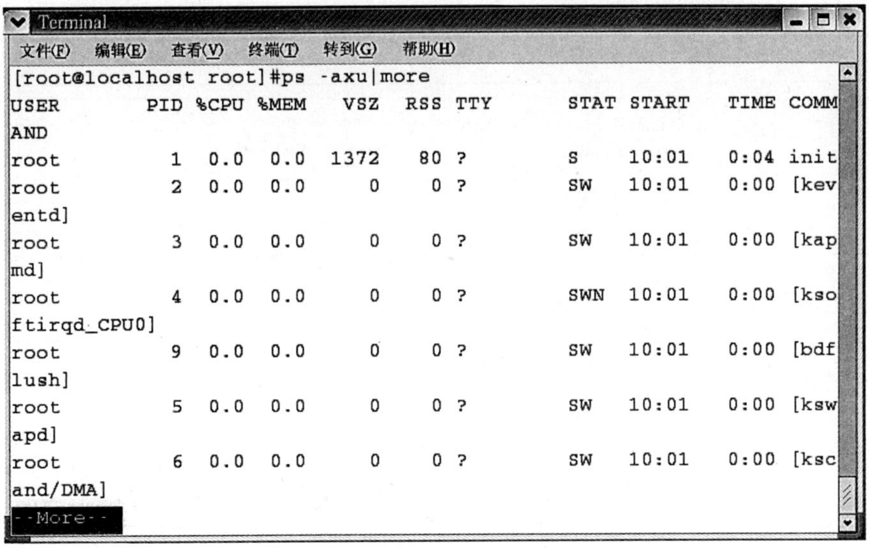

图 4-12　显示系统进程

结果如图 4-12 所示，其中 ps 输出报告的各列的含义如表 4-21 所示。

表 4-21　ps 命令输出字段含义

| 字段名 | 意　义 |
|---|---|
| USER | 进程所有者的用户名 |
| PID | 进程号，可以唯一标识该进程 |
| %CPU | 进程自最近一次刷新以来所占用的 CPU 时间和总时间的百分比 |
| %MEM | 进程使用内存的百分比 |
| VSZ | 进程使用的虚拟内存大小，以 K 为单位 |
| RSS | 进程占用的物理内存的总数量，以 K 为单位 |
| TTY | 进程相关的终端 |
| STAT | 进程状态，用下表代码中的一个给出 |
| TIME | 进程使用的总 CPU 时间 |
| COMMAND | 被执行的命令行 |
| NI | 进程的优先级值，较小的数字意味着占用较少的 CPU 时间 |
| PRI | 进程优先级 |
| PPID | 父进程 ID |
| WCHAN | 进程等待的内核事件名 |

Linux 使用不同的字符来表示进程的状态，各字符含义见表 4-22。

表 4-22　进程状态

| 符　号 | 含　义 |
|---|---|
| R | 运行或准备运行 |
| S | 睡眠状态 |
| I | 空闲 |

（续表）

| 符 号 | 含 义 |
|---|---|
| Z | 死亡 |
| D | 不间断睡眠 |
| W | 进程没有驻留页 |
| T | 停止或跟踪 |

### 4.3.2 终止进程命令

kill 命令允许送一个结束进程的信号到某个当前运行的特定进程，从而结束进程。其命令格式与常用命令选项如下：

```
[root@localhost root]# kill  [选项]  [信号] 进程号
```

表 4-23 给出了 kill 命令的常用选项。

表 4-23 kill 命令选项

| 常用选项 | 含 义 |
|---|---|
| -s | 指定需要送出的信号。既可以是信号名也可以对应数字 |
| -p | 指定 kill 命令只是显示进程的 pid，并不真正送出结束信号 |
| -l | 打印可以用 kill 送的信号名表，可以在/usr/include/linux/signal.h 文件中找到 |

■ 信号　送入可选信号，缺省值是 SIGTERM。其他两个常用值，一个是 SIGHUP，指调制解调器通过电话挂起的设备；另一个是 SIGKILL，不能被进程忽略。

■ 进程号　希望送指定信号的进程号，可以使用 ps 命令查看进程号。

显示系统中信号如图 4-13 所示。

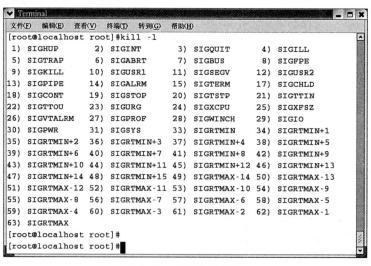

图 4-13　显示系统信号

如图 4-13 所示，使用命令：

```
[root@localhost root]# kill -l
```

可以看到 kill 命令的所有信号。

### 4.3.3　进程前后台切换命令

fg 命令可以把后台运行的进程调回前台，而 bg 命令则相反，即把前台运行的进程调到后台。其命令格式为：

```
fg 作业号
bg 作业号
```

Linux 系统允许用户将正在运行的进程挂起，在需要恢复进程的时候，将被挂起的作业从中止处恢复，继续运行。在运行某进程时，只要在键盘上输入 Ctrl+Z，即可挂起当前的前台作业。通过 jobs 命令可以显示挂起的进程情况。fg 命令可以把挂起的进程调回前台执行，而 bg 命令则将挂起的作业放到后台执行。

例如：在编辑 ustb.txt 的时候，发现需要做其他的事情，这时只须在键盘上输入 Ctrl+Z 即暂停 ustb.txt 的编辑。做完其他事后，再通过 fg 命令将被中止的进程重新调回前台执行，如图 4-14 所示。

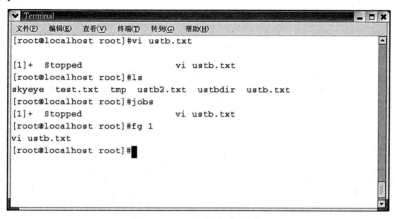

图 4-14　进程挂起与恢复

Linux 系统可以在命令执行的时候加上后台运行命令&，将进程转到后台运行。通过 fg 命令即可将其调回前台继续运行。

## 4.4　帮助命令

Linux 系统为所有命令都提供相应的使用说明，用户可以随时通过 man 或 info 命令显示命令帮助。man 命令不仅可以查看多种常用的命令，甚至可以使用 man man 查看它自己的帮助信息。为了提高操作的效率，可以通过 history 命令来执行已经运行过的命令。

### 4.4.1　查看命令行历史记录命令

在 Linux 系统中，有些命令可能要反复使用，特别是一些比较复杂的命令，如果每次都重新敲入一遍感觉有些繁琐。

事实上，系统保存了一份使用过的命令行的历史记录，在外壳中使用上下箭头键，历史记录中的命令就会逐条显示在提示符后，找到需要重新输入的命令，直接回车即可。

默认情形下，在 bash 中最多可以保存 500 条命令。

数值 500 被保存在环境变量 HISTSIZE 中，可以使用命令 env 进行查看，而历史记录事实上保存在用户主目录的一个叫.bash_history 的文件中。其命令格式为：

```
[root@localhost root]# history
```

另一个在外壳中操作节省时间的办法是使用 Tab 键，它的作用是根据输入的命令的一部分而补全该命令，这在记不清命令或者命令太长敲起来费力的情况下非常有用。

比如 updatedb 命令，在敲入 updated 后，按 Tab，则自动补全为 updatedb。如果只敲入 up 就按 Tab，则会听到计算机发出蜂鸣音，因为系统找到多个可以补全 up 的命令，此时再按一次 Tab，就会看到可用的命令列表。

### 4.4.2　寻找命令所在位置命令

不仅可以查看命令的使用格式或选项，还可以查看命令的位置。利用 whereis 命令可以寻找一个命令所在的位置。whereis 命令格式与常用命令选项如下：

```
whereis [选项] 命令名
```

表 4-24 列出了 whereis 命令的常用选项。

表 4-24　whereis 命令常用选项

| 选　项 | 意　义 |
| --- | --- |
| -b | 只查找二进制文件 |
| - m | 查找主要文件 |
| -s | 查找来源 |
| - u | 查找不常用的记录文件 |

例如，利用 ls 命令查找它的二进制文件在什么目录下，可以用如下命令来查询：

```
[root@localhost root]# whereis -d ls
```

而查找它的主要文件在什么目录下，可以用如下命令：

```
[root@localhost root]# whereis -m ls
```

图 4-15 显示了 ls 命令的常用选项的帮助。

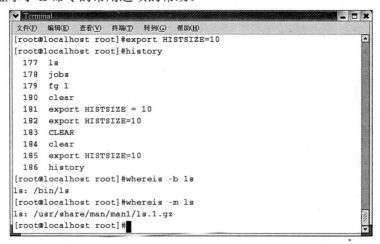

图 4-15　显示 whereis 的帮助

### 4.4.3 显示帮助手册命令

在每个 Linux 系统以及几乎所有 UNIX 系统，都提供有 man 命令帮助手册，它是一种类似网页格式化显示的在线手册页，其命令格式与常用命令选项如下：

```
[root@localhost root]# man [选项] 命令名称
```

man 命令的常用选项如表 4-25 所示。

表 4-25　man 命令常用选项

| 选　项 | 意　义 |
| --- | --- |
| -f | 只显示出命令的功能而不显示其中详细的说明文件 |
| -w | 不显示手册页，只显示将被格式化和显示的文件所在位置 |
| - S | 根据章节显示，由于一个命令名称可能会有很多类别 |
| -E | 在每行末尾显示$符号 |

至于章节类别，表 4-26 列出了 man 命令的章节选项。

表 4-26　man 命令常用章节选项

| 章　节 | 说　明 |
| --- | --- |
| 1 | 一般使用者的命令 |
| 2 | 系统调用的命令 |
| 3 | C 语言函数库的命令 |
| 4 | 有关驱动程序和系统设备的解释 |
| 5 | 配置文件的解释 |
| 6 | 游戏程序的命令 |
| 7 | 其他的软件或是程序的命令 |

在 Linuxforum.org 论坛中，还提供了 man 手册中文版本，称为 cman 手册。有兴趣的读者可以下载安装到系统中。

```
[root@localhost root]# man man
```

图 4-16 显示了执行 man 命令的使用帮助。

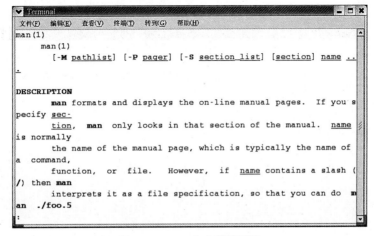

图 4-16　man 命令帮助手册

在浏览输出信息时，可以按 q 键退出 man 命令。

用户可以随时使用 man 在线帮助手册。在遇到不熟悉的命令或不清楚的选项时，可以随时使用 man 命令查看帮助。

### 4.4.4 介绍用户命令

info 是另一个非常有用的命令帮助手册，用以了解许多常用的命令，它的介绍比 man 手册更详细。

info 命令格式和常用命令选项如下：

[root@localhost root]# info 用户命令

例如，想显示 ls 命令的信息可以使用如下命令：

[root@localhost root]# info man

命令执行结果如图 4-17 所示。

使用 info 手册，用户可以进行查找、翻看等多种操作。想了解某个命令的详细帮助，它比 man 更详细。如果不清楚或忘记了某个命令，也可以利用 info 命令查看，info 手册能够提示相关信息，从而查找到命令。

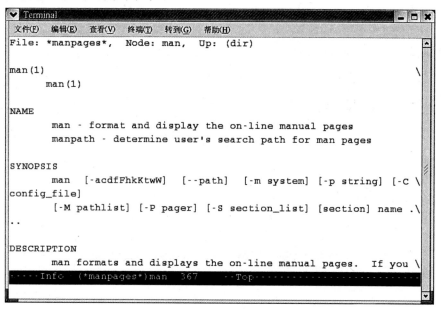

图 4-17　显示 info 手册

# 第 5 章　配置 X Window 平台

## 5.1　X Window 简介

X Window 是一套在各种位元映像显示器（bitmapped displays）上的便携式（portable）视窗系统，它是 UNIX 系统上强大的图形化环境，为 UNIX 或 UNIX 兼容的操作系统提供完整的 GUI（Graphical User Interface，图形化操作界面），可以称之为 X11、X 或者 X Window 系统。它是由麻省理工学院（MIT）于 1984 年开发出来的。X Windows System 可在许多系统上执行，由于它和生产者无关，具有可携性，对彩色控制的多样性以及对网络之间的操作流通性，使得 X Window 成为一个工业的标准，而且它的源代码可以自由使用。

X Window 是一个让程序员开发方便移植的图形界面的工业软件标准，X Window 最重要的特点之一就是它独特的与设备无关的结构。任何硬件只要支持 X Window 标准，便可以执行应用程序，显示一组包含图形和文字的视窗，而不需要重新编译和连接。这种与设备无关的特性，使得只要是根据 X Window 标准所开发的应用程序，均可在不同的环境下（比如大型电脑、工作站、个人电脑上）执行，这种优良的特性奠定了 X Window 成为工业标准的基础。

在 X Window 视窗环境中，即使视窗的部分或全部被其他视窗覆盖，应用程序仍然可以对自己拥有的视窗做输出。设备程序提供在屏幕上移动视窗，改变视窗大小，把视窗放在最上一层或最下一层等功能。虽然视窗可以重叠，但是在同一屏幕上打开许多视窗是非常费时的事情，就如同其他的视窗系统一般，X Window 提供了标识图，在屏幕上用一个标识图代表一个应用视窗。在使用应用视窗标识图之后，视窗被移走，代之以标识图，从而空出了较多屏幕空间。与此相反的动作则是解除标识图，也就是以原先的视窗取代标识图。

对于输出，X Window 提供了许多写文字和画图形到视窗上的功能，可以非常容易地使用许多字体（FONTS）并且做一致性处理，也有许多图形结构和绘图的基本方法，例如点、线、弧线和区域都被提供，色彩的控制更加丰富，这些复杂的功能对使用者而言是隐藏起来的，使用者可以简单、方便地使用它们。用户接口是输入功能中很重要的一个部分，用户通过键盘或鼠标的指令，告诉系统如何架构一个视窗和处理视窗的内容。

由于 X Window 处理功能并非内建于系统，而是在应用层次，因此容易修改或更换，所以 X Window 能提供不同形态的用户界面。换个角度来说，用户界面所具有的弹性几乎完全可由 X Window 独立提供。

X Window 具有网络透明性。通过网络，应用程序可以在其他机器上输出显示，就如同在自己机器上一样容易。

同时 X Window 还支持许多不同风格的用户界面和管理视窗的功能，例如视窗的摆放、大小及显示顺序等这些功能都不包含在系统中，而是由应用程序来控制，因此可以轻易地更换。不同风格的界面关系与不同的应用程序之间不会互相限制。X Window 弹性地提供基本的窗口操作功能，其余的显示模式则可让用户自行设置。

正因为这样，有非常多的窗口管理程序衍生出来，每种窗口都给人不同的感觉。尽管每一种窗口管理程序的外观与桌面布局方式不同，但它们都是使用相同的 X 通信协议在做沟通，建立在基本的 X Window 结构之上。

### 5.1.1　X Window 简史

1984 年，麻省理工学院（MIT）计算机科学研究室开始开发 X Window。当时 Bob Scheifler 正在研究分布式系统，而同一时间 DEC 公司的 Jim Gettys 在麻省理工学院做 Athena 计划的一部分，两个计划都需要一个相同的东西：一套在 UNIX 计算机上执行的视窗系统。因此他们开始合作，他们从斯坦福大学（Stanford University）得到一套叫做 W 的实验性视窗系统，因为它是根据 W 视窗系统的基础开始发展，当发展到足以和原来的系统有明显区别时，他们把这个系统叫做 X。

研究工作不断地进行，X 版本不断地产生。以下为 X 版本的时间进度：

1985 年底，推出了第 10 版（X version 10）。直到此时，在 MIT 以外的人和组织才开始对 X 有实质性的贡献。

1986 年 1 月，DEC 推出了第一套商业化的 X 产品 VAXstation-II/GPX。

1986 年 2 月，第 10 版第三次发行。从此时起，X 开始流传于世，人们把它移植到许多新的系统上。

1986 年 11 月，第 10 版第四次发行（X version 10,release 4）。

1987 年 1 月，第一次 X 技术会议在麻省理工学院召开。

1987 年 9 月，第 11 版第 1 次发行（X version 11,release 1），即 X11R1。

1987 年，MIT X 协会成立，目的是为了研究发展及控制标准。

1988 年 1 月，第二次 X 技术会议。

1988 年 3 月，第 11 版第二次发行（X version 11,release 2），简称 X11R2。

1988 年 10 月，第 11 版第三次发行（X version 11,release 3），简称 X11R3。

1990 年 1 月，第 11 版第四次发行（X version 11,release 4），简称 X11R4。

1991 年 8 月，第 11 版第五次发行（X version 11,release 5），简称 X11R5。

1994 年 4 月，第 11 版第六次发行（X version 11,release 6），简称 X11R6。

后续不断发布了 X11R6.1、X11R6.2、X11R6.3、X11R6.4 和 X11R7.4 等版本。

### 5.1.2　X Window 的组成部分

X Window 主要分为两部分：服务器（Server）和客户端（Client）。X Server 是 X Window 的核心，在操作系统中，它表现为一个在系统中执行的应用程序或线程，主要负责管理图形显示功能以及键盘、鼠标等输入设备，这个 X Server 服务程序针对不同的硬件有不同的应用程序，例如 Xapollo 针对 Apollo 显示器，Xsun 针对 Sun/2、Sun/3、Sun/4 和 Sun/386i

工作站，Xibm 针对 IBM 的 APA16 和 Megapel 显示器，Xhp 针对 Hp 9000/300 的 Topcat 显示器，而 X Client 则泛指在 X 中执行的应用程序。然而，X Server 仅负责显示，并不进行分辨的处理，这些工作都交给窗口管理器来处理。

X11R6 版本由文件说明、源程序、建构文件、公用程序等组成。

## 1．系统程序

X Server 是一种伺服程序，主要负责处理终端的硬件设备，例如鼠标、屏幕、键盘和绘图作业等，这是 X Windows System 的核心，这个程序可以建立、去掉视窗，也响应其他的 Client 程序的请求，做写或画的动作。Linux 使用的 X Server 以 XFree86 为主，但是除了 Xfree86 外，还有 Accelerated X、Metro X 和 XsuSE 等 X Server。

Xinit 初始化程序，启动系统和设定 Server 执行。

Xdm 即 X Window 显示管理器，一个提供便利和弹性的启动系统，可以使系统满足个别程序的需求。

Uwm 即 X Window 视窗管理器（Window Manager），这个程序用来管理、移动视窗系统，重新设定视窗的大小等，可以用菜单结合鼠标完成操作。

以上只有 X Server 程序是绝对必须的。在只有 X Server 程序的情况下，在 X Window 上也可以运行其他应用程序，但是操作起来很不方便。

## 2．视窗系统公用程序

这些工具程序和设备程序不是视窗系统的一部分，但这些程序给系统的使用带来了很多方便，在某种程度上是不可或缺的。这些程序包括：

xterm 即 X 终端机模拟器（terminal emulator）。

xhost 程序可以控制网络上那些被允许存取你的屏幕的主机。

## 3．常驻桌面的日常工具

Xclock 是一个指针或数字型的时钟。

Xclac 是计算器。

Xload 是用统计图显示目前主机的负载分布的程序。

Xbiff 是信件到达通知程序。

## 4．一般窗口应用程序

Xedit 是一个文字编辑器。

Xman 是一个说明书或系统文件的浏览器。

Xmh 是信件管理程序。

## 5．游戏、演示程序和屏幕保护程序

Maze 以随机数字建立一个迷宫并找出它的解法。

muncher 在视窗上描绘大量动态的图样。

xlogo 在视窗上画出一个 X 的字形。

**6．X 窗口系统运行信息和状态的记录程序**

xfd 在视窗内显示一个被 X 指定的字形，而且还可以选择性地提供更多有关此字形的信息。

xwininf 显示某个特定视窗的状态信息，例如大小、位置及其他特征。

Xprop 显示视窗的性质和字形。

**7．定制用户环境的工具程序**

Window Manager 是窗口管理器。

control-center 是控制中心。

### 5.1.3 X Window 工作原理

X Window 的运行分为四层。最底层的是 X Server（X 服务器），提供图形界面的驱动，为 X Window 提供服务。上面的一层是用于网上通信的网络协议，即 X 网络协议，这部分使远程运行 X Window 成为可能。只需要在服务器上运行一个 X Server，而客户机（X Client）上运行更上一层的程序，则可以实现 X Window 的远程运行。

再往上的一层是称作 Xlib 的低层函数接口，介于网络和基础系统与较高层的程序之间，应用程序的实现是通过调用这一层的函数实现的。最顶层就是管理窗口的窗口管理器了，也就是一般所说的窗口管理器 （Window Manager）。在这一层的软件是用户都比较常接触的，比如 fvwm、AfterStep、Enlightment 以及 WindowMaker 等。

从上面的介绍来看，X Window 的运行是一种客户机/服务器（Client/Server）模式，服务器用于显示客户的应用程序，又称为显示服务器（Display Server）。显示服务器位于硬件和客户机之间，它跟踪所有来自输入设备（比如键盘、鼠标）的输入动作，经过处理后将其送回客户机。

这样，使用户甚至可以在 MS Windows 机器上运行 X Client，截取并传送用户的输入，只是将 X Window 的屏幕输出显示在用户的屏幕上。客户机的输入和输出系统跟 X 服务器之间的通信都是遵守 X 协议的。

### 5.1.4 X Window System 特点

从 X Window 组成中我们可以知道 X 系统巧妙的设计给它带来了许多优异特性，主要有如下优点：

**1．可扩展性强**

X 系统是基于服务器/客户模型实现的，在修改界面的显示界面时，不需要从最底层改起，只要改变一下客户端就可以了，这也就是为什么今天我们在 Linux 下看到了许多种风格迥异的图形界面，比如最常见的 Gnome 和 KDE。

**2．通用性好**

目前，由于 X Window 统一使用 X Protocol 协议进行客户端与服务器访问，使得能够非常容易地支持多种应用程序，只需要很少的改动，就可以支持许多全新的图形应用程序。

众多厂商在 UNIX 上投入了许多精力，有许多非常经典的程序，许多人就在图形环境下为这些工具开发了图形界面，大大提高了这些工具的易用性，新的程序不仅功能强大，而且界面优美。网络上能够找到许多这样的工具。

### 3．能够进行远程访问

前面说过，只要使用了 X Protocol 协议，不管客户端是什么，X Window 都可以支持，哪怕是远程用户，也可以使用 X 窗口。

在后面要介绍的远程管理中，就有一个具体的实例，远程使用 X Window 就像在本地使用一样。

## 5.2　XFree86 简介

许多自愿奉献的程序员相互合作，执行了一项将整个 X Window 移植到 PC x86 平台上的计划，这个计划就是 XFree86。该计划的最终目的就是将 X Window 移植到各种 PC 平台上的 UNIX 和 UNIX 兼容操作系统（例如 Linux、FreeBSD、NetBSD、SCO UNIX 和 Solaris 等）上。

Xfree86 是由麻省理工学院的 X Window version 11，release 6（即 X11R6）移植到 PC 平台的 X 版本。严格地说，XFree86 仅仅是一个 X Server，一个完整的 X Window 必须由很多的 X 应用程序、X 函数库、X 通信协议、配置文件以及工具组成，所以 Linux 的 X Window 可以说是 XFree86+X11R6 的搭配组合。在 PC 平台操作系统上，X Window 的绝大部分程序，还是由 X11R6 来提供，XFree86 负责提供硬件显示与 X 窗口系统之间的相互沟通。在 Red Hat Linux 9.0 中使用的 XFree86 的版本是 4.3。

## 5.3　配置 XFree86

启动 X Window 之前，必须先配置好 XFree86。只有这样 X Window 才能使用鼠标、键盘、显卡等输入输出设备。在 Red Hat Linux 9.0 系统中，XFree86 设置文件为 /etc/X11/XF86Config，该文件用来配置 X Window。但是这个配置文件非常复杂，手动配置该文件将会得不偿失。

目前 XFree86 提供了两种工具来设置 XFree86：xf86config（工作在文本模式下）和 xf86setup（工作在图形模式下，即 X Window 环境中）；同时 Red Hat 的发行版本还提供了另外一个配置工具 xconfigurator，这个工具具有自动监测硬件功能。

Red Hat Linux 在安装程序中已经对 XFree86 服务器进行了基本的设置，这样可以确保 X 平台第一次能够启动起来。在配置 XFree86 之前，必须首先了解的信息有：显存的大小，显卡使用的芯片组，监视器的最大分辨率，监视器的水平和垂直刷新率、制造商以及型号。

同其他 Linux 配置文件一样，xf86Config 文件忽略所有的空白行以及以#开头的注释行。XFree86 文件被划分为很多段，每段为 X 服务器提供特定类型的信息。每个段以 Section <

段的名称>开始，以 EndSection 行结束。格式如下：

```
Section <段的名称>
    <段的内容>
EndSection
```

其中，Files 段用来指定字体和颜色数据库路径；ServerFlags 段用来指定 X 服务器的一般选项；Keyboard 段则是用来设置键盘设备；Pointer 段用来设置定点设备，通常就是鼠标。Monitor 段用来描述监视器；Device 段用来设置显卡选项；Screen 段用来指定 X 服务器使用显示硬件（监视器和显卡）的方式。

在 Red Hat Linux 9.0 下，可以使用 xf86config 程序来设置/etc/X11/XF86Config 文件。

```
# xf86config
```

输入 xf86config 命令后便进入设置程序界面，直接回车进入设置键盘界面。设置键盘界面如下：

```
First specify a mouse protocol type. Choose one from the following list:

 1. Microsoft compatible (2-button protocol)

 2. Mouse Systems (3-button protocol)

 3. Bus Mouse

 4. PS/2 Mouse

 5. Logitech Mouse (serial, old type, Logitech protocol)

 6. Logitech MouseMan (Microsoft compatible)

 7. MM Series

 8. MM HitTablet

 9. Microsoft IntelliMouse

If you have a two-button mouse, it is most likely of type 1, and if you have
a three-button mouse, it can probably support both protocol 1 and 2. There are
two main varieties of the latter type: mice with a switch to select the
protocol, and mice that default to 1 and require a button to be held at
boot-time to select protocol 2. Some mice can be convinced to do 2 by sending
a special sequence to the serial port (see the ClearDTR/ClearRTS options).

Enter a protocol number: 4
```

可以在 9 种不同的指定设备中选择主机的设备类型，选择并按回车键，设置程序会询问是否需要支持三键鼠标：

```
If your mouse has only two buttons, it is recommended that you enable
Emulate3Buttons.

Please answer the following question with either 'y' or 'n'.

Do you want to enable Emulate3Buttons? Y
```

下一步设置程序会询问所指定的设备所对应的 Linux 设备，一般选择/dev/mouse。

```
Now give the full device name that the mouse is connected to, for example
/dev/tty00. Just pressing enter will use the default, /dev/mouse.

Mouse device:
```

再下一步就进入选择键盘类型列表：

```
Please select one of the following keyboard types that is the better
description of your keyboard. If nothing really matches,
choose 1 (Generic 101-key PC)

  1 Generic 101-key PC

  2 Generic 102-key (Intl) PC
```

```
 3  Generic 104-key PC
 4  Generic 105-key (Intl) PC
 5  Dell 101-key PC
 6  Everex STEPnote
 7  Keytronic FlexPro
 8  Microsoft Natural
 9  Northgate OmniKey 101
10  Winbook Model XP5
11  Japanese 106-key
12  PC-98xx Series
13  Brazilian ABNT2
14  HP Internet
15  Logitech iTouch
16  Logitech Cordless Desktop Pro
17  Logitech Internet Keyboard
18  Logitech Internet Navigator Keyboard
19  Compaq Internet
20  Microsoft Natural Pro
21  Genius Comfy KB-16M
22  IBM Rapid Access
23  IBM Rapid Access II
24  Chicony Internet Keyboard
25  Dell Internet Keyboard

Enter a number to choose the keyboard. 2
```

接下来设置程序会让你选择国家：

```
 1  U.S. English
 2  U.S. English w/ ISO9995-3
 3  U.S. English w/ deadkeys
 4  Albanian
 5  Arabic
 6  Armenian
 7  Azerbaidjani
 8  Belarusian
 9  Belgian
10  Bengali
11  Brazilian
12  Bulgarian
13  Burmese
14  Canadian
15  French Canadian
16  Croatian
17  Czech
18  Czech (qwerty)

Enter a number to choose the country.
Press enter for the next page
```

总共有 74 个国家可供选择，选择完国家之后，接连按三次回车键便进入选择显示器的属性选项，如下：

```
ou must indicate the horizontal sync range of your monitor. You can either
select one of the predefined ranges below that correspond to industry-
standard monitor types, or give a specific range.

It is VERY IMPORTANT that you do not specify a monitor type with a horizontal
sync range that is beyond the capabilities of your monitor. If in doubt,
choose a conservative setting.

    hsync in kHz; monitor type with characteristic modes
1   31.5; Standard VGA, 640x480 @ 60 Hz
2   31.5 - 35.1; Super VGA, 800x600 @ 56 Hz
3   31.5, 35.5; 8514 Compatible, 1024x768 @ 87 Hz interlaced (no 800x600)
4   31.5, 35.15, 35.5; Super VGA, 1024x768 @ 87 Hz interlaced, 800x600 @ 56 Hz
5   31.5 - 37.9; Extended Super VGA, 800x600 @ 60 Hz, 640x480 @ 72 Hz
6   31.5 - 48.5; Non-Interlaced SVGA, 1024x768 @ 60 Hz, 800x600 @ 72 Hz
7   31.5 - 57.0; High Frequency SVGA, 1024x768 @ 70 Hz
8   31.5 - 64.3; Monitor that can do 1280x1024 @ 60 Hz
9   31.5 - 79.0; Monitor that can do 1280x1024 @ 74 Hz
10  31.5 - 82.0; Monitor that can do 1280x1024 @ 76 Hz
11  Enter your own horizontal sync range

Enter your choice (1-11):
```

如果输入 11，则可以指定显示器的水平同步范围。接下来设置程序要求用户指定显示器的垂直范围，如下：

```
You must indicate the vertical sync range of your monitor. You can either
select one of the predefined ranges below that correspond to industry-
standard monitor types, or give a specific range. For interlaced modes,
the number that counts is the high one (e.g. 87 Hz rather than 43 Hz).

1   50-70
2   50-90
3   50-100
4   40-150
5   Enter your own vertical sync range

Enter your choice:
```

选择 5 可以设定范围。接连按三次回车键便进入显卡显存设置文本：

```
How much video memory do you have on your video card:

1   256K
2   512K
3   1024K
4   2048K
5   4096K
6   Other

Enter your choice:
```

选择完显卡的显存之后，便要设置 X Window 的颜色深度，如下：

```
Please specify which color depth you want to use by default:
```

```
1  1 bit (monochrome)
2  4 bits (16 colors)
3  8 bits (256 colors)
4  16 bits (65536 colors)
5  24 bits (16 million colors)

Enter a number to choose the default depth.
```

到此所有的设置已经完成，设置程序会提示是否保存，选择保存即完成配置。

设置成功后，可以通过 startx 命令启动 X Window，在正确的配置情况下，应该进入图形视窗。如果执行 startx 之后，出现一个类似 X 的光标之后就没有任何结果，或者整个显示器为黑屏，这可能是因为显示卡的设置出现错误。按组合键 Ctrl+Alt+Back Space 可以退出 X，检查/tmp/x.out 文件，查找错误，然后再重新设置一次。

可以在启动 X Window 的同时指定视窗的颜色属性。例如：

```
# startx -- -bpp 16          //使用16位色
# startx -- -bpp 24          //使用24位色
# startx -- -bpp 32          //使用32位色
```

除了使用xf86config之外，还可以使用图形界面的设置程序xf86Setup来设置。xf86Setup 必须在 X Window 中执行。需要注意的是，在 Red Hat Linux 中，默认状态下 xf86Setup 并没有被安装，如果要使用必须先安装。

## 5.4  启动 X Window

在启动 X Window 之前，可以通过 Red Hat Linux 的 switchdesk 客户程序来选择默认窗口，switchdesk 实用程序可以作为一种基于文本的控制台，与关键词（通常为 GNOME 和 KDE 等）结合在一起。在运行 X Window 之前，设置默认的 X Window 桌面，以下将默认的 X Window 设置为 KDE：

```
# switchdesk KDE
Red Hat Linux switchdesk 3.9
Copyright (C) 1999-2001 Red Hat, Inc
Redistributable under the terms of the GNU General Public License
Desktop now set up to run KDE.
For system defaults, remove /root/.Xclients
```

### 5.4.1  GDM 的配置

GDM 显示管理器是Red Hat Linux包含的GNOME程序库以及客户程序产品的一部分，它提供了直接引导到 X Window 的图形化登录界面。该登录界面显示有窗口管理器的下拉菜单、语言、异常终止和重新引导服务器的系统选项。要配置 GDM，可以通过编辑/etc/X11/gdm.conf 文件来实现。

另外一种方法是使用 gdmconfig 或者 gdmsetup 客户程序。可以通过 gdmconfig 客户程序来配置登录显示的许多方面和特性。在 GNOME 的桌面上的【主菜单】中选择【运行】

命令，输入 gdmconfig 回车即可运行 gdmconfig 客户程序，如图 5-1 所示。

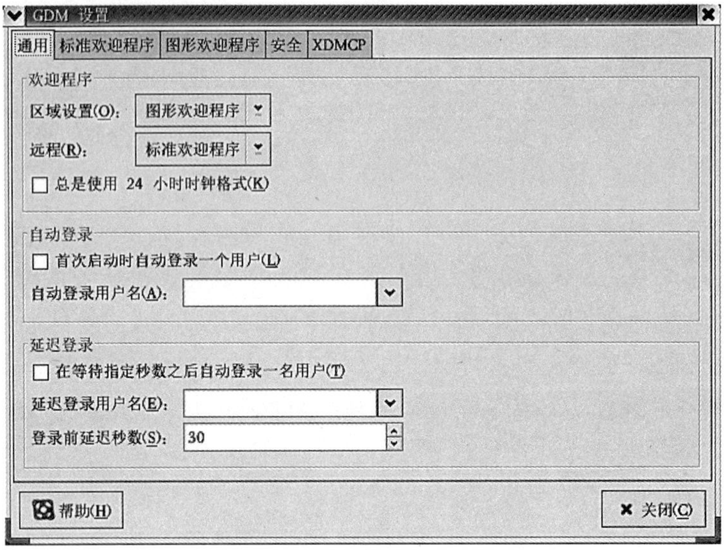

图 5-1　gdmconfig 客户程序

在 gdmconfig 的界面中可以配置安全、远程网络登录、X 服务器和会话与会话选择器的建立等。设置完毕之后，可以立即执行，也可以在重启 X Window 之后再执行。

## 5.4.2　KDM 的配置

KDM 是 KDE X Window 桌面程序包的一部分，提供了类似的图形化登录。在 KDE 桌面的【主菜单】中选择【控制中心】，则会出现控制中心主界面，在控制中心选择系统管理菜单，然后用鼠标单击【登录管理器】选项，即可看到图 5-2 所示的界面。

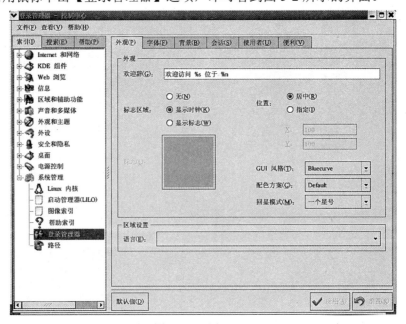

图 5-2　配置 KDM

单击对话框上方的选项卡可以设置配置选项，该界面中提供了对登录显示、提示符、设置用户图标、会话管理和系统选项配置的控制，这些修改可以立即生效或者在 X Window 服务器重新启动之后生效。

### 5.4.3 使用 startx

startx 是一个用来不带任何参数启动 X Window 服务器的 sh 脚本，这个脚本是一个 xinit 程序的前端。startx 首先搜索用户的主目录下名为.xinitrc 的文件，默认的系统.xinitrc 可以在/etc/X11/xinit 目录下找到。

startx 可以用来运行多个 X 会话，该特性源于 Linux 对虚拟控制台（virtual console）或者对多个基于文本的显示的支持。

要启动第一个 X 会话，可以使用 startx 命令，后跟编号或者 X Window 服务器实例（第一个实例是 0，使用屏幕 0），以及代表虚拟控制台的数字。用户 X Window 的默认控制台为 7 号，因而可以通过如下方式启动该会话：

```
# startx --:0 vt7
```

X Window 启动并出现窗口管理器后按组合键 Ctrl+Alt+F2，然后在提示符下再次登录。如果继续启动另一个 X Window 会话，则指定另外一个显示编号和虚拟控制台。

```
# startx -- :1 vt8
```

另外一个 X Window 会话将被启动，如果想跳转到前一个 X Window 会话，可以按 Ctrl+Alt+F7 组合键，而使用组合键 Ctrl+Alt+F8 则可以返回第二个会话。

# 第6章　桌面环境

Linux 有一套简便易用的图形用户接口（GUI），用户使用鼠标就可以完成大多数工作。在 Linux 中，GUI 由窗口系统、窗口管理器、工具包和风格等部分组成。窗口系统用于组织显示屏上的图形输出，窗口管理器用于对窗口进行操作（比如最小化窗口等），工具包是用于编程接口的库，风格则是应用程序的用户界面。

现在，Linux 下的桌面环境主要包括 KDE 和 GNOME 两种，下面分别予以介绍。

## 6.1　GNOME 环境

GNOME 是由一个当时还在攻读大学学位的系统管理员 Miguel de Icaza 领导的分布于世界各地的 200 多名程序员经过 14 个月的努力而推出的基于 Linux 系统的桌面环境。GNOME 是 GNU 项目的一部分，它的目标是让普通用户能够方便地使用 Linux。目前在 GNOME 上已经可以使用大量的应用程序，这些程序包括办公软件 OpenOffice.org 套件、电子表格软件 Gnumeric、日历程序 Gnomecal、图形图像处理软件 GIMP 等，这些软件大都属于自由软件。

GNOME（GNU Network Object Model Environment）即 GNU 网络对象模型环境，它具有一系列的特点：提供统一的用户界面，提供用户友好的工具，产生组件编程和组件重用的标准，还提供统一的打印机制。

1997 年 8 月首次发布了 GNU GNOME 项目，最初在世界范围内共有 200 多位程序员志愿参与这个项目的开发工作。最开始是通过多个讨论组规划了 GNOME 项目，来自世界各地的不同领域中具备专业特长、热心自由软件开发人员参与了这个项目的开发工作。GNOME 工作项目为未来的自由软件开发建立了一定的基础。GNOME 提供了工具箱和可重复使用的组件，可以使用户方便地构造自己需要的自由软件。1998 年 5 月发布了第一个展示整体外观的版本，随后又发行了 GNOME 0.25，而随 Red Hat Linux 9.0 发布的是 GNOME 2.2.0。

GNOME 默认桌面环境的主要组成部分如下：

- ■ 面板　桌面能够访问应用程序和菜单的区域，面板的形式是可以重新配置的，它包含一系列的菜单。其中包括应用程序菜单，该菜单包含应用程序和配置工具，也包括文件管理器和帮助浏览器；还有行为菜单，包括执行各种桌面功能的命令菜单，例如 Log Out 菜单。
- ■ 菜单　通过菜单可以执行所有的桌面操作，菜单面板中包含了菜单，可以使用应用程序菜单和行为菜单访问所有的标准程序、命令和配置选项。

■　窗口　在桌面上可以同时显示多个窗口，可以在每个窗口中运行不同的应用程序，通过窗口管理器可以执行移动、关闭和改变窗口大小等功能。

■　Nautilus 文件管理器　提供一个可以访问文件和应用程序的集成功能，此外还有桌面背景和桌面属性等。

### 6.1.1　GNOME 入门

如果安装 Red Hat 的时候选择启动后直接进入图形方式，则默认启动 GNOME 桌面环境。如果进入的是命令行的方式，则键入 startx 或者 gdm 都可以启动 GNOME。图 6-1 是 GNOME 启动后的画面。当然，如果你已经更改了 GNOME 的默认配置，那么你的屏幕看起来可能不一样。

图 6-1　GNOME 启动后的画面

图 6-1 底部的长条就是 GNOME 面板，用来放置一些有用的面板 Applets 和菜单。面板 Applets 是小型的程序，可以放在面板上，例如时钟 Applet 放置在面板的右边，可以显示现在的时间。

面板的底部有一个红帽子图标，此为【主菜单】的功能。在 Red Hat Linux 以前的发行版中，这里是一个脚印图标，现在换成一顶小红帽了。单击【主菜单】后会显示一些已经安装好的应用程序及功能。

画面中其他部分称为桌面。桌面可以放置常用的东西，初始桌面已经有了三项：起始目录、从这里开始、回收站。将鼠标指针指向桌面上的图标上，双击图标就可以启动指向的实际内容。如果指向程序，则双击后将会激活此程序。如果是文档，则双击后将会激活适当的应用程序来读取它；如果是目录，则双击后会激活文件管理器，并会将其中的内容显示出来。比如双击桌面上的起始目录，会激活文件管理器并显示出主目录里的内容。文件管理器让你可以有效地管理你的文件。窗口的左边显示目录、右边则显示这个目录里面的内容。

一些常用的功能操作起来十分方便。如果要移动文件或目录，直接用拖拉的方式就可以了。如果要复制文件，那么先按住 Ctrl 再将文件拖拉至目的地。要执行程序或编辑文件，直接按两下鼠标左键。要对文件做其他动作时（更名或删除文件），选择此文件并按鼠标右键，选择弹出菜单中的相关项即可。如果同时要选择多个对象，先选择一个然后按住 Shift 键再选择其他对象。

如果想在两个不同的目录中复制或移动文件，只要打开两个文件管理器的窗口，就可以在这两个目录中复制文件了。要将某个文件放在桌面上，直接从文件管理器中将文件拖到桌面上即可。

GNOME 中的鼠标很重要，鼠标左键用来选择和拖拉对象，而右键会显示所单击对象的弹出菜单，菜单上一般是对该对象可进行的一系列操作。鼠标中键用来粘贴文件或移动对象。如果你的鼠标只有两个键，可以同时按下左右键来模拟中键的功能。当要复制文件时，用鼠标左键选择你要复制的内容，再移动鼠标到目标位置，最后按下鼠标中键即可。

当应用程序的窗口开启后，在窗口周围会有一些按钮用来控制这个窗口。通过单击这些按钮可以将窗口最大化、最小化或者关闭窗口，而按钮的外观可以透过窗口管理器来改变。只须要实践一下就很容易分清它们的作用。

图形化桌面提供了使用多个工作区的能力。在面板上形如图 6-2 的部分即是工作区切换器。因此不必把所有运行着的应用程序都堆积在一个可视桌面区域。工作区切换器把每个工作区（或桌面）都显示为一个小方块，然后在上面显示运行着的应用程序。可以用鼠标单击任何一个小方块来切换到那个桌面上去，还可以使用键盘快捷方式 Ctrl+Alt+向上箭头、Ctrl+Alt+向下箭头、Ctrl+Alt+向右箭头或 Ctrl+Alt+向左箭头来在桌面间切换。

图 6-2  工作区切换器

如果使用的是预设的 GNOME，你会发现，当要将某个窗口最小化时，这个窗口竟然从桌面上消失了。

工作区切换器旁边的小程序是任务条，任务条是显示任意虚拟桌面上运行的应用程序名称的小程序。在最小化应用程序的时候很有用，你可以单击它在任务条上的名称来使其重现在桌面上。

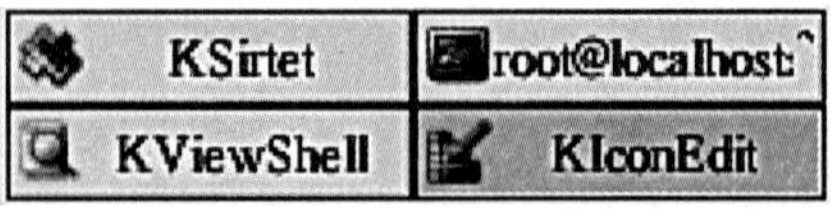

| 🧩 KSirtet | 🖥️ root@localhost⌃ |
|---|---|
| 🔍 KViewShell | 🖌️ KIconEdit |

图 6-3  GNOME 任务条

任务栏的右边是 Red Hat Linux 通知区域。其中又包括以下几项通知工具。

Red Hat 网络更新通知工具是通知区域的一部分，它提供了一种简捷的系统更新方式，确保你的系统时刻使用 Red Hat 的最新勘误和错误修正来更新，该小程序将显示不同的图像来表明你的系统处于最新状态还是需要升级。如果单击了该图标，那么一个可用更新列表就会被显示。

要更新系统，单击该按钮来启动 Red Hat 更新代理。如果还用户没有在 Red Hat 网络注册，它会启动注册程序。右击小程序图标会显示一个可从中选择的选项列表。

通知区域有时会显示一个钥匙图标。这是一个安全通知，当你取得系统的根权限验证时，它就会发出警告；当验证超时后，它就会消失。

图 6-4　Red Hat 网络更新通知工具　　　　　　　　图 6-5　验证图标

打印机通知警告图标允许用户管理正在进行的打印作业，单击这个图标来查看正在运行的打印作业；右击作业并选择【取消】来取消这个作业。

图 6-6　打印机通知警告图标

如果看不到任何通知警告图标，那么通知区域可能从桌面面板上被删除了。要把它重新加入面板，右击面板，并选择【添加到面板】|【工具】|【通知区域】命令。

## 6.1.2　使用 GNOME 面板

桌面底部的 GNOME 面板是一个横贯屏幕底部的长条，它包含了便于使用的系统图标和小型程序。该 GNOME 面板上还包含【主菜单】，【主菜单】包含了所有应用程序的菜单项目，这些小程序在不妨碍工作的同时，允许你运行指定任务或者监控你的系统或服务（比如 Red Hat 网络）。面板上可以加入新的面板，可以在面板里新增应用软件或不同的小型应用程序。

图 6-7　桌面底部工具栏

### 1．使用主菜单

可以单击 GNOME 面板上的【主菜单】按钮来把它扩展成一个大型菜单集合，该集合允许进入系统内的应用程序。

从这里可以启动包含在 Red Hat Linux 中的多数应用程序。除了推荐的应用程序以外，还可以在【其他】菜单中选用附加的应用程序，这些子菜单使用户能够使用系统中大量的应用程序。从【主菜单】上还可以注销，从命令行运行应用程序，寻找文件，锁住屏幕（这会运行用口令保护的屏幕保护程序）。

当鼠标放置到某一子菜单后，就可以看到相应子菜单中的内容。下面简要介绍几个常用的子菜单。

【系统工具】子菜单如图 6-9 所示，它包括了系统中一些设置向导及管理工具。有可以启动互联网设置向导，帮助设置系统中的 modem、ADSL 设备、Cable modem 等网络连接设备；有查看磁盘设备的磁盘管理器，还有可以查看系统硬件信息的硬件浏览器等。

另一个常用的子菜单是【系统设置】子菜单，如图 6-10 所示，菜单中包括系统语言选择工具，设置系统时间及日期的工具，设置显示系统的工具，设置系统服务的服务管理器，管理系统安装软件的软件包管理器等。

图 6-8 主菜单

图 6-9 系统工具子菜单

图 6-10 系统设置子菜单

调用注销界面，也是通过【主菜单】按钮进行的。正如第 1 章所介绍的那样，当工作完毕，想退出 GNOME 或 KDE 桌面环境时，你会面对几个选择：仅从桌面中注销（仍保持系统运行状态），重新启动计算机，或者完全停运系统。这时需要使用注销的图形界面，如图 6-11 所示。

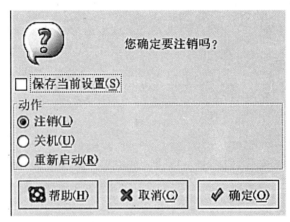

图 6-11 桌面注销确认

其他常用的子菜单，比如互联网、办公、图形、游戏等，将在后续章节中介绍。其他一些内容可以查阅帮助文档了解其功能，在此不再一一介绍。

### 2．移动及增加面板

将鼠标指向面板，按下鼠标的左键并保持不释放，可以将面板拖到屏幕的上下左右 4 个边任意放置。要在桌面上新增面板，可以将鼠标指向面板，并单击右键，在弹出菜单中选择【新建面板】下的有关选项即可，如图 6-12 所示。有几种面板可以选择：角落面板、边缘面板、浮动面板、滑动面板、菜单面板。可以逐一尝试，即可直观地了解它们的分别。

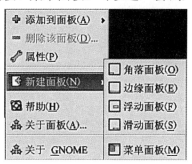

图 6-12　新建面板

### 3．增加应用软件项目及小型应用程序到面板

如果在图 6-12 中选择了【添加到面板】命令项，就会继续弹出图 6-13 所示的下一级菜单。如果你想将应用软件启动器加到面板中，则可以选择【启动器…】命令，然后会出现图 6-14 所示的对话框，以便设定新增应用软件启动器的相关属性。

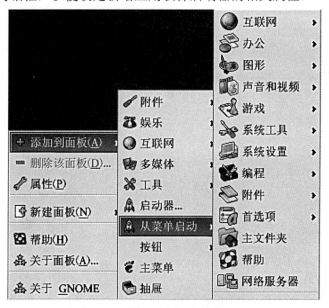

图 6-13　增加应用程序的启动器

在对话框中设置好名字、命令、图标等项后单击【确定】按钮，即可完成新启动器的创建，如图 6-13 所示。

此外，也可以直接从主菜单中的应用软件菜单中，用鼠标右键单击所要新增的应用软件激活器。之后会出现另一个菜单，单击将该启动器加入面板。

可以使用抽屉来集合一些同性质的应用程序。抽屉其实是面板上一个较小的菜单，用来将应用程序集合起来。一旦将抽屉放置在面板里，单击它就会出现一个下拉式菜单画面，让你选择其中的应用程序。有好几种方法可以用来将抽屉放在面板里，一种方法是在面板上单击鼠标右键，并在图 6-13 所示的弹出菜单中选择抽屉。

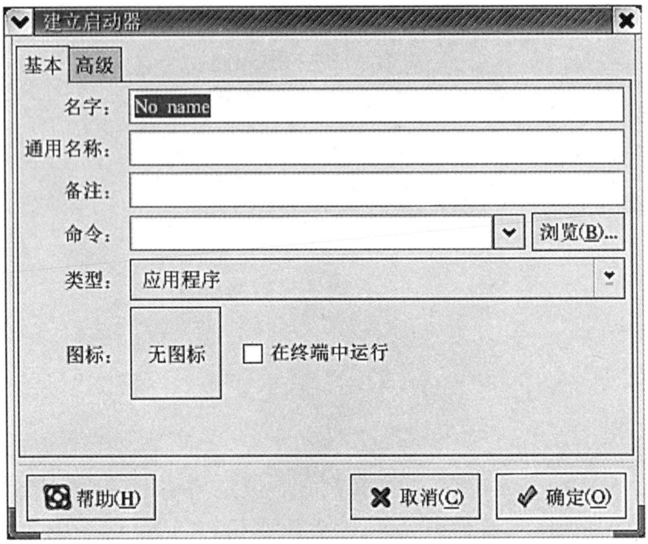

图 6-14　建立启动器的对话框

另一种方法是，当你需要将整个菜单内容都加入抽屉时，只须在最上面的地方单击鼠标右键并从弹出的菜单中选择【整个菜单】|【将它作为抽屉加进面板】命令即可，如图 6-15 所示。

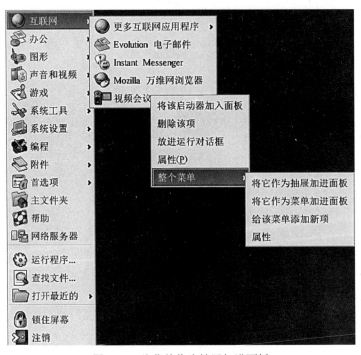

图 6-15　将菜单作为抽屉加进面板

从面板里新增菜单的做法跟新增抽屉相同。菜单与抽屉类似，但菜单不像抽屉那样使用较大的图标来表示应用软件激活器，而是用较小的图标和名字来代替。可以在图 6-6 所示的弹出菜单中选择将它作为菜单加进面板即可。

可以在面板里新增实用的小型应用程序。小型应用程序是一些在面板中执行的小程序。在图 6-13 所示的菜单中选择 Amusement（娱乐），再选择 Fish，即可添加一个 GNOME 小型应用程序。

### 4．添加工具栏小程序

要在工具栏上添加小程序，可以右击工具栏上的未用区域，然后选择【添加到面板】命令，再从小程序菜单中做选择即可。选定小程序后，它就会出现在工具栏上，因为这里是它唯一可以挂靠的地方。

要在工具栏上添加启动器图标，可以右击工具栏上的未用区域，然后选择【添加到面板】|【启动器】命令。这会打开一个对话框，你可以在其中输入应用程序的名称、位置以及启动它的命令（比如/usr/bin/less），甚至为该应用程序选择一个自己喜欢的图标。单击【确定】按钮，一个新的启动器图标就会出现在工具栏上。

网络设备控制器　　　　　　　　　　　　　　　　　　终端

图 6-16　添加小程序后的工具栏

另一种在工具栏上添加启动器的快捷方式是：右击工具栏上的未用区域，选择【添加到面板】|【菜单上的启动器】命令，然后选择一个出现在菜单中的应用程序，这会自动按照该程序在主菜单中的属性来添加启动器图标。

### 5．执行小程序

小程序是运行在面板上的小型应用程序。小程序通常用来监控系统上或互联网上的情况。某些小程序执行指定的任务，而其他的则纯粹为娱乐而设计。

在面板上默认放置了几个小程序，如表 6-1 所示。

表 6-1　面板上的小程序图标

| 程序图标 | 描　述 |
| --- | --- |
| | Mozilla 系统默认浏览器 |
| | Evolution 系统默认邮件客户端软件 |
| | OpenOffice.org Writer 字处理系统 |
| | OpenOffice.org Calc 电子表格系统 |
| | OpenOffice.org Impress 幻灯制作及演示文稿系统 |

这些小程序比较重要，包括一些最常用办公软件，对于一些经常使用的其他工具，也可以放在桌面上。

### 6. 执行应用软件

有许多的选择来激活应用软件，可以在【主菜单】中选择用户想要执行的程序。如果是用 GNOME 文件管理器的话，只要在任何可执行文件上双击鼠标，就可以激活这个程序了。也可以使用 GNOME 的"执行"程序来激活应用软件。在主菜单中选择运行程序，会出现一个对话框，用户输入想执行的程序。假设想激活 Emacs 编辑器，在对话框中输入 emacs 就可以了。

### 6.1.3  使用 Nautilus

图形化桌面包括一个叫做 Nautilus 的文件管理器，它提供了系统和个人文件的图形化显示。然而，Nautilus 不仅仅是文件的可视列表，它还允许从一个综合界面来配置桌面，配置用户的 Red Hat Linux 系统、浏览影集、访问网络资源等。一言以蔽之，Nautilus 已成为整个桌面的"外壳"。

### 1. 启动 Nautilus

Nautilus 不仅提供了高效的工作环境，它还提供了另一种漫游文件系统的方法。用户可以在与主菜单相连的各类子菜单中搜索，或者使用 shell 来漫游文件系统。随后的章节解释了如何使用 Nautilus 来强化桌面经验。

要作为文件管理器来启动 Nautilus，双击桌面图标。

Nautilus 出现后，用户可以在主目录中或文件系统的其他部分漫游。要回到主目录，单击【主目录】按钮。

在漫游文件系统的时候，用户可以随时通过侧栏来查看他的所在地。侧栏里显示了当前目录，如图 6-17 所示。

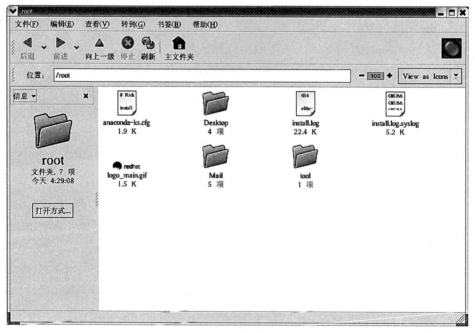

图 6-17  查看文件夹

### 2．文件管理操作

主窗框中包含文件夹和文件，用户可以使用鼠标来把它们拖放或复制到新位置。如果想要执行相关操作的话，还可以单击左侧栏的【树形】标签来显示整个文件系统的层次图，这可能会使复制和粘贴工作变得更简单。如果【树形】标签没有出现在左侧栏，可以通过单击侧栏左上角的标签区域，从菜单中选择【树形】来显示该标签。

如果不想使用树形视图，用户可以打开另一个 Nautilus 窗口，方法是选择【文件】|【新窗口】命令。当另一个 Nautilus 窗口出现后，用户可以把文件拖放到不同的目录中。默认情况下，从一个目录中拖出某个文件会转移该文件。如果用户想把文件复制到另一个目录中，那么在拖放文件的时候按住 Ctrl 键即可。

### 3．改变显示效果

默认情况下，用户的主目录中基于文本的文件和图像会被显示为缩略图标。对于文本文件来说，会在图标中看到实际文本的一部分。对于图像文件来说，用户会看到一个该图像的按比例缩小的版本（或称为 thumbnail 图标）。要关闭这项功能，可以选择【编辑】|【首选项】命令，也可以从左面的菜单中选择【性能】命令，而选择【从不】命令则禁用增强视觉功能。禁用这些功能会增加 Nautilus 的运行速度。

## 6.1.4　从这里开始

包括经常使用的应用程序到系统和配置文件，【从这里开始】容纳了所有使用系统所需的配置工具和应用程序，它提供了一个使用和定制系统的起始点，如图 6-18 所示。

可以随时通过双击桌面上【从这里开始】图标来进入从这里开始。【从这里开始】屏幕包括许多图标，这些图标允许用户使用最喜欢的应用程序。例如编辑桌面首选项，进入【主菜单】项目，使用服务器配置工具，以及编辑系统设置。

可以把最喜欢的位置添加到【书签】中。转到想加入书签的位置，然后选择【书签】|【添加书签】命令。

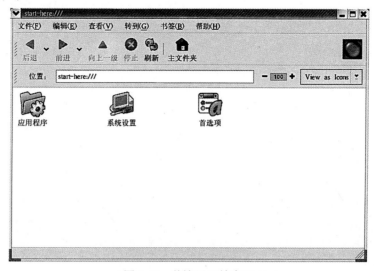

图 6-18　从这里开始窗口

### 6.1.5 定制桌面

在【从这里开始】屏幕上，可以选择【首选项】图标来配置用户的桌面，它向用户显示了广泛的配置选项。下面介绍各区域内的几个选项和工具。

1．背景

可以把背景配置为另一种颜色或图像。要想改变图形化桌面的外观，可以使用背景首选项工具来改变桌面的背景。

从/usr/share/backgrounds/目录中选择背景图像，也可以使用自己的图像。要启动背景首选项工具，右击桌面，从菜单中选择【改变桌面背景】命令。还可以双击【从这里开始】图标，选择【首选项】命令，最后选择【背景】命令，如图6-19所示。

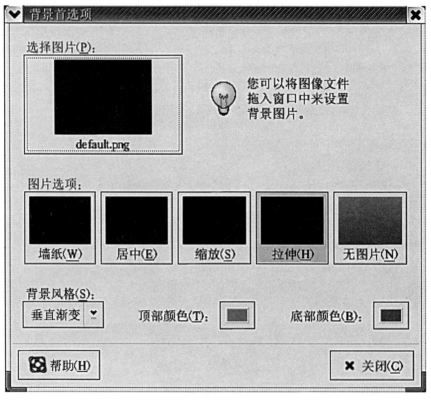

图6-19　背景首选项工具

背景首选项工具允许用户从所提供的图像目录/usr/share/backgrounds/images/中载入一个新背景，还可以把图像从自己的图像目录中拖放到这个窗口中，该窗口中还提供了好几种显示图像的方式。

【墙纸】选项会在桌面上排列图像，这在使用小图像的时候，或要使用/usr/share/backgrounds/tiles/或自己的图像集中的壁砖（tile或图案）时会很有用。

【居中】选项把图像放置在桌面正中，并使用默认的背景颜色来填充剩余的桌面空间。要想不平铺图像而使它填满桌面，可以使用【缩放】或【拉伸】选项。图6-20显示了被拉伸来填满整个桌面的花树背景图像。

图 6-20　带有新背景的桌面

如果想使用自己定制的颜色而不用图像来创建背景，可以选择【无图片】选项，并使用【背景风格】选项。选择自己的【顶部颜色】和【底部颜色】，以及渐变（gradient，或混合颜色）的方式，单击【关闭】按钮来保存并退出背景首选项工具。

2．音效

在这个部分中，可以为各类功能配置系统音效。例如，如果想在登录到桌面时播放音效，可以在这里配置。

3．键盘快捷键

可以配置快捷键（shortcuts），即键盘上的某个击键组合，按住它们来在应用程序或桌面中执行行动。例如，可以配置快捷键 Ctrl+F2 来把当前的工作区移到二号工作区。

## 6.1.6　定制系统

Nautilus 的"从这里开始"屏幕包含一些附加的配置工具，它们能够为新安装的 Red Hat Linux 系统以及所包括的服务器应用程序提供帮助。

其中，【系统设置】图标包括能够帮助设置系统以便用于日常工作的工具。下面的列表显示了一些包括在【系统设置】中的工具以及它们的用途。

- 【日期和时间】　允许设置机器的日期和时间，还能够设置时区信息。
- 【声卡检测】　声卡配置工具会在机器上探测可用的声音设备。

- 【用户和组群】　用户管理器允许在系统上添加和删除用户。
- 【打印】　打印机配置工具允许给系统添加新打印机，该打印机可以是连接在你的机器上的，也可以是网络上的。
- 【服务器设置】　对系统提供的服务进行设置。

在【从这里开始】区域还可以找到服务器配置工具，这要依据安装类型而定。这些工具会帮助配置在本地机器上用来为其他机器提供服务的服务和应用程序。可以通过单击【系统设置】图标，然后单击【服务器设置】图标来找到这些服务器配置工具。在这个区域里能够找到的工具有：HTTP 和 Bind 配置工具。必须安装了这些服务器程序才能使它们出现在这些选项。

### 6.1.7　配置日期和时间

时间和日期属性工具允许用户改变系统日期和时间，配置系统使用的时区，以及设置网络时间协议（NTP）守护进程来与时间服务器的系统时钟同步。在 GNOM 中启动时间配置，除了上面讲的【从这里开始】，也可以选择【主菜单】|【系统设置】|【日期&时间】命令，或者在 shell（比如 XTerm 或 GNOME 终端）提示下键入 redhat-config-date 命令。

在图 6-21 中出现的第一个"日期和时间"标签即为系统默认标签，该页面用来配置系统日期、时间和 NTP 守护进程（ntpd）。

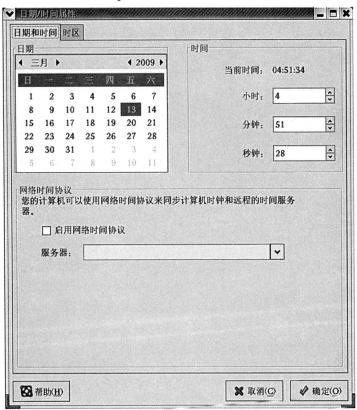

图 6-21　时间和日期属性

要改变日期，可以使用箭头左右移动月份来改变月份、年份来改变年份，然后单击星期中的日期来改变星期中的日期。在单击【确定】按钮之前，这些改变不会生效。

要改变时间，可以使用上下箭头按钮，它们在【时间】部分中的小时、分钟和秒钟旁边。在单击【确定】按钮之前，这些改变不会生效。

网络时间协议（NTP）守护进程使用远程时间服务器或时间源（比如卫星）来同步系统时钟，该程序允许配置 NTP 守护进程来与远程服务器同步系统时钟。要启用这项功能，单击【启用网络时间协议】按钮，这会启用【服务器】下拉菜单。可以选择预定义的服务器中的一个，或者键入下拉菜单中的一个服务器名。在单击【确定】按钮之前，系统不会开始与 NTP 服务器的同步。在单击【确定】按钮之后，配置就会被存盘，NTP 守护进程就会被启动（或重新启动，如果它已在运行）。

单击【确定】按钮会应用对日期和时间所做的改变、NTP 守护进程设置以及时区设置，然后退出程序。

### 6.1.8　时区配置

要配置系统时区，单击【时区】标签，如图 6-22 所示。时区可以通过互动地图来改变，也可以从地图下面的列表中选择想要的时区。要使用地图，单击代表想要时区的城市，一个红色的 X 会出现，地图下面的列表中的时区选择也会相应改变，最后单击【确定】按钮来应用改变并退出程序。

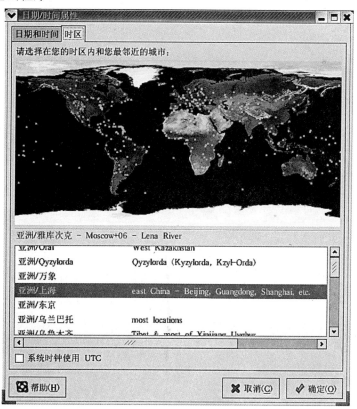

图 6-22　时区属性

如果系统时钟被设为使用 UTC，则选择【系统时钟使用 UTC】选项。UTC 代表通用时区，又称格林威治标准时间（GMT），其他时区是通过从 UTC 时间中加减而得出的。

### 6.1.9  使用软盘和光盘

软盘是个人计算机中最早使用的可移动存储介质。作为一种可移动储存方法，它是用于那些需要被物理移动的小文件的理想选择。例如，如果两台 PC 不在同一个网络上，软盘便成了它们之间传输文件的好工具。

在使用软盘之前，一定要先被挂载。要挂载软盘，先把它插入软盘驱动器，然后在 shell 下键入 mount /mnt/floppy/。当这个软盘的文件系统被挂载到/mnt/floppy 目录中时，软盘驱动器的活动灯应该闪动。可以通过使用 cd /mnt/floppy/命令转换到那个目录里来存取软盘上的内容。

在 GNOME 中可以方便地对软盘进行操作。右击桌面，选择【磁盘】|【软驱】命令，也会挂载软盘并添加了一个桌面图标。双击这个图标会展示软盘内容。现在，软盘已被挂载了，它可以被用来写入或复制。可以像在硬盘中那样从中打开、储存和复制文件，甚至可以在 Nautilus 中浏览其中的内容。

完成了软盘上的任务后，在把它从驱动器中弹出之前，应该先卸载它。关闭所有可能还在使用软盘上文件的程序或展示软盘内容的程序（比如 Nautilus），然后在 shell 下键入命令 umount /mnt/floppy/。

在 GNOME 中，可以通过右击软盘图标然后从菜单中选择【弹出】来卸载软盘。现在，可以安全地从驱动器中弹出软盘了。

如果只在 Red Hat Linux 中使用软盘，通常使用 ext2 文件系统来格式化它。ext2 是 Red Hat Linux 所支持的文件系统之一，而且它是用来格式化磁盘的默认方法。

格式化过程会抹掉磁盘上的所有内容，请在软盘上执行格式化操作之前确定为所需文件备份。一旦在软盘上创建了 ext2 文件系统，就可以使用与在硬盘上操作文件和目录相同的方法来操纵该软盘的内容。

有时需要把 Linux 机器上的文件复制到 MS-DOS 格式化的软盘上，以便使 Windows 机器能够读取它，这时应该使用 gfloppy 工具和 MS-DOS（FAT）文件系统来格式化软盘。

要启动 gfloppy，选择【主菜单】|【系统工具】|【软盘格式化器】命令，或者在 shell 下键入/usr/bin/gfloppy。如图 6-23 所示，gfloppy 的界面很小，且只有极少选项。

对多数用户来说，默认设置已经足够满足需要。然而，如果必要的话，可以用 MS-DOS 文件系统来格式化软盘，还可以选择软盘的密度（如果使用的不是通常的高密度 3.5" 1.44MB 软盘）。如果这张软盘从前被格式化为 ext2 的话，还可以选择快速格式化（quick format）该软盘。

插入软盘，按自己的需要来改变 gfloppy 中的设置，然后单击【格式化】按钮。在主窗口的上部会出现一个进度条，显示格式化和校验过程的状态（见图 6-24）。当它结束后，就可以弹出软盘，然后关闭 gfloppy 程序。

图 6-23　gfloppy

图 6-24　gfloppy 状态箱

把软盘挂载到 Linux，使用命令 cp filename /mnt/floppy 来复制文件（把 filename 替换为要复制的文件），然后便可以卸载软盘并把它从驱动器中弹出。软盘中的新文件现在就可以从 Windows 机器上被存取了。

当然，上面的格式化工作也可以在 shell 下完成，在这里顺便解释一下。mke2fs 是用来在硬盘分区或软盘之类的设备上创建一个 Linux ext2 文件系统的命令。mke2fs 格式化某设备，并创建一个可以用来储存文件和数据的空白 Linux 兼容设备。

把软盘插入驱动器内，然后在 shell 提示下使用命令/sbin/mke2fs /dev/fd0。在 Linux 系统上，/dev/fd0 指第一个软盘驱动器。如果计算机上不止一个软盘驱动器，那么主软盘驱动器将会是/dev/fd0，第二软盘驱动器将会是/dev/fd1，以此类推。

mke2fs 工具有许多选项，-c 选项使 mke2fs 命令在创建文件系统之前检查设备上的坏块，其他选项在 mke2fs 的说明文档中有详细说明。

对于光盘，按照默认设置，光盘会自动挂载，可以直接在文件管理器中访问。要卸载光盘，可以用鼠标右击桌面上的光盘图标，选择【弹出】即可。

在 shell 下使用光盘，必须先使用命令 mount /mnt/cdrom 挂载，然后即可在/mnt/cdrom 目录中访问光盘。用完之后，在将光盘弹出之前，必须使用命令 umount /mnt/cdrom 卸载。

## 6.1.10　支持 GNOME 的软件

随着 GNOME 基础库的更加稳定，大规模的程序开发工程也具备了可能性，从而允许各开发小组将他们的应用组合起来组成 GNOME 办公套件。

目前支持 GNOME 桌面环境的软件越来越多，表 6-2 介绍了常用的软件。

表 6-2　支持 GNOME 的软件

| 软件名称 | 软件类别 | 软件描述 |
| --- | --- | --- |
| Gnitel Minitel emulator - | 通信 | 是基于 GNOME 的 BBS（电子布告栏系统）客户软件 |
| B-Chat | 通信 | 是 Yahoo 聊天工具的一个第三方的客户软件 |
| Everybuddy | 通信 | 是基于 Linux 的通用短消息客户软件，集成了 AIM、ICQ、Yahoo 和 MSN 等 |
| IntraChat Client / Server | 通信 | 支持 Linux 和 Windows 系列的聊天工具 |
| meko | 通信 | GNOME 中支持 Say2 聊天协议的客户软件 |
| Spat | 通信 | GNOME 兼容的消息发送程序，可以运行在 TCP/IP 网络 |
| GnomeMeeting | 通信 | GNOME 上基于 H.323 可以传送视频和音频的视频会议系统 |
| Flink mailapplet | 通信 | GNOME2 上的邮件程序，支持 POP3、IMAPv4 |
| Althea | 通信 | Gtk 的一个 IMAP 电子邮件客户程序 |
| Sonicmail | 通信 | GNOME 的一个 POP3 的邮件通告程序 |
| gefax | 通信 | GNOME 的前台传真程序，能够接收、发送和自动打印传真 |
| SquirreIFax | 通信 | 接收和发送传真的程序 |
| Fidelio | 通信 | 是一个 Linux/Unix 支持 Hotline 协议的客户程序，可以实现文件传输、远程调用等功能，并能实现用户认证 |
| linphone | 通信 | 网络电话程序，可以在 IP 网络上实现语音通话，兼容 SIP 和 RTP 协议 |
| zpppp | 通信 | 是一个基于 Gtk 的 kppp 的克隆程序 |
| gPhoneMan | 通信 | 是一个通用电话管理程序，主要的目标是跟踪谁使用电话、使用多长时间 |
| gsms | 通信 | 一个图形短信程序 |
| Phone Manager | 通信 | 管理通过蓝牙、IrDA 和串口 cable 连接到主机上的电话 |
| gnome-db | 数据库 | GNOME 应用程序访问数据库 |
| Sybase Query | 数据库 | Sybase 企业数据库的 SQL 图形客户端 |
| B4Step | 桌面环境 | 是一个运行在 X11R6 的窗口管理器 |
| Metacity | 桌面环境 | 集成在 GNOME 2.2.0 上的桌面管理器 |
| Batalla Naval | 游戏 | 一个支持网络互联的战舰游戏 |
| gnome-mud | 游戏 | GNOME 的 MUD 游戏客户端 |
| netRhythmbox | 多媒体 | GNOME 的一个自由播放音乐的软件 |
| Totem | 多媒体 | 基于 xine 库的视频播放器 |

　　还有很多相关的 GNOME 程序，这里就不一一列举了，你可以到以下网址查看更多支持 GNOME 的应用程序 http://www.gnome.org/softwaremap/。

### 6.1.11　在图形界面下使用快捷键

按几下键盘就可以完成一项工作，比使用鼠标操作半天更加轻松自如。本节将列举一些你可以用来快速执行常见任务的键盘简化操作。当然，对 Linux 的有关操作远远不只这些，要了解更多命令行和键盘按键的简化操作信息，可以访问以下网址：

http://sunsite.dk/linux-newbie/lnag_commands.html#shortcuts

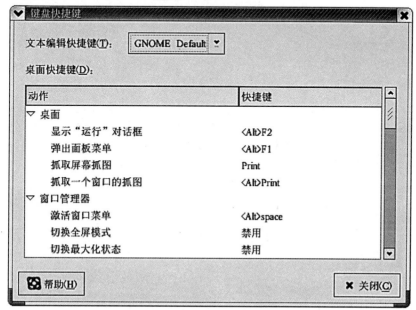

图 6-25　查看和设置系统快捷键

下面是一些经常用到的快捷键，有些在后面相关章节中还会介绍。

- Ctrl + Alt + Backspace　杀死 X。杀死当前的 X 会话，返回到登录屏幕。如果正常退出步骤不起作用，可以使用这种方法，但是这样操作可能会破坏某些系统设置。
- Ctrl + Alt + Delete　关机和重新引导。这是最重要的快捷键，也是使用计算机最基本的内容之一。关闭当前的对话然后重新引导 OS，一般也只有在正常关机步骤不起作用时才使用这种方法。
- Ctrl + Alt + Fn　切换屏幕。Ctrl+Alt +功能键之一，会显示一个新屏幕。功能键 F1 到 F6 是文本（控制台）屏幕，F7 是图形化屏幕。
- Alt + Tab　切换任务。如果同时打开不止一个应用程序，那么用户可以使用组合键 Alt + Tab 来在打开的任务和应用程序之间切换。前面提到过 Linux 是多任务系统，某一终端也能运行多个程序。
- Ctrl + A　把光标移动到行首，它在多数文本编辑器和 Mozilla 的 URL 字段内可以使用。
- Ctrl + D　从终端或控制台中注销，不必键入 exit 或 logout。
- Ctrl + E　把光标移动到行尾，它在多数文本编辑器和 Mozilla 的 URL 字段内都可以使用。

- Ctrl + L　清除终端，该简化操作与在命令行键入 clear 作用相同。
- Ctrl + U　清除当前行。如果用户在终端工作，那么使用这一简化操作可以清除从光标处到行首的字符。
- 鼠标中键　粘贴突出显示的文本。使用鼠标左键来突出显示文本，把光标指向你想粘贴文本的地方，单击鼠标中键来粘贴它。
- Tab　命令行自动补全。在终端工作时可使用这一命令，键入命令的前几个字符，然后按 Tab 键，它会自动补全命令或显示匹配你键入字符的所有命令。
- 向上和向下箭头　显示命令历史。当在终端工作时，按向上或向下箭头来上下查看用户在当前目录下键入的命令历史。当看到你想使用的命令时，按 Enter 键。
- clear　清除终端。在命令行下键入它会清除所有终端窗口中显示的数据。
- exit　注销。在命令行中键入它会注销当前的用户或根用户账号。
- history　显示命令历史。在命令行中键入它来显示你所键入的被编号的前 500 个命令。要显示较短的命令历史，键入 history 之后，空一格，再在键入一个数字。例如：history 20。
- reset　刷新终端屏幕。如果字符不清晰的话，在命令行中键入这个命令时会刷新终端屏幕。

## 6.2　KDE 环境

KDE 是 K Desktop Environment 的缩写，它是 Matthias Ettrich 在 1996 年发起的一个项目，其目标是在 UNIX 类操作系统和它的用户之间建立良好的用户界面。

KDE 包含采用先进技术实现的窗口管理器 KWM，还包括其他实用程序和应用程序，经过多年的改进，它已经成为一个成熟的、完整的桌面环境，主要包括文件管理程序、窗口管理器、桌面管理程序、帮助管理系统和配置系统等。

KDE 是自由软件，而且是按照自由软件基金会 GPL 和 LGPL 条款发布的软件，所以人们可以自由使用所有 KDE 库开发 KDE 应用程序。

1998 年推出了 KDE 的 1.0 版，2001 年发布了 KDE 的 2.1.1 版本，2003 年 3 月 20 日发布了 KDE 3.1.1，2008 年 9 月 3 日发布了 KDE 4.1.1。

KDE 的使用在很大程度上与 GNOME 相似，KDE 的桌面环境有如下的组成部分：

- 桌面　放置文件图标或程序图标、显示应用程序窗口的背景。
- 桌面图标　当启动 KDE 时，桌面上原有的图标。它包括：我的电脑、我的办公室、我的因特网、多媒体等。
- 面板　一个相当于配置控制中心和文本编辑器的应用程序，可以单击面板里的相应图标来启动它。
- 主菜单　列出了基于 KDE 上的所有的应用程序，单击想使用的相应的菜单项，就可以启动并开始使用它。
- 任务栏　每当打开了一个应用程序时，它的程序名就会显示在屏幕底端的任务栏上。单击任务栏里的相应程序名，就可以切换到想使用的应用程序了。

初次登录到 KDE 时，一个设置向导会出现，该向导允许你设置语言和语区。图 6-26 显示了 KDE 设置向导的欢迎屏幕。

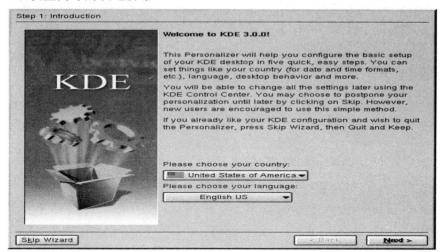

图 6-26　KDE 设置向导

可以通过 KDE 的帮助中心来访问一组通俗易懂的关于 KDE 的文档。可以从【主菜单】中选择【帮助】命令来进入帮助中心。

要从桌面进入帮助中心，右击桌面，选择【桌面帮助】。KDE 帮助中心浏览器的起始屏幕如图 6-27 所示，从该主页中，可以查看各类帮助文档，例如桌面的使用和配置，包括在 KDE 中的应用程序用法以及如何使用 Konquerer 文件管理器等。

帮助中心允许使用关键字项目和万维网查询来执行搜索，要达到这个目的，单击【搜索】标签，然后在【关键字】字段内键入一个关键字、主题或词组，单击【搜索】或按 Enter 键开始在互联网上搜索相关信息。

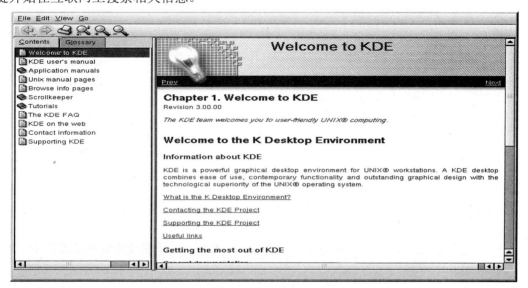

图 6-27　KDE 帮助中心

### 6.2.1 安装 KDE

随 Red Hat Linux 9.0 附带的是 KDE 3.1，在 Red Hat Linux 的安装程序中可以选择安装 KDE，如果没有选择，则需要重新安装。可以直接到 www.redhat.com 上下载 KDE 3.1 或者从 ftp://ftp.kde.org/pub/kde/ 上下载。

在安装 KDE 之前，需要确定系统上已经安装了 QT 3.0.2 以上的库文件。

安装 RPM 软件包是最简便的方法，安装 KDE 需要安装很多 RPM 软件包，软件包结构为 kde-component.architecture.rpm。最少需要 kdesupport、kdelibs 和 kdebase 三个软件包。

```
# rpm -i kdesupport.arch.rpm
# rpm -i kdelibs-arch.rpm
# rpm -i kdebase-arch.rpm
```

arch 根据 KDE 的版本而不同，如果是升级 KDE 软件，则使用 rpm –Uvh 命令。

如果是源码形式的软件包，则需要进行编译。得到的软件包形式如下：

```
kdesupport-version.tar.gz
kdelibs-version.tar.gz
kdebase-version.tar.gz
```

对其解压缩之后将会建立如下的目录：

```
usr/src/kdesupport
/usr/src/kdelibs
/usr/src/kdebase
```

然后按照如下方式执行：

```
# cd
# ./configure
# make
# make install
```

可以用 configure –help 来查看可以配置的选项。

安装完毕之后，将下面几行加入到/etc/profile 文件之中：

```
export PATH=$PATH:/opt/kde/bin
export KDEDIR=/opt/kde
```

然后启动进入 KDE：

```
# startx
```

如果 Red Hat Linux 中使用的是 GNOME 桌面系统，则可以使用 switchdesk 工具将其改变为 KDE 桌面环境。在 GNOME 桌面环境下，从【主菜单】中选择【运行】命令，然后在运行命令界面中输入 switchdesk 即可启动该程序，如图 6-28 所示。

图 6-28  switchdesk 界面

### 6.2.2　桌面

使用向导设置了 KDE 后，默认的桌面类如图 6-29 所示。KDE 桌面显示了程序启动器、文档窗口、文件夹等，还可以通过【主菜单】来访问它们，或者按需要配置桌面。在桌面底部的长条是面板，面板上包括程序启动器、状态指示器。在 KDE 中，可以同时运行多达 16 个桌面。面板任务条上显示了当前运行的应用程序，位于桌面上的图标可以是文件、文件夹、设备链接或程序启动器。单击一个图标来打开相应的资源。

KDE 桌面与其他图形化桌面环境的工作方式相似，可以把文件和程序拖放到桌面上的任何位置，还可以为各类应用程序和资源在桌面、面板或文件管理器中添加新图标。桌面本身有高度的可定制性。可以方便地改变按钮、窗口、框架装饰以及背景的外观。另外还有些配置工具，它们允许定制桌面的行为方式，例如单击或双击鼠标按钮，组合击键来创建省时的简化操作。

默认 KDE 桌面显示回收站、用户主目录、KDE 控制面板，以及到 Red Hat 网站链接的图标。可以通过单击图标来访问相应的资源。当右击这些图标的时候，会看到几个使用这些资源的选项，例如删除、更名、移至回收站以及复制。可以把不需要的项目（比如文件）拖放到回收站图标上，右击回收站，选择清空回收站来永久地从系统上删除这些项目。

图 6-29　典型的 KDE 桌面

### 6.2.3　面板

面板横贯桌面底部。按默认设置安装之后，它包含【主菜单】图标，以及用来启动万维网浏览器、电子邮件客户、文字处理器和其他常用程序的快速启动器。

图 6-30　面板

面板具备高度的可配置性，可以在上面添加和删除快捷程序启动按钮。右击面板，选择【设置面板...】来打开面板【设置】。可以配置面板的位置和大小，设置面板隐藏（鼠标在面板位置上浮动面板才会出现）以及定制主菜单。单击【帮助】按钮来进一步了解配置面板的信息。

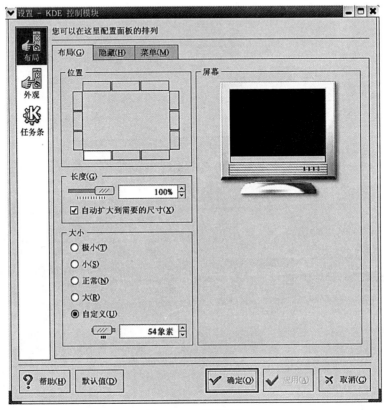

图 6-31　面板设置

【设置】中的其他活页标签包含进一步定制面板和任务栏的选项，单击【帮助】按钮来阅读关于这些选项的信息。

应用程序和工具程序可以被简单地添加到面板上。要在面板上添加应用程序启动器，右击面板，选择【添加】按钮，然后选择【应用程序按钮】，再从菜单中选择。

### 6.2.4　主菜单

主菜单是使用 KDE 的起始点，单击面板上的【主菜单】图标会显示主要菜单。可以用它们来执行各种任务，例如启动程序、寻找文件以及配置桌面。主菜单中还包含许多子菜单，它们把应用程序和工具组织成几类，其中包括图形、互联网、办公、游戏等等。

从【主菜单】中可以锁住屏幕，这会显示一个用口令保护的屏幕保护程序，还可以在命令行运行程序或注销 KDE 会话。

### 6.2.5 小程序

小程序是运行在面板上的小型应用程序，它有几种类型，执行的功能有：系统监控、显示时间和日期、在文本框内键入命令来启动程序等。

某些小程序在面板上默认为运行。可以在面板上面添加额外的启动器来启动程序，而不必使用【主菜单】或【从这里开始】。

想要在面板上添加一个新的启动器，可以右击面板，选择【添加】|【应用程序按钮】命令，然后选择要添加到面板上的应用程序或资源。这会自动在面板上添加一个图标，可以把图标移到面板上的任意位置，方法是右击该图标，选择【移动 Application 按钮】，这里的 Application 是图标所关联的应用程序名。

### 6.2.6 使用多个桌面

按照默认设置，KDE 提供了 4 个桌面，因而可以显示多个应用程序而不必把它们都堆积到一个桌面上。每个桌面都可以容纳图标，打开应用程序，还可以被各自定制。

例如，当在一号桌面上的 Evolution 里编写消息的时候，可以在二号桌面上使用 Mozilla 来浏览万维网，在三号桌面上打开 OpenOffice.org Writer 文字处理器，以此类推。

可以通过以下的调整来改变 KDE 下可用的桌面数量及名称：右击桌面，会看到一个可从中选择的简短行动菜单。选择【配置桌面...】，KDE 桌面配置工具就会被打开。单击【多个桌面】图标，如图 6-32 所示。

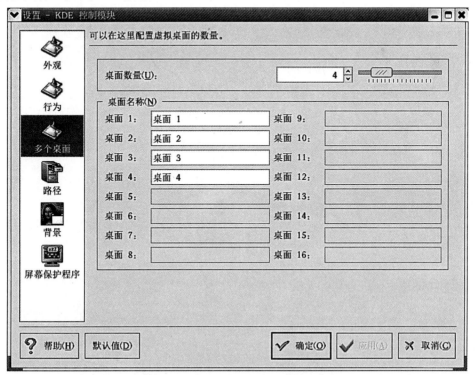

图 6-32　虚拟桌面配置

可以改变桌面的名称（默认名称为【桌面1】、【桌面2】，等等），方法是删除默认名称，在桌面的相应文本框内键入一个新名称。还可以通过调整【桌面数量】中的滑杆来改变桌面的数量，要增加桌面数量，向右拖动滑杆；要减少桌面数量，向左拖动滑杆。

外观、行为、路径和背景等图标是可以改变各类桌面配置的地方。例如，要给每个虚拟桌面配以不同背景，单击【背景】图标，取消选择【公共背景】复选框，单击要改变的虚拟桌面，然后使用相关标签来选择要用作背景的颜色或图像。

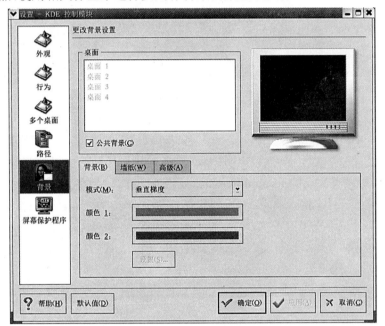

图6-33　桌面背景配置

当调整了桌面配置后，单击【应用】按钮来保存改变，单击【确定】按钮则关闭桌面配置工具。桌面按钮会出现在面板上的桌面切换器内，单击一个小方块来转移到不同的桌面上。可以使用 Ctrl 和功能键的组合来切换桌面。例如，组合键 Ctrl+F2 会切换到桌面2，组合键 Ctrl+F3 会切换到桌面3，等等。

### 6.2.7　任务栏

任务栏在桌面上显示了所有正在运行的程序，包括最小化的和仍在桌面上显示的程序。可以在任务栏上单击相关项目来最大化这些运行的程序，或者把它们显示到工作窗口的前台上来。

把最小化的或背景内的窗口拿到前台显示的另一种方法是使用 Alt 和 Tab 键。要在任务栏上挑选一个项目，按住组合键 Alt+Tab 键。要在任务中循环，按住 Alt 键，同时连续按 Tab 键。当找到想最大化并在桌面前台显示的任务时，把两键都放开。

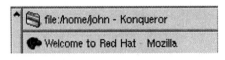

图6-34　任务栏上的应用程序

### 6.2.8　配置KDE面板

可以自动或手工地隐藏面板，把它放在桌面的任一侧，改变它的大小和颜色，改变它的行为方式。要改变默认的面板设置，右击面板，选择【配置面板】。之后设置窗口会出现，允许调整所有面板设置或其中的一个属性（布局、隐藏、菜单等）。选择【隐藏】标签，单击【自动隐藏】，然后调整隐藏面板之前要过去的秒数。单击【应用】按钮，然后单击【确定】按钮来关闭【设置】对话框。面板会一直处于隐藏状态，直到鼠标在其上浮动时它才会重现。

### 6.2.9　管理文件

Konqueror 是 KDE 桌面的文件管理器和万维网浏览器。Konqueror 允许在一个界面上配置 KDE 桌面、配置 Red Hat Linux 系统、播放多媒体文件、浏览数码图像、网上冲浪等。要启动 Konqueror 来管理文件，单击桌面上的主目录图标。Konqueror 会在桌面上打开一个窗口，允许浏览主目录以及 Red Hat Linux 文件系统，如图 6-35 所示。可以单击工具条上的主目录按钮来回到主目录。

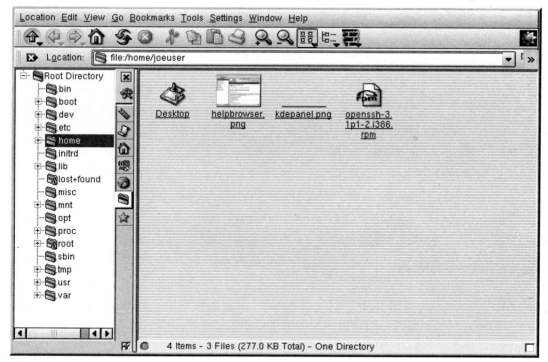

图 6-35　Konqueror 文件管理器

可以单击主窗口内的文件夹或者通过导航面板上的文件系统层次来在文件系统中漫游。主窗口内的文件和文件夹可以被转移或复制到另一个文件夹中，以及送到回收站里，还可以通过右击文件或文件夹，选择【删除】来删除它们。

Konqueror 还可以为文本、图像、PostScript/PDF 文件以及万维网文件生成缩略图标，甚至可以从数码音乐文件中生成预听声音。从工具条中选择【查看】|【预览】命令，然后

选择想生成缩略图标的文件类型，缩略图标会立即为 Konqueror 窗口中的相关文件生成。

Konqueror 中的另一项有用功能是导航面板，Konqueror 窗口左右两个区间之间的长条就是导航面板。

导航面板把许多个人化的资源显示为使用方便的标签化图标，它允许使用万维网书签、浏览历史、网络资源、文件系统，并带有一个内建的媒体播放器来播放多媒体文件而不必另外打开一个应用程序。导航面板使 Konqueror 成为希望能够快速、简易使用个人信息的用户们的有效解决方案。

### 6.2.10 定制 KDE

KDE 允许配置桌面和系统来满足自己的需要。使用 KDE 控制中心（可以选择【主菜单】|【控制中心】命令来进入）能够定制桌面的外观和行为。下面列举并详细解释了一些配置选项。

- 文件浏览　配置 Konqueror 文件管理器，并定制某些操作，还可以把文件和喜欢使用的应用程序联系起来。例如，让所有数码音乐文件都在 XMMS 而非默认的播放器中打开。
- 外观　允许定制桌面环境的视觉效果。可以定制背景图像，或者配置字体、主题、图标、面板元素、屏幕保护程序以及窗口装饰，还可以定制鼠标和键盘事件，从而使桌面尽可能满足自己的需要。
- 个人化　允许为特定语区设置国家和语言选项，还可以配置辅助功能，例如视觉和听觉帮助，以及键盘或鼠标定制。还可以通过 Konsole 选项来配置 shell 提示设置，隐私权和加密设置可通过加密选项来配置。
- 系统　高级管理界面。需要根用户口令才能配置这里的多数选项，它允许配置系统引导设置、Linux 内核配置、打印机设置以及在系统范围内安装字体。除非你理解改变它们的后果，否则强烈建议保留这些选项的默认值。
- 万维网浏览　允许配置 Konqueror 万维网浏览器。可以配置的选项有缓存区大小、cookie、插件、代理设置，以及使用键盘简化操作。

### 6.2.11 KDE 应用程序

KDE 桌面环境目前使用很广泛，在 Red Hat Linux 中有预设的 KDE 桌面环境。在 KDE 桌面环境中，有着丰富的应用程序，这些应用程序包括文字处理、网络、图像、多媒体、管理系统等，本小节将作简单介绍。

除了在后面要介绍的 OpenOffice.org 套件之外，KDE 还提供了一系列文字处理应用程序，例如 KEdit 和 KWrite。

KEdit 是一个小型文本编辑器，能编辑简短的文本和配置文件，同时还能编辑 FTP 服务器和 Web 服务器上的文件。KEdit 是 KDE 桌面环境中预设的文本编辑器，非常适合编辑一些较小的文档。KEdit 的功能不是很多，但是启动快速，使用方便，图 6-36 为 KEdit 的界面。

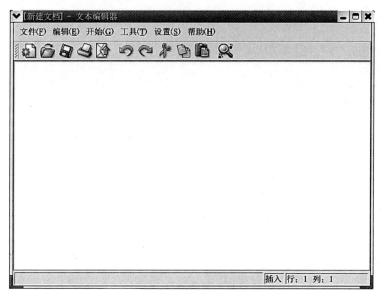

图 6-36　KEdit 主界面

KWrite 也是 KDE 桌面环境的文本编辑器，支持浏览不同开发语言的源文件。KWrite 可用于文本编辑，还可以作为程序员的编辑器，KWrite 支持的编程语言有：C/C++、Java、Python、Perl、Bash、Modula 2、Ada 等，KWrite 的界面如图 6-37 所示。

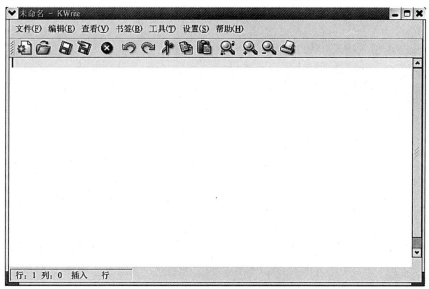

图 6-37　KWrite 主界面

Red Hat Linux 是基于因特网的，所以它含有连接因特网的必要工具，这里只介绍 Kppp 和 KMail。

Windows 系统自带了拨号软件，而在 KDE 桌面环境则使用 kppp 拨号器实现类似的功能。如果采用拨号方式连接因特网，则可以使用 kppp 配置拨号网络。

在 KDE 的桌面【主菜单】中选择【运行】命令，输入 kppp 并回车即可启动 kppp。在 kppp 的主界面中选择设置选项，设置拨号网络，如图 6-38 所示。

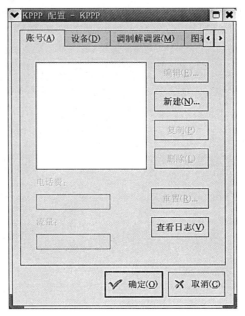

图 6-38　kppp 设置

KMail 是 KDE 桌面环境中的邮件客户端程序，它的特点是功能强大，并且方便使用，它有地址本、过滤器和附件等功能，其界面如图 6-39 所示。

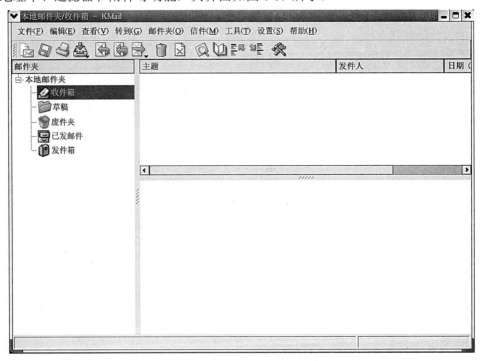

图 6-39　KMail 主界面

KDE 有丰富的多媒体应用程序，这些多媒体同 Windows 操作系统的一些同类型的应用程序非常相似，使用方法也相同，这里只介绍几个常用的应用程序。

Kview 是 KDE 桌面环境下的看图程序，图 6-40 为在 Kview 中打开一张图片的情况。

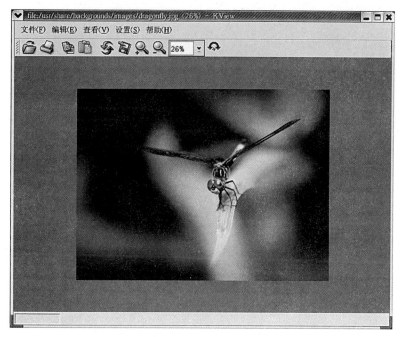

图 6-40　Kview 观看图片

　　KSnapshot 是一个 KDE 下的简单抓图程序，它能捕获整个桌面或者单个窗口的图像，然后以各种图像格式保存。从 KDE 的【主菜单】中选择【运行】命令，在运行命令中输入 ksnapshot 回车即可启动 KSnapshot，图 6-41 使用 KSnapshot 抓图整个屏幕。

图 6-41　KSnapshot 捕获屏幕

　　KDE 控制中心应用程序 kcontrol 提供了一个方便地访问所有模块的方法。kcontrol 由许多配置模块组成，可以用来配置铃声、全局键盘、标准键盘、窗口的各种特性、标题栏的各种特性、桌面属性、鼠标、语言等，还可以显示内存信息、处理器信息、IRQ 信息、DMA 通道信息、I/O 端口信息、PCI 信息、声卡信息、设备信息、SCSI 信息、分区信息、X-server 信息、Samba 状态信息等，其界面如图 6-42 所示。

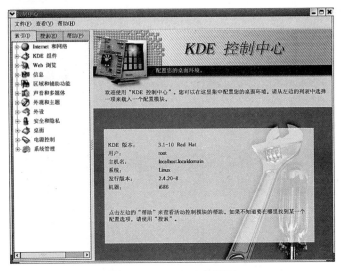

图 6-42　kcontrol 主界面

KPager 给出整个桌面的简要描述，它可以很方便地被用来设定或关闭任何桌面窗口，以及在桌面之间与内部移动窗口，如图 6-43 所示。

图 6-43　KPager

同 Windows NT/2000 一样，KDE 也有自己的任务管理器 KPM，KPM 能够列出和管理正在运行的进程。从 KDE 桌面的【主菜单】中选择【运行】命令，在运行命令中输入 KPM，然后回车即可启动 KPM。KPM 允许查看和修改 Red Hat Linux 电脑中的程序，它能够详细表明程序运行信息和系统资源占用情况，例如 RAM、交换空间、CPU 占用率、运行时间等信息，如图 6-44 所示。

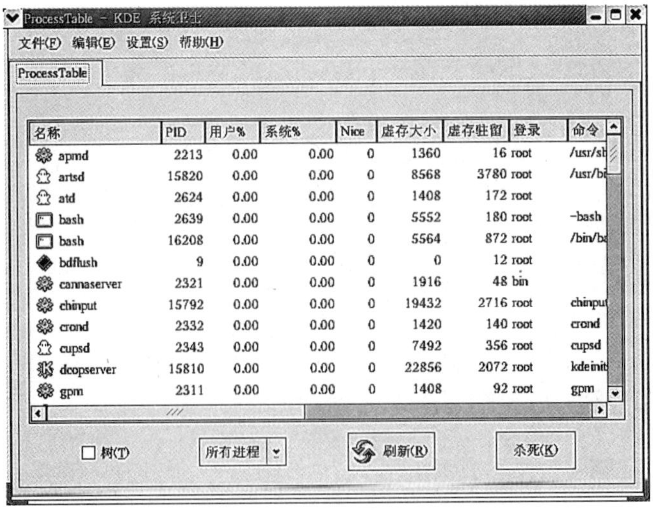

| 名称 | PID | 用户% | 系统% | Nice | 虚存大小 | 虚存驻留 | 登录 | 命令 |
|------|-----|-------|-------|------|----------|----------|------|------|
| apmd | 2213 | 0.00 | 0.00 | 0 | 1360 | 16 | root | /usr/sb |
| artsd | 15820 | 0.00 | 0.00 | 0 | 8568 | 3780 | root | /usr/bi |
| atd | 2624 | 0.00 | 0.00 | 0 | 1408 | 172 | root | |
| bash | 2639 | 0.00 | 0.00 | 0 | 5552 | 180 | root | -bash |
| bash | 16208 | 0.00 | 0.00 | 0 | 5564 | 872 | root | /bin/ba |
| bdflush | 9 | 0.00 | 0.00 | 0 | 0 | 12 | root | |
| cannaserver | 2321 | 0.00 | 0.00 | 0 | 1916 | 48 | bin | |
| chinput | 15792 | 0.00 | 0.00 | 0 | 19432 | 2716 | root | chinput |
| crond | 2332 | 0.00 | 0.00 | 0 | 1420 | 140 | root | crond |
| cupsd | 2343 | 0.00 | 0.00 | 0 | 7492 | 356 | root | cupsd |
| dcopserver | 15810 | 0.00 | 0.00 | 0 | 22856 | 2072 | root | kdeinit |
| gpm | 2311 | 0.00 | 0.00 | 0 | 1408 | 92 | root | gpm |

图 6-44　KPM 任务管理器

XCalc 是一个科学计算器的桌面工具，可以使用按钮或者键盘来进行操作。从 KDE 桌面的【主菜单】中选择【运行】命令，并在运行命令中输入 xcalc，回车即可运行 XCalc，如图 6-45 所示。

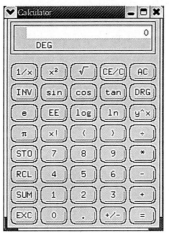

图 6-45  XCalc 计算器

KDevelop 是 KDE 环境中的集成开发工具。KDevelop 集成开发环境提供了很多程序员需要的特性，同时还包装一些第三方程序的功能，例如 make 和 GNU C++编译器等，如图 6-46 所示。

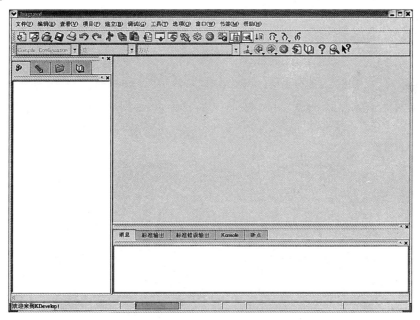

图 6-46  KDevelop 集成开发环境

### 6.2.12  从 KDE 中注销

从 KDE 会话中注销的方法有两种：一是从【主菜单】上单击【注销】按钮，二是在桌面上右击桌面，再从弹出菜单中选择【注销】命令。

图 6-47　KDE 注销屏幕

### 6.2.13　在字符界面下注销

如果你在使用 X Window 系统，却在控制台上登录了，那么可以键入 exit 或按快捷键 Ctrl＋D 来从控制台会话中注销。

如果登录的是字符界面的话，也可以通过以下的使用来注销。

```
[root@localhost]#logout

Red Hat Linux release 8.0
Kernel 2.4.18-0.1 on an i686

Localhoat Login:
```

## 6.3　整合式桌面环境 GNOME 与 KDE

本节将在前面介绍 X Window 图形环境的基础上，了解 GNOMDE 与 KDE 两种整合式桌面环境，也就是说，它们提供了完整的 X 服务器、管理器与使用界面。细心的读者可能会发现，在 Red Hat Linux 中，两者的区别不是很大。这主要是因为 Red Hat 公司对界面环境作了一定的修改、规范，使在两个环境下的界面就像一种系统。

1．GNOME

GNOME（GNU Network Object Model Environment）是在 KDE 发布后出现的整合式桌面环境，同时也是 Red Hat Linux 安装时的默认选项。界面更加完整、友善，包含开发工具、轻便式的软件、多媒体程序和其他工具组合，因此非常值得一用。

与下面要介绍的 KDE 不同，GNOME 一开始就是完全基于自主开发的开放源码版本的 X 服务器类库 GTK。KDE 是由原来的商业版 QT Library 发展而来的，当然现在 QT 也遵守 GPL 了。

典型的 GNOME 桌面如图 6-1 所示。

2．KDE

KDE（K Desktop Environmnt）是第一个出现的整合式 X Window 图形桌面环境，它于 1996 年 10 月由发展 Lyx 的 Matthias Ettrich 所发起，促成了 KDE 计划的产生。

前面主要介绍的是 GNOME 下的图形操作，作为另一个最重要的图形桌面环境，KDE 的界面也非常友好。

一个典型 KDE 桌面包括 3 个部分，这一点与 GNOMDE 很相近：

■　左上方的图标是进入用户主目录、管理配置文件等资源的快捷方式图标。默认配
置时，它只比 GNOME 多一个控制面板。

■　屏幕下方的控制栏，可用来启动应用程序，以及在各个桌面间切换程序。

■　程序开始菜单，可以快速的进入系统中各种应用程序。

典型的 KDE 窗口如图 6-48 所示。

图 6-48　KDE 桌面

Red Hat Linux 提供了切换 GNOME 和 KDE 两种甚至多种图形桌面系统的工具 Desktop
Switcher，如图 6-49 所示。

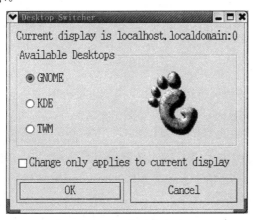

图 6-49　桌面环境切换工具

## 6.4 让你的 Linux 更靓丽

如果用户对 Linux 的界面不满意的话，除了可以重新设置桌面外，还可以修改桌面的中文字体，解决浏览网页的乱码，更新桌面壁纸，甚至使 Linux 有 Windows XP 那样美仑美奂的外表。在这一节里，主要介绍如何设置字体及桌面主题。

在安装语言的时侯，建议除了选择简体中文外，还应让系统支持繁体中文，这样可以解决浏览繁体网站时中文显示乱码问题。正常安装后，Red Hat Linux 的 X Window 已经是一个全中文界面了。但是用 Red Hat 自带的中文字体在屏幕显示还不是很工整，字体也不好看，可以用下面介绍的方法，使用 Windows 系统的 simsun 字体来替代 Red Hat 原有的默认字体。

### 6.4.1 修饰桌面字体

首先，为了使 Red Hat 中文字体看起来更漂亮，可以使用 Windows 下的 simsun 字体作为 Linux 的默认字体。

具体操作步骤如下：

（1）在 mnt 目录下建立一个名为 win_c 的文件夹。运行 shell，在命令行中输入下面的命令。

```
# mount -t vfat /dev/hda1   /mnt/win_c
```

需要注意的是，具体原因可以参见后面的章节或查看帮助，这里不做更多的解释。

- -t 后面跟的 vfat 指的是 Windows 的分区格式，常见的 Windows 98 使用的 VFAT32 分区格式，Windows NT 的 NTFS 分区格式，这需要根据用户系统的分区格式选择不同的参数。
- hda1 指 Linux 系统识别 Windows 分区的编号，你可以在硬件配置中查到。

（2）为避免在 Red Hat 中显示 Windows 分区出现乱码的问题，需要用文本编辑器修改 /etc/fstab 文件，并增加下面的内容。

```
/dev/hda1 /mnt/windows_c vfat default,codepage=936,isocharset=cp936 0 0
```

（3）接着到 www.linuxeden.com 网站中下载 fm-1.2.tar.gz。fm 是一个 Linux 下的免费字体安装工具，把文件解压到一个临时目录中（比如/usr/fm），运行./fm.sh 安装好 fm。

（4）再把 simsun.ttf 复制到临时目录中（比如/usr/font），然后在 konsole 中运行下面的命令。

```
ttfm.sh -add /usr/font/simsun.ttf
```

（5）稍等片刻，等系统安装完成后，重新启动计算机，到【控制中心】|【观感】|【字体选项】，把所有的系统字体修改为 simsun 即可。

用户也可以按照上面的方法把 Windows 系统提供的其他字体设置为 Linux 的默认字体。这样，Linux 离用户所熟悉的 Windows 界面更接近了。

### 6.4.2 美化 Mozilla 显示字体

虽然 Mozilla 已经多次改进，但是在显示中文页面的时候仍然没有 Windows 那样的圆润顺畅，解决的方法就是选择简体中文语言。

具体方法如下：

（1）以 root 身份登录系统。运行 Mozilla 程序，然后转到 Edit | Perferences | Language &Contents，选择 download more，下载 Simplified Chinse。

（2）下载完毕重新启动系统。在 Mozilla 的 Edit | Preferences 下载完毕后重新启动系统，在 Mozilla 的 Edit | Preferences | Languages&Contents 的选项中选择 Simplified Chinese 即可。

简体中文

图 6-50　改变 Mozilla 的字体

关于 Mozilla 的使用，也请参见后面使用互联网一节的详细说明。

### 6.4.3 克隆 Windows XP 界面

用户可能熟悉 Windows 的修改界面主题功能，它可以把 Windows 界面变得绚丽多彩，事实上 Red Hat Linux 也提供了此项功能，丝毫也不比 Windows XP 逊色。

（1）首先到 www.kde-look.org 下载与 Linux 中 KDE 版本一致的主题文件（Red Hat Linux 9.0 的 KDE 版本是 4.2），选择 kde_xp_full.zip（XP 风格主题）。

（2）把文件解压缩到临时目录中（比如/var/tmp），启动终端，在命令行中依次执行下面的命令。

```
localhost # icons/icons-install-kde.sh
localhost # kde-xptheme/theme-install-kde.sh
localhost # kde-xpstyle/style-install.sh
```

（3）之后到系统控制中心启用 kde-xp 主题，并设置应用 Windows XP 图标及窗口类型属性。

（4）完成后需要重新启动系统，也可以注销系统后重新登录。你会发现 Linux 的界面与 Windows XP 界面已经如出一辙。

# 第 7 章　中文环境

在 Red Hat Linux 中使用中文显示和输入都非常方便，因为 Linux 本身就非常重视对各种非英语语言的支持。而 Red Hat Linux 9 对中文支持也比较好，不仅常用的软件很容易显示中文，输入中文也不困难。

## 7.1　国际化与中文环境

Red Hat Linux 非常重视国际化问题，不仅提供了对多种语种的直接支持，使用配置工具直接选择语言就可以让系统配置使用该语言，而且还提供了多种开发接口，使 Linux 非常容易支持新的语言。

它的最新版本几乎不需要修改，就可以直接支持中文的显示，还可以直接通过 miniChinput 中文输入服务器，在应用程序中输入简体中文。

### 7.1.1　Linux 的汉化

Linux 的汉化包括对 X Window 系统和控制台的汉化，控制台类似于 DOS 操作窗口，X Window 系统类似于 Windows 系统，由于人们的主要工作环境是 X Window，所以在此将对 X Window 的汉化机制作详细阐述。

1. 汉化途径

Linux 下的中文平台目前的实现方法属于下列几种之一或兼而有之，图 7-1 是汉化方法的示意图。

- 替换 X Client 的函数。
- 截取 X 通信。
- 直接修改 X Server。

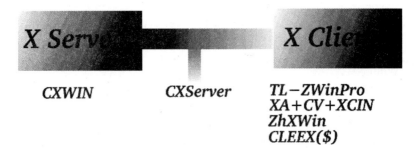

图 7-1　汉化方法示意图

从前面的相关章节我们知道，X Window 系统的结构是 Client/Server 方式，从图 7-1 可以看出，如果对 X Window 进行中文化，则可能从上述的 3 个地方入手：

（1）替换 Client 函数的方法为动态汉化，它是通过 LD_PRELOAD（或文件）动态加载的，类似于 Windows 下的外挂式中文平台。

（2）截取 X 通信的方法是通过设置一个虚拟的 X Server，当 Client 与此 Server 联接时，这个虚拟 Server 截取通信并把 Client 的请求发送给真正的 X Server，它类似于一个 Proxy Server。

（3）直接修改 X Server，这是最复杂的汉化方法。

实际上，这 3 种方法的实质是一样的，目的都是修改 X Window 系统中用于显示和输入的部分，从而使 X Window 系统能够显示/输入双字节编码。

有人故意将外挂和直接修改 X Server 的方法（比如 CXWIN）的区别夸大，以说明到底哪一种汉化方式比较好，但它们之间的差别其实并不大。

在实际应用中，两者各有优点和缺点，外挂方式的优点是灵活性强，就像 Windows 下的外挂平台一样，可挂可不挂，对编码显示有灵活的控制，其主要因为就是它那个在用户空间操作，而且可以针对具体窗口进行操作。它的缺点是对每一个 X Window 应用软件都增加了几十 KB 大小的内存，以拥有自己的运行空间。

直接修改 X Server 方法的优点是节省内存，避免了在用户桌面上留下 LD_PRELOAD 变量；缺点是灵活性差，不能对每一个窗口进行控制，而必须随系统版本的升级做相应改动。更危险的是，对 X Server 的改动可能影响整个 X Window 系统的稳定性。

现在评价一个中文环境不仅仅是看它对中文的支持，还要看在中文 Linux 上提供的本地化应用软件的数量和质量，以及如何更方便地切换成纯英文状态，就像 Locale 的设计思想一样，从这一点上考虑，外挂平台更适应用户的需要，这也是当前大多数中文平台采取外挂式平台的原因。

显然，上面的汉化方法都不是最终解决方案，最终方案应当是符合国际标准的。在显示上，X Locale 对双字节（GB/GBK/Big5）的支持是基础，所写软件应设置字体集（FontSet）或在高层库函数中支持字体集，这对 Linux 的程序员是一个挑战。在输入上，应使用 X11R6 的标准输入协议 XIM，这同样要求所写软件支持此协议或所使用的高层库函数支持此协议。

综上所述，在 X Window 的汉化上不存在所谓的内核汉化，X 本来就不属于内核。上述的中文平台都是临时的解决方案，虽然目前在很大程度上满足了用户需要，但不是最终解决方案。

最彻底的汉化是改动应用软件使其支持双字节操作和 XIM 输入，其中双字节操作是中文平台不能解决的，随着对内核的改进，Linux 内核将会对 Unicode 进行支持，系统将可能直接支持中文。

2．中文 X Server

中文 X Server 又叫 CXWIN，它是一个修改了的 X Server，主要修改了中文显示部分，并且把 xtt（TrueType Server）作为补丁加进了 X Server。

在内部，CXWIN 把混合字符串分段将字符串先转换为 WideChar 处理。就国际化趋势而言，CXWin 的汉化方法不符合国际标准，而属于正在被淘汰的早期软件，可能因为对 X Server 的修改导致系统的稳定性变差的缘故。

CXWIN 只处理显示部分，汉字输入必须另作处理。在实际应用中，常常与 Chinput 一起捆绑使用。

CXWIN 的最大缺点是汉字有时出现乱码，对西文中出现的高位字符按中文处理，缺乏像外挂式中文平台上的控制系统。

CXWIN 的下载地址为 ftp://linux.cis.nctu.edu.tw/packages/X/Xserver/CXwin/。

CXWIN 的作者是 srlee@csie.nctu.edu.tw。

3．CXserver

CXserver 起源于一个叫做 xlab 的录放软件，它是截取 X Server 和 X Client 之间的通信记录鼠标相对于窗口的位置以及鼠标按钮状态，然后再模拟并自动播放操作过程。这种机制被 CXserver 用于显示/输入汉字。SUN 公司也开发了 Solaris 上的类似软件。

严格来说，CXserver 应属于外挂式中文平台，只是它与普通外挂式中文平台截取函数的区别是，它的截取函数的位置是在 X Server 和 X Client 之间。因此，CXserver 不是一个真正的 X Server，只不过是处在通常的 X Server 和应用程序之间的一个 X 协议翻译器。也就是说，当客户程序往 X Server 发送请求的时候，它搜索其中有关汉字的部分，并把它翻译成普通 X Server 可以理解的请求，使之可以正确地显示汉字。

另一方面，当 X Server 往客户程序传送事件的时候，它把其中的键盘信号截取下来，并将其发送到 chinput，再把它翻译成相应的键盘信号，从而达到输入中文的目的。

使用 Cxserver 可以在英文 X Server 上显示中文，目前所试验的几个常用程序（比如 xterm、netscape、各种编辑器、xfmail）都工作得很正常、很稳定。CXserver 和 chinput 配合在一起，就可以直接输入中文。

4．客户端汉化工具

最后一种汉化是客户端汉化，也就是所谓的动态汉化，现在常用的外挂式中文平台，很多都是以这种方式进行的，比如 ZwinPro、阳春白雪 XP 等。

这样汉化实现起来非常灵活，并且可以提供多种多样的小工具，因而使用最广泛。

## 7.1.2　中文显示

在安装 Red Hat Linux 9.0 的时候，如果选择默认语言是中文，则几乎不需要考虑中文显示问题。系统自动将界面显示成中文，用户还可以选择喜欢的字体。

同时，不仅设置系统字体为中文，还让各种常用的程序支持中文。图 7-2 显示了在 X Window 仿真终端也能够使用中文。

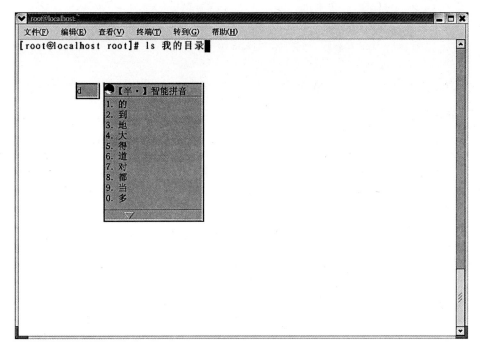

图 7-2　显示中文的 X 终端

### 7.1.3　中文输入

1．X Window 中文输入

在 Linux 下进行中文输入，大多数情况是在图形界面下使用 XIM（X Input Method，X 输入方法）协议。XIM 在系统内核提供了一种特殊机制，通过一组特定函数来实现对非英语语言输入法的支持，现在最常用的 Chinput 就是通过这种方式实现中文输入的。

Chinput 是最常用的中文输入服务器，它使用 X11 标准输入协议，所以只要应用程序（客户端）支持 XIM，都可以使用 Chinput 输入中文。

红旗中文输入法是中科红旗 Linux 下开发的中文输入法，在网上可以找到支持 Red Hat Linux 9 的 rpm 安装包。

2．终端输入中文

还有一类就是在终端实现中文输入，类似 UCDOS 中文平台的实现。这类中文输入法往往以外挂程序的形式出现，包括 gce。

这种输入法的局限性较大，使用起来比较麻烦，故用得越来越少了。

### 7.1.4　集成环境中的中文支持

KDE 环境很早就提供了对中文的支持，可以通过 KDE 控制中心选择和更改桌面语言，选择系统语言为中文 GB，则系统就会自动支持显示和输入中文。

现在的 GNOME 环境对中文的支持越来越好，在 Red Hat Linux 的 GNOME 环境中，几乎不觉得使用中文有什么困难。

## 7.2 Chinput 中文环境

无疑 Chinput 是最早也是最重要的中文平台，对中文 Linux 有着非常重要的影响。

### 7.2.1 Chinput 简介

Chinput 是 UNIX/Linux 下通用的中文输入服务器。汉字输入服务器是 X Window 下的输入键码到汉字码的转换软件，它使用了 ICCCM 接受和发送消息，并基于 Cxterm，因此具有用户所熟悉的输入方法和使用方法。同时又优化了用户界面，软件还提供了浏览输入功能，使用户输入特殊符号时更方便。对于使用该服务器编程的用户，还提供了方便的 API，可以方便地进行二次开发。

Chinput 支持 XIM 协议和早期自定义的 Chinput 协议，主要目的是为了配合中文平台使用。XIM 协议是 X11 中的标准输入协议，只要应用软件支持，都可以使用 Chinput 输入中文。现在的 Chinput 输入使用的是 Unicon 通用编码格式，支持几十种常见的输入方法，因此被许多 Linux 爱好者和 Linux 发行版使用。Chinput 3.0 具有如下特性：

- 支持 XIM 的 4 种输入风格，自动切换输入风格。
- 增加部分输入和使用技巧，可以使用"V 模式"等。
- 新简繁体转换词表，融入方正集团所提供的 GBK 转换表。
- 输入方法模块化，方便用户添加自己的输入模式，同时还为商业输入法提供便利条件。
- 和 Unicon 共享输入方法，可以通过动态链接或 TCP/IP 协议访问输入方法。
- 输入法前端和后端分开。
- 支持手写识别和虚拟键盘。
- 提供中文输入控制条和嵌入窗口管理器中的中文控制组件。

在安装 Red Hat Linux 9 时，如果选择安装中文，就会自动安装 Chinput 的一个改进版本 miniChinput。miniChinput 主要是在 Chinput-3.0.1 和 unicon-3.0.2 基础上修改打包而成的，基本目的是尽可能方便普通用户，力求尽量减小代码规模，并尽量适应各种略有差异的 Linux 平台。其下载网址是http://www.scf.usc.edu/~bozhang/miniChinput/。

如图 7-3 所示，为 Red Hat Linux 下默认的中文输入服务器 miniChinput。在 Red Hat Linux 的安装光盘中也能够找到 miniChinput 的 rpm 形式安装文件。

图 7-3　使用 miniChinput 进行中文输入

miniChinput 是比较完善的中文输入平台，它不仅在中文支持及显示等方面做了很多工作，还支持多种中文输入法。主要有：内码输入法、智能 ABC 输入法、全拼输入法、双拼输入法、五笔输入法以及其他输入法。

还有另一种 Chinput 的改进版是 MagicChinput，它提供了更多的输入法，增加了输入状态条以及增加输入法配置工具，可以方便进行输入法配置，也是另一种值得使用的输入法。其下载地址是：http://magicfeather.zouping.com.cn/。

### 7.2.2 安装 Chinput

下面简要介绍 Chinput 的安装步骤，主要是以下载的二进制可执行文件包形式进行安装。其中提到的软件包可以从硅谷动力（http://www.enet.com.cn）查找、下载。

如果你在下载时遇到其他问题，还可以在访问改网址相关的帮助信息。

#### 1．安装中文字体

首先将下载的中文字体解压缩、安装到 X11 目录下面，然后就可以在系统中使用这些中文字体了。

```
#tar zxvf zh-fonts.tar.gz
```

将自动把字体文件解压到新产生的 misc 目录。

```
#cd misc
#cp  *.Z /usr/X11/fonts/sisc
#cat fonts.alias >> /usr/X1R6/lib/X11/fonts/misc/fonts.alias
```

在别名文件中附加 Chinput 所使用的别名。

```
#cd /usr/X11R6/lib/X11/fonts/misc
#mkfontdir
```

产生更新 fonts.dir。

```
#xset fp rehash
```

更新 X Server 的字体，现在就可以使用新安装的中文字体了。如果用户系统中已经存在中文字体后，就不用进行上述操作了。

#### 2．安装输入法字典

输入法字典是一个码表，系统通过它来将输入字符串转变成希望输入的内容，只需要将相应的文件解压并拷贝到相应的目录中即可。

```
#cp unicon2-im.atr.gz  /usr/lib
#cd /usr/lib
#tar -zxvf unicon2-im.tar.gz
```

#### 3．安装 Chinput

上述过程完成后，就可以正式安装 Chinput 主程序了。

```
#rpm -Uvh Chinput-3.0.2.src.rpm
```

#### 4．运行 Chinput

安装完成后，需要进行一些设置。设置一些系统环境变量，然后就可以启动 Chinput 试试看了。

```
#export LC_ALL=zh_CN.GBK
```

```
#export XMODIFIERS=@im=Chinput
#chinput
```

首先设置系统使用的字符集是 zh_CN.GBK，有的系统是 zh_CN.GB2312，并且通知系统输入服务器是 Chinput，最后启动了服务程序，这样就可以打开 gEdit 笔计本编辑器等文本工具输入中文。

### 5. 常用快捷键

常常需要在使用 Chinput 时切换其他输入法或者进行一些改变，这时可以利用一些常用的快捷键，如表 7-1 所示。

表 7-1　Chinput 快捷键

| 快捷键 | 说　明 |
| --- | --- |
| F12 | 输入禁止/允许切换 |
| F3/Shift+F3 | 缩放输入区 |
| 其他 F 键 | 输入方法切换 |
| 鼠标中键 | 使输入服务器获得焦点，从而可以练习输入 |
| Shift+鼠标左键 | 使当前窗口成为输入窗口，这时浏览输入服务器的下拉字库区域，可输入汉字 |
| Control-Space | 作用于其他包装后软件或其本身，可隐藏/显示输入服务器窗口 |
| 服务器激活/消隐热键 | Control-Space |
| 编码切换热键 | Control-Alt-Shift-G:　GB |
| | Control-Alt-Shift-B:　BIG5 |
| | Control-Alt-Shift-J:　JIS |
| | Control-Alt-Shift-K:　KS |

还可以通过按 Shift＋右键，从弹出菜单中选择、设置一些选项。命令形式为：

```
>run $program_name$
    例如: > run netscape
          > run xterm -fn 8x16
>cdict &
```

### 6. 其他资源

可以从网上找到许多中文环境的软件源代码及有关软件包，这里只简要介绍 Chinput 的相关网址。Chinput-1.3.tar.gz(for Linux)下载网址如下：

http://www.lslnet.com/linux/ch/chinput/Chinput-1.3.tar.gz

其中包括：

- Input Server　需要输入字典 dict.tar.gz，1427KB。

    下载网址为 ftp://fish.ihep.ac.cn/pub/src/Chinput/dict.tar.gz。

- EZWGL-1.24-chinese。

- CDict　需要数据库软件 gdbm-1.7.3.tar.gz。

    下载网址为 ftp://fish.ihep.ac.cn/pub/src/Chinput/gdbm-1.7.3.tar.gz。

- edict。

- wrap。
- Toolbar（little use）　需要 XForms 库。
- 本地存放字库。

另外，还可以从网址 ftp://fish.ihep.ac.cn/pub/xfonts/Chinese/里找到表 7-2 所列的字库。

表 7-2　中文字库

| 字库名 | 说　明 |
| --- | --- |
| cclib16.pcf.gz | 国标 16 点阵宋体字库(cclib16) |
| ccs24.pcf.gz | 国标 24 点阵宋体字库(ccs24) |
| cck24.pcf.gz | 国标 24 点阵楷体字库(cck24) |
| cch24.pcf.gz | 国标 24 点阵黑体字库(cch24) |
| a16.pcf.Z 8x16 | 西文字体(与 16 点阵字库匹配) |
| a24.pcf.Z 12x24 | 西文字体(与 24 点阵字库匹配) |

从该位置还可以找到其他一些字体。

## 7.3　ZhXwin 中文系统

ZhXwin 中文系统用于为 Linux 和其他 UNIX 下的 X Window 提供中文支持。套用另一个术语，称之为 X Window 的外挂式中文平台。在 ZhXwin 的支持下，X Window 应用程序能够在不重新进行编译的情况下得到中文输入、输出的能力。

ZhXwin 中文系统由两个相对独立的模块构成，它们是输入模块和输出模块。输入模块 chinput 由于明俭根据 cxterm 的有关模块改写而成，并由宫敏修改了个别毛病（16 位或 32 位真彩色输出）。输出模块 libZhXwin.so（libst.so）由宫敏开创，整个系统由宫敏进行集成。

为了不污染 X11 库的名字空间，整个 libZhXwin.so 由一个文件 cxlib.c，加上一个与 chinput 接口的 client.c 组成，所有内部的函数都是静态函数。

安装启动 ZhXwin 后，Red Hat Linux 系统可以使 netscape 等 X 程序直接输出或输入中文，中文显示效果还可以，但还需要改进。

根据网上有些用户反映，它还存在一些问题，主要有：

- 中文字体还没有能够和西文字体同步缩放。
- 中文字体还不能随西文字体同时指定。
- glibc 和 libc5 的兼容性目前是通过生成两个 libZhXwin 的方法，需要人工指定采用哪一个。当默认的库是 glibc（libc6）时，在运行 libc5 兼容 netscape 的时候不能成功调用 midi、au、wav 等音乐文件和其他应用程序。
- 用错兼容库的情况下有时会产生"段违例错"Segmentation fault (core dumped )，输入方法可能还不尽人意。

如果想下载试用，可以到网址 ftp://freesoft.cei.gov.cn/pub/freesoft.sic/freesoft/Linux/ZhXwin.tar.gz 下载。

ZWinPro 是由宫敏和于明俭合作完成的，其中宫敏负责输出部分，于明俭负责输入部分。如果有什么问题，可以与他们直接联系。

### 1．输出部分

宫敏（Min Gong）

芬兰，赫尔辛基工大学

Otakaari 1, Helsinki University of Technology 02150 Espoo, Finland

电子邮件：min@foto.hut.fi

### 2．输入部分

Yu Mingjian（于明俭）

Computing Center Institute of High Energy Physics, Academia Sinica, Beijing 100039, P.R.China（中国北京高能物理研究所计算中心 100039）

电子邮件：yumj@sun.ihep.ac.cn or yumj@yumj.kek.jp

个人主页：http://yumj.kek.jp/（或 http://www.ihep.ac.cn/~yumj/）

## 7.4 ZWinPro 中文系统

ZWinPro 是 Linux 操作系统上的外挂式中文平台，它采用动态载入的方式截取汉字输入、输出函数，从而起到动态汉化的作用，也就是前面所指的客户端汉化。

ZWinPro 包含的组件主要有：

- 汉字输入条。
- 控制条。
- 屏幕取词。
- 用户开发函数库接口。
- 用户提示。

### 1．新版本特点

新版本的 ZWinPro 在原有功能的基础上，增加了对多种编码的支持，完善了输入、输出控制，具有更强的功能。特点如下：

- 汉字使用 True Type 字体或缩放的点阵字体显示。
- 多语种多编码支持。
- 中文输入支持 GB、GBK 和 BIG5。
- 中文输入协议支持 Chinput 和 XIM 协议。
- 根据环境可自动输出 GB/GBK/BIG5 编码。
- 灵活的输入/输出控制。
- 完善的用户汉化接口。
- 方便的屏幕取词。
- 灵活的资源文件配置。

## 2. ZWinPro 的启动

ZWinPro 可以从网上下载，或者购买某些 Linux 版本，其中就会自带，比如 Turbo Linux 新版本中自带了 ZWinPro，以及它的中文网站中也可以下载。

当安装完成 ZWinPro 后，在命令行输入命令 zwinpro，就可以启动 ZWinPro，可以看到汉字输入条如图 7-4 所示。

图 7-4　ZWinPro 的输入条

输入条是汉字输入的前端，它使用了 CXterm 输入方法，不仅支持汉字 GB、GBK、BIG5、日文 EUC 和韩文 EUC 编码，还能够支持二十多种输入方法（详见 CXterm）。输入条采用具有三维效果的无边框窗口，一般情况下不接受 FocusIn，并且永远位于其他窗口的上面，超越边界时除外。

ZWinPro 使用的输入服务器仍是 Chinput，并在原来协议的基础上增加了对 XIM 协议的支持。两种协议并存而且可以同时起作用。在中文平台的环境下（即有环境变量 LD_PRELOAD 时），支持 XIM 的软件必须被设置为"西文/XIM"输入模式方可正常输入。目前，支持 XIM 输入的软件有 Netscape、xemacs、xedit、rxvt、gtk/gnome 系列、qt(i18n)/KDE 系列、Motif 系列等等，基本包括了所有用户可能接触到的环境。

- 启动 chinput　在命令行输入 chinput 或启动 zwinpro。Chinput 在支持 XIM 协议时须设定 Locale，并且输入名为 Chinput。
- 输入条的移动　用鼠标单击输入条的非按钮部分，就可以拖动输入条到一个合适的地方。
- 输入条的隐藏/显示　在 Client 上（普通 Client 或 XIM Client）按快捷键 Ctrl＋空格，就可以隐藏或者显示输入条。
- 输入功能屏蔽/激活　F1 键可以用来屏蔽/激活输入，当输入被屏蔽后，输入条上的字体变暗淡，显示为灰色状态。
- 输入方法及其切换　ZWinPro 在 GB/GBK 编码上支持的输入方法有：无调拼音、智能拼音带调拼音、缩写拼音、五笔字型、英汉、首尾码、钱码、新仓颉、刘式粤音、电报码、日文平假名、片假名、区位码和内码。用户可以在资源文件中设置启动时的编码和输入方法。另外，ZWinPro 还可以每 10 分钟存储一次用户所造词组。

值得注意的是，Chinput 的 F3 按钮已改为智能拼音按钮，以前的 F3/Shift-F3 缩放已被取消。

- 中文 GB/BIG5 编码输入自动切换　ZWinPro 自动识别聚焦窗口正在使用的编码（GB 或 BIG5），根据该窗口的编码把输出结果转换为该编码。此功能主要用于当用户浏览使用台湾地区和香港地区的页面时，在页面上输入 BIG5 编码。
- 【半角/全角】切换　全角输入用于把输入的英文字母和数字符号转换为对应的中

文字母和数字。全角输入和半角输入的切换可以通过单击输入条上的按钮完成，缺省的输入模式为半角输入。

■ 【中/英】文标点符号切换　汉字标点符号用于把输入的英文标点符号转换为汉字标点符号，其切换方法是单击输入条上的标点符号按钮。

为了适应汉字对标点符号的要求，一个英文标点符号可能对应多个中文标点符号。表7-3 列出了所有一对多的标点符号。凡注有"循环输入"的标点符号，表明在标点输入时，输入条将按标点的顺序循环返回。

英文标点符号,和.一般用于输入时向前和向后翻页，只有在选中全角时才以中文标点符号返回，为了方便，ZWinPro 还提供了更简单的输入方法，即按 Ctrl＋,或 Ctrl＋.可以输入相应的中文标点。

另外，还增加了两个符号-和^，用来输入汉字的破折号和省略号。

表 7-3　输入中文标点

| 中文标点 | 英文标点 | 说　　明 |
|---|---|---|
| , | , | Ctrl＋,或全角中文标点时输入 |
| 。 | . | Ctrl＋.或全角中文标点时输入 |
| "" | " | 循环输入 |
| '' | ' | 循环输入 |
| ￥ $ | $ | 循环输入 |
| )」』 | ) | 循环输入 |
| 〔[〖【 | [ | 循环输入 |
| )]〗】 | ] | 循环输入 |
| —— | - | 破折号扩展 |
| …… | ^ | 省略号扩展 |
| 《< | < | 循环输入 |
| 》> | > | 循环输入 |

### 3．浏览输入

不仅可以在输入后查看输入的汉字，还可以使用浏览输入方式，边输入边查看所输入内容。图 7-5 显示的是在输入时使用浏览方式，不仅可以浏览输入文字，还可以选择输入各种特殊符号。

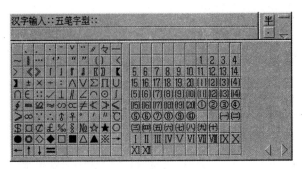

图 7-5　选择输入特殊

Chinput 提供了浏览编码并输入聚焦窗口的机制。浏览输入一般用于输入汉字符号、汉语拼音符号和汉字表格符号等。

Chinput 能够动态地查看聚焦窗口的编码,然后将输入结果按窗口编码进行显示。比如,当聚焦窗口为 BIG5 编码时,输出结果会自动转换为 BIG5 编码。

(1)启动模式

因为 Chinput 为根窗口输入模式,它的输入空间(窗口大小)不受限制,所以 Chinput 缺省启动为双行输入模式,即包括输入提示行和汉字选择行两行。

如果用户以单行模式启动,则只须在启动时输入 chinput –two。

(2)输入条属性的配置

输入条的属性由用户根目录下的文件.chinput 来配置,如果没有该文件的话,则由另一个文件/usr/lib/Chinput.ad 所决定。

进行配置时,如果用户根目录下没有.chinput,可以先把/usr/lib/Cbhinput.ad 复制成根目录下的.chinput,然后做相应的修改。

以下是一个典型的用户目录下的.chinput 配置文件的内容:

```
!
! 显示模式:单行或两行
!
chinput.mode:       TWO
!
! 初始编码: GB, BIG5, JIS, KS
!
chinput.encoding: GB
!
! 输入法词典目录, 由 CXterm 安装产生
!
Chinput.dictionary:   /usr/dict
!
! 输入方法
! GB编码  : ASCII, IC, QW, TONEPY, QJ, Punct, PY, ZNPY, CCDOSPY, WuBi,
!          CangJie, English, CTLau, SW, QianMa, TeleCode, HIRAGANA, KATAKANA
! BIG5编码: ASCII, IC, PY, QJ, Punct, ETZY, ZOZY, Simplex, CangJie,
!     English, 4Corner, HSU, ARRAY30, Boshiamy
! 日文编码: ASCII, IC, ROMKANA, TCODE, QJ, Punct
! 韩文编码:  ASCII, IC, HANGUL, HANJA, QJ, Punct
!
chinput.inputmethod: WuBi
! 联想输入文件名
chinput.association: simple.lx
!
! 智能拼音输入
!
chinput.table:          /usr/lib/ZWinPro/pyinput/table
chinput.libphrase:      /usr/lib/ZWinPro/pyinput/libphrase
chinput.usrphrase:      .pyinput/usrphrase
!
```

```
!  16 点阵字体(与24点阵字体任选其一)
!
chinput.font:        8x16
chinput.gbfont:         cclib16
chinput.big5font: -eten-fixed-medium-r-normal--16-150-75-75-c-160-big5.eten-0
chinput.jisfont: jiskan16
chinput.ksfont:
            -daewoo-mincho-medium-r-normal--16-120-100-100-c-160-ksc5601.1987-0
!
!  24 点阵字体(与16点阵字体任选其一)
!
!chinput.font:           12x24
!chinput.gbfont:         ccs24
!chinput.big5font:       -big5-cclib-medium-r-normal-fs-24-230-75-75-c-240-big5-0
!chinput.jisfont:        jiskan24
!chinput.ksfont:
            -daewoo-mincho-medium-r-normal--24-170-100-100-c-240-ksc5601.1987-0
!
!   面板颜色
!
chinput.dimcolor:       #666666
chinput.lightcolor:     #f5f5f5
chinput.panelcolor:     #c0c0c0
chinput.hzcolor:     #000000
chinput.textcolor:       #000000
!
! end of resource
!
```

（3）输入条关闭

单击输入条面板上的"开关"按钮便可以退出 Chinput。正常退出时将正确保存智能拼音所造词组，控制条如图 7-6 所示。

图 7-6　输入控制条

（4）控制条的移动

单击控制条最左边的写有"中"字样的按钮，并拖动鼠标，便可以把控制条移动到屏幕的任何地方。

4．编码及字体设置

控制条上左起第二个按钮用于控制聚焦窗口的编码和字体，当编码设置为【西文】时，聚焦窗口被设置为非汉化状态。当编码设置为【中文 GB】或其他双字节语种时，会激活子菜单，此时可以选择相应的字体。同时，聚焦窗口将显示该编码和字体，并且按钮上的标签也会随之改变。

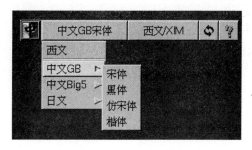

图 7-7 设置编码及字体

控制条上左起第三个按钮用于切换输入条的输入方法，当选择其中的汉字输入方法后，按钮的标签被设为 Chinput，否则按钮标签为【西文】。

图 7-8 选择输入法

另外，切换输入方法还可以用快捷键，快捷键与输入方法的对应关系如表 7-4 所示。

表 7-4 输入法快捷键

| 按 键 | 输入方法 |
| --- | --- |
| F1 | 允许/禁止中文输入 |
| F2 | 内码输入 |
| F3 | 智能拼音 |
| F4 | 带调拼音 |
| F6 | 无调拼音 |
| F7 | 五笔字型 |
| F8 | 英汉 |
| F9 | 首尾 |
| Shift＋F1 | ASCII |
| Shift＋F2 | 区位码 |
| Shift＋F6 | 缩写拼音 |

（续表）

| 按　　键 | 输入方法 |
|---|---|
| Shift＋F7 | 新仓颉 |
| Shift＋F8 | 刘式粤音 |
| Shift＋F9 | 钱码 |

5．屏幕刷新

一般地，当切换了窗口的编码或显示字体后，需要刷新屏幕/窗口才起作用。ZWinPro 的刷新按钮可用于全屏刷新。

经过刷新操作后，再使用新的编码进行输入，显示就正常了。

6．屏幕取词

除了中文输入和显示外，ZWinPro 还提供其他一些辅助功能，比如屏幕取词就是一个非常实用的功能。

启动屏幕取词功能后，让鼠标在某个英文单词上停留一下，则会出现该英文单词的中文解释。

图 7-9　屏幕取词功能

- 屏幕取词服务器的启动　在命令行输入 edict 或启动 ZWinPro。
- 使用屏幕取词　按下键盘左边的 Alt 键，在需要查找的单词上移动鼠标，则有浮动图像在单词位置附近弹出，并解释单词的内容。

7．用户开发函数接口

ZWinPro 还提供了方便用户开发的函数接口。主要有：

- 支持中文输入输出的目标文件。
- 仅支持中文显示的目标文件。
- 不受环境变量影响的专用目标文件。

8．用户提示

ZWinPro 还增加了用户提示功能，这是一些关于 Linux 的小窍门或小知识，可以帮助用户解决在使用 ZWinPro 过程中遇到的有关问题。

## 7.5　红旗中文输入法

红旗中文 Linux 提供了非常全面的中文功能，它可能是最完善的中文 Linux 之一。其提供的红旗中文输入法 rfinput 也是非常优秀的输入方法。

正常启动红旗桌面版后，登录到 KDE3.0 环境，在系统托盘区就会出现输入法状态，使用它可以在英文、中文间自由切换输入。

当然，在这里介绍红旗中文输入法并不是要用户重新安装红旗 Linux。其实红旗 Linux 的很多系统组件都与 Red Hat Linux 非常相似，并且红旗输入法 rfinput 提供了输入法的源代码，所以用户只需要将代码重新在 Red Hat Linux 下编译后，就可以使用了。

需要注意的是，现在只能在 KDE 环境下使用 rfinput。

如果用户不想重新编译，则可以从网上下载其他人编译好的 rpm 或二进制安装文件，然后在自己系统中安装。

rfinput 在输入法状态区提供了多种输入法，只需要用鼠标进行选择所需的输入法即可。当然，也可以利用组合键 Ctrl＋Space 快捷键切换中英文。

还可以使用组合键 Ctrl＋Shift 进行循环选择输入法。每次按下快捷键，输入法会按照顺序进行切换，通过反复使用，能够在所有输入法之间进行切换。

成功安装后，输入法的一般顺序分别为：

- 英文输入。
- 智能 ABC 输入。
- GBK 拼音输入。
- QS 字型输入。
- QS 拼音输入。
- 区位输入。
- 郑码输入。

其中红旗输入法提供拼音＋笔型输入，提高了输入效率，在此不作更多的介绍，如果想了解更多信息，请阅读《红旗 Linux 桌面版 3.2 用户手册》。

## 7.6　使用 gWuBi

对于许多人来说，五笔字型输入法几乎成为中文输入法的代名词。在 Red Hat Linux 9 的 miniChinput 默认操作下，并没有提供五笔输入法。下面介绍一个非常好用的 Linux 五笔字型输入工具 gWuBi。

### 7.6.1　下载

#### 1. tar 包下载

如果想手工设置安装，可以下载适合 Red Hat Linux 的执行文件压缩包。

第一站：www.linuxsir.com.cn/gwubi/gWuBi-1.6.tar.gz

第二站：www.linuxsir.org/gwubi/gWuBi-1.6.tar.gz

2．RPM 包下载

RPM 包适用于 Red Hat、Mandrake、SUSE、Turbo 等多种发行版，安装也非常方便。建议新手先下载 RPM 包，再用 RPM 方式来安装。

第一站：www.linuxsir.org/gwubi/gWuBi-1.6-1.i386.rpm

第二站：www.linuxsir.com.cn/gwubi/gWuBi-1.6-1.i386.rpm

### 7.6.2 安装

安装之前先把以前的输入法卸掉。

如果是 gWuBi 以前的版本，可用以下命令：

```
#rpm -e gWuBi
```

如果是 Red Hat 系统中自带的输入法 Chinput，可用以下命令：

```
#rpm -e miniChinput
```

如果是 Mandrake 可用下面的方法来卸载：

```
#rpm -e Chinput
```

1．RPM 包安装法

适用于大多数的发行版，比如 Red Hat、Mandrake、SUSE、TurBo 等。

（1）下载 RPM 包，可使用以下列出的链接下载。

www.linuxsir.com.cn/gwubi/gWuBi-1.6-1.i386.rpm

www.linuxsir.org/gwubi/gWuBi-1.6-1.i386.rpm

（2）在终端上进入到所下载文件的目录下，输入下面的命令。

```
#rpm -ivh gWuBi-1.6-1.i386.rpm --nodeps -force
```

（3）注销当前用户，然后再进入桌面，gWuBi 就能用了。

（4）如果 gWuBi 不能自动加载运行（比如在 SUSE、Mandrake 等发行版中），则可用下面的方法。

对于非 root 用户：

```
$ln -s /usr/bin/gWuBi /home/想自动加载用户名/.kde/Autostart/gWuBi
```

比如以 beinan 用户登录，就应该做如下链接：

```
$ ln -s /usr/bin/gWuBi /home/beinan/.kde/Autostart/gWuBi
```

如果是以 root 用户登录的，想自动加载 gWuBi，则可用下面的方法：

```
# ln -s /usr/bin/gWuBi /root/.kde/Autostart/gWuBi
```

在 SUSE 下的 root 用户，可能会出现 gWuBi 加载不能使用的现象，这与系统设置或中文化有关，普通用户则无此问题。

2．tar 包安装法（仅适用于 Red Hat）

（1）下载 tar 包，可使用以下列出的链接进行下载。

www.linuxsir.com.cn/gwubi/gWuBi-1.6.tar.gz

www.linuxsir.org/gwubi/gWuBi-1.6.tar.gz

（2）首先确定你的系统安装了以下包。

make

XFree86 用其开发包

gcc

（3）进入用户 root（建议使用命令 su -），将 gWuBi-1.5.tar.gz 复制到某个目录下（比如是/temp），然后执行以下操作。

```
#cd /temp
#tar zxvf gWuBi-1.5.tar.gz
#cd gWuBi-1.5
#make
#make install
```

（4）退出桌面，然后再次登录就能用五笔了。

（5）任何问题都可以发邮件给 yuking_net@sohu.com。

### 3．替换输入码表

最新的王码五笔新开发的 98 版的字根表，据说更易记忆和使用。如果用户想使用 98 版，还需要进行一些设置，用 86 版本的用户，这一步可以省略。

首先下载五笔的码表。五笔 98 码表下载地址为：www.linuxsir.org/gwubi/wb98.mb.gz

然后将该编码表替换/usr/share/gWuBi/wbx.mb 即可。如果用户目录的.gWuBi 下有 wbx.mb，应该删除。安装完成后，就可以用 gWuBi 进行输入了。

## 7.6.3　图形化设置工具

如果觉得手工设置非常麻烦，或者希望使用图形化的工具来方便经常改变配置，不妨下载图形化设置工具。

下载网址：http://www.linuxsir.com/bbs/showthr...&threadid=15288

# 7.7　阳春白雪中文套件

## 7.7.1　阳春白雪介绍

阳春白雪是沈阳玳娜软件公司的一款商业软件产品，该公司是第一家专注 Linux 中文桌面环境的公司拥有自主知识产权的"阳春白雪"中文输入软件，该软件已经捆绑在 Red Hat Linux 7.2 标准版，Mandrake 8.1 产品中，并成为 Linux 上最有影响的中文输入软件。

阳春白雪 XP 是 Linux 上的第一款中文平台软件产品，它不仅含有"阳春白雪"中文输入软件，而且含有中文 Windows XP 上的标准中文字体，因而首次使得 Linux 上的中文字体的显示效果与中文 Windows 同步。

在阳春白雪 XP 产品中，还收录了大量的最新 Linux 优秀软件，例如 Linux 内核 2.4.17、KDE 2.2.2、KOffice 1.1.1、Kylix 2.0、RealPlayer9、Xine、Mplayer、Netscape 6.2.1、Mozilla 0.9.7、JDK 1.3、网际译星 1.3.1 等。

阳春白雪 XP/KDE 3.0 由辽宁电子出版社出版，北京连邦软件股份有限公司总承销。

### 1. 销售渠道

- 全国各地正版软件经销商。
- 邮购服务。
- 网上连邦（http://www.federal.com.cn/）。

### 2. 产品特点

- 中文 KDE 3.0。在国际 LinuxWorld 展会、Linux Magzine 等杂志多次获奖。
- 内嵌点阵 SimSun TrueType 字体。
- 中文显示效果与 Windows 98/XP 完全相同。
- 阳春白雪、Chinput 中文输入软件。
- 阳春白雪、Chinput 之间切换工具。
- 20 种精美 KDE 桌面主题。
- 支持 ADSL、ISDN、MODEM 上网、网络邻居。
- 软件开发工具有 KDevelop、Kylix OE、JBuilder 6.0、SUN JSDK 1.4。
- 多种浏览器 Konqueror、Mozilla 1.0、Netscape 6.2、Opera 6.0。
- 电子邮件 Kmail、Evolution 支持 SMTP 认证。
- 多媒体软件 RealPlayer 9、XMMS 1.2.7、XINE 0.9.10。
- KDEPrint/CUPS 打印系统支持上千种打印机。
- 其他实用工具 Nt 2.01（网络蚂蚁）、Qterm0.1.5。

### 7.7.2 安装阳春白雪

阳春白雪是商业软件，可以从多种途径购买，也可以从网上订购。当然，还可以从沈阳玳娜软件公司的网站上免费下载中文 KDE 3.0 版。上面介绍的只是针对 Red Hat Linux 7.2 和 7.3 版本，但是在 Red Hat Linux 9 下也安装使用成功。感觉上对中文的支持相对来说比较好，特别是提供了 SimSun 字体，安装后不仅在 KDE 下使用字体更加漂亮，而且切换到 GNOME 环境中，字体也相当漂亮。

下载地址：http://www.dynasoft.com.cn/

下载下来的文件是 ycbx-kde3.iso 光盘镜像文件，可以刻成光盘，然后进行安装。如果不想这样，也可以使用 mount 命令。

```
#mount -o loop ycbx-kde3.iso /mnt/cdrom
```

这样就可以将硬盘上的文件虚拟成光驱设备进行使用。首先需要安装 KDE 3.0 环境，按如下步骤进行：

```
#cd /mnt/cdrom/KDE3/RPMS
```

```
#rpm - Uvh *.rpm -- force - nodeps
```

然后安装阳春白雪中文环境。

```
#cd ../../
# ./ycbx-setup
```

如果使用图形界面，可以直接双击【阳春白雪安装程序】，也可以执行安装。

光盘内容如图 7-10 所示，可以看到里面提供了非常丰富的内容。

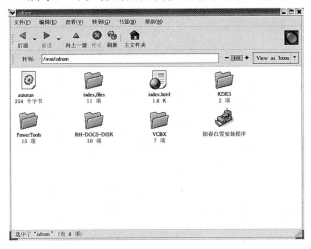

图 7-10　安装阳春白雪

安装完成后，需要使用 GNOME 的图形环境切换工具，打开【主菜单】|【系统】|
【图形环境】|【GNOME 图形切换】命令或者在命令行中输入 switchdesk-gnome，然后选
择使用 KDE 环境。切换图形环境后，需要重新启动 X Window。

重新启动 X Window 后，会产生图 7-11、图 7-12 所示的 KDE 设置向导。不论是设置
语言还是设置系统显示方式，都可以得到中文提示，对于用户来说是非常方便的。

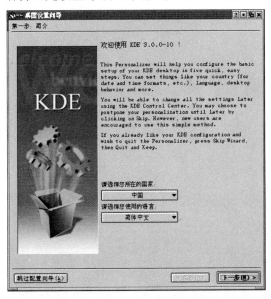

图 7-11　设置国家和系统语言

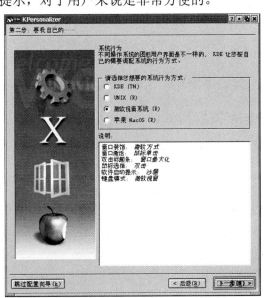

图 7-12　设置窗口样式

设置完成后，就可以使用中文 KDE 环境了。

同时，阳春白雪套件还提供了多种可以选择的窗口风格，有典型 KDE 环境，可以使用 UNIX 的 X Window 界面，以及 Windows 界面。

这一切都设置完成后，显示界面如图 7-13 所示。

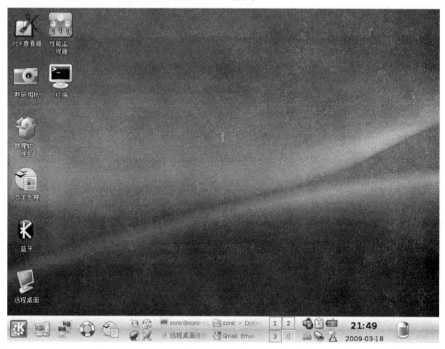

图 7-13　阳春白雪中文 KDE 环境界面

在阳春白雪中文 KDE 环境界面中，使用 Konqueror 查看、新建目录，都可以直接使用中文，这也是它的长处，如图 7-14 所示。

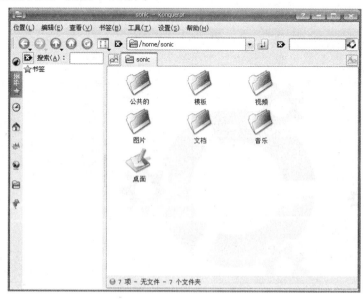

图 7-14　查看中文目录

最后，如果想安装所附的其他强大工具，还可以进入目录 PowerTools。里面提供有著名的 Realplay 9、Xine 超级播放器和 MP3 播放器 xmms 等。

使用其中提供的中文化浏览上网如图 7-15 所示，使用多媒体播放器 Realplay 9 播放影像如图 7-16 所示。

图 7-15　使用自带浏览器上网

图 7-16　使用 RealPlay 播放多媒体

不仅中文显示、输入功能非常齐全，还附送了许多相关的主题文件，可以将桌面妆扮得更加漂亮。

## 7.8 其他中文环境

还有其他许多中文平台支持 Linux 显示和输入中文，其中大部分属于外挂中文平台技术。除了前面介绍的中文平台，还有其他中文外挂平台或字符界面下的输入支持工具，有了它们，用户可以选择的中文平台更加丰富了。

外挂中文平台是通过修改 X Window 系统中用于显示和输入的部分，使系统能够显示和输入双字节的编码。实现方便，灵活性强，就像以前 Windows 下的中文之星外挂中文平台之类系统软件。

从长远看，虽然内核汉化是中文平台的必然趋势，但外挂中文平台以其使用灵活和功能多样，还有一定的发展空间。

北京华胜计算机有限公司集多年来在中文 X Window CLEEX 上的研究经验，最新推出了 Linux 中文平台 CLEEX for Linux V1.0。该软件采用了外挂式汉化技术，无须修改 X Server，增强了软件对各种硬件的支持能力。其最大特点是西文 X Window 应用软件无须汉化，就能直接处理汉字，无须修改各种应用程序（包括窗口管理器）的源码，即可实现在各种 X 应用程序中输入输出汉字。为 Linux 中国用户提供方便友好的中文操作环境和人机界面。

### 1．技术特点

- 新型外挂式汉化技术，支持多种 Liunx 软硬件平台。
- 支持 X11、EUC 和 GB 的国际化协议和汉字标准。
- 接受 8-bit ASCII 字符的西文软件，无须汉化处理就能进行汉字的输入与输出。
- 与 Linux 平台其他中文软件兼容。
- 支持各种 X Window 管理器。
- 支持网络运行，可以在本地机与异地机上同时运行。

### 2．产品功能

- 多种输入方法，包括区位、拼音（兼容全拼码和简化拼音码）、ABC 新拼音、自然码和外挂（比如五笔、双拼双音、英中）等。
- 输入汉字的联想功能，支持无级联想。
- 多种汉字大小、支持无级缩放汉字显示。
- 公共的中文交互窗口，提示汉字的状态和汉字显示。
- 支持由 Xt、Motif 和 Xview 等工具箱所编写的 X Window 应用程序。
- 安装 CLEEX 以后，并不破坏用户原有的西文 X Window 环境，用户可以选择进入西文 X Window 或 CLEEX 中文环境。
- 提供开发汉字应用程序的编程接口，与 Xlib 库的 C 语言函数接口风格一致。

3．运行环境

可运行于适合 Linux 西文 X Window 的所有软硬件环境。

4．X Window 风格

CLEEX for Linux V1.0 支持所有西文 X Window 管理器。对窗口管理器的汉化不需修改源代码，只须适当设置窗口管理器的资源文件即可，已汉化的窗口管理器有 fvwm95-2、fvwm2、fvwm 等，这是 CLEEX for Linux 优于其他中文软件的地方。

# 7.9　中文文档计划

当用户使用帮助时，一定会想如果帮助也是中文的就好了，其实用户不必担心，因为现在已经有了这样的组织中文文档计划。

进入 linuxforum.net 中国 Linux 论坛网站，可以找到将 man 手册翻译成中文的一个计划，这个计划已经进行了相当长时间，希望这个中文文档计划对你有所帮助。

网址是：http://www.linuxforum.net/

计划书全文如下：

中国 Linux 论坛《中文 MAN-PAGE 计划》

《中国 Linux 论坛》决定启动《中文 MAN-PAGE 计划》(Chinese Man-Page Project)。本站作为中国最大自由软件社区网站，我们拥有数量最多的 Linux 爱好者和会员，我们责无旁贷应该肩负起推广，普及 Linux 知识的责任。大家也许都知道，我国台湾地区的 Linux 爱好者发起的《CLDP 计划》，也许每一个华人 Linux 爱好者和用户在学习和使用 Linux 过程中都从中得到过帮助。现在，我们希望我们启动的这个翻译计划将来也能使千千万万的学习和使用 Linux 的人从中受益。

现在国家正在大力推动 Linux 应用，让我们 Linux 爱好者也为 Linux 的普及和推广尽一份心力吧！让我们不要再听天由命，怨天尤人，让我们用我们的热情和汗水，身体力行地做一份实实在在的事情吧！

手册页（man pages）作为 Linix/Uinx 系统的联机帮助系统，具有非常广泛的使用范围和无可比拟的易用性。《中文 MAN-PAGE 计划》将扫平学习 Linux 的语言障碍，并将使国内 Linux 应用水平提升到一个新的水平。

我们当然知道，man 手册的翻译是一个非常宏大而艰巨的工程，但是我们有广大会员的参与，有社会各方面的帮助，我们的目标是一定能够达到的。如果你心中有自由的梦想，如果你希望这片自由的土地更加富饶，如果你希望在学习的收获过程中也能给予，就请你加入我们的行列中来，让我们一起耕耘这片希望的土地，一起迎接这自由软件的新的世纪吧！！

《中国 Linux 论坛》<br>2000 年 10 月 1 日

有兴趣的用户可以登录论坛主页查找自己喜欢的内容，网站的主页如图 7-17 所示。

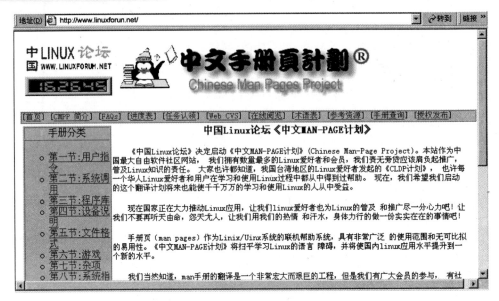

图 7-17　中文手册页计划主页

　　还有其他一些非常有用的中文网站，比如 www.linuxaid.com.cn。具体内容请参阅后面其他章节介绍，这里就不介绍更多的内容了。

# 第 8 章　图形应用程序

## 8.1　Web 浏览器

### 8.1.1　Mozilla

Mozilla 是 AOL 时代华纳的子公司 Netscape 的源码开放浏览器 Mozilla.org 计划的产物，Mozilla 从外观上看同其他浏览器非常相似，它采用标准的导航条、按钮和菜单，不仅能够浏览万维网，还有收发电子邮件、查看新闻组、设计网页、实时聊天等功能。

可以通过单击 Red Hat 面板上的 Mozilla 图标，或者选择【主菜单】|【互联网】|【网页浏览器】命令来启动 Mozilla。第一次启动 Mozilla 如图 8-1 所示。

Mozilla 的界面拥有其他浏览器所有的标准网页浏览功能。在界面的顶部有主菜单，主菜单下是导航条，界面的左侧包含了附加的功能工具条。在 Mozilla 界面的左下角有 4 个小图标：Navigator、Mail、Composer 和 Address Book。浏览网页时，直接在地址栏里输入 URL，然后回车即可浏览该网页。

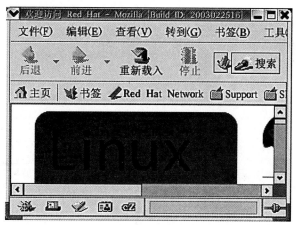

图 8-1　Mozilla 界面

如果在 Red Hat 上以前使用的是 Netscape 浏览器，可将 Netscape 升级到 Mozilla，在这种情况之下，当启动 Mozilla 时，将会出现图 8-2 所示的界面。

图 8-2　Mozilla 特征设定

如果单击【转换配置文件】按钮，则 Netscape 的书签和设置参数都将被转换成 Mozilla 的特征属性。在下次启动时，这些书签和其他参数设置都可以在 Mozilla 中使用。

如果单击【管理配置文件】按钮，则可以为 Mozilla 创建多种形式的特征。单击之后进入如图 8-3 的界面。

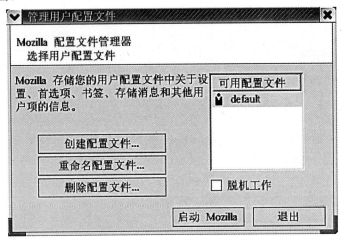

图 8-3　Mozilla 配置文件管理器

在图 8-3 中，可以选择为 Mozilla 创建一个新的配置文件或者基于不同用户分别创建相应的配置文件。单击【创建配置文件】按钮显示处理信息，单击【下一步】按钮进入下一步，在这一步中为这个配置文件设定一个名字，如图 8-4 所示。

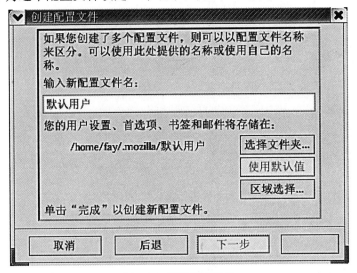

图 8-4　创建配置文件

接着选择这个新配置的名称，如果不输入一个名称，那么这个配置就会被称为 Default User。还可以单击【选择文件夹】按钮来选择 Mozilla 设置和首选项将被储存的位置，这些设置的默认位置是：/home/youraccountname/.mozilla/Default User。

其中 youraccountname 是用户名（比如 hello），配置就是/home/hello/.mozilla/Default User。

单击【完成】按钮，则新的特征集添加成功。

要在今后添加新配置或删除已存配置，需要再运行一次 Mozilla 配置文件管理器。要启动 Mozilla 配置文件管理器，只须在 shell 提示下键入下列命令：

```
[hello@localhost hello]#mozilla -ProfileManager
```

如果想让 Mozilla 显示中文，需要做一些设置。选择 Mozilla 的【编辑】｜【首先项】命令，然后对显示字体进行设置，如图 8-5 所示。

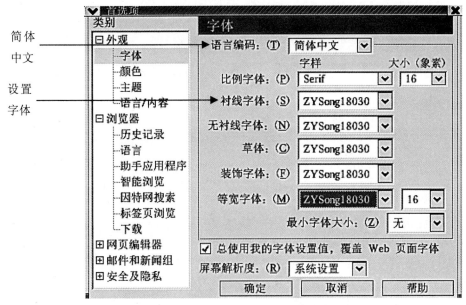

图 8-5　设置支持简体中文

Mozilla 网页编辑器还可以用来建立网页。使用 Mozilla 网页编辑器来创建网页时，可以不需要了解 HTML 语言。在 Mozilla 的主菜单中选择【窗口】｜【网页编辑器】命令即可打开 Mozilla 网页编辑器，或者单击 Mozilla 主界面的左下的图标 ✐。

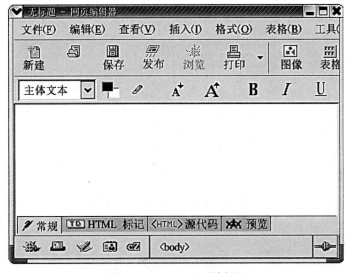

图 8-6　Mozilla 网页编辑器

Mozilla 帮助文件提供了使用 Mozilla 网页编辑器来创建网页的帮助信息。从 Mozilla 主界面的主菜单中，选择【帮助】|【帮助内容】命令即可打开帮助界面，如图 8-7 所示。

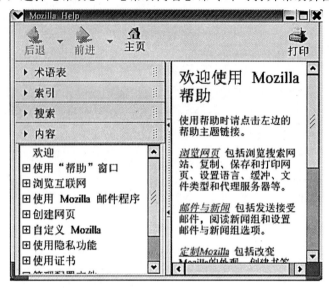

图 8-7　Mozilla 帮助界面

选择帮助界面中的【创建网页】选项，就会显示一系列 Mozilla 网页编辑器的帮助主题，如图 8-8 所示。通过这些帮助信息就可以使用 Mozilla 网页编辑器来创建和编辑网页了。

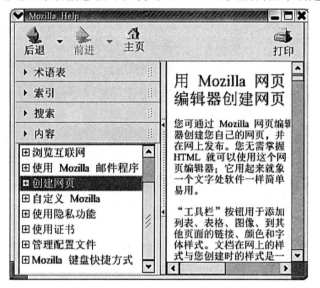

图 8-8　Mozilla Composer 帮助主题

### 8.1.2　Nautilus

Nautilus 是 GNOME 桌面环境的核心组成部分，它提供一种类似浏览器浏览网页的方法来查看、管理和定制文件和目录。Nautilus 集成了文件访问、应用程序、媒体以及基于互联网的资源管理和网页浏览器的功能，所以采用 Nautilus 管理 Red Hat 的资源非常方便。

同样，使用 Nautilus 也可以浏览网页，在【位置】工具条中输入 URL 地址，按回车键或者选择【查看】|【当作网页查看】命令即可访问该网页，如图 8-9 所示。在 Nautilus 的主界面中，选择【帮助】|【目录】命令就可以获取相关的帮助信息。

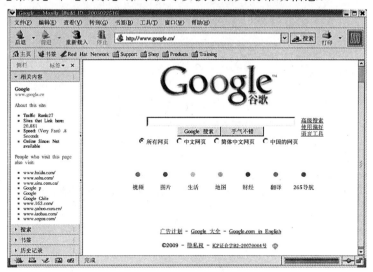

图 8-9　使用 Nautilus 浏览网页

### 8.1.3 Konqueror

使用 Konqueror 不仅能够查看本地文件系统，还能查看网络文件系统。在 KDE 桌面环境下，Konqueror 也可以作为浏览器使用。

运行 Konqueror 网页浏览器，在 Red Hat Linux 桌面的【主菜单】中选择【互联网】|【更多互联网应用程序】|【Konqueror Web 浏览器】命令即可运行 Konqueror。Konqueror 的界面，如图 8-10 所示。

图 8-10　使用 Konqueror 浏览网页

第一次启动 Konqueror 时，会出现一个【介绍】，这个屏幕为浏览网页或本地文件系统提供了基本的指导。如果单击【继续】，就会出现【小技巧】屏幕。该屏幕显示了使用 Konqueror 的基本技巧，因此你可以全面利用 Konqueror 所提供的功能。

在【小技巧】屏幕上单击【继续】，会看到【技术规范】屏幕，这个屏幕显示了关于所支持的标准（例如风格表单、插件和 OpenSSL）以及使用的协议等方面的信息。

使用 Konqueror 浏览网页时，在地址栏里输入 URL 地址，然后回车即可访问该网页。如果需要查找帮助信息，则选择【主菜单】中的【帮助】菜单，然后选择 Konqueror 手册选项即进入了 Konqueror 的帮助信息，如图 8-11 所示。

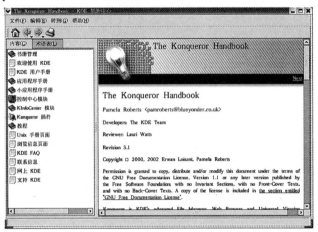

图 8-11　Konqueror 帮助信息

### 8.1.4　Galeon

Galeon 是一个 GNOME 环境下的浏览器，它是基于 Mozilla 浏览器开发的。Galeon 仅仅是一个网页浏览器，它不能处理邮件、新闻组和其他除网页浏览之外的工作。在使用 Galeon 时，应确保系统中已经安装了 Mozilla，如果没有安装 Mozilla，则极有可能无法运行 Galeon。要运行 Galeon，只须选择【主菜单】|【互联网】|【更多互联网应用程序】|【Galeon】命令即可。第一次运行 Galeon 将会出现图 8-12 所示的界面信息。

图 8-12　Galeon 初始界面

在初始化配置中，可以选择从 Netscape 或者 Mozilla 输入书签信息。一旦配置完成，则出现图 8-13 所示的主界面。

图 8-13　Galeon 主界面

Galeon 和 Mozilla 一样，也有"标签浏览"功能，该功能能够帮助你避免在桌面上堆满浏览器窗口。在单个 Galeon 窗口中可以储存多个网页，可以单击每个标签来切换网页。要增加新标签，可以使用 Ctrl＋T 组合键或者从【文件】菜单下选择【新活页】。标签浏览模式可以在【设置】|【首选项】|【活页】中配置。

如果想详细了解 Galeon，则单击主菜单中的 Help 选项即可查看 Galeon FAQ 和 Galeon manual。

## 8.2　邮件处理程序

### 8.2.1　使用前的准备

在启动电子邮件客户之前，用户应该具备从互联网服务提供商处获得的信息，因此可以正确配置电子邮件客户程序。下面列出了几条可能需要了解的信息。

（1）用来收发邮件的电子邮件地址。

包括用户自己的和接收者的电子邮件地址，格式通常是 yourname@yourisp.net。

（2）接收电子邮件的服务器类型（POP 或 IMAP）。

为了接收邮件，用户必须知道网络管理员或 ISP 使用的是哪类服务器。POP 或 IMAP 地址的格式通常是 mail.someisp.net。

POP 是邮局协议（Post Office Protocol）的简写，用来把邮件从邮件服务器发送到用户电子邮件客户的收件箱（inbox）中。收件箱是储存接收到的电子邮件的地方，多数 ISP 电子邮件使用 POP 协议，尽管有些也使用较新的 IMAP（互联网信息存取协议）。

IMAP 是互联网信息存取协议（Internet Message Access Protocol）的简写，它是一个用

来从用户的 ISP 电子邮件服务器中检索电子邮件消息的协议。IMAP 与 POP 的不同之处在于，IMAP 服务器上的邮件被储存在服务器上，即便用户下载并阅读了它们，这些邮件仍被保留在服务器上；POP 邮件被电子邮件客户程序直接下载，而且不被保留在服务器上。

（3）寄发电子邮件的服务器类型（SMTP）。

SMTP 是简单邮件传送协议（Simple Mail Transfer Protocol）的简写，它是一个用来在服务器间发送电子邮件消息的协议。

多数在互联网上发送邮件的电子邮件系统都使用 SMTP 来把消息从一个服务器传输到另一个服务器中，然后这些消息便可由电子邮件客户使用 POP 或 IMAP 来检索。SMTP 还被用来把消息从电子邮件客户发送到邮件服务器内，这就是你在配置电子邮件程序时需要指定 POP 或 IMAP 服务器以及 SMTP 服务器的原因。

### 8.2.2 Evolution

Evolution 不仅仅是一个邮件客户程序，除了提供所有标准邮件客户功能之外，还具有强大的邮件管理、用户定义过滤和快速查询功能。Evolution 的附加功能还包含一个日志安排调用程序，这个程序可以让用户在线地创建和确认包括特定事件和组会议等。Evolution 是 Red Hat Linux 的默认邮件客户程序。

要启动 Evolution，可以选择【主菜单】|【互联网】|【电子邮件】命令。第一次启动 Evolution 时，首先显示的界面将是 Evolution 的设置助手，如图 8-14 所示。

在设置助手中，需要为 Evolution 配置用户名称和电子邮件地址等信息，另外还需设置邮件的连接设定参数，这些参数包括接收邮件服务器地址（一般为 POP 服务器）、自动接收时间间隔、发送邮件服务器地址（一般为 SMTP 服务器）和时区等。这些设置可以依照 Evolution 的设置向导逐一设置，设置完毕后单击【完成】按钮，之后就进入了 Evolution 的主界面，如图 8-15 所示。

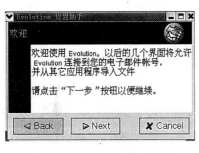

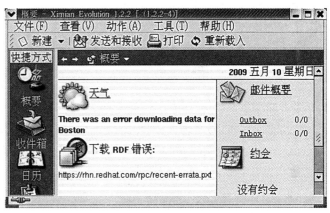

图 8-14　Evolution 设置助手　　　　　　图 8-15　Evolution 主界面

从图 8-15 可以看出，Evolution 的界面还是非常友好的，单击收件箱图标可以查看邮箱内的邮件信息，如图 8-16 所示。

如果要发送邮件，单击新建邮件图标，则可以编写一个新的邮件，如图 8-17 所示。

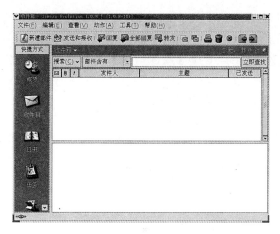

图 8-16　Evolution 的收件箱

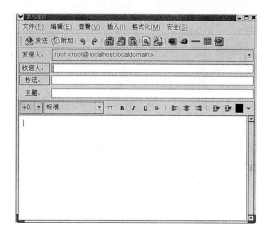

图 8-17　Evolution 发送邮件

编辑完一封邮件之后，单击发送图标即可发送该邮件。

Evolution 可以完成除接收和发送邮件之外的很多工作，因为本节只介绍与收发电子邮件相关的信息，如果想要了解 Evolution 的其他功能，则选取主界面中的帮助菜单以获取帮助信息。

### 8.2.3　Mozilla Mail

本小节介绍如何使用 Mozilla 来发送和接收邮件，如果需要更多的关于 Mozilla Mail 的信息，可以查看 Mozilla 的帮助信息。

选择【主菜单】|【互联网】|【更多互联网应用程序】|【Mozilla Mail】命令，即可启动 Mozilla Mail；也可以直接在 Mozilla 中启动 Mozilla Mail，即单击 Mozilla 主界面的左下角的 Mail 图标　即可启动 Mozilla Mail。

启动 Mozilla Mail 之后，Mozilla Mail 的用户向导会指导用户设定包括接收邮件服务器、发送邮件服务器、邮箱地址等信息，设定完毕之后单击【完成】按钮即可进入 Mozilla Mail 主界面，如图 8-18 所示。

图 8-18　Mozilla Mail 主界面

发送邮件时，单击主界面的【发送】按钮或者选择【文件】｜【发送】或者【以后发送】命令。如果选择【以后发送】，则可以回到主菜单屏幕选择【文件】｜【发送未发送信息】命令即可发送邮件。写新邮件时，可以选择【消息】｜【新建消息】命令来编辑新邮件，其界面如图 8-19 所示。

图 8-19　Mozilla Mail 的编辑新邮件界面

### 8.2.4　KMail

如果安装 Red Hat Linux 时选择的是定制安装，则可能已经安装了 KMail 邮件客户端，KMail 是一个基于 KDE 的邮件工具，工作在 KDE 环境下。KMail 的图形界面同 Evolution 的图形界面非常相似，使用 KMail 接收和发送邮件非常方便。打开 KMail 时，直接选中主菜单中的运行选项，在运行选项中输入 KMail，然后单击运行按钮即可启动 KMail，进入 KMail 主界面，如图 8-20 所示。

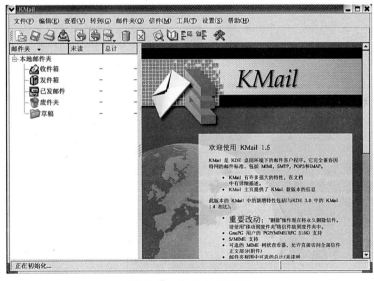

图 8-20　KMail 主界面

同样，在使用 KMail 收发邮件之前，必须为 KMail 配置一系列的参数，从 KMail 中选择【设置】|【配置】命令，其界面如图 8-21 所示。

图 8-21　KMail 设置界面

配置完这些参数之后，就可以使用 KMail 收发电子邮件了。从 KMail 的主界面中单击
按钮，即可编辑新邮件，如图 8-22 所示。

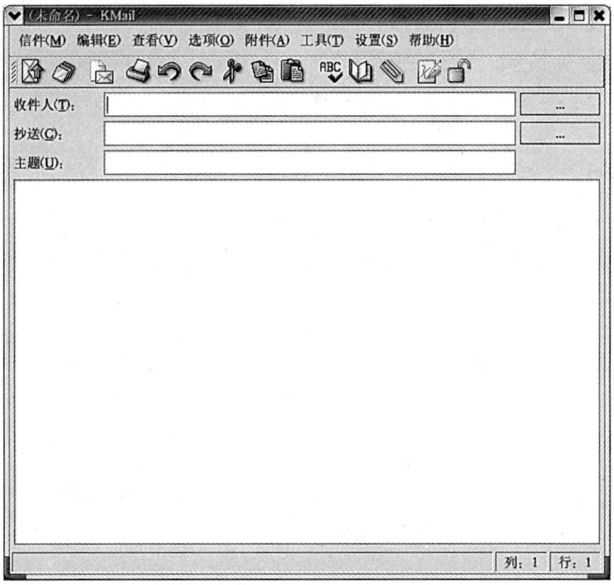

图 8-22　KMail 编辑新邮件界面

如果想了解详细的 KMail 信息，请查阅 KMail 的帮助信息。

## 8.3 文字处理工具

OpenOffice.org 是由 Sun Microsystems 作为开放源码公开的 StarOffice，经志愿者改进之后开发出的软件。其主要的致胜武器是可免费使用。作为一个套装办公软件，同 Microsoft Office 一样，OpenOffice.org 包含了文字处理、电子表格、文档演示、画图等一般常用的办公软件。其中，Writer 类似于微软的 Word，Calc 类似于 Excel，而 Impress 则类似 PowerPoint。OpenOffice.org 的兼容性能也非常突出，表 8-1 介绍了它的兼容性。

表 8-1　OpenOffice.org 的兼容性

| 应用程序 | 文件兼容性 | 处理文档类型 |
| --- | --- | --- |
| OpenOffice.org Writer | .sxw, .sdw, .doc, .rtf, .txt, .htm/.html | 正式信件、商务格式、学校论文、简历和报告等 |
| OpenOffice.org Calc | .sxc, .dbf, .xls, .sdc, .slk, .csv, .csv, .htm/.html | 制表、制图、表格处理、图表、目录、地址本、收据和支票、预算和小型数据库等 |
| OpenOffice.org Impress | .sxi, .ppt, .sxd, .sdd | 商业和学术演示文稿、万维网演示、演讲、幻灯片放映等 |
| OpenOffice.org Draw | .sxd, .sda, .jpg, .bmp, .gif, .png | 图示、线条绘图、剪贴图片、机构图表等 |

### 8.3.1　OpenOffice.org Writer

OpenOffice.org Writer 是一个强大的文件处理工具，使用它可以对文件执行格式化、设计和打印等功能，OpenOffice.org Writer 的界面如图 8-23 所示。

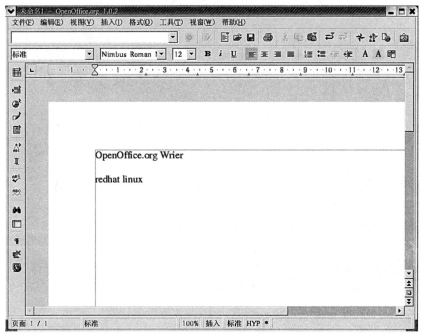

图 8-23　OpenOffice.org Writer 界面

要启动 OpenOffice.org Writer，可以选择【主菜单】|【办公】|【OpenOffice.org Writer】命令，或者直接在命令行中输入 oowriter 即可。图 8-24 为编辑文档的主界面。

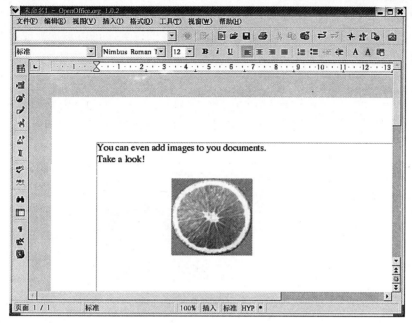

图 8-24　OpenOffice.org Writer 处理文档

主界面是文档编辑区域（窗口中间的空白，你可以在其中输入文本）。在窗口顶部的工具条里聚集了各类功能工具，它们可以控制字体、纸张大小、版面调整（向左、向右或居中对齐文档文字）以及其他格式化按钮。其中还有一个文本箱，你可以在里面键入文档的确切位置来将它载入编辑区域。工具条上还有打开、保存和打印文档，以及创建新文档（它会打开一个带有空白文档的新窗口，你可以为其添加内容）按钮。

窗口左侧工具条上的按钮可以用来检查拼写、自动突出显示拼错的单词、单词或词组搜索，以及其他便利的编辑功能。如果用户鼠标在某一工具条按钮上徘徊，一个弹出提示就会显示该按钮功能的简短说明。可以选择【帮助】菜单，再选择【说明文】命令来显示详细的提示。

可以随时使用默认设置来在文档编辑区域立即开始键入文本。当然，实际界面可能与图 8-24 不太一样，可能看不到中文。这需要确保系统中安装了对中文语言的支持，在安装过程中可以看到这一步骤。

如果系统中有多种语言支持，则可以使用 Red Hat 语言设置工具选择中文环境。只要从桌面面板上启动语言设置工具，即选择【主菜单】|【系统设置】|【Language】命令。

要从 shell 提示下启动它，键入命令：

```
[root@localhost root]# redhat-config-language
```

还有一个问题就是输入法。在默认安装时，Red Hat Linux 已经安装有中文输入工具 miniChinput。启动 miniChinput 的方法是：使用快捷键 Ctrl＋Space。对于五笔输入法用户，推荐使用国人开发的 gWubi 智能输入法及红旗 Linux 下的 RF 输入法，具体介绍请看后面中文环境相关章节。

OpenOffice.org Writer 不但可以用于常规的文本编辑，还可以在文档中添加对象，例如图像、图示、图表以及表格，使其图文并茂、叙述更直观。

要添加图像，从菜单栏中选择【插入】|【图形】|【从文件...】命令，然后在弹出的文件浏览器中选择图像。该图像会出现在光标所在的位置，可以被扩大或缩小来适应你的需要。图 8-25 显示了图像被添加到文档中的情形。

图 8-25　在文档中添加图像

创建了文档后，可以把它保存为想使用的任何格式，请参考表 8-1 中的可用文件格式。

对于需要在不同系统、不同语言环境中打开的文档，还可以把文档生成为 HTML 或 PDF 格式，以便被所有带有万维网浏览器或 PDF 查看程序（比如 xpdf 或 Adobe Acrobat Reader 的 Linux 版）的计算机读取。

### 8.3.2 OpenOffice.org Calc

OpenOffice.org Calc 是执行表单处理的文字处理软件，功能上类似于 Microsoft Office 家族的 Excel 软件，并且与 Excel 有很高的兼容性。Calc 能够输入、处理由列和行组成的数据表格，可以执行诸如计算、统计等功能，使用起来十分方便。

选择【主菜单】|【办公】|【OpenOffice.org Calc】命令即可启动 OpenOffice.org Calc，或者直接在命令行中输入 oocalc，图 8-26 即为 Calc 的主界面。

OpenOffice.org Calc 允许输入、处理个人或商业数据。比如，可以通过在 A 列输入数据描述（比如房租、食品杂货和水电费），在 B 列输入各数据描述的数量来创建一个个人预算表。OpenOffice.org Calc 允许用户双击单元格来在该单元格内输入数据，也允许你使用【输入行】（工具条上的文本箱）为某单元格输入数据。然后，在 B 列运行算术命令来得到一个总数。

OpenOffice.org Calc 中有几个预设的函数和计算功能：用于除法的=quotient()，用于统计中小计的=subtotal()。

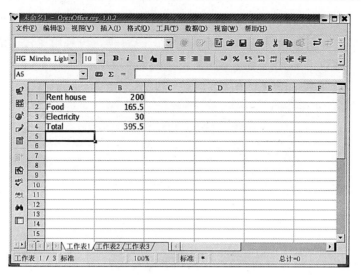

图 8-26　OpenOffice.org Calc 主界面

关于在 OpenOffice.org Calc 中创建函数来计算数字数据的详细信息，请选择【帮助】|
【内容】，参考它的帮助文档。

图 8-27 中显示的函数自动助理，可以方便地使用多种函数，并且提供了简要的说明。

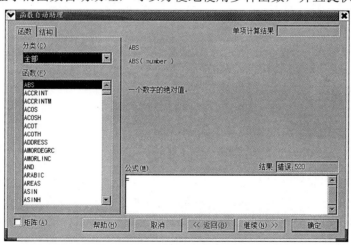

图 8-27　函数自动助理

有时为了更直观地介绍百分比、份额等比例数据，需要创建课堂或商业演示所需的图
表或图形，这时可以选择 OpenOffice.org 提供的几种图表模板。

操作步骤如下：

（1）突出显示你要编制图表的区域，然后选择【插入】|【图表...】命令。

（2）在【自动格式图表】窗口中，选定的数据范围会被显示在文本箱内，供用户作进
　　　一步定制。

（3）单击【继续】来显示这些数据，以便创建不同图表。

（4）选择你想要的式样，然后单击【完成】。

操作完成后，该图会在电子表格窗口内被锚点定位显示。此外，还可以把它移到屏幕上的任何地方来打印，也可以把该图保存为对象，这样便可以利用 OpenOffice.org 套件组合功能，把它嵌入到 OpenOffice.org Writer 文档或 OpenOffice.org Impress 演示文稿中。这样可以使文档显示效果更加丰富，解释说明更直观、清晰。

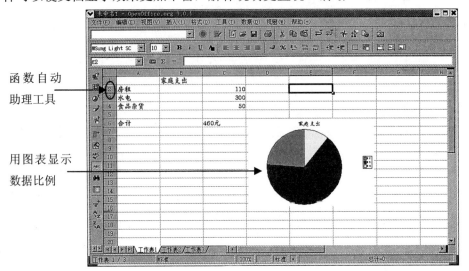

函数自动
助理工具

用图表显示
数据比例

图 8-28　使用 OpenOffice.org Calc 来创建图表

### 8.3.3　OpenOffice.org Impress

OpenOffice.org Impress 是一个用来作演示的图形处理工具，功能上类似于 Microsoft 的 Office 家族的 PowerPoint 软件。

从【主菜单】中选择【办公】|【OpenOffice.org Impress】命令即可启动该软件，或者直接在命令行里输入 ooimpress，图 8-29 为 OpenOffice.org Impress 的主界面。

图 8-29　OpenOffice.org Impress 主界面

当首次启动 OpenOffice.org Impress 时，会看到演示文稿设置屏幕，该屏幕会提示用户输入关于他想制作的演示文稿类型的基本信息。这时可以选择幻灯片的风格，演示幻灯片的介质（普通纸、幻灯用透明纸或显示器），以及用户想在计算机上演示幻灯片时所应用的视觉效果，等等。

如果没有什么特殊的要求，可以使用系统的默认设置。

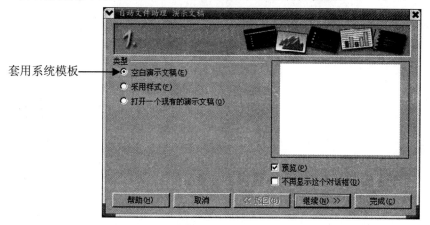

图 8-30　OpenOffice.org Impress 自动文件助理演示文稿

选定首选项后，便可以选择要创建的幻灯片类型。可以从列表中选择一个预格式化的幻灯片，或者选择空白的幻灯片，然后自行定制。要为演示文稿创建新幻灯片，可以从浮动工具条上单击【插入页面...】，一个弹出窗口就会出现，其中允许选择新幻灯片的布局。可以在演示文稿中包括所需的任意数量的幻灯片。

还可以随时预览演示文稿，方法是选择【演示文稿】|【放映演示文稿】命令。文稿演示会使用全屏模式，可以等待演示完毕后自动退出，或按 Esc 键来中途退出。

演示文稿可以被保存为几种文件格式：

■　系统默认的 OpenOffice.org Impress 格式（以.sxi 结尾）。

■　Microsoft PowerPoint 格式（以.ppt 结尾）。

■　StarImpress 格式（以.sdd 结尾）。

把演示文稿打印到普通或透明纸张上的方法是选择【文件】|【打印】命令。

要了解更多关于 OpenOffice.org Impress 的资料，可以选择【帮助】|【内容】来打开帮助浏览器。

### 8.3.4　OpenOffice.org Draw

OpenOffice.org Draw 是用来处理图片的软件，可以对图片进行编辑，并且能够处理多种不同格式的图片。使用 Draw 创建的图形主要是各种示意图，与 Photoshop 等图形处理软件不同，它使用的不是位图模式，而是矢量图。因此，非常容易在 OpenOffice.org 中进行处理和转换，而不影响图像的效果。

从【主菜单】中选择【办公】|【OpenOffice.org Draw】命令即可启动 OpenOffice.org Draw，直接在命令行中输入 oodraw 也可启动，图 8-31 为 Draw 的主界面。

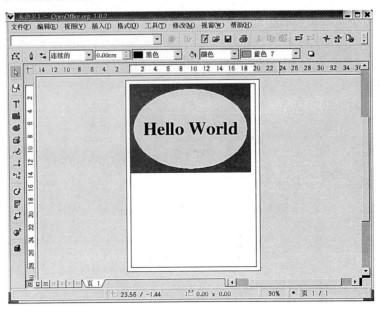

图 8-31　OpenOffice.org Draw

　　如果用户熟悉 GIMP 之类的图示或图形应用程序，则会发现它们与 OpenOffice.org Draw 有许多相同的基本功能。比如创建直线、曲线这样的线条，创建圆圈、方块之类的基本形状，创建圆锥、立方体之类的三维物体等的工具条。用户可以创建图像，并使用主工具条上的【平面样式/平面充填】下拉菜单中的颜色来填充，可以把附加文件插入图示中。OpenOffice.org Draw 还允许打开和导入图像，并使用所提供的工具来修改它们。

　　但是，OpenOffice.org Draw 更突出的是易用性，它强调生成简单的几何图形以及为文档制作附图的功能，并且与套件的其他工具配置得非常好，可以方便地互相调用。

## 8.4　查看 PDF 文件

　　PDF（Portable Document Format，可移植文档格式）是文档的电子映像。由 Adobe 公司开发并倡导使用，也是发行文档的标准格式之一。Adobe 公司的软件在出版界享有盛誉，甚至有的人说，如果有一天没有了 Adobe 的软件，美国的出版业也将停止运转。

　　PDF 从各类桌面出版应用程序中捕捉格式化信息，使发送的格式化文档在接收者的显示器或打印机上会按原样显示。要查看 PDF 文档，必须有一个 PDF 阅读器。使用 Adobe 公司的 PDF 阅读器 Adobe reader 可以在 Mac OS（苹果个人电脑操作系统）、Windows 及 Linux 下非常轻松地查看 PDF 文档，在多种系统环境下交换及分发文档，使用 PDF 是个不错的方案。

### 8.4.1　使用 xpdf 和 GGV

　　使用 Red Hat Linux 中包括的 xpdf 开放源码小程序，可以方便地打开、查看 PDF 格式文件，它也是 Red Hat Linux 下默认的打开 PDF 文件工具。

**1．启动 xpdf**

要查看 PDF 文档，需要在桌面面板中启动 xpdf，然后选择【主菜单】|【图形】|【xpdf】命令。也可以在命令行中启动 xpdf，只要输入命令 xpdf 即可。

**2．右击 xpdf 屏幕打开文件**

右击 xpdf 窗口，就会弹出打开文件的选项列表。可以找到要打开的文件目录，然后选择想查看的 PDF 文件，单击【打开】按钮。使用 xpdf 打开文件后，如图 8-32 所示。

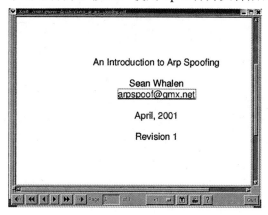

图 8-32　使用 xpdf 查看 PDF 文件

**3．从菜单中打开文件**

要使用菜单选项列表，右击屏幕内部。

在窗口底部的工具条上，有向前或向后翻阅文档的导航工具，以及标准的缩放、打印和查找工具。xpdf 的说明书页（man）提供了关于 xpdf 选项的更多有用信息，要查看 xpdf 的说明书页，可以在命令行中键入命令 man xpdf。

在 Red Hat Linux 下，还内置了一个小工具 GGV，可以查看 PDF 文件，图 8-33 就是用 GGV 查看 PDF 格式文件。

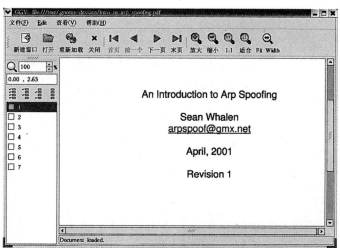

图 8-33　使用 GGV 查看 PDF 文件

### 8.4.2 使用 Acrobat Reader

当然，你也可以使用 Adobe 公司的 PDF 阅读器 Adobe Acrobat Reader。它没有包含在 Red Hat Linux 中，但可以从 http://www.adobe.com/网站中免费下载。

在 Red Hat Linux 下使用 Acrobat Reader 与在 Windows 下使用没有多大区别，非常简单，功能也相同。

阅读器可设置文档打开方式来使它以不同方式打开。例如，文档可打开到特定的页码，或以特定放大率打开，或者打开时书签或缩略图是可见的。如果文档被设置为以全屏视图打开，则工具栏、命令栏、菜单栏和窗口控制都不可见。如果用户的首选项是这样设置的，则通过按 Esc 键，可退出全屏视图。有关更多的信息，请查阅相关帮助文档。

Adobe 公司允许用户免费使用 Acrobat Reader 来查阅、浏览和打印 PDF 文件，并且在分发 PDF 格式文档的同时，也允许分发 Acrobat Reader 复件，而且可进行商业分发，只要每个复件包含以下所有项目：

- Acrobat Reader 安装程序，与 Adobe 所提供的完全一样。
- Acrobat Reader Electronic End User License Agreement（Acrobat Reader 最终用户电子许可协议）。
- Acrobat Reader 包含的版权和其他所有权公告。
- 在任何含有 Reader 的媒体和包装上的归属声明。

例如 Acrobat(r) Reader 版权所有(c) 1987-1999 Adobe Systems 公司保留所有权利。Adobe、Adobe 标志、Acrobat 和 Acrobat 标志是 Adobe Systems 公司的商标。

为了支持查看和打印含有亚洲的语言文本的 PDF 文件，用户需要分别下载并安装一个或多个亚洲语言字体，这些字体可以在 Adobe 网站（www.adobe.com ）上得到。现有的字体为繁体中文、简体中文、日文和韩文。

## 8.5　查看 PS 文件

PS 文件是 Adobe 公司开发的另一种用于出版及跨平台的文件格式。PS 是 PostScript 的简写，它是一种描述性语言，使用此语言所创建的文件称为 PS 文件，它可以将文字根据需要而产生各种不同的字体变化，甚至可以绘图。

它的好处是，所保存的文档不仅有文字信息，还可以记住字体及其位置，不会因为所在平台不同而显示不同。

在 Red Hat Linux 及在某些特殊的场合，也经常会用到 PS 文件，在 Linux 下可以用 KGhostView 及 GGV 来查看。

1．KGhostView

要想从桌面启动 KGhostView，可以选择【主菜单】|【其他】|【图形】|【PS/PDF 查看器】命令，或者在命令行中输入命令 kghostview。

启动后的 KGhostView 如图 8-34 所示。

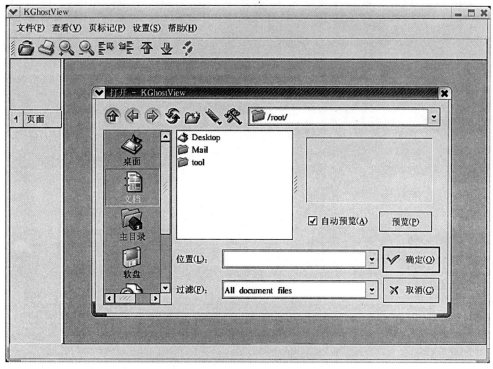

图 8-34 使用 KGhostView 查看

使用 KGhostView 不仅可以打开 PS 文件，还可以改变查看方向及显示比例等，甚至可以进行少量的处理。图 8-35 和图 8-36 显示了将文件用横、竖两种方式打开的情况。

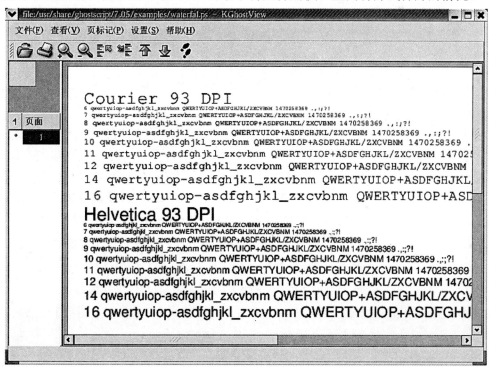

图 8-35 横排显示

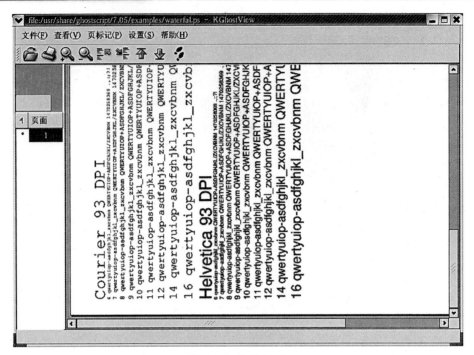

图 8-36　竖排显示

## 2．GGV

另一个查看 PostScript 的工具是 GGV，它的使用也非常简单、方便。

要想从桌面启动 GGV，可以选择【主菜单】|【其他】|【图形】|【PostScript Viewer】命令，启动后的程序如图 8-37 所示。

图 8-37　使用 GGV 查看 PS 文件

## 8.6　图像浏览与处理工具

### 8.6.1　浏览图像

1. Nautilus

在默认的 X Window 设置情况下，Nautilus 能直接将 PNG、JPG 等几种图像显示出来。

当然，这种方式只能够对图像文件内容有个大概的了解，却不能显示图像文件中真正的内容。同样，对于 Nautilus 能够识别的图形文件，可以双击调用其图像查看功能，以便看到图像文件中的全部内容。这时，Nautilus 调用的看图工具还非常简陋，但已经与文件管理等功能集成，应该说还是很实用的。

图 8-38 显示了 Nautilus 在文件夹内自动创建图像文件预览图标的情况。

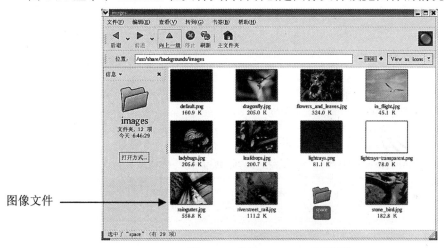

图 8-38　使用 Nautilus 查看图像

可以双击任何缩略图标来查看这个图像的原来大小。

图 8-39　查看图片

该图像会在浏览器窗口内载入，同时载入的还有一个缩略图标以及左侧面板内的具体文件信息。在文件信息下面是用来操作文件的高级选项。默认情况下，Nautilus 让用户选择是否使用 Eye of Gnome（一个比 Nautilus 功能更高级、更强健的图像查看器）来打开文件。

要在 Nautilus 中扩大或缩小所查看的图像，只须单击位置栏上的放大镜。图 8-40 显示了位置栏中的工具，单击+图标来扩大图像，或者单击-图标来缩小它。

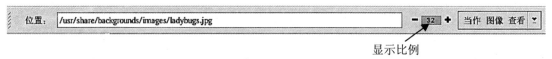

显示比例

图 8-40　Nautilus 中的缩放功能

### 2．Konqueror

使用 Konqueror 来浏览图像与使用 Nautilus 相似。要让 Konqueror 在文件夹内把图像文件自动生成缩略图标，可以选择【查看】|【预览】|【图像】命令。

要从缩略图标中找到想了解的图像细节，可以单击某一个缩略图标，这时 Konqueror 就会显示这个图像的原本大小，如图 8-41 所示。

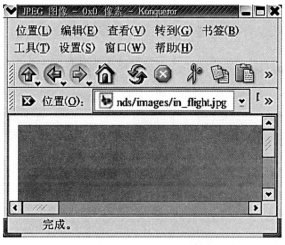

图 8-41　在 Konqueror 中查看图像

要在 Konqueror 中放大或缩小图像，首先需要改变程序绘制图像的方式。在顶端的工具栏里选择【查看】|【查看模式】|【KView】命令，这会重新显示该图，并允许使用工具栏上的两个放大镜来缩放图像，如图 8-42 所示。Konqueror 工具栏中的工具更加丰富。

放大　　　　　　　　缩小

图 8-42　Konqueror 工具栏上的缩放按钮

### 3．GQview

GQview 是为 GNOME 桌面用户提供的另一个功能强大的图像查看器，专门用于查看图像文件，就像 Windows 系统下使用的 ACDSee。

它支持多种图像文件格式，主要有：JPG/JPEG、GIF、PGM、XPM、PNG、PCX、TIF/TIFF、

PPM 以及 BMP。

GQview 可以用来查看单个图像文件或文件夹中的一组图像，并且支持放大和缩小功能，以及目录中所有文件的缩略视图。

同时，GQview 还支持前面列出的简单图像查看器中不包括的高级选项，例如旋转查看图像文件。

GQview 可以从桌面启动。选择【主目录】|【程序】|【美工绘图】|【GQview】命令来启动该程序，或者在命令行中输入 gqview。

启动之后，GQview 会默认浏览用户主目录。如果目录中有图像，那么画廊面板会自动生成缩略图。

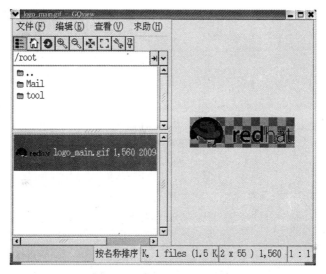

图 8-43　启动 GQview 程序

在浏览图像文件时，窗口左侧将显示目录下所有图像文件的缩略图，如图 8-44 所示。

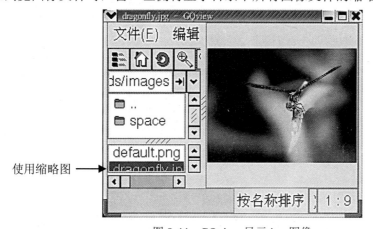

图 8-44　GQview 显示.jpg 图像

右击显示区内的图像会弹出一个菜单，其中包括图像大小以及重命名、转移、复制等文件选项。用户可以隐藏或显示缩略图标文件面板，还可以在弹出菜单里切换窗口和全屏模式。

GQview 内置的组合功能可为目录内的一组图像创建一个动态的演示效果，具体使用方法如下：

（1）在工具栏下的文本字段里，键入图像目录的路径。

（2）突出显示左侧的缩略图标文件列表上的第一个图像。

（3）接着按 V 键、再按 S 键，开始播放全屏幻灯片。在此期间，GQview 会在桌面上以黑色为背景显示这些图像。

幻灯中每个图像的演示时间默认为 15 秒，可以随时按 S 来暂停或继续播放幻灯片。

（4）当幻灯结束后，按 V 键来退出全屏模式。

GQview 还可以用来简单、快捷地改变桌面的壁纸。用鼠标右键单击图像，选择【编辑】|【设为壁纸】命令。在【编辑】菜单中，还可以使用其他图像编辑工具来打开文件，包括 GIMP、Xview 和 Xpaint 等。

GQview 还允许用户单击【配置】按钮来进行自定义设置：弹出的配置菜单允许高级用户配置几个选项。用户可以定制启动的目录，改变缩略图标大小，甚至改变操作文件的默认图像编辑器。图 8-45 显示了 GQview 的配置对话框。

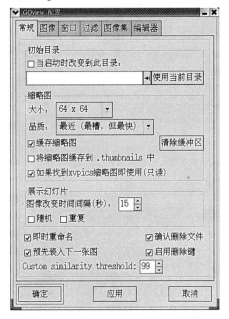

图 8-45　【GQview 配置】对话框

### 8.6.2　处理图像

Windows 下有 Photoshop、Painter、CorelDRAW 等著名的图像处理软件，而 GIMP 与它们相比毫不逊色，它也是一款非常优秀的图像处理软件。GIMP（GNU Image Manipulation Program，GNU 图像处理程序）是一个功能强大的工具，可以用来创建、改变、操作图像文件——照片、被扫描的图像、计算机生成的图像等。

默认安装 Red Hat Linux 时，系统会自动安装 GIMP 并将其设置为默认图像处理工具。

如果没有安装，可以通过安装光盘非常方便地安装。

### 1. 启动 GIMP

如果想从桌面启动 GIMP 程序，可以选择【主菜单】|【程序】|【美工绘图】|【GIMP】命令来启动 GIMP 程序，或者在命令行中输入 gimp。

第一次启动 GIMP 时，GIMP 会启动一个设置向导，让用户进行一些设置。设置向导如图 8-46 所示，在向导的帮助下，用户可以轻松地完成整个设置过程。

在设置前，用户应该清楚系统的一些信息，比如系统的监视器的分辨率，可以使用系统自动的设置，也可以手工设置。这里需要说明的是分辨率数值越大，表示监视器中每一单位面积中的显示点越多，也就是看到的图形会越小。

当设置选项都完成后，就可以进行图像处理工作了。

图 8-46　设置向导　　　　　　　　　　图 8-47　设置分辨率

GIMP 启动时，会弹出如图 8-48 所示的每日小提示，它会每次提示一些小技巧。当然，如果用户对 GIMP 已经非常熟练，也可以直接取消勾选【下次 GIMP 启动时显示提示】选项，它以后就不会再出现了。

图 8-48　每日小提示

### 2. 处理图像

GIMP 使用图层来组织图像。可以把它们想像成一叠胶片或滤镜，然后从上面朝下看，看到的是它们的内容的叠加情况。

因此，处理图像就是在图层内进行编辑。比如使用画笔工具勾画线条，使用油漆桶填充颜色，使用各种滤镜产生特殊效果，等等。

可以在"图层、通道和路径"对话框中右击图层的文本标签进行图层操作。而通道和路径用来产生某些特殊效果，比如发光或火焰字等，这些概念是从 Photoshop 中引用过来的，用户可以查看 Photoshop 的参考资料。

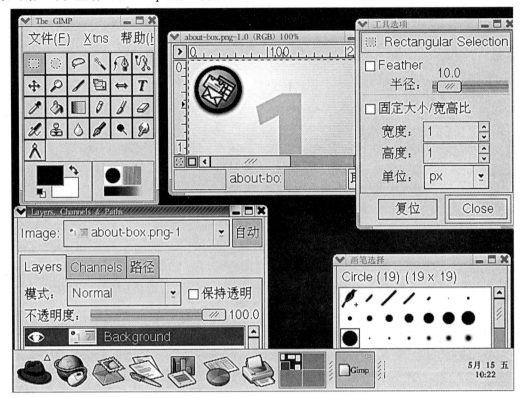

图 8-49　运行中的 GIMP

会话中包括图形处理窗口、工具箱及菜单 3 个主要部分。工具箱中常用的工具如下：

- 选区工具 用来选择图形上的一部分，然后将操作限制在这个区域中。系统提供了方形、圆形及封闭曲线 3 种选区工具。
- 画笔工具 用来在选定的区域内画点和曲线。画笔不可以通过设置，提供了毛笔的绘图效果。
- 字体工具 用来在图像中插入文字。
- 移动工具 可以移动某一选中图层的位置。如果想移动图像的某个局部，可以将这一部分生成新图层，然后移动到合适的位置上。
- 油漆桶工具 在某个区域内填充选定的颜色。
- 橡皮工具 用背景色擦除某一区域颜色。

还有放大、涂抹、图章等工具，在这里就不再详细介绍了，可以查看帮助或者是把鼠标放在工具上，每个工具会有提示文字，它们都为处理图像提供了很大的方便。

另外，系统还提供了其他一些工具，如果用户常用其中的某个工具，也可以将它拖到工具箱内，方便使用。

图 8-50 是程序的主窗口，并且包含了工具箱。

当在工具箱中选择某一工具后，就会在工具选项面板中出现这个工具的一些选项，比如画笔工具，可以选择笔的宽度及颜色等。当然，画笔是图像处理中最重要的工具，它具有相当多的属性需要设置，因此有一个专门的画笔选择面板。

图 8-51 显示了工具选项，当在程序中选择某种工具后，就可以在其中进行属性修改。

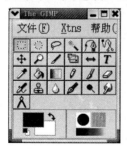

图 8-50　工具箱

图 8-51　工具选项

图 8-52 是画笔工具属性选择，它是一个专门的画笔属性的设备面板。

前面介绍了，GIMP 是以图层来组织的，因此查看和选择图层是最常用的操作。可以通过 Layers、Channels、Paths（图层、通道和路径）面板进行快速操作。

对于熟悉图形处理的用户来说，通道和路径是功能非常强大的工具，可以在这个面板中快速进行相应操作。如果不熟悉这两个工具，可以查看其他的参考资料，特别是在有关 Photoshop 的书籍中常常会有介绍。

图 8-53 显示了 Layers、Channels、Paths（图层、通道和路径）面板。

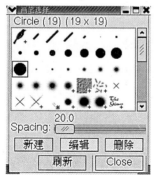

图 8-52　画笔工具

图 8-53　层、通道及路径面板

3．载入文件

要载入一个现存文件，可以选择【文件】|【打开】命令，弹出一个【载入图像】对话框，如图 8-54 所示。

【载入图像】对话框显示了用户的工作目录。用户可以在文件系统树中上下移动，方法是双击左侧的【目录】列表，然后在右侧的【文件】列表里选择一个要打开的文件。

选中的文件会出现在接近对话框底部的【选择】段内。对话框中会出现一个缩略图标预览，或者会看到一个【生成预览】按钮。如果你想查看该图像的缩略图标，可以单击【生成预览】按钮。

一旦选择了一个文件，只要单击【确定】按钮就可以打开它，或者简单地使用双击文件名来打开它。

图 8-54 【载入图像】对话框

### 4. 储存文件

处理完图像后，需要将图像存储到系统硬盘中。建议在修改前最好将原始图像文件进行备份，这样可以避免修改不小心进行的误操作。

要储存图像文件，右击图像，然后选择【文件】|【储存】（或【另存为】）命令。如果选择了【另存为】或者首次储存该文件时选择了【储存】，你会出现【储存图像】对话框。

【储存图像】对话框与【载入图像】对话框看起来几乎一模一样，你可以用同样的方法在文件系统树中上下移动和选择文件。

在储存图像的时候，还需要选择一种图像格式。GIMP 支持广泛的图像格式，包括.gif、.png、.jpg 和.bmp。

GIMP 还可以将用户需要保存的图像留待以后继续编辑，请尝试使用 XCF，GIMP 的主文件格式（使用文件扩展名.xcf），这样将保存图层及工作进程的每个细节。一旦图像处理完成了，就可以再把它保存为 JPEG、PNG、GIF 等文件。

### 5. 使用插件

插件是一些小的程序功能组件，可以用来扩展 GIMP 的功能。利用插件可以扩展滤镜及提供某些特殊的处理效果。

滤镜是借用摄影等专业的图像词汇，常常可以通过滤镜实现许多非常奇特的处理功能，比如使用水波滤镜可以非常轻松地实现水中倒影的效果。

对某个图层应用插件非常容易，只要选中某个图层，然后再选择应用的插件。当单击插件的【确定】按钮后，插件的效果就可以应用到图像上了。

大多数插件只能对当前图层进行操作。在一些情况下，如果用户希望插件对整幅图像进行操作，则需要先合并所有的图层（【图层】|【平整图像】）。

不是所有效果都可以应用到所有类型的图像上，这会通过灰色菜单项表现出来，也许需要将图像模式改变为 RGB（【图像】|【模式】|【RGB】）、添加 Alpha 通道（【图层】|【添加 alpha 通道】）或者平整图像（【图层】|【平整图像】）。

在 GIMP 里，用户可以拖放很多东西。例如从色板里拖动一种颜色到一幅图像中然后释放，这时就会以该颜色填充当前图像。插件也可以这样使用。

### 6．GIMP 选项

和许多其他程序一样，GIMP 提供了完成一项任务的多种方法。操作图像最简便的方法就是右击图像，它会显示出一组菜单，其中包括多数 GIMP 功能，例如图像大小、旋转和过滤器应用。其他方法也非常方便、实用。

假设有一张照片，用户想把它修改成从报纸上剪下来的一样。要达到这个目的，操作步骤如下：

（1）右击图像，从弹出菜单中选择【滤镜】|【扭曲】|【报纸】命令。

（2）使用滑动器来选择每寸的行数，当选定了行数，准备好绘制图像后，单击【确定】按钮 GIMP 就会用新的效果来绘制图像。

图 8-55 显示了一个应用了【报纸】滤镜后的图像范例。

图 8-55　使用 GIMP 滤镜

【工具箱】内还有几个极易访问的功能。使用【工具箱】，用户可以给图像添加文字，删除图像中的某一区域，甚至使用选定的颜色来填充选中的区域。

例如，如果用户想给一个图像添加文字，可以单击 █ 按钮，然后点选图像，载入【文字工具】对话框。用户可以从中选择一种字体，然后在文本箱内键入一些文字。单击【确定】按钮，文字就会浮动显示在图像上。

随后可以使用【移动层次】工具来把文字移动到想要的位置，图 8-56 显示了在图中插入新文字的情况。

GIMP 是一个功能强大的图像工具，需要花些时间才能掌握它的全部功能。请试着自己探索一些选项，如果不小心出了错，不要担心，可以随时撤销错误的步骤，方法是右击图像，然后选择【撤销】命令。也可以使用快捷键 Ctrl+Z。

【选单】主要是配合工具使用的，例如选择了画笔工具，调整画笔宽度、设定颜色等都可以通过它进行设置。具体的功能，在这里就不再赘述了。

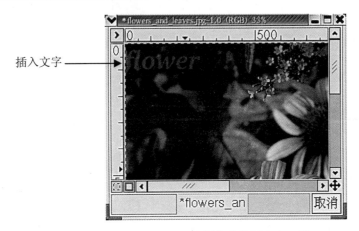

插入文字 ————

图 8-56　在图像上使用文字工具

# 8.7　多媒体应用程序

## 8.7.1　播放 CD

要播放音频光盘也就是常说的 CD，只须把它插入到光盘驱动器中，然后选择【主菜单】|【声音和视频】|【CD 播放器】命令来打开光盘播放器应用程序。

如果系统设置成自动安装光驱模式，则会自动识别 CD，然后使用 CD 播放器播放歌曲。

光盘播放器界面带有播放、暂停和停止等功能按钮。在界面底部还有一个音量控制滑块，可以单击【下一曲】和【上一曲】按钮来向前或向后跳过曲目，还可以使用【曲目列表】下拉菜单来在列表中选择曲目。

可以通过单击按钮 ▲ 来打开或关上光盘驱动器。通过单击【打开曲目编辑器】按钮可以编辑光盘中的曲目列表，还可以通过单击【打开首选项】按钮来改变工具的功能。在这里，用户可以为播放器设置主题，以及在打开和退出光盘播放器程序时光盘驱动器的行为方式。

图 8-57　光盘播放器的界面

图 8-58　光盘播放器的首选项

在 KDE 下提供了另一个播放 CD 的播放器 KSCD，选择【主菜单】|【声音和视频】|
【KSCD】命令或者在命令行中输入 kscd 就可以启动它。

KSCD 的使用非常简单，与使用 GNOME 的 CD 播放器差别不大，在此就不做更多的
介绍了。

### 8.7.2 XMMS

XMMS（X MultiMedia System）是针对 X Window 设计的专用多媒体播放器，该软件
是 Linux 下优秀的 MP3 播放器之一，大多数 Linux 版本都捆绑了该产品作为 Linux 下的标
准音频播放器。

XMMS 的功能同 Windows 平台的 Winamp 比较相似，能够播放包括 mp3 和 rm 在内的
多种音频格式。

XMMS 不仅仅可以用来播放数码音频文件。默认情况下，XMMS 能够播放 Ogg Vorbis、
RIFF 声波多种音频文件格式，还可以通过插件扩展来播放一些其他数码多媒体格式。

要启动 XMMS，只须选择【主菜单】|【声音和视频】|【音频播放器】命令或者在
命令行中输入 xmms。

要使用 XMMS 来播放音频文件，可以单击【打开】按钮，然后从【载入文件】窗
口中选择文件。

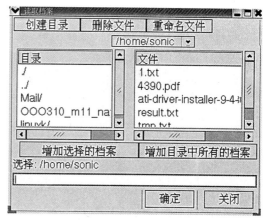

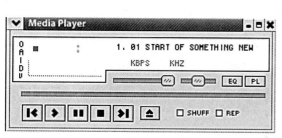

图 8-59　XMMS 界面　　　　　　　　图 8-60　载入文件窗口

在图 8-60 中，可以看到有多个可以播放的音频文件。

以.ogg 结尾的文件是 Ogg Vorbis 文件，它是一种新流行的音频文件格式，可以使用
XMMS 播放，XMMS 还可以播放音频格式 wav、MPEG audio 等。

.pls 文件是音频播放列表（playlist）文件。在 XMMS 中，可以将多个音频文件储存为
一个播放列表。

如果你有多个音频文件，并想将它们分类（比如按照流派或艺术家分类），那么播放列
表就会为你大开方便之门。选择并突出显示用户想播放的文件（如果不止一个，可以单击
并按住鼠标左键，再拖拉鼠标来覆盖所有你想打开的文件），然后单击【确定】按钮，这样
XMMS 就会立即开始播放音频文件。

　　要调整音量，只须单击音量滑块（【打开】按钮上的长滑动条）。向左滑动可以降低音量，向右滑动则可以提高音量。上面还有停止、暂停、跳过（向前和向后）音乐的按钮。

　　XMMS 所能执行的功能不止这些，而且还可以利用插件增加许多新功能。XMMS 的插件包括播放 VCD 的 smpeg-xmms 插件等，要下载新的插件可以到如下网址：

　　http://www.xmms.org/plugins.html

　　想了解和学习更多使用 XMMS 的知识，可以查看 XMMS 自带的帮助信息或者在 shell 下使用 man xmms 查看说明书。

### 8.7.3　使用录音机

　　想把 CD 或者收音机播放的音乐、歌曲录制成 wav 格式的数码音频文件，可以使用 GNOME 自带的录音机程序。

　　要从桌面启动录音机，只须选择【主菜单】|【音频和视频】|【录音机】命令，或者在命令行中输入 gnome-sound-recorder。

　　运行后的录音机如图 8-61 所示。从录音机界面上单击录音键后，就可以录音了。按停止键还可以听录制文件的效果，想保存就从【文件】菜单中选择【保存】命令，如果觉得效果不行需要重新录制，则单击【新建】按键重新录制。

图 8-61　录音机工具

### 8.7.4　音频抓轨及编码工具

　　使用直接拷贝的方法，并不能将 CD 上的歌曲保存到计算机硬盘中。Red Hat Linux 提供的 grip 工具可用于光盘抓取和 MP3 编码。

　　使用抓轨功能，可以将 CD 上的数码音频数据保存到计算机中。而且，使用其中的编码功能，还可以将音频数据压缩成 MP3 等格式。现在 MP3 播放机精致小巧，非常受欢迎，可以通过这个方法自制 MP3 歌曲。

　　想从桌面主菜单启动 grip，只须选择【主菜单】|【其他】|【音频和视频】|【grip】命令，或者在命令行中输入 grip。图 8-62 是运行的 grip 窗口。

图 8-62　CD 抓轨工具

### 8.7.5　排除声卡故障

使用音频播放程序的前提是，确保系统中的音频设备都安装好了。Red Hat Linux 提供了非常方便进行配置、检测音频设备的工具。如果检测工具不能正确访问设备，可以手工进行设置。由于某种原因，用户听不到声音，并知道确实安装了声卡，则可以运行声卡配置工具进行声卡检测。

要使用声卡配置工具，可以选择【主菜单】|【系统设置】|【声卡检测】命令。如果不是根（root）用户，则会弹出一个小型的文本框，提示输入根口令。

声卡配置工具会自动探测系统声卡。如果这个工具检测到一个即插即用的声卡，它会自动试图为机器的声卡配置正确的设置。用户可以单击【播放测试声音】按钮来播放声音示例。如果听到了声音，则单击【确定】按钮，声卡配置就完成了。

声卡配置工具如图 8-63 所示。

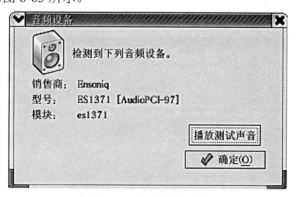

图 8-63　声卡配置工具

如果声卡配置工具不起作用（比如声音示例不能被播放或仍听不到声音），还可以使用其他的方法，特别是手工修改配置文件。然而，它们并不像运行声卡配置工具那么简单。用户可以用下面的方法来编辑 modules.conf 文件（不提倡新手使用），或者参考声卡随带的文档来获得更详尽的资料。

手工声卡配置步骤是：如果声卡不是一个即插即用设备或者系统自动检测的类型不正确，那么用户可以手工编辑/etc/modules.conf 文件来包括应该使用的声卡模块及参数。

例如：

```
alias sound sb
alias midi opl3
options opl3 io=0x388
options sb io=0x220 irq=7 dma=0,1 mpu_io=0x300
```

需要说明的是，上述配置中 sb 指声卡模块，options opl3 io=0x388 及 io=0x220 irq=7 dma=0,1 mpu_io=0x300 都是设置声卡的参数。如果用户对这些数值不清楚，可以查看声卡的使用说明或者在 Windows 下查看相应的数值。

### 8.7.6　排除视频卡故障

视频卡配置可以在安装 Red Hat Linux 时完成。然而，如果那时并没有选择要配置视频卡，或者需要重新设置，那么用户可以使用 X 配置工具。如果要安装一块新视频卡，也需要重新配置。

X 配置工具会把系统的原始视频配置文件备份为/etc/X11/XF86Config.backup，以防万一需要切换回原来的设置。

要运行 X 配置工具，只须选择【主菜单】|【系统设置】|【显示】命令。需要注意的是，这个操作也需要有根用户（root）权限。如果是普通用户，则会弹出一个窗口提示输入根口令。

用户还可以在命令行中输入 redhat-config-xfree86 来启动 X 配置工具，然后也会提示输入根口令。如果运行 shell 却没有运行 X，则 redhat-config-xfree86 会启动一个小型 X 会话来允许用户继续配置。请遵循出现在屏幕上的说明，X 配置工具会试图自动配置视频卡和显示器设置。

图 8-64 显示了【高级】标签，可以在此手工配置视频设备的参数，例如显示器刷新率、设置显卡特性。

图 8-64　X 配置工具

要手工配置显示器，只须单击【高级】标签，然后单击【显示器类型】旁边的【配置...】按钮，弹出窗口会显示一系列显示器型号。

选择某个型号，然后单击【确定】按钮。还可以让 X 配置工具来探测显示器的正确型号和水平、垂直频率设置。

要手工配置你的视频卡，只须单击【高级】标签，然后单击【视频卡】项目旁边的【配置...】按钮，弹出窗口会显示一系列视频卡型号。

选择某个型号，然后单击【确定】按钮。还可以通过单击【探测视频卡】按钮来让 X 配置工具探测视频卡的正确型号和设置。

完成重新配置视频卡和显示器之后，就能开始新的 X 会话，并使用图形化桌面环境了。

### 8.7.7　影音播放器

#### 1．RealPlayer

相信读者对 RealNetworks 公司的 RealPlayer 网络多媒体播放器一定不会陌生，许多人可能早就通过网上视频点播以及在下载网络影音资料的时候认识了它。它使用的.rm 影音文件格式可以达到很高的压缩比，并且使用户在带宽十分有限的情况下，仍能够通过网络实时欣赏影像。

由于 Linux 的用户越来越多，现在 RealNetworks 公司提供了 Linux 下的 RealPlayer 播放器。安装文件是一个可执行文件 rlpl_linux22_libc6_i386_al.bin。在 Red Hat Linux 中，直接执行这个文件就可以安装成功。

图 8-65 为安装 RealPlayer 9 出现的第一个设置画面。因为 RealPlayer 是网络流媒体播放器，所以第一步自然是设置网络连接。可以选择连接方式是使用 Modem、T1/LAN 或者 10MB 以太网。

图 8-65　设置网络连接

之后就可以进行安装了，安装过程有图 8-66 所示的进度条显示安装进度。

安装完成后，还需要用户填写一些信息，例如用户邮箱及所在国家、城市等。填写完成后，程序会自动启动。播放器的界面非常漂亮，如图 8-67 所示。

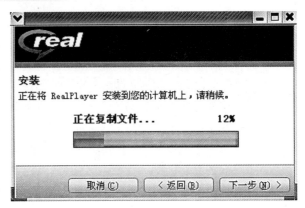

图 8-66　安装 RealPlayer

使用 RealPlayer 播放影音文件，可以选择【目录】｜【文件】｜【打开文件】或【打开位置】命令。前者用来打开文件形式影音文件，后者用来观看网络多媒体视频节目。

图 8-67　RealPlayer 图形界面

2．xine

在 Linux 还有另一个强大的影音文件播放工具 xine。xine 是一个遵循 GPL 的媒体播放程序，是专为 Linux、FreeBSD 等类 UNIX 系统设计的。除了可以播放 VCD 外，还可以播放 MPEG-1、MPEG-2 格式的声音及图像，未来还会加入 MPEG-4 及 AVI 格式。从 0.2.1 版本起还增加了 DVD 格式的支持，但由于 DVD 的解码有法律上的问题，所以程序中只能播放未锁码的影片。

xine 的版本更新很快，可以访问 xine 的开发网站 http://sourceforge.net/projects/xine/下载最新的版本。启动 xine 时，将出现视频输出窗口，并且出现 xine 标志。控制面板还提供了许多风格的界面，如图 8-68 所示。

图 8-68　xine

在第一次启动时，xine 会出现一个安装面板，如图 8-69 所示。它要求用户设置默认的参数，比如设置使用抓图功能后，将图片存放的目录等。一般用户不需要更改设置，直接使用默认的设置，单击 Close 关闭窗口后，就可以使用 xine 了。

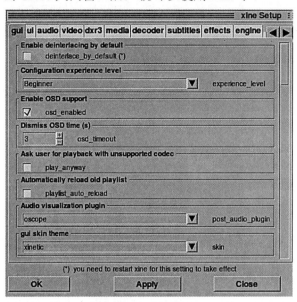

图 8-69　xine 安装面板

打开图 8-70 所示资源窗口，可以从 CDA、VCD 等文件列表中添加影音资源到播放列表或直接打开播放。

还可以将自己喜欢的多媒体文件列成播放列表，打开播放列表后，xine 会自动按顺序播放多个影音文件。

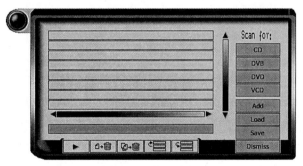

图 8-70　资源窗口

# 8.8　游戏

现在的 Linux 越来越“平易近人”，当然也少不了游戏。下面将介绍在 GNOME 中的几款非常经典游戏。虽然 Linux 仍然没有大型的动作游戏及三维游戏，但许多有趣的小游戏还是值得一玩。

### 8.8.1 自带游戏

Red Hat Linux 包括的所有游戏对电脑游戏爱好者都很有吸引力。不管用户喜欢的是 Aisle Riot（一种 solitaire 游戏）牌类游戏，Tux Racer 街机游戏，Chess 棋类游戏，还是 Chromium 和 Maelstrom 太空射击游戏，都可以在 Red Hat Linux 中找到。

要启动自带小游戏，只须选择【主菜单】|【游戏】命令，然后选择想要玩的游戏。

#### 1．匹配弹珠游戏 Same Gnome

图 8-71 显示了老少皆宜的 Same Gnome 游戏。在这个游戏中，把鼠标指向匹配的弹珠，直到它们开始滑动，然后可以单击它们来使连续在一起的同色小球消失。

如果有空位置的话，小球就会自动向下和向左滑动，最终目标是使所有的弹珠都消失。如果有剩余，则剩余越少得分越高。

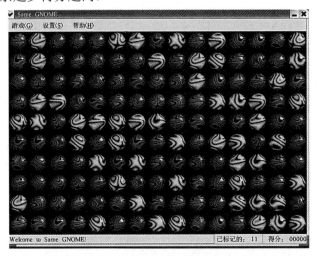

图 8-71　匹配弹珠游戏 Same Gnome

#### 2．空当接龙

Red Hat 的 Freecell 纸牌游戏和 Windows 中的"空当接龙"如出一辙。52 张牌全部翻开，杂乱无序地在下面排成 8 列，上面一字儿排开 8 个空位，右边的 4 个是为从 A 到 K 的顺序的 4 种花色准备的。如果能将它们都排好，则会赢得游戏。

上去的牌不能再取下来加以利用了，每个空当只能够放置一张牌，空当是非常珍贵的，要尽可能高效地利用。当空当足够多时（包括下面空出来的位置），就可以一次移动多于一张的按逆序排好的纸牌。

#### 3．贪吃蛇游戏

对于 Gnobbles 这个经典的"蛇吃豆"类游戏，相信早期的电脑游戏玩家都不会陌生。特别是在许多手机上，也都包含这类游戏。可以控制充满活力的红色小蛇，在荧幕上找小豆子。操作非常简单，只要用 4 个方向键控制小蛇的移动方向即可。

不要咬到自己或者碰上四周的墙壁，小蛇每吃下一颗散发蓝色光芒的豆子就会变长一点。不过如果它吃下提散发红色光芒的小豆时，小蛇的身体就会缩短几分；如果是金色的豆子，这时可要十分注意，小蛇身体会变长很多，以免小心踩到自己的尾巴。

### 4. 扫雷游戏

也是 Windows 下经典的小游戏，相信许多人已经非常熟悉了。单击不是地雷的小方格，没有踩到地雷，就算迈出成功的一步；如果认为是地雷，用右键标上一个小标志，直到找到规定数目的地雷。

打开的方格上，显示的数字是它相邻 8 个方格中所含地雷数，用户可以根据多个方格中的数字，判断未打开方格是否含有地雷。需要注意的是，如果标志是地雷，则不会有任何提示。游戏分为初、中、高三级，地雷数分别是 9、39 和 99。

图 8-72 显示的是扫雷游戏的中级难度。

### 5. 地道战

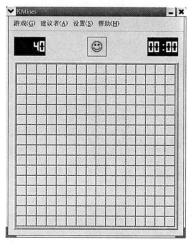

图 8-72　扫雷游戏

Gnome-stones 是一个非常有趣的挖地道游戏，由玩家指挥一位可爱的卡通小子穿梭在地下。玩家在地底下行进时，要注意从上面坠下的石头，在巨石林立的地方，尤其要注意它们会倾泻而下。

### 6. Chromium

Chromium 是一款太空射击游戏，它的控制非常简单：只须使用鼠标就可控制小飞机躲避敌机及其发射的子弹，按左键可以发射子弹击毁出现的敌机。过关后可以得到高分，当分数累积到一定值后，就会增加一次机会。

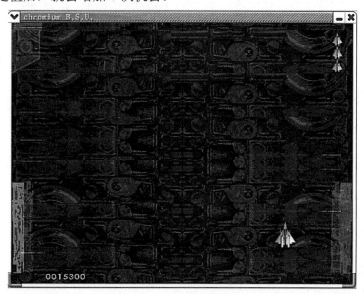

图 8-73　射击游戏 Chromium

在 KDE 环境下也有许多非常有趣的小游戏，可以切换到 KDE 环境中执行它们，而且很多游戏也可以在 GNOME 环境下直接执行。

### 8.8.2 其他游戏资源

在 Red Hat Linux 光盘和网上都有许多游戏，这里实在不胜枚举。可以从如下的网址得到更多的内容：

http://www.evil3d.net/一个三维游戏站点，深入地讨论了三维 Linux 游戏。

http://www.tuxgames.com 在线商店，可以在此购买仅用于 Linux 的游戏。

http://www.linuxgames.com/ Linux 游戏新闻站点。

http://happypenguin.org/ Linux 游戏仓库。

用户还可以使用各种搜索引擎，在互联网上搜索游戏。只须在关键词一栏中输入 linux games，就可以找到非常多的内容。例如，可以使用 http://www.google.com 来完成上述搜索任务。

# 8.9 Windows 模拟程序 Wine

如果可以直接在 Linux 下运行 Windows 程序，就可以利用许多 Windows 下的资源，这是一个非常好的设想，但实现起来却不容易。现在有一个解决方案，就是通过模拟来实现在 Linux 下运行 Windows 应用程序，该解决方案就是 Wine。

### 8.9.1 Wine 简介

Wine（Wine Is Not an Emulator，不仅仅是一个模拟器）是一个在 X Window 和 UNIX 上执行的 Windows API（应用程序接口），也可以认为 Wine 是一个 Windows 兼容器。Wine 提供了一个用来从 Windows 移植过来的开发工具包（Winelib）和一个程序加载器，通过这个程序加载器，可以不做任何修改地使 Windows 二进制文件在 UNIX（及其衍生版本）下运行。

Wine 可以在绝大多数的 UNIX 下工作，包括 Linux、FreeBSD 和 Solaris。Wine 遵循 GPL，它的发布是完全公开源代码的，并且是免费发行。Bob Amstadt 是 Wine 的创始人。Wine 项目始于 1993 年，是为了实现在 Linux 上运行 Windows 3.1 的程序。

1994 年 7 月建立了 Wine 新闻组。到编写本书时为止，来自全世界几十个国家的三百多名开发人员已经为 Wine 编写了超过一百万行 C 语言代码。Wine 实现了超过 90%的流行 Windows 调用，比如 ESMA-234 和 Open32 等。几乎每个月都会发布新版本的 Wine。

Wine 仍在不停地进行开发，而且目前的版本还不能完全运行所有 Windows 程序，但是越来越多的 Windows 程序已经能在 Wine 的帮助下在 Linux 中运行。

### 8.9.2 安装 Wine

安装 Wine 之前需要通过网络下载软件，但也可以利用其他渠道。

1. 下载 Wine

很多 Linux 发行版本都附带了 Wine 安装包，用户也可以在网上免费下载 Wine 的最新版本。Wine 的官方站点是 http://www.Winehq.com，可以在这个站点获取 Wine 的源代码，也可以下载二进制软件包，比如 RPM 和 DEB 格式的软件包。在这个网站上还可以获取 Wine 的技术支持、开发信息以及访问 Wine 社区。

虽然在 Wine 官方网站上可以下载最新的 Wine，但是 Wine 官方网站一直在进行开发，没有正式的发行版本，而且其配置和使用还比较繁琐。它包含了以下特性：

- 提供 Wine 的程序启动报告工具。
- 完美的整合到 Gnome 和 KDE 桌面。
- 提供程序移植工具 Winemaker。
- 更完善的技术支持体系。

现在，用户可以利用 Red Hat Linux 安装光盘中的 Wine 安装程序包，该安装软件包可以和 Red Hat Linux 的 GNOME 和 KDE 环境配合使用。

用户也可以从 http://www.codeweavers.com/Wine/下载各种新版本的软件包。

2．安装 Wine

安装 Wine 之前，最好先检查系统中是否已经安装了其他版本的 Wine。可以使用如下命令查询：

```
#rmp -qa|grep Wine
```

如果显示的是 Wine-xxxxx-xxx（x 是一系列数字，不同的 Wine 版本，显示的可能不一样），则可执行下列命令删除 Wine：

```
#rpm -e Wine -xxxxx-xxx
```

需要注意的是，安装和删除操作都必须使用 root 用户身份进行。

### 8.9.3 使用 Wine

使用 Wine 可以直接运行 Windows 下的运行程序，如果需要安装的话，Wine 也提供了一个虚拟的 Windows 系统环境，包括注册表及其他的相关系统环境。

1．直接运行程序

如果使用 KDE 或 Gnome，则可以在桌面 shell 提示下启动程序，输入如下命令：

```
#Wine myprogfile
```

其中 myprogfile 是可以在 Linux 下直接访问的 Windows 程序名。

2．使用程序管理器

直接使用 Wine 运行管理非常方便，但是另一种方法更容易使用，功能也更加强大，可以使用程序管理器来启动程序。启动程序管理程器，可以输入：

```
#progman
```

就会弹出图 8-74 所示的提示窗口，还可以创建一个程序组，使用程序组可以更快、更方便地调用 Windows 下的程序。要创建程序组，可以选择【文件】|【新建】命令。

要启动某个程序，可以选择【文件】|【执行】命令，之后会弹出一个目录浏览器窗口，从中选择某个程序即可以运行。

图 8-74　Wine 的程序管理器

需要注意的是，其中的程序并不是 Linux 下的目录树，例如目录【C 盘】就是虚拟的一个系统程序盘，【root】则是对应的根/目录。

3．安装运行程序

如果某个程序需要安装，运行后，它会提示用户进行安装。下面简要介绍安装程序 WinZip 的过程，图 8-75 是安装过程。

图 8-76 显示了运行 WinZip 程序的情形，细心的读者会发现桌面上也会出现一个 WinZip 图标。

图 8-75　安装 WinZip

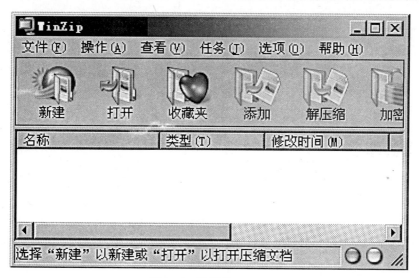

图 8-76　运行的 WinZip

　　Wine 程序还会出现自动搜索已经存在的 Windows 分区，并且会显示在弹出的浏览目录中。用户可以直接运行其中的程序。

　　另一个例子是著名的图像浏览器 ACDSee，运行后的程序如图 8-77 所示。这类简单程序用户可以直接使用而不需要安装。

图 8-77　运行的 ACDSee 程序

# 第 9 章　系统管理

## 9.1　进程管理

Linux 是一个多任务的操作系统，系统上同时运行着多个进程，正在执行的一个或多个相关进程称为一个作业。使用作业控制，用户可以同时运行多个作业，并在需要时在作业之间进行切换。本节详细介绍进程管理及作业控制的命令，包括启动进程、查看进程、调度作业等命令。

### 9.1.1　进程相关概念

Linux 系统是一个多用户多任务的操作系统。多用户是指多个用户可以在同一时间使用计算机系统；多任务是指 Linux 可以同时执行多个任务，它可以在还未执行完一个任务时又执行另一个任务。

大多数系统都只有一个 CPU 和一个主存，但一个系统可能有多个二级存储磁盘和多个输入/输出设备。操作系统管理这些资源并在多个用户之间共享资源，当用户提出一个请求时，将造成一种假象，好像系统只被该用户独自占用。实际上操作系统监控着一个等待执行的任务队列，这些任务包括用户作业、操作系统任务、邮件和打印作业等。

操作系统根据任务的优先级为每个任务分配合适的时间片，每个时间片大约都有零点几秒，虽然看起来很短，但实际上已经足够计算机完成成千上万的指令集。每个任务都会被系统运行一段时间，然后挂起，系统转而处理其他任务；过一段时间再回来处理这个任务，直到某个任务完成，从任务队列中去除。

进程的定义有很多种，但是这些定义的本质基本相同，即进程是一个动态的执行过程。Linux 系统上所有运行的东西都可以称为一个进程。每个用户任务、每个系统管理守护进程，都可以称为进程。Linux 系统用分时管理方法使所有的任务共同分享系统资源。我们讨论进程的时候，不会关心这些进程究竟是如何分配的，或者内核是如何管理分配时间片的，我们所关心的只是如何去控制这些进程，让它们能够很好地为用户服务。

一般而言，进程是运行在自身的虚拟地址空间的一个单独的程序。虚拟地址空间与实际的物理空间对应，实际的物理空间即我们常说的内存的大小，其空间大小是固定的；而虚拟空间的大小是不固定的，原则上说可以无限大，它只是编程上的可用空间。进程与程序是有区别的，进程不是程序，虽然它由程序产生。程序只是一个静态的指令集合，不占系统的运行资源；而进程是一个随时都可能发生变化的、动态的、使用系统运行资源的程序。一个程序可以启动多个进程。

Linux 操作系统包括 3 种不同类型的进程，每种进程都有自己的特点和属性：

- ■　交互进程　由 shell 启动的进程。交互进程既可以在前台运行，也可以在后台运行。
- ■　批处理进程　这种进程和终端没有联系，是一个进程序列。
- ■　监控进程（也称守护进程）　随 Linux 系统启动时启动的进程，并在后台运行。

上述 3 种进程各有各的作用，使用场合也有所不同。

对复杂的多任务多进程的管理，Linux 系统主要是通过一个叫进程控制块（PCB）的数据结构来管理进程。进程控制块反映了一个进程的动态特征。进程控制块包含操作系统管理进程所需的重要信息，其主要内容有进程标志号、进程所属用户组和用户号、进程的当前状态、进程的优先级别以及其他一些与进程调度和管理相关的信息。进程控制块随着进程的创建而产生，随进程的消亡而消失。

进程和作业的概念也有区别。一个正在执行的进程称为一个作业，而且作业可以包含一个或多个进程，尤其是使用了管道和重定向命令之后。例如 nroff -man ps.1|grep kill|more 这个作业就同时启动了 3 个进程。

作业控制指的是控制正在运行的进程的行为。比如，用户可以挂起一个进程，等一会儿再继续执行该进程。shell 将记录所有启动的进程情况，在每个进程中，用户可以任意地挂起进程或重新启动进程。作业控制是许多 shell（包括 bash 和 tcsh）的一个特性，使用户能在多个独立作业之间进行切换。

一般而言，只有进程与作业控制相关联时，才被称为作业。

大多数情况下，用户在同一时间里只运行一个作业，即它们最后向 shell 键入的命令。但是使用作业控制，用户可以同时运行多个作业，并在需要时在这些作业之间进行切换。这有什么用途呢？例如，当用户编辑一个文本文件，并需要中止编辑做其他事情时，利用作业控制，用户可以让编辑器暂时挂起，返回 shell 提示符开始做其他的事情。待其他事情做完以后，用户可以重新启动挂起的编辑器，返回到刚才中止的地方，就像用户从来没有离开编辑器一样。这只是一个例子，作业控制还有许多其他实际的用途。

### 9.1.2　启动进程

键入需要运行的程序的程序名，执行一个程序，其实也就是启动了一个进程。在 Linux 系统中每个进程都具有一个进程号，用于系统识别和调度进程。启动一个进程有两个主要途径：手工启动和调度启动，后者是事先进行设置，根据用户要求自行启动。

#### 1．手工启动

由用户输入命令，直接启动一个进程。手工启动进程又可以分为很多种，根据启动的进程类型不同、性质不同，实际结果也不一样，下面分别介绍。

#### （1）前台启动

这或许是手工启动一个进程的最常用的方法。一般地，用户键入一个命令 ls -l，这就启动了一个进程，而且是一个前台进程。这时候系统其实已经处于一个多进程状态。或许有些用户会疑惑：我只启动了一个进程而已。但实际上有许多运行在后台的（系统启动时就已经自动启动）进程正在悄悄运行着。例如，用户在键入 ls -l 命令以后，赶紧使用 ps –x 来查看，却没有看到 ls 进程，也觉得很奇怪。其实这是因为 ls 进程结束得太快了，使用 ps

查看时该进程已经执行完毕。启动一个比较耗时的进程：

```
[root@localhost root]# find / -name ustb.txt
```

再把该进程挂起，这时使用 ps 查看，就会看到一个 find 进程在里面。

（2）后台启动

直接从后台手工启动一个进程用得比较少，除非该进程甚为耗时，而且用户也不急着需要结果。假设用户要启动一个需要长时间运行的格式化文本文件的进程。为了不使整个 shell 在格式化过程中处于瘫痪状态，从后台启动这个进程是明智的选择。例如：

```
[root@localhost root]# find / -name ustb.txt &
[1] 2840
[root@localhost root]#
```

可见看到，从后台启动进程其实就是在命令结尾处加上一个&号。键入命令以后，出现一个数字，这个数字就是该进程的编号，即进程控制块中的进程号，也称为 PID，然后出现了提示符，用户可以继续其他工作。

上面介绍了前台、后台启动的两种情况。实际上这两种情况有一个共同的特点，就是新进程都是由当前 shell 进程产生的。也就是说，是 shell 创建了新进程，于是称这种关系为进程间的父子关系。这里 shell 是父进程，而新进程是子进程。一个父进程可以有多个子进程，只有子进程结束后才能继续父进程。当然，如果是从后台启动，那么就不用等待子进程结束了。

一种比较特殊的情况就是使用管道符来创建子进程，如图 9-1 所示。

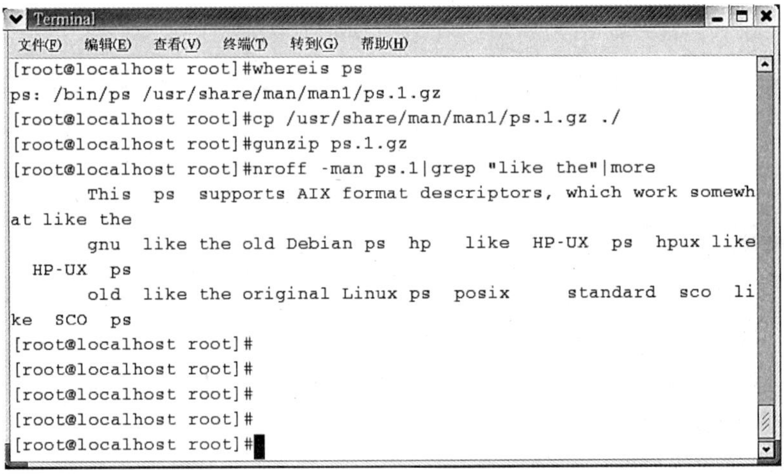

图 9-1　兄弟进程实例

这时候实际上是同时启动了 3 个进程。请注意是同时启动的，所有放在管道两边的进程都将被同时启动，它们都是当前 shell 的子程序，互相之间称为兄弟进程。

以上介绍的是手工启动进程的一些内容，作为一名系统管理员，很多时候都需要把事情安排好以后让其自动运行。因为管理员不是机器，也有离开的时候，所以有些必须做的工作而管理员不能亲自操作，这时候就需要使用调度启动进程了。

2．调度启动

有时候需要对系统进行一些比较费时而且占用资源的维护工作，这些工作适合在深夜进行，这时候用户就可以事先进行调度安排，指定任务运行的时间或者场合，到时候系统会自动完成这一些工作。

要使用自动启动进程的功能，需要掌握下面几个启动命令。

（1）at 命令

使用 at 命令在指定时刻执行指定的命令序列。也就是说，该命令至少需要指定一个命令、一个执行时间才可以正常运行。at 命令可以只指定时间，也可以时间和日期一起指定。需要注意的是，指定时间有一个系统判别问题。比如：用户现在指定了一个执行时间为凌晨 3:20，而发出 at 命令的时间是头天晚上的 20:00，那么究竟是在哪一天执行该命令呢？如果用户于 3:20 以前仍然在工作，那么该命令将在这个时候完成；如果用户 3:20 以前就退出了工作状态，那么该命令将在第二天凌晨才得到执行。下面是 at 命令的语法格式：

```
[root@localhost root]#at [选项] 时间 [日期]
```

at 命令常用选项见表 9-1。

表 9-1  常见的文件类型

| 符　号 | 含　义 |
| --- | --- |
| -c | 将命令行上所列的作业送到标准输出 |
| -q | queue 使用指定的队列。队列名称是由单个字母组成，合法的队列名可以由 a-z 或者 A-Z。a 队列是 at 命令的默认队列 |
| -m | 作业结束后发送邮件给执行 at 命令的用户 |
| -f | 将使命令从指定的 file 读取，而不是从标准输入读取 |
| -l | atq 命令的一个别名。该命令用于查看安排的作业序列，它将列出用户排在队列中的作业，如果是超级用户，则列出队列中的所有工作 |
| -d | atrm 命令的一个别名。该命令用于删除指定要执行的命令序列 |
| -V | 将标准版本号打印到标准错误中 |

at 允许使用一套相当复杂的指定时间的方法，实际上是将 POSIX.2 标准扩展了。它可以接受在当天的 hh:mm（小时:分钟）时间指定。如果该时间已经过去，那么就放在第二天执行。当然也可以使用 midnight（深夜）、noon（中午）、teatime（饮茶时间，一般是下午 4 点）等比较模糊的词语来指定时间。用户还可以采用 12 小时计时制，即在时间后面加上 AM（上午）或者 PM（下午）来说明是上午还是下午。

也可以指定命令执行的具体日期，其格式为 month day（月 日）或者 mm/dd/yy（月/日/年）或者 dd.mm.yy（日.月.年）。指定的日期必须跟在指定时间的后面。

上面介绍的都是绝对计时法，其实还可以使用相对计时法，这对于安排不久就要执行的命令是很有好处的。指定格式为：now + count time-units，其中 now 就是当前时间；time-units 是时间单位，这里可以是 minutes（分钟）、hours（小时）、days（天）、weeks（星期）；count 是时间的数量，几天、几小时等。

还有一种计时方法就是直接使用 today（今天）、tomorrow（明天）来指定完成命令的时间，下面通过一些例子来说明具体用法。

例如，要指定在当天下午 5:30 执行某命令。假设现在时间是中午 12:30，2009 年 2 月

17 日，其命令格式如下：

```
[root@localhost root]#at 5:30pm
[root@localhost root]#at 17:30
[root@localhost root]#at 17:30 today
[root@localhost root]#at now + 5 hours
[root@localhost root]#at now + 300 minutes
[root@localhost root]#at 17:30 17.08.08
[root@localhost root]#at 17:30 8/17/08
```

以上命令表达的意义是完全一样的，在安排时间的时候完全可以根据个人喜好和具体情况自由选择。一般采用绝对时间的 24 小时计时法，可以避免由于疏忽造成计时错误的情况发生，例如上例可以写成：

```
[root@localhost root]#at 17:30 2/17/09
```

这样非常清楚，而且别人也看得懂。

对于 at 命令来说，需要定时执行的命令是从标准输入或者使用-f选项指定的文件中读取并执行的。如果 at 命令是从一个使用 su 命令切换到用户 shell 中执行的，那么当前用户被认为是执行用户，所有的错误和输出结果都会被发送给这个用户。但是如果是以邮件送出的话，收到邮件的将是原来的用户，也就是登录时 shell 的所有者。

任何情况下，超级用户可以使用这个命令。对于其他用户来说，是否可以使用就取决于两个文件：/etc/at.allow 和/etc/at.deny。如果/etc/at.allow 文件存在，那么只有在其中列出的用户才可以使用 at 命令；如果该文件不存在，那么将检查/etc/at.deny 文件是否存在，在这个文件中列出的用户均不能使用该命令。如果两个文件都不存在，那么只有超级用户可以使用该命令；空的/etc/at.deny 文件意味着所有用户都可以使用该命令，这也是默认状态。

假设要找出系统中所有以.txt 为后缀名的文件，并且将查找结果重定向到 find.txt 文件中。最后，给用户 meditchen 发出邮件通知，指定时间为 2008 月 17 日 23 点 10 分，可以见图 9-2 操作。

图 9-2　at 命令使用例子

输入完每一行指令然后回车，所有指令序列输入完毕后，使用组合键 Ctrl+D 结束 at 命令的输入。

上面的例子可以换一种做法，将命令序列写入到文件/tmp/printjob，语句为：

```
[root@localhost root]#at -f /tmp/printjob 23:10 8/17/08
```

这样，at 命令将使用文件中的命令序列，屏幕显示如下：

```
job 8 at 2008-08-17 23:10
```

当然也可以采用以下命令来完成同样的任务：

```
[root@localhost root]#at < /tmp/printjob 23:10 08/17/08
```

也就是使用输入重定向的办法将文件定向为命令输入。

（2）batch 命令

batch 用低优先级运行作业，该命令几乎和 at 命令的功能完全相同，唯一的区别在于：at 命令是在指定时间，很精确的时刻执行指定命令；而 batch 却是在系统负载较低，资源比较空闲的时候执行命令。该命令适合于执行占用资源较多的命令。

batch 命令的语法格式和 at 命令十分相似：

```
[root@localhost root]#at [选项] 时间 [日期]
```

具体参数解释请参考 at 命令。一般不用为 batch 命令指定时间参数，因为 batch 本身的特点就是由系统决定执行任务的时间，如果用户再指定一个时间，就失去了本来的意义。

图 9-3 是 batch 命令使用的例子。这个命令就会在合适的时间进行，进行完后会发回一个信息。

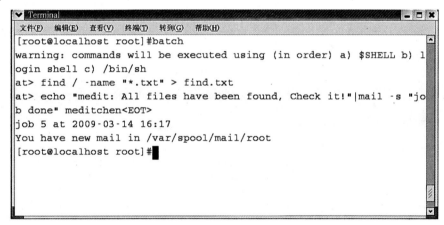

图 9-3　batch 命令使用例子

仍然使用组合键 Ctrl＋D 来结束命令输入，而且 batch 和 at 命令都将自动转入后台，所以启动的时候也不需要加上&符号。

（3）cron 命令

前面介绍的两条命令都会在一定时间内完成任务，但是要注意它们只能执行一次。也就是说，当指定了运行命令后，系统在指定时间完成任务，一切就结束了。但是在很多时候需要不断重复一些命令，比如某公司每周一自动向员工报告头一周公司的活动情况，这时候就需要使用 cron 命令来完成任务了。

实际上，cron 命令是不应该手工启动的。cron 命令在系统启动时就由一个 shell 脚本自动启动，进入后台（所以不需要使用&符号）。一般用户没有运行该命令的权限，虽然超级用户可以手工启动 cron，不过还是建议将其放到 shell 脚本中由系统自行启动。

首先 cron 命令会搜索/var/spool/cron 目录，寻找以/etc/passwd 文件中的以用户名命名的 crontab 文件，并将找到的这种文件载入内存。例如一个用户名为 meditchen，它所对应的 crontab 文件就应该是/var/spool/cron/meditchen。也就是说，以该用户命名的 crontab 文件存放在/var/spool/cron 目录下面。cron 命令还将搜索/etc/crontab 文件，这个文件是用不同的格式写成的。

cron 启动以后，它首先检查是否有用户设置了 crontab 文件，如果没有就转入“休眠”状态，释放系统资源，所以该后台进程占用资源极少。它每分钟“苏醒”一次，查看当前是否有需要运行的命令。命令执行结束后，任何输出都将作为邮件发送给 crontab 的所有者，或者/etc/crontab 文件中 MAILTO 环境变量中指定的用户。

上面简单介绍了一些 cron 的工作原理，但是 cron 命令的执行不需要用户干涉；需要用户修改的只是 crontab 中要执行的命令序列，所以下面介绍 crontab 命令。

crontab 命令用于安装、删除或者列出用于驱动 cron 后台进程的表格。也就是说，用户把需要执行的命令序列放到 crontab 文件中以获得执行。每个用户都可以有自己的 crontab 文件。下面看看如何创建一个 crontab 文件。

位于/var/spool/cron 下的 crontab 文件是通过 crontab 命令得到的。现在假设有个用户名为 root，需要创建自己的 crontab 文件。首先可以使用任何文本编辑器建立一个新文件，然后向其中写入需要运行的命令和定期执行的时间，然后存盘退出。假设该文件为/root/test.cron，之后就是使用 crontab 命令来安装这个文件，使之成为该用户的 crontab 文件，这样一个 crontab 文件就建立好了。可以转到/var/spool/cron 目录下面查看，发现多了一个 root 文件，这个文件就是所需的 crontab 文件。图 9-4 为 crontab 命令的一个实例。

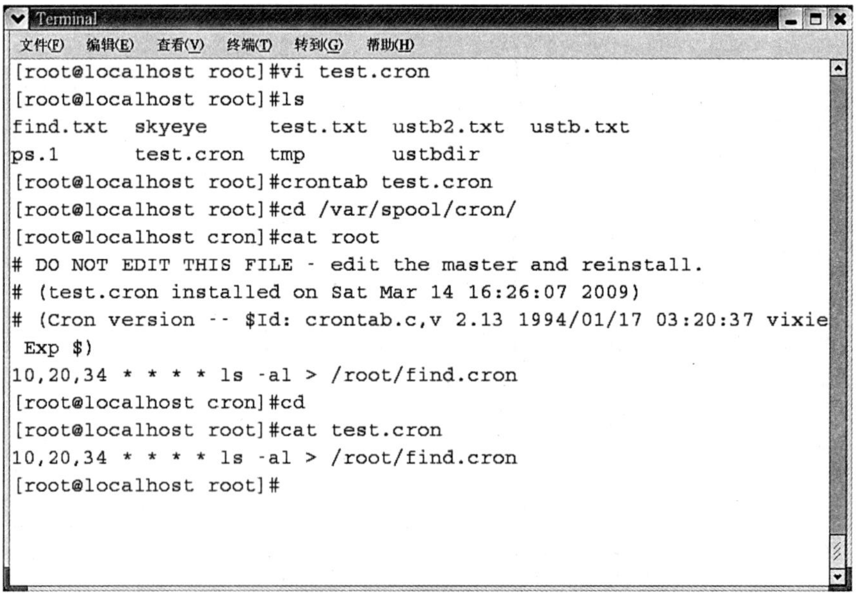

```
[root@localhost root]#vi test.cron
[root@localhost root]#ls
find.txt   skyeye     test.txt   ustb2.txt  ustb.txt
ps.1       test.cron  tmp        ustbdir
[root@localhost root]#crontab test.cron
[root@localhost root]#cd /var/spool/cron/
[root@localhost cron]#cat root
# DO NOT EDIT THIS FILE - edit the master and reinstall.
# (test.cron installed on Sat Mar 14 16:26:07 2009)
# (Cron version -- $Id: crontab.c,v 2.13 1994/01/17 03:20:37 vixie
 Exp $)
10,20,34 * * * * ls -al > /root/find.cron
[root@localhost cron]#cd
[root@localhost root]#cat test.cron
10,20,34 * * * * ls -al > /root/find.cron
[root@localhost root]#
```

图 9-4  crontab 命令实例

如果需要改变其中的命令内容，最好重新编辑原来的文件，然后再使用 crontab 命令安装。当然，如果你使用得很熟，也可以直接修改以前的 crontab 文件。

可以使用 crontab 命令的用户是有限制的。如果/etc/cron.allow 文件存在，那么只有其中列出的用户才能使用该命令；如果该文件不存在但 cron.deny 文件存在，那么只有未列在该文件中的用户才能使用 crontab 命令；如果两个文件都不存在，则取决于一些参数的设置，可能只允许超级用户使用该命令，也可能所有用户都可以使用该命令。

crontab 命令的语法格式如下：

```
crontab [-u user] file
crontab [-u user]{-l|-r|-e}
```

第一种格式用于安装一个新的 crontab 文件，安装来源就是 file 所指的文件，如果使用 "-"符号作为文件名，则意味着使用标准输入作为安装来源。

-u 选项指定是哪个用户的 crontab 文件将被修改。如果不指定该选项，crontab 将默认是操作者本人的 crontab，也就是执行该 crontab 命令的用户的 crontab 文件将被修改。请注意，如果使用了 su 命令再使用 crontab 命令很可能就会出现混乱的情况。所以使用了 su 命令，最好使用-u 选项来指定究竟是哪个用户的 crontab 文件。

crontab 的 3 个参数选项：

- -l 在标准输出上显示当前的 crontab。
- -r 删除当前的 crontab 文件。
- -e 使用 VISUAL 或者 EDITOR 环境变量所指的编辑器来编辑当前的 crontab 文件。当结束编辑离开时，编辑后的文件将自动安装。

在 crontab 文件中可以输入需要执行的命令和时间。该文件中每行都包括 6 个域，其中前 5 个域指定命令被执行的时间，最后一个域则是要被执行的命令。每个域之间使用空格或者制表符分隔。格式如下：

```
minute hour day-of-month month-of-year day-of-week commands
```

第一项是分钟，第二项是小时，第三项是一个月的第几天，第四项是一年的第几个月，第五项是一周的星期几，第六项是要执行的命令。这些项都不能为空，必须填入。如果用户不需要指定其中的几项，那么可以使用*代替。因为*是通配符，可以代替任何字符，所以认为是任何时间，也就是该项被忽略了。时间取值的合法范围是：

- minute 00-59。
- hour 00-23，其中 00 点就是晚上 12 点。
- day-of-month 01-31。
- month-of-year 01-12。
- day-of-week 0-6，其中周日是 0。

这样用户就可以往 crontab 文件中写入无限多的行以完成无限多条命令。命令域中可以填写所有可以在命令行写入的命令和符号，其他所有时间域都支持列举，也就是域中可以写入很多时间值，只要满足这些时间值中的任何一个都执行命令，每两个时间值之间使用逗号分隔，如下：

```
5, 15, 25, 35, 45, 55 16, 17, 18 * * * command
```

这就是表示任意天、任意月，其实就是每天的下午 4 点、5 点、6 点的 5 min、15 min、25 min、35 min、45 min、55 min 时执行命令。

如果想在每周的一、三、五的下午 3：00 让系统进入维护状态，重新启动系统，那么就在 crontab 文件中写入如下字段：

```
00 15 * * 1, 3, 5 shutdown -r +5
```

然后将该文件存盘为 root.cron，再键入 crontab root.cron 安装该文件。

灵活使用上述命令，将给自己带来很大的方便。

### 9.1.3 查看系统进程

可以通过 ps（Process Status）命令查看系统中的进程状态，该命令会把当前的瞬间进程的状态显示出来。

#### 1. 使用 ps 查看进程

可以根据 ps 显示的信息来确定某个进程是否正在运行、某个进程是被挂起还是遇到了某些困难、进程已运行了多久、进程正在使用的资源、进程的相对等级以及进程标识号（PID）等多种信息。所有这些信息对用户都很有用，对于系统管理员来说非常重要。

ps 命令的命令格式和常用选项如下：

```
ps [option[arguments]…]
```

ps 命令有以下几个主要的选项：

■　-a　显示包括系统中所有用户进程的状态。

■　-f　显示进程和子进程的树形家族。

■　-l　以长列表形式显示进程信息，给出用户名和起始时间。

■　-r　只显示正在运行的进程。

■　-u　以用户格式显示进程信息，给出用户名和起始时间。

■　pids　显示指定 ID 的进程信息。

如果不带任何选项，那么 ps 命令将列出每个与当前 shell 有关的进程的 PID。如下是某次执行 ps 命令的显示结果：

```
PID TTY TIME CMD
596  pts/0   00:00:00 bash
627  pts/0   00:00:00 vi
628  pts/0   00:00:00 ps
```

其中各字段含义如下：

■　PID　进程标识号。

■　TTY　开始进程的终端号。

■　TIME　报告进程累计使用的 CPU 时间。

■　CMD　正在执行的进程名。

要获得一个完整进程信息列表，可以使用带有选项的 ps 命令，见图 9-5。

执行命令后，会列出用户名（USER）、进程号（PID）、CPU 使用率（%CPU），内存使用（%MEM），虚拟像大小（VSZ）、驻留数据集大小（RSS）、终端号（TTY）、状态（STAT）开始时间（START）、运行时间（TIME）、命令（COMMAND）等信息。

ps 命令的其他选项的意义及使用方法，请看 man 手册或其他资料。

```
[root@localhost root]#ps -aux
USER       PID %CPU %MEM   VSZ  RSS TTY      STAT START   TIME COM
root         1  0.0  0.0  1372   84 ?        S    13:39   0:04 ini
root         2  0.0  0.0     0    0 ?        SW   13:39   0:00 [ke
root         3  0.0  0.0     0    0 ?        SW   13:39   0:00 [ka
root         4  0.0  0.0     0    0 ?        SWN  13:39   0:00 [ks
root         9  0.0  0.0     0    0 ?        SW   13:39   0:00 [bd
root         5  0.0  0.0     0    0 ?        SW   13:39   0:01 [ks
root         6  0.0  0.0     0    0 ?        SW   13:39   0:00 [ks
root         7  0.0  0.0     0    0 ?        SW   13:39   0:05 [ks
root         8  0.0  0.0     0    0 ?        SW   13:39   0:00 [ks
root        10  0.0  0.0     0    0 ?        SW   13:39   0:00 [ku
root        11  0.0  0.0     0    0 ?        SW   13:39   0:00 [md
root        19  0.0  0.0     0    0 ?        SW   13:39   0:01 [kj
root        77  0.0  0.0     0    0 ?        SW   13:39   0:00 [kh
root      1168  0.0  0.0     0    0 ?        SW   13:40   0:00 [kj
root      1549  0.0  0.1  1968  540 ?        S    13:40   0:00 /sb
root      1608  0.0  0.0  1444  208 ?        S    13:40   0:00 sys
root      1612  0.0  0.0  1372  156 ?        S    13:40   0:00 klo
```

图 9-5　完整的进程信息表

2．使用 top 命令查看进程

top 命令用于读入计算机系统进程的多种信息，这些信息包括当前的系统数据和进程的状态等。

输入命令后，屏幕上的显示如图 9-6 所示。

```
0.4% idle
Mem:   513804k av,  501128k used,   12676k free,       0k shrd,   1
62188k buff
                    373012k actv,       0k in_d,    7208k in_c
Swap:  522104k av,    4032k used,  518072k free                   2
01216k cached

  PID USER     PRI  NI  SIZE  RSS SHARE STAT %CPU %MEM   TIME CP
 2113 root      16   0 35740  16M   848 S     5.8  3.3   7:15   0
 2351 root      15   0 11984  11M  5208 S     0.9  2.3   0:22   0
 3411 root      19   0  1052 1052   844 R     0.9  0.2   0:00   0
    1 root      15   0   108   84    56 S     0.0  0.0   0:04   0
    2 root      15   0     0    0     0 SW    0.0  0.0   0:00   0
    3 root      15   0     0    0     0 SW    0.0  0.0   0:00   0
    4 root      34  19     0    0     0 SWN   0.0  0.0   0:00   0
    9 root      25   0     0    0     0 SW    0.0  0.0   0:00   0
    5 root      15   0     0    0     0 SW    0.0  0.0   0:01   0
    6 root      15   0     0    0     0 SW    0.0  0.0   0:00   0
    7 root      15   0     0    0     0 SW    0.0  0.0   0:05   0
```

图 9-6　top 命令显示进程情况

其中每一列显示了系统的详细信息，图 9-6 中开头几行的信息含义如下：

- uptime　显示当前时间、上次启动系统开始后运行的时间、激活用户的数目以及在经过 1 分钟、5 分钟和 15 分钟之内的 CPU 平均占用情况。

- Process　显示系统所有的进程，并把进程按挂起、运行、创建和停止分类。
- CPU states　统计被用户和系统占用的 CPU 状态。
- Mem　统计当前内存的占用状态。
- Swap　统计 swap 交换分区的占用情况。

在 top 命令中显示了进程的列表，其中包括的内容有：PID、用户、等级、nice 参数、所需的内存信息（SIZE、RSS、SHARE）、状态、CPU 占用的百分比、占用的内存信息、已用的计算机时间和各自的程序调用等。

关于 top 命令的详细使用信息，可以查看在线帮助。

通过 top 命令也可以监视特定用户，在执行 top 命令后，系统会监视所有的用户进程，如果想要监视某个用户的信息，只要按 U 键，然后再根据系统提示输入用户名即可。

显示结果自然就是该用户的进程信息。想了解更多查看进程信息的方法，可以参考 man 手册及其他相关的参考资料。

## 9.2　软件管理

在使用和维护系统的过程中，安装或者卸载软件是必须的操作，Red Hat 的程序包管理器就是用来完成这些工作的。Red Hat 发行版本的主要部分包括了一套 RPM（Redhat Package Manager）包，RPM 是一个强大的包管理器，可被用作安装、查询、校验、更新、删除以及建立以 RPM 格式的软件包。

使用 RPM 可以方便地维护所有安装的软件包的数据库，因此已安装的软件信息可以随时被获取。使用 RPM 可以单独升级系统中的某些部件而无须整个重新安装。当用户获得了一套基于 RPM 新版操作系统时，无须重新安装机器，而基于其他软件的打包机制则常常需要这么做。

RPM 允许智能、全自动地升级系统。包中的配置文件在升级过程中会予以保留，因此你不会丢失定制信息。RPM 拥有功能强大的查询选项，你可以搜索数据库来查询软件包或文件，还可以简便地查出某个文件属于哪个软件包或出自哪儿。RPM 软件包中的文件以压缩格式存放，拥有一个定制的二进制头文件，其中包含有关包和内容的有用信息，让你对单个软件包的查询更加简便、快捷。

RPM 的另一项强大的功能是进行软件包的验证。如果担心误删了某个软件包中的某个文件，你可以对它进行验证。任何非正常现象都将被通知。此时，如果需要的话，你可以重新安装该软件包。在重新安装过程中，所有被修改过的配置文件都将被保留。

### 9.2.1　Red Hat Linux 软件更新方法

Red Hat Linux 提供了多种更新系统的方法：使用 Red Hat 网络、使用在线勘误列表以及使用 Red Hat Linux 安装光盘等。

1. Red Hat 网络

Red Hat 网络是用来管理一个或多个 Red Hat Linux 系统的互联网解决方案，所有安全警告、错误修正警告以及增进警告（统称勘误警告）等许多信息，都可以从 Red Hat 网上直接下载。可以使用 Red Hat 更新代理工具，也可以通过访问 Red Hat 网站来下载：

http://rhn.redhat.com/

Red Hat 网络能够为用户节省时间，一旦有新软件包发行，用户就会立即收到电子邮件通知。用户不必为更新的软件包或安全警告而搜遍万维网。默认情况下，Red Hat 网络还能够自动安装这些软件包。用户不必学习如何使用 RPM，也不必为解决软件包的依赖关系而绞尽脑汁，RHN 全盘包办。

每个 Red Hat 网络账号都带有：

- 勘误警告　获悉何时通过基本界面为你的网络中所有系统发出安全警告、错误修正警告和增进警告。
- 自动电子邮件通知　向你的系统发出勘误警告时收到电子邮件通知。
- 调度的勘误更新　调度勘误更新的投递（还有自动安装的选项）。
- 安装软件包　只须单击按钮，就可以在一个或多个系统上调度软件包的安装。
- Red Hat 更新代理　使用 Red Hat 更新代理来为你的系统下载最新的软件包（还有安装软件包的选项）。
- Red Hat 网络网址　从任何计算机上通过安全万维网浏览器连接到 Red Hat 网站都可以下载单个软件包，以及调度勘误更新之类的任务。

### 2．Red Hat 网络注册与配置

用户可以免费在 Red Hat 网络上进行注册，如果购买了 Red Hat Linux 安装光盘，也会得到一个用户 ID，使用这个 ID 用户可以得到额外的网络服务支持。

选择【主菜单】|【系统工具】|【Red Hat network】命令就可以完成 Red Hat 网络注册与配置任务。启动程序如图 9-7 所示。

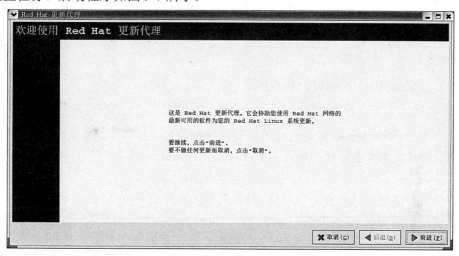

图 9-7　在 Red Hat 网上注册

如果你的系统还没有进行网络注册，则【Red Hat 更新代理】程序会自动通知用户进行网络注册。

图 9-8 是网络注册向导，通过它用户可以非常方便地进行网络注册。

图 9-8　网络注册

进行网络注册后，【Red Hat 更新代理】会要求你进行一些配置工作，比如运行【Red Hat 更新代理】的时间、方式以及对什么新工具包感兴趣等。图 9-9 是网络配置程序界面。

当完成 Red Hat 网络注册与配置后，就可以非常方便地使用 Red Hat 网络的各种资源了，可以得到新的安全信息、新的工具介绍等。

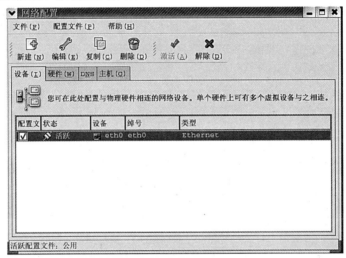

图 9-9　网络配置界面

### 3. 使用 Red Hat 网络

下面介绍使用 Red Hat 网络的基本步骤。

（1）创建一个系统档案

安装结束后，系统首次引导时运行的设置代理程序会引导用户把系统注册到 RHN 网络中。或者选择【主菜单】｜【系统工具】｜【Red Hat network】命令，也可以完成创建系统档案工作。

除了使用网络更新代理外，还可从 shell 提示中执行命令 up2date，同样可以实现在线更新系统。用户需要在 RHN 网站（http://rhn.redhat.com）上登录并进行注册后，才有权获得服务。每个人都会免费获得一个 Red Hat 网络账号，额外的账号则需要购买。

（2）通过网络进行更新

使用 RHN 网站调度更新，或使用【Red Hat 更新代理】下载并安装勘误更新。要获得详细说明，请阅读网站 http://www.redhat.com/docs/manuals/RHNetwork/上的 Red Hat 网络

User Reference Guide（用户参考指南）。

### 4．使用更新勘误软件包

推荐新用户使用 Red Hat 网络来下载和安装（或升级）软件包。对于较有经验的 Red Hat Linux 用户，我们推荐从 Red Hat Linux 的勘误网站上更新勘误软件包，这种方法要求用户手工解决软件依赖关系。软件依赖关系是指某个软件包的安装依赖于另一个软件包的安装情况。所有的安全警告、错误修正警告以及增进警告（统称勘误警告）都可以从 Red Hat 网站上下载，地址为 http://www.redhat.com/apps/support/errata/。

单击所使用的 Red Hat Linux 版本，可以查看所有可用的勘误列表；单击想应用的系统勘误警告，在每个勘误自己的网页上可找到关于更新软件包的指示。

Red Hat 公司测试并认可刊登在该网站的所有 RPM，但它并不保证从其他网站下载的 RPM 软件包。

### 5．安装光盘

使用安装光盘可以非常方便地安装光盘所带的各种工具，把安装光盘插入光驱，系统会自动打开文件管理器。在文件管理器屏幕中，单击/mnt/cdrom/Red Hat/RPMS。在右侧的文件中，可以寻找想要的软件包。

将安装光盘放入光驱，系统会提示你是否执行光盘自动播放工具，回答【是】后就会自动运行【软件包管理】工具。要启动【软件包管理】工具，可以选择【主菜单】｜【系统设置】｜【添加/删除应用程序】命令，也会启动同样的界面。

也可以在 shell 提示下启动，运行命令：

```
[root@localhost root]# redhat-config-packages
```

【软件包管理】工具会将软件包分类，比如 GNOME 桌面环境、编辑器等，单击每一类软件包的【细节】就会显示该类包括的所有软件包及其是否安装等信息。

图 9-10 就是软件包管理工具。

图 9-10　软件包管理

图 9-11 则是软件包细节的窗口。

图形化的软件包管理工具可以非常方便地安装 Red Hat Linux 提供的多种应用程序，但是如果想要安装其他的软件包（这也是 Linux 下最丰富的程序资源），就需要其他软件包安装方式。下一节将详细介绍如何使用 rpm 命令进行软件包管理，这种方法可以更灵活、方便地利用 Linux 下的多种丰富资源。

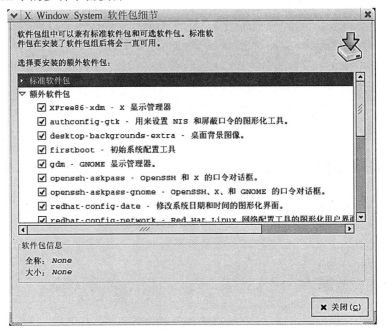

图 9-11　软件包细节

### 9.2.2　rpm 命令

rpm 命令使用 RPM 系统来安装、删除、升级、检验和建立.rpm 软件包。rpm 命令有 60 多种不同的命令行选项，该命令的一般形式为：

```
rpm  选项  软件包
```

基本的选项如下：

- -i　安装选定的程序包。
- -e　删除（移动）选定的程序包。
- -U　删除当前已安装的程序包，然后安装包含选定程序包的软件。
- -q　查询系统选定的程序包。
- -v　检验已安装或者选定的程序包。
- -h　让 rpm 安装时显示安装进度条，这可以监视系统安装进程。

### 9.2.3　使用 rpm 安装软件

RPM 软件包通常具有类似于 foo-1.0-1.i386.rpm 的文件名，其中包括软件包的名称（foo）、版本号（1.0）、发行号（1）和硬件平台（i386）。安装一个软件包只须简单地键入以下命令：

```
[root@localhost root]# rpm -ivh foo-1.0-1.i386.rpm
foo                       #####################################
```

正如你所看到的，RPM 将打印出软件包的名字（不一定与文件名相同），而后打印一连串的#号以表示安装进度。

软件包的安装被设计得尽量简单易行，但是可能发生几个错误。

### 1. 软件包已被安装

如果你的软件包已被安装，将会出现以下信息：

```
[root@localhost root]# rpm -ivh foo-1.0-1.i386.rpm
foo                 package foo-1.0-1 is already installed
error: foo-1.0-1.i386.rpm cannot be installed
```

如果你仍要安装该软件包，可以在命令行上使用--replacepkgs 选项，这将忽略该错误信息。

### 2. 文件冲突

如果你要安装的软件包中存在一个文件已在安装其他软件包时安装，则会出现以下错误信息：

```
[root@localhost root]#rpm -ivh foo-1.0-1.i386.rpm
foo            /usr/bin/foo conflicts with file from bar-1.0-1
error: foo-1.0-1.i386.rpm cannot be installed
```

要想让 RPM 忽略该错误信息，请使用--replacefiles 选项。

### 3. 未解决依赖关系

RPM 软件包可能依赖于其他软件包，也就是说要求在安装了特定软件包之后才能安装该软件包。如果在安装某个软件包时存在这种未解决的依赖关系，会产生以下信息：

```
[root@localhost root]# rpm -ivh bar-1.0-1.i386.rpm
failed dependencies:
foo is needed by bar-1.0-1
```

必须安装完所依赖的软件包，才能解决这个问题。如果想强制安装，请使用--nodeps 选项，但安装后的软件包未必能正常运行。

## 9.2.4 使用 rpm 命令完成卸载软件

卸载软件包可以使用如下形式：

```
[root@localhost root]# rpm -e foo
```

这里使用的是软件包的名字 foo，而不是软件包的文件名 foo-1.0-1.i386.rpm。如果其他软件包依赖于你要卸载的软件包，卸载时则会产生错误信息。如：

```
[root@localhost root]# rpm -e foo
removing these packages would break dependencies:
foo is needed by bar-1.0-1
```

要想 RPM 忽略该错误信息继续卸载，可以使用--nodeps 选项，但是造成依赖于该软件包的程序可能无法运行。

### 9.2.5 升级

升级软件包和安装软件包的过程十分相类：

```
[root@localhost root]# rpm -Uvh foo-2.0-1.i386.rpm
foo                    #################################
```

RPM 将自动卸载已安装的旧版本的 foo 软件包，你不会看到有关信息。事实上你可能总是使用-U 来安装软件包，因为即便以往未安装过该软件包，也能正常运行。RPM 执行智能化软件包升级，自动处理配置文件，你会看到如下信息：

```
saving /etc/foo.conf as /etc/foo.conf.rpmsave
```

表示你对配置文件的修改不一定能向上兼容于该软件包中的配置文件。因此，RPM 会备份旧文件，安装新文件。你应当尽快解决这两个配置文件的不同之处，以使系统能持续正常运行。

升级其实就是软件包的卸载与安装的综合，你可能遇见卸载或安装操作中可能发生的错误。还可能出现的情况是，当你使用旧版本的软件包来升级新版本的软件时，会产生以下错误信息：

```
[root@localhost root]# rpm -Uvh foo-1.0-1.i386.rpm
foo    package foo-2.0-1 (which is newer) is already installed
error: foo-1.0-1.i386.rpm cannot be installed
```

如果出于某种目的而坚持这样做，可使用 --oldpackage 命令行参数。

### 9.2.6 查询

使用命令 rpm -q 来查询已安装软件包的数据库。简单地使用命令 rpm -q foo 则会打印出 foo 软件包的包名、版本号和发行号。

```
[root@localhost root]# rpm -q foo
foo-2.0-1
```

除了指定软件包的名字以外，还可以连同-q 并使用以下选项来指明要查询哪些软件包的信息：

- -a    查询所有已安装的软件包。
- -f <file>    查询包含文件<file>的软件包。
- -p <packagefile>    查询软件包文件名为<packagefile>的软件包。

有几种方式来指定查询软件包时所显示的信息。以下选项用于选择你感兴趣的信息进行显示：

- -i    显示软件包信息，比如描述、发行号、尺寸、构建日期、安装日期、平台以及其他信息。
- -l    显示软件包中的文件列表。
- -s    显示软件包中所有文件的状态。
- -d    显示被标注为文档的文件列表（man 手册、info 手册、readme 等）。
- -c    显示被标注为配置文件的文件列表，它们也是在安装完毕以后要定制的文件（sendmail.cf、passwd、inittab 等）。

对于那些要显示文件列表的文件，你可以增加-v 选项以获得如同 ls -l 格式的输出。

### 9.2.7  验证

验证软件包是通过比较从软件包中安装的文件和软件包中的原始文件的信息来进行的。验证主要是比较文件的尺寸、MD5 校验码、文件权限、类型、属主和用户组等。

rpm-V 命令用来验证一个软件包，你可以使用任何包选择选项来查询你要验证的软件包。命令 rpm -V foo 用来验证 foo 软件包，比如验证包含特定文件的软件包。

```
[root@localhost root]#rpm -Vf /bin/vi
```

验证所有已安装的软件包：

```
[root@localhost root]#rpm -Va
```

根据一个 RPM 来验证某个软件包：

```
[root@localhost root]#rpm -Vp foo-1.0-1.i386.rpm
```

如果一切校验正常，则不会产生任何输出；如果有不一致的地方，就会显示出来。输出格式是 8 位长字符串，c 指配置文件，接着是文件名。8 位字符的每一个用以表示文件与 RPM 数据库中一种属性的比较结果，表示测试通过，其他字符则表示某种测试失败，例如：5（MD5 校验码）、S（文件尺寸）、L（符号连接）、T（文件修改日期）、D（设备）、U（用户）、G（用户组）以及 M（模式 e，包括权限和文件类型）。

如果有信息输出，则应当认真加以考虑，是删除，重新安装，还是修正已出现的问题。

### 9.2.8  图形化 RPM 软件包管理工具

图形化软件包管理工具需要在 XWindow 系统中运行。要启动这个程序，可以选择面板上的【主菜单】|【系统设置】|【添加/删除应用程序】命令，或者在 shell 提示下键入 redhat-config-packages 命令；图 9-12 为软件包管理工具的图形界面。

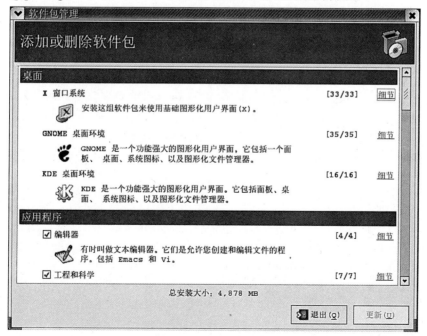

图 9-12  软件包管理工具

该界面和安装时所使用的界面相似。软件包被分成软件包组，每一组包含一列标准软件包和一列分享公用功能的额外软件包。例如，【图形化互联网】组包含万维网浏览器、电子邮件客户以及其他用来连接到互联网的程序。你不能删除标准软件包，除非整个软件包组都要被删除。只要软件包组被选中，其中的软件包才是你能够选择要安装或删除的可选软件包。

主菜单显示了软件包组的列表。如果软件包组旁边的复选框被选中，则说明该组当前已被安装。要查看其中的软件包列表，可以单击它旁边的【细节】按钮。带有选中符号的软件包当前已被安装。

### 1. 安装软件包

要安装软件包组中目前尚未安装的标准软件包，应选择它旁边的复选框。要定制软件包组中要安装的软件包，可以单击它旁边的【细节】按钮，一个包含标准和额外软件包的列表会显示出来，如图 9-12 所示。单击软件包名称会在窗口底部显示安装它所需的磁盘空间，选择它旁边的复选框会把它标记为要安装的软件包。

还可以从已安装的软件包组中选择单个软件包，方法是单击【细节】按钮，然后选择任意没有被安装的额外软件包。图 9-13 为选择单个软件包的界面。

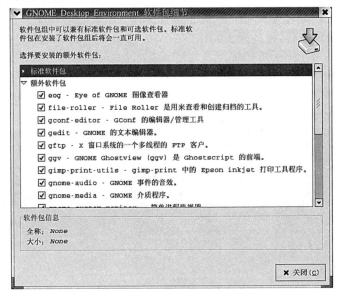

图 9-13　单个软件包的选择

选择要安装的软件包组和单个软件包后，单击主窗口上的【更新】按钮，程序会计算安装这些软件包所需的磁盘空间以及软件包依赖关系，并显示一个总结窗口。如果软件包依赖关系存在，那么它们会被自动添加到要安装的软件包列表中。可以单击【显示细节】按钮来查看要安装的软件包的完整列表，图 9-14 为软件包安装总结窗口。

单击【继续】按钮来启动安装进程。当它结束后，【更新完毕】消息会出现。

实际上，如果使用 Nautilus 来浏览计算机上的文件和目录，还可以用它来安装软件包。在 Nautilus 中，转到包含 RPM 软件包（它们通常以.rpm 结尾）的目录，然后双击 RPM 图标，即可开始安装。

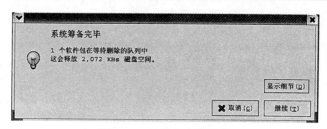

图 9-14　软件包安装总结

### 2. 删除软件包

要删除某个软件包组内的所有软件包，取消选择它旁边的复选框的选中状态。要删除单个软件包组，单击该软件包组旁边的【细节】按钮，然后取消选择单个软件包。

当选定了要删除的软件包后，单击主窗口中的【更新】按钮，程序会计算它会滕出的空闲空间以及软件包依赖关系。如果其他软件包依赖于你要删除的软件包，那么它们会被自动加入到要被删除的软件包列表中。可以单击【显示细节】按钮来查看要删除的软件包列表，单击【继续】按钮来启动删除进程。当它结束后，【更新完毕】窗口消息会出现。

可以同时进行软件包的安装和删除，方法是选择要安装或删除的软件包或软件包组，然后单击【更新】按钮。【系统筹备完毕】窗口会显示要安装和删除的软件包数量。

### 9.2.9　安装 tar 格式的软件包

在 Linux 下更加通用的一种软件安装方式是安装*.tar.gz/*.bz2 形式的二进制软件包，这类软件包是用 tar 工具来打包，并用 gzip/bzip2 压缩的，安装时需要先解压缩，然后按下面的步骤进行安装。

这类软件包为了能够在多种操作系统中使用，通常需要在安装时进行本地编译，然后产生可用的二进制文件。

（1）获得软件

应用软件可以从网上下载、购买安装光盘或者其他渠道，现在最主要的获得途径就是从网络上下载。

（2）解压缩

一般的 tar 包都会再做一次压缩，目的是使其更小、更容易下载。常见的是用 gzip 压缩，用命令 tar –xzvf*.tar.gz 就可以完成压缩和解包任务。

（3）阅读附带的 install 和 readme 文件

通常 tar 软件包中会包含名为 insatall 或 readme 的文件，以提示用户安装及编译的过程。

（4）执行./configure 命令为编译做准备

该步骤通常用来设置编译器及确定其他相关的系统参数。

（5）运行 make

经过./configure 步骤后，将产生用于编译用的 MakeFile，这时运行 make 命令，正式开始编译。根据软件的规模及计算机性能的不同，所需的时间也不同。

（6）执行 make install

该步骤将会将编译产生的可执行文件拷贝到正确的位置。

（7）清除临时文件

在编译、安装结束后，需要清除编译过程中产生的垃圾文件，此时可以运行命令 make clean。

安装后的命令如何执行，一般在 install 和 readme 文件中会有说明，通常产生的可执行文件会被安装到/usr/local/bin 目录下。

安装 tar 软件包需要用户自己编译安装源程序，虽然配置灵活，但容易出现许多问题，它适合于对 Linux 有一定经验的用户，一般不推荐初学者使用。

## 9.3 系统安全管理

Linux 应用范围的日益扩展，使其安全性越来越受到关注。安全性是一个复杂和广泛的问题，Linux 操作系统提供了用户账号、文件系统权限和系统日志文件等基本安全机制，如果这些安全机制配置不当，就会使系统存在安全隐患。因此，系统管理员必须小心地设置这些安全机制。

### 9.3.1 口令安全

Linux 系统中的/etc/passwd 文件含全部系统需要知道的每个用户的信息（加密口令的密文也可能存于/etc/shadow 文件中）。/etc/passwd 中包含用户的登录名、经过加密的口令、用户号、用户组号、用户注释、用户主目录和用户所用的 shell 程序。其中，用户号（UID）和用户组号（GID）用于 Linux 系统唯一标识用户和同组用户，以及用户的访问权限。

一个好的口令至少应当有 6 个字符，最好不要取用个人信息（比如生日、名字、反向拼写的登录名），普通的英语单词也不好（因为用字典攻击法容易破解）。口令最好含有一些非字母字符（比如数字、标点符号、控制字符等），并且要好记，不能写在纸上或计算机中的文件里。选择口令的一个好方法是将两个不相关的词用一个数字或控制字符相连，并截断为 8 个字符。

当然，如果你能记住 8 位乱码自然更好。不应在不同机器中使用同一个口令，特别是在不同级别的用户上使用同一口令。不要将口令存储于终端功能键或 Modem 的字符串存储器中。用户应定期改变口令，推荐 3 个月改变一次。系统管理员可以强制用户定期修改口令。为了防止眼明手快的人得到口令，在输入口令时应确认身边无人。

安装系统时默认的口令最小长度通常为 5，为了保证口令不易被猜测攻击，可增加口令的最小长度，至少等于 8。为此，需要修改文件/etc/login.defs 中参数 PASS_MIN_LEN。同时应限制口令使用时间，保证定期更换口令，建议修改参数 PASS_MIN_DAYS。

/etc/passwd 文件定义了 Linux 系统上存在的所有用户。可以通过输入 less /etc/passwd 来查看/etc/passwd 文件。/etc/passwd 中的每一行定义一个用户账户，这里有一个/etc/passwd

文件的示例行：

```
drobbins:x:1000:1000:Daniel Robbins:/home/drobbins:/bin/bash
```

可以看到，这一行中有相当多的信息。实际上，每个/etc/passwd 行由多个字段组成，每个字段用冒号隔开。第一个字段定义了用户名（drobbins），第二个字段包含一个 x。

在旧版 Linux 系统上，该字段包含一个用来认证的加密密码，但事实上现在所有的 Linux 系统将这个密码信息存储在另一个文件中。第三个字段（1000）定义了与该特殊用户相关联的数字用户标识，第四个字段（1000）将用户与一个特殊组关联起来；第五个字段包含该账户的文本描述，一般是用户的名称。第六个字段定义该用户的主目录，第七个字段指定用户缺省的 shell，当用户登录时，将自动启动的 shell。

/etc/passwd 中定义的用户账户比实际登录系统的用户账户多得多，因为不同的 Linux 组件使用用户账户来加强安全性。通常，这些系统账户有一个小于 100 的用户标识（uid），其中的很多系统账户都将像/bin/false 这样的程序列为缺省的 shell。因为/bin/false 程序什么也不做，只是返回一个错误码后便退出，以便有效阻止这些账户被用作登录账户，它们只供内部使用。

用户账户本身在/etc/passwd 中定义，同时 Linux 系统包含一个/etc/passwd 的同伴文件，叫做/etc/shadow。该文件不像 /etc/passwd，只有 root 用户才是可读的，并且包含加密的密码信息。/etc/shadow 里的信息类似：

```
drobbins:$1$12345678901234567890123456789012:11664:0:-1:-1:-1:0
```

每一行都为一个特殊的账户定义密码信息，同样每个字段用:隔开。其中第一个字段定义与 shadow 条目相关联的特殊用户账户，第二个字段包含一个加密的密码，其余的字段描述如下：

- 字段 3　自 1/1/1970 起，密码被修改的天数。
- 字段 4　密码将被允许修改之前的天数（0 表示可在任何时间修改）。
- 字段 5　系统将强制用户修改为新密码之前的天数（1 表示永远都不能修改）。
- 字段 6　密码过期之前，用户将被警告过期的天数（-1 表示没有警告）。
- 字段 7　密码过期之后，系统自动禁用账户的天数（-1 表示永远不会禁用）。
- 字段 8　该账户被禁用的天数（-1 表示该账户被启用）。
- 字段 9　保留供将来使用。

## 9.3.2　文件和目录许可

文件、目录许可权文件许可权可用于防止偶然地重写或删除一个重要文件。文件属性决定了文件的被访问权限，用 ls -l 可以列出详细的文件信息，例如：

```
-rw-r--r--  1 root  root  0 May 2 15:20 test.cron
```

输出信息中包括文件许可、文件联接数、文件所有者名、文件相关组名、文件长度、上次存取日期和文件名。其中文件许可分为四部分：第一个字符-表示文件类型，后面 3 个 rwx 分别表示文件属主、同组用户、其他用户的访问权限。若某种许可被限制则相应的字母换为-。改变许可权可用 chmod 命令，并以新许可和该文件名为参数。新许可以 3 位 8 进制数给出，r 为 4，w 为 2，x 为 1，比如 rw-r-xr--应的数字为 754。chmod 也有其他方式的参数可直接对某组参数修改。

在 Linux 系统中，目录也是一个文件，用 ls -l 列出时，目录的属性前面带一个 d。目录许可类似于文件许可，用 ls 列目录要有读许可，在目录中增删文件要有写许可，进入目录或将该目录作路径分量时要有执行许可，故要使用任意一个文件，必须具有该文件以及到该文件的路径上所有目录分量的相应许可。要打开一个文件时，文件的许可开始起作用，而 rm、mv 只要有目录的搜索和写许可，不需要文件的执行许可，这一点应注意。

使用 umask 可以为用户的文件和目录创建缺省屏蔽值，若将此命令放入.profile 文件就可以控制该用户后续创建文件的存取许可。umask 与 chmod 命令的作用正好相反，它告诉系统在创建文件时不给予存取许可。

如果不信任本组用户，可将 umask 设置为 022。确保自己的.profile 不被他人读写，暂存目录最好不要存放重要文件，home 目录任何人不可写。若不想让其他用户读文件或目录，就要使其不允许任何人读，可以将 umask 设置为 006 或 007。若不允许同组用户存取自己的文件和目录，则将 umask 设置为 077。

有几个相关命令的使用需要注意。用 cp 命令拷贝文件时，若目的文件不存在，则将同时拷贝源文件的存取许可。新拷贝的文件属拷贝用户所有，故拷贝别人的文件时应小心。用 mv 命令移动文件时，新移动的文件存取许可与原文件相同，mv 仅改变文件名。cpio 命令用于将目录结构拷贝到一个普通文件中，然后再用 cpio 命令将该普通文件转化成目录结构。应小心使用该命令，因为它能覆盖不在当前目录结构中的文件，用 t 选项可以先列出要拷贝的文件。

### 9.3.3 一些常用的安全措施

总结上面的学习，要使 Linux 系统变得可靠，可以采取一些常用的措施。

1. BIOS Security

给 BIOS 设置密码，以防止从 BIOS 中改变启动顺序，例如从软盘启动。这样可以阻止别人试图用特殊的启动盘启动系统，还可以阻止别人进入 BIOS 改动其中的设置。

2. LILO Security

在/etc/lilo.conf 文件中加入 3 个参数 time-out、restricted 和 password，可以使系统在启动 lilo 时要求密码验证。

（1）编辑 lilo.conf 文件（vi /etc/lilo.conf），加入或改变这 3 个参数。

```
boot=/dev/hda
map=/boot/map
install=/boot/boot.b
time-out=00      #把这行改为00
prompt
Default=linux
restricted       #加入这行
password=        #加入这行并设置自己的密码
image=/boot/vmlinuz-2.2.14-12
label=linux
```

```
initrd=/boot/initrd-2.2.14-12.img
root=/dev/hda6
read-only
```

（2）因为/etc/lilo.conf 文件中包含明文密码，所以要把它设置为 root 可读取。

```
[root@localhost root]# chmod 600 /etc/lilo.conf
```

（3）更新系统，以便对/etc/lilo.conf 文件的修改起作用。

```
[root@localhost root]# /sbin/lilo -v
```

（4）使用 chattr 命令使/etc/lilo.conf 文件变为不可改变。

```
[root@localhost root]# chattr +i /etc/lilo.conf
```

这样可以防止对/etc/lilo.conf 的任何改变。

### 3．删除所有的特殊账户

应该删除所有不用的缺省用户和组账户（比如 lp、sync、shutdown、halt、news、uucp、operator、games 以及 gopher 等）。

删除用户：

```
[root@localhost root]# userdel LP
```

删除组：

```
[root@localhost root]# groupdel LP
```

### 4．选择正确的密码

修改密码长度，安装 Linux 时默认的密码长度是 5 个字节，要把它设为 8。修改最短密码长度需要编辑 login.defs 文件（vi /etc/login.defs），把下面和行：

```
PASS_MIN_LEN    5
改为：
PASS_MIN_LEN    8
```

### 5．打开密码的 shadow 支持功能

应该打开密码的 shadow 功能来对 password 加密，可以使用/usr/sbin/authconfig 工具打开 shadow 功能。如果想把已有的密码和组转变为 shadow 格式，可以分别使用 pwcov,grpconv 命令。

### 6．root 账户

在 UNIX 系统中 root 账户是具有最高特权的。如果系统管理员在离开系统之前忘记注销 root 账户，则系统会自动注销。通过修改账户中 TMOUT 参数，可以实现此功能。TMOUT 按秒计算。编辑你的 profile 文件（vi /etc/profile），在"HISTFILESIZE="后面加入下面这行：

```
TMOUT=3600
```

3600 表示 3600 秒，也就是 1 小时。这样，如果系统中登录的用户在一个小时内都没有动作，那么系统会自动注销这个账户。可以在个别用户的.bashrc 文件中添加该值，以便系统对该用户实行特殊的自动注销时间。改变这项设置后，必须先注销用户，再用该用户登录才能激活这个功能。

### 7. 取消普通用户的控制台访问权限

应该取消普通用户的控制台访问权限，比如 shutdown、reboot、halt 等命令。

```
[root@localhost root]#rm -f /etc/security/console.apps/
```

### 8. 取消并反安装所有不用的服务

取消并反安装所有不用的服务。查看/etc/inetd.conf 文件，通过注释取消所有不需要的服务（在该服务项目之前加一个#），然后用 sighup 命令升级 inetd.conf 文件。

（1）更改/etc/inetd.conf 权限为 600，只允许 root 来读写该文件。

```
[root@localhost root]#chmod 600 /etc/inetd.conf
```

（2）确定/etc/inetd.conf 文件所有者为 root。

（3）编辑/etc/inetd.conf 文件（vi /etc/inetd.conf），取消一些服务（按照需要取舍，例如 ftp、telnet、shell、login、exec、talk、ntalk、imap、pop-2、pop-3、finger 以及 auth 等）。把不需要的服务关闭，可以使系统的危险性降低很多。

（4）给 inetd 进程发送一个 HUP 信号。

```
[root@localhost root]#killall -HUP inetd
```

（5）用 chattr 命令把/ec/inetd.conf 文件设为不可修改，这样就没人可以修改它了。

```
[root@localhost root]#chattr +i /etc/inetd.conf
```

这样可以防止对 inetd.conf 的任何修改，唯一可以取消这个属性的人只有 root。如果要修改 inetd.conf 文件，首先要取消不可修改性质。

```
[root@localhost root]#chattr -i /etc/inetd.conf
```

修改后别忘了再把它的性质改为不可修改。

### 9. TCP_WRAPPERS

使用 TCP_WRAPPERS 可以使系统安全面对外部入侵。最好的策略是阻止所有的主机（在/etc/hosts.deny 文件中加入 ALL: ALL@ALL, PARANOID），然后再在/etc/hosts.allow 文件中加入所有允许访问的主机列表。

（1）编辑 hosts.deny 文件（vi /etc/hosts.deny），加入下面的行。

```
# Deny access to everyone.
ALL: ALL@ALL, PARANOID
```

表明除非该地址包括在允许访问的主机列表中，否则阻塞所有的服务和地址。

（2）编辑 hosts.allow 文件（vi /etc/hosts.allow），加入允许访问的主机列表。

```
ftp: 202.54.15.99 foo.com
```

202.54.15.99 和 foo.com 是允许访问 ftp 服务的 IP 地址和主机名称。

（3）tcpdchk 程序是 tepd wrapper 设置检查程序，用来检查 tcp wrapper 设置，并报告发现的潜在的和真实的问题。设置完后，运行下面这个命令。

```
[root@localhost root]#tcpdchk
```

### 10. 禁止系统信息暴露

当有人远程登录时，禁止显示系统欢迎信息。可以通过修改/etc/inetd.conf 文件来达到这个目的。把/etc/inetd.conf 文件下面这行：

```
telnet  stream  tcp    nowait root   /usr/sbin/tcpd in.telnetd
```

修改为：

```
telnet stream tcp    nowait  root    /usr/sbin/tcpd in.telnetd -h
```

在最后加-h 可以使当有人登录时只显示一个 login:提示，而不显示系统欢迎信息。

## 11. 修改/etc/host.conf 文件

/etc/host.conf 说明如何解析地址。编辑/etc/host.conf 文件（vi /etc/host.conf），加入下面这行：

```
# Lookup names via DNS first then fall back to /etc/hosts.
order bind,hosts
# We have machines with multiple IP addresses.
multi on
# Check for IP address spoofing.
nospoof on
```

第一项设置首先通过 DNS 解析 IP 地址，然后通过 hosts 文件解析。第二项设置检测/etc/hosts 文件中的主机是否拥有多个 IP 地址（比如有多个以太口网卡）。第三项设置说明应注意对本机未经许可的电子欺骗。

## 12. 使/etc/services 文件免疫

使/etc/services 文件免疫，防止未经许可的删除或添加服务。

```
[root@localhost root]#chattr +i /etc/services
```

## 13. 不允许从不同的控制台进行 root 登录

/etc/securetty 文件允许你定义 root 用户可以从哪个 TTY 设备登录。你可以编辑/etc/securetty 文件，在不需要登录的 TTY 设备前添加#标志，以禁止从该 TTY 设备进行 root 登录。

## 14. 禁止任何人通过 su 命令改变为 root 用户

su 命令允许当前用户成为系统中其他已存在的用户。如果不希望任何人通过 su 命令改变为 root 用户或者对某些用户限制使用 su 命令，可以在 su 配置文件（在/etc/pam.d/目录下）的开头添加下面两行：

```
auth sufficient /lib/security/pam_rootok.so debug
auth required /lib/security/Pam_wheel.so group=wheel
```

这表明只有 wheel 组的成员可以使用 su 命令成为 root 用户。可以把用户添加到 wheel 组，使他可以使用 su 命令成为 root 用户。

## 15. shell logging

bash shell 在~/.bash_history（~/表示用户目录）文件中保存了 500 条使用过的命令，这样可以使输入使用过的长命令变得容易。每个在系统中拥有账号的用户在自己的目录下都有一个.bash_history 文件。bash shell 应该保存少量的命令，并且在每次用户注销时把这些历史命令删除。

（1）在 /etc/profile 文件中，HISTFILESIZE 和 HISTSIZE 行用于确定所有用户

的.bash_history 文件中可以保存的旧命令的条数。强烈建议把/etc/profile 文件中的 HISTFILESIZE 和 HISTSIZE 行的值设为一个较小的数，比如 30。编辑 profile 文件（vi /etc/profile），把下面这行改为：

```
HISTFILESIZE=30
HISTSIZE=30
```

表示每个用户的.bash_history 文件只可以保存 30 条旧命令。

（2）网络管理员还应该在/etc/skel/.bash_logout 文件中添加如下一行：

```
rm -f $HOME/.bash_history
```

这样，当用户每次注销时，.bash_history 文件都会被删除。

### 16．禁止 Control-Alt-Delete 键盘关闭命令

在/etc/inittab 文件中注释掉下面这行（使用#）：

```
ca::ctrlaltdel:/sbin/shutdown -t3 -r now
```

改为：

```
#ca::ctrlaltdel:/sbin/shutdown -t3 -r now
```

为了使这项改动起作用，输入下面的命令：

```
[root@localhost root]#/sbin/init q
```

### 17．给/etc/rc.d/init.d 下 script 文件设置权限

给执行或关闭启动时执行的程序的 script 文件设置权限。

```
[root@localhost root]#chmod -R 700 /etc/rc.d/init.d/*
```

这表示只有 root 才允许读、写、执行该目录下的 script 文件。

### 18．隐藏系统信息

在缺省情况下，当登录 Linux 系统后，它会打印 Linux 发行版的名称、版本、内核版本、服务器的名称。对于黑客来说，这些信息足够它入侵系统了，所以应该只给它显示一个 login:提示符。

（1）编辑/etc/rc.d/rc.local 文件，在下面显示的这些行前面分别加一个#，把命令作为输出信息注释掉。

```
# This will overwrite /etc/issue at every boot.  So, make any changes you
# want to make to /etc/issue here or you will lose them when you reboot.
#echo "" > /etc/issue
#echo "$R" >> /etc/issue
#echo "Kernel $(uname -r) on $a $(uname -m)" >> /etc/issue
#
#cp -f /etc/issue /etc/issue.net
#echo >> /etc/issue
```

（2）删除/etc 目录下的 isue.net 和 issue 文件。

```
[root@localhost root]#rm -f /etc/issue
[root@localhost root]#rm -f /etc/issue.net
```

### 19．禁止使用的 SUID/SGID 程序

如果一个程序被设置成 SUID root，那么普通用户就可以 root 身份来运行这个程序。网

管应尽可能少使用 SUID/SGID 程序，并禁止所有不必要的 SUID/SGID 程序。

查找 root-owned 程序中使用 s 位的程序：

```
[root@localhost root]#find / -type f \( -perm -04000 -o -perm -02000 \) \-exec ls
-lg {} \;
```

用下面命令禁止选中的带有 s 位的程序：

```
[root@localhost root]#chmod a-s [program]
```

根据上面这些安全指导方针进行设置后，系统管理员就会拥有一个基本安全的系统了。上面这些工作有些是持续的过程，网管要不断进行这些工作，以保持系统的安全性。

## 9.4　硬件管理

Red Hat Linux 提供了许多详尽的硬件管理工具，例如可以浏览系统硬件设备的【硬件浏览器】，可以管理硬盘设备的挂载工具及检测系统声卡的检测工具等。为了解和管理机器中的硬件设备，带来极大的方便。

### 9.4.1　硬件浏览器

使用硬件浏览器可以查看系统中硬件的许多相关信息，不仅有系统设备型号，还有硬件工作的状态等信息。在这个工具中，还可以检查系统中硬件的故障情况。

#### 1. 启动硬件浏览器

从桌面主菜单启动硬件浏览器，选择【主菜单】|【系统工具】|【硬件浏览器】命令，就可以启动图 9-15 所示的窗口界面。

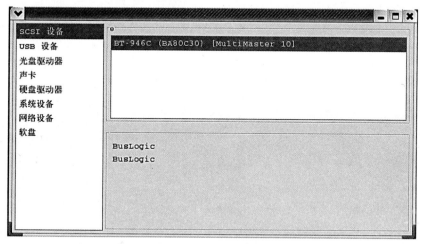

图 9-15　硬件浏览器

从 shell 提示中启动硬件浏览器，可以使用如下命令：

```
[root@localhost root]#hwbrowser
```

#### 2. 使用硬件浏览器

硬件浏览器显示了 SCSI 设备、USB 设备、光盘驱动器、声卡、硬盘驱动器、系统设备、网络设备、视频卡、软盘等几类设备的信息。选中每一类设备后，工具都会根据不同的类型，在窗口界面中显示相应的硬件信息。图 9-15 中就显示了 SCSI 设备情况，并且在下面描述区域内，介绍了 SCSI 设备的制造商、驱动程序。

硬件浏览器只提供对硬件信息的显示功能，并没有提供修改及控制硬件的功能，如果想控制、管理某一硬件设备，可以寻找其他相应的工具。同时，可以利用这个工具查看重新配置硬件后的情况。

### 9.4.2 存储设备管理

#### 1．使用光盘

光盘格式是一种发行大型软件程序和多媒体演示的常用方法。一般可从销售点购买软件所使用光盘。本节将解释如何在 Red Hat Linux 系统下使用光盘。

（1）挂卸光盘

默认情况下，如果光盘被插入到驱动器中，Red Hat Linux 会自动检测到。然后，该光盘会被挂载，文件管理器就会打开一个窗口，以展示光盘驱动器中的内容。

（2）在文件管理器中使用光盘

默认情况下，光盘会被自动挂载，文件管理器还会自动打开一个窗口，以展示该光盘的内容。

图 9-16 显示的是 Nautilus 文件管理器中显示的光盘内容。

图 9-16　Nautilus 显示的光盘内容

桌面上还会出现一个光盘图标，你可以使用这个图标来卸载和弹出光盘。右击图标可以看到所有可用的选择。比如，要卸载并弹出光盘，就在菜单上选择【弹出】命令。

（3）在 shell 提示下使用光盘

还可以手工在 shell 提示下挂载和卸载光盘。在光盘驱动器中插入一张光盘，打开 shell 提示，然后键入以下命令：

```
[root@localhost root]#mount /mnt/cdrom
```

（4）查看光盘

当光盘被挂载到系统中以后，便可以用文件管理器来使用它了。比如，如果在 KDE 环境下使用 Konqueror，则可以通过单击桌面上的图标，然后在位置栏内键入/mnt/cdrom 来访问光盘。

图 9-17 显示了 Konqueror 文件管理器中显示的光盘内容。

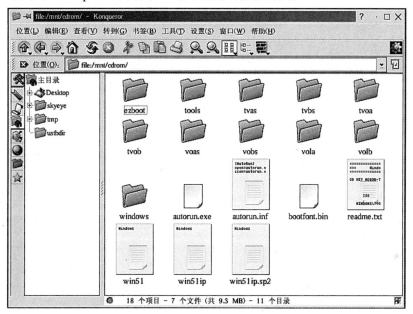

图 9-17　Konqueror 显示光盘内容

在光盘上工作完毕后，你必须在把它从驱动器内弹出之前卸载它。关闭所有使用光盘的应用程序或文件管理器，然后在 shell 提示下键入以下命令：

```
[root@localhost root]#umount /mnt/cdrom
```

现在，你可以安全地按光盘驱动器上的弹出按钮来取出光盘了。如果没有进行卸载操作，你会发现打不开光盘驱动器。

2. 使用优盘

优盘又称 U 盘，这个名称并不准确，主要指使用 USB 接口的移动硬盘设备，主要有两种：使用 Flash 存储器作为载体的可读写设备（又称为闪盘）和使用笔记本的移动硬盘设备。前者小巧耐用，不怕震动和摔打，而且重量很轻，缺点是容量较小，常用来在不同机器间转文件；后者因为使用笔记本电脑硬盘，体积稍大一些，通常有数十 GB，使用也比较方便，常用作电脑文件的备份。

随着优盘价格不断下降，容量大、方便适用的优盘已经逐渐代替软盘而承担交换文件的任务。如果想在 Linux 下体验优盘，不用担心，Linux 内核中早已实现了对 USB 硬盘的支持。

（1）查看系统内核是否支持

首先，优盘的使用需要 Linux 内核在 2.4.X 以上，这是因为 Linux 中硬件驱动被编译在内核中，内核不支持 USB 就无法使用。现在不成问题，因为 Red Hat Linux 早在 7.2 版本中就支持了优盘。

（2）找到设备名

Linux 不同于 Windows，它将不同的分区都当成一个设备，使用前需要挂载 mount，用完后需要 umount。前面已经介绍了 mount 软盘和光盘，使用 U 盘也类似。使用 mount 需要知道设备名，也就是它在/dev/下的名称。

有的 Linux 系统将优盘视为普通 IDE 设备，因此设备名为/dev/hde*，*是数字，有的系统认为 U 盘是 SCSI 设备，设备名为 sda*。

如果不清楚，可以在 shell 提示下使用命令：

```
[root@localhost root]#dmesg | more
```

或者在显示结果中找到：

```
SCSI device sda 62720 512-byte hdwr sectors(128M)
sda:Write protect is off
sda:sda1
```

这样就可以确定系统将它认为是 SCSI 设备，其中 128M 是容量，sda:sda1 显示系统中分配的设备名为 sda1，如果有多个分区，则显示为 sda1, sda2, … Red Hat Linux 将优盘认为是 SCSI 设备，所以一般都是 sda1。

（3）挂载

下面需要为设备建立一个空目录，比如/mnt/usb。然后将设备 mount 到该目录下，可以像使用本地硬盘一样。

```
[root@localhost root]#mkdir  /mnt/usb
[root@localhost root]#mount -t vfat /dev/sda1 /mnt/usb
```

在这里用-t vfat 指定 U 盘所使用的分区类型是 Windows 分区格式。

```
[root@localhost root]#cd /mnt/usb
[root@localhost root]#ls
filename1
filename2
...
```

用完后，一定要卸载，如果直接拨出，可能会破坏 U 盘上的数据。卸载前需要离开/mnt/usb 目录，并且确认没有程序还在使用这个目录，否则会卸载失败。

```
[root@localhost root]#umount /mnt/usb
```

每次使用 U 盘都输入一串命令，不够方便，不妨试试下面的方法。

在系统文件分区文件/etc/fstab 中，增加如下行：

```
/dev/sda1 /mnt/usb    vfat       default,codepage=936,isocharset =cp936  0  0
```

以后使用优盘就方便多了，可以直接在 shell 提示符中挂卸，输入命令：

```
[root@localhost root]#mount /mnt/usb
```

或者使用硬盘管理工具，挂卸优盘，如图 9-18 所示。

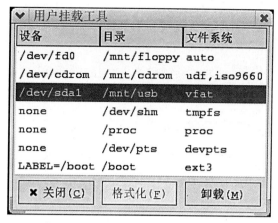

图 9-18　使用挂载工具

### 9.4.3　声音和显卡管理

选择【主菜单】|【系统设置】|【声卡检测】命令，出现图 9-19 所示的声卡配置工具。选择【主菜单】|【系统设置】|【显示】命令，出现图 9-20 所示的显卡和显示器的配置工具。

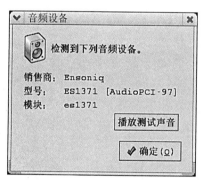

图 9-19　声卡配置工具

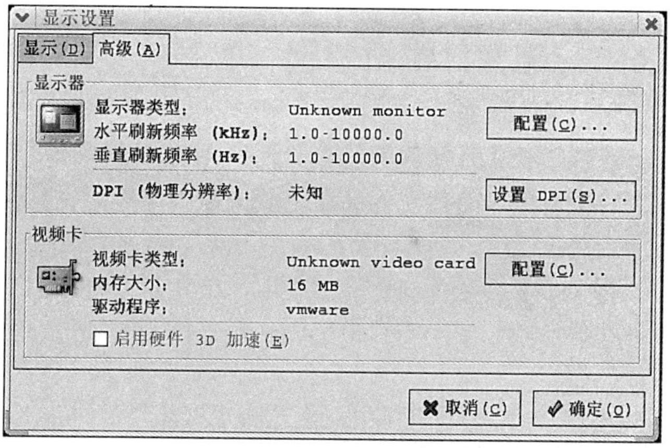

图 9-20　显卡、显示器配置工具

如果改变了显示设置，则系统要求用户重新启动 X 服务器。一般用户并不需要重新启动系统，只要使用主菜单的【注销】，注销当前用户后，重新进行用户验证就可以使用改变后的显示特性。

如果不能在图形系统中完成声卡和显卡的设置，还可以在字符界面下使用 setup 命令，然后进行设置。

### 9.4.4　网络设备管理

网络设备控制工具不仅可以添加网卡、Modem 等网络设备，还可以设置网络设备是否能够使用，以及其他一些设备的功能。

要启动网络设备控制工具，选择【主菜单】|【系统设置】|【网络设备控制】命令，

启动后如图 9-21 所示。

图 9-21　网络设备控制

　　硬件管理部分只是简要介绍了几个常用的图形界面，因为硬件的管理非常复杂，容易遇到许多问题，需要用户了解较多的系统以及计算机硬件知识，所以不推荐初学者使用。

# 9.5　日志文件系统管理

　　系统记录文件又称为日志文件，它可以让管理员掌握系统状态，在发生问题需要分析原因时很有用。这些文件一般记载了系统运行的详细情形，例如已经启动的服务、进程以及用户登录情况。

　　在上一节介绍查询曾经登录用户信息时，就介绍了 wmtp 日志文件，该文件是用来记录曾经登录到系统的用户记录。Linux 提供了非常强大的系统日志文件系统，可以查看多种系统信息。

## 9.5.1　日志文件目录

　　通常，Linux 日志文件存放在/var/log 目录下，进入该目录可以查看其中包括的日志文件。对于/var 文件系统，适合存放经常改变而不要求读写速度的文件，这正是日志文件的特点。

### 1．日志目录结构

　　图 9-22 是/etc/log 目录中包括的日志文件及其日志目录。

　　从图 9-22 中可以看到，其中包括了许多日志文件（比如系统启动日志 boot.log、系统消息记录 dmesg 等）。

### 2．查看日志

　　在 Linux 系统中，虽然常常有些日志文件是以二进制形式存放的（比如 wtmp 文件），

但是使用普通文本编辑器来查看它们则是一堆乱码；大多数日志文件可以直接查看。图 9-23
显示了/var/log/dmesg 文件的部分内容。

该文件记录的是系统内核的输出信息。想查看在开机时系统执行了什么任务以及有无
错误信息，就可以查看这个文件。

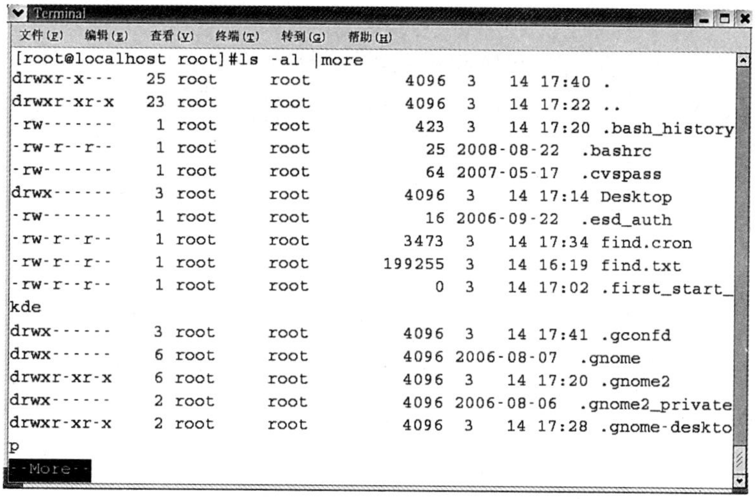

```
Terminal                                                              _ □ ×
文件(F)  编辑(E)  查看(V)  终端(T)  转到(G)  帮助(H)
[root@localhost root]#ls -al |more
drwxr-x---   25 root       root          4096   3    14 17:40 .
drwxr-xr-x   23 root       root          4096   3    14 17:22 ..
-rw-------    1 root       root           423   3    14 17:20 .bash_history
-rw-r--r--    1 root       root            25 2008-08-22 .bashrc
-rw-------    1 root       root            64 2007-05-17 .cvspass
drwx------    3 root       root          4096   3    14 17:14 Desktop
-rw-------    1 root       root            16 2006-09-22 .esd_auth
-rw-r--r--    1 root       root          3473   3    14 17:34 find.cron
-rw-r--r--    1 root       root        199255   3    14 16:19 find.txt
-rw-r--r--    1 root       root             0   3    14 17:02 .first_start_
kde
drwx------    3 root       root          4096   3    14 17:41 .gconfd
drwx------    6 root       root          4096 2006-08-07 .gnome
drwxr-xr-x    6 root       root          4096   3    14 17:20 .gnome2
drwx------    2 root       root          4096 2006-08-06 .gnome2_private
drwxr-xr-x    2 root       root          4096   3    14 17:28 .gnome-deskto
p
--More--
```

图 9-22   /etc/log 目录结构

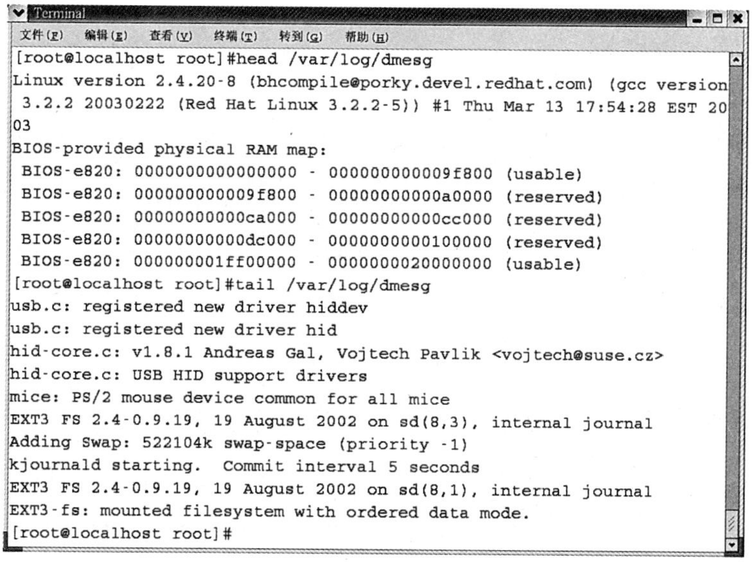

```
Terminal                                                              _ □ ×
文件(F)  编辑(E)  查看(V)  终端(T)  转到(G)  帮助(H)
[root@localhost root]#head /var/log/dmesg
Linux version 2.4.20-8 (bhcompile@porky.devel.redhat.com) (gcc version
 3.2.2 20030222 (Red Hat Linux 3.2.2-5)) #1 Thu Mar 13 17:54:28 EST 20
03
BIOS-provided physical RAM map:
 BIOS-e820: 0000000000000000 - 000000000009f800 (usable)
 BIOS-e820: 000000000009f800 - 00000000000a0000 (reserved)
 BIOS-e820: 00000000000ca000 - 00000000000cc000 (reserved)
 BIOS-e820: 00000000000dc000 - 0000000000100000 (reserved)
 BIOS-e820: 000000001ff00000 - 0000000020000000 (usable)
[root@localhost root]#tail /var/log/dmesg
usb.c: registered new driver hiddev
usb.c: registered new driver hid
hid-core.c: v1.8.1 Andreas Gal, Vojtech Pavlik <vojtech@suse.cz>
hid-core.c: USB HID support drivers
mice: PS/2 mouse device common for all mice
EXT3 FS 2.4-0.9.19, 19 August 2002 on sd(8,3), internal journal
Adding Swap: 522104k swap-space (priority -1)
kjournald starting.  Commit interval 5 seconds
EXT3 FS 2.4-0.9.19, 19 August 2002 on sd(8,1), internal journal
EXT3-fs: mounted filesystem with ordered data mode.
[root@localhost root]#
```

图 9-23   日志文件 dmesg 部分内容

### 9.5.2  记录消息种类与格式

在此简单介绍日志信息的种类与常用的格式，用户可以通过/etc/syslog.conf 定义符合自
己系统特点的日志文件设置。

#### 1. 记录种类与优先权

除了系统默认记录的信息外，用户可以根据不同情况，设置日志条件。系统提供了多

种信息可供记录，称之为消息，表 9-2 给出了不同类型消息的含义，它们的组合构成了系统的日志文件系统。

每一种信息都可以按重要性区分等级，等级代表系统优先权，也就是重要的信息拥有更高的优先权，能够先被处理。表 9-3 列出了优先级。

表 9-2　记录消息代表含义

| 消息类型 | 意　义 |
|---|---|
| Authpriv | 用户登录系统的信息，包括管理者 |
| Cron | 计时器的信息 |
| Daemon | 各种常驻服务 |
| Kern | 系统内核 |
| Local7 | 开机时系统启动信息 |
| Lpr | 打印命令信息 |
| Mail | 电子邮件信息 |
| News | 新闻服务器信息 |
| User | 用户信息 |
| Uucp | Unix-to-Unix Copy 协议信息 |

表 9-3　优先权级代表的意义

| 优先顺序 | 意　义 |
|---|---|
| Emerg | 紧急信息，系统出现严重故障 |
| Alert | 警报信息，需要立刻处理的情况 |
| Crit | 临界信息，系统处于事故前的临界点 |
| Err | 错误信息，系统发生一般信息 |
| Warn | 警告信息 |
| Notice | 提醒信息 |
| Info | 一般信息 |
| Debug | 调试信息 |
| * | 记录全部信息 |
| None | 全部信息都不记录 |

从上到下表示系统优先权级别从高到低。

2. 设置文件内容格式

了解信息的类型与优先权之后，下面简要介绍/etc/syslog.conf 配置文件。如下显示了一个文件实例：

```
1  #kern.*                           /dev/console
2  *.info;mail.none;authpriv.none;cron.none    /var/log/messages
3  authpriv.*                        /var/log/secure
4  mail.*                            /var/log/maillog
5  cron.*                            /var/log/cron
6  *.emerg                           *
```

```
7  uucp,news.crit                    /var/log/spooler
8  local7.*                          /var/log/boot.log
```

为了说明问题，这里将配置文件编上了行号，并且去掉了其中的说明。

在第 1 行里，虽然前面加了#号表示这行配置无效，但在这里表示不能够更改，即内核的所有记录被发往控制台。这当然是最高级别的警告，需要管理员立即处理。

第 2 行表示把所有优先权级高于"一般信息"的事件信息，发送到/var/log/messages 文件中，但 mail、authpriv、cron 三个类型除外。

第 6 行的*.emerg 表示将紧急信息发送给当前系统中的所有用户。

其他行的意义也都会在相应位置上的注释上说明，这里不再赘述。用户还可以根据自己的应用情况，修改这些配置。比如，想让系统发出警报信息时，就将该信息传给名为 logd 的主机。增加一行：

```
kern.alert                          @logd
```

这样就可以实现网络远程监控。在网络中使用 logd 主机，可以存储多台网络主机的日志信息，大大增强了系统的安全性。

掌握了日志文件的配置及使用，就会了解如何清除不需要的日志文件以及保存有价值的信息，不会浪费大量的磁盘空间去记录没有意义的事情。

# 第 10 章　文件系统管理

## 10.1　Linux 文件系统概述

现代的计算机系统，数据都是以文件的形式存放在磁盘上，组织文件的各种方法便称为不同的文件系统。用户使用计算机时也会习惯性地先看一看磁盘上的文件。Linux 文件系统设计与其同一时期的其他操作系统相比具有许多新的创意，可以称得上是独树一帜，它的设计思想对于以后的许多操作系统有着极为深远的影响。Linux 支持多种文件系统，使之能够与不同的操作环境实现资源共享，这也是 Linux 作为网络操作系统的明显优势。

### 10.1.1　Linux 文件系统

Linux 文件系统是从 UNIX 文件系统发展而来的。UNIX 对计算机技术的主要贡献之一就是它的文件系统设计。在 UNIX 中，文件管理是相当灵活、高效的，因此 UNIX 文件系统已被多种后来的操作系统（比如 DOS、Windows）广为采纳。

UNIX 提供了一种树型层次的目录结构，文件通常是数据的一个容器，而目录是文件或其他目录的容器，一个目录包含的另一个目录通常称为子目录。UNIX 文件系统与文件柜十分相似，整个文件系统就像一个文件柜，文件柜包含所有的抽屉、文件夹和报表，抽屉同子目录一样能够包含文件和文件夹。当一个文件夹包含报表时，它就像一个子目录。报表代表一个文件，因为它存储实际的数据。

#### 1. 文件系统结构

在 UNIX 系统中，文件被视为无结构的字符流，而文件系统是由一组文件和存放这些文件的磁盘组成的。每个物理磁盘可以包含一个或者多个文件系统。把一个磁盘分为几个文件系统，可以使管理人员或用户易于管理存储在那儿的数据。

系统核心在逻辑上只涉及文件系统，而不涉及磁盘，可以把每个文件系统都当作由一个逻辑设备号标识的逻辑设备。由磁盘驱动程序实现逻辑设备（即文件系统）与物理设备（物理磁盘）地址间的转换。

UNIX 文件系统具有的结构：引导块（boot block）、超级块（super block）、索引节点表（inode list）、数据块（data block）。

- ■ 引导块（boot block）　占据文件系统的开头，是一个扇区（sector），含有系统的引导代码。虽然引导系统只需要一个引导块，但是每个文件系统都有一个引导块。
- ■ 超级块（super block）　描述文件系统的状态，包括文件系统的大小（其准确性依赖于具体的文件系统而定），能够存储多少文件，在文件系统何处可以找到空闲空间，以及其他相关信息。

■　索引节点表（inode list）　一张索引节点的表，跟在超级块的后面。当配置一个文件系统时，系统管理员需要指明索引节点表的大小。核心通过索引来访问索引节点表中索引节点，其中有一个索引节点就是文件系统的根索引节点。在执行系统调用命令 mount 之后，该文件系统的目录结构就可以从这个根索引节点开始进行存取了。

■　数据块（data block）　在索引节点表结束之后开始，并且保护文件数据与管理数据。一个已被分配的数据块能且仅能属于文件系统中的一个文件。

### 2．索引节点（inode）与目录

文件系统中的每个文件都有一个唯一的索引节点，用于描述文件的类型、存取信息和位置信息等。

索引节点以静止形态存储于磁盘上，内核把它们读进内存索引节点表中以操作它们。图 10-1 显示了索引节点与磁盘块的关系。

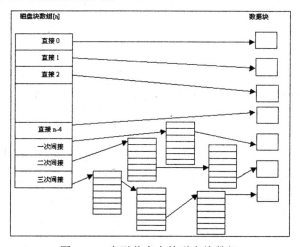

图 10-1　索引节点中的磁盘块数组

在 UNIX 系统中，目录是使文件系统具有树型结构的那些文件。目录文件的数据是一系列登记项（entry），每个登记项由一个索引节点号和一个文件名组成。根据目录文件，内核可以找到一个指定文件名对应的索引节点号，进而找到此索引节点，访问该文件的数据。内核像为普通文件存储数据那样为目录文件存储数据，也使用索引节点结构和直接块号表、间接块号表。每个目录都包含.和..的文件名，其索引节点号分别是本目录及其父目录的索引节点号。

### 3．联接文件及目录

系统调用 link 在文件系统结构中将一个文件联接到另外一个新的名字上，也就是为被联接文件的索引节点创建一个新的目录项。通过联接操作，一个文件可以有两个以上的不同名字，进程可以通过其中任意一个名字来访问文件。内核并不知道哪个名字是最初的文件名，这种为索引节点创建新目录项的联接方式称为硬联接。

另外一种联接方式称为符号联接，内核像上面描述的硬联接过程那样为新名字创建一个新的目录项，但是目录项中不含有索引节点号，只含有从当前目录下访问被联接文件的

相对路径名或者绝对路径名。当进程使用新名字访问文件时，内核首先找到新名字所在的目录项，发现目录项中含有符号联接标志，然后从目录项中读出被联接文件的路径名，并按此路径名访问指定的文件。符号联接可以跨文件系统，但是硬联接不能跨文件系统。在第 4 章已介绍过这部分内容。

### 10.1.2　常见文件系统

Linux 中常见的文件系统主要有：

- ext2　二级扩展文件系统类型是 Linux 下的一种高性能文件系统。这是 Linux 中使用最多的文件系统，因为它是专门为 Linux 设计的，拥有最快的速度和最小的 CPU 占用率。ext2 既可以用于标准的块设备（如硬盘），也被应用在软盘等移动存储设备上。ext2 支持长达 256 个字符的文件名，存储空间最大支持 4TB。
- ext3　从名称就可以看出，它是 ext2 文件系统的改进型。
- msdos　这是 DOS、Windows 和 OS/2 使用的文件系统，它使用标准的 DOS 文件名格式，不支持长文件名，是最常用的一种简单文件系统类型。
- vfat　这是 Windows 9X 和 Windows NT 使用的扩展 DOS 文件系统类型，它是在 msdos 文件系统的基础上增加了对长文件名的支持。
- umsdos　专为 Linux 使用的扩展 DOS 文件类型。它在 msdos 文件系统的基础上增加了对长文件名的支持和对文件属主、POSIX 文件保护以及特殊文件（设备、命名管道等）的支持，同时也保持对 msdos 的兼容。可以用于在一个 msdos 分区的目录中安装 Linux，这对想试用 Linux 而不想重新分区的用户非常有用。
- iso9660　一种常用的标准 CD-ROM 文件系统类型。在 Linux 下，提供长文件名、文件属主、POSIX 保护、设备等信息，这种文件系统在 msdos 下访问时显示 8.3 格式文件名，而在 Linux 下则可以显示完整的文件名。
- reserfs　大容量日志文件系统，具有文件系统修复功能，这些特点使它比 ext2、ext3 更适合用来创建日志系统。现在，很多其他 Linux 版本也都支持，比如国内的红旗、蓝点等都在最新版本内核中加入了对 reserfs 的支持。
- Minix　这是 Linux 的前身 Minix 采用的文件系统，它存在着一些缺点。最大只能使用 64MB 的分区、短文件名、单一时间标签等，但由于出现较早，现在还用在软盘和内存虚拟盘上。
- sysV　这是 UNIX 世界里广泛应用的 SystemV 文件系统。
- nfs　网络文件系统，允许多台计算机之间共享文件的一种文件系统。
- hpfs　OS/2 使用的高性能文件系统，但在 Linux 中只能作为只读文件系统使用。
- smb　支持 SMB 协议的网络文件系统，可用于 Linux 与 Windows for Workgroups、Windows NT 或 LAN Manager 之间的文件共享，需要特殊的加载程序。
- Ncpfs　这是 Novell Netware 使用的支持 NCP 协议的网络文件系统，但需要特殊程序支持。
- swap　用于 Linux 磁盘交换分区的特殊文件系统，相当于 Windows 系统中的虚存。

### 10.1.3 Linux 系统目录结构

Linux 的目录结构与传统 UNIX 目录结构相似，为了能够维护 Linux 文件系统，必须对其目录结构有所了解。

从普通用户的角度来看，UNIX 文件系统的目录结构只不过是一个多级分层的树状结构。而在系统管理员看来，目录结构则是系统中多个文件系统的组合。

每个文件系统可以占用磁盘的一个分区，也可以占用整个软盘或者整个光盘，一个文件系统可以安装到目录结构的某一目录下，安装成功后，对该文件系统的访问就变成了对目录结构中某一目录的访问，无论系统以何种方式启动，标准的 UNIX 文件都自动安装到特定的目录下。

当前的 Linux 系统都提供了几个标准的文件系统，例如根文件系统、/usr 文件系统、/var 文件系统、/home 文件系统等。这些文件系统可以放在一个分区上，也可以放在多个分区上。将/home 单独放在一个分区或硬盘上，如果系统崩溃了，也不会丢失用户信息。

系统管理命令和系统程序都分布在这些目录中。下面分别介绍这几个文件系统的功能及其主要目录。

#### 1. 根文件系统

根文件系统含有引导和运行 UNIX 系统必需的文件。如果以单用户维护模式启动系统，则只能安装此文件系统。根文件系统主要包括以下目录（见图 10-2）：

- /bin 为 Linux 操作系统存放 shell 常用命令或者实用程序，例如 sh、cat、cp、mv、ln、mkdir、find 等。这些常用的实用程序可以被系统上的所有用户使用。
- /sbin 和/bin 目录类似，这些文件往往用来进行系统管理，一般只有 root 才有运行的权限。
- /dev 存放设备文件的特殊目录。每个设备文件表示一个设备，用户读写文件也就是读写对应的设备。在/dev 目录中的设备具有普通文件的属性，因此可以使用>将输出重定向到设备。
- /etc 存放系统管理及其配置文件的目录，专门为系统管理而设置，含有系统管理所需的绝大多数文件。将超级用户模式下的一些命令存放在该目录中，可以防止普通用户错误使用这些命令。/etc/default 目录中的数据包括系统命令所用的缺省信息。
- /lib C 语言程序或者其他语言程序运行库文件存放目录，/lib 目录是必需的。
- /mnt 安装可移动文件系统的目录。
- /opt 该目录包括在所谓软件存储目标或 SSO 的一系列子目录中的实际系统软件。在根文件系统中的所有系统实用程序，实际上都是与 SSO 链接的。/opt 包括服务器系统的客户可以使用的 SSO 共享文件，后面介绍的/var 目录则包括那些非共享的文件。
- /slib 本目录包括系统使用的共享库，这些库在系统实用程序运行时被调用，而不是编译到实际的二进制文件中。
- /usr 用户服务例程和用户主目录的存放目录。

- /boot  该目录是引导文件系统的安装点。引导文件系统包括引导程序（比如 Lilo 及 Grub 的系统引导工具），还有内核程序以及相关文件。

- /tmp  临时目录，包括 Linux 系统程序产生的临时文件。这些文件一般只是在相应的程序正在运行时才存在，但是程序非正常终止，临时文件可能保留在目录中。可以删除那些不属于任何正在运行的程序的临时文件。需要注意的是，这个目录对任何用户都是可读写的。

- /var  在该目录中包括指定给某一单独客户或服务器的非共享 SSO 文件。

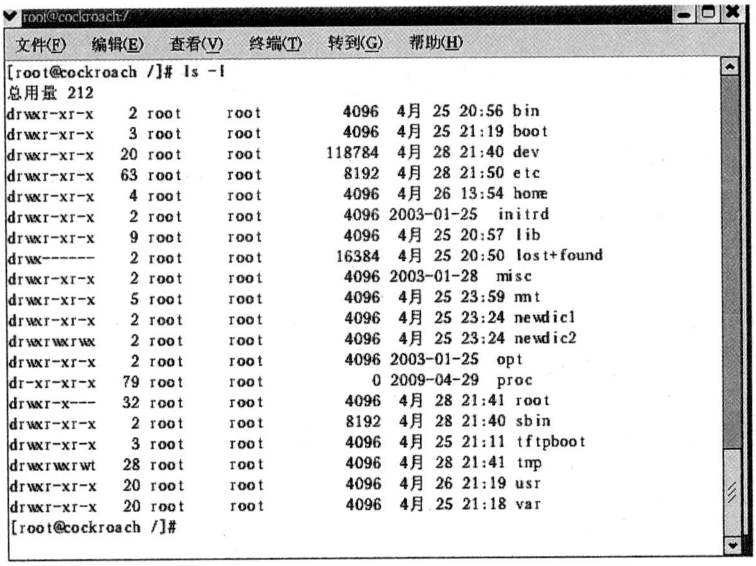

图 10-2  查看根目录

### 2. /usr 文件系统

/usr 文件系统含有可以被共享的命令和系统管理数据库，其中包括机器特定的可共享文件以及与机器无关的可共享文件。前者是在某一类机器上可以执行的文件，后者则是可以在网络上的任何类型的机器上共享的文件，该文件可以在网络上共享以节省本机的硬盘空间。

/usr 文件系统包括以下目录：

- /usr/bin  存放一般用户的常用命令及实用程序。

- /usr/include  存放 C 语言的头文件。

- /usr/lib  存放用户程序的库函数，与目录/lib 相比，它更专用一些。

- /usr/sbin  存放系统管理命令。

- /usr/share  存放不同体系结构可以共享的文件，网络共享文件一般都放在该目录或者其子目录下。

- /usr/local  通常存放本地用户共享的文件。

- /usr/spool  包括各种各样的目录，其中保存有用于打印、邮寄或进行网络传输的文件。

- /usr/tmp  包括用户的临时文件。

- /usr/sbin/messages　和/usr/sbin/syslog 包含系统错误消息的记录，这对于系统诊断是很有用的。

### 3．/var 文件系统

/var 文件系统包括用于管理和维护本地计算机的文件，主要是一些进程频繁变动的文件，例如系统活动日志、邮箱文件、应用软件包等。

/var 目录主要包括下列目录：

- /var/log　存放系统日志（log）和记账文件。
- /var/cron　存放 cron 日志文件。
- /var/lp　存放打印活动的日志文件。
- /var/mail　存放用户的邮件文件。
- /var/spool　存放临时假脱机缓冲文件。
- /var/uucp　存放 uucp 系统日志和状态文件。

### 4．/home 文件系统

/home 文件系统主要用于存放用户文件。在缺省情况下，每个用户的注册目录均存放在/home 目录下。

新建一个用户时，/home 目录下就会增加一个以用户名命名的新目录。

### 5．/boot 文件系统

这个目录非常特殊,包含系统引导内核及相关的工具,例如引导管理程序 GRUB 及 Lilo 等，但它需要建立在根文件系统下。

启动文件及启动后装入和执行核心程序都在这个目录下面，它们是 Linux 系统必需的部分，因此必须放在系统的根目录下才能保证 UNIX 系统核心成功地装载。

## 10.1.4　文件类型

对于 Linux 新手来说，可能由于不熟悉文件扩展名（extension）而无法识别某些文件类型。文件扩展名是文件名的最后一个点之后的部分（在文件 sneakers.txt 中，txt 是文件的扩展名）。

下面简单列出了一些文件扩展名及其含义。

### 1．压缩的和归档的文件

- .bz2　使用 bzip2 压缩的文件。
- .gz　使用 gzip 压缩的文件。
- .tar　使用 tar（tape archive，磁带归档的简写）压缩的文件，又称 tar 文件。
- .tbz　使用 tar 和 bzip 压缩的文件。
- .tgz　使用 tar 和 gzip 压缩的文件。
- .zip　使用 ZIP 压缩的文件，在 MS-DOS 应用程序中常见。多数 Linux 压缩文件均使用 gzip 压缩，因此 Linux 文件中的.zip 归档较少见。

2．常见的媒体文件

■ .au 音频文件。

■ .gif GIF 图像文件。

■ .html/.htm HTML 文件。

■ .jpg JPEG 图像文件。

■ .pdf 文档的电子映像，PDF 代表 Portable Document Format（可移植文档格式）。

■ .png PNG 图像文件（Portable Network Graphic，可移植网络图形）。

■ .ps PostScript 文件，为打印而格式化过的文件。

■ .txt 纯 ASCII 文本文件。

■ .wav 音频文件。

■ .xpm 图像文件。

3．系统文件

■ .conf 一种配置文件，配置文件有时也使用.cfg。

■ .lock 锁（lock）文件，用来判定程序或设备是否正在被使用。

■ .rpm Red Hat 用来安装软件的软件包管理器文件。

4．编程和脚本文件

■ .c C 程序语言的源码文件。

■ .cpp C++程序语言的源码文件。

■ .h C/C++程序语言的头文件。

■ .o 程序的对象文件。

■ .pl Perl 脚本。

■ .py Python 脚本。

■ .so 库文件。

■ .sh shell 脚本。

■ .tcl TCL 脚本。

5．使用命令确定文件类型

文件扩展名不是总被使用或一贯地使用。那么，如果一个文件没有扩展名，或者它与它的扩展名不符时怎么办呢？

这个时候，file 命令就会对你有所帮助，它会告诉你文件是 ASCII text（标准的 ASCII 文本文件）、二进制文件及可执行文件、小程序脚本等。比如，你找到了一个叫做 saturday 的文件，它没有扩展名。使用 file 命令，你就可以判定这个文件的类型了：

```
[hello@localhost hello]$ file Saturday
```

在以上例子中，命令 file saturday 会显示 ASCII text，表明它是文本文件。任何文本文件都可以使用 cat、more 或 less 命令，以及使用文本编辑器来读取。

要进一步学习 file 命令，请键入 man file 来阅读它的说明书，还有关于其他有用的读取文件命令的详情，请参阅第 9 章相关的内容。

## 10.2 文件压缩和归档操作

有时候，我们需要把一组文件存储为一个文件以便备份或传输到另一个目录甚至另一台计算机上。有时候，需要把文件压缩成一个文件，因此它们能使用少量磁盘空间并能被快速下载。

理解归档文件和压缩文件间的区别对用户来说很重要。

归档文件是一个文件和目录的集合，这个集合被存储在一个文件中。归档文件没有经过压缩——它所使用的磁盘空间是其中所有文件和目录的总和。

压缩文件也是一个文件和目录的集合，且这个集合也被储存在一个文件中，但是它的存储方式所占用的磁盘空间却比其中所有文件和目录的总和要少。如果计算机磁盘空间不足，你可以压缩不常使用的或不再使用但想保留的文件。你还可以创建归档文件，然后再将其压缩来节省磁盘空间。

### 1. 使用 File Roller

Red Hat Linux 包括一个图形化的压缩工具 File Roller，它可以压缩、解压并归档文件和目录。File Roller 支持通用的 UNIX 和 Linux 文件压缩和归档格式，而且它的界面简单，文档丰富。它还被整合入桌面环境和图形化文件管理器，使得处理归档文件的工作更加容易。

要启动 File Roller，选择【主菜单】|【附件】|【文件打包器】命令。还可以从 shell 提示下键入 file-roller 来启动 File Roller。输入如下命令：

```
[root@localhost root]# file-roller
```

执行后，会看到图 10-3 显示的运行中的 File Roller 程序。

图 10-3　运行中的 File Roller

另外，如果使用的是文件管理器（比如 Nautilus），可以双击你想解除归档或解压的文件，文件管理器能够自动启动 File Roller，出现 File Roller 浏览器窗口，其中的文件夹中显示了你要解压或解除归档的文件，以便抽取或浏览。

（1）使用 File Roller 解压或解除归档

要取消归档或者解压文件，单击工具条上的【打开】按钮，就会弹出一个文件菜单，然后选择要操作的归档。比如，如果你的主目录中有一个 foo.tar.gz 文件，突出显示该文件，然后单击【确定】按钮。该文件就会作为文件夹出现在 File Roller 的主浏览窗口中，你可以双击该文件夹图标来翻阅其中的内容。File Roller 保留所有原有的目录和子目录层次，便于你在归档中查找某一特定文件。你可以单击【抽取】按钮，然后单击【确定】按钮来抽取其中的某个文件或整个归档。

（2）使用 File Roller 创建归档文件

如果需要腾出一些硬盘空间，或者把多个文件或某一目录下的文件通过电子邮件来发送给另一名用户，那么 File Roller 允许你创建文件和目录的归档。

要创建新归档，单击工具条上的【新建】按钮，就会弹出一个文件浏览器，然后指定归档名称和压缩技术（通常可以把它设为【自动】，只须在提供的文本箱内键入归档文件名和文件的扩展名就可以了）。单击【确定】按钮，就可以在新归档中添加文件和目录了。

要在新归档文件中添加文件，单击【添加】按钮，这会弹出一个浏览窗口，如图 10-4 所示，你可以从中查找要放入归档中的文件或目录。结束后单击【确定】和【关闭】按钮来关闭归档。

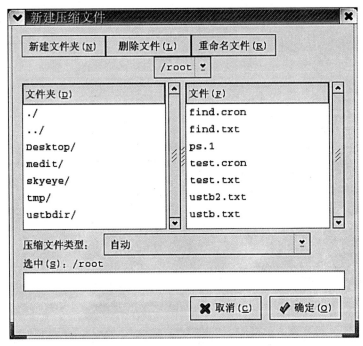

图 10-4　使用 File Roller 来创建归档

File Roller 能够执行的任务不止这些，请阅读 File Roller 的说明书（选择【帮助】|【说明书】命令）来获取详细信息。

### 2. 在 shell 提示下压缩文件

压缩文件使用少量磁盘空间，并且比未压缩的大文件下载速度要快。在 Red Hat Linux 中，你可以使用的文件压缩工具有 gzip、bzip2 和 zip。

推荐你使用 bzip2 压缩工具，因为它提供了最大限度的压缩，并且可在多数类似 UNIX 的操作系统上找到。gzip 压缩工具也可以在类似 UNIX 操作系统上找到。如果你需要在 Linux 和其他操作系统（比如 MS Windows）之间传输文件，则应该使用 zip，因为该命令在其他操作系统上最常见。

表 10-1　压缩工具

| 压缩工具 | 文件扩展名 | 解压工具 |
| --- | --- | --- |
| gzip | .gz | gunzip |
| bzip2 | .bz2 | bunzip2 |
| zip | .zip | unzip |

按照约定俗成，用 gzip 压缩的文件的扩展名是.gz；用 bzip2 压缩的文件的扩展名是.bz2；用 zip 压缩的文件的扩展名是.zip。用 gzip 压缩的文件可以使用 gunzip 解压，用 bzip2 压缩的文件可以使用 bunzip2 解压，而用 zip 压缩的文件可以使用 unzip 解压。

（1）bzip2 和 bunzip2

要使用 bzip2 压缩文件，可在 shell 提示下键入下列命令：

```
[root@localhost root]# bzip2 myfile
```

文件即会被压缩并被保存为 myfile.bz2。

要解压缩文件，则键入下列命令：

```
[root@localhost root]# bunzip2 myfile.bz2
```

myfile.bz2 文件会被删除，而产生 myfile 文件。

你可以使用 bzip2 命令同时处理多个文件和目录，方法是逐个列出它们，并用空格间隔。例如：

```
[root@localhost root]# bzip2 filename.bz2 file1 file2 file3 /usr/work/school
```

上面的命令将把 file1、file2、file3 以及/usr/work/school 目录的内容（假设这个目录存在）压缩，然后放入 filename.bz2 文件中。

要获得有关详情，可在 shell 提示下键入 man bzip2 或 man bunzip2 来阅读 bzip2 及 bunzip2 命令的说明书。

（2）Gzip 和 Gunzip

要使用 gzip 来压缩文件，可在 shell 提示下键入下列命令：

```
[root@localhost root]# gzip filename
```

文件即会被压缩，并被保存为 filename.gz。

要扩展压缩的文件，可键入下列命令：

```
[root@localhost root]# gunzip filename.gz
```

filename.gz 会被删除，而继之以 filename 存储。

你可以使用 gzip 命令同时处理多个文件和目录，方法是逐个列出它们，并用空格间隔。例如：

```
[root@localhost root]# gzip -r filename.gz file1 file2 file3 /usr/work/school
```

上面的命令将把 file1、file2、file3 以及/usr/work/school 目录的内容（假设这个目录存在）压缩，然后放入 filename.gz 文件中。

要获得有关详情，可在 shell 提示下键入 man gzip 或 man gunzip 来阅读 gzip 及 gunzip 命令的说明书。

（3）Zip 和 Unzip

要使用 zip 来压缩文件，可在 shell 提示下键入下列命令：

```
[root@localhost root]# zip -r filename.zip filesdir
```

在这个例子里，filename.zip 代表新创建的文件，filesdir 代表你想放置新 zip 文件的目录。-r 选项指定你想递归地（recursively）包括所有位于 filesdir 目录中的文件。

要抽取 zip 文件的内容，可键入下列命令：

```
[root@localhost root]# unzip filename.zip
```

与前面介绍的命令相同，你可以使用 zip 命令同时处理多个文件和目录，方法是逐个列出它们，并用空格间隔。例如：

```
[root@localhost root]# zip -r filename.zip file1 file2 file3 /usr/work/school
```

上面的命令将把 file1、file2、file3 以及/usr/work/school 目录的内容（假设这个目录存在）压缩，然后放入 filename.zip 文件中。

要获得有关详情，在 shell 提示下键入 man zip 或 man unzip 来阅读 zip 及 unzip 命令的说明书。

3．在 shell 提示下给文件归档

.tar 文件是几个文件和目录在一个文件中的集合，这是创建备份和归档的最佳途径之一。可用在 tar 命令上的选项见表 10-2。

表 10-2　tar 命令常用选项

| 选　项 | 功　能 |
| --- | --- |
| -c | 创建一个新归档 |
| -f | 当与-c 选项一起使用时，创建的 tar 文件使用指定的文件名；当与-x 选项一起使用时，解除指定文件的归档 |
| -t | 显示包括在 tar 文件中的文件列表 |
| -v | 显示文件的归档进程 |
| -x | 从归档中抽取文件 |
| -z | 使用 gzip 来压缩 tar 文件 |
| -j | 使用 bzip2 来压缩 tar 文件 |

要创建一个 tar 文件，可键入：

```
[root@localhost root]# tar -cvf filename.tar files/directories
```

在这个例子里，filename.tar 代表你要创建的文件，files/directories 代表你想放入归档内的文件或目录。

　　你可以使用 tar 命令同时处理多个文件和目录，方法是逐个列出它们，并用空格间隔。例如：

```
[root@localhost root]# tar -cvf filename.tar /home/mine/work /home/mine/school
```

　　上面的命令将把/home/mine 目录下的 work 和 school 子目录内的所有文件都放入当前目录中一个叫做 filename.tar 的新文件里。

　　要列出 tar 文件的内容，可键入：

```
[root@localhost root]# tar -tvf filename.tar
```

　　要抽取 tar 文件的内容，可键入：

```
[root@localhost root]# tar -xvf filename.tar
```

　　这个命令不会删除 tar 文件，但是它会把其中的内容复制到当前的工作目录下。

　　请记住，tar 默认不压缩文件。要创建一个使用 tar 和 bzip 来归档压缩的文件，可使用 -j 选项：

```
[root@localhost root]# tar -cjvf filename.tbz
```

　　用 bzip2 压缩的 tar 文件按约定具有.tbz 扩展名。

　　这个命令创建了一个归档文件，然后将其压缩为 filename.tbz 文件。如果你使用 bunzip2 命令为 filename.tbz 文件解压，则 filename.tbz 文件会被删除，而用 filename.tar 文件代替。

　　还可以用一个命令来扩展并解除归档 bzip tar 文件：

```
[root@localhost root]# tar -xjvf filename.tbz
```

　　要创建一个用 tar 和 gzip 归档并压缩的文件，可使用-z 选项：

```
[root@localhost root]# tar -czvf filename.tgz
```

　　使用 gzip 来压缩的 tar 文件按约定具有.tgz 扩展名。

　　这个命令创建归档文件 filename.tar，然后把它压缩为 filename.tgz 文件（文件 filename.tar 不被保留）。如果你使用 gunzip 命令来解压 filename.tgz 文件，则 filename.tgz 文件会被删除，而是用 filename.tar 代替。

　　你可以用一个命令来扩展 gzip-tar 文件：

```
[root@localhost root]# tar -xzvf filename.tgz
```

　　键入命令 man tar 可以阅读 tar 命令的详细信息。

# 10.3　文件系统安装

　　启动 Linux 系统时，首先装入根文件系统，然后根据/etc/fstab 文件逐个建立文件系统。此外，也可以通过 mount、umount 操作随时安装和卸载文件系统。

## 10.3.1　fstab 文件

　　在内核引导过程中，首先从 LILO 指定的设备上安装根文件系统，随后加载/etc/fstab 文件中列出的文件系统。/etc/fstab 指定了该系统中的文件系统的类型、安装位置及可选参数。fstab 是一个文本文件，可以用任何编辑软件进行修改，但应在修改前作好备份，因为破坏或删除其中的任何一行都将导致下次系统引导时该文件系统不能被加载。图 10-5 是一个/etc/fstab 的示例。

```
Terminal                                                          _ □ ×
文件(F)   编辑(E)   查看(V)   终端(T)   转到(G)   帮助(H)

LABEL=/                    /                    ext3     defaults        1 1
LABEL=/boot                /boot                ext3     defaults        1 2
none                       /dev/pts             devpts   gid=5,mode=620  0 0
none                       /proc                proc     defaults        0 0
none                       /dev/shm             tmpfs    defaults        0 0
/dev/sda2                  swap                 swap     defaults        0 0
/dev/sdb                   /mnt/usb             vfat     defaults        0 0
/dev/cdrom                 /mnt/cdrom           udf,iso9660 noauto,owner,ku
dzu,ro 0 0
/dev/fd0                   /mnt/floppy          auto     noauto,owner,kudzu
0 0

~
~
~
"/etc/fstab" 10L, 660C written
```

图 10-5　fstab 文件实例

可以看出，每个文件系统都占一行，参数间由 Tab 隔开。

其中，第一列表示将被加载的块设备或网络上的文件系统；第二列表示该文件系统的安装点（mount point），对于交换分区/dev/hda2 不存在安装位置；第三列是该文件系统的类型；第四列的内容是该文件系统加载参数，常用的有 defaults（缺省）、sw（交换分区用）、rw（读/写）、auto（自动加载）、async（异步）和 ro（只读），而 noauto（不自动加载）参数一般用于 CD-ROM、软盘等可移动存储设备，防止系统引导时安装该文件系统，其中含有 defaults 和 auto 参数的行，在开机时会自动加载文件系统；第五、第六列分别是两个数字，左边的数字供备份程序确定该文件系统上次备份距现在的天数，以通知管理员进行备份，数字 0 表示忽略，1 表示每天备份，2 表示没两天备份，依次类推。

右边的数字代表 fsck（文件系统检查命令）在系统引导时检测文件系统的顺序，数字大小表示一次被检查的顺序，根文件系统一般最先被检查，随后检查其他设备上的文件系统，而该列为 0 的文件系统根本不做检查（比如 CD-ROM 或软驱）。

### 10.3.2　使用 mount 装载文件系统

装入一个文件系统时，应首先向系统核心注册该系统及其类型。卸载一个文件系统时，应向核心申请注销该系统和类型。

要在 Linux 目录树中安装一个文件系统，必须具有实际要安装的硬盘分区、光盘或软盘，并且作为该文件系统安装点的目录必须存在。

手工安装文件系统可使用 mount 命令，其格式为：

```
mount [options] <device> <mount_point>
```

其中，device 是要安装的实际设备文件，mount_point 是安装点。Options 是 mount 接收的命令行选项，如果用户没有给出所需的选项，mount 将尝试从相关的/etc/fstab 文件中查找。表 10-3 列出了 mount 命令常用的选项。

表 10-3　mount 的常用选项

| 选　项 | 功　能 |
|---|---|
| -r | 以只读方式安装文件系统 |
| -w | 以可读写方式安装文件系统 |
| -v | verbose 模式，mount 将给出许多信息以报告其工作状态 |
| -a | 安装/etc/fstab 文件中所列的所有文件系统 |
| -o | list_of_options 选项列表，各选项之间用逗号隔开。常用的有 codepage=XXX（XXX 代表特定的代码页）和 iocharset=XXX（XXX 代表特定的字符集） |
| -t | file_type 指定要安装的文件系统类型。常用的类型有 minix（Linux 最早使用的文件系统）、ext2/ext3（Linux 目前常用的文件系统）、msdos（MS-DOS 的 fat16）、vfat（Windows 常用的 fat32）、nfs（网络文件系统）、iso9660（CD-ROM 光盘标准文件系统）、ntfs（Windows NT/2000 的文件系统）、hpfs（OS/2 文件系统）、auto（自动检测文件系统） |

直接装载文件系统的最基本命令就是 mount –t <fs_type> <device> <mount_point>，其中 -t 选项接受 auto 作为其参数，使得 mount 能够自动检测文件系统类型。下面是几个例子，Windows 98 装在 hda1 分区，同时计算机上还有软盘和光盘需要挂载。

```
[root@localhost root]# mk /mnt/winc
[root@localhost root]# mk /mnt/floppy
[root@localhost root]# mk /mnt/cdrom
[root@localhost root]# mount -t vfat /dev/hda1 /mnt/winc
[root@localhost root]# mount -t msdos /dev/fd0 /mnt/floppy
[root@localhost root]# mount -t iso9660 /dev/cdrom /mnt/cdrom
```

上例先用建立目录的命令创建了相应的装载点，然后再安装相应的文件系统。作为装载点的目录最好为空。

另外，作为装载点的目录虽然不必为空，但必须存在，否则系统会给出类似错误提示：mount: mount point /mnt does not exist。如果不为空，则原有的文件暂时不可见，知道装载点卸下该文件系统后，才能重新访问。

此外，如果 Windows 98 目录里有中文文件名，使用上面的命令挂载后，对应的文件名显示的是一堆乱码，可以使用-o 参数里的 codepage 和 iocharset 选项解决此问题。codepage 指定文件系统的代码页，简体中文代码是 936；iocharset 指定字符集，简体中文一般用 cp936 或 gb2312。

在 Linux 系统安装过程中，系统会自动建立并加载一些文件系统，如果需要为用户建立各自的文件系统，就要用到 mkfs 命令，其格式为：

```
[root@localhost root]#mkfs -t [type] device_name
```

它可以在任何指定的块设备上建立不同类型的文件系统，例如在软盘上建立一个 ext2 文件系统如下：

```
[root@localhost root]#mkfs -t ext2 /dev/fd0
```

这时，软盘上已建立好 ext2 文件系统，可以对其进行加载或读写操作，并在必要时写入/etc/fstab 文件中，以便在引导时安装。

另外，Linux 系统还带有一套 DOS 文件工具 Mtools，它可以使 UNIX 系统读写或传送

DOS 文件（一般在软盘上），其命令包括 Mcd、Mcopy、Mmove 等，它们都是模拟 DOS 下相应的命令。使用 Mtools 工具读写 DOS 的文件软盘时，就不必加载、卸载其文件系统。

### 10.3.3 使用 umount 卸下文件系统

卸下文件系统的命令是 umount，有以下 4 种基本的命令格式：

```
umount <device>
umount <mount_point>
umount -a
umount -t fs_type
```

前两种方式用于卸下由 device 和 mount_point 指定的文件系统，第三种方式用于卸下所有的文件系统，第四种方式用于卸下指定类型的文件系统。umount 不能卸下正在使用的文件系统，当然系统的根分区也不能卸载，直到系统退出 Linux 运行状态为止。

## 10.4  ext3 文件系统

从 Red Hat Linux 7.2 发行版开始，默认的文件系统已从 ext2 格式转换成登记式 ext3 文件系统。

### 10.4.1  ext3 的特性

一言以蔽之，ext3 文件系统是 ext2 文件系统的增进版本，它提供了下面一些优越性。

#### 1．可用性

在异常断电或系统崩溃（Unclean System Shutdown，不洁系统关机）时，每个挂载的 ext2 文件系统必须使用 e2fsck 程序来检查其一致性。这是一个费时的过程，特别是在检查包含大量文件的庞大文件卷时，它会大大耽搁引导时间。在此期间，文件卷上的所有数据都不能被访问。

由 ext3 文件系统提供的登记报表意味着不洁系统关机后没必要再进行此类文件系统检查。在使用 ext3 系统时，一致性检查只在某些罕见的硬件失效（比如硬盘驱动器失效）的情况下才会发生。不洁系统关机后，ext 文件系统的恢复时间并不是根据文件系统的大小或文件的数量而定，而是根据用于维护一致性的登记日志（journal）的大小而定。根据你的硬件速度，默认登记日志只须花大约一秒钟来恢复。

#### 2．数据完好性

ext3 文件系统发生不洁系统关机时提供更强健的数据完好性。ext3 文件系统允许选择你的数据接受的保护类型和级别。Red Hat Linux 默认配置 ext3 文件卷来保持数据与文件系统状态的高度一致性。

#### 3．速度

尽管 ext3 把数据写入不止一次，它的总处理能力在多数情况下仍比 ext2 系统要高，因为 ext3 的登记报表方式优化了硬盘驱动器的头运动。可以从 3 种登记模式中选择来优化速度，但是这么做会在保持数据完好性方面做出一些牺牲。

### 4．简易转换

可以轻而易举地不经重新格式化而把 ext2 转换为 ext3 系统，从而获得强健的登记式文件系统的优越性。如果执行了 Red Hat Linux 完整安装，被分配给系统的 Linux 分区的默认文件系统就是 ext3。如果从某个使用 ext2 分区的 Red Hat Linux 版本升级，那么安装程序允许把这些分区转换为 ext3 分区，并且不会丢失数据。

## 10.4.2　创建 ext3 文件系统

安装后，有时有必要创建一个新的 ext3 文件系统。例如，给 Red Hat Linux 系统添加一个新的磁盘驱动器，可能想给这个磁盘驱动器分区，并使用 ext3 文件系统。

创建 ext3 文件系统的步骤如下：

（1）使用 parted 或 fdisk 来创建分区。

（2）使用 mkfs 来把分区格式化为 ext3 文件系统。

（3）使用 e2label 给分区标签。

（4）创建挂载点。

（5）把分区添加到/etc/fstab 文件中。

## 10.4.3　转换到 ext3 文件系统

可以现存的 ext2 可以转换到 ext3，tune2fs 程序能够不改变分区上的已存数据来给现存的 ext2 文件系统添加一个登记报表。如果文件系统在改换期间已被挂载，则该登记报表就会被显示为文件系统的根目录中的.journal 文件；如果文件系统没有被挂载，则登记报表就会被隐藏，根本不会出现在文件系统中。

要把 ext2 文件系统转换成 ext3，在登录为根用户后键入：

```
[root@localhost root]#/sbin/tune2fs -j /dev/hdbX
```

在以上命令中，把/dev/hdb 替换成设备名，把 X 替换成分区号码。

以上命令执行完毕后，请确定把/etc/fstab 文件中的 ext2 文件系统改成 ext3 文件系统。

如果是在转换根文件系统，需要使用一个 initrd 映像（或 RAM 磁盘）来引导。要创建它，可运行 mkinitrd 程序，但请确定你的 GRUB 或 LILO 配置会载入 initrd。如果改换没有成功，系统仍旧能够引导，只不过文件系统将会被挂载为 ext2 而不是 ext3。

## 10.4.4　还原到 ext2 文件系统

ext3 相对来说比较新，某些磁盘工具可能还不支持。例如，可能需要使用 resize2fs 来缩小某分区，该命令不支持 ext3。在这种情况下，有必要把文件系统暂时还原成 ext2。

要还原分区，首先必须卸载分区。方法是登录为根用户，然后键入：

```
[root@localhost root]# umount /dev/hdbX
```

以上命令将把/dev/hdb 替换成设备名称，把 X 替换成分区号码。本节以后的示例命令将会使用 hdb1 来代表设备和分区。

下一步要把文件系统类型改回 ext2，以根用户身份键入以下命令：

```
[root@localhost root]#/sbin/tune2fs -O ^has_journal /dev/hdb1
```

以根用户身份键入以下命令来检查分区的错误：

```
[root@localhost root]#/sbin/e2fsck -y /dev/hdb1
```

然后通过键入以下命令来把分区重新挂载为 ext2 文件系统：

```
[root@localhost root]#mount -t ext2 /dev/hdb1 /mount/point
```

以上命令将把/mount/point 替换成分区的挂载点。

下一步要删除根目录下的.journal 文件，方法是先转换到分区的挂载目录中，然后键入：

```
[root@localhost root]#rm -f .journal
```

现在已经完成转换。如果要永久地把分区改换成 ext2，记住更新/etc/fstab 文件。

# 10.5　管理磁盘

在 Linux 系统中，如何有效地对存储空间加以使用和管理，是一项非常重要的技术。系统软件和应用软件都以文件的形式存储在计算机的磁盘空间中，应该随时监视磁盘空间的使用情况。Linux 提供了一组有关磁盘空间管理和磁盘操作的命令，以协助用户完成这些管理工作。

## 10.5.1　存储设备命名

在所有的类 Linux 操作系统中，Red Hat Linux 使用设备文件来访问所有的硬件（包括磁盘）。然而，大多数系统可能使用完全不同的命名规则来定义某个设备，因此了解 Red Hat Linux 下设备命名规则是很有必要的。

### 1．设备文件

在 Red Hat Linux 下，设备文件是在/dev/目录下。它由几部分的格式所确定：

（1）设备类型

设备文件的头两个字母表示某一特定类型的设备。比如，磁盘驱动器中最常用的有 sd、hd 两种，它们分别表示设备是基于 SCSI 接口或基于 IDE 接口的。

（2）单元（unit）

这个单位并非指磁盘大小的度量，而是指紧接着设备类型的是英文字母，表示某类型设备的序列信息，比如 IDE 第一个硬盘是 hda。

需要注意的是，因为 SCSI 支持多于 26 个设备，当 1~26 个设备是 sda-sdz，从第 27 个起为 sdaa、sdab……

（3）分区

磁盘设备一般可以在其中建立多个逻辑分区，每个分区使用起来仿佛是个独立的硬件。分区号就是表示逻辑分区的整数。

### 2．SCSI、IDE 设备

在硬盘中，主要有两种接口的设备，它们是 SCSI 硬盘和 IDE 硬盘。

（1）SCSI

SCSI（Small Computer System Interface，微型计算机系统接口）标准定义了一种总线式结构，使得许多设备可以被方便地连接在一起。它是串行总线，可以使用一条并行线将多个设备串起来，每个设备都具有独立的 SCSI ID 号。

随着技术的进步，SCSI 支持的设备越来越多，而且速度也越来越快，速度从 5MB/sec 发展到 160MB/sec。不同的总线速度定义为 fast、ultra 和 ultra-3，越往后越快。

SCSI 设备速度快、技术先进，SCSI 硬盘一直被用于服务器等高端应用中，随着技术进步，价格逐渐能够被普通人所接受。

（2）IDE

IDE（Integrated Drive Electronics）的新版本是 EIDE（扩展 IDE 设备），它与 SCSI 标准相同，虽然它也用来连接不同的设备。

在个人电脑中，绝大多数硬盘都是 IDE 硬盘，虽然它没有 SCSI 设备速度快，但它的易用性和灵活性非常突出，价格也便宜，自然容易被大众接受。

以下是一般用户系统中使用的 IDE 设备名，它们非常容易理解：

- /dev/hda1　第一个 IDE 设备的第一个分区。
- /dev/sdb12　第二个 SCSI 设备的第十二个分区。
- /dev/sdad4　第三十个 SCSI 设备的第四个分区。

（3）访问整个设备

有些设备可能需要进行访问整个设备，而不仅仅是访问某个分区。常用设备不能进行分区或不支持标准的分区格式，比如 CD-ROM。在这种情况下，分区号可以被忽略。举例如下：

- /dev/hdc　整个第三个 IDE 设备。
- /dev/sdb　整个第二个 SCSI 设备。

## 10.5.2　磁盘分区概念

磁盘分区长期以来一直是个人计算机领域的一项基本必备知识。硬盘用来储存及检索数据，但首先需要格式化（format）。格式化又称制作文件系统，它是一个将信息写入驱动器，在未经格式化的驱动器的空白空间建立秩序的过程。文件系统所建立的秩序涉及一些利弊得失：驱动器上极小的部分可用空间被用来储存与文件系统有关的数据。文件系统将剩余空间分割成大小统一的段。

在 Linux 中，这些段称为块。由于文件系统带来创建目录和文件的可能性，以上牺牲可以被看作很小的代价。值得注意的是，统一通用的文件系统并不存在。一个磁盘驱动器上可以有许多不同类型的文件系统，而且它们通常是不兼容的，这意味着支持某种文件系统（或几种相关的文件系统类型）的操作系统可能不支持其他类型的文件系统。Red Hat

Linux 支持的文件系统类型比较广泛（包括许多其他操作系统常用的文件系统），从而使不同文件系统之间的数据交换变得容易多了。

所有写到磁盘上的文件至少要使用一个块，有些需要几个块。所使用的块不必构成连续的区域，使用的和未使用的块可以交错散布，这就是碎片。

磁盘驱动器储存信息的能力越来越大，这种新增的容量导致了磁盘驱动器使用方法的根本改变。由于磁盘驱动器容量的不断增大，一个较大的磁盘驱动器所提供的空间若超过了一定的大小，则不利于对文件进行井然有序的组织，而且某些文件系统不是为支持大于一定容量的磁盘驱动器而设计的。即使文件系统支持拥有巨大容量的驱动器，但是文件系统的管理开销也随之变得过高、过大。

解决这个问题的办法是将磁盘划分为分区。每个分区都可以像一个独立的磁盘一样被访问，这是通过添加分区表来做到的。分区表被保存在磁盘的起始位置，在任何文件系统或用户数据之前。分区表被分为 4 个部分，每个部分都装有定义单个分区所必需的信息，这意味着分区表定义的分区不能超过 4 个。每个分区表项目都包含着该分区的几项重要的特征：在磁盘上分区开始和结束的位置（起止点）、分区是否活跃、分区的类型。起止点实际上定义了分区的大小及在磁盘上的位置。活跃标志是被某些操作系统的引导装载程序所用，通常标为活跃的分区上的操作系统将会被引导。

分区类型可能不易分辨，类型是标识分区将被如何使用的数字。某些操作系统用分区类型来代表一种指定的系统类型，或者将分区标为与某个操作系统相关联的分区，或者用来指明该分区包含着可引导的操作系统，或者以上是三者的结合。表 10-4 列出了一些常用的分区类型以及它们的数值。

表 10-4　分区类型列表

| 分区类型 | 值 | 分区类型 | 值 |
|---|---|---|---|
| 空白 | 00 | Novell Netware 386 | 65 |
| DOS 12-bit FAT | 01 | PIC/IX | 75 |
| XENIX root | 02 | Old MINIX | 80 |
| XENIX usr | 03 | Linux/MINUX | 81 |
| DOS 16-bit <=32M | 04 | Linux 交换区 | 82 |
| 扩展 | 05 | Linux Native | 83 |
| DOS 16-bit >=32 | 06 | Linux 扩展 | 85 |
| OS/2 HPFS | 07 | Amoeba | 93 |
| AIX | 08 | Amoeba BBT | 94 |
| AIX 可引导 | 09 | BSD/386 | a5 |
| OS/2 引导管理器 | 0a | OpenBSD | a6 |
| Win95 FAT32 | 0b | NEXTSTEP | a7 |
| Win95 FAT32 (LBA) | 0c | BSDI fs | b7 |
| Win95 FAT16 (LBA) | 0e | BSDI swap | b8 |
| Win95 扩展(LBA) | 0f | Syrinx | c7 |

（续表）

| 分区类型 | 值 | 分区类型 | 值 |
|---|---|---|---|
| Venix 80286 | 40 | CP/M | Db |
| Microport | 52 | DOS R/O | e3 |
| GNU HURD | 63 | DOS secondary | f2 |
| Novell Netware 286 | 64 | BBT | Ff |

4 个分区仍然有可能不够用。随着磁盘驱动器的不断增大，配置了 4 个相当大的分区后仍有剩余空间的可能性会越来越大，这时需要创建更多分区——扩展分区。当一个分区被建立，其类型被设为扩展时，扩展分区表也被创建。

简而言之，扩展分区就像一个独立的磁盘驱动器，它有自己的分区表，该表指向一个或多个分区——逻辑分区，与 4 个主分区相对应，并完全包含在扩展分区之内。主分区与逻辑分区之间有一个区别，主分区只能有 4 个，但是可以存在的逻辑分区数量却无固定限制。不过，通常应该避免在一个磁盘驱动器上定义 12 个以上逻辑分区。

为了安装 Linux 而试图为硬盘重新分区时，有 3 种可能的情况：有可用的未分区的空闲空间、有可用的未使用过的分区、被使用的分区内有可用的空闲空间。

在存在未经分区的空闲空间的情况下，已定义的分区没有被扩展到整个硬盘，它没有包括那些不属于任何定义分区的未分配的空间。一个未经使用的硬盘也属这种类型，唯一的区别是后者的全部空间都不属于任何定义的分区。可以从未经使用的空间中创建必要的分区。

在存在未使用过的分区的情况下，如果要在其上安装 Linux，首先应该删除该分区，然后在其上创建相应的 Linux 分区。既可以用 parted 命令来删除该分区，也可以在安装过程中选择手工创建分区，然后在创建新分区前删除该分区。

如果想使用活跃分区的空闲空间，这时的主要问题是，即便有足够的空闲空间，它们目前已被分配给一个正在使用的分区。有两种办法：一是破坏性重新分区，这种方法为删除一个大分区而创建几个小分区，贮存在原来分区上的所有数据将会被破坏，所以有做完全备份的必要。如果该分区上装有某类操作系统，那么该操作系统也需要被重新安装。

另外一种办法是非破坏性重新分区，这样做需要使用一些具有特殊功能的分区软件，它们可以把大分区变小，却不会丢失该分区上的原有文件。这个办法既可靠又简单易行，常见的软件是 PQMagic。非破坏性分区过程是非常直接了当的，它包括这样几个步骤：压缩现存数据，重新划分现存分区的大小，然后创建新分区。

如果 Red Hat Linux 分区将与其他操作系统所用的分区共享一个硬盘，多数情况下应该没什么问题。不过，某类 Linux 和其他操作系统的组合需要特别加以注意。如果 Red Hat Linux 和 OS/2 在机器上并存，则必须使用 OS/2 分区软件来创建你的磁盘分区，否则 OS/2 可能不会识别磁盘分区。

在安装过程中，不要创建任何新分区，请使用 Linux parted 为 Linux 分区设立正确的分区类型。如果想从 Red Hat Linux 中读写 Windows NT、2000 或 XP 分区，不要把 Windows 分区的文件系统类型设为 NTFS。若 Windows 分区的类型是 NTFS，它就不能在 Red Hat Linux 中被读取；若 Windows 分区的类型是 VFAT，它就能够在 Red Hat Linux 中被读取。

如果你有多个 Windows 分区，它们不必都使用同一文件系统类型。如果 Windows 中有不止一个分区，你可以把其中之一设为 VFAT，并在其上存储你想在 Windows 和 Red Hat Linux 之间共享的文件。

令许多 Linux 新用户感到困惑的是各分区是如何被 Linux 操作系统使用及访问的。它在 DOS/Windows 中相对来说较为简单。每个分区有一个驱动器字母，可用恰当的驱动器字母来指代相应分区上的文件和目录。这与 Linux 处理分区及磁盘存储问题的方法截然不同，其主要区别在于，Linux 中的每个分区都是构成支持一组文件和目录所必需的存储区的一部分。它是通过挂载来实现的，挂载是将分区关联到某一目录的过程。挂载分区使起始于这个指定目录（通称为挂载点）的存储区能够被使用。

例如，如果分区/dev/hda5 被挂载到/usr 上，这意味着所有/usr 之下的文件和目录在物理意义上都位于/dev/hda5 上。因此文件/usr/share/doc/FAQ/txt/Linux-FAQ 被存储在/dev/hda5 上，而文件/etc/X11/gdm/Sessions/Gnome 却不是。/usr 之下的一个或多个目录还可能是其他分区的挂载点。例如，某个分区（假设为/dev/hda7）可以被挂载到/usr/local 下，这意味着/usr/local/man/whatis 将位于/dev/hda7 上而不是/dev/hda5 上。默认情况下，/dev/hda1 代表 Windows 系统中的 C:盘，/dev/hda5 代表 Windows 系统中的 D：盘，以此类推，可得其他盘的对应关系。

Red Hat Linux 使用的分区数量及大小因用户的具体选择各不相同。通常，除非另有原因，至少应该创建这样几个分区：swap、/boot 以及/（根）分区。

与分区相关的还有 GRUB 或者 LILO 使用问题。GRUB 和 LILO 是最常用的在基于 Intel 的系统上引导 Red Hat Linux 的方法。作为操作系统装载程序，它们操作于任何操作系统之外，仅使用计算机硬件中内建的基本 I/O 系统（或 BIOS）。

在多数基于 Intel 的计算机中，GRUB 和 LILO 要接受由 BIOS 所强加的限制。特别是多数 BIOS 无法进入两个以上的硬盘，而且它们无法访问任一驱动器上柱面为 1023 以上所储存的数据。

请注意，某些新近的 BIOS 没有这些限制，但是无论如何这还不是统一的规范。在进行硬盘驱动器分区的时候，某些旧系统内的 BIOS 无法进入硬盘的前 1024 柱面外的空间。如果情况如此，则需要在硬盘驱动器的前 1024 柱面上为/boot Linux 分区保留足够空间以便引导 Linux。其他的 Linux 分区可以放在柱面 1024 之后。在 parted 中，1024 柱面相当于 528MB。

所有 GRUB 和 LILO 需要在引导期访问的数据（包括 Linux 内核）都位于/boot 目录。如果遵循以上建议的分区布局，或者执行的是工作站、个人桌面或服务器安装，那么/boot 目录将是一个单独的小分区，否则它可能驻留在根分区上。无论如何，如果要使用 GRUB 或 LILO 来引导你的 Red Hat Linux 系统，/boot 所驻留的分区一定要遵守下面描述的规则。

如果有两个 IDE（或 EIDE）驱动器，则/boot 必须位于其中之一。请注意，两个驱动器的限制也包括任何主 IDE 控制器上的 IDE 光盘驱动器。因此，如果在主控制器上有一个 IDE 硬盘和一个光盘驱动器，那么/boot 必须且仅能位于第一个硬盘，即便在次 IDE 控制器上另有硬盘。

如果有一个 IDE（或 EIDE）驱动器以及一个或多个 SCSI 驱动器，则/boot 必须位于 IDE

驱动器上或 ID 为 0 的 SCSI 驱动器上，其他任何 SCSI ID 都不行。如果只有 SCSI 硬盘，则/boot 必须位于 ID 为 0 或 1 的驱动器上，其他任何 SCSI ID 都不行。

### 10.5.3 磁盘分区管理

安装了 Red Hat Linux 系统后，可能想查看现存的分区表，改变分区的大小，删除分区，或从空闲空间或附加的硬盘驱动器上添加分区。parted 工具可以用来完成这些任务。本节讨论如何使用 parted 命令来执行文件系统任务。此外，也可以使用 fdisk 来执行此类任务（除重新划分分区以外）。

#### 1. 启动 parted

必须安装 parted 软件包才能使用 parted 工具。要启动 parted，在 shell 提示下以 root 用户身份键入命令 parted /dev/hdb，这里的/dev/hdb 指要配置的设备名称。随后会看到一个提示，键入 help 来查看可用命令的列表。

如果想创建、删除分区或重新划分分区大小，那么分区所在设备不能正在被使用（分区不能被挂载，并且交换空间不能被启用）。达到这个目的的最简单方法是在救援模式中引导系统。当提示挂载文件系统时，选择跳过。如果驱动器不包含任何正在使用的分区，可以使用 umount 命令来卸载分区，并使用 swapoff 命令来关闭硬盘驱动器上的交换空间。

表 10-5 列出了最常用的 parted 命令及其功能描述。

表 10-5　parted 命令及其功能说明

| 命令格式 | 说　明 |
| --- | --- |
| Check minor-num | 执行一个简单的文件系统检查 |
| Cp form to | 从一个分区拷贝文件系统到另一个分区，其中 from、to 是分区号 |
| Help | 显示所有可用的操作 |
| Mklabel lable | 检查文件分区的标签 |
| Mkfs minor-num file-system-type | 用 file-system-type 文件系统类型号产生新文件系统 |
| Mkpart part-type fs-type start-mb end-mb | 从 start-mb 到 end-mb，创建某一文件系统类型的分区，但是不创建文件系统 |
| Mkpartfs part-type fs-type start-mb end-mb | 从 start-mb 到 end-mb，创建某一文件系统类型的分区，并且创建文件系统 |
| Move minor-num start-mb end-mb | 移动分区 |
| Print | 这里不是打印而是显示分区表信息 |
| Quit | 退出 parted 命令 |
| Resize minor-num start-mb end-mb | 改变分区大小 |
| Rm minor-num | 删除分区 |
| Select device | 选择另一个设备进行配置 |
| Set minor-num flag state | 设置分区的旗标；state 不是 on 就是 off |

下面对表中的个别命令作具体的解释。

**2．查看分区表信息**

启动了 parted 后，可键入以下命令来查看分区表：

```
>print
```

命令的输出结果类似于：

```
Disk geometry for /dev/sda: 0.000-8192.000 megabytes
Disk label type: msdos
Minor    Start      End      Type      Filesystem   Flags
1        0.031    101.975    primary   ext3         boot
2      101.975    611.850    primary   linux-swap
3      611.851   8189.384    primary   ext3
```

第一行显示了磁盘的大小，第二行显示了磁盘标签类型，剩余的输出显示了分区表。在分区表中，Minor（次要）标签是分区号码。例如，次要号码为 1 的分区和/dev/hda1 相对。Start（开始）和 End（结束）值以 MB 为单位。Type（类型）是 primary、extended、logical 中的一个。

Filesystem（文件系统）是文件系统的类型，可以是 ext2、ext3、FAT、hfs、jfs、linux-swap、ntfs、reiserfs、hp-ufs、sun-ufs 或 xfs 之一。Flags（标志）列列出了分区被设置的标准，可用的标志有：boot、root、swap、hidden、raid、lvm 或 lba。

想不重新启动 parted 来选择不同的设备，可使用 select 命令，再紧跟设备名（例如/dev/sdb），然后就能查看或配置它的分区表。

**3．创建新分区**

**（1）产生新分区表**

创建新分区操作并不能够在一个正在使用的分区上进行。

```
>mkpart primary ext3 1024 2048
```

该命令创建一个主分区，分区使用的文件格式是 ext3，此分区从 1024 开始到 2048 结束。还可以使用另一个命令 mkpartfs，该命令将在创建分区后再建立 ext3 文件系统，但现在 parted 命令还不能够建立新的 ext3 文件系统。

**（2）格式化新分区**

使用 mkpart 命令创建好分区后，就需要格式化新分区，使用以下命令：

```
[root@localhost root]# /sbin/mkfs - t ext3 /dev/hdb3
```

格式化新分区后，将会破坏磁盘上的所有数据。

**（3）建立分区标志**

如果想给新建立的分区建立分区标志，则可以使用命令 e2label。比如想给/dev/hda3 建立标志/work，命令如下：

```
e2label /dev/hda3 /work
```

**（4）建立安装 mount 点**

如果在新建立分区后想直接在系统中使用，则可以新建一个 mount 点，然后通知系统启动后将该分区安装到新的 mount 点，但必须使用根权限创建 mount 点。

```
[root@localhost root]# mkdir /work
```

（5）使能自动安装 mount

使用根权限编辑文件/etc/fstab，增加一条新记录，系统会在启动时自动将其安装到相应 mount 点。

新增的记录格式如下：

```
LABEL/work      /work       ext3      defaults    1  2
```

第一个参数表示分区设备名，与文件中其他设备名不同，这里使用 LABEL 来表示刚才新建的分区。第四个参数 defaults 说明文件分区将在启动后被自动安装到系统中。创建后，如果不想重新启动，可以使用命令：

```
[root@localhost root]#mount /work
```

这个命令会自动根据/etc/fstab 文件来决定是否安装磁盘分区。

4．删除分区

使用 parted 命令，也可以轻松完成移除分区的工作。

首先启动 parted:

```
[root@localhost root]#parted /dev/hda
```

然后显示分区表：

```
>print
```

这时就会出现前面介绍的文件分区信息，根据上面提供的信息，确定想要删除的分区号（比如想删除第三个分区），然后执行如下命令：

```
>rm 3
```

操作完成后，还可以使用 print 命令来查看操作的结果。

5．改变分区大小

如果在系统运行了一段时间后，由于某种原因需要改变分区的大小，那么可以使用 parted 来改变分区大小。

首先进入保护模式，启动 parted:

```
[root@localhost root]# parted /dev/had
```

接着执行以下命令：

```
>resize 3 1024 2048
```

这个命令将会将第 3 个分区以 1024 开始，以 2048 结束。

结束后，还可以使用 print 来查看操作结果。

## 10.5.4　基本磁盘管理命令

1．df 命令

df 命令用来检查文件系统的磁盘空间占用情况，可以利用该命令来获取硬盘被占用了多少空间，目前还剩下多少空间等信息。其格式为：

```
df [选项]
```

df 命令可显示所有文件系统对 i 节点和磁盘块的使用情况，其选项的含义见表 10-6。

表 10-6　df 命令的常用选项

| 选　项 | 功　能 |
| --- | --- |
| -a | 显示所有文件系统的磁盘使用情况，包括 0 块（block）的文件系统，比如/proc 文件系统 |
| -k | 以 k 字节为单位显示 |
| -i | 显示 i 节点信息，而不是磁盘块 |
| -t | 显示各指定类型的文件系统的磁盘空间使用情况 |
| -T | 显示文件系统类型 |
| -x | 列出某一指定类型文件系统的磁盘空间使用情况（与 t 选项相反） |

df 命令的例子见图 10-6，不带参数的 df 命令将输出系统各个磁盘的使用情况。

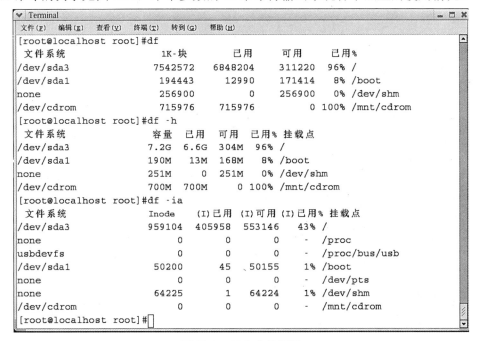

图 10-6　df 命令的例子

输出清单的第一列代表文件系统对应的设备文件的路径名（一般是硬盘上的分区）。第二列给出分区包含的数据块（1024 字节）的数目。第三、第四列分别表示已用和可用的数据块数目，第三、第四列块数之和不等于第二列中的块数，因为缺省的每个分区都留有少量空间供系统管理员使用。

即使遇到普通用户空间已满的情况，管理员仍能登录和留有解决问题所需的工作空间。清单中第五列表示普通用户空间使用的百分比，即使这一数字达到 100%，分区仍然留有系统管理员使用的空间。最后，第六列表示文件系统的安装点。

也可以在图形模式下查看分区及硬盘空间使用情况，选择【主菜单】|【系统工具】|【系统监视器】命令，启动后的系统监视器如图 10-7 所示。

除了可以从 GNOME 系统监视器中查看磁盘使用情况外，Red Hat Linux 还提供了一个 diskchech 工具，可以监视磁盘的使用情况。根据配置文件，它将会在系统剩余空间达到某一程度后，发送 Email 给系统管理员。如果想使用这个工具，可以先安装 diskcheck 包。

系统监视器
文件(F)　编辑(E)　视图(V)　帮助(H)
进程列表(L)　系统监视器(M)
CPU 使用历史
CPU 使用: 3.96 %
内存/交换 使用历史
内存 已使用: 232 MB 总数: 502 MB
交换 已使用: 0字节 总数: 510 MB
设备
名字　目录　已使用空间　全部空间
/dev/cdrom　/mnt/cdrom　699 MB　699 MB
/dev/sda1　/boot　12.7 MB　190 MB

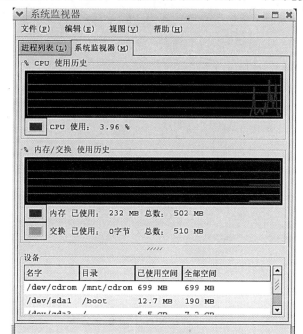

图 10-7　系统监视器

图 10-8 显示了执行【主菜单】|【系统设置】|【更多系统工具】|【KDiskFree】命令后的结果。

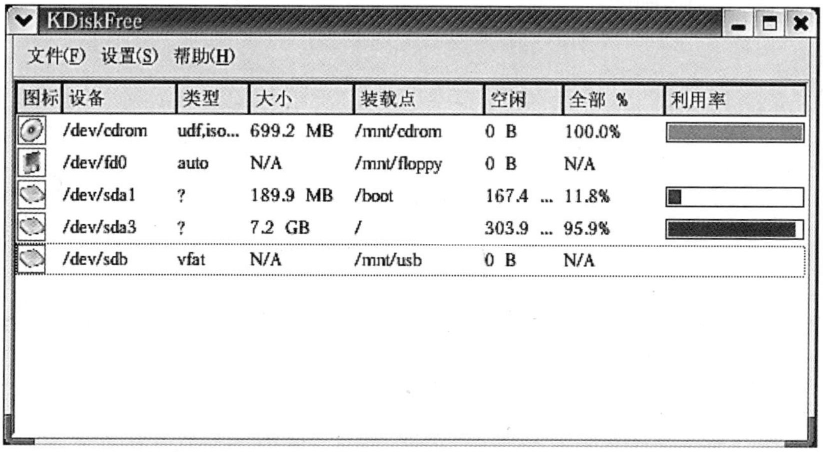

KDiskFree
文件(F)　设置(S)　帮助(H)
图标　设备　类型　大小　装载点　空闲　全部 %　利用率
/dev/cdrom　udf,iso...　699.2 MB　/mnt/cdrom　0 B　100.0%
/dev/fd0　auto　N/A　/mnt/floppy　0 B　N/A
/dev/sda1　?　189.9 MB　/boot　167.4 ...　11.8%
/dev/sda3　?　7.2 GB　/　303.9 ...　95.9%
/dev/sdb　vfat　N/A　/mnt/usb　0 B　N/A

图 10-8　KDiskFree 显示磁盘情况

### 2. du 命令

du 命令用于统计目录（或文件）所占磁盘空间的大小，其命令格式为：

```
du [选项] [Names…]
```

表 10-7 列出了 du 命令的常用选项。需要注意的是，du 命令会逐级进入指定目录的每一个子目录并显示该目录占用文件系统数据块（1024byte）的情况。若没有给出 Names，则对当前目录进行统计。

表 10-7　du 命令常用选项

| 选　项 | 功　能 |
| --- | --- |
| -s | 对每个 Names 参数只给出占用的数据块总数 |
| -a | 递归地显示指定目录中各文件及子孙目录中各文件占用的数据块数。若既不指定-s，也不指定-a，则只显示 Names 中的每一个目录及其中的各子目录所占的磁盘块数 |
| -b | 以字节为单位列出磁盘空间使用情况（系统缺省以 k 字节为单位） |
| -k | 以 1024 字节为单位列出磁盘空间使用情况 |
| -c | 最后再加上一个总计（系统缺省设置） |
| -l | 计算所有的文件大小，对硬链接文件，则计算多次 |
| -x | 跳过在不同文件系统上的目录不予统计 |

图 10-9 举例说明了 du 命令的使用情况。

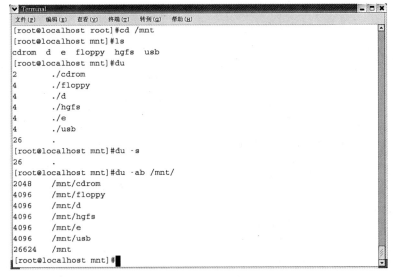

图 10-9　du 命令使用实例

### 3．dd 命令

把指定的输入文件拷贝到指定的输出文件中，并在拷贝过程中进行格式转换。可以用该命令实现 DOS 下的 diskcopy 命令的作用，先用 dd 命令把软盘上的数据写成硬盘的一个寄存文件，再把这个寄存文件写入第二张软盘，完成 diskcopy 的功能。需要注意的是，应该将硬盘上的寄存文件用 rm 命令删除掉。系统默认使用标准输入文件和标准输出文件。

> dd [选项]

表 10-8 列出了 dd 命令的语法。

表 10-8　dd 命令选项

| 选　项 | 功　能 |
| --- | --- |
| if | 输入文件（或设备名称） |
| of | 输出文件（或设备名称） |

（续表）

| 选　项 | 功　能 |
| --- | --- |
| Obs | 一次写入字节数，即写入缓冲区的字节数 |
| ibs | 一次读取的字节数，即读入缓冲区的字节数 |
| skip | 跳过读入缓冲区开头的 ibs*skip 块 |
| bs | 同时设置读/写缓冲区的字节数（等于设置 ibs 和 obs） |
| cbs | 一次转换字节数 |
| count | 只拷贝输入的块数 |
| conv | 等于 ASCII 时，执行把 EBCDIC 码转换为 ASCII 码 |
| | 等于 ebcdic 时，把 ASCII 码转换为 EBCDIC 码 |
| | 等于 ibm 时，把 ASCII 码转换为 alternate EBCDIC 码 |
| | 等于 block 时，把变动位转换成固定字符 |
| | 等于 ublock 时，把固定位转换成变动位 |
| | 等于 ucase 时，把字母由小写转换为大写 |
| | 等于 lcase 时，把字母由大写转换为小写 |
| | 等于 notrunc 时，不截短输出文件 |
| | 等于 swab 时，交换每一对输入字节 |
| | 等于 noerror 时，出错时不停止处理 |
| | 等于 sync 时，把每个输入记录的大小都调到 ibs 的大小（用 NUL 填充） |

例如，要把一张软盘的内容拷贝到另一张软盘上，可以利用/tmp 作为临时存储区。把源盘插入驱动器中，输入下述命令：

```
#dd if =/dev/fd0 of = /tmp/tmpfile
```

拷贝完成后，将源盘从驱动器中取出，再把目标盘插入，并输入命令：

```
#dd if = /tmp/tmpfile of =/dev/fd0
```

软盘拷贝完成后，应该将临时文件删除：

```
# rm /tmp/tmpfile
```

再如，要把 net.i 这个文件写入软盘中，并设定读/写缓冲区的数目。

```
#dd if = net.i of = /dev/fd0 bs = 16384
```

上面的命令会使软盘中的内容被完全覆盖掉。

再举一例，将文件 sfile 拷贝到文件 dfile 中：

```
$ dd if=sfile of=dfile
```

4．format 命令

软盘是用户常用的存储介质之一，在使用之前必须先进行格式化操作，然后可以用 tar、dd、cpio 等命令来存储数据，也可以在软盘上建立可安装的文件系统，其功能主要是低级格式化软盘。format 命令格式为：

```
format [-n] device
```

其中，-n 选项指软盘格式化后不作检验。device 指定要进行格式化的设备，通常为下述设备之一：

```
/dev/fd0d360
/dev/fd0h1200
/dev/fd0D360
/dev/fd0H360
/dev/fd0D720
/dev/fd0H720
/dev/fd0h360
/dev/fd0h720
/dev/fd0H1440
```

### 10.5.5　用户磁盘空间配额管理问题

在多用户情形下，有时需要限制用户使用的磁盘空间。通过对用户的磁盘空间进行配额管理，用户占用的空间不会超过所规定的上限。

下面举例说明配额管理的方法。假设有一名用户 meditchen，规定其在文件系统/home上最大的磁盘占有量为 1000 blocks。

（1）建立相应的系统使用文件 quota.user 和 quota.group，前者是用户磁盘配额文件，后者则是针对组用户的。

```
# touch /quota.user
# touch /quota.group
# chmod 600 /quota.user
```

（2）对该系统的/etc/fstab 文件中的文件系统/home 行进行修改，在参数列上加入usrquota，表明该文件系统将实施配额管理。

```
/dev/hda5ext2/homedefaults, usrquota12
```

（3）重新加载该文件系统，使上述改动生效。

```
# mount -o remount, defaults, usrquota /home
```

（4）确定该用户配额的具体上限，用命令 edquota Fred 打开配额文件。

```
/dev/hda5:
blocks in use: 0, limits(soft = 1200, hard = 1000)
inodes in use: 0, limits(soft = 0, hard = 0)
```

这里只须改动 limits 后面的数值。Hard 项代表该用户在此文件系统拥有的磁盘最大使用量，Soft 项表示用户可以临时超过其配额，达到该容量但期限一过，用户只能按其配额数量使用磁盘。一般只改变 blocks 的使用限制，而对 inodes 不做限制（使其 limits 项均为0），由系统自动分配 inode 数量。改变完毕，可存盘退出。

（5）最后打开该用户磁盘配额控制。

```
# quotaon -uv meditchen
```

此时，用户 Fred 在文件系统/home 中仅拥有 1000 blocks 的空间，一旦该上限被突破，便会得到警告信息，无法继续增加磁盘使用量。用户可通过 quota 命令来查看自己的磁盘配额，而 root 用户可以用 repquota 命令来检查所有用户的配额情况。

### 10.5.6　优化 Linux 系统硬盘

这里主要对 Linux 系统下硬盘的维护、整理、优化工作进行了分析与描述。

在 Windows 系统中，磁盘碎片是一个常见的问题，如果不注意，系统性能可能被侵蚀。Linux 使用第二扩展文件系统（ext3），它以一种完全不同的方式处理文件存储，使得 Linux 没有 Windows 系统中发现的那种问题，这使许多人认为磁盘碎片化根本不是一个问题。但是，这是不正确的。

所有文件系统随着时间的推移都趋向于碎片化。Linux 文件系统减少了碎片化，但是并没有消除。由于它不经常出现，所以对于单用户的工作站来说，可能根本不是问题。然而在繁忙的服务器中，随着时间的过去，文件碎片化将降低硬盘性能，硬盘性能只有从硬盘读出或写入数据时才被注意到。

下面是优化 Linux 系统硬盘性能的一些具体措施。

#### 1．清理磁盘

这种方法看上去很简单：清理磁盘驱动器，删除不需要的文件，清除所有需要被保存但将不被使用的文件。如果可能的话，清除多余的目录，并减少子目录的数目。这些建议似乎显而易见，但是你会发现，每个磁盘上确实积累了非常多的垃圾。释放磁盘空间可以帮助系统更好地工作。

#### 2．整理磁盘碎片

Linux 系统上的磁盘碎片整理程序与 Windows 98 或 Windows NT 系统中的磁盘碎片整理程序不同。

Windows 98 引入 FAT32 文件系统，虽然运行 Windows 98 不必转换为 FAT32 文件系统。Windows 可以被设置为使用 FAT 或 NTFS 增强文件系统，所有这些文件系统以本质上相同的方式处理文件存储。在 Windows 下，由于操作系统的原因，运行一段时间后，需要运行特定的碎片整理程序。

Linux 整理磁盘碎片的方法是做一个完全备份，重新格式化分区，然后从备份恢复文件。当文件被存储时，它们将被写到连续的块中，而不会碎片化。这是一项繁重的工作，可能对像/usr 之类不经常改变的程序分区是不必要的，但是它可以在多用户系统的/home 分区产生奇迹，它所花费的时间与 Windows NT 服务器磁盘碎片整理花费的时间大致上相同。

如果硬盘性能仍不令人满意，还有许多其他的方法，但是任何包含升级或购买新设备的硬件解决方案都可能是昂贵的。

#### 3．从 IDE 升级到 SCSI

如果硬盘是一个 IDE 驱动器，可以通过升级到 SCSI 驱动器获得更好的整体性能。因为 IDE 控制器必须访问 CPU，而 CPU 和磁盘密集型操作可能变得非常缓慢。

在读或写 IDE 驱动器时，可能因 CPU 周期被 IDE 驱动器占用而抱怨系统的缓慢。SCSI 控制器不用通过 CPU 处理读写。

#### 4．获取更快的控制器和磁盘驱动器

标准 SCSI 控制器不能比标准 IDE 控制器更快地读写数据，但是一些非常快的 UltraWide

SCSI 控制器能够使读写速度有一个真正的飞跃。

EIDE 和 UDMA 控制器是非常快的 IDE 控制器，新的 UDMA 控制器能够接近 SCSI 控制器的速度。UDMA 控制器的顶级速度是猝发速度，但持续传输的速度明显慢得多。IDE 控制器包括 UDMA，是嵌入在驱动器本身中的。不需要购买一个控制器，只要购买一个驱动器，它就包含了控制器，而且可以获得 UDMA 性能。

磁盘驱动器经常被忽视的一个方面是磁盘本身的速度。磁盘的速度以 rpm 为单位给出，代表每分钟旋转多少次。rpm 越大，磁盘速度也越快。如果你有这方面的预算，大多数服务器系统厂商可提供 7500rpm 甚至 10000rpm SCSI 磁盘。标准 SCSI 和 IDE 磁盘提供 5400rpm 速度。

### 5．使用多个控制器

IDE 和 SCSI 磁盘可以被链接。IDE 最多包括两个设备，标准 SCSI 最多包括 7 个设备。如果在系统中有两个或更多 SCSI 磁盘，很可能被链接到同一个控制器。这样对大多数操作是足够的，尤其是把计算机当作单用户工作站时。但是，如果有一个服务器，那么就能够通过对每个 SCSI 驱动器提供一个控制器来改善性能。当然，好的控制器是昂贵的。

### 6．调整硬盘参数

使用 hdparm 工具可以调整 IDE 硬盘性能，设计时考虑了使用 UDMA 驱动器。缺省情况下，Linux 是最安全的，但是设置访问 IDE 驱动器是最慢的。缺省模式没有利用 UDMA 可能的最快性能。

使用 hdparm 工具，通过激活下面的特性可以显著地改善性能。

（1）32 位支持缺省设置是 16 位。

（2）多部分访问缺省设置是每次中断单部分传送。

hdparm 可以提供硬的大量信息。打开一个终端窗口，输入下面命令即可获取系统中第一个 IDE 驱动器的信息（改变设备名获取其他 IDE 驱动器的信息）：

```
[root@localhost root]# hdparm -v /dev/had
```

上面命令显示出当系统启动时从驱动器获得的信息，包括驱动器操作在 16 位或 32 位模式（I/O Support）下，是否为多部分访问（Multcount）。关于磁盘驱动器的更详细信息的显示可使用-i 参数。

使用 Hdparm 也可以测试驱动器传输速率。输入以下命令可以测试系统中第一个 IDE 驱动器：

```
[root@localhost root]# hdparm -Tt /dev/had
```

此测试可测量驱动器直接读和高速缓冲存储器读的速度。结果是一个优化的"最好的事例"数字。改变驱动器设置，激活 32 位传输，输入下面的命令：

```
[root@localhost root]# hdparm -c3 /dev/had
```

-c3 参数激活 32 位支持，使用-c0 可以取消它。-c1 参数也可激活 32 位支持并使用更少的内存开销，但是在很多驱动器下它不工作。

大多数新 IDE 驱动器支持多部分传输，但是 Linux 缺省设置为单部分传输。

注意：这个设置在一些驱动器上激活多部分传输能引起文件系统的完全崩溃，这个问题大多发生在较老的驱动器上。

输入下面的命令可激活多部分传输：

```
[root@localhost root]# hdparm -m16 /dev/had
```

-m16 参数激活 16 部分传输。除了西部数据的驱动器外，大多数驱动器设置为 16 或 32 部分是最合适的。西部数据的驱动器缓冲区小，当设置大于 8 部分时性能将显著下降。对西部数据驱动器来说，设置为 4 部分是最合适的。

激活多部分访问能够减少 CPU 负载 30%～50%，同时可以增加数据传输速率到 50%。使用-m0 参数可以取消多部分传输。

hdparm 还有许多选项可设置硬盘驱动器，在此不再详述，可以参考其他相关资料。

### 7．使用软件 RAID

RAID 廉价驱动器的冗余阵列也可以改善磁盘驱动器性能和容量。Linux 支持软件 RAID 和硬件 RAID。软件 RAID 嵌入在 Linux 内核中，比硬件 RAID 的花费要少得多。软件 RAID 的唯一花费就是购买系统所需的磁盘，但是软件 RAID 不能使硬件 RAID 的性能增强。

硬件 RAID 使用特殊设计的硬件来控制系统的多个磁盘。硬件 RAID 可能是昂贵的，但是得到的性能改善与之相匹配。RAID 的基本思想是组合多个小的、廉价的磁盘驱动器成为一个磁盘驱动器阵列，提供与大型计算机中单个大驱动器相同的性能级别。RAID 驱动器阵列对计算机来说像单独一个驱动器，也可以使用并行处理。磁盘读写在 RAID 磁盘阵列的并行数据通路上同时进行。

IBM 公司在加利福尼亚大学发起一项研究，得到 RAID 级别的一个最初定义。现在有 6 个已定义的 RAID 级别。

（1）RAID 0：级别 0 只是数据带。

在级别 0 中，数据被拆分到多个驱动器，结果是可获得更高的数据吞吐量，这是 RAID 的最快和最有效形式。但是在这个级别没有数据镜像，所以在阵列中任何磁盘的失败都将引起所有数据的丢失。

（2）RAID 1：级别 1 是完全磁盘镜像。

在独立磁盘上创建和支持数据两份拷贝。级别 1 阵列与一个驱动器相比读速度快、写速度慢，但是任一个驱动器错误，都不会有数据丢失。这是最昂贵的 RAID 级别，因为每个磁盘需要第二个磁盘做它的镜像，这个级别提供最好的数据安全。

（3）RAID 2：级别 2 设想用于没有内嵌错误检测的驱动器。

因为所有的 SCSI 驱动器支持内嵌错误检测，这个级别已过时，基本上没用了。Linux 不使用这个级别。

（4）RAID 3：级别 3 是一个有奇偶校验磁盘的磁盘带。

存储奇偶校验信息到一个独立的驱动器上，允许恢复任何单个驱动器上的错误。Linux

不支持这个级别。

（5）RAID 4：级别 4 拥有一个奇偶校验磁盘的大块带。

奇偶校验信息意味着任何一个磁盘失败数据可以被恢复。级别 4 阵列的读性能非常好，写速度比较慢，因为奇偶校验数据必须每次更新。

（6）RAID 5：级别 5 与级别 4 相似，但是它将奇偶校验信息分布到多个驱动器中。这样提高了磁盘写速度。每兆字节的花费与级别 4 相同，从而提高了高水平数据保护下的高速随机性能，所以它是使用最广泛的 RAID 系统。

可以看到，软件 RAID 是级别 0，它使多个硬盘看起来像一个磁盘，但是速度比任何单个磁盘快得多，因为驱动器被并行访问。软件 RAID 可以用 IDE 或 SCSI 控制器，也可以使用任何磁盘组合，这样可以利用多个硬盘来加快访问。

### 8．配置内核参数

通过调整系统内核参数改善性能有时是很明显的。如果你决定这样做一定要小心，因为系统内核的改变可能优化系统，也可能引起系统崩溃。

> 注意：不要在一个正在使用的系统上改变内核参数，因为有系统崩溃的危险，因此必须在一个没有人使用的系统上进行测试。设置一个测试机器，对系统进行测试，确保所有工作正常。

### 9．Tweak 内存性能

在 Linux 中，可以使用 Tweak 系统内存。如果遇到内存不足错误或者系统是用于网络的，可以调整内存分配设置。

内存一般以每页 4KB 分配。调整空白页设置，可以在性能上有显著的改善。打开终端窗口，输入下面的命令可以查看系统的当前设置：

```
[root@localhost root]# cat /proc/sys/vm/freepages
```

将获得 3 个数字，就像下面这样：

```
128 256 384
```

这些是最小空白页、空白页低和空白页高设置。这些值在启动时决定，最小设置是系统中内存数量的两倍，低设置是内存数量的 4 倍，高设置是系统内存的 6 倍，自由内存不能小于最小空白页数。

如果空白页数目低于空白页高设置，则交换（使用磁盘空间分配到交换文件）开始。当达到空白页低设置时，密集型交换开始。

增加空白页高设置有时可以改善整体性能，比如试试增加高设置到 1MB，用 echo 命令可以调整这个设置。使用样本设置，输入以下命令可以增加空白页高设置到 1MB：

```
[root@localhost root]# echo "128 256 1024" > /proc/sys/vm/freepages
```

在 Red Hat Linux 中，用户可以通过文件/etc/sysconfig/harddisk 来访问、设置各种硬盘参数。

# 第 11 章　远程系统管理

对系统管理员或网络管理员来说，可能需要经常进行远程维护。早期的远程维护非常困难，如果出差到外地，而公司的数据库服务器的数据库出现了故障，急需处理。这时无论是打电话指导同事进行处理，还是立即放下手头的工作赶回去，都是件非常烦恼的事情。

随着网络技术的不断发展及 Internet 的日益普及，网络已经可以延伸到任何想到达的地方。一条电话线，一个随身携带的笔记本，便可以轻松进行系统维护和故障处理。

本章将介绍几种常用的网络远程管理的工具，使你不必再为无法管理远程主机而苦恼。主要内容有：

- 使用 Telnet 远程管理。
- 更安全的 SSH。
- 图形化的远程管理工具。

## 11.1　使用 Telnet

Telnet 是经典的远程管理服务，它起源于 1969 年的 ARPANet（Telecommunication Network Protocol，电信网络协议）。迄今已使用了三十多年，虽然使用明文传送信息可能造成安全隐患而颇遭人非议，但不可否认它仍然是当今使用最多的远程管理方式之一。

Telnet 登录进行远程管理计算机时，需要启动两个程序：一个是你面前的计算机中运行的客户端程序；另一个是你要登录进行操作的远程计算机上的服务器 c/s 端程序。在 Internet 中，很多应用都采取这种客户机/服务器（C/S）结构。对 Telnet 的使用者来讲，通常只须了解客户端的程序即可。客户程序要完成如下操作：

（1）建立与服务器的连接。

（2）从键盘接收输入的字符。

（3）把你输入的字符串变成标准格式并发送到远程服务器。

（4）从远程服务器接收输出信息。

（5）把返回信息显示在你的屏幕上。

### 11.1.1　使用 Telnet 客户端

#### 1. 启动 Telnet 客户

在 Red Hat Linux 中使用 Telnet 客户端程序登录远程系统十分简单，只须在命令行输入如下命令：

```
[root@localhost root] # telnet hostname
```

其中 hostname 为目的主机 IP 地址或主机名称。

即可向指定的远程系统进行连接，若对方系统运行有 Telnet 服务程序，便可以进行用户登录和口令验证，通过口令验证后，就进入到远程系统中，之后就可以进行权限内的任何操作了，图 11-1 就是在 Linux 下执行 Telnet 客户端程序的情况。

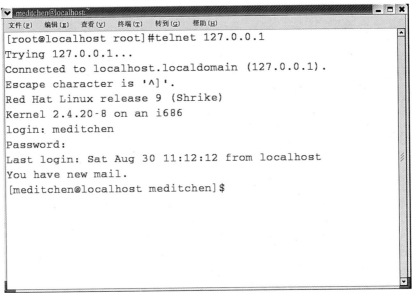

图 11-1　执行 Telnet 客户程序

**2. 使用 Telnet 命令**

Telnet 命令格式和常用命令选项如下：

```
[root@localhost root]#telnet [-l user] [-x] [host [port]]
```

比如，想使用 Telnet 访问一个远程主机，远程主机利用的是 8000 端口，命令如下：

```
[root@localhost root]#telnet remotehost 8000
```

执行后，就是进行验证过程，如果用 hello 进行登录，密码验证正确后，就会出现如下提示：

```
[hello@remotehost hello]$
```

现在执行命令，命令将会在远程主机上运行，并将结果显示出来。

Telnet 还有其他许多参数，一般情况下以上几个就已经完全够用了，这些参数的功能见表 11-1。

表 11-1　Telnet 命令参数

| 参　　数 | 说　　明 |
| --- | --- |
| -l user | 若远程登录可以设置环境变量，就把 USER 变量设为 user |
| -x | 若有加密功能，就打开这个功能 |
| host | 所要登录的主机的 IP 地址或主机名 |
| port | 服务器的服务端口，默认端口为 23 |

### 11.1.2 使用 Telnet 服务器

默认安装 Red Hat Linux 时，Telnet 服务器已经被安装在系统中了，但并没有启动，所以需要在系统中选择启动 Telnet 服务。

启动方法有以下两种：

（1）在命令行模式下键入 setup 命令，进入系统配置菜单，选择 System Service，回车进入系统服务配置菜单，使用上、下方向键找到 Telnet 项，按空格键选中，退出设置并重新启动系统，Telnet 服务将会在每次系统启动时自行启动。

（2）在图形界面下，可以从【启动程序】|【系统设置】|【服务器设置】|【服务】中进行配置，选中 Telnet 项并保存退出并重新启动系统即可。

图 11-2 显示了进行 Telnet 服务配置的情况。

图 11-2　对 Telnet 进行配置

由于 Telnet 是标准的提供远程登录功能的应用，几乎每个操作系统的 TCP/IP 协议的实现都提供了这个功能，所以 Telnet 不仅可以用于同种操作系统之间的远程登录，还可以应用于异种操作系统之间远程登录。而另一些远程控制（比如 Rsh、Rlogin 等）则只能运用于 Linux 及 Unix 之间，因此 Telnet 可以说是最流行的远程控制解决方案。

## 11.2　安全的 SSH

因为 Telnet 出现时间很早，那时候的互联网远没有现在这样复杂，几乎所有应用仅以实现功能为主，没有过多考虑网络安全。

现在看来 Telnet 远程登录传输的是明文、没有加密等缺点，都可能带来很大的管理风险，因此需要 Telnet 的替代工具，SSH（Security SHell）安全 Shell 就是一种比较好的远程管理方式。

### 11.2.1 SSH 简介

传统的远程登录程序（比如 rsh、rlogin 和 telnet 等）都是不安全的，因为它们在网络上用明文传送口令和数据，这些口令和数据非常容易被截获，从而造成信息泄漏，并为入侵系统打开了大门，因此需要有更安全的管理方法。

#### 1．产生 SSH 原因

早期的多种远程登录服务程序的安全验证方式存在这样或那样的弱点，最主要的就是服务器端只是在客户端连接时才通过用户名和口令对登录用户进行验证，在之后的交互中便不再进行用户验证，这就很容易受到中间人攻击。所谓中间人攻击方式，就是中间人冒充真正的服务器接收客户机的传给服务器的数据，然后再冒充客户机把数据传给真正的服务器。这样便可未经验证而获取服务器和客户机的信任，从而进行非法操作。

SSH 则是上面问题的解决方案。通过使用 SSH，你可以把所有传输的数据进行加密，这样不仅用户验证信息和传输的数据不会因第三方窃听而泄漏，而且中间人攻击方式也不可能实现。还有一个额外的好处就是传输的数据是经过压缩的，所以可以加快传输速度。SSH 有很多功能，它既可以代替 Telnet，又可以为 FTP、POP 以及 PPP 等应用协议提供一个安全的加密通道。

#### 2．SSH 的实现

SSH 由客户端和服务端的软件组成，两个不兼容的版本是 1.x 和 2.x。用 SSH 2.x 的客户程序不能连接到 SSH 1.x 的服务程序上。

由于受到版权和加密算法的限制，现在大多数人开始转而使用 SSH 的替代产品 OpenSSH。OpenSSH 是一个开放源代码的 SSH 协议的实现，是取代 Telnet、FTP、Rlogin、Rsh 和 Rcp 的安全保密的网络联通工具集。OpenSSH 支持 SSH 协议 1.3、1.5 和 2.0 版本。从 OpenSSH 2.9 版本开始，它使用的默认协议是 SSH 2.0，默认密码体制是 RSA 公开密钥密码体制，详细资料可以从 www.openssh.com 获得。

Red Hat Linux 使用的就是的 OpenSSH，版本是 OpenSSH_3.4p1（SSH protocols 1.5/2.0）。

### 11.2.2 配置 OpenSSH 服务器

默认安装系统时，OpenSSH 服务器已经安装在系统中了，并设置为随系统一起启动。Red Hat Linux 将默认的远程管理服务设置为 OpenSSH 而不是 Telnet，以推荐用户使用安全性更高的 OpenSSH 进行远程登录操作。

#### 1．了解 SSH 配置文件

像其他 Linux 网络服务一样，SSH 可以通过修改配置文件来进行服务器功能及属性的设置工作。

OpenSSH 服务器使用的配置文件是/etc/ssh/ssh_config。按照配置文件默认的设置，已经可以满足绝大多数用户的需要，如果想自行配置 OpenSSH 服务器，请查阅 sshd 在线帮助手册中关于配置文件的相关内容。

## 2．启动服务器

可以执行【启动程序】|【系统设置】|【服务器设置】|【服务】命令以配置系统启动时是否自动运行 SSH 服务器，还可以停止或是重新启动服务器。配置服务器如图 11-3 所示。

要手工启动 OpenSSH 服务器进程，可使用命令：

```
[root@localhost root]# service sshd start
```

图 11-3　对 OpenSSH 进行配置

## 3．重启服务器

可以手工重新启动 SSH 服务器进程，使用如下命令：

```
[root@localhost root]# service sshd restart
```

## 4．停止服务器

要手工停止 OpenSSH 服务器进程，可使用命令：

```
[root@localhost root]# service sshd stop
```

## 5．其他报警信息

重新安装或升级系统后，可能出现一些意想不到的问题，主要是由一些与安全相关的因素引起的。需要特别注意的是，当重新安装 Red Hat Linux 系统后，如果没有重新进行 SSH 服务配置，这时使用 OpenSSH 客户机进行连接此系统，则会看到如下报警信息：

```
@@@@@@@@@@@@@@@@@@@@@@@@@@@@@@@@@@@@@@@@@@@@@@@@@@@@@@@@@@@
@    WARNING: REMOTE HOST IDENTIFICATION HAS CHANGED!    @
@@@@@@@@@@@@@@@@@@@@@@@@@@@@@@@@@@@@@@@@@@@@@@@@@@@@@@@@@@@
IT IS POSSIBLE THAT SOMEONE IS DOING SOMETHING NASTY!
Someone could be eavesdropping on you right now (man-in-the-middle attack)!
It is also possible that the RSA host key has just been changed.
```

这是由于在重新安装系统的同时也重新生成了身份密钥，因此使用原来的客户端设置访问，则会产生 "RSA 主机秘钥改变" 的报警。

要避免上述情况的发生，请在重新安装系统之前备份/etc/ssh/ssh_host*key* 文件，在重装系统之后，再把备份文件恢复到原来的目录下，这样用户在连接服务器的时候就不会收到报警信息了。

## 11.2.3　使用 OpenSSH 客户端

Red Hat Linux 已经自带有 OpenSSH 客户端，使用该客户端连接服务器时，可以使用两种用户验证方式。

### 1. 基于口令验证方式

这种验证方式要求用户在登录服务器的时候，输入服务器中存在的用户名和口令。若没有指定用户名，则默认使用你当前在客户机上使用的用户名登录服务器，这就要求在服务器上也有同样的一个账户才行，否则用户就需要指定一个服务器上存在的用户名。

直接输入登录的命令：

```
[root@localhost root] # ssh 192.168.10.1
```

指定用户名登录的命令格式如下：

```
[root@localhost root]#ssh username@192.168.10.1
```

或者是：

```
[root@localhost root]#ssh -l username 192.168.10.1
```

当你第一次登录到 OpenSSH 服务器时，会看到如下提示信息：

```
The authenticity of host 192.168.10.1 can't be established.
DSA key fingerprint is 94:68:3a:3a:bc:f3:9a:9b:01:5d:b3:07:38:e2:11:0c.
Are you sure you want to continue connecting (yes/no)?
```

输入 yes 并回车，将看到如下信息：

```
Warning: Permanently added 192.168.10.1 (RSA) to the list of known hosts.
```

这个过程结束后，表示已经将服务器加入到用户的~/.ssh/known_hosts（记录的已知主机名单）中了。接下来，系统将提示输入账户口令进行验证。口令验证正确，用户便成功登录到远端系统之中。图 11-4 显示了从主机 A 正确远程登录到新系统 Linux 中的全过程。

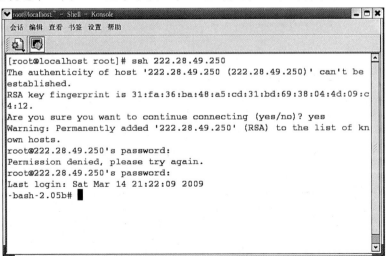

图 11-4　进行 SSH 登录

**2．基于密钥的验证方式**

使用密钥验证方式，用户必须首先为自己创建一对密匙。OpenSSH 支持的公开密钥密码体制有 RSA、DSA。下面以创建 RSA 密钥对为例，讲解使用密匙的步骤。

（1）产生密钥存放目录。

在命令行输入：

```
[root@localhost root]# ssh-keygen -t rsa
```

按回车键接受默认的密钥存放目录~/.ssh/id_rsa，之后系统提示输入你使用密钥时的口令,输入并确认口令后便生成了公钥~/.ssh/id_rsa.pub 和私钥~/.ssh/id_rsa。

图 11-5 显示了密钥产生的过程。

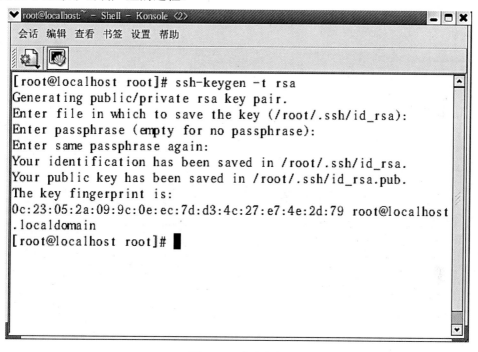

图 11-5 生成密钥

（2）使用 chmod 755 ~/.ssh 命令更改~/.ssh 目录的权限为 775。

（3）将公钥~/.ssh/id_rsa.pub 拷贝到想要登录服务器的~/.ssh/目录下，并把文件名更改为 authorized_keys。

（4）完成以上步骤之后，便可以使用密钥的验证方式登录远端服务器了。

ssh 命令格式和常用选项：

```
[root@localhost root]# ssh  [目标主机名或IP地址]
```

根据提示输入用户密码，通过用户验证后，登录远程系统就成功了，如图 11-6 所示。

使用 OpenSSH 还可以在不登录远程系统的情况下，能够在远程系统上执行命令，命令格式如下：

```
[root@localhost root]#ssh  [目标主机IP地址] [命令] [参数]
```

例如：

```
[root@localhost root]#ssh 192.168.10.1 ps -A
```

远程系统首先会对用户进行验证，使用口令验证方式询问用户密码，使用密钥验证方式询问密钥所使用的密码。通过用户验证之后，远程系统便会执行指定的命令，并将执行结果输出到 OpenSSH 客户端，整个过程不需要登录到远程系统。

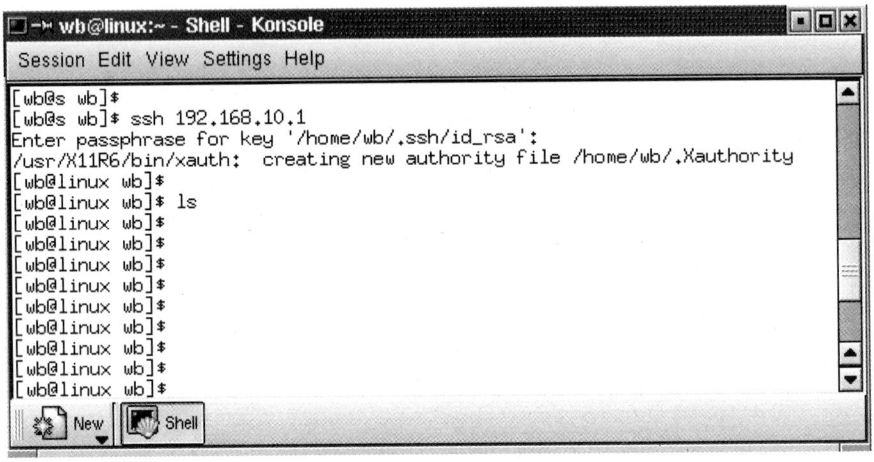

图 11-6　登录成功

图 11-7 显示了进行管理远程主机上的网卡配置命令。

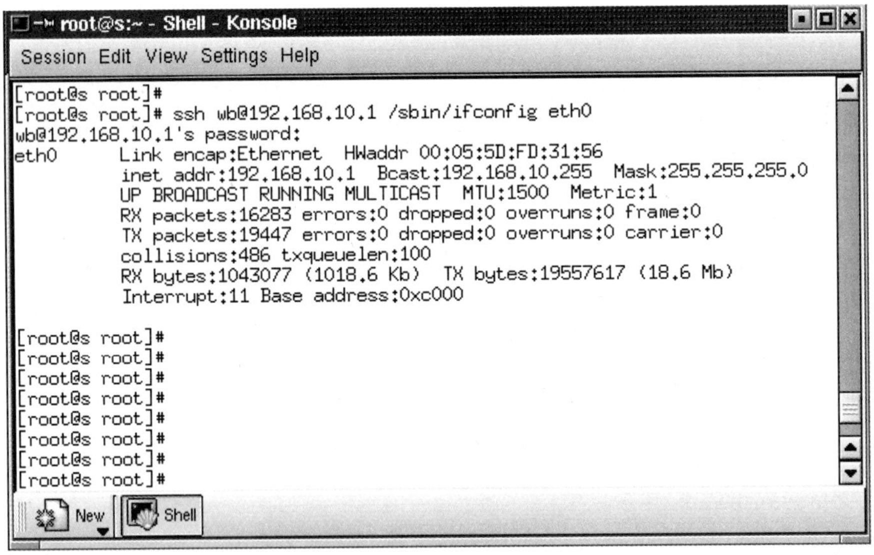

图 11-7　远程配置网卡

**3. 使用 scp 命令**

OpenSSH 还提供了两个用于在网络中保密的传输文件的小工具 scp 和 sftp。

scp 不仅可以将远程文件通过保密途径拷贝到本地系统中，也可以将本地文件拷贝到远程系统中。使用 scp 命令将本地的文件拷贝远程系统中，命令格式和常见选项如下：

```
[root@localhost root]#scp localfile username@tohostname:/newfilename
```

图 11-8 是执行 scp 命令的过程。

图 11-8　执行远程安全拷贝

使用 scp 命令拷贝远程系统的文件到本地的命令用法为：

```
[root@localhost root]#scp username@tohostname:/newfilename localfile
```

同样，执行 scp 命令拷贝文件也可以利用通配符，将本地文件夹下所有文件拷贝到远程系统的用法如下：

```
[root@localhost root]#scp localdir/* username@tohostname:/newfilename
```

图 11-9 显示了使用 scp 命令进行安全拷贝的情况。

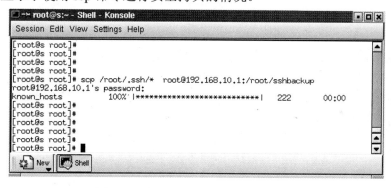

图 11-9　使用 scp 拷贝目录中全部文件

### 4. 使用 sFTP 工具

sFTP 可以用来打开一个安全的 FTP 会话，它除了使用一个安全、加密的连接以外，其他方面都与通常所用 ftp 命令十分相似，可以使用与通常的 ftp 相似的命令来进行文件传输，更详细的命令格式可以查看在线帮助手册。

sFTP 只在 OpenSSH version 2.5.0p1 或更高的版本中才提供。图 11-10 显示了进行文件传输命令的执行情况。

另一个 OpenSSH 独有的特点是，它可以自动转发服务器的显示效果到客户端。

也就是说，用户在本地计算机中运行了 X Window 系统后，使用 SSH 命令登录到远程系统，当你在远程系统上运行一个需要 X Window 环境的程序时，该程序会将图形界面显示在本地系统上，这比起 Telnet、Rlogin 等只能以字符形式输入输出的远程登录工具来说，就要灵活得多了。

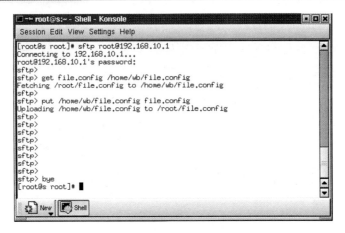

图 11-10　使用 sFTP

　　如果喜欢以图形界面进行管理工作，则会发现通过 OpenSSH 可以非常容易地实现远程图形管理。图 11-11、图 11-12 显示了运行从一台 Linux 主机上通过 OpenSSH 连接，运行在另一服务器上的 gFTP 程序。

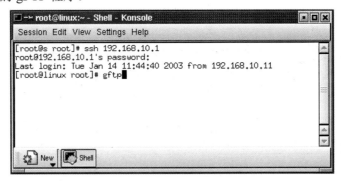

图 11-11　远程执行 gFTP 程序

　　在图 11-12 中，可以看到通过 SSH 显示的 gFTP 程序与在本地执行时的效果一模一样，但是下载后的文件的确保存在本地。

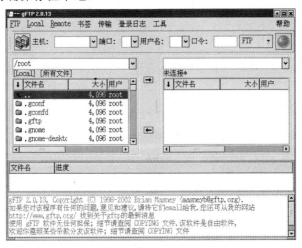

图 11-12　执行 gFTP 程序的结果

通过 OpenSSH，不仅可以非常容易地实现远程的保密登录管理，还可以实现以图形化方式进行远程管理工作。想了解更多的使用信息，可以参考它的帮助或其他资料。

### 11.2.4　使用 Windows 的 SSH 客户端

在 Windows 系统中也可以使用 SSH 客户端程序进行远程登录 Red Hat Linux，但遗憾的是 Windows 系统本身并没有提供 SSH 客户端程序，所以倘若你想从 Windows 上使用 SSH 方式远程登录到 Red Hat Linux 或其他 SSH 服务器，则需要选用第三方客户端程序。

在此推荐一款支持 SSH 协议的优秀远程登录工具 SecureCRT，图 11-13 显示了运行中的 SecureCRT。

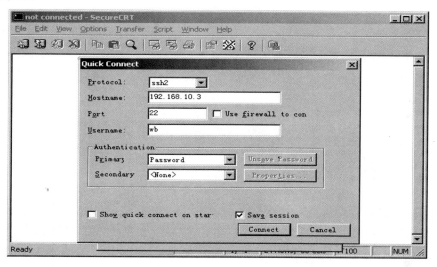

图 11-13　使用 SecureCRT 连接服务器

图 11-14、图 11-15 显示了登录和进行用户切换的图形，可以看到它们几乎与 Linux 下直接使用相同。

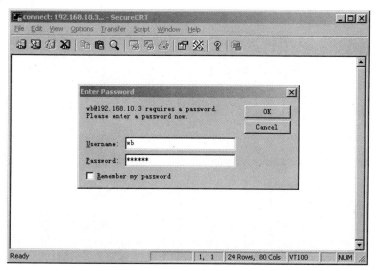

图 11-14　登录验证过程

使用 SecurityCRT 时，不仅能够非常容易地进行登录远程系统，甚至可以同时管理多个主机，并且在多个窗口界面间切换。利用 SecurityCRT 强大的管理功能进行远程管理安全可靠。图 11-15 显示了切换成超级用户来管理远程系统。

SecureCRT 不仅非常容易使用，而且功能强大，有流行 CRT 远程登录客户机的多种特点，包括：

- 自动注册。
- 对不同主机保持不同的特性。
- 支持打印功能。
- 颜色可设置。
- 可变屏幕尺寸。
- 用户定义的键位图。
- 优良的 VT100、VT102、VT220 和 ANSI 兼容性。
- 能从命令行运行或从浏览器中运行。

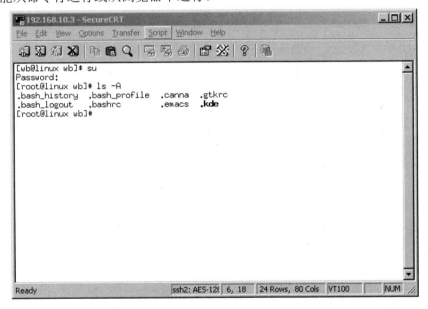

图 11-15　显示切换用户

还有其他的特点，包括文本手稿、易于使用的工具条、用户键位图编辑器、可定制的 ANSI 颜色等等，使其成为非常优秀的虚拟终端工具。

SecureCRT 的 SSH 协议支持 DES、3DES、RC4 等对称密码，以及 RSA 等公钥密码的鉴别。有兴趣的读者可以访问 http://www.vandyke.com/ 获得更详细的介绍。

## 11.3　使用图形化 VNC

除了可使用命令行方式的 Telnet 及 SSH 两种远程管理控制系统外，Linux 还提供了功能更加强大的 VNC 图形化远程控制工具。

### 11.3.1　VNC 概述

前面介绍了命令行下的两种远程管理方式。对于已经熟悉 Linux 命令的用户来说，也许够用了，但是对于并不太熟悉 Linux 命令，又用惯了 Windows 的新手来说，要记住大量的 Linux 命令，使用交互能力较差的命令行模式还是十分困难的。类似 Windows 下的终端服务 Terminal Server、PCAnywhere 等，现在 Linux 也有了这类图形化的远程管理方式，最著名的就是 VNC。

VNC（Virtual Network Computing）由 Cambridge 大学的 AT&T 实验室开发，它基本上是属于一种远程显示系统，允许用户不用呆在计算机主机旁边，而是在网络可以通达的任何地方就可以获取制定计算机系统的桌面环境。它采用服务器|客户机方式，使用范围非常广泛，可跨越不同的操作系统平台。同时，VNC 采用 GPL（General Public License）授权方式,所以使用时并不需要负担任何的费用。

VNC 服务器端程序支持的操作系统主要有：UNIX、Linux、Windows、Macintosh 等，基本上覆盖了所有常用的操作系统。VNC 客户端程序支持的环境主要有：X Window、Windows、Windows CE、Macintosh、Java 等，也就是说可以使用 VNC 在所有常用操作系统之间互相访问、控制。

在 Red Hat Linux 中，默认安装了 VNC 服务器端 Vncserver 和客户端 Vncviewer。在 Linux 系统中，VNC 的工作原理如图 11-16 所示。

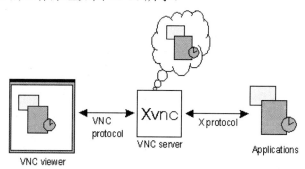

图 11-16　VNC 的工作原理

在 Linux 系统中，VNC 服务器以标准的 X 服务器为基础，如果想在 Linux 上使用 VNC 服务器，则必须在系统中安装至少一个标准 X Window 环境；若希望得到更好的显示效果，可以选择 GNOME、KDE 等优秀的 X Window 环境。Red Hat Linux 默认安装的 X Window 是 GNOME，所以 VNC 服务器得到的便是 GNOME 桌面环境。

当 VNC 服务器启动后，一个应用程序便可以像在一般 X Window 中那样，通过 VNC 服务器使用 VNC 协议（VNC Protocol）显示到 VNC 客户端上。所以，对于 X Window 中的应用程序，这时 VNC 服务器就是 X 服务器。

### 11.3.2　使用 VNC 服务器

默认安装 Red Hat Linux 时，VNC 服务器和 VNC 客户端都已经装入了系统。使用命令 rpm -q 可以查看 VNC 的版本号。

**1. 安装 VNC 服务器**

如果系统里已经安装了 VNC 服务器，但并没有启动 VNC，那么需要设置系统服务来选择启动 VNC 服务器。具体做法和启动 Telnet 服务一样，即在系统服务中选定 VNC 服务器，VNC 服务器仍然没有随系统启动，还需要手工启动 VNC 服务器，这需要考虑安全等因素。

手工启动 VNC 服务器的命令如下：

```
[root@localhost root]# vncserver
You will requiree a password to access your desktop
Password:
Verify:
New 'X' desktop is linux:1
Starting applications specified in /root/.vnc/xstartup
Log file is /root/.vnc/linux:1.log
```

第一次启动 VNC 服务器时，程序要求输入并确认一个访问口令（口令必须满足一定的复杂性，否则程序不会接受），然后便会显示装置的编号和启动日志文件的存放路径，这时便可以使用 VNC 客户端程序了。按照显示装置的编号来连接对应的 VNC 服务器，进行各种操作了。

**2. 配置 VNC 服务器**

按照默认配置，VNC 服务器提供给 VNC 客户端的桌面环境是 1024×768 的分辨率，8Bit 的色深，这样的显示效果对于经常使用 15 寸彩显、800×600 分辨率，32Bit 色深的用户是很不习惯的。可通过如下参数启动 VNC 服务器，使 VNC 服务器提供 800×600 分辨率，16Bit 色深。

```
[root@localhost root]# vncserver -geometry 800x600 -depth 16t
```

当用户不需要再使用 VNC 的时侯，从安全角度出发，建议停止 VNC 服务器，以防他人使用 VNC 客户端连接你的系统。停止 VNC 服务器的命令如下：

```
[root@localhost root]# vncserver -kill :n
```

### 11.3.3 VNC 客户端

如果想在 Windows 系统下运行 VNC 客户端，还需要下载安装包，网址：http:\\www.uk.research.att.com\vnc\download.html。

下载的 VNCviewer for Windows 程序是一个 zip 文件，解压缩后即是一个可执行文件，运行即可进行连接。图 11-17 显示了 VNC 客户端连接远程服务器的界面。

在 Connection details 对话框中输入 VNC 服务器的 IP 地址和显示装置的编号，中间用冒号隔开。单击 Options 可以进一步设置 VNC viewer 的显示特性，包括鼠标、色深、编解码方式、显示方式、显示大小等。

图 11-18 显示了 VNC 客户端远程连接的选项。

与 VNC 服务器连接上之后，会进行口令验证，这时需要输入在第一次启动 VNC 服务器时所输入的口令。通过口令验证后，一个 X Window 便呈现在眼前了。

图 11-19 显示了 VNC 客户端的验证窗口。

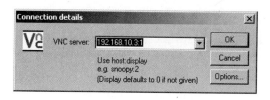

图 11-17　VNC 客户端界面

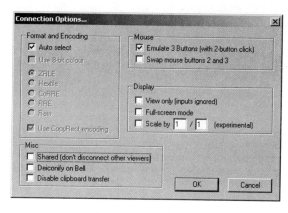

图 11-19　启动 VNC 认证框

图 11-18　连接选项

图 11-20 显示了在 Windows 下执行 VNC 客户端。可以看到，图形界面显示与 X Window 的设置相关。

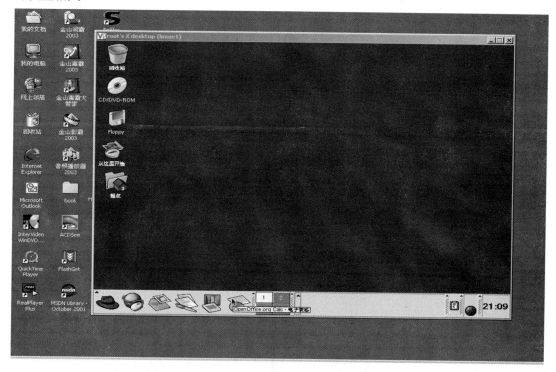

图 11-20　执行 Windows 的 VNC 客户端

倘若一时无法找到 VNC viewer，也不要紧，使用 Web 浏览器同样可以进行远程控制，只须在 Web 浏览器的地址栏中输入：

```
http://VNC服务器IP地址：5800＋显示装置编号
```

即可进行口令验证，通过验证后就可以进行远程管理了。

图 11-21 显示了以 Web 界面进行远程管理的界面的认证，认证成功后，则会显示远程 Linux 下的图形界面。

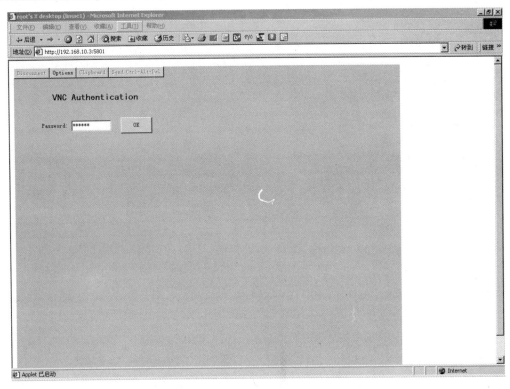

图 11-21　Web 界面进行远程管理

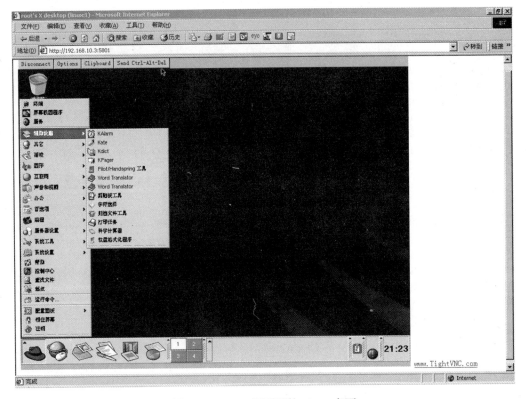

图 11-22　Web 界面下的 Linux 桌面

# 11.4　安全使用 VNC

在利用 SSH 调用 VNC 时，可以更安全地进行远程系统管理，这样可以将 SSH 的安全性与 VNC 的方便性结合在一起，形成易用、安全的远程管理界面。

## 11.4.1　工作原理

VNC 使用 Random Challenge-Response System（随机挑战响应系统）的方案，提供基本的身份验证，用来验证到 VNC 服务器的连接。这是比较安全的验证机制，因为这种机制在认证过程中并不需要传输口令。但是，当与服务器建立了连接之后，VNC 浏览器和 VNC 服务器之间的数据传输则以未加密的明文方式传送，这样传输的数据就可能被网络中的窃听者窃听，造成关键数据和秘密泄漏。

因此，需要远程控制的系统非常关键，当传输中的信息十分重要的时候，VNC 浏览器与服务器之间的明文通信方式就会成为远程控制工作中的重大隐患，严重威胁你的网络和系统安全。

还记得前面讲的 OpenSSH 吗？它不仅只是一种安全的远程管理工具，同时也可以为其他各种网络应用提供一个安全保密的隧道，这就是 OpenSSH 的端口转发功能。

端口转发的工作原理就是把本地客户端的一个端口映射为远端服务器的服务端口。SSH 允许用户映射服务器的任一服务端口到本地客户机的任何没有使用的端口上，这样就可以在本地和远程服务器之间通过 SSH 建立一条加密通道。所有对本地映射端口的请求都被 SSH 加密，然后转发到远程服务器的端口。当然，这需要远程服务器上运行 SSH 服务器，才能建立加密通道。

## 11.4.2　配置过程

进行配置之前，还需要检查一下本地 Linux 系统上安装的 SSH 配置及一些相关的系统设置，完成检查后，就可以在本地系统与远程系统之间建立一个安全的通信路径。

### 1. 检查 SSH 配置

可以用下面命令来检查远程服务器是否运行 SSH 服务：

```
[root@localhost root]#telnet remotehostname 22
telnet: Unable to connect to remote host: Connection refused
```

如果收到这样的出错信息，就说明远程服务器上没有运行 SSH 服务软件；如果收到下面的信息，则说明远程系统提供了 SSH 服务。

```
[root@localhost root]# telnet 192.168.10.3 22
Trying 192.168.10.3...
Connected to 192.168.10.3.
Escape character is '^]'.
Red Hat Linux release 7.3 (Valhalla)
Kernel 2.4.18-3 on an i686
login:
```

表明目标服务器上正运行着 SSH 服务器进程，可以进行端口转发，然后按照如下介绍的操作建立安全隧道。

**2. 建立安全隧道**

要创建一个 TCP/IP 端口转发"隧道"，需要使用如下命令，该命令使用格式和常用选项如下：

```
[root@localhost    root]#ssh    -L    local-port:remote-hostname:remote-port
username@hostname
```

其中的参数分别代表如下意义：

- local-port　本地的尚未被使用的端口号。
- remote-hostname　需要被映射的远程服务器名或 IP 地址。
- remote-port　需要被映射的远程服务器的服务端口号。
- username@hostname　本地的用户名和主机名。

当客户机和主机之间的线路带宽较窄的时候，可以使用参数-C 可以开启数据压缩功能，使 SSH 在转发数据之前先进行数据压缩。

**3. 建立 SSH 端口映射**

将 VNC 浏览器和服务器通过 SSH 端口映射的过程如下，这样做就会对连接进行加密：

（1）在客户端执行端口转发命令，本地端口应是大于 5900 的未使用的端口，当服务器只起 VNC 服务时，服务器端口是 5901。

执行时会要求输入账户口令，如图 11-23 所示。

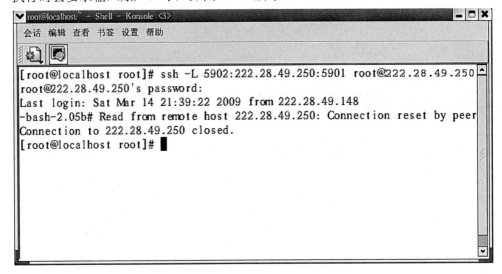

图 11-23　进行 SSH 验证

（2）执行 VNC 浏览器程序 vncviewer，并输入本地主机名和显示设备代号，设备代号由（本地端口号 5900）得出。图 11-24 显示了执行 VNC 浏览器的情况。

（3）输入 VNC 服务的验证口令。

图 11-25 为 VNC 验证口令的界面。

图 11-24　连接 VNC 浏览器　　　　　　　图 11-25　VNC 口令验证

（4）VNC 应用成功运行在通过 SSH 端口转发建立的安全隧道中。

　　完成上述过程后，发现通过 SSH 可以运行 VNC 客户端程序。图 11-26 显示了通过 SSH 运行 VNC 客户端的图形桌面。

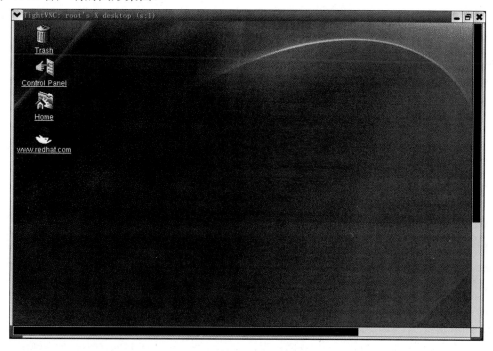

图 11-26　运行后桌面

关于在 SSH 上运行 VNC 的详细说明，有兴趣的读者可以访问如下网址：
http://www.uk.research.att.com/vnc/sshvnc.html

# 第 12 章　管 理 用 户

在类 UNIX、Linux 系统中，使用账号来进行用户访问控制，可以使不同用户完成不同的操作。比如，根用户可以管理系统，而普通用户只能在对其开放的空间内操作。

本章学习如何进行用户管理。用户管理就是给用户账号分配恰当的权限，可以使用命令在 shell 下进行，也有专门的图形界面工具。

## 12.1　用户管理概述

### 12.1.1　用户信息

在 Linux 系统中，每个用户都有一个账号，账号包括用户名、用户 ID、用户密码等信息，通常包括如下内容：

- 用户名（user name）　系统对每个用户的唯一标志，可以是字母、数字组成的字符串，并且区分大小写。
- 用户 ID（UID）　系统内容对用户标识的数字。
- 组 ID（GID）　默认组的 ID，每个用户都会属于某一组。
- 口令（password）　系统保存用户的加密口令。
- 全名（full name）　用户的真实名字，系统管理员可以根据它更好地进行管理。
- 主目录（home directory）　登录后所在的目录，这个目录属于用户本人。
- 登录 shell　设置用户完成登录后可使用的 shell 命令解析器。

Linux 的访问控制是通过用户权限机制来实现的，不仅有真实的用户账号，系统安装完成后，系统本身就自动创建了一些特殊的账号，它们具有特殊的意义。

比如，最重要的有根账号（root），它承担了系统管理的一切任务，可以不受任何限制地进行操作。其他的内建用户则只能用来进行一些相关事务的处理，这些账号的用户 ID 小于 500。

普通用户需要根用户来创建，它们的用户 ID 从 500 开始，并且默认的组与用户名同名。组 ID 也是从 500 开始。如图 12-1 是图形化的用户处理器。

在 Linux 系统中，用户管理同时控制着系统的访问权限，不同的用户在系统中的使用权限不同，不同的用户可以访问不同的文件。因此，在增加了用户管理时，还要考虑用户需要访问什么，不能访问什么。

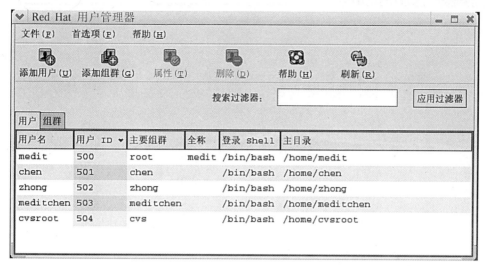

图 12-1 用户管理器

### 12.1.2 用户管理配置文件

在 Linux 中有两个非常重要的用户配置文件/etc/passwd 和/etc/shadow，它们一起记录系统中的用户信息。

**1. 用户文件 passwd**

系统中用于管理用户账号的基本文件是/etc/passwd，该文件包含了系统所有用户的用户名和它们的相关信息。每个用户账号在文件中对应一行，并且用冒号分 7 个域。每一行的形式如下：

> 用户名：加密的口令：用户ID：组ID：用户描述：登录目录：登录shell

下面是 root 用户在此文件中对应的行：

> root:X:0:0:root:/root:/bin/bash

Linux 系统将第一个用户看成一个数字，即用每个用户唯一的用户 ID 识别，配置文件/etc/passwd 给出了系统用户 ID 与用户名之间及其他信息的对应关系。

如下是一个典型的/etc/passwd 文件实例：

```
root:x:0:0:root:/root:/bin/bash
bin:x:1:1:bin:/bin:/sbin/nologin
daemon:x:2:2:daemon:/sbin:/sbin/nologin
adm:x:3:4:adm:/var/adm:/sbin/nologin
lp:x:4:7:lp:/var/spool/lpd:/sbin/nologin
sync:x:5:0:sync:/sbin:/bin/sync
shutdown:x:6:0:shutdown:/sbin:/sbin/shutdown
halt:x:7:0:halt:/sbin:/sbin/halt
mail:x:8:12:mail:/var/spool/mail:/sbin/nologin
news:x:9:13:news:/etc/news:
uucp:x:10:14:uucp:/var/spool/uucp:/sbin/nologin
operator:x:11:0:operator:/root:/sbin/nologin
games:x:12:100:games:/usr/games:/sbin/nologin
gopher:x:13:30:gopher:/var/gopher:/sbin/nologin
```

```
ftp:x:14:50:FTP User:/var/ftp:/sbin/nologin
nobody:x:99:99:Nobody:/:/sbin/nologin
ntp:x:38:38::/etc/ntp:/sbin/nologin
rpc:x:32:32:Portmapper RPC user:/:/sbin/nologin
vcsa:x:69:69:virtual console memory owner:/dev:/sbin/nologin
nscd:x:28:28:NSCD Daemon:/:/sbin/nologin
sshd:x:74:74:Privilege-separated SSH:/var/empty/sshd:/sbin/nologin
rpm:x:37:37::/var/lib/rpm:/bin/bash
mailnull:x:47:47:::/var/spool/mqueue:/sbin/nologin
smmsp:x:51:51:::/var/spool/mqueue:/sbin/nologin
rpcuser:x:29:29:RPC Service User:/var/lib/nfs:/sbin/nologin
nfsnobody:x:65534:65534:Anonymous NFS User:/var/lib/nfs:/sbin/nologin
pcap:x:77:77::/var/arpwatch:/sbin/nologin
xfs:x:43:43:X Font Server:/etc/X11/fs:/sbin/nologin
wnn:x:49:49:Wnn System Account:/home/wnn:/bin/bash
xsc:x:500:500::/home/xsc:/bin/bash
```

/etc/passwd 文件对系统的所有用户都可读，其好处是每个用户都知道系统上有哪些用户，缺点是其他用户的口令容易受到攻击（尤其是口令较简单时），所以在使用/etc/shadow 文件时，一定要将用户口令存储在另一个文件中。

**2．密码文件 shadow**

为了保证系统的安全性，系统通常对用户的口令进行 shadow 处理，也就是把用户口令保存到只有根用户才可读的/etc/shadow 文件中。该文件包含的用户名与 passwd 文件中相同，并且存储了用户口令等相关信息。

以下是一个典型的/etc/shadow 文件：

```
root:$1$hLq.PWrE$QEjOFA1KbrzlVypiogpO1.:12029:0:99999:7:::
bin:*:12029:0:99999:7:::
daemon:*:12029:0:99999:7:::
adm:*:12029:0:99999:7:::
lp:*:12029:0:99999:7:::
sync:*:12029:0:99999:7:::
shutdown:*:12029:0:99999:7:::
halt:*:12029:0:99999:7:::
mail:*:12029:0:99999:7:::
news:*:12029:0:99999:7:::
uucp:*:12029:0:99999:7:::
operator:*:12029:0:99999:7:::
games:*:12029:0:99999:7:::
gopher:*:12029:0:99999:7:::
ftp:*:12029:0:99999:7:::
nobody:*:12029:0:99999:7:::
ntp:!!:12029:0:99999:7:::
rpc:!!:12029:0:99999:7:::
vcsa:!!:12029:0:99999:7:::
nscd:!!:12029:0:99999:7:::
sshd:!!:12029:0:99999:7:::
rpm:!!:12029:0:99999:7:::
mailnull:!!!:12029:0:99999:7:::
```

```
smmsp:!!!:12029:0:99999:7:::
rpcuser:!!!:12029:0:99999:7:::
nfsnobody:!!!:12029:0:99999:7:::
pcap:!!!:12029:0:99999:7:::
xfs:!!!:12029:0:99999:7:::
wnn:!!!:12029:0:99999:7:::
gdm:!!!:12029:0:99999:7:::
postfix:!!!:12029:0:99999:7:::
xsc:j7WfS8ZmlMrlY:12100:-1:99999:-1:::
desktop:!!!:12067:::::::
bb:6p.gNMMaLY7co:12070:0:99999:7:::
```

每个用户在文件中占一行，并且用冒号分成 9 个域。每一行包括以下内容：

- 用户登录名。
- 用户加密后的口令（若为空，则用户不需要口令即可登录）。
- 修改日期，数字表示从 1970 年 1 月 1 日至修改日期的天数。
- 口令在多少天内不能被修改。
- 口令在多少天后必须被修改。
- 口令过期多少天后用户账号被禁止。
- 口令在到期多少天内给用户发出警告。
- 被禁止日期，数字表示从 1970 年 1 月 1 日至被禁日期的天数。
- 保留域，尚未使用。

# 12.2  命令行管理方式

## 12.2.1  创建新用户

useradd 命令（也可使用 adduser）用来创建新的用户账号，其命令格式与常用的选项如下：

```
useradd[选项]用户名
```

常用的命令选项如表 12-1 所示。

表 12-1  useradd 命令常用选项

| 常用选项 | 意　义 |
| --- | --- |
| -d | 设置新用户的登录目录 |
| -e | 设置新用户的停止日期，日期格式为 MM/DD/YY |
| -f | 账号过期几日后永久停权。当值为 0 时则账号立刻被停权，而当值为-1 时则关闭此功能。预设值为-1 |
| -g | 使新用户的加入群组 |
| -G | 使新用户的加入一堆群组。每个群组使用逗号区格开来，不可以夹杂空白字 |
| -s | 指定新用户的登录 shell |
| -u | 设定新用户的 ID 值 |

当成功创建一个用户之后，在/etc/passwd 文件中就会增加一行该用户的信息，其格式如下：

[用户名]：[密码]：[UID]：[GID]：[身份描述]：[主目录]：[登录shell]

其中各字段被冒号分成 7 个部分。

由于小于 500 的 UID 和 GID 一般都是系统自己保留，不用做普通用户和组的标识，所以新增加的用户和组一般都是 UID 和 GID 大于 500 的。

例如，使用如下命令：

[root@localhost root]# useradd user1

将会创建一个名为 user1 的用户，关于用户管理命令在上一章已经介绍过，在此不做更多的介绍了。执行 useradd 命令如图 12-2 所示。

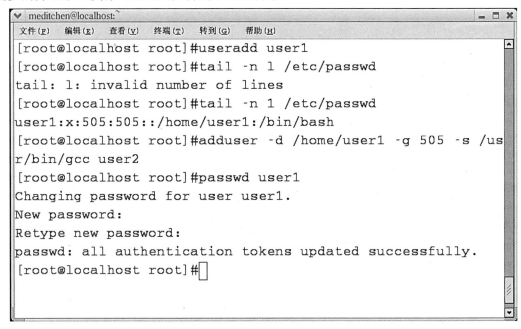

图 12-2　创建用户命令

## 12.2.2　设置和修改用户口令

passwd 命令用来设置和修改用户口令，只有超级用户和用户自己才可以修改密码，其他的普通用户没有修改别人密码的权利。命令格式与常用选项如下：

passwd　[用户名]

为避免输入密码时被别人注意到有多少位，Linux 并不采用类似 Windows 的密码回显（显示为*号），所以输入这些字符是看不见的。例如，为新建的 user1 用户设置密码，可使用如下命令：

[root@localhost root]# passwd user1

根据系统的提示信息输入两次密码，系统会显示：

passwd:all authentication tokens updated successfully

表示修改密码成功了。新建用户的工作只有再给该用户设置了口令后才算完成，否则无法使用该用户名登录。

### 12.2.3　修改用户信息

usermod 命令用来修改用户信息，其命令格式与常用选项如下：

```
usermod [选项] [用户名]
```

表 12-2 列出了 usermod 命令的常用选项。下面的命令用来修改用户信息：

```
[root@localhost root]# usermod -d /home/user2 -s /bin/bash user2
```

会将用户 user2 的主目录路径设置在/home/user2，登录 shell 设置为/bin/bash。

一般情况下，usermod 命令会参照命令指定的部分修改用户账号信息。但 usermod 不允许改变正在线上的使用者账号名称。因此，当用 usermod 改变用户账号信息时，必须确认这名用户没在电脑上执行任何程序。

表 12-2　usermod 命令常用选项

| 常用选项 | 意　义 |
| --- | --- |
| -d | 更新使用者新的登录目录 |
| -e | 设置使用者账号停止日期，日期格式为 MM/DD/YY |
| -f | 账号过期几日后永久停权。当值为 0 时则账号立刻被停权，而当值为-1 时则关闭此功能。预设值为-1 |
| -g | 更新使用者新的起始登入群组 |
| -G | 定义使用者为一堆 groups 的成员。每个群组使用??区格开来，不可以夹杂空白字 |
| -l | 变更用户登录时的名称，同时使用者目录名也会跟着更动成新的名称 |
| -s | 指定新登入 shell |
| -u | 用户 ID 值，必须为唯一的 ID 值用户目录树下所有的文档目录，其 userID 会自动改变。放在用户目录外的文档则要手动更改 |

### 12.2.4　新建组群

groupadd 命令用来建立新的用户组，其命令格式与常用选项如下：

```
groupadd [选项] [用户组名]
```

常用选项如下：

- -g　GID 值。除非使用-o 参数，不然该值必须是唯一的，不可相同，数值也不可为负。GID 值最小不得小于 500，并逐次增加。0～499 传统上是保留给系统账号使用。

- -f　新增一个已经存在的群组账号，系统会给出错误信息然后结束 groupadd。

这种情况下不会新增这个群组，也可同时加上-g 选项。当你加上一个 gid 时，gid 就不用是唯一值了。可以不加-o 参数，建好群组后会显示结果（adding a group as neither –g or –o options were specified）；这是 Red Hat Linux 额外增设的选项。

### 12.2.5　删除用户

userdel 命令用来删除已经存在的用户及相关的文档，其命令格式与常用选项如下：

```
userdel [选项] 用户名
```

userdel 命令的常用选项为-r：将用户目录下的文档一并删除。在其他位置上的文档也将被找出并删除。

userdel 不允许移除正在线上的用户账号，如果想删除这类用户账号，则必须先杀掉用户在系统上运行的程序，之后才能进行账号删除。

### 12.2.6 删除组群

groupdel 命令用来删除已经存在的用户组，其命令格式与常用选项如下：

```
groupdel 组名
```

同 userdel 类似，存在任何一个组内的用户在线上就不能移除该用户组。如果组内有用户在线的话，最好先移出该用户，然后再删除该用户组。

### 12.2.7 用户切换

su 命令常用于不同用户间切换，其命令格式如下：

```
su [用户名]
```

su 命令的常见用法是变成根用户或超级用户，如果发出不带用户名的 su 命令，则系统提示输入根口令，输入之后则可切换为根用户。如果登录为根用户，则可以用 su 命令成为系统上任何用户而不需要口令。

例如，如果登录为 user1，要切换为 user2，只要用如下命令：

```
[root@localhost root]#su user2
```

系统提示输入 user2 口令，输入正确的口令之后就可以切换到 user2。完成之后可以用 exit 命令返回到 user1。

### 12.2.8 查看当前在线用户

who 命令主要用于查看当前在线上的用户情况，这个命令非常有用。如果用户想和其他用户建立即时通信（比如使用 talk 命令），那么首先要确定该用户确实在线上，不然 talk 进程就无法建立起来。

又如，系统管理员希望监视每个已登录的用户此时此刻的所作所为，也要使用 who 命令。who 命令的常用命令格式和常用选项如下：

```
who [选项]
```

命令 who 常用命令选项如表 12-3 所示。

表 12-3 who 命令常用选项

| 常用选项 | 意　义 |
| --- | --- |
| -a | 显示所有用户的所有信息 |
| -m | 显示运行该程序的用户名，和 who am i 的作用一样 |
| -q | 只显示用户的登录账号和登录用户的数量，该选项的优先级高于其他任何选项 |
| -u | 在登录时间后面显示该用户最后一次对系统进行操作至今的时间 |
| -H | 显示列标题 |

所有选项都是可选的，例如使用命令：

```
[root@localhost root]#who -aH
```

结果如图 12-3 所示，其中主要标题的含义见表 12-4。

表 12-4　who 命令输出常用标题含义

| 标　题 | 含　义 |
|---|---|
| USER | 用户登录账号 |
| LINE | 用户登录使用终端 |
| TIME | 用户登录时间 |
| IDLE | 用户空闲时间，即未进行操作的时间 |
| PID | 用户登录 shell 的进程 ID |

也可以单独使用 who 命令，这时将显示登录用户名、使用终端设备以及登录到系统的时间三项内容。

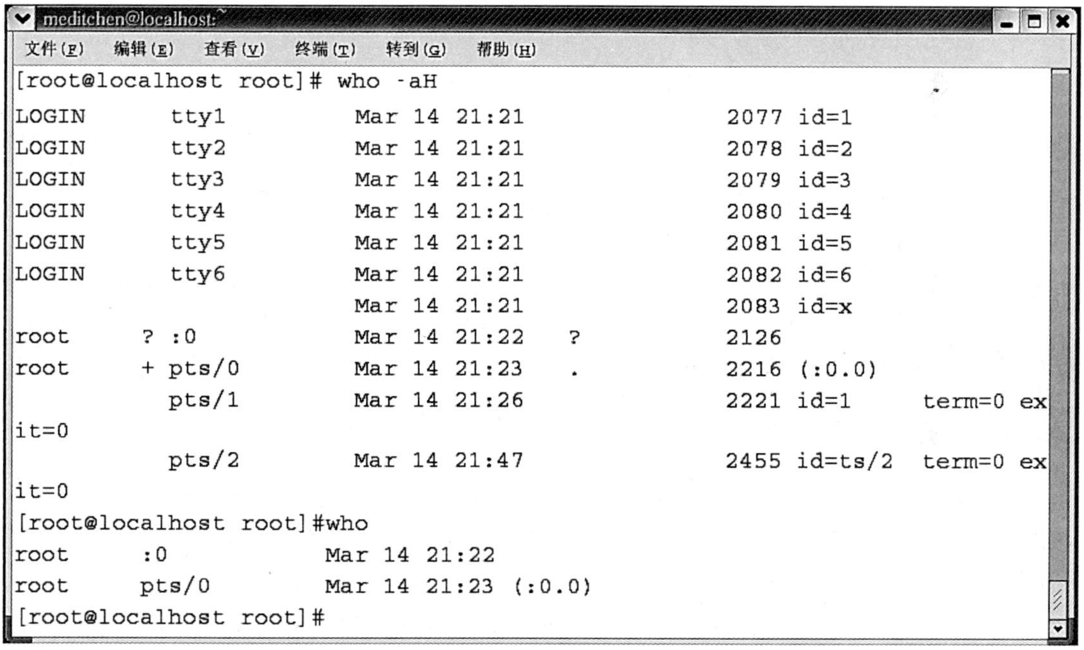
meditchen@localhost:~
文件(F)　编辑(E)　查看(V)　终端(T)　转到(G)　帮助(H)
[root@localhost root]# who -aH
LOGIN tty1 Mar 14 21:21 2077 id=1
LOGIN tty2 Mar 14 21:21 2078 id=2
LOGIN tty3 Mar 14 21:21 2079 id=3
LOGIN tty4 Mar 14 21:21 2080 id=4
LOGIN tty5 Mar 14 21:21 2081 id=5
LOGIN tty6 Mar 14 21:21 2082 id=6
Mar 14 21:21 2083 id=x
root ? :0 Mar 14 21:22 ? 2126
root + pts/0 Mar 14 21:23 . 2216 (:0.0)
pts/1 Mar 14 21:26 2221 id=1 term=0 exit=0
pts/2 Mar 14 21:47 2455 id=ts/2 term=0 exit=0
[root@localhost root]#who
root :0 Mar 14 21:22
root pts/0 Mar 14 21:23 (:0.0)
[root@localhost root]#

图 12-3　显示系统登录用户

### 12.2.9　口令老化

为安全起见，要求用户定期改变他们的口令是明智之举。要从 shell 提示下为用户配置口令过期，可使用 chage 命令，其常用命令格式和常用选项如下：

```
change [选项] 用户名
```

可用的选项见表 12-5。

如果 chage 命令后紧跟用户名（无其他选项），则会显示当前口令的老化数值并允许这些数值被改变。如果系统管理员想让用户在首次登录时设置口令，则用户口令可以被设置为立即过期，从而强制用户在首次登录后必须改变它。

表 12-5　change 命令常用选项

| 选　项 | 含　义 |
|---|---|
| -m days | 指定用户必须改变口令所间隔的最少天数。如果值为 0，则口令不会过期 |
| -M days | 指定口令有效的最多天数。当该选项指定的天数加上-d 选项指定的天数小于当前的日期时，则用户在使用该账号前必须改变口令 |
| -d days | 指定自从 1970 年 1 月 1 日起，口令被改变的天数 |
| -I days | 指定口令过期后，账号被锁前不活跃的天数。如果值为 0，则账号在口令过期后不会被锁 |
| -W days | 指定口令过期前要警告用户的天数 |
| -E date | 指定账号被锁的日期，日期格式为 YYYY-MM-DD。若不用日期，也可以使用自1970 年 1 月 1 日后经过的天数 |

## 12.3　图形界面管理方式

用户管理器以图形化界面允许你查看、修改、添加和删除本地用户和组群。要使用用户管理器，你必须运行 X Window 系统，具备根特权，并且安装了 redhat-config-users RPM软件包。

要从桌面启动用户管理器，选择面板上的【主菜单】|【系统设置】|【用户和组群】命令，或者在 shell 提示（比如 XTerm 或 GNOME 终端）下键入 redhat-config-users 命令。

用户管理器的界面如图 12-4 所示。要查看包括系统内全部本地用户的列表，可单击【用户】标签。要查看包括系统内全部本地组群的列表，可单击【组群】标签。如果需要寻找指定的用户或组群，只须在【搜索过滤器】字段内键入名称的前几个字符，按 Enter 键或者单击【应用过滤器】按钮，被过滤的列表就会被显示。

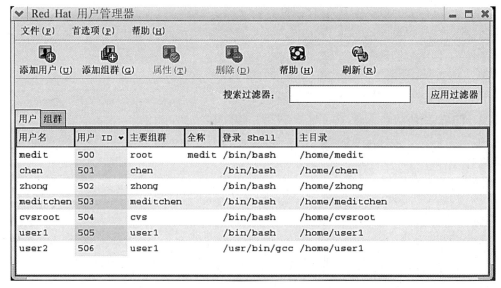

图 12-4　Red Hat 用户管理器

要给用户和组群排序，可单击列名、用户或组群就会按照该列的信息被排序。Red Hat Linux 把 500 以下的用户 ID 保留给系统用户，用户管理器默认不显示系统用户。要查看包括系统用户在内的所有用户，可从下拉菜单中取消选择【首选项】|【过滤系统用户和组群】命令。

### 12.3.1　添加新用户

要添加新用户，应单击【添加用户】按钮，如图 12-5 所示的窗口就会出现。在适当的字段内键入新用户的用户名和全称，在【口令】和【确认口令】字段内键入口令，口令必须至少有 6 个字符。

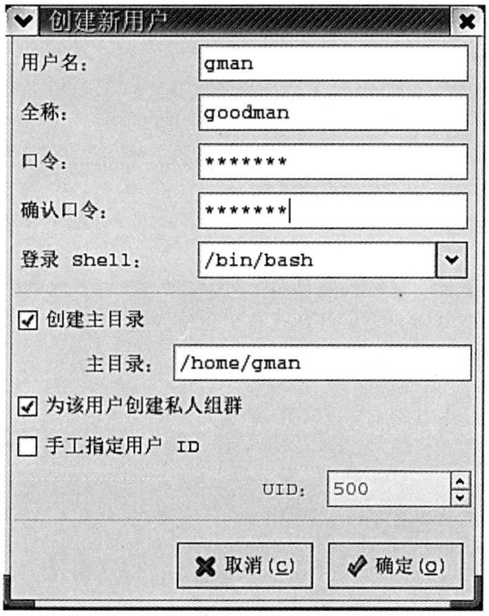

图 12-5　创建新用户

选择一个登录 shell，如果不能确定应该选择哪一个 shell，就接受默认的/bin/bash。默认的主目录是/home/用户名，可以改变为用户创建的主目录，或者通过取消选择【创建主目录】来不为用户创建主目录。

如果选择要创建主目录，则默认的配置文件就会从/etc/skel 目录中复制到新的主目录中。Red Hat Linux 使用用户私人组群（User Private Group，UPG）方案。UPG 方案并不添加或改变 UNIX 处理组群的标准方法，只不过提供了一个新约定。按照默认设置，当创建一个新用户的时候，一个与用户名相同的独特组群就会被创建。如果不想创建这个组群，则取消选择【为该用户创建私人组群】。

要为用户指定用户 ID，请选择【手工指定用户 ID】。如果这个选项没有被选，则从号码 500 开始后的下一个可用用户 ID 就会被分派给新用户。Red Hat Linux 把低于 500 的用户 ID 保留给系统用户，最后单击【确定】按钮来创建该用户。

要把用户加入到更多的用户组群中，可单击【用户】标签，选择该用户，然后单击【属性】按钮。在【用户属性】窗口中，选择【组群】标签，选择你想让该用户加入的组群，以及用户的主要组群，然后单击【确定】按钮。

## 12.3.2 修改用户属性

要查看某个现存用户的属性，可单击【用户】标签，从用户列表中选择该用户，然后在按钮菜单中单击【属性】（或者从下拉菜单中选择【行动】|【属性】命令），一个类似图 12-6 的窗口就会出现。

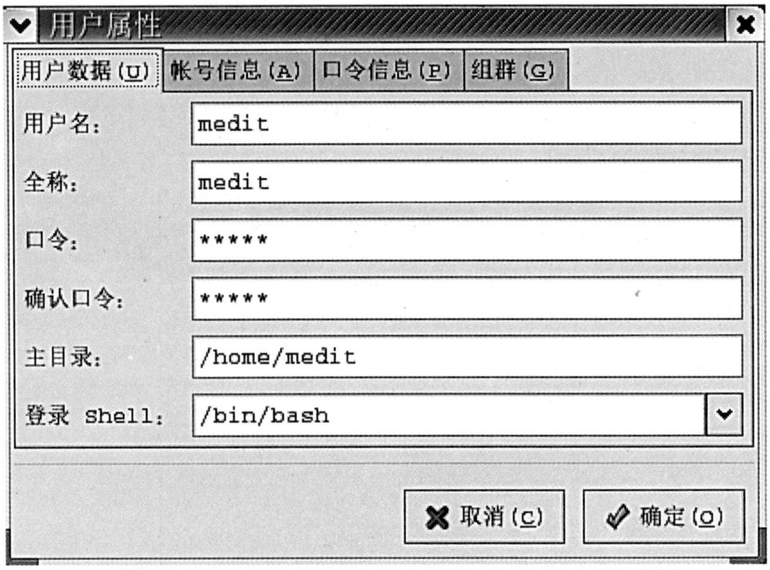

图 12-6 用户属性

可以看到，【用户属性】窗口被分隔成以下几个标签页：

- 用户数据 显示添加用户时可配置的基本用户信息，使用这个标签来改变用户的全称、口令、主目录或登录 shell。
- 账号信息 如果想让账号到达某一固定日期时过期，选择【启用账号过期】，并在提供的字段内输入日期。选择【用户账号已被锁】来锁住用户账号，从而使用户无法登录系统。
- 口令信息 显示用户口令最后一次被改变的日期。要强制用户在一定天数之后改变口令，可选择【启用口令过期】。还可以设置允许用户改变口令之前要经过的天数，用户被警告改变口令之前要经过的天数，以及账号变为不活跃之前所经过的天数。
- 组群 选择想让用户加入的组群以及用户的主要组群。

## 12.3.3 添加新组群

要添加新用户组群，可单击【添加组群】按钮，一个类似图 12-7 的窗口就会出现，键入新组群的名称来创建。要为新组群指定组群 ID，选择【手工指定组群 ID】，然后选择 GID。

Red Hat Linux 把低于 500 的组群 ID 保留给系统组群，然后单击【确定】按钮来创建组群，新组群就会出现在组群列表中。

图 12-7　创建新组群

### 12.3.4　修改组群属性

要查看某一现存组群的属性，可从组群列表中选择该组群，然后在按钮菜单中单击【属性】命令（或选择下拉菜单【文件】|【属性】命令），一个类似图 12-8 的窗口就会出现。

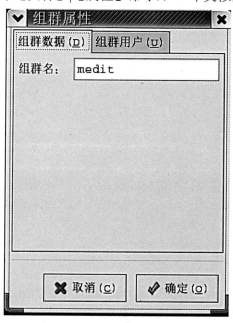

图 12-8　组群属性

【组群用户】标签显示了哪些用户是组群的成员。选择其他用户可把他们加入到组群中，或者取消选择用户来把他们从组群中移除。单击【确定】或【应用】按钮可修改该组群中的用户。

# 第 13 章　配置网络

## 13.1　Linux 网络功能

### 13.1.1　Linux 对互联网的支持

Linux 支持多种网络互联方案，并且这些方案是在内核中就已经实现的。一台安装有 Linux 的电脑可以被配置成为一台路由器、网桥等多种网络互联设备。下面描述 Linux 的常用网络功能。

#### 1．路由器（router）

Linux 的核心具有内建的路由选择功能。一部 Linux 机器，可以被架构成一台 IP 或 IPX 路由器，而它的花费仅是商业路由器的零头而已。

#### 2．网桥（bridge）

Linux 的核心具有内建的以太网络桥接器支持，作用就是让不同以太网区段上面的各个节点，使用起来就像是在同一个以太网络上。多部桥接器放在一起，再加上 IEEE 802.1 标准的 spanning tree 演算法的使用，可以架构一个更大的以太网络。Linux 桥接器可与其他第三厂商的桥接器产品正常地互接，还有相应的程序套件可以过滤 IP、IPX 或 MAC 地址。

#### 3．IP 伪装（Masquerading）功能

IP 伪装在 Linux 上是一个重要的网络功能。如果一部 Linux 主机连接到 Internet，而且其 IP 伪装功能被开启，则连上他的其他计算机（不论是在相同的 LAN 上还是通过调制解调器连上来的）没有使用正式分配的 IP 地址，同样可以到达 Internet。这种方式降低了上网的费用，因为可以多人使用同一条调制解调器连线来上 Internet，同时也增加了安全性（从某些方面来看，它的功能就像一道防火墙，因为外界网络无法连接非正式分配的 IP 地址）。

#### 4．IP 记账（Accounting）功能

这也是 Linux 核心的选用功能，该功能被使用于 IP 网络流量追踪、数据报记录以及产生一些统计结果。可以定义一系列的规则，以便当匹配到某种样式的数据报时，能够增加计数器的数值。例如，这个数据报是被接受还是被拒绝。

#### 5．IP 别名（aliasing）功能

这个 Linux 核心所提供的功能使得可以在同一个低级网络装置的驱动程序下，设定多重的网络地址（例如在一片以太网卡装置上设定两个 IP 地址）。通常，我们会依照服务器程序所监听的网络地址的不同来区分不同的服务功能，例如多重主机（multihosting）、虚拟网域（virtual domains）或虚拟主机服务（virtual hosting services）。

## 6. 网络流量控制（Traffic Shaping）功能

网络流量控制功能是一种虚拟的网络服务，可以限制输出到另一个网络装置的数据流速率。这个功能在某些场合（比如 ISP）特别有用，该功能被用来控制、执行或限制每个使用者可以使用多少带宽的策略。另一个用途（仅限于网页服务）就是某些 Apache 网络服务，可以用来限制客户端建立 IP 连线的个数或者带宽的使用量。

## 7. 防火墙（Firewall）功能

防火墙是一个将私有网络从公众范围（整个互联网）保护与独立出来的装置。防火墙的设计使其能够依据每个数据报所含的源地址、目的地址、端口以及数据报形式等信息来控制数据报的流通与否。Linux 上存在不同类型的防火墙工具套件，同时核心也有内建的防火墙支持。除了核心内建的支持外，还有 TIS 和 SOCKS 两种防火墙工具套件。这两种防火墙套件非常完整，若能与其他工具合并使用，则可阻断/重导各类的网络流量与协议，而且经由设定文件或 GUI 程序可以制定具体的网络流量控制策略。

## 8. 端口转递（Port Forwarding）功能

通过防火墙，进入到特定端口编号的 IP 数据报可以被改写，然后转递到内部实际提供服务的服务器上。内部服务器所回复的数据报也会被改写，使它看起来就像来自防火墙。

## 9. 负载均衡（Load Balancing）功能

负载均衡功能需要有多部相同的服务器，并将服务要求转送到负载较轻的服务器上去。可以通过 NAT（Network Address Translation，网络地址转换）技术的子功能 IP 伪装来达到这个目的。网络管理员可以用逻辑服务器集合来共享同一个 IP 地址的做法，取代过去仅使用一台服务器提供网页服务或其他应用的方式。通过使用负载均衡的演算方法，将任何进来的连线要求转向特定的服务器上去。这个虚拟服务器会改写进来与出去的封包，所以客户端对服务器的存取是透通的，他们以为只有一台服务器。

## 10. EQL（串行连线的负载均衡驱动程序）

EQL 已被整合到 Linux 的核心中。如果有两条串行连线接到其他计算机，而且在线路上使用 SLIP 或 PPP，此时使用 EQL 驱动程序就可以将这两条串行连线看成一条二倍速的连线。当然，另外一端也必须支持这个功能才行。

## 11. 代理服务器（Proxy Server）

在 Linux 上存在多种代理服务器。一个普遍的解决方案就是 Apache 的 proxy 模组，另一个更完整与稳定的 HTTP proxy 工具就是 Squid。

## 12. 随选拨号（Dial on demand）功能

随选拨号功能使得电话拨号动作完全透明，使用者只会看到一条固定的网络线路被连接到远程的服务器。通常，该功能会有一个监控程序来监视数据报的流量。当感兴趣的数据报（所谓感兴趣就是由一套规则/优先权/权限来定义）到达时，它就会与远端建立网络连线。而当信道被闲置一段时间后，就会停止网络上的连接。

## 13. 虚拟专用网（VPN）

虚拟专用网是借助公共网络 Internet 来连接位于不同地理位置的本地网络，网络间的访问就像本地访问一样。由于 VPN 在传输数据的过程中对数据进行了加密，尽管这些数据在公共网络上传输，其安全性还是很高的。

### 13.1.2 Linux 对 Internet/Intranet 提供的服务

Linux 是 Internet/Intranet（互联网/公司内部网络）上一个重要的服务器平台。Intranet 就是将 Internet 的技术应用在组织内部，主要目的是散布和整合公司内部的信息。通过 Linux 可以对 Internet 与 Intranet 提供的服务包括：电子邮件、网络新闻、全球信息网（WWW），以及其他更多的服务项目。

- 电子邮件服务。
- 网页服务器。
- 网页浏览程序。
- FTP 服务器与用户端程序。
- 网络新闻（News）服务。
- 网域域名系统（DNS）服务。
- DHCP、bootp 通讯协议。
- 网络信息服务（NIS）。
- 认证服务。

## 13.2 联网设置

### 13.2.1 TCP/IP 网络体系协议介绍

TCP/IP 协议分为四层，每一层分别负责不同的通信功能，如图 13-1 所示。

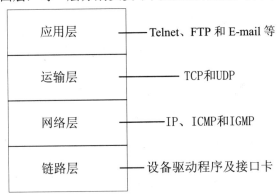

图 13-1　四层 TCP/IP 协议

每一层所负责不同的功能如下：

- 链路层　通常包括操作系统中的设备驱动程序和计算机中对应的网络接口卡，它们一起处理与电缆的物理接口细节。
- 网络层　处理分组在网络中的活动。在 TCP/IP 协议中，网络层协议包括 IP 协议、ICMP 协议以及 IGMP 协议。

■ 传输层 传输层主要为两台主机上的应用程序提供端到端的通信。在 TCP/IP 协议
簇中，有两个不同的传输协议 TCP（传输控制协议）和 UDP（用户数据报协议）。
其中 TCP 提供面向连接的、可靠的数据通信，UDP 提供面向无连接的、不可靠
的数据通信。

■ 应用层 应用层负责处理特定的应用程序细节。一些常用的应用程序有 Telnet 远
程登录、FTP 文件传输协议、SMTP 简单邮件传输协议、SNMP 简单网络管理
协议。

### 13.2.2 互联网配置向导

互联网是全世界最重要的计算机网络，它连接着数以万计的不同种类的局域网络和终
端设备。用户想接入互联网，除了专线连接和以太网接入外，还可以使用其他接入方式，
比如：

■ ISDN 连接 调制解调器拨号。

■ xDSL 连接 电缆调制解调器连接。

互联网配置向导程序 Internet Druid 可以用来在 Red Hat Linux 中配置各种互联网连接。
要使用 Internet Druid，必须运行 X Window 并具备根用户特权。

#### 1. 启动程序

在图形化桌面环境中启动 Internet Druid，选择【主菜单】|【系统工具】|【互联网配
置向导】命令，或者在命令行中键入命令 internet-druid。

还可以使用 Alt+F2 启动运行程序，然后执行命令，但不管在什么情况下，都需要根权
限才能继续。

#### 2. 配置前的准备

不同的 ISP（Internet Service Provider，互联网服务提供商），可能有他们的特殊连接需
求，在连接前，请向你的 ISP 查询他们提供的任何特殊说明，具体包括：

（1）如果使用调制解调器，则必须知道 ISP 提供的上网电话号码。目前常用的有 163、
263 等。

（2）ISP 账号的登录名和口令。

（3）DNS 项目（Domain Name System）。

互联网中的每个设备都使用 IP（Internet Protocol）地址来唯一确定，它是一组独特的
类似 xxx.xxx.xxx.xxx 的数字。为了便于记忆，一般用主机名.网络的域名方式表示。在使用
互联网的时候，需要 DNS 告诉机器要把消息发送到哪里。DNS 跟踪 IP 地址，当在 ISP 注
册登记后，可能会收到一个或多个 DNS 项目。

（4）某些 ISP 可能要求用户配置一个网关地址。网关是将机器待发送的消息转发到正
确地址的网络设备。设置网关地址就是告诉机器，它发送消息的目的地。

#### 3. 选择连接方式

在确保 ISP 的相关信息正确后，可以在互联网配置向导的帮助下，选择连接方式开始

配置，如图 13-2 所示。一般家庭都会选择调制解调器进行拨号，这样上网方式比较灵活，费用也较低。如果想上网、打电话两不误，也可以选择 ISDN 连接，费用要稍高一些。

图 13-2　互联网配置向导

### 13.2.3　拨号网连接

#### 1．调制解调器连接

调制解调器连接使用调制解调器来建立到互联网的连接。数码信息被调整成模拟信号，然后通过电话线来发送。要配置这类连接，应启动 Internet Druid 程序，选择【调制解调器连接】，然后遵循向导中的步骤进行。

配置完成后，系统会立即连接到网络。需要注意的是，这样建立的连接将会出现在网络配置表中，并且设置成激活状态，每次开机时，系统都会尝试拨号到 ISP。如果不想这样，可以使用【网络设备管理】将这个连接设置成不激活。

如果用户不想一直连接到网络，可以尝试使用 KPPP 拨号工具。它可以随时将系统拨号连接到 ISP，也可以随时将连接断开。

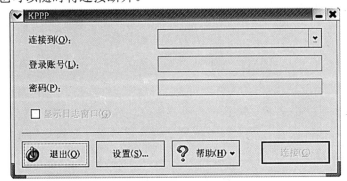

图 13-3　KPPP 的界面

当启动 KPPP 后，如果还没有设置，界面的输入栏都是灰色不能使用，这时需要进行设置，单击【设置】按钮，将会出现 KPPP 配置窗口，如图 13-4 所示。

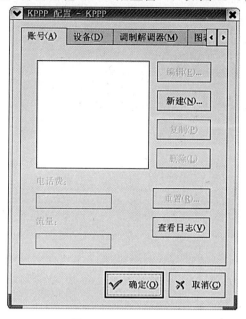

图 13-4 配置 KPPP

在 KPPP 配置窗口中，单击【新建...】按钮建立一个新的账号。如果想让系统记往密码，则选中【保存密码】选项。

图 13-5 建立账号

账号建立完成后，返回到 KPPP 的主界面。可以尝试拨号，连接后如图 13-6 所示。不想连接时，单击【断开】按钮就可以切断连接。

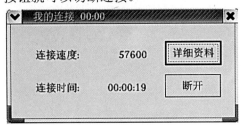

图 13-6  显示连接状态

### 2．ISDN 连接

ISDN（Integrated Services Digital Network，综合业务数字网）使用与模拟调制解调器连接相反的高速高质量的数码电子通讯线路，这种特殊的电话线必须由电话公司来安装。要配置这类连接，必须启动 Internet Druid 程序，选择 ISDN 连接，然后遵循向导中的步骤进行操作。

建立和使用 ISDN 连接与用调制解调器进行拨号连接没有太大区别，只是使用的拨号设备不同，以及需要申请 ISDN 服务，这里就不再作更多介绍了。

### 13.2.4  局域网连接

另一种主要的上网方式就是使用局域网。局域网技术很多，在此主要指以太网技术，而 xDSL 技术与 Cable 调制解调器都与以太网密切相关，所以也将它们一起介绍。

### 1．建立以太网连接

建立以太网连接首先需要一个 NIC（Network Interface Card，网络接口设备）、网线（通常是 CAT5 缆线）和要连接的网络，通常是连接到集线器上。

不同的网络连接速率是不同的，这就需要确认你的网卡是否支持要连接网络的速率。现在的以太网速率可能是 10 兆，甚至达到 100 兆，普通 10 兆网卡一般都能使用，只是在百兆网上，速率仍为 10 兆。

增加以太网连接，步骤如下：

（1）选择【设备】选项。

（2）单击【添加...】按钮。

（3）选择【以太网连接】，单击【前进】按钮。

如果已经配置了网卡，可以直接从网卡列表中选择，否则选择【其他以太网卡】来增加硬件。

在配置以太网卡时，可以选择自动获取 IP 地址，系统就会从 DHCP 服务器中自动获取 IP 地址。

但在小规模的局域网中，往往使用静态 IP 地址，选择【静态设置 IP 编号】后，就可以手工设置 IP 地址了，这时设置的 IP 地址需要与网络管理员联系。

图 13-8 显示了配置完以太网卡后，就会在网络配置窗口增加一个项目。一般以太网设备名是 eth*，*为数字，指第一个以太网卡就是 eth0。这时可以设置 eth0 是否活跃，也就

是连接是否可使用。

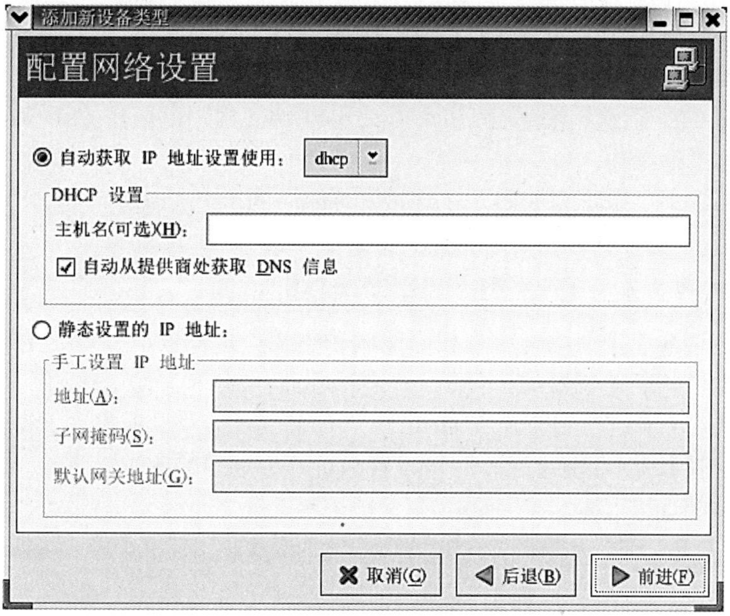

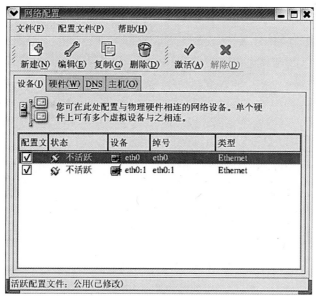

图 13-7　配置网络设置

还可以选中项目，对其中的属性进行修改，单击【编辑】按钮，也可以删除新建立的连接。

图 13-8　以太网设备

建立好连接后，并激活连接，系统就连接到互联网上了。

**2．xDSL 连接**

xDSL（数字用户线）连接通过电话线来使用高速传输。DSL 的类型有多种，例如 ADSL、IDSL 和 SDSL。Internet Druid 使用 xDSL 这个术语来代表各类 DSL 连接。

某些 DSL 提供商要求你通过 DHCP 用一个以太网卡配置你的系统来获取 IP 地址。要配置这类连接，应启动 Internet Druid 程序，选择【以太网配置】，然后在【配置网络设置】屏幕上选择 DHCP。某些 DSL 提供商要求你用以太网卡配置一个 PPPoE（以太网上的点对点协议）连接。要配置这类连接，应启动 Internet Druid 程序，选择【xDSL 配置】，然后遵循向导中的步骤进行操作。

如果要求必须提供用户名和口令来连接，可能用到了 PPPoE，请向 DSL 提供商咨询使用方法。

### 3．电缆调制解调器连接

电缆调制解调器连接使用与电视相同的同轴电缆来传输数据。多数电缆互联网提供商要求你在连接电缆调制解调器的计算机上安装一张以太网卡，而电缆调制解调器则连接到同轴电缆上。以太网卡通常用来配置 DHCP。要配置这类连接，应启动 Internet Druid 程序，选择【以太网配置】，然后在【配置网络设置】屏幕中选择 DHCP。

### 4．无线连接

如果要把 Red Hat Linux 计算机连接到一个带有无线（802.11x）网卡的无线访问点（Wireless Access Point，WAP）或对等（peer-to-peer，又称 ad-hoc）网络，就需要配置你的无线设备。选择【无线连接】，然后从设备列表中选择你的设备，接下来便可以在弹出的设备配置窗口中把该设备配置成 DHCP 或固定的 IP 地址了。

## 13.2.5  使用 ifconfig 配置网络接口

ifconfig 是用来配置网络接口的控制工具，它能够使一个接口被内核网络层访问，这里包括 IP 地址的分配、指定其他参数激活接口。ifconfig 通常的调用方式如下：

```
ifconfig interface [address[parameters]]
```

其中，interface 是接口名字；address 是分配给该接口的 IP 地址，可以是一个点分数字表示的 IP 地址，或者一个 ifconfig 可以在/etc/hosts 中查到的名字。

如果 ifconfig 只用一个接口名作为参数来调用，它就显示出该接口的配置。若不带任何参数，则显示目前主机上所有的接口的配置信息；带-a 参数强迫显示所有的接口，包括没有被激活的接口。

```
# ifconfig -a
eth0    Link encap:Ethernet  HWaddr 00:50:FC:21:B3:03
        inet addr:10.1.1.2 Bcast:10.255.255.255 Mask:255.255.255.0
        UP BROADCAST RUNNING MULTICAST  MTU:1500  Metric:1
        RX packets:0 errors:0 dropped:0 overruns:0 frame:0
        TX packets:120 errors:0 dropped:0 overruns:0 carrier:0
        collisions:0 txqueuelen:100
        RX bytes:0 (0.0 b)  TX bytes:7200 (7.0 Kb)
        Interrupt:5 Base address:0x5000
eth1    Link encap:Ethernet  HWaddr 00:D0:B7:AF:5F:31
        inet addr:211.68.70.252 Bcast:211.68.70.255 Mask:255.255.255.128
        UP BROADCAST RUNNING MULTICAST  MTU:1500  Metric:1
        RX packets:2852362 errors:0 dropped:0 overruns:0 frame:0
        TX packets:2732058 errors:0 dropped:0 overruns:0 carrier:0
```

```
            collisions:1212162 txqueuelen:100
            RX bytes:1031149446 (983.3 Mb)  TX bytes:3506076906 (3343.6 Mb)
            Interrupt:10 Base address:0xa000
  lo        Link encap:Local Loopback
            inet addr:127.0.0.1  Mask:255.0.0.0
            UP LOOPBACK RUNNING  MTU:16436  Metric:1
            RX packets:37454 errors:0 dropped:0 overruns:0 frame:0
            TX packets:37454 errors:0 dropped:0 overruns:0 carrier:0
            collisions:0 txqueuelen:0
            RX bytes:3219969 (3.0 Mb)  TX bytes:3219969 (3.0 Mb)
```

MTU 和 metric 表示该接口当前最大传输单元 MTU 和度量值，RX 和 TX 则显示有多少个包已经被无错地接收和发送，发生了多少个错误，丢弃了多少个包，多少个包因为超时而被丢弃。

下面来介绍 ifconfig 的参数。

- up　用来激活一个接口能被 IP 层所访问。如果 ifconfig 的参数中已经包含了给出的地址，就隐藏该参数。它也用于被 down 参数临时关闭的接口。

- down　标记一个接口不能被 IP 层所访问，这就有效地禁止了通过该接口的任何 IP 流量，同时该参数会自动删除使用该接口的选项。

- netmask mask　分配用于该接口的一个子网掩码，它可以用一个前面加有 0x 的十六进制的 32 位数给出，或者用点分四位十进制数给出。

- pointopoint address　只用于包含两台主机的点对点 IP 连接，例如这个选项用于 SLIP 或 PLIP 接口的配置，如果设置了一个点对点的地址，则 ifconfig 会显示 pointopoint 标志。

- broadcast address　广播地址通常是通过设置网络号的主机部分的所有位来产生，如果设置了一个广播地址，则 ifconfig 就显示一个 broadcast 标志。

- irq　可以设置某些使用 IRQ 终端的请求线，它对 PLIP 特别有用，在某些以太网卡中也可以用到。

- metric number　可用于为一个接口建立的路由表项分配度量值，这个度量用于路由信息协议 RIP（Routing Information Protocol，RIP）为网络建立选录表。ifconfig 所使用的缺省度量值是 0，如果没有运行一个后台 RIP 程序，则不需要这个选项。

- mtu bytes　设置最大传输单元，这是接口能够在一次传输中处理的最大 8 位组的数目。对于以太网，MTU 的缺省值是 1500（以太网允许的最大长度）；对于 SLIP 接口，缺省值是 296。

- arp　用于广播型网络，它启动地址解析协议 ARP 来探测网络上主机的物理地址，对于广播型网络来说，它是缺省使用的，如果该功能被禁止使用，则在 ifconfig 命令中会显示 noarp 选项。

- -arp　在接口上禁止使用 ARP。

- promisc　将接口设置为混杂模式。在一个广播型网络上，使得该接口接收所有的分组，而不管它们是不是到达该主机的信息包，这样可以使用包过滤器来分析网络流量；也称为以太网监听。

- -promisc　禁止混杂模式。

- allmulti 激活组播地址。在组播地址中，只有那些在编程中允许监听组播的主机能够收到发送给组播地址的数据报，这对于基于以太网的视频会议或者网络视频等应用程序很有用。这个选项对应于标志 allmulti。
- -allmulti 禁止组播地址。

现在用 ifconfig 来配置网络接口卡，先用 hostname 设置主机名。

```
# hostname host-name
```

如果主机是通过以太网连接网络，则需要给以太网卡指定 IP 地址和网络掩码。

```
# ifconfig eth0 211.68.70.252 netmask 255.255.255.128
```

该命令将 211.68.70.252 的 IP 地址分配给 eth0 接口，如果在命令行中省略了子网掩码，那么 ifconfig 将从 IP 地址推测子网掩码，接着可以查看 eth0 的状态。

```
# ifconfig eth0
eth0    Link encap:Ethernet  HWaddr 00:50:FC:21:B3:03
        inet addr:211.68.70.252  Bcast:211.68.70.255  Mask:255.255.255.128
        UP BROADCAST RUNNING MULTICAST  MTU:1500  Metric:1
        RX packets:0 errors:0 dropped:0 overruns:0 frame:0
        TX packets:120 errors:0 dropped:0 overruns:0 carrier:0
        collisions:0 txqueuelen:100
        RX bytes:0 (0.0 b)  TX bytes:7200 (7.0 Kb)
        Interrupt:5 Base address:0x5000
```

也可以编辑/etc/hosts 文件，该文件可以为某些简单的主机名做解析，如果不用 DNS 或 NIS 做地址解析，则必须将所有主机名写入 hosts 文件中。hosts 文件中的每一行包含一项设置，每一项设置由一个 IP 地址、一个主机名和一个该主机的别名组成。各个字段用空格或制表符分开，并且地址字段必须从第一列开始。以#开始的行为注释行被忽略掉，以下为 hosts 文件：

```
# Do not remove the following line, or various programs
# that require network functionality will fail.
# IP            FQDN            local
127.0.0.1       localhost.localdomain  localhost
211.68.70.252   redhat.linux       linuxhost
```

设置了/etc/hosts 文件之后，也可以用如下方式来设置 eth0 的 IP 地址：

```
# ifconfig eth0 linuxhost netmask 255.255.255.128
```

## 13.2.6 使用 route 添加路由

route 命令可以对内核的路由表进行增加或删除操作，它可以下面方式来调用：

```
route [add|del] [-net| -host] target [if]
```

其中的 add 和 del 决定了是增加还是删除到目的（target）网络或主机的路由，而-net 和-host 参数则用来告知路由命令，target 参数是网络还是主机（如果没有指定，则默认是一台主机）。if 参数也是可选的，用来指定路由应该到哪一个网络接口上。

不带任何参数的 route 命令可以显示整个内核路由表(-n 参数使得它用点分四位表示法显示 IP 地址，而不是用主机名)。

```
# route -n
Kernel IP routing table
Destination     Gateway         Genmask         Flags Metric Ref    Use Iface
```

```
211.68.70.128    0.0.0.0         255.255.255.128 U    0      0      0 eth1
211.68.70.128    0.0.0.0         255.255.255.128 U    0      0      0 eth0
127.0.0.0        0.0.0.0         255.0.0.0       U    0      0      0 lo
0.0.0.0          211.68.70.129   0.0.0.0         UG   0      0      0 eth1
```

　　Flags 列包含每个接口标志的一个列表，U 总是为活动的接口设置，H 是指目的地址，表示一台主机。如果 H 标志是为一个作为网络路由器的路由器置位，那么必须为 route 命令指定-net 选项。

　　为了使主机能够从以太网登录到其他以太网和因特网，一般需要设置网关。网关完成一个网络到另一个网络的数据传输，即将一个网络连接到另一个网络，缺省网关则是处理所有达到其他任何网络的数据报。以下命令可添加一个缺省网关：

```
# route add default gw 211.68.70.129
```

　　网络名 default 是 0.0.0.0 的缩写，表示缺省路由器。缺省路由器匹配任何目标地址，在没有更具体的路由匹配项时很有用。

### 13.2.7　使用 netstat 检查网络

　　netstat 是一个检查网络配置和活动的工具，它能够检查路由表、显示接口统计信息和连接状态等。

#### 1．显示路由表

　　调用 netstat 时若带-r 参数，则会显示内核路由表，同 route 命令一样。

```
# netstat -n
Destination    Gateway        Genmask        Flags Metric Ref    Use Iface
211.68.70.128  *              255.255.255.128 U    0      0      0 eth1
10.0.0.0       *              255.255.0.0    U    0      0      0 eth0
127.0.0.0      *              255.0.0.0      U    0      0      0 lo
default        211.68.70.129  0.0.0.0        UG   0      0      0 eth1
```

　　-n 参数将结果以点分数字形式的地址显示，而不是用符号主机名或网络名。Netstat 输出的第二列给出了路由选项指向的网关，如果没有网关，就用*号表示；第三列显示路由器的网络掩码；第四列显示描述路由的各种标志。

- ■　U　所用的接口已启动。
- ■　G　路由器使用了网关。
- ■　H　通过路由只能到达单个主机。
- ■　D　路由是动态建立的。
- ■　M　当 ICMP 重定向报文修改表项时设置该标志。
- ■　!　拒绝所有的数据报。

　　Metric、Ref 和 Use 是在通过路由器建立的 TCP 连接中的显示。Metric 是路由算法，用以确定到达目的地的最佳路径的计量标准，比如路径长度。Ref 是同该条路由相关的数量。Use 是查询该条路由的计数。Iface 是数据报通过该条路由将要被发送的接口。

#### 2．显示接口统计信息

　　当 netstat 命令带-i 参数调用时，将显示当前配置的网络接口的统计信息。如果再加上一个-a 标志，则将打印出内核中存在的所有接口，不仅是那些目前已经配置了的接口。该命令的输出如下：

```
# netstat -i
Iface MTU Met RX-OK RX-ERR RX-DRP RX-OVR   TX-OK TX-ERR TX-DRP TX-OVR Flg
eth0  1500  0     4     0      0      0        4      0      0      0 BMRU
eth1  1500  0  1959     0      0      0       90      0      0      0 BMRU
lo   16436  0    18     0      0      0       18      0      0      0 LRU
```

MTU 和 Met 字段显示接口当前的 MTU 和度量值。RX 和 TX 显示有多少信息包是无错接收和发送的（RX-OK/TX-OK）、出错的（RX-ERR/TX-ERR）、丢失了多少包（RX-DRP/TX-DRP）以及有多少包由于超时而丢失了（RX-OVR/TX-OVR）。

最后一列显示出该接口被设置的标志，其含义如下：

- B　已经设置了一个广播地址。
- L　该接口是一个环回接口。
- M　该接口被设置成为混杂模式。
- O　对于该接口，ARP 被禁止。
- P　这是一个点对点连接。
- R　接口正在运行。
- U　接口已经被启用。

### 3．显示连接状态

netstat 可以显示主动或被动的套接字。参数-t、-u、-w 和-x 分别显示主动的 TCP、UDP、RAW 或 UNIX 套接字连接。如果增加-a 参数，则等待连接的（包括正在监听的）套接字也将显示出来。如下为 netstat –ta 的输出：

```
# netstat -ta
Active Internet connections (servers and established)
Proto Recv-Q Send-Q Local Address           Foreign Address         State
tcp        0      0 *:32768                 *:*                     LISTEN
tcp        0      0 localhost.localdo:32769 *:*                     LISTEN
tcp        0      0 *:pop3s                 *:*                     LISTEN
tcp        0      0 *:9098                  *:*                     LISTEN
tcp        0      0 *:9099                  *:*                     LISTEN
tcp        0      0 *:pop2                  *:*                     LISTEN
tcp        0      0 *:pop3                  *:*                     LISTEN
tcp        0      0 *:imap                  *:*                     LISTEN
tcp        0      0 *:sunrpc                *:*                     LISTEN
tcp        0      0 *:ftp                   *:*                     LISTEN
tcp        0      0 localhost.localdom:8118 *:*                     LISTEN
tcp        0      0 *:ssh                   *:*                     LISTEN
tcp        0      0 *:telnet                *:*                     LISTEN
tcp        0      0 *:smtp                  *:*                     LISTEN
tcp        0    138 sfljsa.sfl:telnet       211.68.70.208:1876      ESTABLISHED
tcp        0      0 sfljsa.sfl:telnet       211.68.70.234:1321      ESTABLISHED
```

上面的输出很多都是处于监听状态，等待输入连接，最后两行分别显示从 IP 地址 211.68.70.208 和 211.68.70.234 处有两个 telnet 连接。

### 13.2.8 其他网络配置工具

除了 ifconfig、route 和 netstat 等工具之外，还有 ping 和 traceroute 等网络连接状况检测工具。

ping 是一个常用于检测是否能够与远端主机建立网络连接的工具，它是通过 Internet 控制报文协议 ICMP 来实现的。现在有些主机能够对 ICMP 进行过滤（主机装有防火墙保护），在这种情况下，可能使得一些主机 ping 不通，但能够建立网络连接。在此不罗列 ping 命令的所有可选参数，只通过实例来说明一些常用的组合。

#### 1. 检测主机同另外一台主机的连接情况

可以用需要检测的主机的 IP 或主机名作为 ping 工具的参数，以下则表明主机同 211.68.70.208 的连接正常：

```
# ping 211.68.70.208
PING 211.68.70.208 (211.68.70.208) 56(84) bytes of data.
64 bytes from 211.68.70.208: icmp_seq=1 ttl=64 time=0.022 ms
64 bytes from 211.68.70.208: icmp_seq=2 ttl=64 time=0.014 ms
64 bytes from 211.68.70.208: icmp_seq=3 ttl=64 time=0.008 ms
64 bytes from 211.68.70.208: icmp_seq=4 ttl=64 time=0.008 ms
--- 211.68.70.208 ping statistics ---
4 packets transmitted, 4 received, 0% packet loss, time 3002ms
rtt min/avg/max/mdev = 0.008/0.013/0.022/0.005 ms
```

#### 2. 指定 ping 回应次数

在 Linux 下，如果不指定回应次数，则 ping 命令将不断地向远程主机发送 ICMP 信息。可以通过-c 参数来限定：

```
# ping -c [number]
# ping -c 8 211.68.70.208
```

这个命令检测同 IP 地址为 211.68.70.208 的主机的连接状态，同时指定回应 ping 的次数为 8 次。

#### 3. 通过特定的网卡发出 ping 包

在主机装有多块网卡的情况下，需要检测某块网卡是否同远端主机连接正常，可以用 -I 参数来指定该块网卡。

```
# ping -I 211.68.70.208
```

traceroute 用来检测数据报到远端主机的过程中要经过哪些路由器，顾名思义：trace 是跟踪；route 是路由，也就是跟踪路由。

```
# traceroute 202.204.22.20
traceroute to 202.204.22.20 (202.204.22.20), 30 hops max, 38 byte packets
 1  *  211.68.70.129 (211.68.70.129)  0.673 ms  0.667 ms
202.204.22.20 (202.204.22.20)  0.920 ms  0.604 ms  0.585 ms
```

以上例子显示了数据报从本地主机到达 IP 地址为 202.204.22.20 过程中，通过的路由器，以及到达每个路由器的时间。

# 13.3 守护进程

守护进程是某种特殊的后台进程，又称精灵进程。它为用户提供了相当多的服务，但本身不会在屏幕上显示任何东西，所以显得非常神秘。

由于一个网络系统的绝大多数服务都是通过守护进程来实现的，所以它们是每个网络管理员必须掌握的内容。本节将介绍守护进程的概念，以帮助读者理解系统的这个非常神秘的部分。

## 13.3.1 理解守护进程

通过使用守护进程，Linux 系统为用户提供了强大的功能，却只需要非常少的资源。

第一次见到守护进程的用户往往把守护进程想像得非常专业、神秘，甚至有些经常使用 Linux 系统的用户也不是十分了解。

守护进程就是不需要用户参与执行的进程，之所以让人感到神秘，是因为它在运行时没有任何屏幕提示，只在后台静悄悄地等待用户或系统的请求，一旦有请求产生就立刻被激活。

从系统的角度来看，守护进程和普通进程并没有太大的区别。用户只须使用简单的 ps 命令就可以观察出这种区别。

执行命令 ps：

```
[root@localhost root]# ps -aux
[root@localhost root]# ps -aux:
UID       PID  PPID  C STIME TTY      TIME CMD
root        1     0  0 00:09 ?        00:00:03 init
root        2     1  0 00:09 ?        00:00:00 [keventd]
root        3     1  0 00:09 ?        00:00:00 [kapmd]
root        4     1  0 00:09 ?        00:00:00 [ksoftirqd_CPU0]
root        5     1  0 00:09 ?        00:00:00 [kswapd]
root       64     1  0 00:09 ?        00:00:00 [khubd]
root      398     1  0 00:09 ?        00:00:00 syslogd -m 0
......
root     1019   980  0 00:58 pts/0    00:00:00 ps -aux
```

上述列表显示了系统中常用的守护进程，例如系统登录守护进程 syslogd 等。守护进程控制终端名的位置上是一个问号，这便是区分守护进程和普通进程的简易方法。

至于进程信息的详细说明，请参考本书相关章节或其他参考资料，在此不再赘述。

设计和使用守护进程是为了节约系统资源，因此从上述列表中可以清晰地看到各种守护进程所占用的系统 CPU、系统内存 MEM 以及运行时间 TIME 等都几乎为零。

一个 Linux 系统往往启用了大量具有系统服务功能的守护进程，而且很多守护进程都有 root 权限，因此守护进程的配置文件往往是黑客攻击的重点对象。

系统将它们分散在多个文件中，虽然这样为管理员修改、启动服务带来诸多不便，却能使守护进程免遭破坏。

### 13.3.2　守护进程的流程

守护进程的系统属性和普通进程相同。一般进程有一个生存周期，守护进程也不例外，其生命周期是从系统启动到系统结束。图 13-9 是最著名的 init 守护进程的执行流程图（顺时针方向执行），从中可以看出守护进程的执行过程与计算机中的中断原理类似。

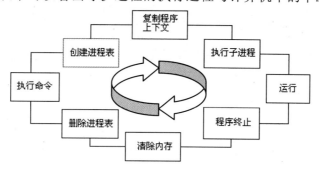

图 13-9　进程的生命周期表

没有执行请求到来时，init 守护进程处于等待状态，并不占用太多的系统资源。当它发现创建进程的请求时，就自动结束等待状态，产生进程；进程成功创建后，进入运行状态；当它发现所创建的进程结束后系统要求释放资源，就立即释放进程所占的资源，然后再次进入等待状态。init 守护进程就这样始终处于从等待状态到处理状态，又从处理状态回到等待状态的循环之中。

从图 13-9 不难得出，用 init 守护进程来管理进程有两个优点：其一是避免了循环查询请求造成的大量系统资源的浪费；其二是其他进程能够在 init 处于等待状态时得到大量的CPU 资源。

### 13.3.3　常见守护进程

在 Red Hat Linux 系统中有很多守护进程，系统启动时就开启最初的 init 守护进程，然后到系统守护进程，还有网络服务守护进程。下面简要介绍几个常用的守护进程的名称、位置及拥有者。

#### 1．init 守护进程

init 守护进程是系统中所有进程的父进程，完成系统启动的引导工作。Linux 的 init 程序依赖于/etc/inittab 文件提供的 init 启动和初始化系统中各种服务的详细过程。

初始化工作由一系列脚本来完成，这些脚本通常称为 RC SHELL 脚本，保存在/etc/ 或/sbin 目录下。脚本名称以 rc 开头，后面接数字，数字用来表示进程的级别，比如/etc/rc.d/rc3.d就是用来控制运行级别 3 的脚本程序。/etc/rc.d/rc3.d 目录下的脚本程序都是用来执行运行级别 3 的命令。

在系统初始启动过程中，由/etc/rc.d/rc.sysinit 脚本程序控制系统所做的动作，执行任务如下：

- 设置计算机的名称、网络参数。
- 设置区域时间。

- 检查文件系统，无误后进行安装。
- 删除临时文件。
- 启动系统守护进程。

Linux 共有 7 个运行级别，所以在 rc.d 目录下共有 7 个子目录。在这些目录下的脚本都以 S、K 或 P 开头，后面接一个两位数字和一个进程名。S、K 分别表示是 start 进程或 kill 进程，数字是脚本执行的顺序号。

至于每个脚本的功能，请参考相关的资料。

## 2．cron 守护进程

系统管理员或用户经常要让一些周期性的任务自动完成，以便减少日常工作量，例如每周定时清除/tmp 目录中的文件和 log 文件。cron 守护进程就是以固定时间间隔执行作业的守护进程。用户可在这个文件中列出要执行的命令以及执行的时间，cron 守护进程就会按照指定的时间和命令完成相应的工作。

与 at 和 batch 命令类似，root 用户在文件/usr/lib/cron/cron.allow 和/usr/lib/cron/cron.deny 中可以指明有权执行和无权执行 cron 命令的用户。用户还可以不同的用户身份提交 cron 作业，系统会分别执行这些作业。所提交的作业及作业中将要完成的功能应与提交作业用户的权限相匹配。如果提交的只是一个普通用户就能完成的作业，则不要用根用户的身份来提交。

提交 cron 作业时，作业的相关细节必须保存到文件 cronfile 中。cronfile 文件是一个普通文本文件，可以编辑它。

其格式如下：

```
Min Hour DayofMon  Mon DayofWeek  Command
```

各个字段之间用空格或制表符分开，文件中不能有空白行。

cronfile 中的每一条记录说明了以一个固定的时间执行命令和该命令执行的时间。其中指明时间的字段包括 Minutes、Hours、Day of month 和 Month of week，这些字段可以是一个具体的时间，也可以是一个时间范围。例如，Hours 字段中用*号表示"每小时"，MONTH 字段中用*表示"每个月"。

下面是一个简单的示例，假设系统管理员要定期做以下工作：

（1）每周五下午 5：30，将/pub 目录下的信息备份到磁盘中。

（2）每月第一天上午 9：00，删除/tmp 目录中上个月没有访问过的文件。

（3）希望终端在星期一的上午 9：00 能显示日期和时间。

用户只须创建如下文件：

```
MinHour   DayofMon   Mon DayofWeek   Command
30 17     *          *   5           echo"Weekly status meeeting">/dev/vtty06
0  9      *          *   *           find /tmp -atime+30 - exec rm-f{}\;
0  9      *          *   1           echo date >/dev/tty06
```

创建 cronfile 文件后，就可以使用 crontable 命令提交作业了。

```
[root@localhost root]# crontable cronfile
```

cron 守护进程应用非常广泛，比如想建立 ftp 搜索引擎，就可以用这个守护进程来执行定时搜索。在此就不做更详细的介绍了。

### 3. syslog 守护进程

syslog 守护进程根据配置文件/etc/syslog.conf 中描述的一系列文件，通过中心登记机制记录信息。信息包括通知性、错误性、状态性和调试性消息。syslog 是由文件/etc/syslog.conf 控制的，可以把各种不同类型的消息写入不同的日志文件中。下面是一个 syslog.conf 文件的例子：

```
#kern.*              /dev/console
cron.*               /var/log/cron
*.emerg              *
...
```

文件中每一行代表一个具体的日志文件，syslog 守护进程将根据该文件确定需要记录的日志。请注意，许多系统一次最多能打开日志文件数是有限的。

### 4. Sendmail 守护进程

Sendmail 守护进程主要监听来自外部系统的入境电子邮件连接，当接收到用户发送或接收邮件的请求时，就启动一个新的进程来处理邮件，它是网络应用程序的具体实现。

Sendmail 程序有两种工作方式：入境（incoming）和出境（outgoing），它可以从内部和外部接收邮件，并根据/etc/sendmail.cf 配置文件中的规则处理邮件。Sendmail 在标准 SMTP 协议的端口 25 上监听邮件传输。

后面会详细介绍配置 Sendmail 服务的细节。根据用户不同的需要，有时还可以改变它的监听端口。

## 13.4   xinetd

### 13.4.1   xinetd 简介

在 Red Hat Linux 7.0 以前，使用 inetd 来控制对主机的网络连接，当一个请求到达由 inetd 管理的服务端口时，inetd 将该请求转发给名为 tcpd 的程序。tcpd 根据配置文件 hosts(allowdeny) 来判断是否允许对该请求服务。如果请求被允许则相应的服务器程序（比如 ftpd、telnetd）将被启动，这个机制也称做 tcp_wrapper。

为了加强系统的安全性，在 Red Hat Linux 7.0 以后的版本中，xinetd 取代了 inetd 超级服务器的位置。Xinetd（extended internet services daemon）也提供类似 inetd+tcp_wrapper 的功能，但功能更加强大、安全，它具有如下特点：
- 实现基于时间段的访问控制。
- 具有功能完备的日志功能，可以记录连接成功和失败的行为。
- 支持对 tcp、udp 和 RPC 服务。
- 能有效地防止拒绝服务攻击（DoS）。
- 能限制同时运行的同类型的服务器数量。
- 能限制启动的所有服务器数量。
- 能限制日志文件的大小。
- 能将指定的服务绑定在特定的系统网卡（接口）上，从而实现只允许某个网络访问某项服务。
- 能实现作为其他系统的代理。

### 13.4.2 配置 xinetd

xinetd 启动提供网络服务的程序，同时作为这些服务程序的守护进程，并监听在配置文件中指定的所有服务端口。当一个请求到达时，xinetd 启动相应的服务程序来处理请求。

xinetd 的配置文件是/etc/xinetd.conf，其语法和 inetd 配置文件的语法完全不同而且不兼容。事实上，xinetd.conf 在功能上是/etc/inetd.conf、/etc/hosts.allow 和/etc/hosts.deny 三个配置文件的合集。/etc/xinetd.conf 的默认配置文件如下：

```
# Simple configuration file for xinetd
#
# Some defaults, and include /etc/xinetd.d/
defaults{
        instances           = 60
        log_type            = SYSLOG authpriv
        log_on_success      = HOST PID
        log_on_failure      = HOST
        cps                 = 25 30
}
includedir /etc/xinetd.d
```

同 Red Hat Linux 7.X 中的 xinetd 相比，Red Hat Linux 9.0 使用的 xinetd 版本为 2.3.7，它在默认配置文件中并没有直接指定要启动的服务器程序，而是通过指定一个目录/etc/xinetd.d，该目录的配置文件指定了需要启动的程序。同以前版本的 xinetd.conf 相比，这样的文件格式可以使配置文件更具有可读性，配置起来更加方便。下面介绍一下文件中的参数。

- instances 设置为一个服务器程序可同时运行的进程的最大数，该参数为一个大于或等于 1 的整数或 UNLIMITED，UNLIMITED 意味着对该参数没有限制。
- log_type 指定日志记录的方式，可以为 SYSLOG 和 file。当为 SYSLOG 时，其格式为 SYSLOG facility[level]，设置该工具为 daemon、authpriv、user 或 loca10-7。设置 level 是可选的，可用的 level 值为 emerg、alert、crit、err、warning、notice、info 和 debug，默认值为 info；file 指定文件来记录日志，而不用 SYSLOG 来记录。
- log_on_success 指定成功登录的信息，可以是 PID，进程的 PID；HOST 为客户机主机 IP 地址；USERID 为客户机用户的 UID，只用于多线程服务；EXIT 为登记进程终止状态；DURATION 为登记会话持续期。
- log-on_failure 指定登录失败的信息。可以是 ATTEMPT，记录一次失败的尝试；HOST 为客户机主机 IP 地址；USERID 为客户机用户的 UID，用于多线程流服务；RECORD 为记录附加的客户机信息。

在指定目录/etc/xinetd.d 下，可以看到对某个服务程序的配置文件，以下为 telnet 服务程序的配置文件：

```
# default: on
# description: The telnet server serves telnet sessions; it uses \
#       unencrypted username/password pairs for authentication.
```

```
service telnet{
    disable = no
    flags          = REUSE
    socket_type    = stream
    wait           = no
    user           = root
    server         = /usr/sbin/in.telnetd
    log_on_failure += USERID
}
```

其中 service 是必须的关键字，它指定所提供服务的名称，其属性表必须用大括号括起来，其中的每一项都定义了该服务的属性。

操作符可以是=、+=或-=。所有属性都可以使用=，其作用是分配一个或多个值，某些属性可以使用+=或-=的形式，其作用分别是将其值增加到某个现存的值表中，或将其值从现存值表中删除。

- service　即服务名称，可以是任意的，但通常用标准网络服务，也可以增加其他非标准的服务，只要它们能够通过网络请求激活。例如，本地主机自身发出的网络请求有很多可以使用的属性。

- socket_type　所使用的 TCP/IP socket 类型，值可能为 stream(TCP)、dgram(UDP)、raw 和 seqpacket。

- protocol　指定该服务使用的协议，其值必须在/etc/protocols 中定义。如果不指定，则使用该项服务的缺省协议为 TCP。

- server　要激活的进程，必须指定完整路径。

- server_args　指定传送给该进程的参数，但不包括服务程序名。

- port　定义该项服务相关的端口号。如果该服务在/etc/services 中列出，则可以不指定。

- wait　这个属性有两个可能的值。如果是 yes，那么 xinetd 在请求来临时启动服务器进程，并在处理结束之后结束该进程；这是一个单线程服务。如果是 no，那么 xinetd 会为每个请求启动的一个进程，而不管先前启动的进程的状态；这是一个多线程服务。

- user　设置服务进程的 UID，若 xinetd 的有效 UID 不是 0，则该属性无效。

- group　设置进程的 GID。若 xinetd 的有效 UID 不是 0，则这个属性无效。

- type　可以是这样一个或多个值——RPC（对 RPC 服务）、INTERNAL（由 xinetd 自身提供的服务，比如 echo）、UNLISTED（没有列在标准系统文件，比如/etc/rpc 或/etc/service 中的服务）。

- access_time　设置服务可用时的时间间隔。格式为 hh：mm-hh：mm；比如 06：00-18：00 表示从早上 6 点钟到晚上 18 点钟可以使用这项服务。

- banner　无论该连接是否被允许，当建立连接时就将该文件显示给客户机。

- flags　可以设置的选项有——REUSE，设置 TCP/IP socket 可重用；INTERCEPT，设置截获数据报进行访问检查，以确定它是来自允许进行连接的位置；NORETRY，如果创建进程失败，不再重试；IDONLY，只有在识别远端用户时才接收该连接，该标志只使用于面向连接的服务和多线程的流服务；

NAMEINARGS，允许 server_args 属性的第一个参数是进程的完全合格路径，也允许使用 TCP_Wrappers；NODELAY，若服务为 TCP 服务，并且 NODELAY 标记被设置，则 TCP_NODELAY 标记被设置，如果不是 TCP 则该标记无效。

- only_from    用空格分开的允许访问服务的客户机表。
- no_access    用空格分开的拒绝访问服务的客户机表。
- redirect    将 TCP 服务重定向到另外一个系统，语法为 redirect=ipaddress port，如果忽略该属性，则忽略 server 属性。
- bind    把服务绑定到一个特定端口，语法为 bind=ipaddress。
- isabled    用来指定服务程序是被关掉还是打开。

每种特定的服务都有自己必须指定的属性，有些属性在默认状态下已经被指定了。其中 socket_type、wait 对所有服务都是必需的；user 对/etc/services 和/etc/rpc 中列出的服务是必需的；server 对非内部服务是必需的；port 对不在/etc.services 中的非 RPC 服务都是必须的；protocol 对不在/etc/services 中的所有 RPC 服务和所有其他服务所需；rpc_version 则包括所有的 RPC 服务。

以下为一个配置 FTP 服务器的例子，在该例子中 FTP 服务同指定的 IP 地址绑定，这在主机有多个网络接口，同时有选择地允许别人访问时很有用。

例如：假定这个服务器有 3 个网络接口卡，同时同 3 个局域网连接，FTP 同某块网络接口卡绑定，这样只有与该网卡相连的局域网客户才能连接到该 FTP 服务器，而且该服务器限制了能够访问该服务的客户机的 IP 地址范围。

```
Service ftp {
  disable = no
  Socket_type=stream
  protocol=tcp
  wait=no
  user=root
  Only_from=211.68.70.0 /20
  bind=211.68.70.252
  Log_on_success+=DURATION
  Log_on_failure+=USERID
  nice = 10
  server=/usr/sbin/in.ftpd
  Server_args=-1 -a
}
```

### 13.4.3 启动 xinetd

每次更改 xinetd 的配置文件，都需要重新启动 xinetd 进程才能使配置生效。找到 xinetd 的进程号，发送一个 SIGUSR1 信号给它，即可重新启动该进程。

```
# ps -ef|grep xinetd
root      741     1  0 Mar12 ?        00:00:00 xinetd -stayalive -reuse -pidfil
# kill -SIGUSR1 741
```

# 13.5　网络配置文件简介

在目录/etc 下，有很多有用的网络配置文件，这些配置文件对网络的配置很有用。这些文件包括：/etc/ftpaccess、/etc/ftpconversions、/etc/host.conf、/etc/ftpgroups、/etc/ftphosts、/etc/ftpusers、/etc/hosts、/etc/hosts.allow、/etc/hosts.deny、/etc/issue.net 以及/etc/resolv.conf。其中 ftpaccess、ftpconversions、ftphosts 和 ftpusers 是 FTP 服务器的配置文件，resolve.conf 是 DNS 服务器配置文件，以后再介绍。

## 13.5.1　/etc/host.conf

文件/etc/host.conf 包含解析库声明的配置信息，每行含一个配置关键字，其后跟着合适的配置信息。系统识别的关键字有：order、trim、multi、nospoof 和 reorder。

- order　确定主机查询是如何执行的，后面应该跟随一个或者更多的查询方式，这些查询方式用逗号分隔。有效的方式有 bind、hosts 和 nis。
- trim　可以多次出现，每次出现其后应该跟随单个以句点开头的域名。如果设置了它，则 resolv+库会自动截去任何通过 DNS 解析出来的主机名后面的域名，这个选项用于本地主机和域。
- 相关信息：trim 对于通过 NIS 或者 hosts 文件获取的主机名无效。需要注意的是，要确保在 hosts 文件中的每条记录的第一个主机名是全名或者非全名，以适合于本地安装。
- multi　有效的值为 on 和 off。如果设置为 on，则 resolv+库会返回一台主机在/etc/hosts 文件中出现所有有效地址，而不只是第一个。默认情况下设为 off，否则可能导致拥有庞大 hosts 文件的站点潜在的性能损失。
- nospoof　有效的值为 on 和 off。如果设置为 on，则 resolv+库会尝试阻止主机名欺骗以提高使用 rlogin 和 rsh 的安全性。

它是这样工作的：执行一个主机地址的查询之后，resolv+会对该地址执行一次主机名的查询。如果两者不匹配，则查询失败。

- spoofalert　如果该选项设为 on 同时设置了 nospoof 选项，则 resolv+会通过 syslog 设施记录错误报警信息。默认的值为 off。
- reorder　有效的值为 on 和 off。如果设置为 on，则 resolv+会试图重新排列主机地址，以便在执行 gethostbyname(3) 时，首先列出本地地址（即在同一子网中的地址），再重新排序适合于所有查询方式。默认的值为 off。

## 13.5.2　/etc/hosts.allow 和/etc/hosts.deny

这两个文件都是访问控制文件，其中 host.allow 文件描述哪些主机被允许访问本地主机的网络服务，hosts.deny 则相反，描述了哪些主机不能访问本地主机的网络服务。如果两个访问控制文件都是空的或者不存在，那么访问控制功能将会被关闭。

在这两个文件中，总是包括一行或者多行内容。/表示这一行同上一行是同一行，#表示注释。具体格式如下：

```
daemon_list
client_list [shell命令]
```

其中，daemon_list 指定了本地主机提供网络服务的本地服务器的守护进程列表，client_list 则是一个或多个主机名的列表。

### 13.5.3 /etc/issue.net

该文件是用户从网络登录计算机时（例如 telnet、SSH）所看到的登录提示，还有一个控制本地用户登录主机所看到的登录提示的控制文件/etc/issue。这两个文件都是文本文件，可以根据需要改变。但是，如果想删掉这两个文件，则必须像上面介绍的那样把/etc/rc.d/rc.local 脚本中的那些行注释掉，否则每次重新启动的时候，系统又会重新创建这两个文件。以下为一个 issue.net 文件的实例：

```
Red Hat Linux release 9.0 (Psyche)
Kernel \r on an \m
```

### 13.5.4 /etc/services

著名的服务端口号都是在 RFC 分配编号中定义的，为了使得服务器和客户程序能够将服务名称转换成这些号码，每台主机起码要保存这个列表的一部分，并放在文件/etc/services 中。每个条目的格式如下：

```
service port/protocol [aliaser]
```

其中 service 指定服务的名称；port 定义提供该服务的端口；protocol 定义使用哪种传输协议，通常 protocol 为 TCP 或 UDP 两者之一；aliaser 字段用于为相同的服务指定另一个可选用的名称。以下为该文件中的一段：

```
ystat        11/udp       users
daytime      13/tcp
daytime      13/udp
qotd         17/tcp       quote
qotd         17/udp       quote
msp          18/tcp                       # message send protocol
msp          18/udp                       # message send protocol
chargen      19/tcp       ttytst source
chargen      19/udp       ttytst source
ftp-data     20/tcp
ftp-data     20/udp
# 21 is registered to ftp, but also used by fsp
ftp          21/tcp
ftp          21/udp       fsp fspd
ssh          22/tcp                       # SSH Remote Login Protocol
ssh          22/udp                       # SSH Remote Login Protocol
telnet       23/tcp
telnet       23/udp
# 24 - private mail system
smtp         25/tcp       mail
smtp         25/udp       mail
```

```
time            37/tcp          timserver
time            37/udp          timserver
rlp             39/tcp          resource        # resource location
rlp             39/udp          resource        # resource location
nameserver      42/tcp          name            # IEN 116
nameserver      42/udp          name            # IEN 116
nicname         43/tcp          whois
```

每个服务都必须使用唯一的端口，如果不同的服务需要使用同一端口，则必须使用不同的通信协议。需要说明的是，端口号可以从 0～65535，根据有关的标准，共分为三类：

- 专供服务使用，从 0～1023，又称为 Well-Known Port。
- 除了专供服务使用的标准端口之外，所有在 Internet 上登记和使用的端口都包含在 1024～49151 范围内。
- 高于 49151 号的端口都是私人或动态的端口号。

理论上，虽然用户可以使用任意端口提供服务（比如可以使用 88 号端口来提供 WWW 服务），但是为了使用方便或者避免与其他的应用冲突，最好能够使用标准的服务端口。

### 13.5.5 /etc/protocols

网络库文件需要有一个方法将协议名转换成被别的主机的 IP 层能够理解的协议号，这是通过在/etc/protocols 文件中查找协议名来做到的。这个文件每行包含一个协议名和相关的协议号，以下给出了一个样本文件：

```
hmp         20      HMP             # host monitoring protocol
prm         21      PRM             # packet radio measurement protocol
xns-idp     22      XNS-IDP          # Xerox NS IDP
trunk-1     23      TRUNK-1         # Trunk-1
trunk-2     24      TRUNK-2         # Trunk-2
leaf-1      25      LEAF-1          # Leaf-1
leaf-2      26      LEAF-2          # Leaf-2
rdp         27      RDP             # "reliable datagram" protocol
irtp        28      IRTP            # Internet Reliable Transaction Protocol
iso-tp4     29      ISO-TP4          # ISO Transport Protocol Class 4
netblt      30      NETBLT          # Bulk Data Transfer Protocol
mfe-nsp     31      MFE-NSP         # MFE Network Services Protocol
merit-inp   32      MERIT-INP        # MERIT Internodal Protocol
sep         33      SEP             # Sequential Exchange Protocol
3pc         34      3PC             # Third Party Connect Protocol
idpr        35      IDPR            # Inter-Domain Policy Routing Protocol
xtp         36      XTP             # Xpress Tranfer Protocol
ddp         37      DDP             # Datagram Delivery Protocol
idpr-cmtp   38      IDPR-CMTP        # IDPR Control Message Transport Proto
tp++        39      TP++            # TP++ Transport Protocol
il          40      IL              # IL Transport Protocol
ipv6        41      IPv6             # IPv6
sdrp        42      SDRP            # Source Demand Routing Protocol
ipv6-route  43      IPv6-Route       # Routing Header for IPv6
```

# 第 14 章　DNS 服务

## 14.1　DNS 简介

DNS 提供的服务就是将人们所熟悉的网址映射成 IP 地址。实际上, DNS 是一个分布式数据库系统, 它具有层次结构。DNS 并没有一张保存着所有主机信息的主机表, 这些信息被存放在许多分布式域名服务器中, 这些域名服务器组成一个层次结构的系统, 顶层是一个根域。

其实, 域的概念和地理上的行政区域的概念是类似的, 一个国家行政机构包括中央政府 (相当于根域) 和各个省份的省政府 (第一级域名), 省政府之下又包括许多市政府 (第二级域名), 市政府之下包括许多县政府 (第三级域名), 以此类推。每一个下级域都是上级域的子域, 每个域都有自己的一组域名服务器, 这些服务器中保存着当前域的主机信息和下级子域的域名服务器信息。

例如, 根域服务器不必知道根域内所有主机的信息, 它只要知道所有子域的域名服务器的地址即可。

通常有两种机制来完成: 一种是用主机表来完成, 另一种是采用域名服务器程序 (现在最常用的是 BIND) 来实现。

### 14.1.1　主机表机制

在互联网发展的初期, 当时的主机数量还不是很多, 名字服务是通过一张大型的主机表来完成的, 这张表称为 NIC 注册主机表, 它保存了所有已经注册的网站的主机名和对应的 IP 地址。在 Linux 中, 这个文件就是/etc/hosts。下面为一个/etc/hosts 的例子。

```
# Do not remove the following line, or various programs
# that require network functionality will fail.
127.0.0.1               localhost.localdomain   localhost
202.204.22.20           BBS                     www.bupt.org
202.204.22.19           FTP                     ftp2.byr.edu.cn
202.112.96.163          WWW                     www.bupt.edu.cn
202.112.10.37           DNS                     dns.bupt.edu.cn
```

第一列是网络 IP 地址 (比如 127.0.0.1), 第二列是对应的主机名或者域名 (比如 localhost.localdomain), 第三列则是对应主机的别名 (比如 www.bupt.org)。

这里解释一下主机名 (hostname) 和域名 (Domain) 的区别: 主机名通常在局域网内使用, 通过 hosts 文件, 主机名可被解析为对应的 IP 地址; 域名通常在 Internet 上使用, 但是如果本机不想使用 Internet 上的域名解析, 这时就可以更改 hosts 文件, 并加入自己的域名解析。

### 14.1.2  域名服务系统

域名服务系统一般采用域名服务器来实现域名到 IP 地址之间的转换，目前最常用的服务程序是 BIND（Berkeley Internet Name Domain，伯克利网间名字域）。服务程序分为两种：转换程序和名字服务器进程。转换程序是形成域名查询的软件，名字服务器进程是对域名解析、进行相应查询的进程。

因特网客户机通过与本地 DNS 服务器联系，本地 DNS 服务器取得客户机试图访问的因特网主机的 IP 地址。当本地服务器收到客户机请求时，便查询目标因特网主机对应的 IP 地址。下面以访问 www.bupt.edu.cn 为例，对域名解析的运行流程进行分析如下：

（1）首先从高速缓存中查找该站点的 IP 地址。

（2）如果该 DNS 服务器以前从未接收到对 www.bupt.edu.cn 的请求，那么高速缓存里将没有与它相关的信息。

（3）这样本地 DNS 服务器将和一个根 DNS 服务器联系，并对 www.bupt.edu.cn 进行解析。如果 www.bupt.edu.cn 确实存在，那么该远端 DNS 服务器将返回能解析 www.bupt.edu.cn 的 DNS 服务器的地址。

（4）本地 DNS 服务器请求该 DNS 服务器返回 www.bupt.edu.cn 对应的 IP 地址。

（5）本地 DNS 服务器最终将把 IP 地址返回给因特网客户机，并且将 IP 地址放入高速缓存，如图 14-1 所示。

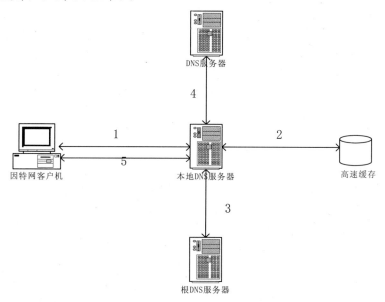

图 14-1  DNS 运行流程

DNS 用域层次结构来组织主机名。一个域就是在某些方面相关的站点的集合，因为这些特定的主机组成了特定的网络（比如校园网内所有的机器）。名字空间类似于一棵树，这棵树的入口用一个节点表示，称为根域，并且包含所有其他域。根据各节点在层次结构中的位置，一个域可以称为顶级域、第二级或第三级域，见表 14-1。

表 14-1　顶级域名描述

| 域　名 | 描　述 |
|--------|--------|
| edu | 教育机构如大学等 |
| com | 商业机构、公司 |
| org | 非商业机构 |
| net | 网络上的网关以及其他管理主机 |
| mil | 美国军事机构 |
| gov | 美国政府机构 |
| cn | 中国的各种网络 |

由于因特网最先发源于美国，很多顶级域名已经分配给美国使用了。在美国以外的地方，每个国家通常在两字符国家代码（在 ISO-3166 中定义）后面使用一个自己命名的顶级域。例如中国使用 cn 域，法国使用 fr 域，英国使用 uk 域等。在这些顶级域下面，每个国家的 NIC（Network Information Center，网络信息中心）可以自由地以各自想要的方式组织主机名，如：在中国，可以这样组织 com.cn，edu.cn 等。

名字空间可以分成区（zone），每个区植根于一个域。请注意区与域（domain）是有差别的：域 bupt.edu.cn 包括北京邮电大学的所有主机，而区 bupt.edu.cn 仅仅包括该大学计算中心直接管理的主机。

## 14.2　配置 DNS 客户端

如果 Linux 主机要访问互联网上其他主机，则需要将它配置成 DNS 客户机，DNS 的客户部分称为解析器，是一套允许任何程序执行 DNS 查询的运行库程序。在安装过程中，安装程序会询问有关 DNS 服务器并自动配置必要的解析器配置文件。但是，通常需要修改解析器配置以适应 DNS 服务器的改变。例如：在安装 Red Hat Linux 的过程中已经配置了解析器，但后来 ISP 修改了，这时就需要用户进行手工配置。

配置 DNS 客户，首先需要修改/etc/resolv.conf 的解析器配置文件。下面为一个典型的/etc/resolv.conf 例子。

```
# Default Domain
domain localhost.localdomain
# Default search list
search localhost.localdomain
# First name server
nameserver 202.112.10.37
# Second name server
nameserver 202.112.10.36
```

在上例中，设置 domain 指令为本系统的域名，如果没有这一行，默认域名将从系统主机名中自动提取；设置 search 指令为本系统的域名，该指令用于影响解析器搜索未完成给定的主机名的方式，如果没有给出 search 指令，那么当要解析不完整的主机名时，将自动使用默认域名；将 nameserver 指令设置为解析完成 DNS 查询时所使用的 DNS 服务器，可以在配置文件中指定多个 nameserver 指令，查询 DNS 服务器的顺序是按照配置文件中出现的次序。

## 14.3　配置 DNS 服务器

DNS 服务器可以被配置成 4 种形式：主名字服务器（master name server）、从名字服务器（secondary name server）、缓存名字服务器（caching-only name server）以及转发名字服务器（forwarding name server）。其功能分别如下：

- 主名字服务器　存储了指定名字空间最初的具有权威的域名解析信息，用于回答其他名字服务器对该名字空间内名字解析的请求。
- 从名字服务器　也响应其他名字服务器的请求，不过必须在该从名字服务器认为是权威的名字空间范围之内；从名字服务器也向主名字服务器请求名字解析信息，从名字服务器向主名字服务器发出 NOTIFY 字段，请求一个特定的名字解析回应信息。
- 缓存名字服务器　只提供域名到 IP 地址的解析，并且解析不具有权威性。所有的域名解析信息只是在一段时间之内存储在内存的数据库之中，经第一次解析之后，可以为以后的 DNS 客户进行快速的域名解析。
- 转发名字服务器　将请求转发给指定的名字服务器，由后者进行域名解析。如果指定的域名服务器不能解析，则解析失败。
- 一个名字服务器可以具有上述一个或多个形式。

### 14.3.1　安装 BIND 服务器

Red Hat Linux 9.0 带有 BIND9（Berkeley Internet Name Domain）服务器软件，在当前的互联网中，BIND 是用得最广泛的服务器软件并且是开放源代码的，它使用名为 named 的守护进程来提供域名解析服务，BIND9 还包括一个叫做/usr/sbin/rndc 的应用程序来管理 named 守护进程。如果要下载最新的 BIND 源码软件包，可以访问 http://www.isc.org/index.pl?/sw/bind/index.php。在 Red Hat Linux 9.0 光盘的 RPMS 目录下有一个 bind-9.2.1-9.i386.rpm 包，运行下列指令：

```
# rpm -ivh bind-9.2.1-9.i386.rpm
```

如果是升级则需要用如下命令进行升级：

```
# rpm -Uvh bind-9.2.1-9.i386.rpm
```

如果所获得的 BIND 软件包是源码 bind-9.2.2.tar.gz，则应首先对该软件包进行解压缩。

```
# tar zxvf bind-9.2.2.tar.gz
```

使用 ls 命令显示当前目录中的内容，则会发现已经建立了一个目录 bind-9.2.2，在这个目录中存放着所有编译、安装 BIND 应用程序相关的文档。接下来就可以开始进行程序的编译和安装工作了。在 BIND 的源程序代码中会用到一些 C 的函数库，因此安装之前必须确定系统上已经安装 G++、bios、flex 等套件，它们在 Red Hat Linux 9.0 中已经默认安装了。

首先进行配置：

```
# cd bind-9.2.2
# ./configure -prefix=/usr/local/bind
```

接下来可以使用 make 命令进行编译，首先使用 clean 关键字清除目录内一些不必要的文档。

```
# make clean
```

再使用 make 的 depend 关键字改变设置文件 Makefile 内的相关设置。

```
# make depend
```

最后执行 make 命令进行 BIND 程序编译的操作，这时 make 命令会利用编译器将原始程序代码编译成二进制文件。

```
# make
```

如果编译成功且没有任何错误产生，就可以利用 make install 命令进行程序安装操作了。

```
# make install
```

现在就可以启动 BIND 了，在 Red Hat Linux 中按照如下的方式启动：

```
# service named start
Starting named:                                              [  OK  ]
```

还可以通过建立一个启动脚本来启动，一个启动脚本的实例如下：

```
. /etc/rc.d/init.d/functions
. /etc/sysconfig/network
[ "${NETWORKING}" = "no" ] && exit 0
[ -f /etc/sysconfig/named ] && . /etc/sysconfig/named
[ -f /usr/sbin/named ] || exit 0
[ -f ${ROOTDIR}/etc/named.conf ] || exit 0
RETVAL=0
prog="named"
start() {
    # Start daemons.
  if [ -n "`/sbin/pidof named`" ]; then
     echo -n $"$prog: already running"
     return 1
  fi
     echo -n $"Starting $prog: "
  if [ -n "${ROOTDIR}" -a "x${ROOTDIR}" != "x/" ]; then
     OPTIONS="${OPTIONS} -t ${ROOTDIR}"
  fi
  # Since named doesn't return proper exit codes at the moment
  # (won't be fixed before 9.2), we can't use daemon here - emulate
  # its functionality
  base=$prog
     named -u named ${OPTIONS}
  RETVAL=$?
  usleep 100000
  if [ -z "`/sbin/pidof named`" ]; then
     # The child processes have died after fork()ing, e.g.
     # because of a broken config file
     RETVAL=1
  fi
  [ $RETVAL -ne 0 ] && failure $"$base startup"
  [ $RETVAL -eq 0 ] && touch /var/lock/subsys/named && success $"$base startup"
```

```
        echo
        return $RETVAL
    }
    stop() {
            # Stop daemons.
            echo -n $"Stopping $prog: "
        /usr/sbin/rndc stop
        RETVAL=$?
        [ $RETVAL -eq 0 ] && rm -f /var/lock/subsys/named || {
            killproc named
            RETVAL=$?
            [ $RETVAL -eq 0 ] && rm -f /var/lock/subsys/named
        }
            echo
        return $RETVAL
    }
    rhstatus() {
        /usr/sbin/rndc status
        return $?
    }
    restart() {
        stop
        start
    }
    reload() {
        /usr/sbin/rndc reload >/dev/null 2>&1 || /usr/bin/killall -HUP `/sbin/pidof -o
%PPID named`
        return $?
    }
    probe() {
        # named knows how to reload intelligently; we don't want linuxconf
        # to offer to restart every time
        /usr/sbin/rndc reload >/dev/null 2>&1 || echo start
        return $?
    }
    # See how we were called.
    case "$1" in
        start)
            start
            ;;
        stop)
            stop
            ;;
        status)
            rhstatus
            ;;
        restart)
            restart
            ;;
        condrestart)
```

```
        [ -f /var/lock/subsys/named ] && restart
        ;;
    reload)
        reload
        ;;
    probe)
        probe
        ;;
    *)
        echo $"Usage: $0 {start|stop|status|restart|condrestart|reload|probe}"
        exit 1
esac
exit $?
```

可以将这个脚本放在/etc/init.d/目录下，名字为 named。可以采取如下方式运行该脚本：

```
# /etc/init.d/named start
Starting named:                                        [  OK  ]
```

如果要关闭 BIND，则可以按照如下方式执行：

```
# /etc/init.d/named stop
Stopping named:
```

## 14.3.2  BIND 配置文件的语法

BIND 域名服务器的配置文件为/etc/named.conf，相关文件都位于/var/named 目录下。/etc/named.conf 文件必须没有任何错误，虽然一些错误配置可能不足以导致服务器停止工作，但是它们可能使 named 守护进程不能启动。如果使用 BIND 配置工具来配置，则不要手动更改/etc/named.conf 文件，因为在下次使用配置工具来更改时，配置文件将会被重写。/etc/named.conf 的内容如下：

```
<statement-1> ["<statement-1-name>"] [<statement-1-class>] {
  <option-1>;
  <option-2>;
  <option-N>;
};
<statement-2> ["<statement-2-name>"] [<statement-2-class>] {
<option-1>;
<option-2>;
<option-N>;
};
<statement-N> ["<statement-2-name>"] [<statement-2-class>] {
<option-1>;
<option-2>;
<option-N>;
};
```

其中，<statement-N-name>的名称只能是 acl、include、server、view 和 zone 之一，<statement-N-class>只能被指定为 zone 状态。注释标记如下：

■  //  用在每个注释行的开始。

■  #  用在每个注释行的开始。

- ■　/*和*/　该标记包含的内容为一个段注释。

下面介绍/etc/named.conf 使用的状态参数的含义和语法。

1．acl ＜acl-name＞4

配置能够访问或不能访问某个指定域名服务的 IP 地址列表。大多数情况下，采用单独的 IP 地址或网络地址（比如 10.0.1.0/24）来确定范围。有些控制列表已经被定义了，如下所示：

- ■　any　匹配所有 IP 地址。
- ■　localhost　匹配本地主机使用的所有 IP 地址。
- ■　localnets　匹配同本地主机相连的所有网络。
- ■　none　不匹配任何 IP 地址。

以下为一个在/etc/named.conf 中使用 acl 参数的例子：

```
acl black-hats {
10.0.2.0/24;
192.168.0.0/24;
};
acl red-hats {
10.0.1.0/24;
};
options {
blackhole { black-hats; };
allow-query { red-hats; };
allow-recursion { red-hats; };
}
```

这个例子中有两个访问列表 black-hats 和 red-hats。

2．controls

在使用 rndc 命令来管理 named 服务时，配置各种必需的安全需求。

3．include "＜file-name＞"

在当前的配置文件中包含指定的文件，这样可以将一些敏感的配置数据放入一个单独的文件当中，从而防止未授权用户读取它。

4．key "＜key-name＞"

用名称定义一个特定的键值，这些键值用来鉴定各种行为，例如可靠地更新和使用 rndc 命令。

5．logging

允许使用多种类型的日志，这种方式称为通道选项。通过使用通道选项，可以使用定制的日志类型，包括文件名称（file）、文件大小（size）、版本（version）和记录消息级别（severity）等。一旦一个定制的通道被指定，当守护进程 named 重启后，category 选项用来分类通道和开始记录日志。

默认状态下，守护进程 named 使用 SYSLOG 守护进程来记录日志信息，这些日志信息被记录在/var/log/messages 文件中。定制日志记录进程是一个非常细致的过程，本章不作介绍，如果有兴趣，可以参考 BIND9 管理指南手册。

### 6. options

分配分类选项的值，包括中继转发的使用，守护进程 named 的工作目录位置，各种文件的名称以及更多的信息。以下选项经常被使用：

- allow-query　指定哪些主机可以查询该域名服务器。默认状态下，所有主机都可以查询；可以使用访问控制列表或者指定 IP 地址和网络号来允许特定的主机能够查询该域名服务器。
- allow-recursion　同 allow-query 一样，区别是它用于查询。默认状态下，所有主机都可以在该主机上执行反向查询。
- directory　改变守护进程 named 的工作目录。默认状态下，该目录是/var/named。
- forward　控制转发操作。
- forwarders　指定在转发过程中所要转发的目的域名服务器的列表。
- listen-on　指定守护进程 named 监听请求的网络接口。默认状态下，所有网络接口都可以使用。这一选项在主机装有多块网卡的情况很有用，可以限制域名服务器相应请求。如果主机既是域名服务器又是网关，则可以设置主机不响应除私有网络之外的域名服务请求。

```
options {
    listen-on {10.0.1.1;};
};
```

在上面的例子中，只有从连接私有网络的网络接口卡（10.0.1.1）到达的请求才被响应。

- notify　当一个域名解析被更新之后，控制守护程序是否通报从域名服务器。默认状态下是 yes，可以设置成 no 来避免通报从域名服务器；也可以设置成为 explicit，仅仅通报 also-notify 列表中的服务器。
- pid-file　当守护进程 named 启动时，指定 named 进程来创建进程 ID 文件的位置。
- statistics-file　指定记录状态信息文件的位置。默认状态下，named 的状态信息被存储在/var/named/named.stats 中。

### 7. server

定义一些特定的选项，这些选项影响守护进程 named 如何处理同远端域名服务器之间的关系，特别是与通告和解析相关的。

**Transfer-format** 选项控制是否在发送每个信息中包含一条资源记录还是每个信息中包含多条资源记录；当然每个信息包含多条资源记录效率更高，但是只有最新的 BIND 域名服务器能读懂。

### 8. trusted-keys

包含用来处理 DNS 安全的公共分类键。

### 9. View "<view-name>"

可以指定一些主机来接收跟特定的区相关的响应，而另外一些主机则接收完全不同的信息。

10. Zone "&lt;zong-name&gt;"

指定域名服务器具有权威性的区。

11. zone-statistics

告诉守护进程 named 保持与该区相关的状态信息，并且将这些信息写到默认位置（/var/named/named.stats）或由 statistics-file 选项指定的信息。

### 14.3.3　名字服务器的区声明

对于主名字服务器和从名字服务器来说，绝大部分对/etc/named.conf 配置文件的改动就是进行删除、更改和添加区设置。这些区的设置可以包括很多选项，但是名字服务器只使用很少的一部分。以下为一个同主名字服务器设置相关的区声明：

```
zone "domain.com" IN{
    type master;
    file "domain.com.zone"
    allow-update {none;};
};
```

在上面的声明中，区被指定为 domain.com，类型设置为 master，并且告诉 named 提供的服务由/var/named/domain.con.zone 文件指定，同时告诉 named 不允许其他主机进行更新操作。

从名字服务器的区声明则同主名字服务器有所不同。对一个从名字服务器来说，类型设置为 slave，并在 allow-update 的地方指定主名字服务器的 IP 地址。

```
zone "domain.com"{
    type slave;
    file "domain.com.zone";
    masters{192.168.0.1;};
};
```

以上区声明告诉从名字服务器的 named 进程依照 IP 地址 192.168.0.1 来查找主名字服务器上的 domain.com.zone 信息。从名字服务器从主名字服务器接收这些信息，并且将其存储在/var/named/domain.com.zone 文件之中。

包含特定名字空间信息的区文件存储在 named 进程的工作目录，默认状态下，该目录为/var/named。

每一个区文件可能包含规程和资源记录。规程告诉名字服务器去做某种特定的事情或进行区设置。资源记录定义了区的参数，在名字空间的范围之内为特定系统分派一个标志。规范是可选的，但是资源记录需要为该区提供名字服务。在区文件中，注释放在：之后。

区文件规范的格式由$字符起始，以下的规范经常使用：

- $INCLUDE　告诉 named 进程该区文件中包含其他区文件。
- $ORIGIN　设置该域名被添加到一个绝对的记录中。
- $TTL　设置该区默认的生存时间（TTL）。

区文件的资源记录包含数据专栏，该专栏被空格分开，这种数据专栏定义了记录。所有区文件的资源都被分派一个特定的类型，这种类型定义了该记录的用途，以下为常用的资源记录的类型：

- **A** 地址记录，指定一个 IP 地址对应一个名称。
- **CNAME** 规范的名字记录，映射一个名字到另一个，这是一种别名机制。
- **MX** 邮件交换记录，该区控制将邮件发送给特定的名字空间。
- **NS** 名字服务器记录，记录了权威的名字服务器。
- **PTR** PoinTeR 记录，用来指定名字空间的另一部分。
- **SOA** 开始权威的域名信息记录，宣布该服务器具有权威性的名字空间。

掌握规范和资源记录的格式有一点困难，但是如果所有的东西都放在一个共同的文件中，则每一项都代表更多的意思。一个基本的区文件的实例如下：

```
$ORIGIN domain.com
$TTL 86400
@ IN SOA dns1.domain.com. hostmaster.domain.com. (
2001062501 ; serial
21600 ; refresh after 6 hours
3600 ; retry after 1 hour
604800 ; expire after 1 week
86400 ) ; minimum TTL of 1 day
IN NS dns1.domain.com.
IN NS dns2.domain.com.
IN MX 10 mail.domain.com.
IN MX 20 mail2.domain.com.
IN A 10.0.1.5
server1 IN A 10.0.1.5
server2 IN A 10.0.1.7
dns1 IN A 10.0.1.2
dns2 IN A 10.0.1.3
ftp IN CNAME server1
mail IN CNAME server1
mail2 IN CNAME server2
www IN CNAME server2
```

在上面的例子中，使用了标准的规范和 SOA 值。权威的名字服务器被设置为 dns1.domain.com 和 dns2.domain.com，并使用 A 记录分别将其绑定在 IP 地址 10.2.1.2 和 10.0.1.3 上。

可以使用 MX 记录配置邮件服务器，使用 CNAME 记录指定该服务器为 server1 和 server2。因为 server1 和 server2 名字不是以点结尾，所以用$ORIGIN 域结尾，扩展称为 server1.domain.com 和 server2.domain.com。通过相关的 A 资源记录，IP 地址可被获到。

通过标准的 ftp.domain.com 和 www.domain.com 域名，可以获得流行的 FTP 和 Web 服务。使用 CNAME 记录指定相应的机器来提供适当的服务。

### 14.3.4 反向查询

DNS 服务器除了能够进行正向查询（即由主机名查询 IP 地址）之外，也可以提供反向查询（即由 IP 地址查询主机名），这对于某些应用程序和防止黑客来说是非常重要的。

在 BIND 上定义反向查询同配置正向查询相似，需要为每一网络定义一个区。需要注意的是，zone 的名称必须设置正确，否则无法顺利进行查询。

反向名字解析区文件用来在一个特定的名字空间内将 IP 地址映射成 FQDN（.Fully Qualified Domain Name，正式域名）。它同标准的区文件非常相似，有一点区别是：PTR 资源记录用来将 IP 地址连接到特定的系统名称。

在下面的例子中，IP 地址 10.0.1.20 通过 10.0.1.25 指向相应的 FQDN。

```
$ORIGIN 1.0.10.in-addr.arpa
$TTL 86400
@ IN SOA dns1.domain.com. hostmaster.domain.com. (
2001062501 ; serial
21600 ;       refresh after 6 hours
3600 ;        retry after 1 hour
604800 ;      expire after 1 week
86400 ) ;     minimum TTL of 1 day
IN NS dns1.domain.com.
IN NS dns2.domain.com.
20 IN PTR alice.domain.com.
21 IN PTR betty.domain.com.
22 IN PTR charlie.domain.com.
23 IN PTR doug.domain.com.
24 IN PTR ernest.domain.com.
25 IN PTR fanny.domain.com.
```

上面的区文件通过/etc/named.conf 配置文件来进行调用，在该文件中被类似如下的语句调用：

```
zone "1.0.10.in-addr.arpa" IN {
    type master;
    file "domain.com.rr.zone";
    allow-update { none; };
};
```

# 14.4　rndc

BIND 包含一个工具 rndc，通过该工具可以使用命令行参数来管理本地或远端的 named 守护进程。rndc 程序使用/etc/rndc.conf 配置文件进行配置选项，当然该文件的配置选项可以被命令行参数更改。rndc 使用一种 TCP 连接（端口 953）与 named 进行通信。为了进行验证，它在通过网络向 named 发送数字符号命令之前要使用密钥。默认的配置文件为/etc/rndc.conf。

为了防止其他系统上的未授权用户控制服务器上的 BIND，应采用一种密匙机制来授权给特定的主机。即便是在一台本地机器上，为了使 rndc 能够向 named 发出命令，配置文件/etc/named.conf 中的关键字也必须同/etc/rndc.conf 文件中的对应项匹配。

## 14.4.1　使用 rndc

在使用 rndc 命令之前，需要证实正确的配置命令行已经在必要的文件之中。一般情况下，配置文件很可能没有被正确地设置，如果运行 rndc 则会看到以下信息：

```
rndc: connect: connection refused
```

为了使 rndc 能够连接 named 提供的服务，在 named 守护进程启动时/etc/named.conf 配置文件中必须有一个 controls 声明。下面的声明允许管理员在本地执行 rndc 命令。

```
controls {
    inet 127.0.0.1 allow { localhost; } keys {
      key-name
        ;
    };
};
```

以上声明告诉 named 守护进程在本地环回接口上监听默认的 TCP 端口（953），并且在给定正确的 key 情况下，允许接收来自本地主机的 rndc 命令。<key-name>同 key 声明相关，key 声明的格式如下：

```
key "<key-name>"{
    algorithm hmac-md5;
    secret "<key-value>";
};
```

在上面的例子中，key-value 是一个 HMAC-MD5 键值。可以通过如下方式产生 HMAC-MD5 键值：

```
dnssec-keygen -a hmac-md5 -b <bit-length> -n HOST <key-file-name>
```

一个键值至少为 256Bits 比较安全。实际键值被存放在文件 key-file-name 的 key-value 域中。

### 14.4.2　rndc 的参数

rndc 命令的格式如下：

```
rndc <options> <command> <command-options>
```

其中，options 选项是可选的，command-options 选项只有在 command 选项需要的时候才有。

rndc 命令的选项有如下一些：

- halt　立即停止 named 服务。
- querylog　打开日志功能，记录所有客户向该名字服务器发出的查询。
- refresh　更新名字服务器的数据库。
- reload　告诉名字服务器重新装载区文件，但保持所有其他先前缓存的回应。
- stats　将当前 named 进程的状态复制一份，并存储到/var/named/named.stats 文件中去。
- stop　停止服务器，并在退出之前保存动态更新的数据和 IXFR 数据。
- 可以通过 rndc 命令带以下参数来改变/etc/rndc/conf 中的默认设置：
- −c <configuration-file>　告诉 rndc 使用另一个配置文件，而不是使用/etc/rndc.conf 文件。
- −p <port-number>　为 rndc 连接指定一个不同的端口，而不是使用默认端口 953。
- −s <server>　告诉 rndc 发送命令给指定的服务器，而不是/etc/rndc.conf 中默认的服务器。

■　–y <key-name>　指定一个键值，而不是使用/etc/rndc.conf 文件中的默认键值。

### 14.4.3　配置 rndc

/etc/rndc.conf 文件是 rndc 的配置文件。如果 rndc 需要自动使用在/etc/named.conf 中指定的键值，那么需要首先在/etc/rndc.conf 中添加以下配置语句：

```
options {
    default-server localhost;
    default-key  "<key-name>";
};
```

以上命令设置了一个默认的全局键值，但是 rndc 命令也可以对特定的服务器使用不同的键值，通过如下方式即可执行：

```
server localhost {
    key "<key-name>";
};
```

在/etc/rndc.conf 配置文件中，下面的键值是最重要的：

```
key "<key-name>"{
    algorithm hmac-md5;
    srcret "<key-value>";
};
```

其中，key-name 和 key-value 的值应该同/etc/named.conf 中的值相同。可以通过 rndc reload 命令测试所有的设置，如果出现下面的显示信息：

```
rned: reload command successful
```

则说明设置成功，如果没有出现以上信息，则失败。如果失败，请仔细检查/etc/named.conf 和/etc/rndc.conf 文件来查看错误。

## 14.5　BIND9 的特点

在正确配置情况下，同以前版本相比，BIND9 有一系列先进的优点，这些优点主要体现在安全和效率上。

BIND9 支持 IXFR（Incremental Zone Transfers），在这种情况下，从名字服务器只须下载主名字服务器上负责的区的更新部分即可。每当主名字服务器上有变动，哪怕是最小的变动时，AXFR 进程都需要将整个区信息传递给每一个从名字服务器。

通过使用/etc/named.conf 文件中的 view 声明，BIND 可以被配置成对一些客户端的查询采取不同于回答其他客户端的回应。通过这种方式，将名字服务器设置成只为某组特定的客户机提供服务。

BIND9 提供了一系列方法，用于在主名字服务器及从名字服务器上保护更新和传输区的资料。这些方法如下：

■　DNSSEC　DNS SECurity 的缩写，该方法允许对区采用密码机制。

■　TSIG　Transaction SIGnatures 的缩写，一个在主名字服务器和从名字服务器之间采用共享密匙的机制，用来证实主名字服务器和从名字服务器之间的传输已经被授权。

另外，BIND9 能够支持 IPv6 的名字服务环境。

# 第 15 章　FTP 服务

FTP 即文件传输协议（File Transfer Protocol），它的任务就是从一台计算机将文件传送到另一台计算机，而与这两台计算机所处的位置、联系方式以及所使用的操作系统无关，只要这两台计算机支持 FTP 协议对话并能访问因特网即可。FTP 在互联网中是一个非常重要的应用，通过它极大地方便了网络资源的共享，同时也为很多网络服务提供了便利。

FTP 服务器提供两类服务：一种是要提供用户名和密码进行身份验证的账户型；另一种是以 anonymous 为用户名，以邮件地址为密码即可登录的"匿名 FTP 服务"。

本章介绍如何在 Red Hat Linux 9.0 系统中架设 FTP 服务器以及对 FTP 的使用。

## 15.1　使用 FTP

### 15.1.1　在文本模式下使用 FTP

#### 1. 连接 FTP 服务器

在 Linux 系统中，如果远程主机是直接可达的，并且本地主机已经通过因特网或局域网与远程主机建立了连接，那么使用 FTP 连接远程 FTP 站点非常容易。使用 FTP 的方法是：启动 FTP 客户程序，并指定连接的远程主机名为参数。

以下便是一个连接的实例：

```
$ ftp ftp2.byr.edu.cn
Connected to ftp2.byr.edu.cn.
220 ByrFTP2 FTP server ready.
500 AUTH not understood.
500 AUTH not understood.
KERBEROS_V4 rejected as an authentication type
Name (ftp2.byr.edu.cn:root): anonymous
331 Anonymous login ok, send your complete email address as your password.
Password:[songlj@bt-t.com]
230-

Welcome to FTP Server of Beijing University of Posts and Telecommunications
                欢迎光临北京邮电大学"北邮人"FTP服务器
===============================================================================
北邮主要FTP列表:
北邮人#1  FTP://ftp.byr.edu.cn      (校外用户请用byrftp登录)
北邮人#2  FTP://ftp2.byr.edu.cn     (校外用户请用byrftp登录)
北邮科协  FTP://buptkx.com      (校外用户请用bupt,bupt登录)
北邮团委  FTP://202.204.2.78      (校外用户请用bupttw登录)
          HTTP://u.byr.edu.cn       (搜索北邮校内FTP资源)
```

```
HTTP://bbs.byr.edu.cn      (北邮人论坛,FTPUnion版讨论站务)
校内用户可以使用匿名账号下载，限速 512KB。
校外用户使用匿名用户只能浏览不能下载，
下载请使用byrftp，密码byrftp，限速128KB。
请注意：每个IP的最大进程数为 1
请勿使用5个进程以上下载，违者禁止其C类地址的访问权限
            请大家给予配合，谢谢。
本站最大允许登录 100 位用户，您是第 23 位用户。
您从 211.68.70.252 登录，
记得那一刻是 Sun Mar 16 11:37:10 2003。

230 Anonymous access granted, restrictions apply.
Remote system type is UNIX.
Using binary mode to transfer files.
```

从上面的例子可以看出，在使用 ftp 命令连接远程 FTP 服务器（ftp2.byr.edu.cn）时，连接成功后会提示输入用户名。如果该服务器支持匿名登录，则使用用户名 anonymous 登录，密码采用任何一个邮件地址形式（xxx@xxx.xxx.xxx）的字符串即可，登录成功之后就会显示欢迎信息。

FTP 命令同 Linux 的其他命令类似。例如，命令 ls 用于显示当前目录中的文件和子目录，cd 命令则可改变当前的目录的位置，当然对远程主机的操作命令除外。表 15-1 为一些简单的 FTP 操作命令。

表 15-1　FTP 操作命令

| FTP 操作命令 | 操作描述 |
| --- | --- |
| ascii | 切换到 ASCII 传输模式 |
| binary | 切换到 binary 传输模式 |
| cd | 改变服务器目录 |
| close | 终止连接 |
| del | 删除服务器文件 |
| dir | 显示服务器目录 |
| get | 从服务器取得文件 |
| hash | 每传输完一个数据块后显示一个*号 |
| help | 显示帮助信息 |
| lcd | 改变客户端目录 |
| mget | 从服务器下载多个文件 |
| mput | 将一些文件发送到服务器 |
| open | 与服务器连接 |
| put | 将一个文件发送到服务器 |
| pwd | 显示服务器当前目录 |
| quote | 直接提供一个 FTP 命令 |
| quit | 终止 FTP 会话 |

### 2．传输文件

FTP 要实现的功能就是传输文件，所以需要知道怎样从远程系统上得到文件以及如何将本地文件放到远程系统上。可以使用 get 命令将 FTP 服务器上的文件传回本地主机上，get 命令需要指定传输的文件名。

```
ftp> get exp.c
local: exp.c remote: exp.c
227 Entering Passive Mode (127,0,0,1,70,225)
150 Opening BINARY mode data connection for exp.c (147 bytes).
226 Transfer complete.
147 bytes received in 0.016 seconds (8.9 Kbytes/s)
```

以上例子将 FTP 服务器上的 exp.c 文件传回本地主机的当前目录之中。发出 get 命令之后，远程机器向本地机器传输数据，传输完毕之后显示一些状态信息。当传输很大的文件时（电影、大的软件包等），FTP 不会显示过程的进展情况，需要耐心等待。

使用 put 命令可以上传文件，即将本地主机上的文件上传到服务器。下面的例子将本地主机上的文件传输到服务器当前目录下：

```
ftp> put route
local: route remote: route
227 Entering Passive Mode (127,0,0,1,130,228)
150 Opening BINARY mode data connection for route.
226 Transfer complete.
```

get 和 put 命令一次只能上传或下传一个文件，文件名必须完全指定。而 mget 和 mput 命令可以使用通配符，一次传输多个文件。例如要上传所有的.txt 文件，可以使用如下命令：

```
ftp> mput *.txt
```

## 15.1.2　使用 gFTP

gFTP 是 GNOME 的 FTP 客户端，虽然界面很简单，但是功能比较全面，而且速度很快。详细使用及帮助可以查看 http://www.gftp.org/。如果没有安装 gFTP，可以使用 Red Hat Linux 软件包管理器安装。

要在桌面上启动 gFTP，可以选择【主菜单】|【其他】|【互联网】|【gFTP】命令，或者在 shell 提示下输入以下命令：

```
[root@localhost root]#gftp
```

启动后的 gFTP 界面如图 15-1 所示。

整个程序只有一个界面，各种功能直接在界面上就可以找到，只需要在 Host 栏中输入目标主机名和 IP 地址，如果需要的话再输入用户名、密码，就可以连接到远程 FTP 服务器进行操作了。

此外，它还有其他一些功能，比如上载文件，可以非常直观地拖动文件到远程主机上打开的某个目录下就可以了，这里不再详述。

在使用 FTP 时，常常会用到匿名登录，指的是有些服务器提供了 anonymous 这个特殊的账号，用户使用这个账号不需要密码，就可以下载 FTP 服务器上共享的文件。

图 15-1  gFTP 主界面

### 15.1.3  使用其他方式

前面已经介绍过，Linux 下的许多文件管理程序，也集成了非常丰富的网络功能。其中 Konqueror 的 FTP 功能就非常强大，值得一试。

如图 15-2 所示，在 Konqeror 的地址栏输入 URL，若是以 ftp://开头，则 Konqueror 就会自动调用 FTP 功能。

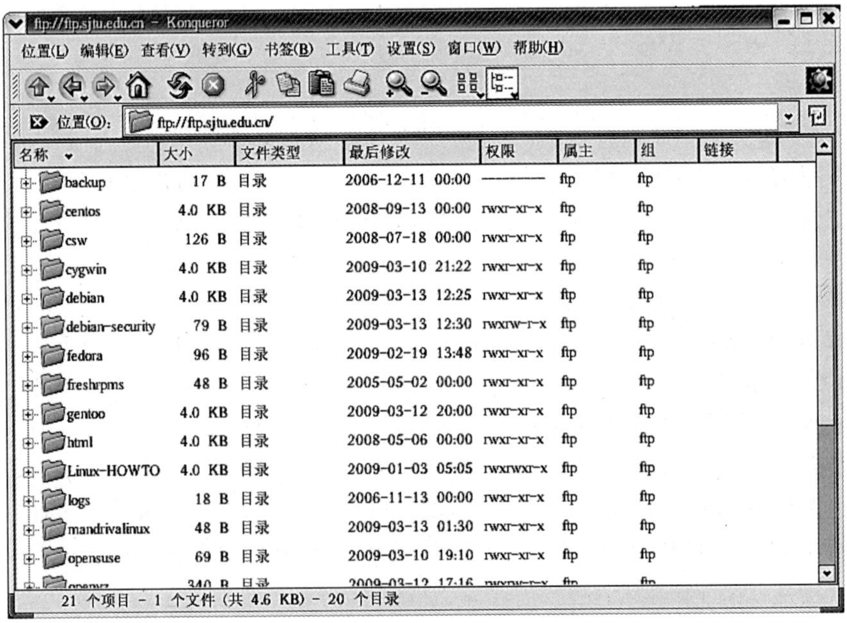

图 15-2  使用 Konqueror

如果想下载文件，只须在 Konqueror 界面中选中文件，然后像对本地的文件操作一样复制到想保存的地方就可以了。如果想上载文件到 FTP 服务器，可以直接在 Konqueror 窗口中使用文件粘贴功能。

如果远程服务器不支持匿名登录，则 Konqueror 会弹出认证窗口，提示输入用户名和密码，如图 15-3 所示。

图 15-3　提供登录认证

FTP 还有其他的使用方法，比如用 Mozilla 等全功能浏览器浏览网页时，如果遇到嵌入式的 FTP URL 标记，只需要单击右键，在弹出的菜单里选择【目录另存为】或者 Save As，则浏览器也会自动调用 FTP 模块下载目标文件。

## 15.2　建立 wu-ftpd 服务器

Red Hat Linux 同 Wuarchive-ftpd 一起发布，Wuarchive-ftpd 也被称为 wu-ftpd，它是美国华盛顿大学开发的 FTP 服务器，也是目前因特网上最流行的 FTP 服务器。

在 Red Hat Linux 安装过程中，如果选择安装 FTP 服务，则默认安装 wu-ftpd 服务器；如果不确定是否已经安装 wu-ftpd 服务器，可以通过下面的命令查询安装包的 RPM 数据库。

```
# rpm -qa|grep wu-ftpd
```

其中 rpm -qa 指列出所有安装的 RPM 的包，管道 grep 指令在 rpm 指令的输出数据中查找符合 wu-ftpd 的字，由此判断是否有 wu-ftpd 字符串在相应的包名字中。如果已经安装了 Wu-ftpd，则显示出已安装的 wu-ftpd 及其版本号；如果指令没有任何输出，则说明系统没有安装，需要重新进行安装。

可以采用两种方法来安装 wu-ftpd 服务器：安装预编译的 wu-ftpd 的 RPM 包，或者得到 wu-ftpd 的源码，自己重新编译。这里只介绍第一种方法，即安装 wu-ftpd 的 RPM 包。

可以直接从 Red Hat Linux 9.0 的安装光盘进行安装，该软件包位于第三张光盘的 Red Hat 目录下的 RPMS 子目录中，名为 wu-ftpd-2.6.2-8.i386.rpm。安装步骤如下：

（1）用 root 用户登录 Red Hat Linux 9.0 服务器。

（2）安装光盘驱动，并进入 Red Hat/RPMS 目录。

（3）找到 wu-ftpd 的 RPM 包，用如下命令查找。

```
# ls |grep wu-ftpd
wu-ftpd-2.6.2-8.i386.rpm
```

（4）安装 wu-ftpd 服务器，用下面的指令进行安装。

```
# rpm -ivh wu-ftpd-2.6.2-8.i386.rpm
```

如果没有 Red hat Linux 9.0 安装光盘，只要主机已经连接在因特网上，则可以直接安装网络上的 wu-ftpd 软件包，使用如下指令即可实现：

```
# rpm -ivh URL
```

例如，当 FTP 服务器 ftp://ftp2.byr.edu.cn 上有 wu-ftpd-2.6.2-8.i386.rpm 软件包时，可以通过如下命令安装：

```
# rpm -ivh ftp://ftp2.byr.edu.cn/Openware/linux_app/network/ftp\
/wu-ftpd-2.6.2-8.i386.rpm
```

注意：这种安装方法需要指定 wu-ftpd-2.6.2-8.i386.rpm 软件包的精确目录地址。

## 15.3　配置 FTP 服务

wu-ftpd 服务器和其他基于 TCP/IP 的服务器一样，通过 xinetd 超级服务器运行，xinetd 监听 21 端口的 FTP 连接状态，当有这样的连接请求时，xinetd 就启动 wu-ftp 服务处理请求，需要注意的 FTP 协议允许 FTP 服务使用其他未分配的端口。

与 FTP 服务器相关的配置文件有：/etc/services、/etc/xinetd.conf、/etc/ftpaccess、/etc/ftpconversions、/etc/ftpgroups、/etc/ftphosts、/etc/ftpusers 以及/etc/xinetd.d/wu-ftpd。

### 15.3.1　/etc/services

/etc/services 文件描述用户服务器提供的所有的 TCP/IP 服务，其中包括 FTP 服务，下面几行是同 FTP 服务器配置相关的：

```
ftp-data        20/tcp
ftp-data        20/udp
# 21 is registered to ftp, but also used by fsp
ftp             21/tcp
ftp             21/udp          fsp fspd
```

这几行通知 xinetd 超级服务器分别使用哪几个端口完成数据和命令的功能，默认的端口是标准端口（21、20），推荐不改动。

### 15.3.2　/etc/xinetd.conf 和/etc/xinetd.d/wu-ftpd

前面已经介绍过 xinetd.conf 配置文件，现在介绍其与 FTP 服务相关的部分。下面为一个配置 wu-ftpd 服务器的/etc/xinetd.d/wu-ftpd 实例。

```
# default: on
# description: The wu-ftpd FTP server serves FTP connections. It uses \
#      normal, unencrypted usernames and passwords for authentication.
service ftp  {
      disable = no
      socket_type          = stream
      wait                 = no
      user                 = root
      server               = /usr/sbin/in.ftpd
      server_args          = -l -a
      log_on_success       += DURATION
      nice                 = 10
}
```

在上面的例子中，/usr/sbin/inftpd 为 wu-ftpd 服务器程序。参数在默认状态下为-l -a，其中-l 选项用于指定所有的 FTP 会话都通过 syslog 登录；-a 选项则允许在/etc/ftpaccess 里指定访问控制权。这两个参数非常有用，必须使用，其他的选项可参考 ftpd 手册。

将 disable 的值设为 no 说明 FTP 服务器已经启用，套接字类型为 stream，服务名称为 ftp。

如果已经更改了配置文件，则需要重新启动 wu-ftpd 服务器才能使新的配置可用，其实只需要重新启动 xinetd 超级服务器即可，前面已经讲过重启的方法。

### 15.3.3 /etc/ftpaccess

/etc/ftpaccess 是 FTP 服务器的主要配置文件，该文件用来控制 wu-ftpd 服务器行为。在 KDE 的桌面环境下，可以使用图形管理程序 kwuftpd 程序来进行编辑。

```
deny-uid %-99 %65534-
deny-gid %-99 %65534-
allow-uid ftp
allow-gid ftp

guestuser *

realuser song

guestgroup ftpchroot

class  all   real,guest,anonymous  *

email root@localhost

loginfails 5

readme  README*    login
readme  README*    cwd=*

message /welcome.msg              login
message .message                  cwd=*
```

```
compress        yes         all
tar             yes         all

chmod       no      guest,anonymous
delete      no      anonymous
overwrite   no      anonymous
rename      no      anonymous

log transfers anonymous,guest,real inbound,outbound

shutdown /etc/shutmsg

passwd-check rfc822 warn
```

对 FTP 服务器来说，这是最重要的配置文件，本节将详细讨论它，主要从下面几个方面来介绍。

### 1. 访问配置

访问配置可以用 class、deny、limit、noretrieve、loginfails、private、autogroup 以及 guestgroup 关键字指定，格式如下：

```
class
```

语法：class <classname> typelist addrglob

默认：class all real,guest,anonymous *

class 关键字用于定义类名以及指定属于类的用户类型，也指定类成员能访问 FTP 服务器的 IP 地址或域名，参数如下：

- classname    类的任意名字。
- typelist    用逗号作为区分标志的用户类型表，表中有 3 种类型的用户——real、anonymous 和 guest。实际用户是在/etc/passwd 或/etc/shadow 文件中定义的有效的用户名和口令的用户。匿名和客人账户以后讨论。
- adrglob    可以是主机的 IP 地址，也可以是带有通配符的 IP 地址（比如211.68.70.*），还可以用域名表示主机名，域名也可以使用通配符（比如*.sin.com）。

默认的/etc/ftpaccess 文件包括一个叫做 all 的类的定义，指定 real、guest 和 anonymous 类型的用户能从任何地方访问 FTP 服务器。通配符*用来表示任何地方，例如：

```
class all real 211.68.70.*
```

这里只有来自 211.68.70.0 的网络用户能访问 FTP，当然也可以使用域名代替 IP 地址。

如果 FTP 服务器不允许有匿名或客人账户登录,则可以从默认的 all 类型表中去掉 guest 和 anonymous *关键字。

```
deny
```

语法：deny addrglob message_file

默认：none

该关键字用来拒绝向指定的 IP 地址和域名相匹配的主机提供 FTP 服务,下面的例子拒绝教育网的用户访问：

```
deny *.edu.cn /etc/close.msg
```

上面的例子在拒绝教育网用户访问的同时，还显示/etc/close.msg 的内容。

### limit

语法：limit class n times message_file

默认：none

该关键字用于在某<时间>将某<类别>限制为<n>个使用者，若使用者的存取被拒绝，则显示<讯息文件>内容。被限制的检查只在签入时期实行。如果多个 limit 指令可以应用到该次连线期间的话，则会使用第一个适合的。尝试定义一个有效的限制失败，或者值为-1 的限制，都等于不设限。<时间>使用与 UUCP L.sys 文件相同的格式。

limit 的参数 n 指允许访问的用户数目，time 是采取限制的时间，时间可用 24 小时的钟点格式指定，表 15-2 为 limit 的时间格式。

### noretrieve

语法：noretrieve filename filename …

默认：none

表 15-2　FTP limit 的时间格式

| 关键字 | 含　义 |
| --- | --- |
| Any | 任意时间 |
| Wk | 任一工作日 |
| Sa | 星期六 |
| Su | 星期天 |
| Mo | 星期一 |
| Tu | 星期二 |
| We | 星期三 |
| Th | 星期四 |
| Fr | 星期五 |

该关键字拒绝 FTP 用户取回命名的文件。例如：

### noretrieve /etc/passwd

该命令拒绝任何人从 FTP 取得/etc/passwd 文件，并且会向用户显示/etc/passwd is marked unretrievable（/etc/passwd 标记为不可浏览）信息。如果文件名不包括完整的路径名，则全部带这种名字的文件都被标记为不可浏览。

### loginfails

语法：loginfails number

默认：loginfails 5

该关键字定义当连接被断开之前用户能登录的次数。当用户不能输入有效的用户名和口令并且尝试登录的次数达到指定的数字时，一条错误信息被记录下来，并且自动断开该用户连接。

### private

语法：private yes or no

默认：none

wu-ftpd 服务器提供一套扩展的非标准的 FTP 指令，其中一个指令叫做 SITE，该指令认为具有安全危险，推荐不使用 private 关键字。

guestgroup

语法：guestgroup groupname groupname

默认：none

如果一个真实的（REAL）使用者是任何<群组名称>的成员，则该次连线期间的设立完全如同匿名的 FTP 一般。换句话说，会执行一次 chroot()，而且该使用者不再被允许发出 USER 及 PASS 指令。<群组名称>是/etc/group 里的一个有效群组（或 getgrent()呼叫所查阅的地方）。

该使用者的 home 目录必须被适当地加以设定，跟匿名 FTP 所要做的完全一样。在 passwd 项目里的 home 目录栏位被分成两个目录。第一个栏位将是 chroot()呼叫的根目录参数，第二个栏位是相对于该根目录的使用者 home 目录，这两个栏位是以 "/./" 分隔开的。

autogroup

语法：autogroup groupname class [class…]

默认：none

该关键字允许为一个属于多个指定类的匿名用户改变有效的组 ID 值。

2．信息配置

信息配置可以使用 banner、email、message.和 readme 关键字指定。

banner

语法：banner filename

默认：none

作用与 message 指令类似，除了此 banner 是在使用者键入用户名称／密码之前显示以外。该 filename 相对于真实的系统根目录，不是匿名 FTP 所使用的根目录。

警告：这个指令的使用可以完全防止不相容的 FTP 客户端程序使用该 FTP 服务器，并非所有的客户端都能够处理多行回应（这正是 banner 显示的方式）。

email

语法：email user@host

默认：email root@localhost

定义 ftp 文件处（archive）维护者的电子邮件地址，这个字串将在每次使用%E 代换变数的时候显示。

message

语法：message path {when{class….}}

默认：message /wecom.msg login message .message cwd=*

该关键字用来设置当用户登录进入系统或者用户改变目录时所显示的内容。第一个默认设置表示，当用户注册成功时显示/welcome.msg 文件的内容；第二个默认设置表示，无论什么时候只要用户改变目录就显示.message 文件的内容。当被显示的文件不存在时，什么都不显示。消息文件的字符串如表 15-3 所示。

readme

语法：readme path {when {class....}}

默认：readme README* login

readme README* cwd=*

表 15-3　表达消息的字符串

| cookies | 替换的正文 |
|---|---|
| %C | 当前工作目录 |
| %E | 在 ftpaccess 中定义的维护者的 E-mail 地址 |
| %F | CWD（KB）分区中空余空间 |
| %L | 本地主机名 |
| %M | 在该类中允许用户的最大数 |
| %N | 该类中当前用户的数目 |
| %R | 远程主机名 |
| %T | 当地时间 |
| %u | 经 RFC 931 认证的用户名 |
| %U | 注册时用的用户名 |

定义一个配合 path 的文件名称，在使用者签入时或者在使用切换工作目录指令的时候，ftpd 将告知使用者该文件存在及修改的日期。when 参数可以是 LOGIN 或 CWD=path。若 when 是 CWD=path，则 path 指定将引发该通知的新预设目录，此项信息只显示一次以免打扰使用者。要记得，当 README 信息被一个匿名的 FTP 使用者引发时，该 path 必须是相对于匿名 FTP 目录树的根目录。

3. 日志配置

日志配置可以使用 log 指令和 log transfers 关键字来指定。

Log commands

语法：log commands typelist

默认：none

以使用者启动个别的记录指令。typelist 是一个以任何的 anonymous、guest 及 real 关键字所组成的使用逗号隔开的列表。如果包含 real 关键字，则会为使用 FTP 存取真实账号的使用者做记录；如果包含 anonymous 关键字，则会为使用匿名 FTP 的使用者做记录。guest 关键字符合访客存取账号（参阅 guestgroup 以取得更多信息）。下面的指令将记录所有匿名用户所使用的 FTP 指令。

Log commands anonymous
log transfers

语法：log transfers typelist directions

默认：log transfers anonymous,real inbound,outbound

启动对真实的或匿名的 FTP 使用者的文件传输记录。对于传输到服务器（进来）的记录，可以跟踪服务器传输（出去）分开来启动。<类型列表>是一个以任何的 anonymous、guest 及 real 关键字所组成使用逗号隔开的列表。如果其中包含有 real 关键字，将会为使用 FTP 存取真实账号的使用者做记录；如果包含 anonymous 关键字，则会为使用匿名 FTP 的使用者做记录。guest 关键字符合访客存取账号（参阅 guestgroup 获得更多信息）。<目录>是一个以任何的 inbound 以及 outbound 关键字所组成的以逗号隔开的列表，而且将分别引发对送往该服务器以及从该服务器送出的传输作记录。

### 4．权限配置

权限配置可以为用户管理文件和目录权限设定。

**Chmod**

语法：chmod yes/no typelist

默认：chmod no guest,anonymous

该关键字允许或不允许在 typelist 中指定的用户类型使用 chmod 指令。默认状态下，chmod 命令不可使用。

**delete**

语法：delete yes/no typelist

默认：delete no guest,anonymous

在 typelist 中指定的用户能或者不能使用删除指令（del）。默认状态下，设置客人和匿名用户不能使用删除指令。

**overwrite**

语法：overwrite yes/no typelist

默认：overwrite no guest,anonymous

在 typelist 中指定的用户有或者没有覆盖文件的权利。例如，默认设置不允许客人和匿名用户覆盖文件。

**rename**

语法：rename yes/no typelist

默认：rename no guest，anonymous

在 typelist 里指定的用户能或者不能使用重命名的指令，默认状态下不允许客人和匿名用户使用重命名指令。

**umask**

语法：umask yes/no typelist

默认：none

在 typelist 里指定的用户能或者不能使用 umask 指令，默认状态下不可以使用。

**Passwd-check**

语法：passwd-check none|trivial|rfc8229enforce|warn

默认：passwd-check rfc822 warn

该关键字定义匿名用户必不可少的口令类型，默认设置要求匿名访问者用电子邮件地址作为口令。当不需要口令检查时，设置 passwd-check 关键字为 none；而设置为 trivial，则仅仅检查口令中@字符的存在。

**path-filter**

语法：path-filter typelist messg allowed_charset {disallowed regexp…}

默认：none

该关键字限制 typelist 中被指定的用户上载文件所使用的文件名。

upload

语法：upload root-dir dirglob yes|no owner group

默认：none

该关键字指定一个上载目录的上载权限。

### 5. 其他配置

alias

语法：alias string dir

默认：none

该关键字允许为目录创建别名。例如：

alias ftphome /pub/redhat/ftphome

这样 ftphome 就是/pub/redhat/ftphome 的别名，cd ftphome 就是进入/pub/redhat/ftphome
目录。

cdpath

语法：cdpath dir

默认：none

该关键字把指定的目录加到改变目录的指令的查找路径上。

compress

语法：compress yes/no class [classg…]

默认：compress yes all

该关键字设置对指定的类使用压缩的权限。默认设置允许对 all 的类进行压缩，包括全
部真实的用户、匿名用户和客人。当不改变默认设置和 ftpconversions 文件不被修改时，使
用 FTP 服务的全部用户都能快速压缩文件。例如：如果想把一个目录的全部内容作为压缩
文件可以输入指令 get <目录名称>.tar.gz，这样一个已压缩的 tar 文件将被下载。

tar

语法：tar yes/no classg[class…]

默认：tar yes all

指定使用或者不能使用 tar 的用户类。默认情况下为 all，即包括全部实际用户、匿名
用户和客人都可以使用压缩。当不改变默认设置并且 ftpconversions 文件不被修改时，使用
FTP 服务的全部用户都能快速 tar 文件。例如：用户想把一个目录的全部内容作为压缩文件
下载，可以使用 get <目录名称>.tar。

shutdown

语法：shutdown path

默认：shutdown /etc/shutmsg

如果 path 所指的文件存在，则服务器将有规律地检查该文件以便得知该服务器是否将
被停机。如果计划一次停机，则会通告使用者，新的连线在停机之前的一段指定的时间之
后会被拒绝，而且目前的连线在停机之前的一段指定时间之后会被停止。path 指到一个结
构如下的文件：

<年> <月> <日> <时> <分><拒绝_期间>
<抛弃_期间>
<年> 任何 > 1970 的年份

```
<月> 0-11 <---- 注意!
<时> 0-23
<分> 0-59
```

<拒绝_期间>以及<抛弃_期间>是在停机之前新的连线将会被拒绝以及存在的连线将被抛弃的一段格式为 HHMM 的期间。

所有时间的格式都是 ddd MMM DD hh:mm:ss YYYY。其中 YYYY 表示年，MMM 是月，DD 是天，ddd 是日期，hh 是小时，mm 是分钟，ss 是秒。在该配置档中，只能有一个 shutdown 指令。

```
virtual
```

语法：virtual address root|banner|logfile path

默认：none

如果 Linux 系统有多个 IP 地址并想提供虚拟 FTP 服务，则可以使用该关键字。

### 15.3.4 /etc/ftpconversions

/etc/ftpconversions 文件保存 FTP 服务器的转换数据库，该文件的默认设置已经很适用了，这里不作详细介绍。

### 15.3.5 /etc/ftpgroups

为了增加系统安全，Red Hat Linux 的 wu-ftpd 软件包不能使用 SITE 指令。在早期的服务器版本上，SITE 指令被认为有安全漏洞。当需要使用 SITE 指令时，需要创建一个像下面这样的/etc/ftpgroups 文件：

```
groupname:encrypted password:realgroup
```

SITE GROUP 和 SITE GPASS 指令用来允许已登录的 FTP 用户把其组特权升级。当使用 SITE GPASS 指令输入有效的口令时，/etc/ftpgroups 文件提供 groupname 用户升级到 realgroup 用户的映像，还得注意 realgroup 必须在/etc/group 文件中。

### 15.3.6 /etc/ftphosts

/etc/ftphosts 文件用来控制来自各种主机的特定账号对 FTP 的访问。允许用户从一个或多个主机上登录，使用类似以下的行：

```
allow <username> <addrglob> [<addrglob> ...]
```

这样将允许指定的用户从指定的主机登录。例如：

```
allow chali *.edu.cn
```

上面的语句允许教育网中的用户以账号 chali 登录。同样，拒绝用户从一个或多个主机登录服务器，可以使用下面的命令：

```
deny <username> <addrglob> [<addrglob> ...]
```

下面的例子将拒绝 211.68.70.0 网络的用户以账号 chali 登录 FTP 服务器。

```
deny chali 211.68.70.*
```

### 15.3.7　/etc/ftpusers

文件/etc/ftpusers 指定不允许访问 FTP 服务器的用户表，默认的/etc/ftpusers 文件如下：

```
# The ftpusers file is deprecated. Use deny-uid/deny-gid in ftpaccess.
bin
daemon
adm
lp
sync
shutdown
halt
mail
news
uucp
operator
games
nobody
```

这些账号不允许登录，因为它们不是实际用户账号，如果需要制止实际用户登录到 FTP 服务器，可以把用户名放入该文件中。

## 15.4　创建 FTP 站点

### 15.4.1　创建匿名 FTP 站点

目前网络上流行的站点大都是匿名的 FTP 站点。实际上，绝大部分软件包都能从匿名网站上找到。不过，匿名 FTP 也是网络黑客进入系统的共同网关。因此，建立匿名 FTP 服务器需要十分小心。

在 Red Hat Linux 上建立匿名 FTP 服务器非常简单，所需要的只是 anonftp 软件包。首先查询 RPM 数据库，看看是否已经安装了 anonftp 包。

```
# rpm -qa|grep anonftp
```

如果已经安装了 anonftp 包，将显示 anonftp 包名，例如 anonftp-4.0-12。如果没有安装，可以在 Red Hat Linux 9.0 安装光盘上找到该软件包，再用下面的命令安装：

```
# rpm -ivh anonftp-4.0-12.i386.rpm
```

一旦 anonftp 软件包安装完成，就可以创建匿名 FTP 服务器了。这时已经建立了 FTP 的共享文件目录（ftp 账号的主目录，可以查阅/etc/passwd 文件）。现在来看看这些目录。

```
[root@localhost etc]# cd ~ftp
[root@localhost ftp]# ls -l
total 16
d--x--x--x   2 root     root         4096 Nov 27 17:16 bin
d--x--x--x   2 root     root         4096 Nov 27 16:10 etc
drwxr-xr-x   2 root     root         4096 Nov 27 16:10 lib
drwxr-sr-x   2 root     ftp          4096 Jun 23  2002 pub
[root@localhost ftp]#
```

进入 bin 子目录，并运行 ls-l。

```
[root@localhost ftp]# cd bin
[root@localhost bin]# ls -l
total 388
-r--------   1 root     root          313 Nov 27 17:16 bin.md5
-rwxr-xr-x   2 root     root        23180 Jun 23  2002 compress
-rwxr-xr-x   2 root     root        64706 Jun 23  2002 cpio
-rwxr-xr-x   4 root     root        63488 Jun 23  2002 gzip
-rwxr-xr-x   2 root     root        67884 Sep  2  2002 ls
-rwxr-xr-x   2 root     root       150252 Aug 23  2002 tar
lrwxrwxrwx   1 root     root            4 Nov 27 16:10 zcat -> gzip
```

这些信息提供了合适的匿名 FTP 服务所需要的应用。当用户访问匿名 FTP 服务器的时候，服务器就执行 chroot 命令，进入~ftp 目录。chroot 程序使服务器把~ftp 目录看作系统的根目录。

换句话说，当匿名 FTP 用户登录服务器的时候，服务器执行 chroot 进入~ftp 并且隐藏真正文件系统，仅仅显示~ftp 目录下面的内容。这需要拷贝 etc、bin 以及 lib 目录，并有最低限度的文件数。lib 目录包括在 bin 目录下的程序所需要的系统库文件，~ftp/pub 目录是存放共享文件的目录。

### 1. 创建匿名 FTP 服务器

如果需要一个使得匿名用户能够上载文件的目录（一般为 incoming）可以按照如下方法完成：

（1）在~ftp 目录下创建子目录，即 incoming 目录。

（2）在/etc/ftpaccess 文件中增加下列行。

```
upload /home/ftp/incoming* yes root ftp 777 nodirs
```

（3）确保将上面一行中的/home/ftp 改变为要共享文件的目录。如果~ftp 是/data/ftp，则需要将步骤（2）中的/home/ftp 修改为/data/ftp。另外，如果要允许匿名用户在~ftp/incoming 下面创建子目录，则应在前面的行中除掉 nodirs 选项。

（4）执行下面的命令。

```
chown -R root.ftp ~ftp/incoming
chmod -R 1733 ~ftp/incoming
```

chown 指令用于设置 incoming 目录的所有者为根用户以及组用户为 ftp。chmod 指令将改变 incoming 目录的权限，这样根用户就具有读、写和执行权限（rwx）以及组用户将有写和执行（wx）的权限。这将保护文件免遭一般用户删除。

通常，当任何人对一个目录有写和执行的权限时，那个目录中的文件就有可能被改用户删除。FTP 服务器通过设置除根用户之外所有用户都不能删除上载的文件，以保护目录安全。

（5）最后确定匿名用户的类型至少是在/etc/ftpaccess 文件中定义的类之一，默认情况下 all 包括实际用户、客人和匿名用户。

### 2. 安全防护

按照上面的步骤就可以建立匿名的 FTP 站点，并能在指定的目录中上载文件。但是创建匿名 FTP 站点会带来安全隐患，上载目录更增加了这种危险，因此需要进行一些安全方面的考虑。

（1）确定/etc/passwd 文件里的 ftp 账号使用无效的口令不能登录系统。例如：

```
ftp:*:14:50:FTP User:/home/ftp:/sbin/nologin
```

（2）~ftp/bin 目录应被根用户拥有，并且不能被 ftp 账号拥有。ls、compress 和 tar 的二进制文件也必须是根用户拥有。~ftp/bin 目录和其内容应该仅为可执行。

```
chown -R root.root ~ftp/etc
chmod -R 111 ~ftp/bin
```

（3）~ftp/etc 目录必须只读，而且被根用户所拥有。

```
chown -R root.root ~ftp/etc
cd ~ftp/etc
chmod 444 *
```

（4）不要拷贝/etc/passwd 或者/etc/group 到~ftp/etc 目录。

（5）~ftp 里的文件和目录不能被 ftp 用户所拥有。

## 15.4.2　创建客人 FTP 站点

这种类型的 FTP 账号是系统的真实账号和口令，不过与用户以该账号用 Telnet 登录系统不同，当用户登录 FTP 服务器时只能看到自己的主目录而不能看到其他东西，例如系统文件和其他用户目录。

建立这种 FTP 站点的最简单方法就是使用 anonftp 包。可以按照下面的步骤进行。

### 1. 建立用户账号

创建 FTP 服务器账号同创建系统用户账号一样，使用 useradd 命令即可。以 root 用户登录进入系统，添加账号并设定密码。

```
# useradd ftpguest
# passwd ftpguest
```

### 2. 停止该账号的 Telnet 访问

使用下列指令改变账号 ftpguest 的默认 shell 为/sbin/nologin：

```
# chsh ftpguest
Changing shell for ftpguest.
New shell [/bin/bash]: /sbin/nologin
Shell changed.
```

以上使得账号 ftpguest 不能进行远程登录，这一步是为了保证账号 ftpguest 不能通过 Telnet 访问服务器以及其他用户文件和系统文件。

### 3. 拷贝 ANONFTP 包到该目录下

需要将~ftp/bin、~ftp/etc 和~ftp/lib 目录下的所有文件拷贝到 ftpguest 目录下，并建立相应的目录。

**4．设置目录和文件权限**

改变该账号主目录下的目录和文件的权限：

```
# chown ftpguest.ftpguest ~ftpguest
# chmod 750 ~ftpguest
# cd ~ftpguest
# chmod -R 111
# cd ~ftpguest/etc
# chmod 444 *
```

第二条指令使得只有 ftpguest 用户和该组用户才能进入~ftpguest 目录，第三条指令是进入~ftpguest 目录，第四条指令使每个用户都可以执行全部文件，第五条指令是进入~ftpguest/etc 目录，最后一条指令用于改变文件权限为只读。

**5．设置 guestgroup**

在/etc/ftpaccess 文件中加入下面一行：

```
guestgroup ftpguest
```

设置任何 ftpguest 组的（在/etc/group 中）成员为客人。

# 第16章　Apache 服务器

Apache 服务器是由 Apache 软件基金会（http://www.apache.org）开发的一个功能强大的 Web 服务器。在当前的因特网上，Apache 是应用最广泛的 Web 服务器。根据美国 NetCraft 在 2001 年 9 月份的调查结果显示：Apache 占据了互联网 web 服务器市场份额的 59.51%，而微软的 IIS 只占据了 27.46% 的市场份额。

名字 Apache 是在该软件早期开发中出现的，因为当时它是一台修补完成的服务器，由针对 NCSA HTTPd Web 服务器可以免费获得的源代码而写的补丁程序组成。在 NCSA HTTPd 项目终止之后，许多志愿者给该代码编写了各种补丁程序，用于修改故障或者添加他们所需要的特性。许多类似的代码不断涌现出来，并且完全共享，但是这些代码完全不受管理。

最终，Bob Behlendor 和 Cliff Skolnick 建立了一个集中存储这些修补程序的机构，也就是 Apache 项目。

近年来，在开放式源代码的鼓励下，再加上 IBM 公司承诺支持 Apache，人们对 Apache 的兴趣越来越大。1999 年，Apache 软件基金会（Apache Software Foundation）组成了一家非盈利的公司，这家公司为几个不同的开放式源代码软件开发项目（包括 Apache Web 服务器项目）提供基金。

Red Hat Linux 9.0 带有最新的 Apache HTTP 服务器版本 2.0。不过 Apache 的版本更新速度往往快于 Red Hat，所以应从 Apache Web 站点下载最新的 Apache 服务器的源代码。

## 16.1　Apache 2.0

Red Hat Linux 9.0 的发行版中带有 Apache 2.0 版本。同 1.3 版本的 Apache 服务器相比，Apache 2.0 有许多不同的地方，下面先介绍 Apache 2.0 的特点。

### 16.1.1　Apache 2.0 的特点

总的来说，Apache 2.0 的特点主要有以下几点：

- 全新的 API 接口函数　提供了全新、功能更加强大的一系列编程接口函数（API）。
- 过滤功能　Apache 2.0 的模块提供了可以执行内容过滤功能。
- 支持 IPv6　Apache 2.0 支持下一代 IP 地址。
- 指令简化　相对以前的版本，Apache 2.0 去掉了一些复杂的指令，另外一些指令也被简化，使用起来比较方便。
- 多种语言的错误回显　当使用 SSI（Server Side Include）文档时，可以定制错误回显语言的种类。

■ 支持多协议 Apache 2.0 可以支持多种协议。

### 16.1.2 Apache 2.0 软件包的改变

在 Red Hat Linux 9.0 中，Apache 服务器软件包和一些相关的软件包都被重新命名，还有一些软件包被合并到其他软件包中或者被削减，表 16-1 列出了软件包的改动情况。

表 16-1 Apache 2.0 的改动情况

| Apache 1.3.4 中的软件包 | Apache 2.0 中的改动 |
| --- | --- |
| apache | 更名为 httpd |
| Apache-devel | 更名为 httpd-devel |
| Apache-manual | Httpd-manual |
| mod_av | 合并到 httpd 软件包中 |
| mod_put | 该模块被去掉 |
| mod_roaming | 该模块被去掉 |
| mod_auth_any | 该模块被去掉 |
| mod_bandwidth | 该模块被去掉 |
| mod_ssl | 该模块的版本与 httpd 的版本同步 |

### 16.1.3 Apache 2.0 文件系统的改变

相对于 Apache 1.3.4，Apache 2.0 对安装文件系统作了一些改变，其改变如下：

■ 添加了一个新的配置目录 添加了一个新的配置目录/etc/httpd/conf.d，用来单独存储打包的模块配置文件，例如 mod_ssl、mod_per 和 PHP 等。在 Apache 配置文件中，通过使用语句 Include conf.d/*.conf 来指示服务器装载这些配置文件。

■ ab 和 logresolve 程序被移动位置 这两个程序已经从/usr/sbin 目录移动到/usr/bin 目录。

■ dbmmanage 命令被替代 dbmmanage 命令被 htdbm 替代。

■ logrotate 配置文件被重新命名 logrotate 配置文件名称从/etc/logrotate.d/apache 改为/etc/logrotate.d/httpd。

## 16.2 安装 Apache 服务器软件

在 Red Hat Linux 安装程序中可以选择安装 Apache 服务器，如果没有选择，则需要重新安装 Apache 服务器。安装 Apache 服务器有两种方法：一种是通过 RPM 安装 Apache 服务器，另外一种是通过源代码生成 Apache。

如果准备安装 Apache 的新版本，在安装之前应该关掉正在运行的 Apache 服务器，这样才能确保安装过程中不出现任何问题。关闭 Apache 服务器的方法参考后面的介绍。

## 16.2.1　从 RPM 安装 Apache

在 Red Hat Linux 9.0 安装光盘上可以找到 Apache 的 RPM 包。或者到 Red Hat 的 FTP 服务器和其镜像站点找到 Apache 的 RPM 包，在 updates.redhat.com 的 FTP 站点上也可以找到 Apache 最新版本的 RPM 包。

得到一个 Apache 的 RPM 以后，可以通过敲入下面的命令，使用命令形式的 rpm 工具来安装它：

```
# rpm -Uvh apache.x.x.x.rpm
```

其中 x.x.x 为 Apache 的版本号。在 Red Hat Linux 9.0 的版本是 2.0。

安装 Apache 的 RPM 包时，会把文件安装在下面目录中。

- /etc/httpd/conf　这个目录包含 Apache 的所有配置文件，包括 httpd.conf 和 httpd-mailman.conf，这些配置文件将在以后介绍。

- /etc/rc.d　在这个目录下面的目录树中包含了系统启动脚本，Apache RPM 在这里安装了用于 Web 服务器的整套脚本。可以使用这些脚本来从命令行启动和关闭服务器，它们也会在计算机中被异常终止、启动或者重新引导时自动启动和关闭服务器。

- /var/www　RPM 在这个地方安装默认的服务器图标、CGI（Common Gateway Interface，公共网关接口）程序和 HTML 文件。可以通过改变 Apache 的配置文件而采取其他方式来保存这些内容。

- /var/www/html/manual　在安装了 Apache-manual RPM 软件包的情况下，会发现在这里有一份 Apache 的说明文档拷贝。可以使用 Web 浏览器浏览 Apache 服务器提供的 Web 服务来访问这些文档。

- /usr/share/man　RPM 中包含 RPM 的手册页，它们被放置在这个目录中。

- /usr/bin　可执行文件都放在该目录中，这个目录包含了可执行的服务器本身以及其他应用程序。其中有一些来自 Apache 软件包的程序被放置在该目录中，例如 htppasswd 程序，它用来产生验证口令文件。

- /var/log/httpd　该目录用来存放服务器日志。默认情况下，有两个非常重要的日志文件 access_log 和 error_log。还可以通过定义记录不同信息的自定义日志文件，这在后面会介绍。

## 16.2.2　编译源代码生成 Apache

获取 Apache 的源代码有几种方法。Red Hat 发布版本就包含 Apache 源代码的 SRPM 软件包。另外，还可以在 ftp://updates.redhat.com 中找到最新的版本，也可以从 http://www.apache.org/下载 Apache 的源代码。

目前最新的 Apache 源代码包的版本是 httpd-2.0.44.tar.gz.tar，获取该压缩包之后，将其解压缩到某个适当的目录中，如下所示：

```
# tar zxvf httpd-2.0.44.tar.gz.tar
```

解压之后会创建一个 httpd-2.0.44 目录，进入该目录。

```
# cd httpd-2.0.44
```

现在开始编译服务器代码，这种方法很简单，只要运行刚才创建的目录中的./configure 并提供给该命令一个 prefix 参数，指定该软件安装的目录即可。

```
# ./configure -prefix=/data/apache
```

该命令将在/usr/src 子目录下创建一个名为 Configuration 的文件，同时产生用于编译服务器代码的 Makefile 编译文件。

一旦编译完成，即可编译服务器代码：

```
# make
```

开始编译服务器代码，这一步可能需要几分钟的时间。编译完成之后就可以安装 Apache 服务器了。

```
# make install
```

到这一步，Apache 服务器就算安装完成了。

手动安装完成之后，所有文件都放置在/data/apache 目录（用-prefix 指定的目录参数）的各个子目录中。下面是 Apache 使用的目录所组成的列表，还有简要的功能介绍。

- /data/apache/conf 在这个目录里包含了 Apache 的所有配置文件，这些文件包括 httpd.conf、highperformance.conf、highperformance-std.conf 和 httpd-std.conf。
- /data/apache 的 cgi-bin、icons 和 htdocs 包含 CGI 程序、标准图标和默认的 HTML 文档。
- /data/apache/bin 可执行程序的存放目录。
- /data/apache/logs 服务器日志目录。

## 16.3 httpd.conf 配置文件规范

服务器已经安装成功并且可以运行，但是如果想要服务器按照要求运行，还需要配置服务器。本节讨论如何配置服务器，使服务器完全按照要求运行。

Apache 从版本 1.3.4 开始，服务器运行配置只存储在一个文件——httpd.conf 文件中。其他配置文件（比如 access.conf 等）虽然存在，但是它们只包含一条注释，告诉用户该文件只是出于历史原因才被保留，而且用户确实应该将所有配置信息都放在 http.conf 文件中。

当 Apache 启动或者被重新启动时，该进程从配置文件中读取数据。也可以使用如下命令使得 Apache 重新装载配置信息：

```
/etc/rc.d/init.d/httpd reload
```

Apache 服务器的配置文件是/etc/httpd/conf/httpd.conf。httpd.conf 文件的默认配置在大多数情况下都能正常工作，但是在一些特定的环境下需要对该文件进行适当的配置，所以还需要熟悉 httpd.conf 的配置选项。

在需要配置 Apache 服务器的情况下，首先编辑 httpd.conf 配置文件，然后使用 reload、restart、stop 和 start 等参数重新启动 httpd 进程，使该配置文件生效。

为了安全起见，在编辑 httpd.conf 配置文件之前，最好将原始配置保存起来，例如使用 httpd.conf-old 之类的名称。创建一个备份之后，在编辑配置文件过程中出现故障时可以用备份文件覆盖被编辑的文件以更正错误。

在编辑配置文件之后，如果服务器运行出错，应首先检查 httpd.conf 文件中最新被编辑过的地方，然后再查看服务器的错误日志（/var/log/httpd/error_log）。

下面逐一介绍 httpd.conf 文件中常用的语法规范描述。

- ServerRoot　指定包含服务器的所有文件的最高目录。一般情况下，该选项往往被赋值为/etc/httpd。

- LockFile　当 HTTPD 使用 USE_FCNTL_SERIALIZED_ACCEPT 或者 USE_FLOCK_SERIALIZED_ACCEPT 进行编译时，LockFile 设定锁定文件的路径。

- PidFile　PidFile 命名记录服务器进程 ID（pid）的文件名。默认状态下，Web 服务器记录自己的进程 ID 在/var/run/httpd.pid 文件中。

- ScoreBoardFile　存储内部服务器的进程信息，这些信息是服务器的父进程跟子进程之间的通信。Red Hat Linux 采用共享内存来存储 ScoreBoardFile，默认的/etc/httpd/logs/apache_runtime_status 仅仅是一个应变措施。

- Timeout　以秒为单位定义服务器在通信过程中等待接收和传输的时间。明确地说，Timeout 定义了服务器等待一个 GET 请求地时间、以 POST 或 PUT 方式等待接收 TCP 数据报的等待时间或者等待 ACKS 回应 TCP 数据报的等待时间。大多数情况下，Timeout 被设置为 300 秒。

- KeepAlive　设置服务器是否允许每个连接提出多个请求（换句话说，是否允许永久连接）。KeepAlive 可以用来防止一个客户消耗过多的服务器资源。默认状态下，KeepAlive 设置为关闭，如果 KeepAlive 被打开，则服务器将变得非常繁忙，而且很可能会很快崩溃。

- MaxKeepAliveRequests　设置每个永久连接所允许的最大请求数目。Apache 组织推荐设置一个较大的数目，这样能够有效地提高服务器的性能。默认状态下，MaxKeepAliveRequests 被设置为 100。

- KeepAliveTimeout　设置当一个请求已经被服务之后，服务器等待多久才关闭这个连接。一旦在等待期间服务器收到一个新的连接，Timeout 选项将取代该参数。

- MinSpareServers 和 MaxSpareServers　Apache 服务器动态地改变服务器进程数目来提供服务，这种方式是基于网络流量，依据空闲服务器进程的数量来实现的。服务器检查等候连接的服务进程，如果等候的空闲服务器进程的数量超过 MaxSpareServers 值，则杀掉一些进程；反之，如果等候的空闲进程小于 MinSpareServers 值，则创建进程。在默认配置情况下，MinSpareServers 的值为 5，MaxSpareServers 的值为 20（Apache 采用进程池机制来处理服务器请求）。

- StartServers　设置在启动时创建的服务器进程的数量。既然服务器基于网络流量的负荷状态来杀掉或创建服务器进程，所以可以不用改动该参数。

- MaxClients　设置服务器在运行时创建的服务器进程的最大数目的限制，也可以说是客户连接的最大数目。合理的设置是设置服务器为一个较大的数值（默认状态下，该值为 150），因为没有人希望限制同时访问客户的最大连接数。在没有重新编译之前，MaxClients 的最大值不能超过 256。

- **MaxRequestsPerChild**　设置每个子服务器进程在死亡之前所能处理的最大数目。设置 MaxRequestsPerChild 的主要原因是避免生存期过长的进程出现内存泄漏，默认的 MaxRequestsPerChild 值设置为 1000。
- **Listen**　确定服务器将监听哪个端口，并从该端口接收连接请求。Web 服务器在没有安全通信保障的情况下设置为监听 80 端口，反之则监听 443 端口。
- **Include**　允许服务器运行时包含其他配置文件，这些文件的路径可以是绝对的或者是 ServerRoot 的相对路径。
- **LoadModule**　装载动态共享对象（DSO）模块。
- **IfDefine**　<IfDefine>和</IfDefine>两个标志之间为配置规范，如果在<IfDefine>标志中 test 的值为 true，则配置规范被应用；如果为 false，则被忽略。
- **ExtendedStatus**　当 server-status 句柄被调用时，ExtendedStatus 规范用来控制 Apache 是产生基本的（off）还是产生详细的（on）服务器状态信息。使用 Location 标志调用 server-status。
- **User 和 Group**　用来设置用户 ID（UID）和组 ID（GID），服务器将使用它们来处理请求。

一般情况有两种方法可设置它们，最常用的方法是把 user 设置成 nobody，把 Group 设置成 nogroup。还有就是把它们设置成为一个有很少特权或者没有任何特权的用户，在 Red Hat 中使用的就是这种方法，User 和 Group 都被设置为 apache。apache 是为运行 Apache 服务器而特别定义的用户，如果想使用其他 UID 或者 GID，则需要知道服务器将以这里定义的用户和组的权限开始运行。

这表明，假如有一个安全漏洞，不管是在服务器上，还是在自己的 CGI 程序里，这些程序以指定的 UID 运行。如果服务器以特权用户执行这些程序，那么就存在安全隐患。

除了使用名字来指定 User 和 Group 指令外，还可以使用 UID 和 GID 编号来指定。在使用编号的情况下，一定要确保所指定的编号与想要指定的用户号和组号一致，并且要在编号前面加上符号#。例如：

```
User nobody
Group nogroup
```
等同于：
```
User # -1
Group # -1
```

- **ServerAdmin**　选项应该被设置为管理服务器的 Web 管理员的地址，它应该是一个有效的 E-mail 地址或者别名，例如 webmaster@redhatlinux.org。把这个值设置为一个有效的地址非常重要，因为当服务器出现问题时，将把这个邮件地址返回给访问者。
- **ServerName**　选项用来设置服务器的主机名称和端口号（与 Linsten 选项相匹配）。ServerName 不需要和服务器的实际主机名相匹配，例如可以设置 ServerName 为 www.yourdomain.com，而实际主机名是 foo.yourdomain.com。需要注意的是，ServerName 必须是一个合法的并且能够使用的 DNS 域名。

```
ServerName www.yourdomain.com:80
```

如果指定了一个 ServerName，则应确保其 IP 地址和服务器名称都包含在/etc/hosts 文件中。

- ■ **DocumentRoot**　设置为文档目录树的绝对路径，该路径是 Apache 提供文件的顶级目录，该目录中包含服务器用来处理请求的所有 HTML 文件。默认状态下，DocumentRoot 被设置成/var/www/html 目录。例如当请求如下的文档时：

```
http://www.your_domain/foo.html
```
服务器将从默认目录中查找到该文档。

```
/var/www/html/foo.html
```

- ■ **Allow 和 Deny**　Allow 指定请求者可以访问给定的目录，该请求者可以指定为 all、IP 地址、域名以及网络地址。Allow 被配置成 all 意味着任何人都可以访问 DocumentRoot 指定的目录中的文件，而 Deny 正好相反。

- ■ **UserDir**　定义和本地用户的主目录相对应的子目录，可以将个人的 HTML 文档放入该目录。

默认状态下，子目录是 public_html，例如当服务器收到如下请求时：

```
http://yourdomain/~username/foo.html
```
服务器通过在下面的目录中寻找该文档：

```
/home/username/public_html/foo.html
```
在上面的例子中，/home/username 是该用户的主目录。

- ■ **DirectoryIndex**　指定哪一个文件应该被作为目录的索引。当一个用户请求得到 http://yourdomain/this_directory/时，在 DirectoryIndex 页面存在的情况下，用户会取得该页面，否则会取得服务器的目录列表。

默认状态下，DirectoryIndex 的值可以是 index.html index.htm index.shtml index.php index.php4 index.php3 index.cge。服务器会试图找到上面文件之一，并返回找到的第一个。如果没有找到其中的任何一个，则服务器会产生并返回一个 HTML 格式的列表。

- ■ **<Directory>和</Directory>**　限制<Directory >和</Directory>之间规范的限定范围。格式如下：

```
<Directory /path/>
        Includes +ExecCGI
</Directory>
```
上面的例子将限制 Includes +ExecCGI 语句只在目录/path 范围之内有效。

以上为 httpd.conf 配置文件的一些常用的语法规范，需要了解更详细的介绍，可以到 http://httpd.apache.org/doc-2.0/查阅。

## 16.4　.htaccess 文件

配置文件中的任何选项都可能出现在.htaccess 文件中，该文件在 httpd.conf 中由 AccessFileName 选项指定，用于进行针对单一目录进行配置。系统管理员可以指定该文件的名字以及哪一个服务器配置文件会被该文件的内容所覆盖。

### 16.4.1  Option 和 AllowOverrides 选项

要限制.htaccess 文件能够被覆盖的内容，需要使用 AllowOverride 指令，该指令可以进行全局设置或者对单个目录进行设置。配置默认状态下的选项，使用 Options 指令。

Option 选项可以是 None、All、Includes、FollowSymLinks、ExecCGI 以及 MultiViews 的组合，表 16-2 对这些选项作出了说明。

表 16-2  Option 选项说明

| 选　项 | 选项说明 |
| --- | --- |
| None | 该目录没有启用任何可用的选项 |
| All | 该目录启用除 MultiViews 以外的所有选项 |
| Indexes | 当 DirectoryIndex 文件不存在时，该目录中的文件列表将作为 HTML 页产生并显示给请求的用户 |
| Includes | 允许服务器侧包含 SSI |
| FollowSymLinks | 允许访问链接到文档的目录 |
| ExecCGI | 即使该目录不是 ScriptAlias 的子目录，也允许在其中有 CGI 程序 |
| MultiViews | 该选项是 mod_negotiation 模块的一部分。当客户请求的文档没有找到时，服务器试图猜测最适合客户请求的文档 |

AllowOverrides 选项指定.htaccess 文件可以覆盖的选项，语法如下：

```
AllowOverride All|None|directive-type [directive-type]…
```

默认状态如下：

```
AllowOverride All
```

### 16.4.2  启用.htaccess 文件

一般情况下，不需要使用.htaccess 配置文件，除非不能访问服务器的主要配置文件。.htaccess 配置文件中的规范才被应用到该文件指定的目录和所有子目录中去。但是，上一级目录也可能有自己所要应用的.htaccess 文件。

配置文件中的规范是按照文件被找到的先后顺序来执行的。因此，当前目录中的.htaccess 文件可能会覆盖目录树下的上一级目录中的.htaccess 文件，或者覆盖服务器的主要配置文件。

例如在/www/htdocs/example1 中有一个.htaccess 文件包含如下语句：

```
Options +ExecCGI
```

而在/www/htdocs/example1/example2 目录中有另外一个.htaccess 文件包含以下语句：

```
Option Includes
```

因为第二个.htaccess 文件的原因，在目录/www/htdocs/example1/example2 中，CGI 不能被执行，即只有 Options Includes 选项生效，它覆盖了上一级目录中的 Options +ExecCGI 语句之后。

## 16.5　认证和访问控制

有的 Web 站点可能不允许普通公众获取资料，而在某种程度上把这些区域封锁起来，只允许特定的用户访问这些资料。Apache 有几种方法可以完成这种类型的访问、认证和授权服务。

### 16.5.1　使用 allow 和 deny 限制访问

对一组特定用户提供访问的一个最简单的方法就是基于 IP 地址或者主机名的访问限制，使用 allow 和 deny 指令可以实现这个目的。前面已经介绍过这两个指令的用途，现在介绍一下它们的语法。

```
allow from address
deny from address
```

这里的 address 可以是完整的主机名、域名、IP 地址和网络号，也可以是部分域名和 IP 地址。

使用 allow 和 deny 还有另一种方法，就是可以检查一个特定的环境变量的存在。例如：在下面这条语句中，如果一个请求的上下文包含了一个 ACCESSDENY 环境变量，则该请求将会被拒绝。

```
deny from env=ACCESSDENY
```

默认状态下，Apache 的执行顺序是先应用所有的 deny 语句，然后再检查 allow 语句。如果希望改变该次序，可以使用 order 语句，其格式如下：

- Order deny, allow　#deny 在 allow 之前进行控制。如果一台主机没有被特别指出拒绝#访问，那么这个资源将被允许访问。
- Order allow, deny　#所有的 allow 语句在 deny 语句之前执行。如果一台主机没有被#特别指出允许访问，那么这个资源将被拒绝访问。
- Order mutual-failure　#只有那些在 allow 语句中指定的，同时没有出现在 deny 语句中#的主机才会被允许访问。如果一台主机在这两条指令中都没有出现#，则认为不允许访问。

以下为一个使用 allow 和 deny 限制访问的实例：

```
<Location /server-resource>
        SetHandler server-status
        Order deny, allow
        Deny from all
        Allow from test.com
</Location>
```

在上例中，只允许 test.com 域的成员访问服务器上的 server-resource 资源。

### 16.5.2　认证

Apache 有几种认证方法，这里介绍一种最常用的方法：基本认证。通过使用这种方法，一个用户需要提供用户名和口令来访问那些受保护的资源，Apache 会验证该用户是否被允许访问它所需要访问的资源，如果验证通过，则该用户就获得了授权，其请求将获得服务。

为了使用基本认证服务，需要一个文件列出有哪些用户被允许访问这些资源。这张列表将由一个包含用户名和口令对的纯文本文件所组成。

为了创建一个用于 Apache 的用户文件，可以使用 htpasswd 命令。该命令包含在 Apache 软件包中，如果安装 Apache 时采用 RPM 方式安装，则该程序位于/usr/bin 中。执行：

```
# htpasswd
Usage:
        htpasswd [-cmdps] passwordfile username
        htpasswd -b[cmdps] passwordfile username password
        htpasswd -n[mdps] username
        htpasswd -nb[mdps] username password
 -c  Create a new file.
 -n  Don't update file; display results on stdout.
 -m  Force MD5 encryption of the password.
 -d  Force CRYPT encryption of the password (default).
 -p  Do not encrypt the password (plaintext).
 -s  Force SHA encryption of the password.
 -b  Use the password from the command line rather than prompting for it.
On Windows, NetWare and TPF systems the '-m' flag is used by default.
On all other systems, the '-p' flag will probably not work.
```

创建一个用户名密码对文件，从 Web 服务器上应该不能访问到该文件。如果 Web 服务器的文档目录为/var/www/htdocs，则可以将该密码文件放在/var/www/passwd 中。用下面的命令创建一个文件：

```
# htpasswd -c /var/www/passwd/passwords rbowen
```

htpasswd 会提示输入密码，并且要求重新输入一次进行确认：

```
# htpasswd -c /var/www/passwd/passwords rbowen
New password:[passwd]
Re-type new password:[passwd]
Updating password for user rbowen
```

这样已经创建了一个用户名密码对文件，接下来要看一看 Apache 如何使用该文件来保护 Web 资源了。首先需要配置服务器要进行用户名密码检查，还需要告诉服务器哪个用户被允许访问。通过编辑 httpd.conf 文件或使用.htaccess 文件都可以实现。例如：如果想要保护/var/www/manual 目录中的资源，可以编辑/var/www/manual/.htaccess 文件，或者直接编辑 httpd.conf 配置文件中的<Directory /var/www/manual>部分，如下：

```
<Directory /var/www/manual>
AuthType Basic
        AuthName "Restricted Files"
        AuthUserFile /var/www/passwd/passwords
        require user rbowen
</Directory>
```

AuthType 设置将用于该资源的认证的类型，这里设置为基本认证类型。

AuthName 定义该资源属于哪一个域，该域可以由任意一个字符串组成，该域将在用户的 Web 浏览器上的认证对话框中显示。因此，最好设置该字符串为有意义的信息。

使用 require 声明该资源需要什么类型的用户，有以下 3 种使用该指令的方法：

- 声明为 valid-user 并作为 require 选项，用户文件中的任何一个用户都会被允许访问这个资源。
- 使用 users 选项指定一张用户列表　用户列表中的所有用户都可以访问。
- 使用 group 选项指定一张组列表　这张列表以及上面的用户列表中的表项都是由空格符所分割的，其语法如下：

```
require group groupname
```

# 16.6　向 Apache 2.0 移植配置文件

如果要升级 Red Hat Linux，而且原来的 Red hat Linux 上已经安装了 Apache 服务器，则新的配置文件将被安装为/etc/httpd/conf/httpd.conf.rpmnew，原来的配置文件不会被改变。但是，如果要按照原来的配置方式配置 Apache 服务器，则需要将原来的配置移植到新的配置文件中去。1.3.x 和 2.0 的 Apache 服务器的原始配置文件都被分为 3 个部分。

如果 httpd.conf 配置文件是根据 Red Hat 的默认配置文件更改的，而且在有原始配置文件的情况下，使用 diff 命令很容易发现更改的部分，命令如下：

```
diff -u httpd.conf.orig httpd.conf |less
```

其中 httpd.conf.orig 就是原始的配置文件，该命令会以高亮度显示更改的部分。如果没有原始配置文件，则可以使用 rpm2cpio 和 cpio 命令在 RPM 软件包里获取该文件，例如：

```
rpm2cpio apache-1.3.23-11.i386.rpm | cpio -i -make
```

## 16.6.1　全局配置变量的改动

配置文件中的全局变量包含的规范会影响到整个 Apache 服务器的操作。

### 1．选择绑定的接口和端口

在 Apache 2.0 中，BindAddress 和 Port 规范不再存在，它们的功能被更加灵活的 Linsten 选项所代替。

如果在 1.3 版本的配置文件中设置 Port 为 80，那么在 2.0 配置文件中就用 Listen 80 来代替。如果设置的 Port 选项不是 80 端口，则必须在 2.0 版本的 ServerName 规范中添加端口号。下面为 1.3 的 Apache 服务器的配置文件。

```
Port 123
ServerName www.example.com
```

要将以上配置移植到 2.0 版本的 Apache 服务器上，可以使用以下的结构：

```
Listen 123
ServerName www.example.com:123
```

### 2．动态共享对象（DSO）支持

这部分有很多改变，如果要从 Apache 的 1.3 版本的配置文件中升级到 2.0，强烈推荐直接从 Apache 服务器的 2.0 版本中拷贝原始配置文件中的这部分内容。

如果不想通过直接拷贝的方法来更改配置文件，则需要注意以下情况：

（1）AddModule 和 ClearModuleList 选项不再存在，它们用来确保模块之间的正确顺序。Apache 服务器 2.0 的 API 允许模块自己设定顺序，所以不需要这两个选项的功能。

（2）LoadModule 之间的行的顺序不再相关。

（3）许多模块被添加、删除、更名，分成多个模块或者合并成一个模块。

（4）LoadModule 中关于模块 RPM 的软件包的语句不在需要，因为它们能够在 /etc/httpd/conf.d 目录中相关的文件里找到。

（5）各种 HAVE_XXX 不再被定义。

### 3．其他全局环境的改变

以下的规范在 Apache 2.0 配置文件中已经被删除：

- ServerType　因为 Apache 服务器只能作为 ServerType standalone 形式运行，所以 个选项没有必要。
- AccessConfig 和 ResourceConfig　这两个选项的功能与 Include 选项的功能重合，如果在 Apache1.3 中使用了这两个选项，则应使用 Include 选项来代替它们。

### 16.6.2　主服务器配置的改动

这部分相对其他部分的改动比较少，主要改动为下面几点。

### 1．UserDir 映射

UserDir 选项用来将 URL（比如 http://example.com/~jim/）映射到用户 jim 的工作目录的一个子目录中，例如/home/jim/public_html。这个选项的副作用是允许潜在的攻击者能够获取一个用户名是否在当前的系统上存在，所以 Apache 2.0 默认状态下禁止了这个选项。

如果要启用该选项，则将 httpd.conf 中的：

```
UserDir disable
```

改为：

```
UserDir public_html
```

### 2．日志

以下日志选项被去掉了：

```
AgentLog
RefererLog
RefererIgnore
```

虽然这些日志被去掉了，但是这些日志可以使用 CustomLog 和 LogFormat 选项获取。

### 3．目录索引

反向 FancyIndexing 选项已经被取消了，在 IndexOptions 选项中的 FancyIndexing 选项能实现该功能。默认的 ReadmeName 和 HeaderName 选项的值被设置为 README.html 和 HEADER.html，而不是 README 和 HEADER。

### 4．出错文档

将 Apache 1.3 服务器中的 ErrorDocument 设置移植到 Apache 2.0 服务器当中，可以使

用如下的结构：

```
ErroeDocument 404 "The document was not found"
```

### 16.6.3　Apache 2.0 服务器模块的改动

在 Apache 2.0 服务器中，模块系统是采用一种全新、有趣的方法将各个模块链接在一起的。例如：CGI 脚本能够产生由服务器封装的 HTML 文档，而这个文档可以被 mod_include 模块处理。

而在 Apache 1.3 服务器中，一个 PHP 脚本完全是由 PHP 模块处理，而在 Apache 2.0 服务器中，PHP 请求首先被核心模块初始处理，然后再传递给 PHP 模块。下面介绍常用的模块。

#### 1．mod_ssl 模块

配置 mod_ssl 模块的工作已经从 httpd.conf 配置文件移到/etc/httpd/conf.d/ssl.conf 配置文件中。为了使该配置文件起作用，必须在 httpd.conf 配置文件中添加 Include conf.d/*.conf 语句。

以下描述了在 Apache 1.3 服务器中配置 SSL 虚拟主机的一个实例：

```
##
## SSL Virtual Host Context
##
< VirtualHost _default_:443>
# General setup for the virtual host
ServerName ssl.host.name
...
</VirtualHost>
```

移植到 Apache 2.0 服务器中，则如下：

```
## SSL Virtual Host Context
<VirtualHost default:443>
# General setup for the virtual host
ServerName ssl.host.name:443
...
</virtualHost>
```

#### 2．mod_proxy 模块

代理访问控制模块放置在<Proxy>块中，而不是<Directory proxy:>中。原先 mod_proxy 的缓存功能被分成 3 个模块：mod_cache、mod_disk_cache 和 mod_file_cache。

#### 3．mod_auth_dbm 和 mod_auth_db

Apache 1.3 服务器支持认证模块 mod_auth_db 和 mod_auth_dbm，这两个模块分别使用伯克利数据库（Oracle Berkeley Database）和 DBM 数据库。在 Apache 2.0 中，这两个模块被合并成一个单独的模块 mod_auth_dbm，它能支持几种不同的数据库格式。

如果需要将数据库从 Apache 1.3 移植到 Apache 2.0，则需要将配置文件中的 AuthDBUserFile 和 AuthDBGroupFile 以模块 mod_auth_dbm 中对应的变量 AuthDBMUserFile 和 AuthDBMGroupFile 来代替，同时还需添加 AuthDBMType DB 来指定所使用的数据库类

型。

下面为一个在 Apache 1.3 服务器中配置 mod_auth_db 的实例：

```
<Location /private/>
  AuthType Basic
  AuthName "My Private Files"
  AuthDBUserFile /var/www/authdb
  Require valid-user
</Location>
```

移植到 Apache 2.0 服务器中后：

```
<Location /private/>
  AuthType Basic
  AuthName "My Private Files"
  AuthDBMUserFile /var/www/authdb
  AuthDBMType DB
  Require valid-user
</Location>
```

**4．PHP**

在 Apache 2.0 服务器中，配置 PHP 由/etc/httpd/conf.d/php.conf 配置文件处理，而不是 httpd.conf 配置文件。同样，为了使该配置文件生效，需要在 httpd.conf 中加入 Include conf.d/*.conf。

在 Apache 1.3 服务器中，下面的语句能够使 PHP 得以执行：

```
AddType application/x-httpd-php .php
AddType application/x-httpd-php-source .phps
```

而在 Apache 2.0 服务器中，则用以下语句取代上面的语句：

```
<Files *.php>
   SetOutputFilter PHP
   SetInputFilter PHP
</Files>
```

# 16.7  Apache 模块

Apache 是建立在模块概念之上的。在其核心，只能实现极少的功能，所以为了实现更高级的特征和功能，要添加模块。通过添加需要的额外特征，每个模块都能解决一个定义明确的问题。利用这种思想，可以将 Apache 服务器改造成适合自己要求的服务器。

## 16.7.1  Apache 默认模块

为每一个模块添加新的指令，可以在配置文件中使用它们。在默认安装模式下，Apache 包含以下的模块：

- mod_access   该模块使用户可以基于 IP 地址、主机名或者环境变量来控制对 Web 服务器上的区域的访问。
- mod_auth   在 Apache 的所有可用的用户认证方案中，该模块是最简单的。该模块使用基本认证来限制用户访问 Web 服务器，其方案是建立在一个文本文件中存储用户名和加密口令的基础上。

- mod_auth_anon 该模块提供匿名认证，与匿名 FTP 使用的方式类似，该模块允许定义一些用户 ID，这些用户将作为客人来处理。
- mod_auth_dbm 使用 DBM 文件提供用户认证服务。
- mod_auth_digest 使用 MD5 分类用户认证。
- mod_include 提供服务器封装的 HTML 文档。
- mod_log_config 在日志中记录向服务器发出的请求。
- mod_env 允许控制环境变量如何被传递给 CGI 和 SSI 脚本。
- mod_mime_magic 试图检查文件的一部分来确定它们的 MIE 类型。
- mod_cern_meta 向每个 HTTP 应答添加额外的 HTTP 报头。
- mod_expires 用来给站点上的内容添加一个截止日期。
- mod_headers 允许管理服务器应答的 HTTP 报文头。
- mod_usertrack 为每一个用户对话产生一个 cookie。
- mod_unique_id 为每个请求产生一个唯一的请求标识。
- mod_setenvif 允许管理环境变量。
- mod_mime 试图从文件的扩展名来确定它们的 MIME 类型。
- mod_dav 提供 WebDAV（Web-based Distributed Authoring and Versioning）的功能，这个功能允许对一个远程 Web 服务器通过 HTTP 协议进行创建、删除、移动和拷贝资源的能力。
- mod_status 提供正在运行的服务器的信息。
- mod_autoindex 自动产生目录索引，等同于 UNIX 中的 ls 命令和 Win32 的 dir shell 命令。
- mod_asis 提供发送包含 HTTP 报文头的文件。
- mod_info 提供关于服务器配置的综合信息。
- mod_cgi 允许在自己的服务器上执行 CGI 脚本。
- mod_vhost_alias 提供对动态地配置大量虚拟主机的极好支持。
- mod_negotiation 如果使用该模块，则可以从几个文档版本中选出一个最适合客户机性能的版本。
- mod_dir 决定在用户试图访问一个目录时，哪些文件被自动返回。
- mod_imap 为服务器端提供图像映像文件的处理。
- mod_actions 提供基于 HTTP 请求类型的动态执行脚本的能力。
- mod_speling 自动纠正 URL 中较小的打字错误。
- mod_userdir 实现把每个用户的主目录中的一个子目录映射到 Web 目录树中。
- mod_alias 能够提供 URL 重定向功能。
- mod_rewrite 通过功能强大的正则表达式，允许执行任何能够想到的可对 URL 进行的操作。

此外，还有一些模块可以通过安装附加的软件包来获取：mod_auth_mysql、

mod_auth_pgsql、mod_perl、mod_python、mod_ssl、php 以及 squirrelmail。

### 16.7.2 向服务器中添加模块

因为 Apache 2.0 服务器支持 DSO，所以可以轻易地装载 Apache 模块和编译自己的模块。DSO 支持在运行时动态地装载模块。

对 Apache 服务器来说，如果要使用动态共享模块，则该模块必须在 httpd.conf 文件中有相关的 LoadModule 行，如下所示：

```
LoadModule access_module modules/mod_access.so
```

如果通过 httpd.conf 配置文件进行添加或删除模块操作，则必须重启动 Apache 服务器。

如果要装载自己的模块，而不是 Apache 自带的模块，可以将该模块添加到 httpd.conf 文件中，以便能够作为 DSO 进行装载。为了要达到这种目的，需要安装 httpd-devel 软件包，因为这个软件包包含了头文件、被包含的文件和 Apache 扩展应用（apxs）。apxs 使用头文件和文件来编译 Apache 模块。

如果想使用自己的模块或者第三方模块，则必须使用 apxs 在 Apache 资源树之外编译模块资源。

编译完该模块之后，将模块放置在/usr/lib/httpd 目录中，同时在 httpd.conf 文档中添加一个 LoadModule 语句行，格式如下：

```
LoadModule <foo_module> modules/<mod_foo.so>
```

必须根据实际情况，改变<foo_module>和<mod_foo.so>为适当的模块。

## 16.8 虚拟主机

Web 服务器提供的服务之一就是作为一台虚拟主机，所谓虚拟主机就是一台完整的 Web 站点，有自己的域名，就像单机一样，但是它与其他 Web 站点一起驻留在同一台计算机上。Apache 通过在 httpd.conf 配置文件中设置指令的简单方法即可实现该功能。

### 16.8.1 基于 IP 地址的虚拟主机

对每一台基于 IP 地址的虚拟主机来说，服务器必须配置有多个 IP 地址。这种情况可以在一台主机上安装几块网卡来实现，或者虚拟 IP 接口（在 Red Hat Linux 中称为 IP 别名）。

可以采取两种方法来配置 Apache 支持基于 IP 地址的虚拟主机：一是为每个 IP 地址运行一个单独的 httpd 守护进程；另一种方法是通过运行一个单独的 httpd 守护进程，并配置该进程支持虚拟主机。

如果存在安全方面的问题，例如甲公司不想让乙公司经由 Web 服务器读取自己数据，这时需要建立两个 httpd 守护进程，分别以不同的 User、Group、Listen 和 ServerRoot 运行。

以下情况可以采用一个 httpd 守护进程实现虚拟主机：

在虚拟主机之间共享配置是可以接受的；或者服务器需要为大量的请求服务，运行一个单独的守护进程的性能更高。

### 1. 采用多个守护进程实现虚拟主机

在这种情况下，为每台虚拟主机都安装单独的 Apache 服务器。在每个 Apache 服务器中，通过配置文件中的 Listen 选项来指定使用哪个 IP 地址，如下所示：

```
Listen 211.68.70.211
```

### 2. 采用一个守护进程实现虚拟主机

在这种情况下，单个 httpd 守护进程会处理所有的请求。对每一台虚拟主机，通过设置配置文件中的 VirtualHost 值，包括 ServerAdmin、ServerName、DocumentRoot、ErrorLog、TransferLog 和 CustomLog 的值，可以实现虚拟主机的功能，如下所示：

```
<VirtualHost 211.68.70.211>
    ServerAdmin webmaster@ www.smallco.com
    DocumentRoot /groups/smallco/www
    ServerName www.smallco.com
    ErrorLog /groups/smallco/logs/error_log
    TransferLog /groups/smallco/logs/access_log
</VirtualHost>

<VirtualHost 211.68.70.212>
    ServerAdmin webmaster@mail.baygroup.org
    DocumentRoot /groups/baygroup/www
    ServerName www.baygroup.org
    ErrorLog /groups/baygroup/logs/error_log
    TransferLog /groups/baygroup/logs/access_log
</VirtualHost>
```

可以看到，上面的例子中配置了两台虚拟主机，它们的 IP 地址分别为 211.68.70.211 和 211.68.70.212。

几乎所有的配置选项都可以在 VirtualHost 值的范围内使用，不能使用的选项有：ServerType、StartServers、MaxSpareServers、MinSpareServers、MaxRequestsPerChild、BindAddress、Listen、PidFile、TypesConfig、ServerRoot 和 NameVirtualHost。

### 16.8.2　基于名字的虚拟主机

基于 IP 地址的虚拟主机使用 IP 地址来选择正确的虚拟主机，因此对每一台虚拟主机都需要一个单独的 IP 地址。而基于名字的虚拟主机则依靠用户发送的请求中的 HTTP 包头的名字来确定使用哪个虚拟主机，运用这种技术，不同的虚拟主机可以共享 IP 地址。

基于名字的虚拟主机实现起来非常简单，首先配置 DNS 服务器映射所有的主机名到一个 IP 地址上，然后配置 Apache 服务器以便它可以识别不同的主机名。采用基于名字的虚拟主机方式可以解决 IP 地址缺乏的情况。

为了使用基于名字的虚拟主机，首先要确定服务器上的 IP 地址和监听端口可以接收其他主机的请求，这可以使用 NameVirtualHost 选项配置。一般情况下，使用服务器上的所有 IP 地址接收请求，即将 NameVirtualHost 赋值为*。

需要注意的是，一个 IP 地址处在 NameVirtualHost 中，并不意味着服务器会去监听该 IP 地址。下一步是为每一个虚拟主机创建一个<VirtualHost>块；变量<VirtualHost>的赋值应该同 NameVirtualHost 相同。在每一个<VirtualHost>块中，必须设定唯一的 ServerName，因为它是同别的虚拟主机的唯一的区别，同时为该虚拟主机设置 DocumentRoot 选项来配置该虚拟主机的文档系统。

在以下例子中，www.domain.tld 和 www.otherdomain.tld 都使用服务器所监听的 IP 地址，可以通过在 httpd.conf 中添加配置语句来实现虚拟主机。

```
NameVirtualHost *

    <VirtualHost *>
    ServerAlias domain
    ServerName www.domain.tld
    DocumentRoot /www/domain
ScriptAlias /www/domain/cgi-bin
TransferLog /home/domain/logs/access_log
    </VirtualHost>

    <VirtualHost *>
    ServerAlias domain
    ServerName www.otherdomain.tld
    DocumentRoot /www/otherdomain
ScriptAlias /www/otherdomain/cgi-bin
TransferLog /home/otherdomain/logs/access_log
    </VirtualHost>
```

当然也可以将 NameVirtualHost 和 VirtualHost 中的*改为所监听的 IP 地址。

因为很多服务器有多个名字可供访问，可以通过 ServerAlias 选项来实现。只须在<VirtualHost>部分添加如下语句即可实现：

```
ServerAlias domain.tld *.domain.tld
```

向 domain.tld 域发出的请求将被虚拟主机 www.domain.tld 服务，而通配符*和?可以用来匹配任何名字。

## 16.9  实现 SSL（加密套接字协议层）

SSL 是通信协议（Secure Sockets Layer）的简称，主要用来保护传输中的资料，它的任务是把在 Web 与服务器之间的数据传输加密，这个加密采用了数字证书机制。数字证书是一种能在完全开放系统中准确标识某些主体的机制。一个数字证书包含的信息必须能鉴定用户身份，确保用户就是其在持有证书中声明的用户。

除了唯一的标识信息外，数字证书还包含证书拥有者的公共密钥。数字证书的使用允许 SSL 提供认证功能——保证用户所请求连接的服务器身份正确无误。在信用卡号或 PIN 号码等机密信息被发送出去前，让用户确切知道通信的另一端的身份是十分重要的。很明显，SSL 技术提供了有效的认证。

可以在 httpd.conf 中配置 SSL，只须在 httpd.conf 中添加如下语句即可创建一个 SSL 服务器：

```
SSLProtocol -all +SSLv2
```

```
SSLCipherSuite SSLv2:+HIGH:+MEDIUM:+LOW:+EXP
```

还可以在 SSL 服务器中加入强大的加密机制，如下所示：

```
SSLProtocol all
SSLCipherSuite HIGH:MEDIUM
```

如果知道服务器需要服务的所有客户，可以实现类似证书的方式来对客户进行认证。在 httpd.conf 中的配置如下：

```
#   require a client certificate which has to be directly
#   signed by our CA certificate in ca.crt
SSLVerifyClient require
SSLVerifyDepth 1
SSLCACertificateFile conf/ssl.crt/ca.crt
```

需要为每个客户创建由 ca.crt 标记的客户证书。

需要注意的是，访问 SSL 服务器是采用 https://domain.com 的形式，而不是采用 http://domain.com。关于 SSL 的详细设置情况，读者可以参考 Apache 的随机文档 /var/www/manual/ssl/ssl_howto.html。

# 16.10　动态内容

在 Web 服务器上提供动态内容的最普通的方法是使用 CGI 程序。CGI 是在服务器进程和服务器本身之间的通信规范。服务器侧包含（Server-Side Include）允许 CGI 程序或者其他程序的输出被插入到已经存在的 HTML 页面中。

另一种方法是使用 PHP，这是一种 HTML 嵌入式脚本语言，它是特别为 Web 使用而设计的，用于 Apache 的 PHP 模块可以从第三方得到。

## 16.10.1　CGI

默认状态下，总是将所有的 CGI 程序放入服务器上的 ScriptAlias 目录中，这些程序可以由正在运行的服务器的用户执行，所以必须将文件的模式改为 555，这样使用 Apache 服务器的用户才能执行 CGI 程序。

```
# chmod 555 cgiprogram.cgi
```

如果想在 ScriptAlias 目录以外执行 CGI 程序，则需要启用该目录的 ExecCGI 选项，即在该目录中加入如下语句：

```
Includes +ExecCGI
```

以下是一个用于测试 Web 服务器是否正确地配置了 CGI 的程序，该程序是用 Perl 语言编写的：

```
#!/usr/bin/perl -w

print<<EOF;
"Content -type:text/html"

<HTML>
  <HEAD>
```

```
    <TITLE>Simple CGI program</TITLE>
  </HEAD>
<BODY>
EOF
for(keys %ENV) {
    print "$_=$_=$ENV{$_}<BR>\n";
}
print<<EOF;

</BODY>
</HTML>
EOF
```

### 16.10.2  PHP

PHP 提供了完整、丰富的语言特征，它的语法大部分来自 C 和 Perl，当然还有自己的特征。它允许开发人员快速地设计和编写在 Web 上使用的应用程序。

在 www.php.net 上可以获取 PHP 软件包 php-x.x.tar.gz，其中 x.x 为版本号，然后将其解压缩：

```
# tar -xvf php-x.x.tar.gz
```

再进入解压缩之后的目录：

```
# cd php-x.x
# ./configure -with-apxs2=/usr/sbin/apxs
# make
# make install
# cp php.ini -dist /usr/local/lib/php.ini
```

编辑 php.ini 文件以修改 PHP 的选项。如果要把此文件放到另外的位置，需要在执行./configure 时添加 --with-config-file-path=/path 选项。

编辑 httpd.conf，确保有以下的语句：

```
Include conf.d/*.conf
```

编辑/etc/httpd/conf.d/php.conf，确保有如下语句：

```
<Files *.php>
    SetOutputFilter PHP
    SetInputFilter PHP
    LimitRequestBody 524288
</Files>
```

按照上面的步骤即可使 Apache 2.0 将 PHP 作为 SAPI 模块了。当然 Apache and PHP 还有很多配置选项，可以在相应的源代码目录中使用 ./configure --help 获得更多信息。

## 16.11  日志记录

为了高效地管理一个 Web 服务器，取得服务器的运行状态、性能以及其他信息是必要的。Apache 服务器提供了功能完备、灵活的日志功能。本节介绍怎样配置日志功能。

Apache 服务器运行时生成两个标准的日志文件：access_log 和 error_log。所有的日志文件都采用 CustomLog 和 LogFormat 指令以指定的格式生成，这些指令在 httpd.conf 配置文件中出现。

error_log 是最重要的日志文件，其中记录了 Apache 守护进程 httpd 发出的诊断信息和服务器处理请求时的出错记录。正因如此，当启动服务器出现故障时，第一个要查询的就是这个日志文件。

要通过添加或删除日志信息的方式来定制 error_log 文件是不可能的。但是，出错日志中记录的处理请求方面的信息是同访问日志中的信息紧密相关的。可以通过如下命令显示出错日志记录的信息：

```
# tail -f error_log
```

access_log 日志文件记录了服务器处理的所有请求。可以通过 CustomLog 来控制该日志文件的位置和内容，使用 Logformat 则可以简化日志。

当然，记录访问信息到日志文件中只是日志管理的开始，接下来要做的是分析日志信息以得到有用的信息。介绍日志分析超出了本书的范围。

下面介绍一下配置访问日志文件（access_log）的格式，一个典型的配置日志文件的方式（在 httpd.conf 配置文件中）如下：

```
LogFormat "%h %l %u %t \"%r\" %>s %b" commonCustomLog logs/access_log common
```

用这种方法配置的 access_log 文件中的记录信息格式如下：

```
127.0.0.1 - frank [10/Oct/2000:13:55:36 -0700] "GET /apache_pb.gif HTTP/1.0" 200 2326
```

另外一种常用的记录日志的格式称为联合日志格式，可以采取如下方法进行配置：

```
LogFormat "%h %l %u %t \"%r\" %>s %b \"%{Referer}i\" \"%{User-agent}i\"" combined
CustomLog log/acces_log combined
```

用这种方法配置的 access_log 文件中的记录信息格式如下：

```
127.0.0.1 - frank [10/Oct/2000:13:55:36 -0700] "GET /apache_pb.gif HTTP/1.0" 200 2326 "http://www.example.com/start.html" "Mozilla/4.08 [en] (Win98; I ;Nav)"
```

读者可以根据自己的需要定义日志文件的格式，表 16-3 为 LogFormat 语句可以使用的变量。

表 16-3　LogFormat 可使用的变量

| 变　量 | 描　述 |
| --- | --- |
| %a | 远程 IP 地址 |
| %A | 本地 IP 地址 |
| %b | 发送字节，不包括 HTTP 标题。对于没有任何数据内容的请求，将显示 a-，而不是 0 |
| %B | 发送字节，不包括 HTTP 标题 |
| %{VARIABLE}e | 环境变量 VARIABLE 的内容 |
| %f | 文件名 |
| %h | 远程主机 |
| %H | 请求协议 |
| %{HEADER}I | HEADER 的内容；发送到服务器的请求的标题行 |

（续表）

| 变 量 | 描 述 |
|---|---|
| %q | 查询字符串的内容，使用一个?字符预先挂起。如果没有查询字符串，那么它会被计算为一个空字符串 |
| %l | 远程登录名 |
| %m | 请求方法 |
| %{NOTE}n | 来自另一个模块的 NOTE 通知的内容 |
| %{HEADER}o | HEADER 的内容；应答中的标题行 |
| %p | 服务器服务于请求的规范端口 |
| %P | 服务于请求的子进程的 ID |
| %r | 请求的第一行 |
| %s | 状态。对于内部重定向的请求，该状态为初始请求，最后是%>s |
| %t | 时间，格式为 common 日志格式中的时间格式 |
| %{format}t | 时间，格式由 format 给出 |
| %T | 服务请求花费的时间，按秒计 |
| %u | 来自 auth 的远程用户；如果返回的状态（%s）为 401，则可能是伪造的 |
| %U | 请求的 URL 路径 |
| %V | 服务器的名字，取决于 UseCanonicalName 指令 |
| %v | 服务于该请求的服务器规范 ServerName |

在每个变量中，可以在前面设置一个条件，决定是否显示该变量。如果不显示，则显示一。这些条件是数值返回值列表的形式。例如：%!401u 将显示 REMOTE_USER 的值，除非返回 401。

# 16.12 启动和关闭 Apache 服务器

Apache 服务器软件包 httpd RPM 会创建/etc/rc.d/init.d/httpd 启动脚本。通过/sbin/service 命令可以操作该启动脚本。

用根用户登录进入系统，执行如下命令：

```
# /sbin/service httpd start
```

上面的命令可以启动 Apache 服务器，并且在每次系统重新启动时，Apache 服务器都会被启动。

关闭 Apache 服务器，可采用如下命令：

```
# /sbin/service httpd stop
```

命令 restart 用来先关闭服务器，然后再启动服务器，命令如下：

```
# /sbin/service httpd restart
```

编辑了 httpd.conf 配置文件，想要配置文件中的配置得以执行，但不想重新启动服务器进程，可以使用 reload 命令选项，如下所示：

```
# /sbin/service httpd reload
```

## 16.13　相关资源

可以进一步设置 Apache 2.0 服务器，请参考如下资源：

网站资源：

| | |
|---|---|
| http://httpd.apache.org | Apache 服务器的官方站点，可以找到大量的相关信息 |
| http://www.modssl.org | mod_ssl 的官方站点 |
| http://www.apacheweek.com | 提供 Apache 的最新消息和大量的技术文章 |
| http://apachetoday.com | 另一个优秀的 Apache 站点 |
| http://modules.apache.org | 提供 Apache 的附加模块的信息 |

相关书籍：

| | |
|---|---|
| 《Apache Desktop Reference》 | 作者 Ralf S. Engelschall; Addison Wesley |
| 《Professional Apache》 | 作者 Peter Wainwright; Wrox Press Ltd. |
| 《Administering Apache》 | 作者 Mark Allan Arnold; Osborne Media Group |
| 《Apache Server Unleashed》 | 作者 Richard Bowen, et al; SAMS BOOKS |
| 《Apache Pocket Reference》 | 作者 Andrew Ford, Gigi Estabrook; O"Reilly |

# 第 17 章 Mail 服务

电子邮件是因特网上最古老的应用之一，但也是最杰出的网络应用之一。对一些人来说，电子邮件是他们使用因特网的唯一目的。本章将介绍如何在 Red Hat Linus 9.0 上配置邮件服务器。

## 17.1 电子邮件简介

电子邮件最初是一种简单的服务，这种服务可以将一个文件从一台主机传输到另一台主机上，并且附加这个文件到收件人的邮箱中。这个概念至今还在使用，尽管由于网络的日益增长，随着它复杂的路由选择要求和不断增加的消息负载，现在的方案与当初的已经有很大的不同。

电子邮件至少涉及两个组件：MTA（Mail Transfer Agent，邮件传输代理）和 MUA（Mail User Agent，邮件用户代理）。

MTA 是服务器端应用程序，它处理邮件的发送和接收，其职责如下：

- 接收和传递由客户端发送的邮件。
- 为需要发送的邮件进行排队。
- 接收客户的邮件，并且将邮件放置在一个存储区域，直到用户连接服务器并取回邮件为止。
- 有选择地转发和拒绝转发接收到的邮件，该邮件的目的地为另一台服务器。

传输的主要工作是通过 SMTP（Simple Mail Transfer Protocol，简单邮件传输协议）完成的。正如其名，该协议非常简单，它使用相对简单的命令与其他邮件服务器通信。

电子邮件的另一个必要成分是 MUA，或者称为邮件用户代理。MUA 是邮件用户使用的客户程序，常见的 MUA 有 Microsoft Outlook、Foxmail 和 Netscape Messenger 等。

邮件系统中通常还存在另外一个组成部分，有时称为 MDA（Mail Delivery Agent，邮件发送代理）。MDA 存在的原因是，因为 SMTP 始终连接到因特网的系统传送邮件的，但是拨号系统并不适合这种情况，所以需要一种不同的方法向没有永久性连接因特网的系统传输邮件。通常有两种方法：POP3 和 IMAP。

## 17.2 Linux 的 MTA 简介

对 UNIX 和类 UNIX 系统来说，大量的邮件传输程序已经被应用，每一种都有自己的优点和缺点。例如：有一些 MTA 功能强大，但配置起来非常复杂，并且在速度上也存在一些问题；另外一些 MTA 非常快而且容易配置，但是功能没有那么强大。本节将介绍一些常用的 MTA。

## 17.2.1　Sendmail

互联网上绝大多数电子邮件传输都是通过一个叫做 Sendmail 的 MTA 处理的。Sendmail 是存在时间最长的 MTA 之一，同时也是功能最强大的 MTA。对大多数人来说 Sendmail 十分复杂。有人曾经说过，只有编辑一个 Sendmail 的配置文件 sendmail.cf，你才是一个真正的 UNIX 系统管理员，如果编辑过两次，那你一定是发疯了。由此可见，直接编辑 Sendmail 的配置文件来配置 Sendmail 非常困难。仅仅介绍 Sendmail 书就长达 1050 页。

庆幸的是，对于大多数按基本步骤安装系统来说，默认配置的 Sendmail 已经运行良好，往往只需要做很少的改动就能满足需要。同时，新版本的 Sendmail 不同，系统管理员不需要直接编辑复杂的 sendmail.cf 文件；新版本中提供了一个配置公用程序，该程序将根据许多简单的宏文件来生成 sendmail.cf 文件。

使用这些宏文件，不需要了解 sendmail.cf 文件复杂的语法，只需要列出项目，例如希望在配置文件中包括的可选软件的名称，并指定一些参数来决定这些可选软件的操作。最后使用一个叫做 m4 的公用程序从配置文件读取数据，并把这些数据与从包含实际 sendmail.cf 语法的模板文件中读取的数据混合即可生成 sendmail.cf 文件。

Sendmail 是 Red Hat 中的默认的 MTA，默认状态下它已经被安装完毕，因此本章主要介绍 Sendmail。

## 17.2.2　Postfix

Postfix 是 Sendmail 的一个流行的替代 MTA 程序。Postfix 的特点是快速、安全和容易管理，同时这些也是 Sendmail 的缺点。Postfix 同 Sendmail 相比，它们在接口上非常相似。实际上，Postfix 使用一层 Sendmail 包装，使得 MUA 和类似程序同它通信就像是同 Sendmail 通信一样，因此将一个已有的 Sendmail 移植到 Postfix 相对容易。

具体来说，Postfix 的特点如下：

- Postfix 免费　Postfix 要面对的是广大 Internet 用户，试图影响大多数 Internet 上的电子邮件系统，因此它是免费的。
- 速度快　Postfix 在性能上大约比 Sendmail 快三倍。一部运行 Postfix 的台式 PC 每天可以收发上百万封邮件。
- 健壮　Postfix 被设计成在重负荷之下仍然可以正常工作。当系统运行超出了可用的内存或磁盘空间时，Postfix 会自动减少运行进程的数目。当处理的邮件数目增长时，Postfix 运行的进程不会跟着增加。
- 灵活、安全　Postfix 是由一些小程序组成的，每个程序完成特定的功能。可以通过配置文件来设置每个程序的运行参数。

Postfix 具有多层防御结构，可以有效地抵御恶意入侵者。例如大多数的 Postfix 程序可以运行在较低的权限之下，不可通过网络访问与安全性相关的本地投递程序等。

### 17.2.3 Qmail

同 Postfix 一样。Qmail 的目标是比 Sendmail 更容易使用，并且更快、更安全。它的特点如下：

- 安全　Qmail 将 Mail 处理过程分为多个过程，并尽力避免以 root 用户运行。同时 Qmail 禁止对特权用户（root，deamon 等）直接发信。
- 可靠　Qmail 的直接投递保证 E-mail 在投递过程中不会丢失。Qmail 同时支持新的更可靠的信箱格式 Maildir，以保证系统在突然崩溃情况下不至破坏整个信箱。
- 高效　在运行于奔腾的 BSD/OS 上，Qmail 每天可以轻松地投递 200 000 封信件。
- 简单　Qmail 要比其他的 Mail 系统小得多。

## 17.3　安装 Sendmail

Red Hat Linux 9.0 以预包装的形式包含了 Sendmail 邮件传输代理，其版本为 8.12.5。默认状态下，Red Hat 已经安装了 Sendmail。重新安装 Sendmail 也非常简单。从安全方面考虑，重新安装 Sendmail 时，最好安装源代码的 Sendmail。Sendmail 的源代码可以通过匿名 FTP 从服务器 ftp.sendmail.org 中获取。

编译 Sendmail 源代码其实非常简单，因为 Sendmail 源程序软件包直接支持 Linux。编译 Sendmail 的步骤如下：

```
# cd /usr/local/src
# tar xvfz sendmail.8.12.8.tar.gz
# cd src
# ./Build
```

需要 root 权限来完成作为结果的二进制文件的安装，使用语句如下：

```
# make install
```

到此为止，已经完成了 Sendmail 的安装，Sendmail 的二进制文件已经被安装到/usr/sbin 目录下。

## 17.4　Sendmail 基本配置和操作

传统的 Sendmail 是通过一个系统配置文件进行设置的，通常是/etc/mail/sendmail.cf，这个文件的语法不同于任何程序语言的语法。虽然可以直接编辑这个文件，但是它的含义非常晦涩，难以理解。也正是这个原因，Sendmail 引入了/etc/mail/sendmail.mc，它采用一种易于理解的语法来通过宏的方式启用所有的配置选项。

### 17.4.1　sendmail.cf 和 sendmail.mc 文件

因为直接编辑 sendmail.cf 极为复杂，事实上现在很少有人直接编辑 sendmail.cf。在处理由本地系统管理员提供的宏配置文件时，m4 宏配置文件产生 sendmail.cf 配置文件。实际上 m4 程序几乎和 sendmail.cf 一样复杂，不过通常只要关心一些比较重要的部分即可。

配置 sendmail，首先要创建一个 sendmail.mc 文件，这个文件包含用来描述所希望的配置文件的宏。这些宏是一些表达式，m4 宏处理器可以理解这些表达式并将它们扩展成复杂的 sendmail.cf 语法。这些宏表达式由宏名和一些参数组成，其中宏名相当于程序语言中的一个功能函数；表达式中的参数可以被逐字传送到 sendmail.cf 输出文件或者用来管理宏处理发生事件的方式。

多数 Sendmail 服务器只使用 SMTP，为 SMTP 配置 Sendmail 十分简单，以下为一个配置 SMTP 服务的 sendmail.mc 配置文件 smtp-sendmail.mc：

```
divert(-1)
#
# Sample configuration file for smtp only
#
divert(0)
include('/usr/share/sendmail-cf/m4/cf.m4')
define('confDEF_USER_ID', "8:12")
OSTYPE('linux')
FEATURE(redirect)
FEATURE(always_add_domain)
FEATURE(use_cw_file)
FEATURE(local_procmail)
MAILER(procmail)
MAILER(smtp)
```

这里面的正反引号中间不能随便加入空格。接着用 m4 命令产生 sendmail.cf 配置文件，命令格式如下：

```
# m4 sendmail.mc >/etc/sendmail.cf
```

这时候，m4 已经按照宏配置文件重新建立了 sendmail.cf 配置文件。接着重新启动 sendmail 程序：

```
# service sendmail restart
```

这时候，Sendmail 邮件服务器已经可以发送邮件了。

## 17.4.2　sendmail.mc 参数的典型应用

在 sendmail.mc 文件中，以＃号开头的行 m4 不会对其进行分析，而且这些行将默认直接输出到 sendmail.fc 文件中。如果希望在输入和输出中对所需的配置进行注释，可以使用＃号作为注释行的开头。

为了使 sendmail.mc 文件中的注释不会被传送到 sendmail.cf 文件，可以使用 m4 的 divert 和 dnl 标志。Divert(-1)将终止所有的输出，divert(0)将按照默认方式恢复输出。从终止输出到恢复输出期间，由文件行产生的任何输出将被丢弃。如果想对单行操作达到同样的效果，可以使用 dnl 标记，此标志的意思为"从下一行开始，删除包括再下一行在内的所有字符"。

在 sendmail.mc 文件中有一些选项是必须的，可以使用默认值，而其他选项则不用进行编辑。sendmail.mc 文件中常用的参数按照顺序为：VERSIONID、OSTYPE、DOMAIN、FEATURE、MAILER、LOCAL_*规则集、Define。下面将依次介绍这些参数。

## 1．VERSIONID 和 OSTYPE

VERSIONID 的语法格式如下：

```
VERSIONID('@(#)sendmail.mc 8.12 (Linux)03/03/02')
```

VERSIONID 宏是可选的，可以用来记录 sendmail.fc 文件 sendmail 配置文件的版本号，因此这个宏是经常使用的。在任何情况下，请确定 sendmail.mc 中包含以下语句：

```
OSTYPE('linux')
```

这可能是最重要的一个定义，OSTYPE 宏将操作系统的默认条件定义到一个文件中。在这个宏定义中的大多数定义用来设置不同配置文件的路径名，邮递程序路径和参数以及 Sendmail 用来存储消息的目录的位置。在已发行的标准 Sendmail 源代码中，为 Linux 包含了一个这样的文件，此文件也包含在上面给出的例子中。

OSTYPE 定义应该出现在 sendmail.mc 文件中的第一条定义，其他许多定义依赖这个定义。

## 2．DOMAIN

在同一个网络中通过标准方式来配置大量的机器时，可以使用 DOMAIN 宏，但是，如果需要配置 Sendmail 主机的数量很少就不必使用这个宏。这个关键字一般用来定义邮件中继，假如系统里面除了 Internet 互联之外还有类似 Decnet，UUCP 之类的东西，那么就需要设置 DOMAIN 来保证非 Internet 的邮件被正确中继。对于一般的系统而言，不需要定义这个属性。

## 3．FEATURE

FEATURE 宏允许将预先定义的 Sendmail 功能包含到配置文件中，这些 Sendmail 功能使得所支持的配置使用起来十分方便。这些功能很多，本书只讨论一些比较重要和常用的功能。

为了使用所列出的任意一个功能，在 sendmail.mc 中应该包含如下一行：

```
FEATURE(name)
```

用该功能的名称替换 name。有些功能需要带参数，如果需要使用参数而不是默认值，则应该使用如下条目：

```
FEATURE(name, paramter)
```

其中 param 就是要提供的参数。FEATURE 定义的重要运行参数见表 17-1。

表 17-1　FEATURE 定义的运行参数

| 运行参数 | 描　述 |
| --- | --- |
| use_cw_file | 读取文件/etc/sendmail.cw 以确定这台机器应该替哪些机器接收邮件。当你使用 MX 记录将此主机定义为其他主机的邮件交换机时需要使用这个特性。例如：FEATURE(use_cw_file) |
| relay_hosts_only | 通常情况下，Sendmail 为 sendmail.cf 中明确列出的域（一般是 localhost）和/etc/ mail/relay-domains 中定义的域进行投递代理。缺省时这两处定义都是域的名字。如果你定义了这个参数，那么这两处的内容将被解释为主机名字 |

（续表）

| 运行参数 | 描　述 |
|---|---|
| use_ct_file | 读取文件/etc/sendmail.ct 以取得系统 "信任" 的用户名字，这些用户可以使用-f 设置其发信信封上的 from 地址而不产生警告信息 |
| redirect | 使用 REDIRECT 特性，这个特性允许你对某些已经搬迁的用户发出重定向信息。例如：FEATURE(redirect) |
| mailertable | 包含一个用于覆盖到特定域路由的 mailer table。特性参数定义可以是一个关键词 |
| domaintable | 包含一个用于提供域名映象的 domain table，改变你的域名时可能有用（比如由 oldname.com 改为 newname.com）。如果没有被定义，则定义为 hash /etc/mail/domaintable |
| always_add_domain | 在本地发送邮件时也加上其主机域名。例如：FEATURE(always_add_domain) |
| allmasquerade | 如果使用了伪装（MASQUERADE_AS），此特性将使接收者的地址伪装为某主机 |
| limitd_masquerade | 通常情况下$w 所列出的主机将被伪装。如果使用此特性，则只对那些$m 所列出的主机进行伪装 |
| masquerade_entire_domain | 使用伪装且设置了 MASQUERADE_DOMAIN，此特性将引起地址重写，使所要伪装的网域整个被隐藏，所有包含被伪装域名的主机都用伪装域名（常是 MASQUERADE_AS）行重写 |
| virtusertable | 允许在同一个主机上使用多个虚拟域。例如：FEATURE('virtusertable',`hash –o /etc/mail/virtusertable') |
| nullclient | 生成一个除了支持将所有邮件通过本地的基于 SMTP 的网络转递到中心邮件 HUB 之外，不含任何内容的配置文件。其参数是此邮件 HUB 的主机名，唯一可与 nullclient 一起使用的其他特性是 nocanonify（这样可以使非完全地址通过 S MTP 连接进行发送。通常情况下，地址将使用伪装名字转变为完全邮件名称，此伪装名字的默认值为邮件 HUB 主机的名字）。使用此特性时不应定义任何邮差，当然也不进行别名处理或转寄 |
| local_procmail | 使用 procmail 作为本地邮差 |
| access_db | 本地存取控制文件的名字，缺省是/etc/mail/access.db，也可以用命令行指出。默认状态下为 FEATURE('access_db', 'hash –o /etc/mail/access') |
| mailertable | 允许使用 mailertable 文件，这个文件定义对某确定域使用什么样的邮差。如果没有被定义，则定义为 hash /etc/mail/mailertable |
| smrsh | 对邮件使用 Sendmail 发行版所带的 SendMail Restricted Shell（SMRSH）而不是/bin/sh。由于 Sendmail 以 root 权限执行，发送到恶意程序的邮件都可以破坏系统，只要利用别名转向使得邮件被转发到对应的程序，Sendmail 用 SMRSH 处理邮件转发到程序的请求，这可以提高本地系统管理员控制那些通过邮件运行程序的行为，例如 FEATURE('smrsh','/usr/sbin/smrsh') |

（续表）

| 运行参数 | 描　述 |
|---|---|
| blacklist_recipients | 允许用前面定义的 access_db 来禁止从某个地方发来的邮件，或者某个人的邮件 |
| relay_based_on_MX | 是否允许别人把你的机器当成 MX 交换器。如果你设置了这个选项，那么任何人只要在域名服务器中将你的机器设置成他的 MX 交换，就可以用你的机器转发电子邮件。这个功能意味着：主机接受电子邮件，再提交给它 |

### 4．MAILER

MAILER 宏用来告诉 Sendmail 使用何种方式传输邮件。目前的 Sendmail 版本支持多种邮件传输协议，其中有些很少使用。

通常情况下，使用 SMTP 传输协议来发送和接收本地网络的邮件。为了达到这个目的，可以简单地将 smtp 邮件传输包含到配置文件中。local 邮件传输将被默认为包含，也可以直接指明。

可以通过 MAILER 使用较为通用的传输如下：

- local　包括本地传送代理和 prog 邮件箱。前者用来向本地机器的用户的邮箱发送邮件，后者用来向本地程序发送消息。此传输被默认为包含。
- smtp　实现简单邮件传输协议（SMTP），这个协议在因特网上被普遍使用。当包含这个传输时，将配置 4 个邮件箱——smtp（基本的 SMTP）、esmtp（扩展的 SMTP）、smtp8（8 位二进制清除 SMTP）以及 relay（为主机间的网关消息特别设计）。
- uucp　支持两个邮件箱。uucp-old 是传统的 UUCP，uucp-new 可以在一次传输时，同时处理多个收件人。
- usenet　可以直接向以 Usenet 方式工作的新闻网络发送邮件。任何直接送到地址为 news.group.usenet 的本地消息，都将被传送到新闻网络的 news.group 新闻组。
- fax　如果已经安装了 HylaFAX 软件，这个邮件箱能直接向它发送电子邮件，为此需要建立一个 email-fax 网关。在进行写操作时，这个功能是实验性的，可以在 http://www.vix.com/hylafax 获取更多的信息。
- pop　邮局协议，用于电子邮件的接收。

其他传输（比如 procmail、mail11、phquery、cyrus、cyrusv2 和 qpage）都可以使用，只是他们很少使用。

### 5．Define

定义一些全局设置，对于 Linux 系统，设置了 OSTYPE 之后，可以定义下面一些全局参数，如果不定义，就使用缺省值。例如定义全局变量 ALIAS_FILE 的格式如下：

```
Define(ALIAS_FILE, /etc/aliases)
```

其格式为：变量名　说明（方括号中为缺省值）。

表 17-2 列出了部分全局变量并作简单的描述，如果想了解全部全局变量，请参考 Sendmail 自带的 README.cf 文件。

表 17-2　部分全局参数

| 全局变量 | 默认设置 | 描　述 |
|---|---|---|
| ALIAS_FILE | /etc/aliases | 别名文件的位置。如果有多个别名文件，需要把它们用引号括起来 |
| HELP_FILE | /usr/lib/sendmail.hf | 此文件中含有对 SMTP 的 HELP 命令进行响应时要列出的信息 |
| QUEUE_DIR | /var/spool/mqueue | 邮件队列文件所在目录 |
| STATUS_FILE | /etc/sendmail.st | sendmail 的状态信息文件 |
| LOCAL_MAILER_PATH | /bin/mail | 用于投递本地邮件的程序 |
| LOCAL_MAILER_FLAGS | rmn9 | local mailer 要用到的标志，永远包含标志 lsDFM |
| LOCAL_MAILER_ARGS | mail -d $u | 在投递本地邮件时所传送的参数 |
| LOCAL_MAILER_MAX | undefined | 此参数定义了此邮件服务器所能接收单个邮件的最大容量 |
| LOCAL_MAILER_MAXMSGS | undefined | 此参数定义了在单个连接中传输消息的最大个数，只用于 LMTP 本地邮件服务 |
| LOCAL_MAILER_CHARSET | undefined | 如果定义了此参数，则被转化为 MIME 格式的从其他地址到 local mailer 的含有 8 位字符的信息将被标为此字符集 |
| LOCAL_MAILER_EOL | undefined | 该字符串可作为本地邮件的每一行的结尾 |
| LOCAL_SHELL_PATH | /bin/sh | 投递利用管道功能处理的邮件的 shell |
| LOCAL_SHELL_FLAGS | eu9 | prog mailer 用到的标志。在此标志中永远包含标志 lsDFM |
| LOCAL_SHELL_DIR | $z:/ | shell 运行时所要查找的目录路径 |
| LOCAL_MAILER_QGRP | undefined | 本地邮件的队列组 |
| USENET_MAILER_PATH | /usr/lib/news/inews | 用于投递电子新闻组的程序名称 |
| USENET_MAILER_FLAGS | rsDFMmn | usenet mailer 的投递标志 |
| USENET_MAILER_ARGS | -m -h -n | usenet mailer 的命令行参数 |
| USENET_MAILER_MAX | 100000 | usenet mailer 所能接收的最大信息大小 |
| SMTP_MAILER_FLAGS | undefined | SMTP mailer 附加标志。对所有基于 SMTPmailer 其默认标志为 mDFMUX，基于 esmtp 的邮差（mailer）加上 a 标志，而基于 smtp8 的邮差则加上 8 |
| SMTP_MAILER_MAX | undefined | 使用 smtp、smtp8 或 esmtp 传输单个邮件的最大容量 |
| POP_MAILER_PATH | /usr/lib/mh/spop | POP 邮差的路径名 |
| POP_MAILER_FLAGS | Penu | POP 邮差附加标志。同时总是加上标志 lsDFM |

（续表）

| 全局变量 | 默认设置 | 描　述 |
|---|---|---|
| SMTP_MAILER_CHARSET | undefined | 如果定义了此参数，则被转化为 MIME 格式的从其他地址到任一个 SMTP mailer 的含有 8 位字符的信息将被标为此字符集 |
| POP_MAILER_ARGS | pop $u | 传给 POP 邮差的参数 |
| PROCMAIL_MAILER_PATH | /usr/local/bin/procmail | procmail 程序的路径名。此外 FEATURE(local procmail)也用到此参数 |
| PROCMAIL_MAILER_FlAGS | SPhnu9 | Procmail 邮差的标志，同时会加上 DFM 标志 |
| PROCMAIL_MAILER_MAX | undefined | Procmail 所接收的最大单个邮件容量。如果你对某些人发送很大的邮件感到困扰，则启用这个选项 |

### 17.4.3　调整 Sendmail 配置选项

　　Sendmail 中有许多选项不需要改动，如果要调整这些选项，可以通过定义 m4 宏中的变量来调整，或者把它们直接插入到 sendmail.cf 文件中，前者是更可取的方法。例如希望用 Sendmail 的派生程序处理发送的每个邮件消息，可以在 m4 配置文件添加如下一行：

```
defind('confSEPARATE_PROC','true')
```

　　该语句将在相应的 sendmail.cf 文件中创建如下条目：

```
ForkEachJob=true
```

　　表 17-3 列出了通用的 Sendmail m4 选项的详细描述和其默认值。

表 17-3　部分 Sendmail m4 配置选项

| 配置选项 | 描述和默认值（方括号中的值） |
|---|---|
| confMIN_FREE_BLOCKS | [100] Sendmail 提供这个选项来指定可用硬盘存储块的最小值。在接收一个邮件消息之前，必须有可用的硬盘存储块，这样才可以确保 Sendmail 永远不会发生假脱机文件系统被填满的情况 |
| confME_TOO | [false] 用来定义原始邮件消息的发送者，如果出现发送者在扩展后的收件人清单中，决定是否接收一份邮件消息的拷贝。其有效值是 true 和 false |
| confMAX_DAEMON_CHILDREN | [undefined] 提供一种措施来限制可以产生的子后台进程的最大数量，当达到这个数量时新连接将被拒绝，直到一些子后台进程终止 |
| confSEPARATE_PROC | [false] 使用这个选项时，Sendmail 将为每个要发送的消息派生一个新的拷贝，这个选项特别用在出现由于目标主机存在问题而导致一些邮件消息陷入邮件队列中的情况 |
| confSMTP_LOGIN_MSG | [$j Sendmail $v/$Z; $b] 无论何时连接到 Sendmail，都将发送一条问候消息。缺省时，这条消息包含主机名、邮件传输代理名、Sendmail 版本号、本地版本号和当前日期 |

以上仅仅介绍了部分 Sendmail m4 配置选项，如果要查询全部配置选项，请查询 Sendmail 自带的 readme.cf 文档。

# 17.5　Sendmail 高级配置

Sendmail 的配置形式有很多种，现在我们讲述一些比较重要、常用的配置。

## 17.5.1　配置邮件别名

对于目的主机用户或者邮件处理程序来说，邮件别名是备用的名字。使用别名可以使邮件直接投递到邮箱之中。举例来说，与 Web 服务器有关的反馈和咨询信息都将直接发送给 webmaster，这是一个公用的惯例。通常，在目标主机上没有一个用户名为 webmaster，它只是另一个系统用户的别名而已。

主机上所有的别名都存储在/etc/aliases 文件中。当决定如何处理邮件消息时，Sendmail 程序将参考此文件。如果在此文件中发现一个条目与邮件消息中的目标用户相匹配，那么 Sendmail 将重新发送此消息到条目中详细描述的地方。

采用定义别名来调用程序时，一定得注意安全，因为 Sendmail 一般是用 root 权限运行。

/etc/aliases 这个文件用来设置用户的别名。最简单的情况是需要作信件分发的情况。一般情况下，当电子邮件出现问题的时候，需要把出错的邮件头发送到本机的 postmaster 用户，但是也许系统上有多个系统管理员，因此每个人都需要得到一份这个邮件头的拷贝。在这种情况下就需要使用用户别名文件。

aliases 文件的格式是邮件别名：实际用户名。如果一个别名有多个用户，则各个用户之间用逗号分开，每个别名一行。例如，要把发给 postmaster 的信件同时发送给 administrator 和 manager，需要写上这样一行：

```
postmaster: adminstrator,manager
```

别名还可以用在这样的情况，即定义自动邮件转发。例如，某个用户以前在你的系统上接收电子邮件，现在他有了一个新的电子邮件，希望发到你的机器上的邮件自动被转发到新的电子邮件地址上，那么可以使用类似这样的别名方式（假设你的机器是 host@yourdomain.com）：

```
host:host@newaddr.com
```

以后发给 host@yourdomain.com 的电子邮件就自动中转到 host@newaddr.com。请注意左边会自动加上你的机器名字，所以左边只能是账号名字，不能是限定的邮件地址。

别名的右侧也可以是文件或者程序。例如，上面的 postmaster 别名可以用以下方法来设置：

```
postmaster::include:/etc/mail/hostaliases
```

其中 include 关键字表示让 Sendmail 读取对应的包含文件，而/etc/mail/hostaliases 的内容要设置成：

```
administrator
manager
```

要把邮件重定向到程序，可以使用管道，例如：

```
test:"|/var/pipetest"
```

这样，Sendmail 会将发给 test 的邮件内容作为/var/pipetest 程序的输入来执行这个程序。

另一个常用的办法是重定向。如果在模板文件中定义了 REDIRECT 特性，那么可以使用这个功能。例如，某个人在你的机器上开了一个账户 usera，后来迁移到 userb@serverb.com，那么可以将其别名写成：

```
usera: userb@serverb.com.REDIRECT
```

以后，当有人向这个地址发信的时候，Sendmail 会将其退回，并且返回如下消息：

```
551 User not local; please try userb@serverb.com
```

在使用别名时，必须注意不要造成循环，例如 usera 转发给 userb，userb 又将其转发给 usera，如此循环。在这种情况下，转发 17 次后，Sendmail 将把它退还给发信人。最常见的错误发生在你试图在转发邮件的同时，在本地保留备份的情况，例如：

```
usera: usera,userb
```

这就造成了一个循环。

以下为一个简单的/etc/aliases 文件实例：

```
#
# Aliases in this file will NOT be expanded in the header from
# Mail, but WILL be visible over networks or from /bin/mail.
#
#     >>>>>>>>>    The program "newaliases" must be run after
#     >> NOTE >>   this file is updated for any changes to
#     >>>>>>>>>    show through to sendmail.
#
# Basic system aliases -- these MUST be present.
mailer-daemon:  postmaster
postmaster:     root
#
#
# demonstrate the common types of aliases
#
usenet:         janet                   #alias for a person
admin:          joe,janet               #alias for serveral people
changfeed:      |/usr/local/lib/gup     #alias that invokes program
complaints:     /var/log/complaints     #alias writes mail to file
newspak-users::include :/usr/lib/lists/newspak #read recipients from file
```

在更新/etc/aliases 文件时，请确保使用下面的命令来运行：

```
# /usr/bin/newaliases
```

这个命令用来重建 Sendmail 内部使用的数据库。/usr/bin/newaliases 命令是一个到 Sendmail 可执行命令的符号连接，也可采用如下方式调用：

```
# /usr/lib/sendmail -bi
```

## 17.5.2 过滤垃圾邮件

现在，随着电子商务的发展，人们通过搜索网络来寻找电子邮件地址并添加到邮寄清单中，然后将自己的商业广告发送到这些电子邮件中。这种事情非常普遍，这类海量邮寄行为通常称为 spamming。电子邮件用户经常收到大量的类似这样的垃圾邮件，而对用户有用的邮件也可能被淹没在这些垃圾邮件之中。这种行为给用户添加了很多麻烦。庆幸的是，Sendmail 能够帮助处理未经许可的邮件。

通过 Sendmail 的 access_db 特性，可以使用数据库来配置接收发自哪些主机或用户的邮件以及为谁中继邮件。

管理为哪台主机中继邮件很重要，因为中继邮件是 spamming 主机通常采用的另一种技术，通过中继邮件可以巧妙地避开系统检测。例如：垃圾邮件发送者可以通过另一些对它没有怀疑的主机进行中继邮件，最后发送给你的服务器，而不是直接发送给你的服务器。所以为了防止 spamming，需要的时候可以采取中继禁止的方法，并在访问数据库中启用单个主机（这些主机是值得信任的）进行中继。

当一个新的 SMTP 连接建立时，Sendmail 将检测消息标题信息，然后访问数据库来决定是否继续接收消息本身的内容。

访问数据库是一个规则集，这些规则用来描述对来自指定主机的消息应如何处理。默认的访问控制文件称为/etc/mail/access。访问数据库中的格式很简单，每一行包含一个访问规则，规则左侧是用来匹配入站邮件消息发送者的一个模式，其中可以包含一个完整的电子邮件地址、一个主机名或一个 IP 地址。规则右侧是要采取的动作，其格式如下：

```
[地址]　[操作]
```

其中[地址]可以是主机地址或者名字，也可以是通配符，规则是：　yourdomain.com 代表所有*.yourdomain.com 的名字，192.168.10 代表所有 192.168.10.*的地址，202.112 代表所有 202.112.*.*的地址，someone@somedomain.com 代表一个特定的邮件发信人。

可以配置的操作有 6 种，表 17-4 列出了这些操作。

表 17-4　访问数据的操作描述

| 操　作 | 操作描述 |
| --- | --- |
| OK | 接收邮件消息 |
| RELAY | 接收来自哪个主机或用户的消息，即使它们没有被 Sendmail 所在的主机指定。也就是说，接收该主机中继给其他主机的消息 |
| REJECT | 拒绝带有通配消息的邮件 |
| DISCARD | 丢弃使用$#discard 邮件箱发送的消息 |
| SKIP | 这个操作只能用于主机域名、IP 地址和网络号，这种操作会在一个 SMTP 消息来临时退出当前的数据库查询，既不接收也不拒绝该消息，而是执行默认的操作 |
| ### any text | 用错误代码＃＃＃（遵守 RFC-821）返回一条错误消息，并以 any text 为消息内容 |

以下为一个/etc/mail/access 文件的例子：

```
# Check the /usr/share/doc/sendmail/README.cf file for a description
# of the format of this file. (search for access_db in that file)
# The /usr/share/doc/sendmail/README.cf is part of the sendmail-doc
# package.
#
# by default we allow relaying from localhost...
friends@yourdomain.com          REJECT
```

```
yahoo.com              REJECT
202.207.12             REJECT
admin@bupt.edu.cn        OK
edu.cn                 RELAY
```

这个例子拒绝接收来自包括 friends@yourdomain.com、yahoo.com 的任何主机和 IP 地址为 202.207.12.*的主机的任何电子邮件，下一条允许接收来自 admin@bupt.edu.cn 的电子邮件，而不受上面的条件制约，最后一条规则允许接收来自 edu.cn 任何中继的邮件。

为了启用访问数据库特性，在 sendmail.mc 文件中必须包含以下声明：

```
FEATURE(access_db)
```

修改了 access 文件之后，需要重新生成 access.db，可以用 makemap 命令完成：

```
makemap hash access.db < access
```

重新启动 Sendmail 就可以使用这些功能了。

### 17.5.3 配置电子邮件虚拟主机

同 Apache 一样，Sendmail 也可以配置虚拟主机功能。电子邮件虚拟主机可以让一台主机有权利代表许多不同的网域来接收和发送邮件，就好像存在许多独立的邮件主机一样。因特网服务提供商（ISP）使用虚拟主机来与虚拟网络主机相连接。本节描述如何配置电子邮件虚拟主机。

Sendmail 的 virtusertable 特性配置提供了虚拟用户表，在这个表中可以配置电子邮件虚拟主机。使用虚拟用户表可以把指定到 user1@domain1.com 的入站邮件映射到 user2@domain2.com 上。可以认为这个特性具有与邮件别名相同的优点，只是其操作的不仅仅是目的用户，还包括目的域。

启用 virtusertable 特性，必须在 sendmail.mc 配置文件中添加如下一行：

```
FEATURE(virtusertable)
```

虚拟主机的文件缺省是/etc/mail/virtusertable.db，它用/etc/mail/virtusertable 文件生成，虚拟用户表的格式十分简单，每一行左侧包含一个模式来代表邮件原来定义的目的地址；右侧也包含一个模式，此模式代表邮件地址将要被映射成的虚拟主机的地址，例如：

```
someone@otherdomain.com localuser
```

这意味着本来应该发送给 someone@otherdomain.com 的邮件，现在被发送给本机的用户 localuser。

以下为一个/etc/mail/virtusertable 文件的实例：

```
someone@china.net       god
sunny@china.net         moon@tsinghua.edu.cn
@yahoo.com              mail@sina.com.cn
@hotmail.com            $1@sohu.com
```

此例中，邮件服务器虚拟主管 3 个域：china.net、yahoo.com 和 hotmail.com。第一行语句将送往 china.net 虚拟域中用户的邮件改寄到本地用户，第二行语句则将送往同一个虚拟域中用户的邮件改寄到另一个域中的用户，第三行语句将送往 yahoo.com 虚拟域中任何用户的所有邮件改寄到一个单独的远程主机，最后一行语句将送往 hotmail.com 虚拟域中一个用户的任何邮件改寄到另一个域中的同一用户。

　　Sendmail 还可以被配置成其他域接收邮件，当 Sendmail 接收到一条电子邮件消息时，它将用本地主机名来比较消息标题中指定的主机，如果匹配，则 Sendmail 接收消息；否则 Sendmail 可以决定接收此消息并试图把它转发到最终的目的地。

　　Sendmail 的 use_cw_file 特性允许指定一个包含域名的文件名，Sendmail 可以为这个文件指定的域接收邮件。为了使用这个功能，应在 sendmail.mc 文件中添加以下特性声明：

```
FEATURE(usr_cw_file)
```

　　Sendmail 默认的文件是/etc/mail/local-host-names，以下为一个/etc/local-host-names 文件的实例：

```
# local-host-names - include all aliases for your machine here.

domain1.com
domain2.com
domain3.com
```

　　如果在主机中存在指向 domain1.com、domain2.com 和 domain3.com 的正确 DNS 记录，那么当完成这些配置以后，Sendmail 将开始为这些域接收邮件。

## 17.6　测试配置文件

　　m4 命令将根据自己的语法规则来处理宏定义文件，但它不能识别任何 Sendmail 的语法。如果宏定义文件中存在错误，用 m4 命令运行时，将不会得到任何出错消息，因为这个原因而测试配置文件是十分重要的。

　　Sendmail 支持一个 address test 模式来允许测试配置文件并识别任何错误。在这个模式的操作中，通过命令来调用 Sendmail，这时会提示输入测试需要的规则集规范和指定的地址。然后，Sendmail 将使用这些确定的规则来处理指定的地址，并随着测试的进行显示每个重写规则的输出。测试规则集本书不作介绍，除非对 sendmail.cf 已经非常了解，否则介绍测试规则集便会晦涩难懂。

　　另外一种方法是，可以直接连接 Sendmail 服务器的 25 端口，使用 SMTP 的语法来测试邮件的投递过程。如下所示：

```
# telnet 211.68.70.252 25
Trying 211.68.70.252...
Connected to sfljsa.sfl (211.68.70.252).
Escape character is '^]'.
220 localhost.localdomain ESMTP Sendmail 8.12.5/8.12.5; Sun, 30 Mar 2003 20:35:34
-0500
mail from:song@sina.com
250 2.1.0 song@sina.com... Sender ok
rcpt to:song@localhost.localdomain
250 2.1.5 song@localhost.localdomain... Recipient ok
data
354 Enter mail, end with "." on a line by itself
This is a test mail.
.
```

```
250 2.0.0 h2V1ZYS5001935 Message accepted for delivery
quit

221 2.0.0 localhost.localdomain closing connection
Connection closed by foreign host.
```

上面的例子测试了一个从 song@sina.com 到 song@ localhost.localdomain 发送邮件的过程，邮件的内容是 This is a test mail。如果没有错误，则邮件发送成功。

采取这种方法进行测试，需要了解 SMTP 协议的基本命令，关于这方面的知识可以查询 RFC 821 技术文档。登录到 Sendmail 服务器的 25 端口后，用 help 命令查询相关信息。

## 17.7　分析邮件统计数字

Sendmail 可以采集关于邮件通信量的数据信息和关于要接收其发送的邮件的主机信息，使用 mailstats 和 hoststat 两个命令可以显示这些信息。

mailstats 命令用来显示 Ssendmail 可以处理的邮件容量的统计数字。首先输出当前系统时间，然后是一个表格，表格中每一行出现 8 个信息项，表 17-5 给出了这些信息项的含义：

表 17-5　mailstats 命令信息项描述

| 信息项 | 描　　述 |
| --- | --- |
| M | 邮箱号 |
| msgsfr | 从邮箱接收到的消息数量 |
| bytes_from | 来自邮箱的邮件的 KB 数 |
| msgsto | 送往邮箱的消息数量 |
| bytes_to | 送往邮箱的邮件的 KB 数 |
| msgsrej | 被拒绝接收的消息数 |
| msgsdis | 被丢弃的消息数 |
| Mailer | 邮箱的名称 |

以下为一个 mailstats 命令的样本输出：

```
# mailstats
Statistics from Thu Feb 27 22:08:55 2003
 M   msgsfr  bytes_from   msgsto   bytes_to   msgsrej  msgsdis  Mailer
 4     56       439K         0        0K          8        0    esmtp
 9     76       575K        123     1014K         3        0    local
=============================================================
 T    132      1014K        123     1014K        11        0
 C    159                    5                   11
```

hoststat 命令显示了 Sendmail 试图将邮件发送到目的主机的状态信息，其相应的调用 Sendmail 命令如下：

```
# sendmail -bh
```

输出结果以单独的行表示每台主机的信息，其中包含开始向这台主机发送邮件的时间和此时接收到的状态信息。

# 17.8　POP3 服务

Sendmail 配置了电子邮件服务，还需要配置邮件客户传输协议，目前最常用的邮件客户传输协议是 POP3（Post Office Protocol，邮局协议）。在 Linux 发行版中，POP3 通常和 IMAP（Internet Message Access Protocol，因特网消息访问协议）捆绑在一起，该软件包称为 IMAP-X.X，其中 X.X 为版本号。在 Red Hat Linux 9.0 中，默认情况已经安装了 IMAP。只要查看/etc/services 文件，就会发现如下几行：

```
imap            143/tcp        imap2           # Interim Mail Access Proto v2
imap            143/udp        imap2
pop3            110/tcp        pop-3           # POP version 3
pop3            110/udp        pop-3
```

这说明系统已经可以支持 POP3 和 IMAP 服务了，POP3 和 IMAP 服务在 Red Hat Linux 9.0 中都由 xinetd 超级服务器进程管理。可以进入/etc/xinetd.d 目录，分别修改 ipop3 和 imap 文件。

ipop3 文件如下：

```
# default: off
# description: The POP3 service allows remote users to access their mail \
#              using an POP3 client such as Netscape Communicator, mutt, \
#              or fetchmail.

service pop3 {
        disable = no
        socket_type            = stream
        wait                   = no
        user                   = root
        server                 = /usr/sbin/ipop3d
        log_on_success  += HOST DURATION
        log_on_failure  += HOST
}
```

imap 文件如下：

```
# default: off
# description: The IMAP service allows remote users to access their mail using \
#              an IMAP client such as Mutt, Pine, fetchmail, or Netscape \
#              Communicator.

service imap {
        disable = no
        socket_type            = stream
        wait                   = no
        user                   = root
        server                 = /usr/sbin/imapd
        log_on_success  += HOST DURATION
        log_on_failure  += HOST
}
```

重新启动 xinetd 即可。

可以采取如下方法来测试 POP3 是否已经正常运行：

```
# telnet 211.68.70.252 110
Trying 211.68.70.252...
Connected to sfljsa.sfl (211.68.70.252).
Escape character is '^]'.
+OK POP3 sfljsa.sfl v2001.78rh server ready
```

这样的信息表示 POP3 已经就绪，接下来测试是否能够浏览邮箱：

```
user test
+OK User name accepted, password please
pass test
+OK Mailbox open, 1 messages
list
+OK Mailbox scan listing follows
1 659
```

以上说明 POP3 已经正常运行。

# 第 18 章　Proxy 服务

代理服务器是互联网链路级网关所提供的一种重要的安全功能，它主要工作在开放系统互联模型的对话层，其主要的功能有：连接因特网与企业内部网或者校园网，充当防火墙角色。

因为当所有内部网的用户通过代理服务器访问外界时，只映射为一个 IP 地址，所以外界不能直接访问到内部网；同时可以设置 IP 地址过滤，限制内部网对外部的访问权限，节省 IP 开销。所有用户对外只占用一个 IP，所以不必租用过多的 IP 地址，从而降低了网络的维护成本。本章介绍在 Red Hat Linux 9.0 中如何架设代理服务器（Proxy）。

## 18.1　代理服务器简介

随着信息社会的到来，因特网技术迅速发展，连接到因特网的计算机的数量成几何级数增长。因特网促进了信息产业的发展，并极大地改变了人们生活、学习和工作方式。因特网对越来越多的人已经是不可或缺的工具。然而，随着因特网的飞速发展，产生了诸如 IP 地址耗尽、网络资源瓶颈和网络安全等问题。代理服务器就是为了解决这些问题而产生的一种有效的网络安全产品。

关于网络中存在的问题，可以用一个例子来说明。例如一家公司有上千台电脑连接到因特网上，在上网访问时，将会出现网络资源的使用竞争问题和网络费用问题。一台主机访问某个站点而另一台主机访问同一站点，如果同时访问就会出现网络资源竞争问题，相继访问则会增加该公司的网络费用。该公司或该公司的部门都有自己的内部数据，这些数据需要较高的安全性且存储在连接在因特网的服务器上，因为网络上经常有一些不安全的行为出现，势必会对这些保密的数据造成威胁。

提高访问因特网的速度和网络的安全性，已经成为当今的热门话题，而代理服务器正是解决这种问题的方案之一。代理服务器（Proxy Server）可以缓解或解决以上提到的问题，是因特网共享解决方案（Internet Sharing Solution）的关键。

在网络节点上设置代理服务器，并在该服务器上安装代理服务器软件，利用其高速缓存（Cache）可以有效地缓存因特网上的资源。例如：当内部网的一台客户机访问了因特网上的某一站点后，代理服务器便将访问过的内容存入它的高速缓存中，如果内部网的其他客户机再访问同一个站点，代理服务器便将它缓存中的内容传输给该客户机，这样就能使客户机共享任何一台客户机访问过的资源，从而可以大大提高访问网站的速度和效率，尤其是对那些冗长、庞大的内容，可起到立竿见影、事半功倍的作用；同时减少网络传输流量，提高网络传输速度，节约访问时间，降低访问费用。

比如一家公司是 CISCO 公司的金牌代理，假设有 100 台需要上网的电脑，可能每台电脑每天都需要访问 CISCO 的网站来了解最新产品信息，以便向顾客介绍最新的产品。

假设每一个用户需要 10 分钟时间来获取这些信息，那么 100 个用户分别连接获取信息，则要花费 1000 分钟的上网时间，但在使用了代理服务器后只要有一个用户访问过 CISCO 网站，其他用户再访问该站点时，代理服务器就可以从高速缓存中直接提取一份缓存的页面，这样很快就获得了各自所需的信息。

很明显，总的上网时间由过去的 1000 分钟下降到 10 分钟多一点，网络费用自然也降低了接近 100 倍，如果用户更多则费用降低得更多。如果网络计费是采用流量计费，其道理也是一样的。

代理服务器只允许因特网的主机访问其本身，并有选择地将某些允许的访问传输给内部网，这是利用代理服务器软件的功能实现的。采用防火墙技术，易于实现内部网的管理，限制访问地址。代理可以保护局域网的安全，起到防火墙的作用：对于使用代理服务器的局域网来说，在外部看来只有代理服务器是可见的，其他局域网的用户对外是不可见的，代理服务器为局域网的安全起到了屏障的作用。因此，可以提高内部网的安全性。

另外，代理服务器软件允许内部网使用内部 IP（内部 IP 不需要申请，只在内部有效），节约网上资源，即用代理服务器可以减少对 IP 地址的需求。对于使用局域网方式接入因特网的企业，如果为局域网内的每个用户都申请一个 IP 地址，代价很高。

但使用代理服务器后，只需代理服务器上有一个合法的 IP 地址，局域网内其他用户可以使用 192.168.*.*这样的内部网保留 IP 地址，就可以节约大量的 IP，这对缓解目前 IP 地址紧张问题很有用。

还有，在几台 PC 想连接因特网，却只有一根拨号线的情况下，代理服务器是一个很合适的解决方案。

**代理服务器的主要功能**

（1）用户验证和记账功能

对用户进行验证，没有被授权的用户无权通过代理服务器访问因特网，同时可以记录用户的访问情况、时间、流量等信息。

（2）分级管理用户

可以设置对用户进行分级管理，设置不同用户的访问权限，对内部和外部的 IP 都可以进行过滤，也可以设置不同的访问权限。

（3）防火墙功能

当所有内部网络上的主机都通过代理服务器访问外部网络时，对外部网络来说，整个内部网只映射成为一个 IP 地址，即代理服务器的 IP 地址。外部网络不能直接访问内部网络，同时可以设置地址过滤方式来保护内部网络。

代理服务器的原理如同商业社会中的代理商：存在于最终消费者和商品生产者之间的代理。同样，代理服务器存在局域网和因特网（广域网）之间，其网络结构如图 18-1 所示。

图 18-1　代理服务器在网络中的位置

假设局域网中的主机 A 想获取因特网中的服务器 B 的数据，局域网通过代理服务器与因特网相连接，具体连接过程是：主机 A 首先同代理服务器建立连接；代理服务器接收到主机 A 的连接请求之后，进行一系列的处理，例如进行用户验证、查看缓存、记录信息等。

处理之后，如果需要连接服务器 B（用户验证通过，而且高速缓存中没有主机 A 请求的数据），则与服务器 B 建立连接，下载主机 A 需要的数据到代理服务器；将下载的数据传输到主机 A；代理服务完成。

组建代理服务器需要代理服务器软件，目前流行的代理服务器软件有 WinGate、Microsoft Proxy、WinProxy、WinRoute 和 SyGate 等，这些软件主要是基于微软的 Windows 平台。在 Linux 平台上，也有功能强大的代理软件，那就是 Squid。Red Hat Linux 9.0 中带有 Squid 的 RPM 软件包，本章主要介绍 Squid 代理软件。

## 18.2　安装 Squid

Squid 是一个支持 Proxy、HTTP 缓存、FTP、Gopher 等的软件，它也支持 SSL、访问控制、DNS 缓存并且为所有的请求做记录。与传统缓存软件不同的是，Squid 以一个单独、非阻塞、I/O 驱动的进程来处理所有请求。它是这样实现其功能的：接收来自人们需要下载目标的请求并适当地处理这些请求。也就是说，如果客户想下载一个 Web 页面，那么首先请求 Squid 为他取得这个页面。

Squid 随之连接到远程服务器（比如 http://squid.nlanr.net/）并向这个页面发出请求。然后，Squid 显式地聚集数据到客户端机器，而且同时复制一份。当下一次有人需要同一页面时，Squid 可以简单地从磁盘中读取它，那样数据就会迅速传输到客户机上。

Squid 的 RPM 包已经和 Red Hat Linux 9.0 捆绑发行了，安装系统的时候，如果在安装网络时候已经选中的话，它就会自动安装在系统上。可以用如下命令检查系统中是否已经安装了 Squid：

```
# rpm -q squid
squid-2.4.STABLE7-4
```

如果已经安装了 Squid，就会出现如上的结果，在 Red Hat Linux 9.0 中附带的 Squid 软件包是 squid-2.4.STABLE7-.i386.rpm。如果没有安装，可以安装 Red Hat Linux 9.0 光盘上的 squid 软件包。可以用如下命令来安装：

```
# rpm -ivh squid-2.4.STABLE7-4.i386.rpm
```

或者直接到 Squid 的官方网站 www.squid-cache.org 上下载源代码包 squid-2.5.STABLE2.tar.gz 进行编译。

Squid 的编译非常简单，因为它基本上是自动完成配置的。编译之前，推荐建立一个专门运行 Squid 的用户和组，并且设定其目录为/usr/local/squid。将 squid-2.5.STABLE2.tar.gz
软件包放在/usr/local/squid/src 目录中，再进行解压：

```
# tar -zxvf squid-2.5.STABLE2.tar.gz
```

上面的命令会产生一个/usr/local/squid/src/squid-2.5.STABLE2 目录，进入解压缩之后的
目录中，然后使用./configure 来自动查询系统的配置情况和该软件包要使用的头文件。

```
# cd / squid-2.5.STABLE2
# ./configure
```

在没有指定目录的情况下，默认将 Squid 安装在/usr/local/squid 中。./configure 也可以
指定安装目录，用如下命令将 Squid 安装在/etc/squid 目录中：

```
# ./configure -prefix=/etc/squid
```

然后执行：

```
# make
# make install
```

这样安装完成。启动 Squid：

```
# service squid start
```

如果在 Red Hat Linux 9.0，已经默认安装了 Squid，则至少会有以下目录同 Squid 相关。

```
/usr/sbin/
/etc/
/var/cache
/etc/sysconfig/squid
/var/spool/squid
/var/lock/subsys/squid
/var/log/squid
/etc/rc.d/init.d/squid
```

其中比较重要的是/etc/sbin，里面包含 Squid 的可执行文件 squid 等。目录/var/cache 包
含 Squid 缓存的数据，/etc/squid 目录中包含了 Squid 的配置文件 squid.conf，目录/var/log/squid
包含了 Squid 的日志记录，/etc/rc.d/init.d 中存放着 Squid 的启动文本。

## 18.3 Squid 配置选项

对 Squid 的定制是通过编辑它的配置文件 squid.conf 来实现的，在 Red Hat Linux 9.0 中，
该配置文件为/etc/squid/squid.conf。这个文件的选项很多，这里只对一些经常使用的配置选
项作简要的介绍。

squid.conf 文件的配置选项可以进行细分，总共可以分为下面几部分。

### 1. 关于网络地址部分的配置

这部分的配置选项是用来配置同 Squid 代理服务器相关的网络地址参数。一般来说，
一个 Squid 缓存服务器需要同本地或者远程 Web 服务器、其他缓存服务器和客户端（桌面
浏览器和网关等）相互通信。Squid 配置需要为每一个相关的服务器和网关定义网络地址（IP
地址＋端口号）。

Squid 监听 TCP 端口同 Web 等服务器和客户端通信，使用 ICP 同其他缓存服务器对话。
对每个这样的服务器（Web 服务器和其他缓存服务器等）和客户端，Squid 都需要指定一个

唯一的端口号，使用这个端口 Squid 才能发送请求（TCP 或 ICP）和监听回应消息。总之，服务器与服务器之间的通信是由"端口号＋地址"构成的网络地址决定的，表 18-1 的选项同这些地址相关。

表 18-1　Squid 网络地址配置选项

| 配置选项 | 描　述 |
| --- | --- |
| http_port | 指定 Squid 监听 HTTP 客户请求时所使用的端口，默认值是 3128，如果要使用代理功能，这个端口值必须和运行 Squid 的 IP 地址一起使用。<br>默认形式为：http_port 3128<br>格式为：http_port port<br>例如：http_port 192.168.0.2:8080 |
| icp_port | 指定 Squid 同其他相邻的缓存服务器之间发送和接收 ICP 查询时监听的端口号，可以设置为 0 来禁止改功能。<br>默认形式为：icp_port 3130<br>格式为：icp_port port<br>例如：icp_port 5050 |
| htcp_port | 指定 Squid 同其他相邻的缓存服务器之间发送和接收 HTCP 查询时监听的端口号，可以设置为 0 来禁止改功能。<br>默认形式为：htcp_port 4827<br>格式为：htcp_port port<br>例如：htcp_port 5089 |
| mcast_groups | 指定一个多播组，通过它，Squid 服务器可以接收多播形式的 ICP 查询。这个配置选项只有在想接收多播查询时才设定。<br>默认值为：none，即在默认情况下不支持多播。<br>格式为：mcast_groups IPAddress<br>例如：mcast_groups 239.128.16.128 224.0.1.20 |
| tcp_outgoing_address | 在连接远程服务器时使用，也用于采用 HTCP 和 CARP 方式同其他缓存服务器通信。<br>默认形式为：tcp_outgoing_address 255.255.255.255<br>格式为：tcp_outgoing_address IPAddress |
| udp_incoming_address | 在 Squid 服务器接收其他缓存服务器的 ICP 数据报时使用。<br>默认形式为：udp_incoming_address 0.0.0.0<br>格式为：udp_incoming_address IPAddress |
| udp_outgoing_address | 在 Squid 服务器发送 ICP 数据报到其他缓存服务器时使用。<br>默认形式为：udp_outgoing_address 255.255.255.255<br>格式为：udp_outgoing_address IPAddress |

### 2．Squid 的网络结构配置

这部分的配置选项同 Squid 服务器在网络中的结构相关。感兴趣的参数有：网络中缓存服务器的数量、配置类型（哪些缓存服务器相互之间通信）、定义主缓存服务器、映射指定的域名到指定的缓存服务器、超时等，见表 18-2。

表 18-2　Squid 网络结构配置选项

| 配置选项 | 描　述 |
| --- | --- |
| cache_peer | 指定网络中其他缓存服务器，默认值为 none。 |
| | 格式为：cache_peer hostname type http_port icp_port options |
| | 其中，hostname 为该缓存服务器的主机名或者 IP 地址，type 为该缓存服务器同 Squid 服务器之间的关系类型，http_port 设置目的服务器的 HTTP 端口，icp_port 为所设置的查询 ICP（UDP）端口，options 为其他值。 |
| | 例如：cache_peer sib1.visolve.com sibling 3128 3130 [proxy-only] |
| cache_peer_domain | 限定查询相邻的缓存服务器的域，默认值为 none。 |
| | 格式为：cache_peer_domain cache_host domain [domain ...] |
| | 例如：cache_peer_domain parent.foo.net .edu |
| neighbor_type_domain | 更改指定域的相邻缓存服务器的类型，默认值为 none。 |
| | 格式为：neighbor_type_domain parent\|sibling domain domain ... |
| | 例如：cache_peer proxy.visolve.com parent 3128 3130 neighbor_type_domain proxy.visolve.com sibling .com .net |
| icp_query_timeout(msecs) | 指定一个 ICP 查询超时时间，默认为 0。 |
| | 格式为：icp_query_timeout milliseconds |
| | 例如：icp_query_timeout 2000 |
| dead_peer_timeout (secs) | 控制等待多长时间 Squid 才会宣布一个对等的缓存服务器已经死亡，默认值为 10 秒。 |
| | 格式为：dead_peer_timeout seconds |
| | 例如：dead_peer_timeout 10 seconds |
| hierarchy_stoplist | 在 URL 中查询的字符串，如果找到，则该对象直接被本缓存服务器处理，默认值为 cgi-bin?。 |
| | 格式为：hierarchy_stoplist words |
| | 例如：hierarchy_stoplist jsp asp |
| no_cache | 指定特定的对象不被记录到缓存中去。 |
| | 默认形式为：acl QUERY urlpath_regex cgi-bin\?no_cache deny QUERY |
| | 格式为：no_cache deny\|allow aclname |
| | 例如：acl DENYPAGE urlpath_regex Servletno_cache deny DENYPAGE |

### 3. 缓存大小配置

这部分是同缓存所占用的内存大小（真实的内存大小）相关的配置选项和缓存交换的策略。

Squid 支持多种缓存交换策略，这部分同缓存与硬盘的交互相关，见表 18-3。

表 18-3　Squid 缓存大小选项

| 配置选项 | 描　　述 |
| --- | --- |
| cache_mem | 指定缓存占用多大内存，默认形式为 cache_mem 8 MB，格式为 cache_mem bytes。例如：cache_mem 1 GB |
| cache_swap_low(percent,0-100) | 指定缓存对象交换的最低点，默认形式为 cache_swap_low 90，格式为 cache_swap_low percentage。例如：cache_swap_low 95 |
| cache_swap_high (percent, 0-100) | 指定缓存对象交换的最高点，默认形式为 cache_swap_high 95，格式为 cache_swap_high percentage。例如：cache_swap_high 98 |
| maximum_object_size (bytes) | 大于这个配置选项指定的值的对象将不会被保存在硬盘上，默认形式为 maximum_object_size 4096 KB，格式为 maximum_object_size (bytes)。例如：maximum_object_size 2000 KB |
| minimum_object_size (bytes) | 小于这个配置选项指定的值的对象将不会被保存在硬盘上，默认形式为 minimum_object_size 0 KB，格式为 minimum_object_size (bytes)。例如：minimum_object_size 2000 KB |
| maximum_object_size_in_memory (bytes) | 大于该选项指定值的对象不被保存在内存中的缓存中，默认形式为 maximum_object_size_in_memory 8 KB。格式为：maximum_object_size_in_memory (bytes) |

### 4．日志目录和缓存目录配置

这部分描述的配置选项用来配置存放缓存文件和日志文件的目录。日志文件记录运行时的信息，在系统级调试时将会非常有用。

表 18-4　Squid 日志和缓存目录配置

| 配置选项 | 描　　述 |
| --- | --- |
| cache_dir | 指定系统使用的存储类型，默认形式为 cache_dir ufs /usr/local/squid/cache 100 16 256，格式为 cache_dir Type Maxobjsize Directory-Name Mbytes Level-1 Level2 [..]。例如：cache_dir ufs /cache1 5000 16 256 |
| cache_access_log | 指定 access.log 文件的路径，默认形式为 cache_access_log /usr/local/squid/logs/access.log，格式为 cache_access_log Directory-path/filename。例如：cache_access_log /var/log/squid_access.log |
| cache_log | 设定缓存日志的目录和文件名，默认形式为 cache_log /usr/local/squid/logs/cache.log，格式为 cache_log Directory-path/filename。例如：cache_log /var/log/squid_cache.log |
| emulate_httpd_log | 激活缓存仿真 HTTP 格式的日志功能，默认形式为 emulate_httpd_log off，格式为 emulate_httpd_log on\|off。例如：emulate_httpd_log on |
| mime_table | 指定存储 Squid 支持的 MIME 类型的文件，默认形式为 mime_table /usr/local/squid/etc/mime.conf，格式为 mime_table Directory-Path/filename |
| pid_filename | 指定 Squid 写入自己进程 ID 的文件，默认形式为 pid_filename /usr/local/squid/logs/squid.pid，格式为 pid_filename Directory-path/filename。例如：pid_filename /var/lock/squid.pid |

### 5. 支持外部功能的相关配置

Squid 具有调用外部定义功能的功能，这些外部定义的功能并不输入 Squid。常用的外部功能包括 FTP、DNS、重定向和认证等。Squid 通过标准的 fork()和 exec()函数调用这些功能。这部分的配置选项如表 18-5 所示。

表 18-5　Squid 支持外部功能配置选项

| 配置选项 | 描　述 |
|---|---|
| ftp_user | 如果让匿名用户登录进入时需要输入密码，则使用这个配置选项。<br>默认形式为 ftp_user Squid@，格式为 ftp_user username。例如：ftp_user squid@squid.visolve.com |
| ftp_passive | 如果防火墙不允许 Squid 使用主动模式连接，则关闭这个选项。<br>默认形式为 ftp_passive on，格式为 ftp_passive on\|off |
| cache_dns_program | 指定执行 DNS 查询程序的位置，默认形式为 cache_dns_program /usr/local/squid/libexec/squid/，格式为 cache_dns_program program。例如：cache_dns_program /usr/local/squid/bin/dnsserver |
| dns_nameservers | 指定 DNS 服务器列表（IP 地址形式），默认形式为 dns_nameservers none，格式为 dns_nameservers Ipaddress。例如：dns_nameservers 172.16.1.102 204.54.6.20 |
| authenticate_program | 指定外部的认证程序，默认形式为 authenticate_program none，格式为 authenticate_program path/to/program path/to/passwdfile。例如：authenticate_program /usr/local/squid/bin/ncsa_auth /usr/local/squid/etc/passwd |

### 6. 缓存调整配置

这部分的配置选项严重影响到 Squid 缓存服务器的性能。需要注意的是：缓存对象的更新算法，发送的请求和回应的数据报中的包头和数据的大小，服务器退出连接的策略等。相关的配置选项见表 18-6。

表 18-6　Squid 缓存调整配置选项

| 配置选项 | 描　述 |
|---|---|
| request_header_max_size | 指定在一个 HTTP 请求数据报中包头的最大长度，默认形式为 request_header_max_size 10 KB，格式为 request_header_max_size (KB) |
| request_body_max_size | 指定 HTTP 请求数据报的数据段的最大长度，默认形式为 request_body_max_size 1 MB，格式为 request_body_max_size (KB) |
| reference_age | Squid 采用 LRU（Least Recently Used）动态地删除缓存中的对象，这个配置选项用来指定 LRU 的最大时间长度。默认形式为 reference_age 1 year，格式为 reference_age time-units。例如：<br>reference_age 1 week<br>reference_age 5 days<br>reference_age 5 mounths<br>reference_age 5 hours |

## 7. 超时设定配置

Squid 的超时设置可以基于所有的连接超时，另一端服务器的超时设置，指定的请求超时等。选择正常的超时可以提高 Squid 服务器的性能，表 18-7 列出了部分配置选项。

表 18-7  Squid 超时设定配置选项

| 配置选项 | 描  述 |
| --- | --- |
| connect_timeout | 指定 Squid 等待客户请求的服务器回应的时间长度，如果超时则返回给客户一个 Connection timed out 的错误信息。默认形式为 connect_timeout 120 seconds，格式为 connect_timeout seconds。例如：connect_timeout 180 seconds |
| peer_connect_timeout | 指定 Squid 等待一个对等的缓存服务器的 TCP 连接的超时时间，默认形式为 peer_connect_timeout 30 seconds，格式为 peer_connect_timeout time-units。例如：peer_connect_timeout 45 seconds |
| client_lifetime | 客户端同代理服务器连接的最大时间长度，默认形式为 client_lifetime 1 day，格式为 client_lifetime time-units。例如：client_lifetime 1000 minutes |

## 8. 访问控制配置

访问控制是 Squid 的特点，可以配置 Squid 使用过滤功能（比如过滤指定的协议、命令、指定的路由器和指定的域名等），相关的配置选项见表 18-8。

表 18-8  Squid 访问控制配置选项

| 配置选项 | 描  述 |
| --- | --- |
| acl | 定义一个访问列表，当使用 file 时，该文件应该在每行包含一个条目，一般区分大小写，如果不想区分大小写，则使用-i 选项。格式为 acl aclname acltype string1 ... \| "file" |
| src | 查询客户机的 IP 地址，格式为 acl aclname src ip-address/netmask。例如：acl aclname src 172.16.1.0/24 |
| dst | 同上一个相同，唯一区别是，它所指的 IP 地址为服务器的 IP 地址。格式为 acl aclname dst ip-address/netmask |
| srcdomain | 在 acl 之前，Squid 进行逆向 DNS 查询，这个查询会增加请求的查询时间。格式为 acl aclname srcdomain domain-name。例如：acl aclname srcdomain .kovaiteam.com |
| time | 一天当中的时间，星期。格式为 acl aclname time [day-abbreviations] [h1:m1-h2:m2]。例如：acl ACLTIME time M 9:00-17:00 |
| port | 可以用目的端口地址来控制访问。格式为 acl aclname port port-no。例如：acl acceleratedport port 80 |
| proto | 指定传输的协议，格式为 acl aclname proto protocol。例如：acl aclname proto HTTP FTP |
| method | 指定发出请求的类型，格式为 acl aclname method method-type。例如：acl aclname method GET POST |
| browser | 用户代理请求的报头的规则匹配表达式，格式为 acl aclname browser pattern。例如：acl aclname browser MOZILLA |

（续表）

| 配置选项 | 描　　述 |
| --- | --- |
| ident | 用字符串来匹配用户名，格式为 acl aclname ident username ...例如： |
| | ident_lookup on |
| | acl friends ident kim lisa frank joe |
| | http_access allow friends |
| | http_access deny all |
| proxy_auth | 使用外部进程进行用户认证，proxy_auth 需要一个外部的认证程序来进行用户密码检 |
| | 查。格式为 acl aclname proxy_auth username...例如：acl ACLAUTH proxy_auth usha |
| | venkatesh balu deepa |
| maxconn | 指定来自一个客户（通过 IP 地址）的最大连接数。例如： |
| | acl someuser src 1.2.3.4 |
| | acl twoconn maxconn 5 |
| | http_access deny someuser twoconn |
| | http_access allow !twoconn |
| http_access | 基于访问列表允许或者拒绝 HTTP 访问，默认形式为： |
| | http_access allow manager localhost |
| | http_access deny manager |
| | http_access deny !Safe_ports |
| | http_access deny CONNECT !SSL_ports |
| | http_access deny all |
| | 格式为 http_access allow\|deny [!]aclname ... |

### 9. 管理配置和选项配置

这些配置选项用来描述 Squid 的管理功能，例如哪个用户和用户组有权运行 Squid 程序，宣示出错时显示的主机名，哪些用户拥有查看缓存动态的权利等，见表 18-9。

表 18-9　Squid 超时设定配置选项

| 配置选项 | 描　　述 |
| --- | --- |
| cache_mgr | 指定本地缓存服务器管理者的电子邮件地址，默认形式为 cache_mgr webmaster，格式为 cache_mgr Administrator mailid |
| visible_hostname | 如果希望在出错信息中显示一个特定的主机名，则使用该配置选项。格式为 visible_hostname anyhostname。例如：visible_hostname www.visolve.com |
| hostname_aliases | 缓存服务器所有的其他的 DNS 名称，格式为 hostname_aliases。例如：hostname_aliases |

### 10. 注册缓存服务的配置

Squid 管理员可以在 http://ircache.nlanr.net/Cache/Tracker/上注册该缓存服务器，同注册相关的配置选项有 announce_period、announce_host、announce_file、announce_port，这里不作详细介绍。

### 11．HTTP 加速器配置

Squid 可以为一个 Web 服务器充当负载平衡和负载减少的功能。一般来说，Squid 不仅为客户提供服务，而且可以减轻 Web 服务器的负担。还有一些缓存服务器可以充当 Web 服务器，这些服务器接收标准格式的 Web 和 Proxy 格式的请求。Squid 服务器也可以不配置成这种形式。这部分的配置选项如表 18-10 所示。

表 18-10　Squid HTTP 加速器配置选项

| 配置选项 | 描　述 |
| --- | --- |
| httpd_accel_host | 设定要加速的服务器的主机名，如果要加速多个服务器，或者实现传输透明，则需要使用字符 virtual 来代替主机名。格式为 httpd_accel_host hostname(IP)\|virtual。例如：<br>httpd_accel_host 172.16.1.115<br>httpd_accel_host virtual<br>httpd_accel_host CACHE |
| httpd_accel_port | 设定需要加速请求只能中继到的一个端口，Squid 将会连接这个端口。格式为 httpd_accel_port port。例如：<br>httpd_accel_port 80<br>httpd_accel_port 8000 |
| httpd_accel_single_host | 如果将 Squid 作为一个加速器来运行并且有一个后台服务器来设置该选项为 on，则 Squid 会中继发往服务器的请求；如果有多个后台服务器，则设置该选项为 off，并使用重定向将到来的请求来映射到适当的后台服务器。默认形式为 httpd_accel_single_host off，格式为 httpd_accel_single_host on\|off |
| httpd_accel_with_proxy | 如果使用了 httpd_accel_host 选项，那么 Squid 将会停止识别缓存请求，所以要让缓存服务器作为加速器，同时又是一个 Web 缓存服务器，则应设置 httpd_accel_with 为 on。默认形式为 httpd_accel_with_proxy off，格式为 httpd_accel_with_proxy on\|off |
| httpd_accel_uses_host_header | 通过查看这个选项，Squid 能够为不同的 HTTP（支持的协议不同）充当加速器。默认形式为 httpd_accel_uses_host_header off，格式为 httpd_accel_uses_host_header on\|off |

### 12．各种其他限制配置

这部分配置选项包括限制日志文件增速的配置选项，在出错条件下和访问拒绝时向客户显示定制信息，为 Squid 定义内存池，激活 SNMP 网络管理功能，激活 WCCP 功能等。因为本书中使用到这方面的配置选项比较少，所以不详细介绍这些配置选项的用法。这些配置选项有：dns_test names、logfile_rotate、append_domain、tcp_recv_bufsize (bytes)、err_html_text、deny_info、memory_pools on\|off、memory_pools_limit (bytes)、forwarded_for on\|off、log_icp_queries on\|off、icp_hit_stale on\|off、minimum_direct_hops、minimum_direct_rtt、cachemgr_passwd、store_avg_object_size (kbytes)、store_objects_per_bucket、client_db on\|off、 netdb_low、netdb_high、netdb_ping_period、query_icmp on|off、test_reachability on|off、buffered_logs on|off、reload_into_ims on|off、always_direct、never_direct、anonymize_headers、fake_user_agent 、icon_directory 、error_directory 、minimum_retry_timeout (seconds) 、maximum_single_addr_tries 、snmp_port 、snmp_access 、snmp_incoming_address 、snmp_outgoing_address、as_whois_server、wccp_router、wccp_version、wccp_incoming_address 以及 wccp_outgoing_address。

## 18.4　访问控制配置

启动 Squid 之前，需要在系统上创建一个新目录，而且这些目录要有正确的访问许可权限，否则其他用户登录到 Squid 所在的系统可能会获取 root 访问权限。

Squid 的启动文件为/usr/sbin/squid，如果 Squid 在系统启动时启动，则使用启动脚本启动/usr/sbin/squid 程序，所以启动该程序采用 root 权限。这时，如果某个用户将这个二进制可执行文件更改成一个木马程序，那么它就能取得 root 的访问权限。所以/usr/sbin/squid 应该被 root 用户所拥有，其用户组也应该为 root，其他任何用户都不能更改这个程序。可以通过如下方式来更改其用户和用户组：

```
chown root.root /usr/sbin/squid
chmod 755 /usr/sbin/squid
```

在系统重新启动时，Squid 一般是由 rc 脚本启动，因为这些脚本是用 root 权限来运行的，所以 Squid 也是以 root 权限运行的。一旦 Squid 被启动，就没有必要还以 root 用户运行。以 root 权限运行一个程序只在那个程序是绝对可靠时才能实行，为了系统的安全性，最好在 Squid 启动之后更改自己的用户 ID 和组 ID。因为 Squid 在启动时要绑定重要的端口号（比如 80 端口），所以在启动时必须用 root 用户启动。

cache_effective_user 和 cache_effective_group 配置选项告诉 Squid 将自己的用户 ID 和组 ID 改成什么。在 Linux 系统中，只有当 Squid 由 root 用户启动的时候，Squid 才能将自己的用户 ID 和组 ID 改成其他值。如果在 Red Hat Linux 9.0 中已经创建了 squid 用户和 squid 组，那么在/etc/squid/squid.conf 文件中加入如下语句即可改变：

```
cache_effective_user squid
cache_effective_group squid
```

使用访问控制特性，可以控制访问时根据特定的时间间隔进行缓存、访问特定站点或一组站点等。前面已经介绍过访问控制的配置选项，现在介绍如何使用它们。

Squid 实现访问控制有两个重要的因素：ACL 和访问列表。通过访问列表可以允许或拒绝某些用户对某项服务的访问。ACL 需要和以下配置选项一起使用：

- src　源地址（即客户机 IP 地址）。
- dst　目标地址（即服务器 IP 地址）。
- srcdomain　源名称（即客户机名称）。
- dstdomain　目标名称（即服务器名称）。
- time　一天中的时刻和一周中的某一天。

- url_regex　URL 规则表达式匹配。
- urlpath_regex　URL-path 规则表达式匹配，略去协议和主机名。
- proxy_auth　通过外部程序进行用户验证。
- maxconn　单一 IP 的最大连接数。

这些配置选项有的在前面已经有所介绍，ACL 的规则声明如下：

```
acl aclname acltype string1 ... | "file"
```

其中 aclname 是可以自己定义的唯一名称。每个 ACL 由列表组成，进行匹配检测的时候，多个值由逻辑或运算连接。也就是说，任何一个 ACL 元素的值被匹配，则这个 ACL 元素即被匹配。在配置文件中，不同的 ACL 元素写在不同的行中，Squid 会自动将它们组合在一个列表中。

Squid 可以使用很多访问控制设置，以下两个就是经常用到的配置选项：

- http_access　允许 HTTP 访问，这也是主要的访问控制条目。
- no_cache　定义对缓存请求的响应。

通过这些访问控制选项，Squid 将创建很多控制规则。在进行规则匹配时，Squid 会按照这些规则的排列顺序进行匹配检测，一旦检测到一个匹配的规则，匹配检测就立即结束。如果没有任何规则与访问请求匹配，默认动作将与列表中最后一条规则对应。

## 18.4.1　控制网段内主机的访问

下面在 Squid 中配置一条访问控制规则。假设允许某个客户端能通过 Squid 代理服务器访问 HTTP 站点。首先建立一条 ACL 条目，然后允许该规则可以访问 HTTP 站点，在 /etc/squid/squid.conf 文件加入以下的行：

```
acl myhostnet 10.1.1.3/255.255.255.0
http_access allow myhostnet
```

其中 myhostnet 时 ACL 的名称，第二行是只适用于特定的 ACL（即 myhost）的规则。10.1.1.3 指明网络掩码为 255.255.255.0 的子网，myhostnet 指明网络中的 10.1.1.0/24 子网。第二行允许这些机器访问 HTTP 服务，再使用 http_port 选项指定 Squid 服务器的 IP 地址和端口号：

```
http_port 211.68.70.252 8080
```

其中 211.68.70.252 为 Squid 运行的主机 IP 地址，这一行指定 Squid 监听的 IP 地址和端口号。将这行加入到/etc/squid/squid.conf 文件中，重新启动 Squid 就配置完成了。再按照下一节中的介绍设置好客户端，就可以使用代理服务了。

## 18.4.2　控制单个主机的访问

也可以配置规则允许单个主机访问 HTTP 站点，采取如下的方式配置：

```
acl myhost src 10.1.1.3
http_access allow myhost
http_access deny !myhost
```

或者：

```
acl myIP src 10.1.1.3/255.255.255.0
```

```
acl all src 0.0.0.0/0.0.0.0
http_access allow myIP
http_access deny all
```

以上两个例子都只允许 IP 地址为 10.1.1.3 的主机访问 HTTP 站点，而其他 IP 地址的主机都将被拒绝访问。

### 18.4.3 限制访问时间段

ACL 同 time 配置选项搭配起来使用，可以限定客户机的访问时间段，其格式为：

```
acl name time [day-list] [start_hour:minute-end_hour:minute]
```

例如：

```
acl night time 17:00-24:00
acl early_morning time 00:00-6:00
```

结合 http_access 可以设置访问时间段控制，如下所示：

```
acl allowed_clients src 192.168.0.1/255.255.255.0
acl regular_days time MTWHF 10:00-16:00
http_access allow allowed_clients regular_days
http_access deny !allowed_clients
```

这个规则允许子网 192.168.0.0/24 中的所有主机在周一到周五的上午 10:00 至下午 4:00 访问 HTTP 站点，其他时间则不允许访问。

可以单独为不同的客户机分配不同的访问时间段，如下所示：

```
acl hosts1 src 192.168.0.10
acl hosts2 src 192.168.0.20
acl hosts3 src 192.168.0.30
acl morning time 10:00-13:00
acl lunch time 13:30-14:30
acl evening time 15:00-18:00
http_access allow host1 morning
http_access allow host1 evening
http_access allow host2 lunch
http_access allow host3 evening
http_access deny all
```

在上面的例子中，主机 host1 可以在 10:00 至 13:00 和 15:00 至 18:00 时间段内访问 HTTP 站点，主机 host2 只能在 13:00 至 14:30 之间访问 HTTP 站点，主机 host3 则只能在 15:00 至 18:00 访问 HTTP 站点。

### 18.4.4 屏蔽特定站点

Squid 可以屏蔽某些特定的站点或者含有某些特定字词的站点，实现这样的功能需要用到 ACL 中的 url_regex 配置选项。

```
acl allowed_clients src 192.168.0.1/255.255.255.0
acl banned_sites url_regex -i sex
http_access deny banned_sites
http_access allow allowed_clients
```

在上面的例子中，含有 sex 的 URL 将被禁止访问。在实际应用中，不需要把要屏蔽的

所有站点或字词都列在上面，可以先将这些站点保存在一个文件中，ACL 将从这个文件中
读出所需信息用以屏蔽被禁止的站点。

```
acl allowed_clients src 10.1.1.0/255.255.255.0
acl banned_sites url_regex "/etc/badURL.list"
http_access deny banned_sites
http_access allow allowed_clients
```

同样，可以使用 dstdom_regex 配置选项来控制客户访问的目的站点，使用 srcdom_regex
可以配置客户机的方位，如下所示：

```
acl bad_dst_TLD dstdom_regex \.com$ \.net$
acl good_src_TLD srcdom_regex \.cn$
http_access deny bad_dst_TLD
http_access allow good_src_TLD
```

在上面的配置中，允许来自 cn 域中的客户机访问 HTTP 站点，条件是这些客户机所访
问的站点名称不是以.com 和.net 结尾的。

使用 ACL 配合 dst 配置选项可以允许 Squid 匹配客户访问的服务器的目的域名来控制
访问，这可以用来控制访问成人网站、反动网站等网站。要控制对这些网站的访问，需要
得到这些网站的 IP 地址，如果仅仅通过域名控制，用户使用 IP 地址直接访问这些站点依
旧可以获得通过，所以采取 IP 控制更加保险。

如果知道某个非法网站（比如 www.baddomain.example）的 IP 地址为 231.23.23.1，很
容易通过限制 IP 地址方式来限制对这些网站的访问。例如：

```
acl badDomains www. baddomain.com
acl badIPs dst 231.23.23.1
http_access deny badlist
http_access deny badIPs
http_access allow myNet
http_access deny all
```

Web 服务器通常在 80 端口监听即将到来的用户请求，有些服务器可能监听其他端口
（比如 8080）。其他服务也使用特定的端口号，例如 Telnet 服务使用 23 端口，FTP 服务一
般使用 21 端口。如果不想让 Squid 服务器为其他服务提供代理服务，可以采取限制 Squid
服务器要访问的目的端口号的方法来实现。通过 ACL 的 port 配置选项，可以完成这样的功
能。以下设置了一个端口列表 Safe_ports：

```
acl Safe_ports port 80 21 443 563 70 210 1025-65535
```

可以看出，设定端口列表可以单独列出某个端口号（比如 80 21 443 563 70 210），也可
以列出一个端口范围（比如 1025-65535）。以下即可实现控制客户端要访问的端口类型：

```
acl Safe_ports port 80 21 443 563 70 210 1025-65535
http_access deny !Safe_ports
```

Squid 还能够根据客户使用的访问协议来控制访问，即使用 ACL 的 proto 配置选项。
通过该配置选项可以控制对 FTP、HTTP 和 SSL 的访问。这种方法是依据客户请求访问的
URL 中的首部（即 http://、ftp://和 https://）来进行控制的。在下面的配置语句中，将拒绝
客户机的 FTP 请求。

```
acl ftp proto FTP
acl myNet src 10.0.0.0/16
acl all src 0.0.0.0/0.0.0.0
```

```
http_access deny ftp
http_access allow mynet
http_access deny all
```

## 18.5 实现用户验证

### 18.5.1 用户验证介绍

Squid 的默认配置允许任何用户不经过验证过程就可以进行访问。Squid 通过一个外部程序提供用户验证功能（比如只允许有效的用户访问 Internet），这就需要具备有效的用户名和密码。可以用 proxy_auth　ACL 和 authenticate_program 来实现。在允许访问前，强制进行用户名和密码的核查。

Squid 常用的验证程序有以下几种：

- LDAP　使用 Linux Lightweight 目录访问协议（Linux Lightweight Directory Access Protocol）。
- NCSA　使用 NCSA 风格的用户名和密码档。
- SMB　使用 SMB 协议的服务，例如 SAMBA 或 Windows NT。
- MSNT　使用 Windows NT 的域验证。
- PAM　使用 Linux 的可装载验证模块。
- Getpwam　使用 Linux 密码档。

在/etc/squid/squid.conf 配置文件中加入如下配置语句：

```
authenticate_program /usr/lib/squid/pam_auth /usr/bin/passwd
authenticate_children 5

acl our_lan src x.x.x.x/24
acl isp_limit_pool src x.x.x.x/24
acl passwd proxy_auth

http_access allow our_lan
http_access allow isp_dialin_pool passwd
http_access deny all
```

在上面的配置中，Squid 代理服务器使得 our_lan 中的主机不需要进行用户验证就可以访问 HTTP 站点，而 isp_limit_pool 中的主机则需要进行用户密码验证。其他主机则不允许访问。

再看如下的例子：

```
acl password proxy_auth
acl netherlands dstdomain nl
http_access allow netherlands
http_access allow password
http_access deny all
```

当客户机访问的域名中含有*.nl 的站点时，将不需要进行用户验证，而访问其他 HTTP 站点则需要进行用户密码认证。

### 18.5.2　NCSA 认证设置

　　NCSA 是 Squid 源代码自带的认证程序之一，在 Red Hat Linux 9.0 中默认安装的 Squid 已经可以支持 NCSA 认证。在/usr/lib/squid/目录中存在 NCSA 可执行文件 ncsa_auth。

　　要使用 NCSA 认证，首先需要在/etc/squid/squid.conf 文件中添加如下配置：

```
authenticate_program /usr/lib/squid/ncsa_auth /usr/bin/passwd
```

　　还要定义相关的用户类，其中 REQUIRED 用来指定接收所有合法用户的访问。

```
acl auth_user proxy_auth REQUIRED
```

　　还需设定 http_access：

```
http_access allow auth_user
```

　　这样就已经对客户进行 NCSA 用户密码认证了。下面是一个使用 NCSA 的相关配置：

```
authenticate_program /usr/lib/squid/ncsa_auth /usr/bin/passwd
acl pass proxy_auth REQUIRED
acl mynetwork src 192.168.0.1/255.255.255.0

http_access deny !mynetwork
http_access allow pass
http_access deny all
```

　　在上面的例子中，所有用户在访问之前都必须通过用户密码检测。

## 18.6　设置透明代理

### 18.6.1　透明代理介绍

　　使用普通代理时，客户在网页浏览器软件中指定代理器的名称和端口号，然后浏览器向代理服务器发出请求，代理服务器将客户的请求发送给目的服务器。采用这种代理服务器，不能实现如下功能：

- 不管局域网内的用户是否愿意，它们都必须使用代理服务器。
- 在客户使用代理服务器时，不想让它们知道自己在使用代理服务器。
- 想让客户机使用代理功能，但是不想更改成千上万的客户机的浏览器设置。

　　要实现这些功能，只有透明代理服务器才能做到。使用透明代理服务器时，代理服务器透明地解析客户的请求，对客户软件来说，它好像直接同目的服务器对话，中间不存在代理服务器。

　　路由器支持透明代理的功能，许多交换机也支持。Linux 可以充当一个路由器，可以采取重定向 TCP 连接到一个本地端口的方式来实现透明代理功能。当然，还需要设置代理服务器软件适应这种重定向的方式，以便代理服务器能够连接目的服务器，并最终将取回结果返回给用户。

　　需要注意的是，在这种情况下，客户端必须正确地设置 DNS 域名解析服务器，因为浏览器不设置代理，则域名解析必须由浏览器来进行，也就是由客户端的 DNS 服务器来进行解析。

### 18.6.2　内核设置

一般来讲，透明代理所在机器往往是带动整个局域网联入互联网的入口，因此该机器往往需要配置防火墙规则，以便对内部网络进行防护。因此在编译内核时，也许要考虑将防火墙支持选项编译进去。

要配置透明代理服务器，需要 Linux 内核支持适当的选项，如果使用 Red Hat Linux 9.0 发行版的原始内核，透明代理功能有可能不被支持，因此需要重新编译内核。这是一个复杂的过程，本书其他部分对此有所介绍，本节只作简单的概括。

配置内核需要支持的功能如下：

- 网络支持。
- 支持 Sysctl。
- 支持网络包过滤。
- 支持 TCP/IP 网络。
- 支持连接跟踪（在 menuconfig 的 IP: Netfilter Configuration）。
- 支持 iptables。
- 支持所有的 NAT 功能。
- 支持 REDIRECT。
- 支持 PROC 文件系统。

使用 menuconfig 可以对 Red Hat Linux 的内核进行配置：

```
# cd /usr/src/linux-2.4
# make menuconfig
```

将运行一个菜单驱动的配置工具，选择配置内核选项，确定如下选项被选中：

```
[*]Networking support
[*]Sysctl support
[*]Network packet filtering
[*]TCP/IP networking
[*]/proc filesystem support
[*] Kernel/User netlink socket
[*] Netlink device emulation
[*] Connection tracking (required for masq/NAT)
[*] FTP protocol support
[*] IP tables support (required for filtering/masq/NAT)

[*] limit match support
[*] MAC address match support
[*] Netfilter MARK match support
[*] Multiple port match support
[*] TOS match support
[*] Connection state match support
[*] Packet filtering
[*] REJECT target support
[*] Full NAT
[*] MASQUERADE target support
[*] REDIRECT target support
```

```
[*] Packet mangling
[*] TOS target support
[*] MARK target support
[*] LOG target support
```

然后按照本书其他部分介绍的内容使用 make dep、make clean、make bzImage 等命令来编译内核。

需要激活内核的 IP 转发功能，IP 转发使得 Linux 服务器成为一个路由器，可以用如下命令来检测 IP 转发功能是否已经被激活：

```
# cat /proc/sys/net/ipv4/ip_forward
```

如果结果是 1，则说明 IP 转发功能已经被激活；如果是 0，则没有。如果没有被激活，则用如下方式激活：

```
# echo '1' > /proc/sys/net/ipv4/ip_forward
```

### 18.6.3  配置 Squid

现在需要配置 Squid 并启动它。在/etc/squid/squid.conf 配置文件中添加如下配置语句：

```
httpd_accel_host virtual
httpd_accel_port 80
httpd_accel_with_proxy on
httpd_accel_uses_host_header on
http_access allow all
```

然后重新启动 Squid：

```
# service squid restart
```

### 18.6.4  设置 iptables 防火墙

这里要用到本书后面介绍的 Linux 防火墙配置工具 iptables。iptables 是 Linux 内核 2.4 的防火墙配置工具，在 Red Hat Linux 9.0 中已经安装了这个工具。为了创建防火墙规则，首先需要知道两件事情：连接局域网的接收代理请求的网络接口名称（本书中使用的是 eth0）；Squid 监听的端口号（本书使用的是 3128）。

现在，添加如下规则：

```
# iptables -t nat -A PREROUTING -i eth0 -p tcp --dport 80 -j REDIRECT --to-port 3128
```

这样将那些目的端口为 80 的请求重定向到 3128 端口，即将 HTTP 服务请求重定向到 Squid，再由 Squid 代理服务器来处理这些请求。

如果在局域网内部使用的是内部 IP 地址，而 Squid 代理服务器使用唯一合法的 IP 地址，则可以使用 Linux 防火墙的 NAT（网络地址转换功能）将内部 IP 地址伪装成服务器的合法 IP 地址，这需要添加如下规则：

```
# iptables -t nat -A POSTROUTING -s 192.168.2.0/24 -o eth1 -j SNAT --to-source
211.68.70.252
```

这里 192.168.2.0/24 为内部局域网 IP 地址，而服务器的合法地址为 211.68.70.252，这样局域网内部的主机发往外部的数据包就伪装成服务器发往外部的数据包。

可以将这两条规则加入到/etc/rc.d/rc.local 脚本中，这样每次启动服务器时这两条规则就会生效。也可以自己建立一个防火墙脚本，如下所示：

```
#!/bin/sh

echo 1 > /proc/sys/net/ipv4/ip_forward
#Refresh all chains

/sbin/iptables -F -t nat
iptables -t nat -A PREROUTING -i eth0 -p tcp -m tcp
--dport 80 -j REDIRECT --to-ports 3128
iptables -t nat -A POSTROUTING -s 192.168.2.0/24 -o
eth1 -j SNAT --to-source 211.68.70.252
```

到此透明防火墙的配置工作已经完成，只要将客户机的网关设置成 Squid 服务器的 eth0 的 IP 地址即可使用这项功能了。

# 第 19 章  Samba 服务

## 19.1  Samba 简介

为了实现 Linux 和 Windows 以及其他操作系统之间的资源共享，软件商推出 NFS 和 Samba 两种解决方式。由于市场上缺乏像 PC-NFS 那样的客户端工具，以及 NFS 处理类似于文件锁定的操作限制等诸多原因，使得 Linux 和 Windows 的资源共享变得复杂。随着 Samba 的出现，较好地解决了这一问题，它以其简洁、实用、配置灵活的特点，受到越来越多用户的关注。

### 1. SMB 协议

SMB（Server Message Block，服务信息块）协议是局域网共享文件和打印机的一种协议。SMB 协议是微软和英特尔在 1987 年制定的，主要作为网络文件共享协议，后来有人将 SMB 协议搬到 UNIX/Linux 上，于是形成了 Samba 共享软件。

通过 NetBIOS over TCP/IP 使得 Samba 不但能与局域网主机分享资源，还能与全世界的电脑通过 TCP/IP 分享资源。

SMB 工作在会话层和表示层以及小部分应用层的协议并使用了 NetBIOS 的应用程序接口。

另外，它是一个开放性的协议，并且允许对该协议进行扩展——使其功能变得更强大、更复杂。现在 Samba 支持 MS NT Lan Manager 0.12 等 SMB 延伸协议，使得 Samba 具有很强的管理 NT 网域的能力。

### 2. Samba 的功能

Samba 是一组基于 SMB 协议的自由软件，由澳大利亚的 Andrew Tridgwell 开发。在 Linux 下 Samba 可以完成如下功能：

- 文件服务和打印服务，实现 Windows 和 Linux 的资源共享。
- 作为 NetBIOS 名字服务器，解析 NetBIOS 名字 IP。在 Windows 网络中，为了能够利用网上资源，同时自己的资源也能被其他计算机所利用，各个主机都定期地向网上广播自己的身份信息。而负责收集这些信息，为其他主机提供检索情报的服务器就被称为浏览服务器。Samba 可以有效地完成浏览服务器的功能，在跨越网关的时候，Samba 还可以作为 WINS 服务器使用。
- 提供 SMB 客户功能，利用 Samba 提供的 smbClient 程序可以在 Linux 下以类似于 FTP 的方式访问 Windows 的资源。
- 备份 PC 上的资源，利用一个叫 smbtar 的 shell 脚本，可以使用多种格式进行备份，并恢复远程 Windows 上的共享文件。
- ■ 提供一个命令行工具，以便对 Windows NT 服务器和 Samba 服务器有效地进行远程管理。

## 19.2 配置 Samba

### 19.2.1 安装 Samba

在 Red Hat Linux 9.0 安装程序中可以选择安装 Samba，如果选择，就会自动安装 Samba 软件包。可以通过如下命令查询是否已经安装了 Samba：

```
# rpm -qa|grem samba
samba-2.2.5-10
samba-client-2.2.5-10
samba-swat-2.2.5-10
samba-common-2.2.5-10
```

如果出现上面的结果，则说明 Samba 已经安装；如果没有输出任何结果，则说明没有安装，这时就需要重新安装。在 Red Hat Linux 9.0 的安装光盘上有 Samba 的 RPM 软件包，可按照如下方式安装：

```
# rpm -ivh samba-2.2.5-10.i386.rpm
# rpm -ivh samba-client-2.2.5-10.i386.rpm
# rpm -ivh samba-common-2.2.5-10.i386.rpm
```

这 3 个文件都需要安装，其中 samba-2.2.5-10.i386.rpm 是 Samba 服务器端程序，samba-client-2.2.5-10.i386.rpm 是 Samba 客户端程序，samba-common-2.2.5-10.i386.rpm 是 Samba 通用程序。

还可以采用编译源代码的方式进行安装，可以先到 http://www.samba.org/samba/download/网站下载源代码文件 samba-latest.tar.gz，再按照如下方式进行安装：

```
# tar zxvf samba-latest.tar.gz
# cd samba-2.2.8
# cd source
# ./configure
# make
# make install
```

这样就安装了二进制文件和帮助手册。也可以将二进制文件和帮助手册分开单独进行安装。编译之后，按照如下方式安装：

```
# make installbin
# make installman
```

如果要进行特殊配置，可以通过如下命令查看有哪些配置选项可以激活：

```
# ./configure -help
```

### 19.2.2 启动 Samba

启动 Samba 服务器之前，需要预先设定 Samba 的配置文件/etc/samba/smb.conf。先用一个简单的实例来介绍这个配置文件，配置文件的内容如下：

```
[global]
workgroup = MYGROUP
security = share
[homes]
guest ok = yes
path = /tmp
read only = yes
```

上例中定义了两个部分 global 和 homes。行 workgroup=MYGROUP 属于 global 部分，而 guest ok =no 和 read only=no 则属于 homes 部分。方括号中的名称不区分大小写。workgroup = MYGROUP 用来设定工作组名称，而[homes]对共享目录的属性进行了设置：guest ok=yes 设定允许客人身份的用户登录，path=/tmp 则说明共享目录的位置，read only=yes 设定共享目录的权限是只读。

设置好/etc/samba/smb.conf 之后，可以用 testparm 指令检查该文件中是否有错误。

```
# testparm
Load smb config files from /etc/samba/smb.conf
Processing section "[homes]"
Processing section "[printers]"
Loaded services file OK.
Press enter to see a dump of you
```

如果检查结果中没有任何错误，就可以启动 Samba 了，可按照如下方式启动：

```
# service smb start
Starting SMB services:                               [  OK  ]
Starting NMB services:                               [  OK  ]
```

也可以采取另外一种方式启动，例如：

```
# /etc/init.d/smb start
Starting SMB services:                               [  OK  ]
Starting NMB services:                               [  OK  ]
```

如果要在系统启动时同时启动 Samba 服务器，则在/etc/rc.d/rc.local 文件添加如下语句：

```
service smb start
```

或者修改可执行文件 smb 的运行等级为 3，等级设为 3 时，系统开机就会自动执行该文件。可执行如下命令改变等级：

```
# chkconfig -level 3 smb on
```

这时候 Red Hat Linux 9.0 系统上的 Samba 已经启动，并且共享了一个名为 homes 的目录，因此在 Windows 系列操作系统平台上就可以看到这个目录了，如图 19-1 所示。

图 19-1　Windows 访问 Samba 共享目录

### 19.2.3　Samba 配置文件的参数

在上一节中简单介绍了一个/etc/samba/smb.conf 配置文件的实例，本节将介绍该配置文件相应的参数设置。

[global]部分是 smb.conf 配置文件中最重要的参数。从功能上分，[global]部分的设定参数可以分为基本设定参数、安全设定参数、网络设定参数、文件设定参数、打印机设定参数、用户权限设定参数和日志设定参数，当然还有一些未分类的参数，这里将逐一介绍。

#### 1．[global]基本设定参数

这部分参数用来对 Samba 服务器进行基本设定，见表 19-1。

表 19-1　[global]基本设定参数

| 参　数 | 设定参数描述 |
|---|---|
| bind interfaces only interfaces | 当主机配置多块网卡时，是否区分开不同网卡的数据报。默认是 false，即不区分设定 Samba 服务器的 IP 地址和子网掩码地址，如果不想使用默认的 IP 地址或者想同时使用多个 IP 地址，则可以通过这个参数来改变设定。例如：interfaces=eth0 192.168.1.2/255.255.255.0 192.168.2.2/255.255.255.0。其中 eth0 为第一组 IP 地址，后面的是另外一组 IP 地址 |
| netbios aliases | 指定 NetBIOS 的别名，也可同时给予多个别名，多个名称之间用空格间隔。默认值为空字符串，以下范例将 samba 主机的别名取名为 samba1、samba2 和 samba3：netbios name = samba<br>netbios aliases = samba1 samba2 samba3 |
| netbios name | 设定 Samba 服务器的 NetBIOS 名称，该参数也可以不设定 |
| Server string | 设定 Samba 服务器的文字说明。在这个参数中可以使用两个变量%h 和%v，其中%h 用来显示 Samba 服务器的主机名称，%v 显示 Samba 版本号 |
| workgroup | 设定 Samba 服务器要加入的工作组的名称 |

#### 2．[global]的安全设定参数

这部分用来设定[global]中相关的安全设置，见表 19-2。

表 19-2　[global]安全设定参数

| 参　数 | 设定参数描述 |
|---|---|
| admin users | 设定管理者的账号名称，用这个参数设定的账号将拥有所有文件的存取权限。因此设定这个参数时必须非常小心，因为它相当于 Linux 系统中的 root 用户，拥有最大的权限。默认值为空字符串 |
| allow trusted domains | 设定 Samba 服务器是否允许信任的网域主机存取。此参数只有当 security=设定为 server 或者 domain 时有效，默认值为 yes，如果此参数被设置为 no，则禁止对服务器进行存取 |
| create mask | 用户建立新文件时用于设置该文件的权限，默认值 0744。例如：create mask = 0755 |

（续表）

| 参　数 | 设定参数描述 |
| --- | --- |
| directory mask | 用户建立新目录时用于设置该目录的权限，默认值为 0755。<br>例如：directory mask = 0755 |
| encrypt passwords | 设定 Samba 用户端将账号/密码传送到服务端时，用于设置是否采取密码加密的方式 |
| guest account | 设定在存取 guest ok = yes 的资源时，所要使用的账号名称，默认值为 nobody |
| hosts allow | 指定允许连接 Samba 服务器的主机地址，这个参数的形式可以为 allow hosts=，意思是一样的。默认值为空字符串，即表示允许所有主机连接，在下面的实例允许来自 211.68.70.*和 host.edu.cn 的机器的连接，但是 211.68.70.34 除外：hosts allow=211.68.70. host.edu.cn EXCEPT 211.68.70.34 |
| hosts deny | 这个参数同上一个相反，用来指定拒绝连接的主机地址。默认值为空字符串，参数形式也可以为 deny hosts。参数格式同上一个参数的格式相同 |
| hosts equiv | 指定一个文件，此文件设定不需要密码即可进入 Samba 服务器的主机和用户，默认值为空字符串。这一项要小心使用，可能牵涉安全方面的应用。例如：hosts equiv = /etc/samba/hosts.equiv |
| invalid users | 设定拒绝登录 Samba 服务器的用户，默认值为空字符串。以下实例拒绝用户 user1、user2 和 group 组中的用户登录服务器：invalid users = user1,user2,@group |
| map to guest | 设定当用户所输入的账号和密码不正确时所要处理的方式。此参数只有当 security=参数不设置成 share 时才有效。共有 3 种选项：Never、Bad User 和 Bad Password。当值为 Never 时，则拒绝使用资源，此为默认值；当为 Bad User 时，如果用户输入的密码有误，但所输入的账号名称确实存在，则允许其以 guest 身份登录；当为 Bad Password 时，如果用户输入的密码有误，而且输入的账号不存在，用户仍然可以 guest 身份登录 |
| min passwd length | 指定密码最少需要几位，默认值为 5 位 |
| null passwords | 设定是否允许用户不需要密码即可使用资源，默认值为 no |
| passwd chat | 设定 Linux 密码文件转换成 Samba 服务器密码文件时，字符的转换方式，默认值为 New password %n\n Retype。<br>例如：new password %n\n passwd: all authentication tokens updated successfully |
| passwd chat debug | 设定是否启动错误处理模式，默认值为 false |
| passwd level | 设定在验证用户的密码时，最多允许几个字符大小写不同 |
| read list | 设定用户只拥有只读的权限。默认值为空字符串，若设置成以下实例，则 user3 和 othergroup 工作组的用户只有只读的权限：read list = user3,@othergroup |
| restrict anonymous | 设定是否拒绝 Windows NT/2000 用户以匿名方式登录，默认值为 false |
| passwd program | 指定 Linux 设定密码执行程序的位置。在这个参数中可以使用%u 变量，若使用该变量，%u 将替代用户输入的账号名称，默认形式为 passwd program = /usr/bin/passwd %u |

（续表）

| 参　数 | 设定参数描述 |
|---|---|
| passwd server | 指定一个其他 Samba 或者 Windows NT/2000 的服务器来检查用户所输入的账号以及密码。此参数只有在 security=设置为 domain 或者 server 时有效 |
| revalidate | 用户利用某个账号及密码存取共享目录的资源之后，若要存取另外一个共享目录的资源，则设定是否需要再一次输入账号和密码。若将此参数设置为 true，将会要求再次输入。此参数只有当 security=设置成为 share 才有效，默认设置为 false |
| root directory | 设定 Samba 服务器的根目录，任何不在此根目录下的资源，不管其权限设定如何，都不得使用 |
| security | 设定 Samba 服务器的安全等级，有 share、user、server 及 domain 等 4 种等级 |
| security mask | 设定当前 Windows NT/2000 用户更改 Samba 服务器的文件的权限时所能更改的最大文件权限，默认值与 create mask=设定值一致 |
| smb passwd file | 指定 Samba 服务器验证身份密码文件所摆放的位置，例如：smb passwd file = /usr/samba/private/smbpasswd |
| unix passwd sync | 是否将 Samba 服务器密码同 Linux 系统用户密码同步。当设置成 true，且用户更改了 Samba 服务器密码时，系统会更改 Linux 系统用户的密码。默认值为 false |
| update encrypted | 设定用户登录时，是否更新用户登录密码 |
| username level | 当验证账号时，设定最多允许几个字符大小写不同 |
| username map | 指定客户端及服务器端账号的对应文件名称，默认值为空字符串 |
| use rhosts | 此参数被设置成为 yes，当用户登录并进入目录时，.rhosts 文件所指定的用户不需要密码即可登录。若启动此设定，将可能导致安全上的漏洞 |
| valid users | 指定允许登录的用户，默认值为空字符串。若有一个账号同时出现在这个参数中和 invalid users 参数中，则后者有效。例如：valid users = user4,@mygroup 允许 user4 和 mygroup 工作组中的用户登录 |
| write list | 指定用户将拥有资源的读写权限，并且不管其他部分的读写值。默认值为空字符串。例如：write list = user5,@mygroup 即 user5 和 mygroup 工作组中的用户都拥有读写权 |

### 3．[global]网络设定参数

这部分参数用来设定 Samba 服务器端与客户端之间的连接方式，见表 19-3。

表 19-3　[global]网络设定参数

| 参　数 | 设定参数描述 |
|---|---|
| max ttl | 设定当 nmbd 程序采用 wins 或者 bcast 方式解析名称时，最大存活时间，单位以秒计算。默认值为 259200 |
| name resolve order | 设定 Samba 服务器要将主机名称转换成 IP 地址时，解析名称的先后顺序。可以指定的选项有 lmhosts、host、wins 和 bcast |
| protocol | 设定 Samba 服务器端与用户端之间采用的通信协议，默认值为 NT1 |

### 4．[global]文件设定参数

这部分参数用来设定 Samba 服务器文件名称的格式，以及文件的锁定功能，如表 19-4 所示。

表 19-4　[global]文件设定参数

| 参　数 | 设定参数描述 |
| --- | --- |
| case sensitive | 设定是否将大小写名称不同的文件看作不同的文件，默认值为 no。如果 Samba 服务器使用中文名称来命名共享的资源，此处必定设置为 no |
| character set | 设定在 smb 程序转换字符时所要采用的字符对应表，可以使用的对应表有 ISO88591、ISO8859-5、ISO8859-7 和 KOI8-R 等 |
| client code page | 设定用户端存取 Samba 服务器的资源时所使用的字符编码表（code page），默认值为 850，即采取西方的文字编码。如果采用中文来命名共享资源，则需要改变这个参数的值为 936。以下实例设置采用 GB2312 编码方式：client code page = 936 |
| delete veto files | 设置是否可以删除隐含的且不能存取的文件，默认值为 false |
| hide dot files | 设置是否将名称以.起始的文件看作隐藏文件，默认值为 yes |
| hide files | 设定哪些文件是隐藏文件。指定的文件名称可使用*及?通配符，同时文件与文件之间使用/分隔开。默认值为空字符串 |
| mangled map | 设定将不符合 DOS 的文件名称转换成符合的文件名称时所采取的转换规则，默认值为空字符串。以下实例将.html 文件转换成.htm：mangled map =(*.html *htm) |
| mangled names | 设定是否将不符合 DOS 的文件名称转换成符合 DOS 的文件名称，默认值为 yes |
| map archive | 设定是否将 DOS 文件的备份属性,转换成在 Linux 中拥有者可以执行的文件属性，默认值为 yes |
| preserve case | 设定当用户建立新文件时，文件名称是否要保留用户所输入的大小写，默认值为 yes |
| short preserve case | 当用户建立新文件并要转换成 DOS 8.3 的文件格式时，文件名称是否保留用户所输入的大小写，默认值为 yes |
| blocking locks | 针对一个已经被使用的文件，这个参数设定是否允许锁定此文件的部分内容，或者设定锁的期限。默认值为 true |
| locking | 设定 Samba 服务器是否接受用户端锁定文件的需求，默认值为 yes |
| oplocks | 设定是否允许客户端将已经锁定的文件放置到本机缓存之中，启动这个功能将能提升效率。默认值为 true |
| share modes | 设定在文件被打开时，是否要启动共享模式。默认值为 yes，表示客户端对同时被打开多次的文件均拥有读写权限 |
| strict locking | 设定在每次存取文件时，是否进行确认文件有没有被锁定，启动此功能将会降低 Samba 服务器的执行效率。默认值为 no |

### 5．[global]打印机设定参数

这部分用来设定 Samba 服务器共享的打印机，表 19-5 描述这些参数。

表 19-5　[global]打印机设定参数

| 参　数 | 设定参数描述 |
| --- | --- |
| load printers | 指定是否要载入打印机设定文件，默认值为 yes |
| lppause command | 指定执行 lppause 指令时的指令和参数，lppause 指令可以用来暂停打印机队列的打印工作。默认值为空字符串 |
| lpq command | 指定执行 lpq 指令时的指令及参数 |
| lpresume command | 指定执行 lpresume 指令时的指令及参数，lpresume 指令可以恢复打印被暂停的打印工作。默认值为空字符串 |
| printcap name | 指定打印机设定文件的位置，以下实例指定打印机设定文件为/etc/printcap 文件：printcap name = /etc/printcap |
| printer driver file | 使用这个文件可以指定打印机驱动程序的位置，但只有用户操作系统为 Windows 98 时才使用 |
| printing | 设定执行打印机相关指令时所采取的模式，此处设定将影响 print、lpq、lppause、lpresume 和 lprm 指令的执行方式。默认模式为 BSD |
| print command | 设定要打印的打印机指令及其参数。默认值为 lpr –r –P%p %s，其中%p 代表打印机名称，%s 则为打印机队列的文件名称 |
| print ok | 设定是否允许用户更改打印机队列中的文件，默认值为 yes |
| printer name | 设定打印机的名称 |

## 6．[global]用户权限设定参数

这部分用来设定[global]部分共享权限方面的参数，表 19-6 介绍了这些相关的参数。

表 19-6　[global]用户权限设定参数

| 参　数 | 设定参数描述 |
| --- | --- |
| guest account | 设定用户存取 guest ok=yes 的资源时采用的账号，默认值为 nobody |
| guest ok | 设定是否允许用户不需要账号及密码便能使用此资源。若启动这个功能，当用户没有账号及密码时，即会利用 guest account=指定的账号名称登录。默认值为 no |
| read only | 设定共享的资源是否只读，此参数与 writable=参数有相反的作用。默认值为 yes |
| writable | 设定共享的资源是否可写入，此参数与 read only 参数有相反的作用，也可以写成 write ok =，具有相同的作用。默认值为 no |

## 7．[global]日志设定参数

这部分用来设定[global]部分中与日志相关的参数，如表 19-7 所示。

表 19-7　[global] 日志设定参数

| 参　数 | 设定参数描述 |
| --- | --- |
| debuglevel | 设置日志文件的出错等级，设定的等级越大，记录的内容也就越多，从而记录文件也会越大 |
| log file | 指定日志文件的位置。以下实例介绍了语法格式：log file = /var/log/samba/%m.log |

（续表）

| 参　数 | 设定参数描述 |
| --- | --- |
| max log size | 设定记录文件的最大千字节数。默认值为 5000，若设置成 0 则表示没有限制 |
| syslog | 设定将信息记录到系统的 syslog 文件时，其详细程度。等级越大，记录的内容也就越多。默认值为 1 |
| syslog only | 设定是否将 Samba 服务器的出错信息记录到系统的 syslog 文件，而不记载到其他的日志文件中 |
| timestamp logs | 设定是否允许在每一项日志记录中加入时间标记 |

## 19.3　图形化 Samba 客户端

Samba 文本操作方式可能会令用户觉得查找网络中其他资源是一件很麻烦的事情。本节介绍一款非常方便、易用的图形界面软件，它让查找网络邻居变得简单、轻松。

Komba 是一个专门的 SMB 图形客户端程序，如图 19-2 所示。

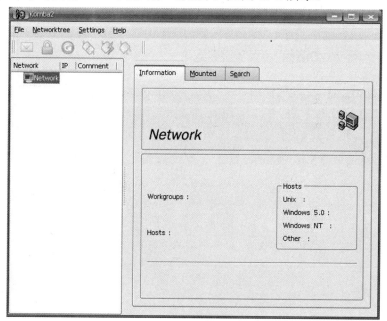

图 19-2　Komba 界面

可以到 http://komba.sourceforge.net 下载最新的 Komba 版本。安装后，可以从 KDE 菜单单击 Komba2 即可启动 Komba 应用程序，也可以执行 komba2 命令启动 Komba。

第一次使用 Komba 时需要一些设置，设置项目有：设置菜单打开属性窗口，通过 IP-Range 页面设置 Komba 扫描网络中的计算机的范围；通常只有在搜索不到任何主机的情况下，才需要设置 IP 搜索范围，等等。

在 Hosts（主机）页面中，可以设置 Komba 扫描的主机和工作组，以便能够更容易地搜索到指定的主机和工作组。在 Scan/Mount（搜索/加载）页面中，可以对网络文件的搜索、显示、加载等参数进行进一步的设置。

使用 Komba 也是非常简单的，当要访问网络中的文件和目录时，首先在网络邻居的列表中找到要访问的工作组。可以通过 Networktree（网络树）中相应的菜单组选择 Reload 菜单来刷新列表，也可以通过右键快捷菜单来选择 Reload。

进入工作组后，可以看到工作组中的所有主机。在主机列表中选择要访问的主机项，用鼠标右键单击共享目录文件，选择菜单中的 Mount，Komba 将选定共享目录安装到默认的加载路径。也可以选择 Mount on…来自定义将网络资源安装到本地指定目录中。如果加载共享目录时弹出警告窗口，表示权限不够，需要用 root 用户来进行加载。

在使用过程中，可以通过 Mounted（已加载）页面来查看系统已经加载的共享目录，还可以通过 Search 页面按照主机名字或者 IP 地址来查找网络中的主机。

卸载时，找到共享目录，单击鼠标右键，在弹出的快捷菜单中选择 Unmount 菜单项即可卸载。

如果在使用中遇到什么问题，可以访问本节前面提供的网站寻求帮助信息。

## 19.4　Samba 服务器应用

### 19.4.1　在 Windows 中访问 Linux 服务器

Red Hat Linux 系统管理员使用 Samba 最直接的原因是允许 Windows 用户访问 Linux 服务器。如果想让局域网中的一组用户（比如 user1、user2 等）能够访问 Red Hat Linux 系统上一个称为/data 的 Linux 分区，可以按照如下步骤实现：

（1）在[global]中将参数 security 设置成为 user 或者 share。

（2）在 Linux 系统中创建一个用户 user1，设置这个用户的口令与它的 Windows 密码相匹配。如果在 Windows 中设定用户 user1 的口令是 user1，则必须以同样的形式设置在 Red Hat Linux 系统中的用户。还需要在/etc/group 中创建一个 data 用户组，而用户 user1 则是这个组中仅有的成员。

```
# useradd user1
# passwd user1
# addgroup data
# usermod -g data user1
```

（3）在文件/etc/samba/smb.conf 中添加下面的内容。

```
[data]
comment=Data Directory
path = /data
public = no
writable = yes
write list = @data
printable = no
```

（4）在上面的配置[data]中，确定/data 不能被公开访问，并且仅允许 data 组对这个 Linux

区进行写操作。如果使用 testparm 确定/etc/samba/smb.conf 中没有语法错误，就可以重启 Samba 服务。

按照上面的步骤进行配置之后，用户 user1 就可以从 Windows 主机上登录并访问 Linux 主机上的/data 分区或者目录。如果希望创建一个只读的文件服务器，则可以将 writable 参数的值设置为 no，并且删除 write list 参数。

### 19.4.2　在 Linux 系统中访问 Windows 文件服务器

Windows 用户可以访问 Linux 系统上的共享目录，同样通过 Samba，Linux 用户也能够访问 Windows 系统上的共享目录。本节介绍 Red Hat Linux 主机上的用户如何访问 Windows 系统上的共享目录。

假设一台 Windows 2000 主机名为 win，其 IP 地址为 192.168.0.2。如果想让一台 Red hat Linux Samba 服务器直接访问 win 主机上共享的 share 目录，可以按照如下步骤进行：

（1）在 win 主机上共享 share 目录。在 win 系统中用鼠标选中 share 目录，单击鼠标右键设置该目录为共享，如图 19-3 所示。

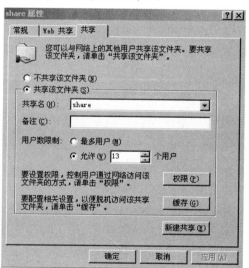

图 19-3　共享 share 目录

（2）现在已经激活了 win 主机中对 share 目录的共享属性，接下来需要做的事情就是在 Red Hat Linux 系统中装载这个 Windows 2000 系统中共享的目录。

smbfs 文件系统中有一个 smbmount 命令，这个命名允许装载 SMB 的共享驱动器，该命令的语法如下：

```
smbmount service mount-point [ -o options ]
```

其中 service 选项指定的是其他主机上的共享资源路径，一般格式如下：

```
// IP或者服务器名称/共享资源
```

mount-point 指定本地挂接点。[-o options]的选项有 username=<用户名>，password=<密码>，guest（指定为用 guest 访问，不用提供密码，即使用 username = guest 参数也会要

求输入密码）、ro（有时候为了系统安全要指定为只读模式）以及 rw。多个 option 用逗号隔开，还有其他选项可以用 man smbmount 查看。现在使用 smbmount 命名装载 win 主机上的 share 共享目录：

```
# smbmount //win/share /mnt/share -o username = user,password=user
```

这样即可将 win 主机上的 share 装载到本地挂接点/mnt/share 上。需要注意的是，/mnt 目录下必须有 share 目录才行。另外，必须注意在/etc/hosts 中有与 win 相关的条目，如果 win 的 IP 地址为 192.168.0.2，则该条目类似如下形式：

```
192.168.0.2 win
```

除了使用 smbmount 命令可以挂接 win 主机上的 share 共享目录之外，还可以直接使用 mount 命令，其语法如下：

```
mount -t smbfs [-o option] service mount-point
```

其中的[-o option]、service 和 mount-point 选项与 smbmount 命令中的选项相同，命令格式如下：

```
# mount -t smbfs -o username = user,password = user //god/share /mnt/share
```

### 19.4.3 让 Linux 和 Windows 共享打印机

通过使用 Samba，可以在 Linux 和 Windows 主机之间共享打印机，这符合网络之间资源共享的原则。本节分别介绍如何在 Linux 系统中使用 Windows 共享的打印机，以及如何在 Windows 中使用 Linux 共享的打印机。

#### 1．在 Linux 下连接 Windows 共享打印机

按照如下步骤可以在 Linux 中连接 Windows 中的共享打印机：

（1）如果 Windows 系统中已经连接了一台打印机，则在 Windows 中创建一个没有口令的账号 printeruser1，同时为这个用户添加打印机的访问权限。当然，如果打印机的访问权限已经是 Everyone，那么这个账号已经拥有了打印机的访问权限。完成之后就可以在 Linux 系统中连接这台共享的打印机了。

（2）在 Linux 中可以使用 smbclient 程序连接 Windows 的共享打印机。smbclient 程序是一个可以同 SMB/CIFS 服务器通信的客户端，它提供了类似于 FTP 程序的接口，可以执行诸如从服务器拷贝文件到本地主机上、从本地主机上上传文件到服务器、取得服务器的目录信息等工作。可以按照如下格式来使用 smbclient 程序连接 Windows 中共享的打印机：

```
smbclient //WINODWS-SERVER/SharePrinter -U printeruser -N -P
```

其中 WINDOWS-SERVER 为 Windows 系统主机的名称或者 IP 地址，如果是主机名，则必须在/etc/hosts 中能解析到该主机的 IP 地址；SharePrinter 为共享的打印机的名称；-N -P 表示 smbclient 程序使用无口令连接。

（3）smbclient 提示符后输入 printmode text 来设置文本打印模式，可以键入 print /path/filename 类似格式的命令来测试打印机是否已经安装成功。如果打印机开始打印文件，则测试通过。

（4）现在使用 Red Hat Linux 提供的基于 X Window 的 printtool 应用程序来配置 SMB 打印机。在 Red Hat 中启动 X Window，从 xterm 中运行 printtool，则出现图 19-4 所示的界面。

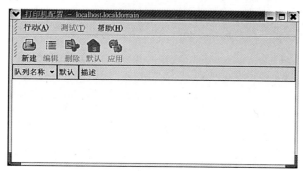

图 19-4　printtool 程序界面

（5）单击【新建】按钮添加一台打印机则出现图 19-5 所示的界面。选择 Windows 打印机选项，并且为该打印机队列设置一个名称 winprinter。单击【前进】按钮进入下一步。

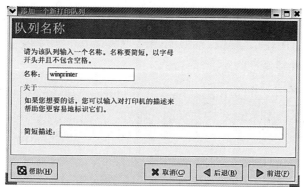

图 19-5　添加打印机

（6）这一步需要配置 Windows 打印机队列，如图 19-6 所示。按照在 Windows 中设定打印机参数的方法配置参数，然后单击【确定】按钮进入下一步。

图 19-6　配置远程打印机

（7）为打印机选定一个驱动程序，如图 19-7 所示。到这一步配置打印机设置已经基本结束了。

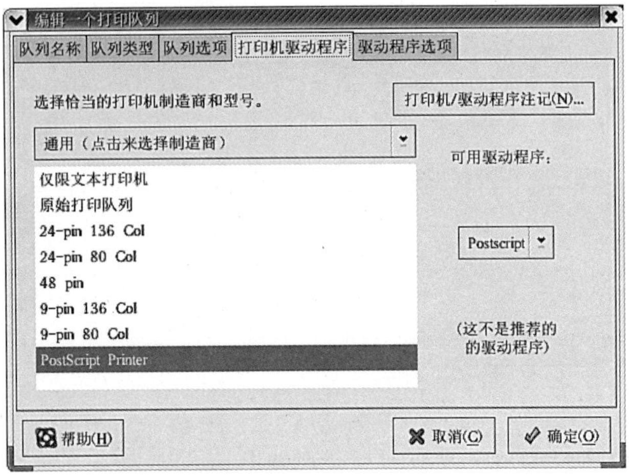

图 19-7　选择打印机驱动程序

按照上面的步骤安装完毕之后就可以测试打印机了，如果测试成功，那么打印机的配置工作就全部完成了。现在可以在 Linux 应用程序中使用打印机了，可以尝试使用 lpr 程序使用打印机进行打印工作。

2．在 Windows 下连接 Linux 共享打印机

前面介绍了如何在 Red Hat Linux 下使用 Windows 系统中的共享打印机，现在介绍如何在 Windows 系统下使用 Linux 中共享的打印机。依照如下步骤修改/etc/samba/smb.conf 文件。

（1）在[global]部分添加如下配置语句：

```
printcap name = /etc/printcap
load printers = yes
```

（2）在[printers]部分添加如下配置语句：

```
comments = Share Printer
path = /var/spool/lpd
writable = no
printable = yes
browseable = yes
guest ok = yes
```

保存/etc/samba/smb.conf 文件，使用 testparm 测试该文件是否有语法错误，测试通过之后就可以重新启动 smb 程序，这样 Windows 用户就可以使用 Red Hat 中的打印机了。

## 19.5　Samba 服务器安全设定

Samba 是一个非常流行的软件，但它也存在自己的安全漏洞。这些漏洞不断地得到修正，但是在使用 Samba 时依然需要十分注意安全方面的设定。

## 19.5.1　Samba 全局安全等级设定

Samba 的[global]部分可以设置 4 个不同的安全等级：share、user、server 和 domain（即通过设定参数 security=的值）。其中除了 share 等级之外，其他 3 种等级都需要用户输入正确的账号和密码才能登录到 Samba 服务器。以下分别介绍这 4 种安全等级。

### 1. share

采用此种安全等级时用户不需要使用账号登录就可以进入 Samba 服务器，但是使用这种安全级别需要为每个共享提供单独的口令；下面即为一个配置 share 安全等级的实例。

```
[global]
workgroup = MYGROUP
server string = Samba Server
printcap name = /etc/printcap
load printers = yes
log file = /var/log/samba/log.%m
max log size = 1000
security = share
encrypt passwords = yes
smb passwd file = /etc/samba/smbpasswd
[homes]
browseable = yes
path = /tmp
valid users = 2000
writable = yes
[printers]
path = /var/spool/lpd
browseable = no
guest ok = yes
printable = yes
```

在上例中，设定 Samba 服务器的安全等级为 share 级别，同时共享打印机；在用户传送密码到服务器端时采用加密方式传送；设置 Samba 服务器端的密码文件的位置为 /etc/samba/smbpasswd；设置了一个共享目录 homes，该目录指向 Samba 服务器端的/tmp 目录，并且该目录只能被 2000 用户所读写；共享了打印机，该打印机不需要账号及密码即可登录使用。

### 2. user

这是 Samba 服务器的默认安全等级，用户在有权访问任何信息之前，必须使用用户名和密码来获得服务器的认证。检查账号和密码的工作由提供服务的 Samba 服务器负责。设置成这种安全等级，只需要将 smb.conf 设定文件中的 security =的值设置为 user 等级即可。修改完 smb.conf 设定文件后，使用 testparm 测试该文件是否有语法错误，然后重新启动 smb 进程即可。

### 3. server

服务器级安全级别是比较容易配合资格认证的方案之一，因为它依靠的是已经存在的服务器来认证连接的用户。使用服务器安全级别时，必须同时使用全局参数 password server

来设置用以登录的计算机。口令服务器可以设置成单台机器、以逗号相隔的计算机列表或者*，这个符号将尝试定位网络中的主域或备份域控制器。

在这个安全等级之下，检查账号及密码的工作由另一台 Windows NT/2000 或者 Samba 服务器负责。如果将验证密码的服务器指定为 PasswdServer，则/etc/samba/smb.conf 设定文件要修改为：

```
security = server
password server = PasswdServer
```

### 4．domain

域级别的安全同服务器安全级别很相似，它使用的是同 Windows NT/2000 完全相同的方式来验证用户所输入的账号和密码。

要实现让 Windows NT/2000 承担 Samba 服务器密码验证的工作，首先必须将 Samba 服务器加入到 Windows NT/2000 域中，然后在 Samba 服务器端执行以下指令，将 Samba 服务器端加入到该 Windows NT/2000 域中。

```
# smbpasswd -j Samba -r WindowServer
```

其中 Samba 为 Samba 服务器的名称，WindowServer 为 Windows NT/2000 服务器的名称，然后修改/etc/samba/smb.conf 如下：

```
workgroup = Samba
security = domain
password server = WindowServer
```

## 19.5.2　在 Samba 服务器中使用加密口令

因为 Red Hat 中的 Samba 软件包已经预先编译成支持加密功能，所以可以直接支持口令加密功能，需要做的只是用以下步骤启用口令加密。

（1）使用 mksmbpasswd.sh 脚本为/etc/passwd 创建一个替换口令的文件 smbpasswd，命令格式如下：

```
# cat /etc/passwd | /mksmbpasswd.sh > /etc/samba/smbpasswd
```

这样将创建一个专用的口令文件。

（2）现在使用 smbpasswd 为每位用户创建一个加密口令。例如为用户 user 创建一个加密的 Samba 口令，需要执行：

```
# smbpasswd user
```

（3）一旦完成了口令创建，则修改/etc/samba/smb.conf 文件，在[global]中添加如下配置语句：

```
encrypt passwords = yes
smb passwd file = /etc/samba/smbpasswd
```

这样已经完成了设置加密口令的配置，然后使用 testparm 测试这个新的配置是否有语法错误，如果没有则重新启动 Samba 服务器即可。

# 第 20 章　数据库服务

在因特网上，几乎每一台服务器都有自己的数据库。因为在网络上传输的信息，无论是何种信息都有存储的需求，可以这样说，数据库服务已经成为因特网上最重要的功能之一。数据库系统本质上是一种用来管理信息列表的手段，这些信息可来自不同的地方。

例如，它可以代表研究数据、业务记录、顾客请求、运动数据统计、销售报告、个人爱好信息、人事记录、问题报告或学生成绩等。数据库系统的力量只有在组织和管理的信息很庞大或很复杂，用手工处理极为繁重时才能显示出来。当然，每天处理数百万个业务的大公司可以使用数据库。但是，即使只涉及个人爱好的单一人员维护信息的小公司也可能需要数据库。

Red Hat Linux 能够轻松地实现访问数据库的功能。本章介绍如何在 Red Hat Linux 9.0 上提供数据库服务。

## 20.1　安装和配置 MySQL 数据库

### 20.1.1　MySQL 简介

可以在 Red Hat Linux 中安装很多种数据库，包括 Oracle、DB2、Postgres 及 MySQL。下面首先介绍 MySQL。MySQL 的最显著特点就是它是免费的，MySQL 的大部分功能都能免费获得。只要不出售 MySQL 或者捆绑了 MySQL 的产品，那么使用这个数据库则几乎没有任何开销，所以 MySQL 是最适合作为教学开发以及学习的数据库软件。

MySQL 比较重要的特点主要有以下一些：

- 使用核心线程的完全多线程，这意味着它能很容易地利用多个 CPU。
- C、C++、Eiffel、Java、Perl、PHP、Python 和 TCL API。
- 可运行在不同的平台上。
- 多种列类型,例如 1、2、3、4 和 8 字节长度的有符号/无符号整数、FLOAT、DOUBLE、CHAR、VARCHAR、TEXT、BLOB、DATE、TIME、DATETIME、TIMESTAMP、YEAR、SET 和 ENUM 类型。
- 利用一个优化的一遍扫描多重联结快速进行联结。
- 在查询的 SELECT 和 WHERE 部分支持全部运算符和函数。
- 一个非常灵活且安全的权限和口令系统，并且允许基于主机的认证。口令是安全的，当与一个服务器连接时，所有口令传送被加密。
- 服务器能为客户提供多种语言的出错消息。
- 表和列的别名符合 SQL92 标准。

### 20.1.2 安装 MySQL

MySQL 应用非常广泛，几乎每一个同 Linux 相关的 FTP 站点上都有 MySQL 软件包。当然，获取 MySQL 软件包的最好办法就是到 http://www.mysql.com 上下载或者在该站点的镜像站点取得。Red Hat Linux 9.0 安装光盘中自带有 MySQL 的 RPM 软件包 mysql-3.23.52-3.i386.rpm。

可以取得两种形式的 MySQL 软件包：RPM 软件包或者以 tar.gz 结尾的源代码软件包。安装这两种方式的软件包是不同的，如果要对 MySQL 进行开发，还需要安装 Perl DBI 模块以及 Perl DBD，这是 MySQL 驱动程序的 RPM 软件包，同样这些软件包也可以在 http://www.mysql.org/ 上找到。

在 Red Hat Linux 9.0 的安装过程中，如果选择安装 MySQL，则该软件包已经被安装上，可以通过如下命令来查询系统上是否已经安装了 MySQL：

```
[root@localhost root]#rpm -q mysql
mysql-3.23.54a-11
```

如果输出上面的结果，则已经成功地安装了该软件包。如果没有，则需要重新安装，其实安装 MySQL 非常简单，以下命令即可安装 MySQL 的 RPM 软件包：

```
[root@localhost root]# rpm -i myql-3.23.52-3.i386.rpm
```

如果要安装源代码形式的软件包，则按照如下方式进行安装：

```
[root@localhost root]# tar -zxvf mysql-3.23.52-3.i386.tar.gz
[root@localhost root]# cd mysql-3.23.52-3
[root@localhost root]# ./configure -prefix=/usr/local/mysql
[root@localhost root]# make
[root@localhost root]# make install
```

按以上方法便将 MySQL 安装在/usr/local/mysql 数据库中，接下来启动 MySQL 数据库服务器程序：

```
[root@localhost root]# service mysqld start
Starting MySQL:                                          [  OK  ]
```

或者采用如下方式启动：

```
[root@localhost root]# cd /etc/init.d
[root@localhost root]# ./mysqld start
```

停止 MySQL 数据库服务器程序：

```
[root@localhost root]# service mysqld stop
```

在 Red Hat Linux 9.0 默认安装的 MySQL 中，与 MySQL 相关的目录见表 20-1。

表 20-1　MySQL 的目录布局

| 目　录 | 描　述 |
| --- | --- |
| /usr/lib/mysql | MySQL 的库文件 |
| /usr/bin/ | 包含 MySQL 客户程序 mysql |
| /etc/init.d | 包含 MySQL 服务器程序 mysqld |
| /usr/include/mysql | MySQL 的头文件 |
| /usr/share/mysql | 错误消息文件 |
| /var/log | MySQL 日志文件 |

### 20.1.3　访问 MySQL 数据库

在 Linux 的 shell 下可以使用 MySQL 客户程序与 MySQL 数据库连接，格式为：

```
mysql [-h host_name][-u user_name][-pyour_pass ]
```

其中，-h、-u 和-p 选项的另一种形式分别是--host=host_name、--user=user_name 和--password=your_pass。注意在-p 或--password=与跟随于它后面的口令之间没有空格。在命令行里输入密码是不安全的，建议不要使用这种方式输入密码。

对于命令行没有的链接参数，MySQL 使用缺省值：

- 缺省主机名是 localhost。
- 缺省用户名是 Linux 登录名。
- 如果没有-p，则没有提供口令。

图 20-1 给出了访问 MySQL 数据库的过程。

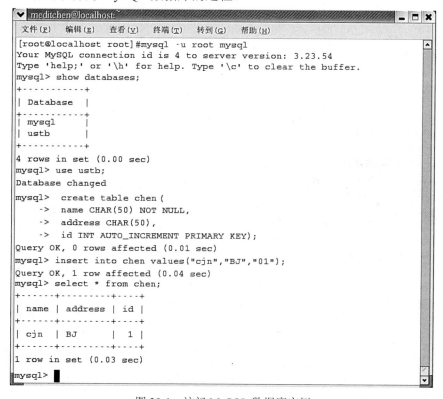

图 20-1　访问 MySQL 数据库实例

通过客户程序登录 MySQL 服务器：

```
[root@localhost root]# mysql -h localhost -u root mysql
Welcome to the MySQL monitor.  Commands end with ; or \g.
Your MySQL connection id is 4 to server version: 3.23.54

Type 'help;' or '\h' for help. Type '\c' to clear the buffer.

mysql>
```

现在可以建立数据库了。到此，数据库已经安装成功，但是数据库中没有任何数据。

现在来创建数据库，首先创建一个名为 ustb 的数据库，用如下命令创建：

```
mysql>create database ustb;
Query OK, 1 row affected (0.00 sec)
```

以上说明数据库已经创建成功，可以通过以下命令来证实：

```
mysql>show databases;
+----------------+
| Database       |
+----------------+
| meditchen      |
| mysql          |
| test           |
| ustb           |
+----------+
4 rows in set (0.00 sec)
```

可以看到，现在 MySQL 中已经建立了 3 个数据库，其中数据库 test 和 mysql 是在 MySQL 早已建立好的，而 firstdbs 则是我们刚刚创建的。现在在该数据库中创建一张表。

```
mysql>use ustb ;
Database changed
mysql> create table user
    -> (
    -> name CHAR(50) NOT NULL,
    -> address CHAR(100),
    -> telephone CHAR(20),
    -> id INT AUTO_INCREMENT PRIMARY KEY);
Query OK, 0 rows affected (0.00 sec)
```

上面的例子创建了一张 user 表，同时在该表中分别创建了一个名为 name 的列，每项包含 40 个字符，此外这个列中不允许有空字符；一个名为 address 的列，每项包括 80 个字符的数据；一个名为 telephone 的列，每列包含 13 个字符；最后还有一个叫做 id 的列，它由数据组成（int 代表数字），这个键是表的主键，即通过这个键来确定数据库存放数据的顺序。

下面在表 user 中插入一条记录：

```
mysql> insert into user values("cjl","beijing","10101010","01");
Query OK, 1 row affected (0.00 sec)
```

检索 user 表中的记录：

```
mysql> select * from user ;
+------+---------+-----------+----+
| name | address | telephone | id |
+------+---------+-----------+----+
| cjl  | beijing | 10101010  | 01 |
+------+---------+-----------+----+
1 row in set (0.04 sec)
```

到此为止，我们已经介绍了通过 MySQL 客户端程序 mysql 同 MySQL 数据库的简单交互，关于详细的 MySQL 数据库操作超出了本书的范围，这里不作详细介绍，请查阅相关的书籍。

## 20.2　安装和配置 Oracle9i

Oracle9i 是第一个完整、简单的用于互联网的新一代智能化、协作各种应用软件的软件基础架构，Oracle9i 实际上是指 Oracle9i Database、Oracle9i Application Server 和 Oracle9i Developer Suite 的完整集成。随着软件逐渐开始转变为一种托管服务（hosted services），具有 Internet 上的高伸缩性能、智能化和可靠的 Oracle9i 将成为高质量的电子商务服务实现的关键软件。本节将介绍 Oracle Database 9i 在 Linux 下的安装过程。

### 20.2.1　安装 Oracle9i 的硬件要求

Oracle9i 数据库是一个面向对象的关系数据库管理系统，可以选择 3 种方式进行安装：企业版安装、标准安装和定制安装。

- 企业版安装　如果选择这种安装方式，则 Oracle 通用安装程序（Oracle Universal Installer）将会安装预配置好的数据库、网络服务、Oracle 许可证选项、数据库配置和管理工具、Oracle 企业管理框架（包括 Oracle 管理服务器）、Oracle 智能代理、Console、许可证管理软件包、Oracle 应用程序和在线文档。
- 标准安装　如果选择这种安装方式，则 Oracle 通用安装程序将会安装一个预配置的数据库、网络服务、Oracle 企业管理框架（包括 Oracle 管理服务器）、Oracle 智能代理、Console、标准管理软件包和 Oracle 应用程序。
- 定制安装方式　如果选择这种安装方式，则 Oracle 通用安装程序允许单独选择企业安装方式的软件包。

本节介绍企业安装方式。在安装 Oracle9i 之前，需要确定主机的系统是否满足 Oracle9i 的安装要求，这些要求包括：硬件要求，磁盘空间和一些其他要求，其中硬件要求如表 20-2 所示。

表 20-2　安装 Oracle9i 的硬件要求

| 硬　件 | 要　求 |
| --- | --- |
| 内存 | 至少需要 512MB 内存安装 Oracle9i 服务器 |
| | 至少需要 256MB 内存安装 Oracle9i 的客户端 |
| 交换空间 | 交换空间等于系统的物理内存，或者 1GB 的硬盘空间，更大也可 |
| CD-ROM | 光驱必须能读取 ISO 9660 格式的光盘 |

在 Red Hat Linux 9.0 中可以通过如下命令查看物理内存的大小：

```
[root@localhost root]# grep MemTotal /proc/meminfo
MemTotal:      513980 kB
```

交换区的大小一般是内存的两倍，不过在系统物理的内存超过 512MB 时，也可以等于内存的大小，当然如果硬盘空间足够，交换区设置大小也是多多益善。使用如下命令可以查看交换区的大小：

```
[root@localhost root]# swapon -s
Filename                Type        Size    Used    Priority
```

```
    /dev/sda2                    partition        522104   0      -1
```

其中 522104 为交换区的大小。

采用企业安装方式安装 Oracle9i 最少需要 4.5GB 的硬盘空间，同时在安装过程中还需要 400MB 以上的临时硬盘空间，推荐使用/tmp 作为临时文件夹，如果/tmp 文件没有足够的硬盘空间，可以新创建一个文件夹作为安装的临时目录，之后设置环境变量 TEMP 和 TMPDIR 指向相应的位置。例如：

```
[root@localhost root]# mkdir /home/temp
[root@localhost root]# TEMP=/home/temp
[root@localhost root]# export TEMP
[root@localhost root]# TMPDIR=/home/temp ;
[root@localhost root]# export TMPDIR
[root@localhost root]# chmod 777 /home/tmp
```

### 20.2.2  设置内核参数

Oracle9i 对操作系统也有要求，在 Linux 下安装，需要内核 2.4.3 和 glibc-2.2 以上的版本，这些 Red Hat Linux 9.0 都满足要求。如果要安装 Oracle HTTP Server，则需要用到 Blackdown 的 JRE 1.1.8 v3 软件包，这个软件包到以下站点下载：

```
ftp://ftp.progsoc.uts.edu.au/pub/Linux/java/JDK-.3.0/i386/rc1/j2sdk-1.3.0-RC1-l
inux-i386.tar.bz2
```

在 Linux 下安装 Oracle9i，首先要配置内核参数，包括 Oracle9i 使用的 Linux 的共享内存、交换区等资源。如果内核参数设置不能满足 Oracle9i 的要求，那么在安装 Oracel9i 或使用过程就会频频出现问题，因此配置系统内核的参数就显得尤为重要和关键。首先用 root 用户登录系统，进入/proc/sys/kernel 目录：

```
[root@localhost root]# cd /proc/sys/kernel
[root@localhost root]# cat sem
250     32000   32      128
```

其中，250 是参数 SEMMSL 的值，32000 是参数 SEMMNS 的值，32 是参数 SEMOPM 的值，而 128 则是参数 SEMMNI 的值。可以用如下命令来修改这些参数：

```
echo SEMMSL_value SEMMNS_value SEMOPM_value SEMMNI_value > sem
```

下例即重新设置这些参数值：

```
[root@localhost root]# echo 100 32000 100 100 > sem
```

还需要设置共享内存大小，一般将共享内存的大小设置为物理内存的一半。如果物理内存是 512MB，则需要将共享内存的值设置为 4294967295。

```
[root@localhost root]# echo 4294967295>shmmax
```

通过以上介绍的，采用 cat 命令查询内核参数，然后使用 echo 命令设置这些参数。还需要设置的参数包括 shmmni、shmall、/proc/sys/fs/file-max、/proc/sys/net/ipv4 /ip_local_port_change。

```
[root@localhost root]# echo 4096 > shmmni
[root@localhost root]# echo 65536 > /proc/sys/fs/file-max
[root@localhost root]#ulimit -n 65536
[root@localhost root]# echo 1024 65000 > /proc/sys/net/ipv4/ip_local_port_change
[root@localhost root]#ulimit -u 16384
```

## 20.2.3　配置环境变量

配置环境变量非常重要，很多人安装失败就是因为这个原因，同时环境变量的配置直接影响以后 Oracle9i 的安装和使用，所以在配置时需要十分小心。在配置环境变量之前，先要为 Oracle 的安装和运行添加特定的用户。

在安装和使用 Oracle 过程中需要用特定用户（非 root 用户），因此需要为 Oracle 建立组和用户。按照如下方式添加组和用户：

```
[root@localhost root]# groupadd dba
[root@localhost root]# groupadd oinstall
[root@localhost root]# useradd -g oinstall -g dba oracle
[root@localhost root]# passwd oracle
```

这里建立的 Oracle 用户将作为系统的安装和指定使用用户，这个用户非常重要。接下来需要为安装 Oracle9i 创建安装目录：

```
[root@localhost root]# mkdir /opt/oracle
[root@localhost root]# mkdir /opt/oracle/product
[root@localhost root]# mkdir /opt/oracle/product/9.2.0
[root@localhost root]# chown -R oracle.oinstall /opt/oracle
[root@localhost root]# mkdir /var/opt/oracle
[root@localhost root]# chown oracle.dba /var/opt/oracle
[root@localhost root]# chmod 755 /var/opt/oracle
```

到这一步，还需要确定一些环境变量的设置。首先要确认 Oracle9i 在安装过程中使用本地 X Window 安装还是远程虚拟 X Window 安装，如果需要远程 X Window 安装，则需要配置 DISPLAY 变量，这个变量用于告诉系统屏幕的图形将输出到什么位置，默认情况下是本机，如果使用虚拟 X Window 进行安装，则在这里指明远程终端的显示情况，比如远程终端的 IP 地址是 xxx.xxx.xxx.xxx，则 DISPLAY 的变量应设为 xxx.xxx.xxx.xxx:0，后面的:0 表示该终端的第一个显示器。另外还需要确定 Oracle 的安装路径，临时空间等，例 20-1 给出了一个配置环境变量的例子。

**实例 20-1**　Oracle9i 安装配置环境

```
export ORACLE_BASE=/oracle
export ORACLE_HOME=/oracle/product/9.0.1
export ORACLE_SID=test
export ORACLE_TERM=xterm
#export TNS_ADMIN= Set if sqlnet.ora, tnsnames.ora, etc. are not in $ORACLE_HOME/network/admin
export NLS_LANG=AMERICAN;
export ORA_NLS33=$ORACLE_HOME/ocommon/nls/admin/data
LD_LIBRARY_PATH=$ORACLE_HOME/lib:/lib:/usr/lib
LD_LIBRARY_PATH=$LD_LIBRARY_PATH:/usr/local/lib
export LD_LIBRARY_PATH
# Set shell search paths
export PATH=$PATH:$ORACLE_HOME/bin
# CLASSPATH:
CLASSPATH=$ORACLE_HOME/JRE:$ORACLE_HOME/jlib:$ORACLE_HOME/rdbms/jlib
CLASSPATH=$CLASSPATH:$ORACLE_HOME/network/jlib
```

以 Oracle 用户登录，将这段环境变量的设置插入/hom/oracle/.bash_profile 文件中，重新以 Oracle 用户登录进入系统，并使用 set|more 命令查看环境变量是否生效。

```
[root@localhost root]# su oracle
[root@localhost root]# set|more
```

仔细检查环境变量值，确保没有出现任何错误。

### 20.2.4　开始安装 Oracle9i

在开始安装 Oracle9i 之前，需要先安装 JDK1.3.1。以 root 用户登录，对下载的 j2sdk-1.3.0-RC1-lin ux-i386.tar.bz2 软件包进行解压缩。

```
[root@localhost root]# bzip2 -d j2sdk-1.3.0-RC1-linux-i386.tar.bz2
[root@localhost root]# tar -zxvf j2sdk-1.3.0-RC1-linux-i386.tar.bz2
```

将解压缩后的目录改名为 jdk，之后就可以开始安装 Oracle9i 了。Oracle9i 共有 3 个压缩文件：linux9i_Disk1.cpio.gz、linux9i_Disk2.cpio.gz 和 linux9i_Disk3.cpio.gz。

建立一个/oracle 目录，将 3 个文件存储到这个目录，对这 3 个文件进行解压缩。例如：

```
[root@localhost root]# su oracle
[root@localhost root]# gunzip linux9i_Disk1.cpio.gz
[root@localhost root]# gunzip linux9i_Disk2.cpio.gz
[root@localhost root]# gunzip linux9i_Disk3.cpio.gz
```

这时候会生成 3 个文件，分别为：linux9i_Disk1.cpio、linux9i_Disk2.cpio 和 linux9i_Disk 3.cpio。执行如下命令将 3 个文件进行解包：

```
[root@localhost root]# cpio -idmv linux9i_Disk1.cpio
[root@localhost root]# cpio -idmv linux9i_Disk2.cpio
[root@localhost root]# cpio -idmv linux9i_Disk3.cpio
```

将这 3 个文件进行解包，生成 3 个目录：Disk1、Disk2 和 Disk3。进入 Disk1 目录，启动 X Window。

```
[root@localhost root]# startx
```

进入 X Window 下启动一个控制台，同时运行 Oracle 通用安装程序。

```
[root@localhost root]# ./runInstaller &
```

这时就会出现 Oracle9i 的通用安装程序界面，如图 20-2 所示。

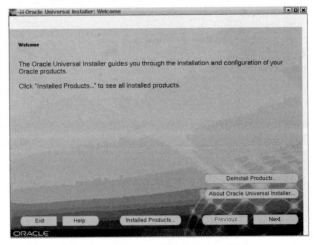

图 20-2　Oracle9i 通用安装程序界面

从现在开始已经进入图形安装模式。单击 Next 按钮进入下一步，开始选择安装程序的路径和目的路径，如图 20-3 所示。

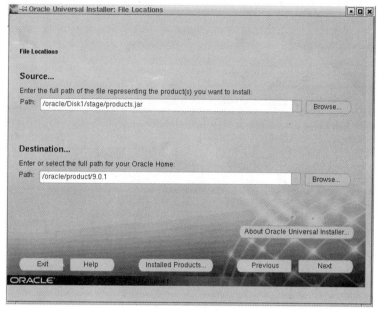

图 20-3 选择安装路径

Source 指包含 Oracle 产品信息的文件，一般情况下安装程序会自动识别，如果找不到可以用 Browse 按钮来手工指定路径。Destination 指 9i 将要安装的路径，这里就是指在环境变量里设的$ORACLE_HOME，如果这一栏里是空白，则要重新检查环境变量中各值的设定是否有误。

确认正确后单击 Next 按钮进行下一步，选择安装的产品，如图 20-4 所示。

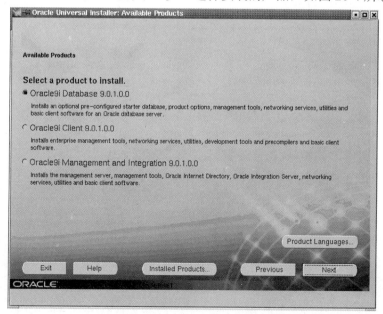

图 20-4 选择安装的产品

在这里选择第一项 Oracle9i Database 9.0.1.0.0，安装 oracle9i 的数据库服务器版本、管理工具、网络服务以及基本的客户端软件。单击 Next 按钮进入下一步选择安装类型，如图 20-5 所示。

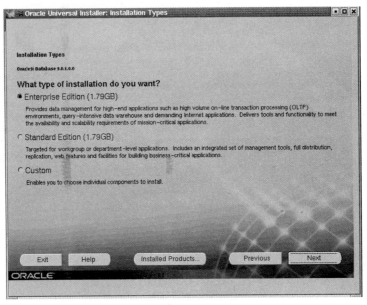

图 20-5　选择安装类型

选择 Enterprise Edition（企业版），确认后单击 Next 按钮进入到下一步数据库配置，如图 20-6 所示。

在这一步可以选择一种适合你的数据库模版，一般选第一种通用数据库模版，如果需要使用数据仓库，则可以使用选择数据仓库的模版进行安装。

确认后点击 Next 按钮进入下一步进行数据库鉴定，如图 20-7 所示。

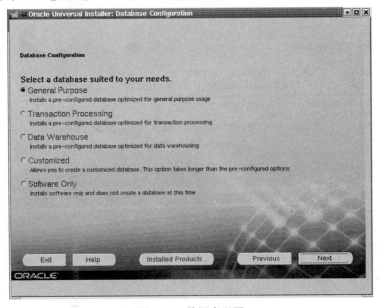

图 20-6　数据库配置

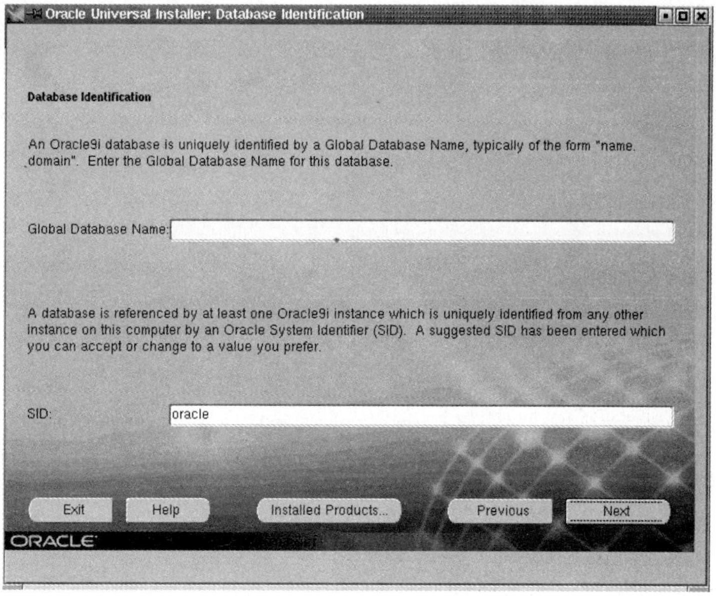

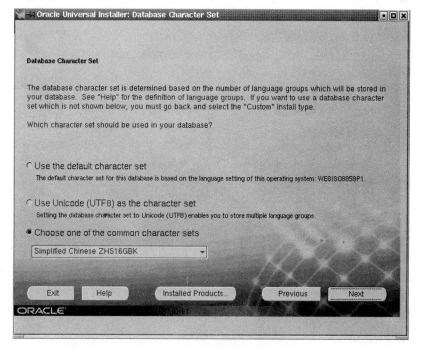

图 20-7　数据库鉴定

这一步是确认 Oracle9i 的 SID 和全局数据库的名字，SID 的值在环境变量中已经设置好了，所以这里会自动显示，全局数据库名（Global Database Name）也可以指定成与 SID 的值相同。

确认后单击 Next 按钮进入下一步进行数据库的字符类型设定，如图 20-8 所示。

在此选择 Simplifiled Chinese ZHS16GBK，单击 Next 进入下一步选择 JDK 程序所在目录，如图 20-9 所示。

图 20-8　数据库字符类型设定

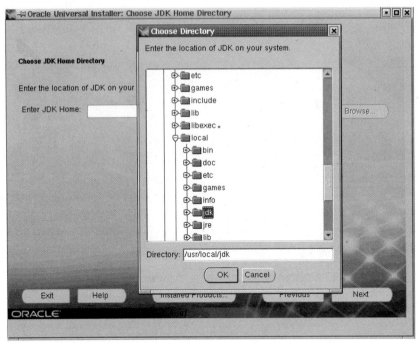

图 20-9 选择 JDK 程序所在目录

因为企业版本 Oracle9i 需要使用 JDK，所以在这一步使用 Browse 按钮把前面安装 JDK 的目录指定好以便系统能在安装过程中找到需要的应用程序，确认并单击 Next 按钮进入下一步安装概要，如图 20-10 所示。

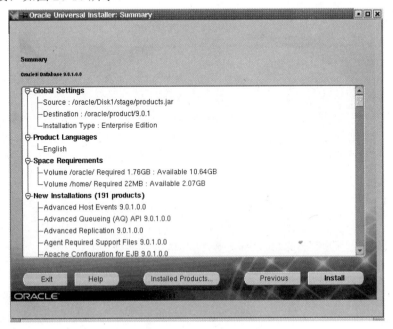

图 20-10 安装概要

在这一步，安装程序会列出所选择的安装组件，确认所选择的安装组件没有错误，单击 Installed Products 按钮进行安装，如图 20-11 所示。

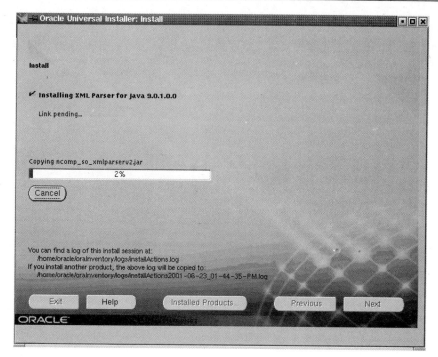

图 20-11　安装 Oracle

　　这一步所需要的时间同服务器的性能相关，安装过程中可能会有对话框弹出，对话框内会有一些需要 root 运行的命令要求用户执行，这时候另外开一个控制台窗口，su 成 root 并运行提示框内的命令，运行完毕后单击 Next 按钮继续安装，见图 20-12。

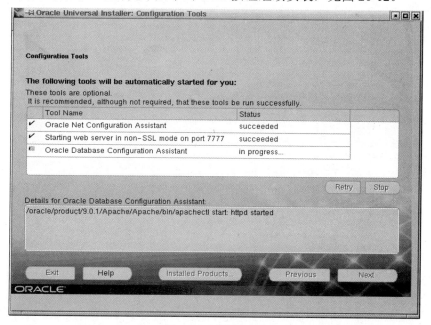

图 20-12　配置工具

　　安装完数据库后系统会使用配置工具对系统进行网络和数据库的配置，这些工作结束后，系统会自动启动数据库，并开启 Oracle Web Server。所有配置完毕，单击 Next 按钮完成安装，如果安装成功则会出现图 20-13 所示的界面。

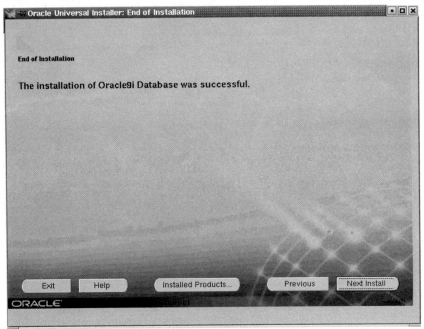

图 20-13　安装结束

如果一切安装正常，到这一步安装就全部结束。

> **注意：** 在安装数据库的过程中，可能会出现 ins_ctx.mk 的错误信息，这时只要编辑
> $ORACLE_HOME/ctx/lib/env_ctx.mk 文件，即在 INSO_LINK 的定义（即"INSO_LINK
> ="）中添加$(LDLIBFLAG)dl 后保存文件即可。

安装结束之后，数据库会自动启动，以 sysdba 登录数据库并关闭数据库，例如：

```
[root@localhost root]# sqlplus " / as sysdba"
SQL> shutdown
Database closed.
Database dismounted.
ORACLE instance shut down.
```

启动数据库，按照如下步骤进行：

```
[root@localhost root]# sqlplus " / as sysdba"
SQL> startup
```

启动 Oracle 服务器端监听程序，按照如下步骤进行：

```
[root@localhost root]# lsnrctl
LSNRCTL> start
```

关闭监听程序：

```
[root@localhost root]# lsnrctl
LSNRCTL> stop
```

# 20.3　安装和配置 PostgreSQL

## 20.3.1　PostgreSQL 简介

PostgreSQL 最早由 UC Berkley 大学计算机系开发，当初由 Michael Stonebraker 教授领导的 Postgre 项目，是由 DARP（Defense Advanced Research Projects，美国高级防务研究项目局）、Agency DARPA、ARO（Army Research Office，美国陆军研究局）、NSF（National Science Foundation，国家科学基金会）和 ESL 公司赞助进行的，它先进的"对象－关系"概念现在已经在一些商业数据库里得到应用，PostgreSQL 支持 SQL92/SQL3、事务完整性和可扩展性。现在是一个源于 Berkley 代码并公开源代码的数据库。

Postgres 通过一种让用户可以很容易扩展系统的方法整合了下面 4 种基本概念，使其能提供可观的附加功能：

- 类/表（classes）。
- 继承（inheritance）。
- 类型（types）。
- 函数（functions）。

其他特性还提供了附加的功能和灵活性：

- 约束（constraints）。
- 触发器（triggers）。
- 规则（rules）。
- 事务完整（transaction integrity）。

这些特性将 Postgres 置于对象－关系型数据库的范畴。尽管 Postgres 有一些面向对象的特性，但它仍然属于关系型数据库的范畴。事实上，一些商用数据库最近已经集成了一些 PostgreSQL 优越的特性。

2003 年 2 月 5 号，UC Berkeley 发布了 PostgreSQL 7.3.2。测试结果让人非常吃惊，PostgreSQL 在速度上已经赶上了以速度快著名的 MySQL，而实际上还超过了 MySQL。

## 20.3.2　安装和配置 PostgreSQL

可以在 Red Hat Linux 9.0 安装光盘上找到 PostgreSQL 的 RPM 软件包，也可以直接到 http://www.postgresql.org 中下载最新的 PostgreSQL，目前的版本仍然是 2003 年 2 月 5 号发布的 PostgreSQL 7.3.2。至少需要 3 个 RPM 软件包：postgresql-server-7.2.2-1.i386.rpm、postgresql-libs-7.2.2-1.i386.rpm 和 postgresql-7.2.2-1.i386.rpm。

如果使用 Red Hat Linux 安装光盘上的 PostgreSQL 软件包进行安装，则系统会自动创建一个必要的用户账号 postgres。这个用户没有登录特权，而且只有根用户才有权通过 su 命令切换成该用户，任何时候都不会有人直接作为该用户登录。一旦添加了这个用户，就可以使用标准的 rpm -i 命令来安装每一个已经下载的 PostgreSQL 的 RPM 软件包。

```
[root@localhost root]# rpm -i postgresql-server-7.2.2-1.i386.rpm
```

```
[root@localhost root]# rpm -i postgresql-libs-7.2.2-1.i386.rpm
[root@localhost root]# rpm -i postgresql-7.2.2-1.i386.rpm
```

将这些 RPM 软件包安装完毕之后，就可以初始化数据库目录了。首先需要创建数据目录，在本例中，该数据目录将是/usr/share/pgsql/data。首先以 root 用户登录进入系统，创建该目录，并且将该目录的所有权设置为 postgres 用户，然后以 postgres 用户初始化数据库。

```
[root@localhost root]# cd /usr/share/pgsql
[root@localhost root]# mkdir data
[root@localhost root]# chown postgres.postgres data
[root@localhost root]# su postgres
$ initdb -D /usr/share/pgsql/data
The files belonging to this database system will be owned by user "postgres".
This user must also own the server process.

Fixing permissions on existing directory /usr/share/pgsql/data... ok
creating directory /usr/share/pgsql/data/base... ok
creating directory /usr/share/pgsql/data/global... ok
creating directory /usr/share/pgsql/data/pg_xlog... ok
creating directory /usr/share/pgsql/data/pg_clog... ok
creating template1 database in /usr/share/pgsql/data/base/1... ok
creating configuration files... ok
initializing pg_shadow... ok
enabling unlimited row size for system tables... ok
creating system views... ok
loading pg_description... ok
vacuuming database template1... ok
copying template1 to template0... ok

Success. You can now start the database server using:

    /usr/bin/postmaster -D /usr/share/pgsql/data
```

或者：

```
    /usr/bin/pg_ctl -D /usr/share/pgsql/data -l logfile start
```

现在已经初始化了数据库，并且把数据库目录上的那些权限设置为它们的正确值，然后可以通过如下命令启动 postmaster 程序：

```
$ postmaster -D /usr/share/pgsql/data
DEBUG: database system was shut down at 2003-04-18 12:42:26 EDT
DEBUG: checkpoint record is at 0/109664
DEBUG: redo record is at 0/109664; undo record is at 0/0; shutdown TRUE
DEBUG: next transaction id: 89; next oid: 16556
DEBUG: database system is ready
```

现在已经启动了 PostgreSQL 数据库，可以在 PostgreSQL 中创建数据库了。同样可以 postgres 用户登录进入系统，再以如下命令创建数据库：

```
$ createdb test
```

这样就创建了一个名为 test 的数据库。createdb 程序实际是一个软件包，它使得创建数据库更加容易，而不必登录到 psql。

为了能够启动 psql 客户程序，首先必须创建一个数据库。这个数据库在用 postgres 用户登录时创建，例如上面已经创建了名为 test 的数据库。为了连接这个数据库，需要把这个数据库的名字作为命令行参数来启动 psql 客户程序，例如：

```
$ psql test
Welcome to psql, the PostgreSQL interactive terminal.

Type: \copyright for distribution terms
      \h for help with SQL commands
      \? for help on internal slash commands
      \g or terminate with semicolon to execute query
      \q to quit

test=#
```

默认情况下，用户 postgres 没有口令，这种情况很不安全，因为它使任何人都可以作为 postgres 用户进行连接。为了设置用于 postgres 用户的口令，可以在 psql 客户程序中使用 ALTER USER 命令。以下为 postgres 用户设置了 password 密码：

```
test=# ALTER USER postgres WITH password 'password'
```

如果要为数据创建一个新用户，则可以使用 CREATE USER 命令进行创建。以下命令创建了一个名为 firstuser 的用户，并将其密码设置为 firstpassword：

```
test-# CREATE USER firstuser WITH PASSWORD 'firstpassword'
```

通过 GRANT 和 REVOKE 语句可以在 PostgreSQL 中为用户赋予和撤销特权。除了不使用 IDENTIFIED BY 之外，语法和其他数据都是一样的。其语法如下：

```
GRANT what_to_grant ON where_to_grant TO user_name;
```

下面为用户 firstuser 赋予数据库 test 的所有特权：

```
test-# GRANT ALL ON test TO firstuser
```

要撤销特权，则使用如下语句：

```
test-# REVOKE ALL ON test FROM firstuser
```

# 第 21 章　Linux 防火墙

## 21.1　常见网络攻击方法

### 21.1.1　未经许可访问

这是最普通的攻击方式，指的是那些没有经主机管理员许可的用户能够连接主机并使用上面的服务。例如：公司外部的人试图连接到公司内部的 FTP 或 NFS 服务器上，或者他们试图获取了自己的权限之外的权限，比如 Linux 普通用户试图获得 root 权限。

这类攻击方式普遍采用的攻击方法有：通过各种手段获取服务器密码，通过系统 bug 提升自己拥有的用户权限等等。

对付这类攻击方法，可以采取的措施有：仔细审查能够获得服务器提供的服务访问权的用户名单；及时了解系统的性能，对系统可能存在的 bug 进行补救；对服务器的密码采取严格的保护机制。

### 21.1.2　利用程序的已知漏洞

有些程序和网络服务在设计时，原来没有仔细考虑到安全的问题，因此这些程序很容易受到网络攻击。RPC、rlogin、rexec 等远程服务程序都是这样的程序。

避免这类攻击的最好方法就是禁止使用这些容易遭受攻击的服务，或者使用另外的安全程序来替代。对于有些程序，这些漏洞可以修复。

### 21.1.3　拒绝服务攻击

拒绝服务攻击即 DoS（Denial of Service）是使对方服务器承受过多的信息请求而无法处理，产生阻塞导致正常用户的请求被拒绝。这种攻击使得服务器充斥大量要求回复的信息，消耗网络带宽和系统资源，最终导致网络和系统不胜负荷以致瘫痪而停止提供所有正常的网络服务。

拒绝服务攻击方式为：用户传送众多要求确认的信息到服务器，使服务器里充斥着这种无用的信息。所有的信息都有需回复的虚假地址，以致当服务器试图回传时，却无法找到用户。

于是服务器暂时等候，有时超过一分钟，然后再切断连接。当服务器切断连接时，黑客再度传送新一批需要确认的信息，这个过程周而复始，最终导致服务器无法动弹，瘫痪在地。

拒绝服务攻击在网络上非常流行，类似的网络攻击屡见不鲜，下面列出一些比较著名的案例。

2000 年初，全球顶级的网络服务商 yahoo、ebay、amazon 等先后遭到大规模 DoS（分布式拒绝服务）攻击，加速了脆弱的网络经济的崩溃。美国参议院联合经济委员会主席、犹他州参议员 Robert 事后说：最近那些针对大型商业网站的"拒绝服务"攻击，会削弱公众对互联网以及通过其所从事商业交易的信心。

2000 年中美黑客大战，中国一些黑客通过拒绝服务攻击的方式造成美国白宫及多家美国政府部门的站点瘫痪，引起了美国国家安全机构的极大重视。

2001 年至 2002 年，著名网络服务商 www.8u8.com 遭受拒绝服务攻击的打击，事后该公司悬赏数十万元追查肇事者，并向警方报案，但是最终未能抓获任何嫌疑人。2002 年高考结束后，国内两个省高教局开办的网上查分系统遭受猛烈的拒绝服务攻击，当地教育网对外服务无法开展，几乎无法完成后来的网上招生工作。

2002 年 7 月，全球活跃程度排名第三的病毒，由印度激进分子制作并传播的 Yaha，在传播的同时对巴基斯坦政府站点进行拒绝服务攻击，传播范围更大，攻击力更强，更加大了拒绝服务攻击的防护难度和追查难度。

减小拒绝服务攻击的最好方法是阻止值得怀疑的网络流量到达主机，并且阻止值得怀疑的程序命令的执行。知道攻击方法的细节很重要，所以在每一个新的攻击方法发布的时候，都应该研究这种攻击方法。

常用阻挡拒绝服务攻击的方法之一是：在网络上建立一个过滤器（filter）或侦测器（sniffer），在信息到达网站服务器之前阻挡信息。过滤器会侦察可疑的攻击行动。如果某种可疑行动经常出现，过滤器能接受指示，阻挡那种信息，让网站服务器的对外连接线路保持畅通。

### 21.1.4　欺骗技术

欺骗（Spoofing）使得攻击者或应用程序能够模仿其他主机或者程序的行为，这种攻击可发生在 TCP/IP 网络系统的所有层次上。硬件层、数据链路层、IP 层、传输层及应用层等都容易受到影响。一旦底层协议的数据受到伤害，则应用层的所有协议都处在危险之中。

目前一些常用的欺骗技术有以下几种：
- 硬件地址欺骗。
- ARP 欺骗。
- IP 路由系统欺骗。
- ICMP 欺骗。
- IP 数据包欺骗。
- DNS 欺骗。
- TCP 连接欺骗。

这里不对这些欺骗技术进行详细介绍，它们采取的原理都是一样的，攻击者在网络中将自己的主机伪造成别的主机，欺骗其他的主机、服务器或路由器等，从而达到其不可告人的目的。

### 21.1.5 监听技术

这是最简单也是最常用的攻击方式，通常为其他攻击方法的辅助形式。监听利用计算机的网络接口截获目标发送给其他计算机的数据报。这是一种消极的攻击方式，它不改变网络中传输数据的形式。

在共享媒体的网络中（比如以太网），一个网段上的所有网络接口均能访问媒体上传输的所有数据，每个网络接口都有一个不同于其他网络接口的唯一硬件地址，同时每个网络还有一个广播地址。

正常情况下，一个网络接口只接收两种数据：

■ 数据帧的目标域具有本地网络接口自己的硬件地址。

■ 帧的目标域具有广播地址。

但是一些类似于 sniffer 的软件能够使计算机用户捕获流经该网络的所有数据，这种软件一方面可以帮助网路管理员检测网络故障。

另一方面，恶意用户也可以通过该软件进行窥探口令、金融账号、公司机密和敏感数据，从而进行非法活动。

对付这种攻击可以采取的方法有：

（1）进行网络分段，使得可以信任的机器在一个子网内，这样可以减小广播域，从而降低被监听的可能。

（2）对数据进行加密。

（3）避免使用广播网络技术。

## 21.2 Linux 防火墙基本概念

防火墙是一种行之有效而且应用广泛的网络安全机制。"防火墙"一词本身来自建筑物中的同名机构，从字面意思上理解，它可以防止火灾从建筑物的一部分蔓延到其他部分。因特网防火墙也起到同样的作用，即防止 Internet 上的不安全因素蔓延到自己企业或组织的内部网。

防火墙根据其实现和目的不同有许多含义。防火墙可以是与因特网相连的机器，这里将是安全策略实施的地方。防火墙机的外部网络接口卡是与 Internet 的连接点或网关。防火墙的任务是保护这个网关在这一边的东西，防范来自另一边的东西。

防火墙的任务是加强系统管理员定义的安全策略，这些策略反映了关于哪项服务是系统管理员想让局域网内计算机能够被访问的，哪项服务则是希望提供给外界的，哪项服务又是希望提供给特定的远程用户或站点的，哪项服务或程序而是为自己私人目的而在本地运行的。

安全策略是所有关于你计算机上私有的或受保护的服务、程序和文件的访问控制及用户认证，图 21-1 为两种主要的防火墙拓扑图。

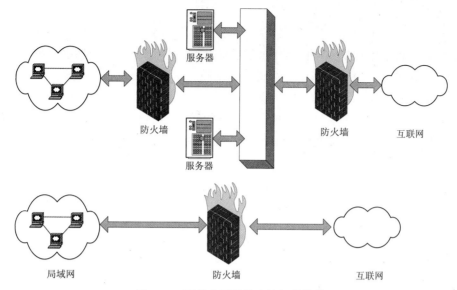

图 21-1　两种主要的防火墙拓扑结构

防火墙的功能包括：过滤掉不安全服务和非法用户；防止入侵者接近网络的防御设施；控制对特殊站点的访问；为监视局域网安全提供方便。

防火墙有 3 种最常用的含义：包过滤防火墙；应用网关，也称为屏蔽主机防火墙；应用层电路网关，也就是代理防火墙。Linux 内核中提供了大量的内置特性，使得 Linux 机器能够很好地实现作为一台 IP 防火墙的功能。其网络实现中包括许多方式的 IP 过滤方案的代码，并提供了一种机制来精确地配置你想使用哪种类型的过滤规则。

自 1995 年 IPfwadm 开始进入 1.2.1 的 Linux 内核之后，Linux 防火墙实现已经有很长的时间了。IPfwadm 实现了标准的 TCP/IP 包过滤功能，比如源地址、目的地址以及端口过滤。早在 1999 年第一个稳定的 2.2.0 内核中防火墙的实现被 ipchains 替代了，ipchains 的新功能包括支持规则链、碎片包控制、较好的网络地址翻译功能（NAT）以及其他一些有用的改进。

需要明白的是，Linux 防火墙包括内核级代码（通常是可加载内核模块或者内核源程序的补丁）和用户级代码（一个配置的工具，比如/usr/bin/ipchains，这是用来插入包规则到内核空间的）。

无论如何，只要新的 Linux 防火墙代码被引入，内核和用户空间的有关代码都要改写。2001 年 2.4 版的内核完成了，iptables 出现了。它引入了很多重要的改进，例如基于状态的防火墙、基于任何 TCP 标记和 MAC 地址的包过滤、更灵活的配置和记录功能、强大而且简单的 NAT 功能和透明代理功能、通过速度限制实现 DoS 的阻止等。然而，最重要的变化是引入了模块化的架构方式。比如，ipchains 和 ipfwadm 兼容模式是通过一个内核模块的设置实现的，该模块能够在运行的内核中插入，以便提供相应的通信功能。

在附加的变化中，用户自定义编码功能已经成为可能，比如过滤一定范围的端口，根据 TTL 值和包的到达时间进行判断，对自定义协议进行状态监视，对随机数据报进行监视等，这些目前都还不是 iptable 的一部分，但是在未来将被实现。

### 21.2.1 TCP/IP 参考网络模型

OSI 参考模型开发于 20 世纪 70 年代后期，在 20 世纪 80 年代初期它被用来为网络互连提供一个标准结构。OSI 模型是一个正式的细致的学术性的模型。教科书中和学者在谈到连网时，用这个模型作为它们的概念框架。

OSI 参考模型经历了 7 年时间才最终成形，而在这段时间里 TCP/IP 成为 UNIX 机器之间进行 Internet 通信的事实上的标准，于是另一个叫做 TCP/IP 参考模型的非正式模型也被开发出来了。而且因为 TCP/IP 参考模型绝非一个理论上的想法，而是基于厂商和开发者为 Internet 通信折中所达成的一致之上。由于此模型从一个实际、真实世界的开发者角度把焦点集中在 TCP/IP 之上，因此 TCP/IP 模型比 OSI 模型更简单。TCP/IP 模型把 OSI 模型所描绘的 7 层归类成了 4 层，图 21-2 给出了 TCP/IP 参考模型。

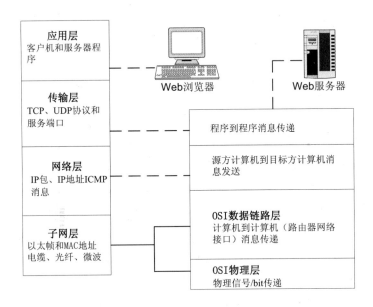

图 21-2　TCP/IP 参考模型

本书使用 TCP/IP 参考模型。网络通信被概念化为一个层次模型，通信发生在单台计算机上的相邻层之间和通信计算机上的平行层之间。应用层代表两个程序之间的通信，传输层表示通信是如何在这两个程序之间传递的。程序由叫做服务端口的数字来识别。网络层表示这个通信是如何在两台终端计算机之间被运载，计算机或它们单独的网络接口卡是由 IP 地址的数字定义的，这就是网卡上内置硬件 MAC 地址。

基于网络的服务是运行于一台机器上并能被网络上的其他机器访问的程序。服务端口能标识程序和正在发生的单个会话或连接。服务端口的范围从 0～65535。术语"数据报"是指 IP 网络消息。结构上，每个数据报包含一个信息头和应被传送数据的一段消息体。Linux 中包含的 IP 防火墙机制支持 3 种 IP 消息类型：ICMP、UDP 和 TCP。

ICMP（Internet 控制消息协议）包是网络层的 IP 控制和状态消息，UDP（用户数据报协议）数据报携带基于网络程序之间的 UDP 传输层数据，UDP 则是面向无连接、不可靠的传输层协议。TCP（传输控制协议）数据报同样携带基于网络程序之间的 TCP 传输层数据，但是它的包头包含了为维护正在进行的可靠连接而附加的状态消息。

所有的 IP 包头都包含了源、目的 IP 地址、IP 协议消息类型（ICMP、UDP 或 TCP）。有关 TCP/IP 协议的详细知识请读者参考 DOUGLAS E.COMER 的《Internetworking with TCP/IP VOLUME I》。

### 21.2.2　IP 过滤概念

IP 过滤是一种机制，用来确定哪种类型的 IP 数据报可被正常处理，哪种类型的 IP 数据报将被丢弃。

IP 过滤是由一组接受和禁止规则列表组成，这些规则明确确定了通过防火墙的哪个包将被允许或不允许通过网络接口。防火墙规则使用传输数据报中的包头字段来决定是否允许一个数据报通过，以到达它的目的地，或者无声无息地将数据报丢掉，或阻止数据报并向它的发送机器返回一个错误状态。一些过滤规则如下：

- 根据协议类型过滤，比如 TCP、UDP、ICMP 等。
- 根据套接字号过滤，只对 TCP 和 UDP。
- 根据数据报类型过滤，比如 SYN/ACK、数据、ICMP 回显请求等。
- 根据数据报的源地址过滤，比如源 IP 地址、源 MAC 地址等。
- 根据数据报的目的地址过滤，比如目的 IP 地址等。

作用在网络层 IP 过滤的防火墙在 TCP/IP 模型中的位置如图 21-3 所示。

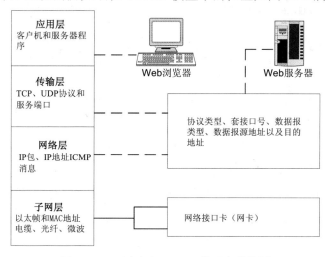

图 21-3　IP 过滤在 TCP/IP 模型中的位置

IP 过滤是一种网络层的机制，这一点非常重要。说明 IP 过滤不理会那些使用网络连接的应用程序，它只对网络层传输的数据报起作用。例如，你想在默认的 FTP 端口（21 端口）拒绝用户访问服务器提供的 FTP 服务，如果仅仅依靠 IP 过滤机制，并不能阻止用户使用 FTP 程序从你允许的那个端口来穿透防火墙进行访问。可以对每个允许穿过防火墙的服务使用代理服务器来阻止这种问题的发生。代理服务器可以理解应用层的协议，其目的就是用来代理服务并且阻止滥用端口。本章不讨论代理防火墙，感兴趣的读者可以查询相应的资料。

## 21.3 netfilter 简介

### 21.3.1 IP 防火墙链的缺陷

使用 IP 防火墙链可以在规则链中指定各种防火墙规则，并将这些规则链加入到主机或者网络中，也可以从规则链中删除规则。定制的防火墙规则链可以配置各种规则，从而提高了防火墙的性能。

但是，IP 防火墙的发展在很大程度上是为了满足用户日益增长的需要，随着用户数量的增长，IP 防火墙链的缺点显得越来越突出。

IP 防火墙链中有 4 个主要的包处理子系统：包过滤，伪装、透明代理和快速 NAT。这些包处理子系统极大地提高了防火墙规则的执行效率并方便了管理，但同时也使数据报处理方式非常复杂，特别是 IP 伪装、快速 NAT 等。

其复杂性部分是因为 IP 伪装和 NAT 是独立于 IP 防火墙代码来开发完成之后再集成到内核中去所导致的，而不是一开始就把它们作为防火墙的一部分来设计。

IP 防火墙链中的输入链是作为一个整体来描述 IP 网络层的输入规则。在这里，要匹配输入链中的防火墙规则的数据报不仅包括发送到该主机的数据报，而且还包括路由过该主机的数据报。

这种方式混淆了输入链和转发链的功能，转发链应该仅仅用于被转发的数据报，但是这些数据报同时也得遵循输入链中的规则。这样就存在一个问题，如果仅仅只想处理那些不是转发到该主机的输入数据报，就必须建立规则来排除转发的数据报或者输入的数据报，而建立这些规则极为复杂。在输出链中也存在同样形式的问题。

规则设计的复杂反映了规则集设计方式的不合理。同时进行任何方式的对过滤规则的扩展都需要直接更改内核代码。创建一个不依赖于接口地址的数据报过滤规则是不可能实现的。

透明代理实现非常复杂，必须查看每个数据报来判断是否有专门处理该地址的 Socket。图 21-4 为 IP 防火墙链中的数据报处理链。

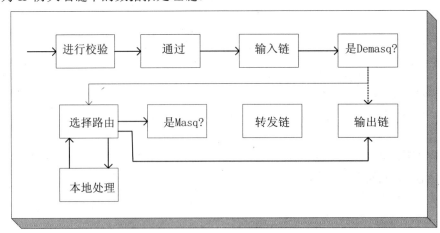

图 21-4　IP 防火墙链中的数据报处理

### 21.3.2　netfilter 网络底层开发结构

为了解决 IP 防火墙链中存在的问题，netfilter 构建了一个结构化、嵌入内核的底层框架以便能够扩展 IP 伪装和包过滤，同时在 netfilter 之上构建了新的 IP 伪装和网络地址翻译模块、新的状态跟踪模块以及内核的包过滤模块。每一个模块都有很好的可扩展性，因此新特性可以十分简单的通过插入一个新的内核模块来增加。

具体来说，netfilter 是一种内核中用户扩展各种网络服务的结构化底层框架，它的设计思想是生成一个模块结构使之能够比较容易被扩展。新的特性可以直接加入到内核中，并且不需要重新启动内核，这样大大加强了内核的网络新特性扩展功能。

在 IP 防火墙链中，输入链用于主机所接收的所有数据报，不论这些数据报是发送到该主机还是路由其他的主机。而在 netfilter 中，输入链仅仅用于那些目的地址是本地主机的数据报，并且转发链仅仅用于目的地址是其他主机的数据报。

与此类似，在 IP 防火墙链中，输出链用于离开本地主机的所有数据报，而不管这些数据报是由本地主机产生的还是从其他主机转发而来的。在 netfilter 中，输出链只用来处理那些本地主机发出的数据报，而不对从其他主机路由转发过来的数据报进行处理。图 21-5 为 netfilter 中的数据报处理链。

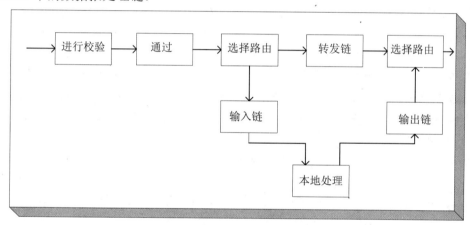

图 21-5　netfilter 中的数据报处理链

netfilter 分为以下几部分：

- 第一部分，在 Linux 内核的传输数据报协议栈中，每种协议定义一个确定的整数作为钩子（比如 IPv4 定义为 5）；对于每个这样的整数，相应的协议会调用具有该协议的数据报和钩子序号。

- 第二部分，允许内核模块注册之后来侦听协议的钩子，所以当一个包到达 netfilter 模块时，它检查是否该包的协议和钩子已经被注册；如果已经被注册，则内核将按顺序检查该包，丢弃或者允许该包通过；如果没有注册则请求，则 netfilter 将该数据报放入用户空间队列。

- 第三部分是 ip_queue 驱动程序收集已经放入队列中的数据报，并将其发送到用户空间，这部分是异步处理的。

总的说来 netfilter 分为 3 个部分：

- 数据过滤（filter 表） filter 表用来过滤数据报，但是不会对数据报进行修改。在 iptables 中的 INPUT、FORWARD 和 OUTPUT 链可以用于 filter 表中。
- 网络地址转换（NAT 表） NAT 表被用在源 NAT、目的 NAT、伪装（其是源 NAT 的一个特例）及透明代理（其是目的 NAT 的一个特例）。NAT 表不同于 filter 表，因为只有新连接的第一个数据报将遍历表，而随后的数据报将根据第一个数据报的结果进行同样的转换处理。iptables 中的 OUTPUT、PREROUTEING 和 POSTROUTING 链都可以用于 NAT 表。
- 数据报处理（mangle 表） 使用 mangle 表，可以实现对数据报的修改或给数据报附上一些外带数据。目前支持的可以设置的字段是 TOS、TTL 和 MARK 字段。在 iptables 中，PREROUTING 和 OUTPUT 链可以用于 mangle 表。

netfilter 使用 iptables 命令来配置过滤规则。netfilter 还提供了模仿 ipfwadm 和 ipchains 接口的能力，这种模仿使得转移到新的防火墙软件十分容易，从而使 netfilter 向后兼容 ipfwadm 和 ipchains。

## 21.4 Linux 防火墙配置工具简介

要建立一个 Linux 防火墙，必须在内核中具有 IP 防火墙支持以及使用合适的配置工具。在 2.2 系列以前的 Linux 版本中，可以使用 ipfwadm 工具，而 2.2.x 版本的 Linux 则推出了 Linux 的第三代 IP 防火墙 IP Chains。

Linux 内核 2.3.15 及以后的版本支持 Linux IP 防火墙的第四代产品 netfilter（网络过滤器）。在网络过滤器中，重新设计了在 Linux 中处理分组数据流的大量代码。netfilter 融合了多种特征，提供了对 ipfwadm 和 ipchains 的向后兼容支持，同时还采用了新的命令 iptables，netfilter 对在网络传输的数据报的处理方式如表 21-1 所示。

因为 Red Hat Linux 9.0 使用的是 2.4.20-14，对 ipfwadm、ipchains 和 iptables 都能支持，所以本节对这 3 种工具都加以介绍。表 21-1 列出了 Linux 防火墙对数据报的处理方式。

表 21-1　Linux 防火墙对数据报的处理方式

| 目标选项 | 含　义 |
| --- | --- |
| ACCEPT | 接受该数据报，可以通过规则检验而放行、顺利通过这个规则链 |
| DROP | 丢弃该数据报，不能通过规则检验而被丢弃 |
| QUEUE | 让数据报进入用户空间 |
| RETURN | 直接跳离当前的规则链：如果使用户定义的规则链，则返回原链的下一行规则的继续检验；如果不是，则参考原则（policy）来处理数据报 |
| LOG | 在内核中记录数据报信息，记录信息可以被 dmesg 或 syslogd 等程序读出 |
| MARK | 为数据报进行标记，供后面其他规则使用，或者是供其他数据报处理程序使用 |
| REJECT | 与 DROP 一样，但是会向数据报的源地址发送 ICMP 数据报，通知对方 port unreachable 的错误信息 |
| TOS | 设置 IP 包头的服务类型 |

（续表）

| 目标选项 | 含　义 |
|---|---|
| MIRROR | 将 IP 包头中的源地址域和目标地址域进行对换，然后转发该数据报 |
| SNAT/DNAT/ | 这些都是 NAT 的处理，根据要求修改为特定的 Source Socket 或 Destination，或 |
| MASQUERADE | 者动态地根据路由判断的结果修改 Source Socket |
| REDIRECT | 将数据报重定向到本机的其他端口 |
| TTL | 用来修改 IP 包头中的 TTL（生存时间）字段 |

### 21.4.1　ipfwadm

ipfwadm（IP Firewall Administration）是 Linux 早期内核中建立防火墙规则的工具，在所有 2.2.0 以前内核中使用。Linux 2.4 内核中也兼容 ipfwadm，本节简单介绍一下 ipfwadm 的语法。

ipfwadm 的语法规则如下：

```
ipfwadm  [类别]  [命令]  [参数]  [选项]
```

以下简要介绍每一项参数的用法：

#### 1．类别

Category 即类别，该选项只能有下面选项中的一个，该参数用来通知防火墙的配置规则是哪一种。

- -I　输入规则。
- -O　输出规则。
- -F　转发规则。

#### 2．命令

command 即命令，至少应该使用下面的一个选项，并且每个选项后面的规则应该属于该参数相关的规则。命令参数用来通知防火墙应该采取哪种行为。

- -a [policy]　添加一个新的规则。
- -l　列出所有存在的规则。
- -I [policy]　插入一个新的规则。
- -d [policy]　删除一个已有的规则。
- -p policy　设置缺省的规则。

相关的策略和策略所执行的功能分别是：

- accept　允许接收、转发和发送匹配的数据报。
- deny　拒绝接收、转发和发送匹配的数据报。
- reject　拒绝接收、转发和发送匹配的数据报，并向发送数据报和 ICMP 的主机发送错误消息。

#### 3．参数

该参数至少应使用下面的一个选项，当然也可以使用多个选项。可以使用 parameter

参数来指定规则应用到哪种数据报中。

- **-P protocol** 可以是 TCP、UDP、ICMP 或者 all。例如：-P tcp。
- **-S address [/mask][port]** 规则匹配的源地址。如果不指定子网掩码，则认为其子网掩码参数即[/mask]为/32。还有一个可以选择的选项，用来指定规则应用到哪一个端口上。同时，也必须使用前面讲述的-P 参数来指定网络使用的协议。如果没有指定端口或者端口范围，则匹配所有即 all 端口。

端口也可以用名字来指定，但是所指定的名字必须是/etc/services 文件中端口对应的选项。在 ICMP 协议中，端口字段用来表示 ICMP 数据报的类型。也可以描述端口范围；通常使用的语法形式是 lowport:highport，例如：-S 192.168.15.1/24 ftp:ftp-data。

- **-D address[/mask][port]** 指定规则匹配的目的 IP 地址。目的地址的编码规则和上面所描述的源地址的编码规则相同，例如：-D 192.168.15.1 /24 smtp。
- **-V address** 指定接收或者发送分组的网络接口地址，例如：-V 192.168.15.1。
- **-W name** 指定网络接口的名字。这个参数的工作方式和-V 参数一样，当然必须用设备名来代替网络地址。例如：-W ppp0。

4．选项

- **-b** 用于双向模式，该标志用来匹配指定的源地址和目的地址之间的双向数据流量。这样可以不用建立两个规则：一个为连接时发出的方向，而另一个为反方向。
- **-o** 这个标志激活匹配数据报的日志到内核日志中，把和该规则匹配的数据报都作为一个内核消息用日志记录下来。
- **-y** 用于匹配 TCP 连接数据报，这个选项使得规则只匹配试图建立 TCP 连接的数据报。只有那些 SYN 位置位，而 ACK 位未置位的数据报才可能被匹配。
- **-k** 用于匹配 TCP 确认数据报，此选项使得该规则仅仅匹配那些试图建立 TCP 连接的确认数据报，只有那些 ACK 位置位的数据报才可能匹配。这个选项对于过滤掉 TCP 连接试图而忽略其他所有的协议有用。

### 21.4.2 ipchains

基于 2.2 以上内核的 Linux 发行版本中都包含 ipchains 命令。Red Hat Linux 9.0 是基于 2.4.20-14 内核，所以支持 ipchains 命令，本节将详细介绍 ipchains 命令。应该注意的是，Red Hat Linux 9.0 默认使用防火墙配置工具是 iptables，ipchains 和 iptables 不能同时使用，所以如果要使用 ipchains，必须先停止使用 iptables 服务。

```
# chkconfig - -level 0123456 iptables off
# service iptables stop
```

与 ipfwadm 相比，ipchains 命令语法简单明了，其语法形式如下：

```
ipchains [命令] [规则参数] [选项]
```

1．命令

ipchains 控制规则的命令形式多种多样，下面作一一介绍。

- **-A (--append) chain**

在所选择的规则链的后面添加一个或多个规则。有时一个单命令行能影响多个规则，例如在给出主机名的同时也给出了源地址和目的地址的情况下，本命令就可以将其解析到多个 IP 地址上，并将添加的规则用于每一个地址。

举例来说：假如主机名 www.redhat.com 解析为 3 个 IP 地址，主机名 www.linux.com 解析为两个 IP 地址，那么命令 ipchains -A input -j reject -s www.linux.com -d www.redhat.com 命令将在 input 链中追加一条规则。

- ■　-I（--insert）　chain rule-number

根据给出的规则号在所选择的规则链中插入一条或多条规则。如果规则号是 1，则插入规则到链的头部。同样，如果给定了主机名，那么本条规则会添加到该主机名所解析的每一个 IP 地址之中。

- ■　-D (--delete) chain

从所选的规则链中删除一条或多条规则。可以用两种方法删除指定规则。如果要删除规则链中的唯一规则，则可以使用编号删除。例如输入：

```
# ipchains -D INPUT 3
```

则可以删除 INPUT 规则链中的编号为 3 的规则。

还可以在命令里直接指定规则的形式来删除该项规则，例如：

```
# ipchains -D INPUT -s 192.168.0.2 -j ACCEPT
```

删除 INPUT 规则链中–s 192.168.0.2 –j ACCEPT 规则。

- ■　-R (--replace) chain rule-number

用所给规则来替代给定规则链中 rule-number 处的规则，如果给定的规则中的源或目标名要写到多个地址，则命令将会失败。

- ■　-C (--check) chain

用具体规则链来检查规则中描述的数据报，该命令返回一个消息，用来描述规则链如何处理给出的数据报。对于测试防火墙配置，这个命令非常有用。

- ■　-L (--list) [chain]

列出指定规则链的所有规则。如果没有指定链，则列出所有链的规则。-L 为可选项。-n（数值）项非常有用，它阻止 ipchains 去查找 IP 地址，假如你的 DNS 没有正确设置，或你已经过滤掉了 DNS 请求，则将造成很大延时。它还会导致端口用数字而不是名字被显示出来。-v 选项显示规则的所有详细信息，例如包和字节计数器、TOS 掩码、接口以及包标记。用其他的方法这些项都会被忽略。

- ■　-F (--flush) [chains]

清除指定链中的规则，如果没有指定具体的规则链，则清除所有的规则链。如清除 INPUT 链中的所有规则：

```
# ipchains -F INPUT
```

- ■　-Z [chain]

重置所有指定规则中的分组和字节计数器，如果没有指定规则链，则清除所有规则链中规则的计数器。可以同时使用-L 和-Z 选项，以便读计数器的同时重置它们。

- ■　-N (--new-chain) chain

用指定的名字创建一条新的规则链，条件是所定义的规则链名不能与现有的规则链名相同。通过这条命令，用户可以建立自定义的规则链。

■ -X (--delete-chain) [chain]

删除指定的用户自定义规则链，如果没有指定规则链名称，则删除所有用户定义的规则链。删除链时还必须满足两个条件：规则链是空的；不是任何规则的目标。

■ -P (--policy) chain policy

用指定的策略改变指定规则链的缺省策略。防火墙的策略通常为：ACCEPT、DENY、REJECT、REDIR 以及 RETURN。

### 2．规则参数

ipchains 参数通过确定匹配哪种类型的分组来建立一个规则。如果忽略规则中的任何一个参数，都假定使用的是缺省参数。

■ -p (--protocol) [!] protocol

指定匹配规则的协议。协议可以用编号和名称来表示，有效的协议包括 TCP、UDP、ICMP 和 all 等，大小写无关。如果在给定协议前面加!，则表示否定该协议，这样数据报就只匹配那些和给定协议不匹配的任何其他协议。如果没有指定参数，则使用缺省参数 all。

■ -s (--source 或-source-port) [!] address[/mask] [!][port[:port]]

指定匹配规则的数据报的源地址和端口号。这里的地址可以是主机名（比如 localhost）、网络名（192.168.16.0/24）或 IP 地址（192.168.0.2），并且只能是这 3 种表示形式之一。可选的 port 参数用来指定匹配规则的 TCP 或者 UDP 端口，也可以是 ICMP 数据报类型。可以通过在端口范围的上界和下界之间使用一个冒号来指定端口的范围。例如 1024：1034 包含了从 1024～1034（包括 1034）之间的 11 个端口。如果端口范围没有指定下限，则默认为 0；如果没有上限，则默认为 65535。例如-p TCP -s 192.168.10.0/24 :1023，指定了 1024 以下端口的所有 TCP 连接。同样! 表示该值的补集，ICMP 名前面不能用!。

■ -d (--destination 或—destination-port) [!] address[/mask] [!] [port[:port]]

指定匹配规则的数据报的目标地址和端口号。参数表示形式同前面的-s 参数形式一样，这里不作介绍。

■ -j (--jump) target

指明数据报匹配规则后采取的行为，有效的 target 参数可以是 ACCEPT、DENY、REJECT、REDIR 和 RETURN。

■ -I (--interface) [!]interface-name

用-i 参数指定接口名字。接口是包进进出出的物理设备，用于包进入（通过进入链）的接口被认为是进入接口，用于包外出（通过外出链）的接口被认为是外出接口。用于包中转的接口也被认为是外出接口。指定一个目前不存在的接口是完全合法的。规则直到此接口工作时才起作用，这种指定是非常有用的，特别是对 PPP 及其类似的连接。作为一个特例，结尾是+的接口将适合所有此类接口（无论它们是否工作）。

例如：设定一个规则适合所有的 PPP 连接，可以用-i ppp+来指定接口。忽略此参数时，默认符合所有接口。接口可以使用否定符!来匹配不是指定接口来的包。

- [!] –f（--fragment）

指定将规则应用到分段数据报中的第二个和以后的所有数据分段。

### 3．选项

以下的选项更加常用。

- -b（--bidirectional）

本命令建立两个规则：一个规则匹配给出的参数，另外添加一个规则来匹配反相的相应参数。

- -v（--verbose）

详细列出 ipchains 的输出。它显示对你的命令，ipchains 是如何响应的。假如你使用的命令可以影响多个规则，它是很有用的。

- -n（--numeric）

用数字格式列出 ipchains 中的 IP 地址和端口号。缺省显示主机名、网络名和服务名，当 DNS 失效时，这个参数非常有用。

- -l（--log）

激活匹配数据报的内核日志功能。任何匹配规则的数据报都由内核使用 printk90 函数来记录日志，通常由 syslogd 程序来处理日志记录并填写到日志文件中去。

- -o（--output）　[maxsize]

拷贝匹配的数据报到用户空间设备。maxsize 参数限制了传递到 netlink 设备的每个数据报的字节数。

- -m（--mark）　[markvalue]

标记一个匹配的数据报，该数据报被一个 32 位的无符号整数标记。如果标志值以+或-开头，那么这个值将会从当前包的标志值加或减（初始值为 0）。

- -t（--TOS）　andmask xormask

用于改变 IP 头的 TOS 域。当包匹配规则时，它的 TOS 域首先与第一个掩码逐位相与，结果再与第二个掩码逐位异或，掩码将被指定为 8 位 16 进制数。

TOS 的最低有效位必须没有被改变。TOS 域的 4 个位是最小延时 Minimum Delay，最大吞吐量 Maximum Throughput，最大可靠程度 Maximum Reliability 和最小费用 Minimum Cost。最常用的是把 Telnet 和 FTP 的控制连接设为最小延时和把 FTP 数据设为最大吞吐量。

- -x（--exact）

扩展 ipchains 输出中的任何数字到它们的精确值，而不用截断这些值。

- -y（--syn）

仅仅匹配设置了 SYN 位，清除了 ACK、FIN 位的 TCP 包。这些包用来请求初始化的 TCP 连接，阻止从接口来的这类包将会阻止外来的 TCP 连接请求，但输出的 TCP 连接请求将不受影响。

这个参数仅仅当协议类型设置为 TCP 时才能使用，此参数前可以使用!标志匹配所有的非请求连接的包。

### 21.4.3 iptables

基于 2.4.0 内核以后的 Linux 发行版本开始使用 iptables 命令。iptables 的语法和 ipchains 非常相似，主要的改进是在性能上得到很大的提高，并且在重新设计的时候采用了共享库，使得 iptables 很容易得到扩展，扩展时也不用重新编译代码。Red Hat linux 9.0 在默认情况下，防火墙配置工具就是使用 iptables，本节将作详细介绍。

iptables 命令的通用语法形式是：

```
iptables 命令 规则参数 选项 扩展
```

下面详细介绍 iptables 的语法。

1. 命令

iptables 有许多种方式来控制规则和规则集，和 Linux 防火墙相关的命令有：

- -A（--append） chain 在指定规则链后面添加一个或者多个规则。如果给出主机名的同时也给出了源地址和目标地址，那么本命令也可以接写多个 IP 地址，并将添加的规则应用到每一个地址。

- -I（--insert） chain rule-number

在指定规则链的前面插入一个或多个规则。同样，如果在规则中给出了主机名，同时主机名可以解析到多个 IP 地址，则本规则也会添加到该主机名所解析的每一个 IP 地址中。

- -D （--delete） chain

从匹配规则的指定规则链中删除一个或者多个规则。

- -D （--delete） rule-number

删除指定规则链中处在 rule-number 位置处的规则，规则号的位置从链中的第一个规则算起。

- -R（--replace） chain rule-number

用所给的规则代替指定规则链中处于 rule-number 位置的过滤规则。

- -C（--check） chain

用具体的规则链来检查在规则中的数据报。该命令返回一条消息，用来描述规则链如何处理给出的数据报。对于测试防火墙配置，这个命令很有用。

- -L（--list） [chain]

列出指定规则链中的所有规则，在没有指定规则链的时候，将列出所有的规则链和规则链中的规则。

- -F（--flush） [chain]

清除指定规则链中的规则，在没有指定规则链的情况下，则清空所有的规则链。

- -Z（--zero） [chain]

对指定规则链中的分组和字节计数器进行清零，如果没有指定规则链，则对所有的规则链中的规则进行该项操作。

- -N（--new） chain

用指定的名称建立一个新的规则链。该命令成功的条件是没有同名的规则链存在，这个命令定义了用户如何建立规则链。

■　-X [chain]

删除指定的用户定义的规则链，如果没有指定某个规则链，则删除所有用户定义的规则链。该命令成功的条件是：必须没有任何其他规则链指向给出的规则链。

■　-P（--policy）　chain policy

用给定的执行策略来设置指定规则链的缺省策略。有效的防火墙策略包括 ACCEPT、DROP、QUEUE 和 RETURN。其中 ACCEPT 允许数据报通过；DROP 使得丢弃数据报；QUEUE 使数据报传送到用户空间，以进行下一步。RETURN 策略使得防火墙代码返回到调用包含该规则的防火墙链中去，并接着执行规则之后的规则。

## 2．规则参数

由许多参数一起组成了规则。当需要使用规则的时候，必须给出这些参数中的一个，否则就使用缺省参数。

■　-p（--proto）　[!]proto

指定规则的数据报协议。有效的协议包括 TCP、UDP、ICMP，也可以使用文件 /etc/protocols 中描述的协议对应的协议号。例如：用 6（TCP 对应的协议号）来匹配 TCP 协议。如果给出了!字符，表示否定给出的规则，这样数据报就只匹配那些和给出的协议不匹配的任何其他协议。如果没有给出参数，那么缺省匹配所有的协议。

■　-s（--source）　[!]address[/mask]

指定规则的数据报的源地址，这里的地址是主机名、网络名或者一个 IP 地址。可选的 mask 参数是指可以使用掩码，并且掩码值可以使用传统形式的表示法（比如 /255.255.255.0），也可以使用现在流行的表示法（例如/24）。

■　-d （--destination）　[!]address[/mask]

指定规则的数据报的目的地址和端口号。参数的编码形式和-s 参数中的编码形式一样。

■　-j（--jump）　target

指定规则时应采取的策略。可以把该规则理解为"跳转"。Target 参数可以为 ACCEPT、DROP、QUEUE 和 RETURN，也可以在继续处理的地方指定一个用户定义的规则链，还可以给出使用扩展选项的目标名。如果忽略参数，那么除了更新分组和字节计数器之外，对匹配规则的数据报不采取任何行为。

■　-i（--in-interface）　[!]interface-name

指定接收数据报的接口。同样，! 字符用来反转匹配的规则。如果接口名以+字符结尾，那么会匹配任何以给定接口名开始的接口。例如：-i ppp+匹配所有的 PPP 网络接口；-i ! eth+ 匹配除以太网外的所有接口。

■　-o（--out-interface）　interface-name

指定发送数据报的接口。参数的编码形式同-i 的一样。

■　[!] –f

指定规则应用到分段数据报中除第一个数据分段之外的所有数据分段。

## 3．选项

■　-v（--verbose）

列出 iptables 的输出。

■　-n（--numeric）

用数字来显示 iptables 中的 IP 地址和端口号，而不用将它们简写成相应的名字。

■　-x（--exact）

扩展 iptables 输出中的任何数值到它们的精确值，而不用截断这些值。

■　--line-number

列出规则集的时候显示行号，这里的行号是规则链中规则的位置。

### 4．扩展

iptables 工具提供了可以选择的共享库模块。同时，还有一些标准的扩展模块用来提供 ipchains 工具中的一些特征。使用扩展特征时，可以在 iptables 中通过-m name 来指定该特征的名字。

（1）TCP 扩展：-m tcp –p tcp

■　--sport[!][port[:port]]

指定用于匹配该规则的数据报源地址的端口。可以用冒号来分割端口范围的上边界和下边界以指定一个端口范围。例如 1024:2048 表示从端口 1024~2048 且包括 2048 的端口范围，!字符用来指出端口范围的补集。

■　--dport[!][port[:port]]

指定用于匹配该规则的数据报目的地址的端口号，参数的编码原则同-sport 选项一样。

■　--tcp-flags[!]mask comp

该规则用来匹配那些在 TCP 标志中指定了 mask 和 comp 的数据报。mask 是一个用逗号分隔的标志列表，在测试数据报时要监测这个列表。comp 也是一个用逗号分隔的标志列表，用于设置规则中匹配的标志位，这些标志位为 SYN、ACK、FIN、RST、URG、PSH、ALL 和 NONE。关于这些标志的定义和详细信息，请参考 TCP 相关 RFC 协议。! 字符用来表示补集。

■　[!]-syn

该规则只匹配那些具有 SYN 位置位且 ACK 和 FIN 位清零的数据报。在 TCP 协议中，有这些选项的数据报用于打开 TCP 连接，所以这个选项可用于管理连接请求。如果用了否定!操作符，那么规则就用于匹配那些 SYN 和 ACK 位不同时置位的数据报。

（2）UDP 扩展：-m udp –p udp

■　--sport[!][port[:port]]

指定用于匹配该规则的数据报源地址的端口号。也可以指定一个端口范围，方法是用冒号隔开端口范围的上界和下界。例如 1024:2048 表示从端口 1024 到端口 2048（包括 2048）的端口范围。

同样，! 字符用来表示端口补集范围。

■　--dport[!][port[:port]]

指定匹配该规则的数据报的目的地址的端口号。参数的编码原则同-sport 选项　样。

（3）ICMP 扩展：-m –icmp –p icmp

■　--icmp-type [!]typename

指定匹配规则的 ICMP 报文类型，这个选项也可以通过协议号和协议名称来表示。有效协议名称为 echo-request、echo-reply、destination-unreachable、network-unreachable、source-quench、time-exceeded 和 host-unreachable，还有 protocol-unreachable、port-unreachable。

（4）MAC 扩展：-m mac

■　--mac-source[!]address

指定那些发送和规则相匹配的数据报的主机的以太网地址。这个选项只在输入或者转发规则链中起作用，因为对应输出链，我们会发送通过该链的所有数据报。

## 21.5　防火墙实例

前面已经介绍了防火墙的配置工具的语法，本结介绍一个防火墙配置的例子。因为在 Red Hat Linux 9.0 中默认的防火墙配置工具是 iptables，所以本书只介绍如何使用 iptables 来配置防火墙。

### 21.5.1　添加防火墙规则

添加 iptables 规则有两种方法：第一种方法是编辑/etc/rc.d/init.d/iptables 脚本，这是 iptables 的启动脚本。这种方法的缺点是，当重新安装 iptables 的 RPM 包时，以前在该脚本中设置的规则将自动被删除。这个脚本的形式如下：

```
#!/bin/sh
#
# Startup script to implement /etc/sysconfig/iptables pre-defined rules.
# chkconfig: 2345 08 92
# description: Automates a packet filtering firewall with iptables.
# by bero@redhat.com, based on the ipchains script:
# Script Author:  Joshua Jensen <joshua@redhat.com>
#  -- hacked up by gafton with help from notting
# modified by Anton Altaparmakov <aia21@cam.ac.uk>:
# modified by Nils Philippsen <nils@redhat.de>
# config: /etc/sysconfig/iptables

# Source 'em up
. /etc/init.d/functions

iftable() {
    if fgrep -qsx $1 /proc/net/ip_tables_names; then
      iptables -t "$@"
      fi
}
start(){
```

```
        }
    stop(){

        }
case "$1" in
    start)
     start
    ;;

    stop)
     stop
    ;;

    restart)

    condrestart)

    status)

    panic)

    save)

    exit 0
```

为了让我们制定的包过滤规则从系统一启动就开始运行，可以将规则写入 start()函数中或者将所要执行的规则置于 start)下面的部分。请注意：如果你把规则加在 start)下面执行，则可以在 start)里不使用 start()函数。stop()函数则是当机器准备关机时要执行的函数。

另一种方法可以按照以下步骤实现：首先，将要实现的 iptables 规则写在一个脚本中，同时注意检查规则的合法性，运行该脚本；或者直接通过 shell 命令来实现 iptables 规则。当确定你所制定的规则准确无误而且没有 BUG，便可以用 iptables –save 命令来保存这些结果。例如：

```
# iptables -save >/etc/sysconfig/iptables
```

这个命令将正在执行的 iptables 规则存储到/etc/sysconfig/iptables 文件中，并且每次系统启动的时候，rc.d 中的 iptables 脚本都会自动重新把这些规则加载。

```
# service iptables save
```

此命令也可以起到相同的作用，即将这些规则同样保存到/etc/sysconfig/iptables 中。当你下次重启系统时，rc.d 中的有关 iptables 脚本会利用 iptables –restore 命令来恢复文件/etc/sysconfig/iptables 中的规则。

### 21.5.2 iptables 防火墙实例

配置防火墙的默认规则有两种形式：一种是在默认情况下，配置防火墙的主机接收所有目标地址为本地主机的数据报，然后再设定防火墙规则过滤掉我们认为有问题的数据报，这种防火墙形式称为鱼网防火墙。另一种形式是默认规则禁止一切，然后配置防火墙规则使得我们允许的数据报通过，这种防火墙形式称为堡垒防火墙。事实证明，鱼网防火墙的实用性很差，因为我们不可能知道所有的有问题的数据报形式。实际应用中，我们都使用堡垒防火墙。

下面以堡垒防火墙为实例来介绍配置防火墙规则，防火墙配置在内网和外网之间，充当网关的作用。在想配置防火墙的主机上安装两块网卡 eth0 和 eth1，其中 eth0 连接内网，IP 地址为 192.168.1.1；eth1 连接互联网，IP 地址为 211.68.70.130。现在我们来设置防火墙规则。

### 1. 设置默认的拒绝规则

```
iptables -F
iptables -P INPUT DROP
iptables -P OUTPUT REJECT
```

### 2. 禁止所有分片的数据报

```
iptables -A INPUT -f -I eth1 -j DROP
```

### 3. 开启 TCP SYN 保护

```
echo 1>/proc/sys/net/ipv4/tcp_syncookies
```

### 4. 接收所有回环上的流

```
iptables -A INPUT -i lo -j ACCEPT
iptables -A OUTPUT -i lo -j ACCEPT
```

### 5. 禁止所有来自私有地址和目的地址为私有地址的数据报

```
iptables -A INPUT -i eth1 -s 10.0.0.0/8 -j DROP
iptables -A INPUT -i eth1 -d 10.0.0.0/8 -j DROP
iptables -A OUTPUT -i eth1 -s 10.0.0.0/8 -j DROP
iptables -A OUTPUT -i eth1 -d 10.0.0.0/8 -j DROP
iptables -A INPUT -i eth1 -s 172.16.0.0/12 -j DROP
iptables -A INPUT -i eth1 -d 172.16.0.0/12 -j DROP
iptables -A OUTPUT -i eth1 -s 172.16.0.0/12 -j DROP
iptables -A OUTPUT -i eth1 -d 172.16.0.0/12 -j DROP
iptables -A INPUT -i eth1 -s 192.168.0.0/16 -j DROP
iptables -A INPUT -i eth1 -d 192.168.0.0/16 -j DROP
iptables -A OUTPUT -i eth1 -s 192.168.0.0/16 -j DROP
iptables -A OUTPUT -i eth1 -d 192.168.0.0/16 -j DROP
```

### 6. 禁止回环地址的数据报通过 eth1

```
iptables -A INPUT -i eth1 -s lo -j DROP
iptables -A OUTPUT -i eth1 -s lo -j DROP
```

### 7. 禁止伪装的数据报通过 eth1

```
iptables -A INPUT -i eth1 -s 255.255.255.255 -j DROP
iptables -A INPUT -i eth1 -d 0.0.0.0 -j DROP
iptables -A OUTPUT -i eth1 -s 255.255.255.255 -j DROP
iptables -A OUTPUT -i eth1 -d 0.0.0.0 -j DROP
```

### 8. 禁止来自被 IANA 定义的保留地址的数据报通过 eth1

```
iptables -A INPUT -i eth1 -s 1.0.0.0/8 -j DROP
iptables -A INPUT -i eth1 -s 2.0.0.0/8 -j DROP
iptables -A INPUT -i eth1 -s 5.0.0.0/8 -j DROP
```

```
iptables -A INPUT -i eth1 -s 7.0.0.0/8 -j DROP
iptables -A INPUT -i eth1 -s 23.0.0.0/8 -j DROP
iptables -A INPUT -i eth1 -s 27.0.0.0/8 -j DROP
iptables -A INPUT -i eth1 -s 31.0.0.0/8 -j DROP
iptables -A INPUT -i eth1 -s 37.0.0.0/8 -j DROP
iptables -A INPUT -i eth1 -s 39.0.0.0/8 -j DROP
iptables -A INPUT -i eth1 -s 41.0.0.0/8 -j DROP
iptables -A INPUT -i eth1 -s 42.0.0.0/8 -j DROP
iptables -A INPUT -i eth1 -s 58.0.0.0/8 -j DROP
iptables -A INPUT -i eth1 -s 60.0.0.0/8 -j DROP
iptables -A INPUT -i eth1 -s 65.0.0.0/8 -j DROP
iptables -A INPUT -i eth1 -s 66.0.0.0/8 -j DROP
iptables -A INPUT -i eth1 -s 67.0.0.0/8 -j DROP
iptables -A INPUT -i eth1 -s 68.0.0.0/8 -j DROP
iptables -A INPUT -i eth1 -s 69.0.0.0/8 -j DROP
iptables -A INPUT -i eth1 -s 70.0.0.0/8 -j DROP
iptables -A INPUT -i eth1 -s 71.0.0.0/8 -j DROP
iptables -A INPUT -i eth1 -s 72.0.0.0/8 -j DROP
iptables -A INPUT -i eth1 -s 73.0.0.0/8 -j DROP
iptables -A INPUT -i eth1 -s 74.0.0.0/8 -j DROP
iptables -A INPUT -i eth1 -s 75.0.0.0/8 -j DROP
iptables -A INPUT -i eth1 -s 76.0.0.0/8 -j DROP
iptables -A INPUT -i eth1 -s 77.0.0.0/8 -j DROP
iptables -A INPUT -i eth1 -s 78.0.0.0/8 -j DROP
iptables -A INPUT -i eth1 -s 79.0.0.0/8 -j DROP
iptables -A INPUT -i eth1 -s 80.0.0.0/8 -j DROP
iptables -A INPUT -i eth1 -s 96.0.0.0/8 -j DROP
iptables -A INPUT -i eth1 -s 112.0.0.0/8 -j DROP
iptables -A INPUT -i eth1 -s 113.0.0.0/8 -j DROP
iptables -A INPUT -i eth1 -s 114.0.0.0/8 -j DROP
iptables -A INPUT -i eth1 -s 115.0.0.0/8 -j DROP
iptables -A INPUT -i eth1 -s 116.0.0.0/8 -j DROP
iptables -A INPUT -i eth1 -s 117.0.0.0/8 -j DROP
iptables -A INPUT -i eth1 -s 118.0.0.0/8 -j DROP
iptables -A INPUT -i eth1 -s 119.0.0.0/8 -j DROP
iptables -A INPUT -i eth1 -s 120.0.0.0/8 -j DROP
iptables -A INPUT -i eth1 -s 121.0.0.0/8 -j DROP
iptables -A INPUT -i eth1 -s 122.0.0.0/8 -j DROP
iptables -A INPUT -i eth1 -s 123.0.0.0/8 -j DROP
iptables -A INPUT -i eth1 -s 124.0.0.0/8 -j DROP
iptables -A INPUT -i eth1 -s 125.0.0.0/8 -j DROP
iptables -A INPUT -i eth1 -s 126.0.0.0/8 -j DROP
iptables -A INPUT -i eth1 -s 217.0.0.0/8 -j DROP
iptables -A INPUT -i eth1 -s 218.0.0.0/8 -j DROP
iptables -A INPUT -i eth1 -s 219.0.0.0/8 -j DROP
iptables -A INPUT -i eth1 -s 220.0.0.0/8 -j DROP
```

### 9. 处理 ICMP 数据报

```
iptables -A INPUT -i eth1 -p icmp -s any/0 -sport 4 -d 211.68.70.130 -j ACCEPT
iptables -A OUTPUT -i eth1 -p icmp -s 211.68.70.130 -dport 4 -d any/0 -j ACCEPT
```

```
iptables -A INPUT -i eth1 -p icmp -s any/0 -sport 12 -d 211.68.70.130 -j ACCEPT
iptables -A OUTPUT -i eth1 -p icmp -s 211.68.70.130 -dport 12 -d any/0 -j ACCEPT
iptables -A INPUT -i eth1 -p icmp -s any/0 -sport 3 211.68.70.130 -j ACCEPT
iptables -A OUTPUT -i eth1 -p icmp -s 211.68.70.130 -dport 3 -d any/0 -j ACCEPT
iptables -A OUTPUT-I eth1 -p icmp -s 211.68.70.130 fragmentation-needed \
-d any/0 -j ACCEPT
iptables -A INPUT -i eth1 -p icmp -s any/0 -sport 0 -d 211.68.70.130 -j ACCEPT
iptables -A OUTPUT-I eth1 -p icmp -s 211.68.70.130 -dport 8 -d any/0 -j ACCEPT
```

现在已经配置了防火墙的基本规则，如果允许特殊的连接，还需要在该防火墙中加入规则以开放这些连接。如果允许 SMTP 连接，可以在防火墙脚本中添加如下规则：

```
iptables -A INPUT -i eth1 -p tcp! -syn -s <my.isp.server> --sport 25 \
d 211.68.70.130 -dport 1024:65535 -j ACCEPT
iptables -A OUTput -I eth1 -p tcp -s 211.68.70.130 -sport 1024:65535 \
-d <my.isp.sever> -dport 25 -j ACCEPT
iptables -A INPUT -i eth1 -p tcp -s any/0 -sport 1024:65535 \
-d 211.68.70.130 -dport 25 -j ACCEPT
iptables -A OUTPUT -i eth1 -p tcp! -syn -s 211.68.70.130 -sport 25 \
-d any/0 -dport 1024:65535 -j ACCEPT
```

如果还要开放 POP、FTP、HTTP、HTTPs 等服务，则需要按照开放 SMTP 服务的方式开放这些服务。

以下为一个完整的防火墙脚本，读者可以自行分析。

```
#!/bin/bash

modprobe ip_conntrack_ftp

CONNECTION_TRACKING="1"
ACCEPT_AUTH="0"
SSH_SERVER="0"
FTP_SERVER="0"
WEB_SERVER="0"
SSL_SERVER="0"
DHCP_CLIENT="1"

INTERNET="eth0"                              # 同互联网相连的网卡
LOOPBACK_INTERFACE="lo"                      # 环回地址
IPADDR="my.ip.address"                       # 你的主机的IP地址
SUBNET_BASE="network.address"                # ISP网络分段基地址
SUBNET_BROADCAST="directed.broadcast"        # 网络分段广播地址
MY_ISP="my.isp.address.range"                # ISP服务器地址或地址范围

NAMESERVER="isp.name.server.1"               # DNS服务地址
POP_SERVER="isp.pop.server"                  # POP服务器地址
MAIL_SERVER="isp.mail.server"                #E-mail服务器地址
NEWS_SERVER="isp.news.server"                # 新闻服务器地址
TIME_SERVER="some.timne.server"              # 时间服务器地址
DHCP_SERVER="isp.dhcp.server"                # DHCP服务器地址

LOOPBACK="127.0.0.0/8"                        # 保留环回地址服务器范围
CLASS_A="10.0.0.0/8"                          # A类私有网络
```

```
CLASS_B="172.16.0.0/12"              # B类私有网络
CLASS_C="192.168.0.0/16"             # C类私有网络
CLASS_D_MULTICAST="224.0.0.0/4"      # D类组播地址
CLASS_E_RESERVED_NET="240.0.0.0/5"   # E类保留地址
BROADCAST_SRC="0.0.0.0"              # 广播源地址
BROADCAST_DEST="255.255.255.255"     # 广播目的地址


PRIVPORTS="0:1023"                   # 著名端口号
UNPRIVPORTS="1024:65535"             # 未分配端口号码

SSH_PORTS="1024:65535"

NFS_PORT="2049"
LOCKD_PORT="4045"
SOCKS_PORT="1080"
OPENWINDOWS_PORT="2000"
XWINDOW_PORTS="6000:6063"
SQUID_PORT="3128"


#################################################################

# 启用广播echo保护
echo 1 > /proc/sys/net/ipv4/icmp_echo_ignore_broadcasts

# 禁止源路由包
for f in /proc/sys/net/ipv4/conf/*/accept_source_route; do
    echo 0 > $f
done

# 启用TCP SYN保护
echo 1 > /proc/sys/net/ipv4/tcp_syncookies

# 禁止ICMP的重定向功能
for f in /proc/sys/net/ipv4/conf/*/accept_redirects; do
    echo 0 > $f
done

# 不发送重定向信息
for f in /proc/sys/net/ipv4/conf/*/send_redirects; do
    echo 0 > $f
done

# 如果一个数据报从某个网卡进入，将会导致回复的数据报从
#另一个网卡输出，所以丢弃该数据报
for f in /proc/sys/net/ipv4/conf/*/rp_filter; do
    echo 1 > $f
done

# 记录那些拥有不存在的地址的数据报
for f in /proc/sys/net/ipv4/conf/*/log_martians; do
```

```
    echo 1 > $f
done


##############################################################
# 删除所有以前存在的防火墙链中的规则
iptables --flush
iptables -t nat --flush
iptables -t mangle --flush


# 接收从环回接口输入和输出的数据报
iptables -A INPUT  -i lo -j ACCEPT
iptables -A OUTPUT -o lo -j ACCEPT


# 设置默认的规则
iptables --policy INPUT   DROP
iptables --policy OUTPUT  DROP
iptables --policy FORWARD DROP


# 以下5条为Red Hat Linux 7.2中默认的防火墙规则，这些规则破坏了防火墙的初始化
# 这是Red Hat Linux 7.2中存在的一个BUG


# iptables -t nat --policy PREROUTING  DROP
# iptables -t nat --policy OUTPUT DROP
# iptables -t nat --policy POSTROUTING DROP
# iptables -t mangle --policy PREROUTING DROP
# iptables -t mangle --policy OUTPUT DROP


# 删除用户以前定义的任何规则链
iptables --delete-chain
iptables -t nat --delete-chain
iptables -t mangle --delete-chain


##############################################################
# 扫描TCP状态标志


# 清除所有标志
iptables -A INPUT -p tcp --tcp-flags ALL NONE -j DROP


# 同时设置SYN和FIN标志
iptables -A INPUT -p tcp --tcp-flags SYN,FIN SYN,FIN -j DROP


# 同时设置SYN和RST标志
iptables -A INPUT -p tcp --tcp-flags SYN,RST SYN,RST -j DROP


# 同时设置FIN和RST标志
iptables -A INPUT -p tcp --tcp-flags FIN,RST FIN,RST -j DROP


# 当没有预期伴随的ACK标志时，则只设置FIN标志
iptables -A INPUT -p tcp --tcp-flags ACK,FIN FIN -j DROP
```

```
# 当没有预期伴随的ASK标志时，则只设置PSH标志
iptables -A INPUT -p tcp --tcp-flags ACK,PSH PSH -j DROP

# 当没有预期伴随的ASK标志时，则只设置URG标志
iptables -A INPUT -p tcp --tcp-flags ACK,URG URG -j DROP

###################################################################
# 在连接状态下的规则检测

if [ "$CONNECTION_TRACKING" = "1" ]; then
   iptables -A INPUT  -m state --state ESTABLISHED,RELATED -j ACCEPT
   iptables -A OUTPUT -m state --state ESTABLISHED,RELATED -j ACCEPT

   # 单独使用状态模块，INVALID参数将会破坏那些如果在该协议中
   # 没有使用ALG标志，并且是双工或建立多重连接或交换的协议
   # 在这里FTP和IRC都是没有使用IRC标志的协议

   iptables -A INPUT -m state --state INVALID -j LOG \
           --log-prefix "INVALID input: "
   iptables -A INPUT -m state --state INVALID -j DROP

   iptables -A OUTPUT -m state --state INVALID -j LOG \
           --log-prefix "INVALID ouput: "
   iptables -A OUTPUT -m state --state INVALID -j DROP
fi

###################################################################
# 源地址欺骗和其他非法地址

# 丢弃伪装成IP地址是外部网卡欺骗数据报
iptables -A INPUT  -i $INTERNET -s $IPADDR -j DROP

# 丢弃源地址为A类私有网络的地址的数据报
iptables -A INPUT  -i $INTERNET -s $CLASS_A -j DROP

# 丢弃源地址为B类私有网络地址的数据报
iptables -A INPUT  -i $INTERNET -s $CLASS_B -j DROP

# 丢弃源地址为C类私有网络地址的数据报
iptables -A INPUT  -i $INTERNET -s $CLASS_C -j DROP

# 丢弃源地址为环回接口的数据报
iptables -A INPUT  -i $INTERNET -s $LOOPBACK -j DROP

# 丢弃非法的广播数据报
iptables -A INPUT  -i $INTERNET -s $BROADCAST_DEST -j LOG
iptables -A INPUT  -i $INTERNET -s $BROADCAST_DEST -j DROP

iptables -A INPUT  -i $INTERNET -d $BROADCAST_SRC -j LOG
iptables -A INPUT  -i $INTERNET -d $BROADCAST_SRC -j DROP
```

```
if [ "$DHCP_CLIENT" = "0" ]; then
   # Refuse directed broadcasts
   # Used to map networks and in Denial of Service attacks
   iptables -A INPUT -i $INTERNET -d $SUBNET_BASE -j DROP
   iptables -A INPUT -i $INTERNET -d $SUBNET_BROADCAST -j DROP

   # Refuse limited broadcasts
   iptables -A INPUT -i $INTERNET -d $BROADCAST_DEST -j DROP
fi

# 丢弃D类组播数据报
# 源地址非法
iptables -A INPUT -i $INTERNET -s $CLASS_D_MULTICAST -j DROP

iptables -A INPUT -i $INTERNET -p ! udp -d $CLASS_D_MULTICAST -j DROP

iptables -A INPUT  -i $INTERNET -p udp -d $CLASS_D_MULTICAST -j ACCEPT

# 丢弃源地址为E类保留IP地址的数据报
iptables -A INPUT  -i $INTERNET -s $CLASS_E_RESERVED_NET -j DROP

# 丢弃源地址被IANA定义为保留地址的数据报
# 0.*.*.*         - Can1t be blocked unilaterally with DHCP
# 169.254.0.0/16  - Link Local Networks
# 192.0.2.0/24    - TEST-NET

if [ "$DHCP_CLIENT" = "1" ]; then
   iptables -A INPUT  -i $INTERNET -p udp \
         -s $BROADCAST_SRC --sport 67 \
         -d $BROADCAST_DEST --dport 68 -j ACCEPT
fi

iptables -A INPUT -i $INTERNET -s 0.0.0.0/8 -j DROP
iptables -A INPUT -i $INTERNET -s 169.254.0.0/16 -j DROP
iptables -A INPUT -i $INTERNET -s 192.0.2.0/24 -j DROP

###############################################################
# 拒绝建立连接本地未授权端口的TCP连接

# 激活建立X Window连接
iptables -A OUTPUT -o $INTERNET -p tcp --syn \
      --destination-port $XWINDOW_PORTS -j REJECT

iptables -A INPUT -i $INTERNET -p tcp --syn \
      --destination-port $XWINDOW_PORTS -j DROP

# 建立基于NFS、OpenWindows、Socks或squid的TCP连接
iptables -A OUTPUT -o $INTERNET -p tcp \
      -m multiport --destination-port \
```

```
            $NFS_PORT,$OPENWINDOWS_PORT,$SOCKS_PORT,$SQUID_PORT \
            --syn -j REJECT

   iptables -A INPUT -i $INTERNET -p tcp \
            -m multiport --destination-port \
            $NFS_PORT,$OPENWINDOWS_PORT,$SOCKS_PORT,$SQUID_PORT \
            --syn -j DROP


   #################################################################
   # 拒绝建立连接本地未授权端口的UDP连接

   # NFS和lockd NFS and lockd
   if [ "$CONNECTION_TRACKING" = "1" ]; then
       iptables -A OUTPUT -o $INTERNET -p udp \
               -m multiport --destination-port $NFS_PORT,$LOCKD_PORT \
               -m state --state NEW -j REJECT

       iptables -A INPUT -i $INTERNET -p udp \
               -m multiport --destination-port $NFS_PORT,$LOCKD_PORT \
               -m state --state NEW -j DROP
   else
       iptables -A OUTPUT -o $INTERNET -p udp \
               -m multiport --destination-port $NFS_PORT,$LOCKD_PORT \
               -j REJECT

       iptables -A INPUT -i $INTERNET -p udp \
               -m multiport --destination-port $NFS_PORT,$LOCKD_PORT \
               -j DROP
   fi


   #################################################################
   # DNS名字服务器

   # DNS转发名字服务和客户请求
   if [ "$CONNECTION_TRACKING" = "1" ]; then
       iptables -A OUTPUT -o $INTERNET -p udp \
               -s $IPADDR --sport $UNPRIVPORTS \
               -d $NAMESERVER --dport 53 \
               -m state --state NEW -j ACCEPT
   fi

   iptables -A OUTPUT -o $INTERNET -p udp \
           -s $IPADDR --sport $UNPRIVPORTS \
           -d $NAMESERVER --dport 53 -j ACCEPT

   iptables -A INPUT  -i $INTERNET -p udp \
           -s $NAMESERVER --sport 53 \
           -d $IPADDR --dport $UNPRIVPORTS -j ACCEPT


   #.................................................................
```

```
# TCP用来响应连接

if [ "$CONNECTION_TRACKING" = "1" ]; then
    iptables -A OUTPUT -o $INTERNET -p tcp \
            -s $IPADDR --sport $UNPRIVPORTS \
            -d $NAMESERVER --dport 53 \
            -m state --state NEW -j ACCEPT
fi

iptables -A OUTPUT -o $INTERNET -p tcp \
        -s $IPADDR --sport $UNPRIVPORTS \
        -d $NAMESERVER --dport 53 -j ACCEPT

iptables -A INPUT -i $INTERNET -p tcp ! --syn \
        -s $NAMESERVER --sport 53 \
        -d $IPADDR --dport $UNPRIVPORTS -j ACCEPT

#.................................................................
# DNS高速缓存服务器

if [ "$CONNECTION_TRACKING" = "1" ]; then
    iptables -A OUTPUT -o $INTERNET -p udp \
            -s $IPADDR --sport 53 \
            -d $NAMESERVER --dport 53 \
            -m state --state NEW -j ACCEPT
fi

iptables -A OUTPUT -o $INTERNET -p udp \
        -s $IPADDR --sport 53 \
        -d $NAMESERVER --dport 53 -j ACCEPT

iptables -A INPUT  -i $INTERNET -p udp \
        -s $NAMESERVER --sport 53 \
        -d $IPADDR --dport 53 -j ACCEPT

################################################################
# 过滤AUTH用户认证服务（TCP端口113）

# 本地发向远端服务器的请求
if [ "$CONNECTION_TRACKING" = "1" ]; then
    iptables -A OUTPUT -o $INTERNET -p tcp \
            -s $IPADDR --sport $UNPRIVPORTS \
            --dport 113 -m state --state NEW -j ACCEPT
fi

iptables -A OUTPUT -o $INTERNET -p tcp \
        -s $IPADDR --sport $UNPRIVPORTS \
        --dport 113 -j ACCEPT

iptables -A INPUT -i $INTERNET -p tcp ! --syn \
```

```
        --sport 113 \
        -d $IPADDR --dport $UNPRIVPORTS -j ACCEPT

#.......................................................................
# 远端客户向本地服务器发起的请求

if [ "$CONNECTION_TRACKING" = "1" ]; then
    iptables -A INPUT  -i $INTERNET -p tcp \
        --sport $UNPRIVPORTS \
        -d $IPADDR --dport 113 \
        -m state --state NEW -j ACCEPT
fi

if [ "$ACCEPT_AUTH" = "1" ]; then
    if [ "$CONNECTION_TRACKING" = "1" ]; then
        iptables -A INPUT  -i $INTERNET -p tcp \
            --sport $UNPRIVPORTS \
            -d $IPADDR --dport 113 \
            -m state --state NEW -j ACCEPT
    fi

    iptables -A INPUT  -i $INTERNET -p tcp \
        --sport $UNPRIVPORTS \
        -d $IPADDR --dport 113 -j ACCEPT

    iptables -A OUTPUT -o $INTERNET -p tcp ! --syn \
        -s $IPADDR --sport 113 \
        --dport $UNPRIVPORTS -j ACCEPT
else
    iptables -A INPUT -i $INTERNET -p tcp \
        --sport $UNPRIVPORTS \
        -d $IPADDR --dport 113 -j REJECT --reject-with tcp-reset
fi

##################################################################
# 向外部邮件服务器发送邮件
# 如果一个ISP邮件网关被更换，则使用-d $MAIL_SERVER

if [ "$CONNECTION_TRACKING" = "1" ]; then
    iptables -A OUTPUT -o $INTERNET -p tcp \
        -s $IPADDR --sport $UNPRIVPORTS \
        --dport 25 -m state --state NEW -j ACCEPT
fi

iptables -A OUTPUT -o $INTERNET -p tcp \
        -s $IPADDR --sport $UNPRIVPORTS \
        --dport 25 -j ACCEPT

iptables -A INPUT -i $INTERNET -p tcp ! --syn \
        --sport 25 \
```

```
            -d $IPADDR --dport $UNPRIVPORTS -j ACCEPT

###################################################################
# 使用POP客户端收信（TCP端口110）

if [ "$CONNECTION_TRACKING" = "1" ]; then
    iptables -A OUTPUT -o $INTERNET -p tcp \
            -s $IPADDR --sport $UNPRIVPORTS \
            -d $POP_SERVER --dport 110 -m state --state NEW -j ACCEPT
fi

iptables -A OUTPUT -o $INTERNET -p tcp \
        -s $IPADDR --sport $UNPRIVPORTS \
        -d $POP_SERVER --dport 110 -j ACCEPT

iptables -A INPUT -i $INTERNET -p tcp ! --syn \
        -s $POP_SERVER --sport 110 \
        -d $IPADDR --dport $UNPRIVPORTS -j ACCEPT

###################################################################
# 访问USENET新闻服务（TCP NNTP端口119）

if [ "$CONNECTION_TRACKING" = "1" ]; then
    iptables -A OUTPUT -o $INTERNET -p tcp \
            -s $IPADDR --sport $UNPRIVPORTS \
            -d $NEWS_SERVER --dport 119 -m state --state NEW -j ACCEPT
fi

iptables -A OUTPUT -o $INTERNET -p tcp \
        -s $IPADDR --sport $UNPRIVPORTS \
        -d $NEWS_SERVER --dport 119 -j ACCEPT

iptables -A INPUT -i $INTERNET -p tcp ! --syn \
        -s $NEWS_SERVER --sport 119 \
        -d $IPADDR --dport $UNPRIVPORTS -j ACCEPT

###################################################################
# ssh（TCP端口22）

# 本地客户请求连接远程服务器
if [ "$CONNECTION_TRACKING" = "1" ]; then
    iptables -A OUTPUT -o $INTERNET -p tcp \
            -s $IPADDR --sport $SSH_PORTS \
            --dport 22 -m state --state NEW -j ACCEPT
fi

iptables -A OUTPUT -o $INTERNET -p tcp \
        -s $IPADDR --sport $SSH_PORTS \
        --dport 22 -j ACCEPT
```

```
iptables -A INPUT -i $INTERNET -p tcp ! --syn \
        --source-port 22 \
        -d $IPADDR --dport $SSH_PORTS -j ACCEPT


#............................................................
# 远程客户请求连接本地服务器

if [ "$SSH_SERVER" = "1" ]; then
    if [ "$CONNECTION_TRACKING" = "1" ]; then
        iptables -A INPUT  -i $INTERNET -p tcp \
                --sport $SSH_PORTS \
                -d $IPADDR --dport 22 \
                -m state --state NEW -j ACCEPT
    fi

    iptables -A INPUT  -i $INTERNET -p tcp \
            --sport $SSH_PORTS \
            -d $IPADDR --dport 22 -j ACCEPT

    iptables -A OUTPUT -o $INTERNET -p tcp ! --syn \
            -s $IPADDR --sport 22 \
            --dport $SSH_PORTS -j ACCEPT
fi

###################################################################
# FTP(TCP端口21,20)

# 本地客户请求连接远程服务器

# 流出端口21的控制连接
if [ "$CONNECTION_TRACKING" = "1" ]; then
    iptables -A OUTPUT -o $INTERNET -p tcp \
            -s $IPADDR --sport $UNPRIVPORTS \
            --dport 21 -m state --state NEW -j ACCEPT
fi

iptables -A OUTPUT -o $INTERNET -p tcp \
        -s $IPADDR --sport $UNPRIVPORTS \
        --dport 21 -j ACCEPT

iptables -A INPUT -i $INTERNET -p tcp ! --syn \
        --sport 21 \
        -d $IPADDR --dport $UNPRIVPORTS -j ACCEPT

# 流入的连接端口为20的数据通道连接
if [ "$CONNECTION_TRACKING" = "1" ]; then
    # This rule is not necessary if the ip_conntrack_ftp
    # module is used.
    iptables -A INPUT  -i $INTERNET -p tcp \
            --sport 20 \
```

```
            -d $IPADDR --dport $UNPRIVPORTS \
            -m state --state NEW -j ACCEPT
fi

iptables -A INPUT  -i $INTERNET -p tcp \
        --sport 20 \
        -d $IPADDR --dport $UNPRIVPORTS -j ACCEPT

iptables -A OUTPUT -o $INTERNET -p tcp ! --syn \
        -s $IPADDR --sport $UNPRIVPORTS \
        --dport 20 -j ACCEPT

# 流出的使用未分配的端口被动数据通道连接
if [ "$CONNECTION_TRACKING" = "1" ]; then
    # This rule is not necessary if the ip_conntrack_ftp
    # module is used.
    iptables -A OUTPUT -o $INTERNET -p tcp \
            -s $IPADDR --sport $UNPRIVPORTS \
            --dport $UNPRIVPORTS -m state --state NEW -j ACCEPT
fi

iptables -A OUTPUT -o $INTERNET -p tcp \
        -s $IPADDR --sport $UNPRIVPORTS \
        --dport $UNPRIVPORTS -j ACCEPT

iptables -A INPUT -i $INTERNET -p tcp ! --syn \
        --sport $UNPRIVPORTS \
        -d $IPADDR --dport $UNPRIVPORTS -j ACCEPT


#.............................................................
# 流入的远程客户请求本地服务的连接

if [ "$FTP_SERVER" = "1" ]; then
    # 流入连接21端口的控制连接
    if [ "$CONNECTION_TRACKING" = "1" ]; then
        iptables -A INPUT  -i $INTERNET -p tcp \
                --sport $UNPRIVPORTS \
                -d $IPADDR --dport 21 \
                -m state --state NEW -j ACCEPT
    fi

    iptables -A INPUT  -i $INTERNET -p tcp \
            --sport $UNPRIVPORTS \
            -d $IPADDR --dport 21 -j ACCEPT

    iptables -A OUTPUT -o $INTERNET -p tcp ! --syn \
            -s $IPADDR --sport 21 \
            --dport $UNPRIVPORTS -j ACCEPT

    # 流入的连接端口为20的数据通道连接
```

```
            iptables -A OUTPUT -o $INTERNET -p tcp \
                    -s $IPADDR --sport 20\
                    --dport $UNPRIVPORTS -m state --state NEW -j ACCEPT
        fi

        iptables -A OUTPUT -o $INTERNET -p tcp \
                -s $IPADDR --sport 20 \
                --dport $UNPRIVPORTS -j ACCEPT

        iptables -A INPUT -i $INTERNET -p tcp ! --syn \
                --sport $UNPRIVPORTS \
                -d $IPADDR --dport 20 -j ACCEPT

        # 流出的使用未分配的端口被动数据通道连接
        if [ "$CONNECTION_TRACKING" = "1" ]; then
            iptables -A INPUT  -i $INTERNET -p tcp \
                    --sport $UNPRIVPORTS \
                    -d $IPADDR --dport $UNPRIVPORTS \
                    -m state --state NEW -j ACCEPT
        fi

        iptables -A INPUT  -i $INTERNET -p tcp \
                --sport $UNPRIVPORTS \
                -d $IPADDR --dport $UNPRIVPORTS -j ACCEPT

        iptables -A OUTPUT -o $INTERNET -p tcp ! --syn \
                -s $IPADDR --sport $UNPRIVPORTS \
                --dport $UNPRIVPORTS -j ACCEPT
fi
#################################################################
# HTTP网页访问流量（TCP端口80）

# 流出的本地客户请求远程服务的连接

if [ "$CONNECTION_TRACKING" = "1" ]; then
    iptables -A OUTPUT -o $INTERNET -p tcp \
            -s $IPADDR --sport $UNPRIVPORTS \
            --dport 80 -m state --state NEW -j ACCEPT
fi

iptables -A OUTPUT -o $INTERNET -p tcp \
        -s $IPADDR --sport $UNPRIVPORTS \
        --dport 80 -j ACCEPT

iptables -A INPUT -i $INTERNET -p tcp ! --syn \
        --sport 80 \
        -d $IPADDR --dport $UNPRIVPORTS -j ACCEPT

#...........................................................
# 流入的远程客户请求本地服务的连接
```

```
if [ "$WEB_SERVER" = "1" ]; then
    if [ "$CONNECTION_TRACKING" = "1" ]; then
        iptables -A INPUT  -i $INTERNET -p tcp \
                --sport $UNPRIVPORTS \
                -d $IPADDR --dport 80 \
                -m state --state NEW -j ACCEPT
    fi

    iptables -A INPUT  -i $INTERNET -p tcp \
            --sport $UNPRIVPORTS \
            -d $IPADDR --dport 80 -j ACCEPT

    iptables -A OUTPUT -o $INTERNET -p tcp ! --syn \
            -s $IPADDR --sport 80 \
            --dport $UNPRIVPORTS -j ACCEPT
fi

###################################################################
# SSL网页访问流量（TCP端口443）

# 流出的本地客户连接远程服务的连接

if [ "$CONNECTION_TRACKING" = "1" ]; then
    iptables -A OUTPUT -o $INTERNET -p tcp \
            -s $IPADDR --sport $UNPRIVPORTS \
            --dport 443 -m state --state NEW -j ACCEPT
fi

iptables -A OUTPUT -o $INTERNET -p tcp \
        -s $IPADDR --sport $UNPRIVPORTS \
        --dport 443 -j ACCEPT

iptables -A INPUT -i $INTERNET -p tcp ! --syn \
        --sport 443 \
        -d $IPADDR --dport $UNPRIVPORTS -j ACCEPT

#.................................................................
# 流入的远程客户连接本地服务的连接

if [ "$SSL_SERVER" = "1" ]; then
    if [ "$CONNECTION_TRACKING" = "1" ]; then
        iptables -A INPUT  -i $INTERNET -p tcp \
                --sport $UNPRIVPORTS \
                -d $IPADDR --dport 443 \
                -m state --state NEW -j ACCEPT
    fi

    iptables -A INPUT  -i $INTERNET -p tcp \
            --sport $UNPRIVPORTS \
```

```
                      -d $IPADDR --dport 443 -j ACCEPT

    iptables -A OUTPUT -o $INTERNET -p tcp ! --syn \
             -s $IPADDR --sport 443 \
             --dport $UNPRIVPORTS -j ACCEPT
fi

##################################################################
# whois(TCP端口43)

# 流出的本地客户请求远程服务的连接

if [ "$CONNECTION_TRACKING" = "1" ]; then
    iptables -A OUTPUT -o $INTERNET -p tcp \
             -s $IPADDR --sport $UNPRIVPORTS \
             --dport 43 -m state --state NEW -j ACCEPT
fi

iptables -A OUTPUT -o $INTERNET -p tcp \
        -s $IPADDR --sport $UNPRIVPORTS \
        --dport 43 -j ACCEPT

iptables -A INPUT -i $INTERNET -p tcp ! --syn \
        --sport 43 \
        -d $IPADDR --dport $UNPRIVPORTS -j ACCEPT

##################################################################
# 访问远程时间服务器（UDP端口123）
# 注意有些客户和服务器使用端口123
# 当查询目的端口未123的远程服务器的时候

if [ "$CONNECTION_TRACKING" = "1" ]; then
    iptables -A OUTPUT -o $INTERNET -p udp \
             -s $IPADDR --sport $UNPRIVPORTS \
             -d $TIME_SERVER --dport 123 \
             -m state --state NEW -j ACCEPT
fi

iptables -A OUTPUT -o $INTERNET -p udp \
        -s $IPADDR --sport $UNPRIVPORTS \
        -d $TIME_SERVER --dport 123 -j ACCEPT

iptables -A INPUT  -i $INTERNET -p udp \
        -s $TIME_SERVER --sport 123 \
        -d $IPADDR --dport $UNPRIVPORTS -j ACCEPT
##################################################################
# ICMP控制和状态信息

# 记录和丢弃ICMP初始化分片
iptables -A INPUT  -i $INTERNET --fragment -p icmp -j LOG \
```

```
            --log-prefix "Fragmented incoming ICMP: "
iptables -A INPUT  -i $INTERNET --fragment -p icmp -j DROP

iptables -A OUTPUT -o $INTERNET --fragment -p icmp -j LOG \
            --log-prefix "Fragmented outgoing ICMP: "
iptables -A OUTPUT -o $INTERNET --fragment -p icmp -j DROP

iptables -A INPUT  -i $INTERNET -p icmp \
            --icmp-type source-quench -d $IPADDR -j ACCEPT

iptables -A OUTPUT -o $INTERNET -p icmp \
            -s $IPADDR --icmp-type source-quench -j ACCEPT

iptables -A INPUT  -i $INTERNET -p icmp \
            --icmp-type parameter-problem -d $IPADDR -j ACCEPT

iptables -A OUTPUT -o $INTERNET -p icmp \
            -s $IPADDR --icmp-type parameter-problem -j ACCEPT

iptables -A INPUT  -i $INTERNET -p icmp \
            --icmp-type destination-unreachable -d $IPADDR -j ACCEPT

iptables -A OUTPUT -o $INTERNET -p icmp \
            -s $IPADDR --icmp-type fragmentation-needed -j ACCEPT

# 不记录丢弃的流出的ICMP错误信息
iptables -A OUTPUT -o $INTERNET -p icmp \
            -s $IPADDR --icmp-type destination-unreachable -j DROP

# traceroute的中间相应Intermediate traceroute responses
iptables -A INPUT  -i $INTERNET -p icmp \
            --icmp-type time-exceeded -d $IPADDR -j ACCEPT


# 允许ping数据报流出
if [ "$CONNECTION_TRACKING" = "1" ]; then
   iptables -A OUTPUT -o $INTERNET -p icmp \
            -s $IPADDR --icmp-type echo-request \
            -m state --state NEW -j ACCEPT
fi

iptables -A OUTPUT -o $INTERNET -p icmp \
            -s $IPADDR --icmp-type echo-request -j ACCEPT

iptables -A INPUT  -i $INTERNET -p icmp \
            --icmp-type echo-reply -d $IPADDR -j ACCEPT

# 接收信任主机的ping数据报
if [ "$CONNECTION_TRACKING" = "1" ]; then
   iptables -A INPUT  -i $INTERNET -p icmp \
            -s $MY_ISP --icmp-type echo-request -d $IPADDR \
```

```
                -m state --state NEW -j ACCEPT
fi

iptables -A INPUT  -i $INTERNET -p icmp \
        -s $MY_ISP --icmp-type echo-request -d $IPADDR -j ACCEPT

iptables -A OUTPUT -o $INTERNET -p icmp \
        -s $IPADDR --icmp-type echo-reply -d $MY_ISP -j ACCEPT
################################################################
# 记录丢弃的数据报

# 不记录已丢弃的流入的echo-requests数据报
iptables -A INPUT -i $INTERNET -p icmp \
        --icmp-type ! 8 -d $IPADDR -j LOG

iptables -A INPUT -i $INTERNET -p tcp \
        -d $IPADDR -j LOG

iptables -A OUTPUT -o $INTERNET -j LOG

exit 0
```

# 第 22 章　内核管理

## 22.1　内核介绍

### 22.1.1　内核版本号

一般内核的版本序列号使用 3 个数字表示（比如 x.x.x），第一个数字表示内核的版本；第二个数字表示内核的主号；第三个数字为次号，并随着内核的每一次改动而增加。如版本号 2.4.2，内核版本为 2.4，其为第三次发表（从零开始记数）。

版本号一般有两个系列：一种是产品系列，以偶数命名，例如 1.0. x、2.2. x、2.4. x 等，它的稳定性好，已经经过较为周密的测试；另外一种是开发测试系列，以奇数命名，用以进行最新功能的测试，不建议初学者和生产过程中使用。当然，版本号越高，功能也越强。

### 22.1.2　内核组成

Linux 的内核承担着操作系统的最为核心的任务，是操作系统的灵魂，它由以下几部分组成：内存管理、进程管理、设备驱动程序、文件系统和网络管理等。

#### 1. 内存管理

Linux 采用了称为虚拟内存的页式存储管理机制。在分配内存时，遵循不到有实际需要不分配物理内存的原则。

当一个程序被加载执行时，Linux 只为它分配虚拟空间，只有访问某一虚拟地址而发生了缺页中断时，才为它分配物理空间，这样便最大限度地利用了虚拟空间。而当物理内存需求率增大时，系统可以将内存中暂时不用的页而不是整个进程交换到磁盘上的交换区，从而提高运行效率。

#### 2. 进程管理

进程实际是某特定应用程序的一个运行实体。在 Linux 系统中，能够同时运行多个进程，Linux 通过在极短的时间间隔内轮流运行这些进程而实现多任务。Linux 设计了一系列数据结构以及调度算法，能准确地描述进程的状态及其资源的使用情况，确保不出现某些进程过度占用系统资源而导致另一些进程无休止地等待的情况。

另外，Linux 还采用了 Copy on Write 技术，在创建进程时，不拷贝父进程的全部空间，而只拷贝父进程的页表，使父进程和子进程共享虚拟空间，从而降低了系统开销。

### 3．设备驱动程序

设备驱动程序是 Linux 内核的主要部分，运行在高特权级的处理器环境中，实际控制着操作系统和硬件设备之间的交互。所以，任何一个设备驱动程序的错误都可能导致操作系统崩溃。一般而言，设备驱动程序和设备的控制芯片有关。例如，如果计算机硬盘是 IDE 硬盘，则需要使用 IDE 驱动程序，而不是 SCSI 驱动程序。

### 4．文件系统

Linux 操作系统将独立的文件系统组合成一个层次化的树型结构，并且由一个单独的实体代表这一文件系统。Linux 将新的文件系统通过一个称为挂装或挂上的操作将其挂装到某个目录上，从而让不同的文件系统结合成为一个整体。Linux 中最普遍使用的文件系统是 Ext2，同时支持 FAT、VFAT、FAT32、MINIX 等不同类型的文件系统，从而可以方便地和其他操作系统交换数据。Linux 采用虚拟文件系统(VFS)，掩盖了不同文件系统之间的差异，使用户和进程不需要知道文件所在的文件系统类型，而只需要像使用 Ext3 文件系统中的文件一样使用它们。

### 5．网络管理

Linux 和网络几乎就是同义语，Linux 实际就是 Internet 和 WWW 的产物。Linux 的网络实现支持 BSD 套接字，支持全部的 TCP/IP 协议。Linux 内核的网络部分由 BSD 套接字、网络协议层和网络设备驱动程序组成。

### 6．其他

除上述主要组成部分之外，内核还包含一些一般性的任务和机制，这些任务和机制可使 Linux 内核的各个部分有效地组合在一起，它们是上述主要部分高效工作的必要保证。

## 22.2  内核定制

Red Hat 在他们的产品中提供的内核是十分稳定的，甚至可以说是做工精良，对大多数普通用户来说，并不需要对内核进行定制。问题是，多数主流发行商编译的内核都追求在尽可能多的体系结构和系统中稳定运行，所以适合广大用户的内核并不是为用户自己的系统和需求而优化的，这正是进行内核定制的理由。

一般来讲，重新编译定制内核可以带来如下的好处：

- 为某个系统编译的内核要比标准内核运行得快而且在日常操作中更稳定。
- 定制的内核往往使用更少的内存。这将减少 I/O 开销（内存中的内核代码从不被转移到交换区），释放系统资源，供其他进程使用。
- 当标准内核被发布后，定制内核使你能够利用改进的代码、新的驱动程序和错误修正。
- 当从内核中除去没用的驱动程序和功能后，新内核自然要比标准内核更安全。
- 把重要的功能和驱动程序构建到内核中去而不是把它们作为模块装入，这样做能提高系统的响应速度。

定制内核，实际上就是按照自己的需求，重新编译内核。很多人不愿编译内核的主要原因很可能以为编译过程很复杂，实际上并非如此。

通常编译内核有两种方式，即基于模块化的内核和单一化的内核。在单一化的内核中，所有的系统服务、功能和驱动程序都被直接构建到内核中。而在基于模块的内核中，只有一些关键组件才被构建到内核中，其余的组件将在需要的时候作为模块被装入。

正如 Linux 中许多其他做法那样，常用的定制方法是两种方法并用。关键服务和驱动程序被编译到内核中去，较少用到的组件被构建成模块。一般规律是，为某一个系统构建的内核较少使用模块，为多个系统构建的内核则更多地使用模块。

### 22.2.1　构建模块化内核

在编译内核之前，最重要的步骤是确定有一张可运行的系统引导盘，以防万一出错时用它来引导和启动系统。如果引导装载程序没有被正确配置来引导新内核，除非有引导盘，否则就无法引导系统。

在安装 Red Hat Linux 时，安装向导中有一步便是启动盘的制作，这时插入一张软盘按屏幕提示操作就可以了。如果安装时没有制作，那么可以在当前的 Linux 系统下进行制作。方法是先以 Root 的身份进行登录系统，使用 uname 命令查看当前 Linux 内核的版本：

```
# uname -r
```

在 Red Hat Linux 9.0 下，此命令会先打印出核心是 2.4.20-14 版，然后使用 mkbootdisk 命令制作启动盘：

```
# mkbootdisk --device /dev/fd0 2.4.20-14
```

其中，参数--device /dev/fd0 表示软盘驱动器的设备号是/dev/fd0。这样，系统就会将启动盘的镜像写入软盘，该引导盘使用当前运行的内核来引导系统。制作了磁盘后，请测试以确定它能够引导系统。

要重新编译内核，必须确认已经安装了 kernel-source 软件包。使用命令：

```
# rpm -q kernel-source
```

判定它是否已经被安装。如果没有安装，则从 Red Hat Linux 光盘或网络上下载来安装。

要建构用于 x86 体系的内核，应以根用户身份执行下面的步骤。

首先打开一个 shell 提示窗口，切换到目录 /usr/src/linux-2.4 下。以后的命令都必须在该目录下执行。首先要明确建构内核所使用的源码树的状况，可以使用命令 make mrproper，它会删除所有的配置文件，以及散落在源码树周围的从前建构的版本的残存信息。如果已有一个配置文件/usr/src/linux-2.4/.config，在运行这项命令前，可以把它备份到另一个目录中，命令运行后再把它复制回来。

可以从默认 Red Hat Linux 内核的配置着手，这样操作起来简单一些。方法是把系统体系的配置文件从/usr/src/linux-2.4/configs/目录复制到/usr/src/linux-2.4/.config 目录中。如果系统的内存大于 4GB，则复制包含 bigmem 的文件，接着开始定制设置。如果 X Window 系统可用，则建议使用 make xconfig 命令来运行 Linux Kernel Configuration。请注意，要使用 make xconfig 命令所启动的图形化工具，必须事先安装提供了 wish 命令的 tk 软件包。

| | | |
|---|---|---|
| Code maturity level options | Fusion MPT device support | Sound |
| Loadable module support | IEEE 1394 (FireWire) support (EXPERIMENTAL) | USB support |
| Processor type and features | I2O device support | Additional device driver support |
| General setup | Network device support | Bluetooth support |
| Memory Technology Devices (MTD) | Amateur Radio support | Profiling support |
| Parallel port support | IrDA (infrared) support | Kernel hacking |
| Plug and Play configuration | ISDN subsystem | Library routines |
| Block devices | Old CD-ROM drivers (not SCSI, not IDE) | |
| Multi-device support (RAID and LVM) | Input core support | |
| Cryptography support (CryptoAPI) | Character devices | |
| Networking options | Multimedia devices | Save and Exit |
| Telephony Support | Crypto Hardware support | Quit Without Saving |
| ATA/IDE/MFM/RLL support | File systems | Load Configuration from File |
| SCSI support | Console drivers | Store Configuration to File |

图 22-1　配置内核组件的类别

如图 22-1 所示，单击一个类别来选择它。在每个类别中包含的都是组件。选择组件旁的 y（是）、m（模块）、或 n（否）来把它编译入内核、编译成内核模块或者不编译它。要进一步了解某组件，可以单击它旁边的 Help 按钮。单击 Main Menu 则返回到类别列表。

完成配置后，可以通过单击主菜单中的 Save and Exit 按钮来创建配置文件 /usr/src/linux-2.4/.confi，同时退出 Linux Kernel Configuration 程序。

其他可用的内核配置方法包括：

■　make config　基于控制台的互动文本程序。组件以线型格式出现，并被一个个地回答。这种方法不需要运行 X Window 系统，而且不允许改变对前面问题的回答。

■　make menuconfig　文本模式、菜单驱动的程序，提供基于光标的菜单配置界面。组件以类别菜单的格式被显示，可以使用和文本模式 Red Hat Linux 安装程序所用的同样方法来选择想要的组件。这种方法不需要 X Window 系统。

■　make oldconfig　这是一个非互动的脚本，它设置配置文件来包含默认的设置。如果系统使用的是默认 Red Hat Linux 内核，那么它会为用于该体系的 Red Hat Linux 包括的内核创建一个配置文件，然后按照已知的工作默认值来设置内核，打开或关闭不想使用的功能。

创建了 /usr/src/linux-2.4/.config 文件后，可以使用 make dep 命令来正确设置依赖关系，然后使用 make clean 命令来准备要建构的源码树。建议给定制的内核添加一个修改版本号，这样现存内核不会被覆盖，而且出现意外时容易恢复。

按照默认设置，/usr/src/linux-2.4/Makefile 文件中在以 EXTRAVERSION 开头的行的结尾处包括 custom 这个词。可以更改这个词来标志新编译的内核，使得系统可以同时拥有原来的工作内核和新内核，如果系统包含不止一个定制的内核，区别它们的好办法就是在后面添加日期（或其他标识符号）。

接着使用 make bzImage 来建构内核。该命令会自动完成对新系统内核的编译，大约需要 10~30 分钟，具体时间取决于用户机器的性能。编译完系统内核之后，返回到命令方式。这时如果出现报错信息，则表示用户对系统内核进行了错误的设置，例如没有启动某一个功能所必须的其他附加功能。这时用户所能做的只能是从头开始，重新设置系统内核。

在顺利编译完新的系统内核之后，用户还需要对配置系统内核过程中设定的各种功能模块进行编译和安装。具体为：输入 make modules 命令，然后按回车。该命令将会完成对内核模块的编译。

完成编译之后，再输入 make modules_install 命令。该命令会自动安装已经编译成功的模块，同时它还会把内核模块安装到/lib/modules/<KERNELVERSION>/kernel/drivers 目录（KERNELVERSION 是 Makefile 中指定的版本）中。实际上，由版本号对应的目录可能是/lib/modules/2.4.20-14custom/kernel/drivers/。使用 make install 来把新内核和相关文件复制到正确的目录中。

除了在/boot 目录中安装内核文件外，这个命令还执行/sbin/new-kernel-pkg 脚本。该脚本会建构一个新的 initrd 映像，并在引导装载程序的配置文件中添加一个新项目。

### 22.2.2 建构单一化内核

要建构单一化内核，除了几个例外以外，其步骤和建构模块化内核相同。

当配置内核时，不要把一切都编译成模块。换句话说，只对问题回答 Yes 或 No。另外应该对 kmod support 和 module version (CONFIG_MODVERSIONS) support 回答 No，并且省略下面几个步骤：

```
make modules
make modules_install
```

然后在 grub.conf 文件中的 kernel 行后补加 nomodules 或编辑 lilo.conf 来包括 append=nomodules 行。

## 22.3 升级内核

为了确保内核的完整性和对它所支持的硬件的兼容性，Red Hat Linux 内核由 Red Hat 内核小组定制建构。在内核被 Red Hat 发行之前，它一定要通过一系列严格的质量保证和测试。

Red Hat Linux 内核使用 RPM 格式打包，因而它们易于升级和校验。例如，由 Red Hat, Inc.发行的 kernel RPM 软件包被安装后，initrd 映像会被创建。这样，在安装了不同的内核后，你就没必要再使用 mkinitrd 命令。如果安装了 GRUB 或 LILO 的话，它还会修改引导装载程序的配置文件来包括这个新内核。

本节讲述在 x86 系统上升级内核的必要步骤。

### 22.3.1 准备升级

与定制内核时一样，升级前要确定有一张启动盘，如果没有，重新制作一张即可。然后查看一下系统中已安装了哪些内核软件包，只要在 shell 提示下执行下面的命令：

```
#rpm -qa | grep kernel
```

该命令的输出会包括部分或全部下面列出的软件包：

```
kernel-2.4.20-14
kernel-debug-2.4.20-14
kernel-source-2.4. 20-14
kernel-doc-2.4. 20-14
kernel-pcmcia-cs-3.1.31-9
kernel-smp-2.4.20-14
```

从输出中，可以判定需要下载哪些软件包来执行内核升级。对于单处理器系统而言，只有 kernel 软件包是必需的。如果计算机不止一个处理器，则需要包括支持多处理器的 kernel-smp 软件包。

此时最后仍安装 kernel 软件包，以防万一多处理器内核不能在系统中正确运行。如果计算机的内存超过了 4GB，则必须安装 kernel-bigmem 软件包才能使系统使用多于 4GB 的内存，同样最好仍旧安装 kernel 软件包以用于调试。kernel-bigmem 软件包仅为 i686 体系建构，如果需要 PCMCIA 支持（例如在便携电脑上），kernel-pcmcia-cs 软件包则必不可少。如果要重新编译内核，或者把系统用于内核开发，则需要 kernel-source 软件包。

kernel-doc 软件包包括内核开发文档，它不是必需的。如果想进行内核开发，则推荐安装它。kernel-util 软件包包括能够用来控制内核或系统硬件的工具程序，它也不是必需的。

Red Hat 建构的内核为不同的 x86 版本做了优化。选项有：用于 AMD Athlon™和 AMD Duron™系统的 athlon；用于 Intel® Pentium® II、Intel® Pentium® III 和 Intel® Pentium® 4 系统的 i686；用于 Intel® Pentium®和 AMD K6™系统的 i586。如果不知道 x86 系统的版本，可使用 i386 版本建构的内核，它是为所有基于 x86 的系统建构的。RPM 软件包的 x86 版本被包括在文件名中。

例如：kernel-2.4.20-2.47.1.athlon.rpm 是为 AMD Athlon™ 和 AMD Duron™ 系统优化的，kernel-2.4.20-2.47.1.i686.rpm 是为 Intel® Pentium® II、Intel® Pentium® III 和 Intel® Pentium® 4 系统优化的。在判定软件包之后，需要升级内核，为 kernel、kernel-smp 和 kernel-bigmem 软件包选择正确的体系，其他软件包使用 i386 版本。

接着需要获取升级了的内核，可以从 Red Hat Linux 主页上下载 RPM 软件包。获得所有必要的软件包后，就可以开始升级现存内核了。在 shell 提示下登录为根用户，转换到包含内核 RPM 软件包的目录中，再按照以下步骤操作。

使用 rpm 命令安装内核软件包，注意使用-i 选项来保留旧内核。如果使用了-U 选项来升级 kernel 软件包，它会覆盖当前安装的内核。为安全起见，保留旧内核是明智之举。该命令为（内核版本和 x86 版本可能会有所不同）：

```
#rpm -ivh kernel-2.4.20-2.47.1.i386.rpm
```

如果系统是多处理器系统，则还需安装 kernel-smp 软件包（内核版本和 x86 版本会有所不同）。

```
# rpm -ivh kernel-smp-2.4.20-2.47.1.i386.rpm
```

如果系统是基于 i686 的，并包含超过 4GB 的内存，那么还需安装为 i686 体系建构的 kernel-bigmem 软件包（内核版本和 x86 版本会有所不同）。

```
# rpm -ivh kernel-bigmem-2.4.20-2.47.1.i686.rpm
```

如果打算升级 kernel-source、kernel-docs 或 kernel-utils 软件包的话，则这些包通常不需要保留旧版本，可以覆盖的形式进行安装。使用下面的命令来升级这些软件包（版本会有所不同）：

```
# rpm -Uvh kernel-source-2.4.20-2.47.1.i386.rpm
# rpm -Uvh kernel-docs-2.4.20-2.47.1.i386.rpm
# rpm -Uvh kernel-utils-2.4.20-2.47.1.i386.rpm
```

如果系统需要 PCMCIA 支持，那么还需要安装 kernel-pcmcia-cs 并保留旧版本。如果使用了-i 选项，它可能会返回冲突，因为旧的内核需要该软件包来引导带有 PCMCIA 支持的系统。要跳过这个问题，应使用--force 选项，如下所示（版本会有所不同）：

```
# rpm -ivh --force kernel-pcmcia-cs-3.1.24-2.i386.rpm
```

## 22.3.2　创建 initial ramdisk(initrd)

接下来需要检查初始 RAM 磁盘映像（initial ramdisk）是否被创建。如果系统使用 Ext3 文件系统或 SCSI 控制器，就需要创建初始 RAM 磁盘。initial ramdisk 使用虚拟内存当作虚拟磁盘，在硬盘完成驱动安装之前，暂时使用虚拟磁盘当作文件系统，将必须在系统启动之前装入的模块预先装入，具体说就是将 conf.modules 中的模块装入。

初始 RAM 磁盘可通过使用 mkinitrd 命令来创建。然而，如果内核及其相关文件是从 Red Hat, Inc. 发行的 RPM 软件包中安装或升级的话，这个步骤会被自动执行，而不必手工进行。可以使用 ls -l /boot 命令来确定它是否被创建。如果已经创建，则可以从输出中看到形如 initrd-x.y.z.img 的文件，其中 x.y.z 代表内核的版本。

## 22.3.3　校验引导装载程序

如果安装了 GRUB 或 LILO 引导装载程序，那么 kernel RPM 软件包会配置它们来引导刚刚安装的内核，但是它并不配置引导装载程序默认引导新内核，所以需要配置引导装载程序来引导新内核。这是至关重要的一步，如果引导装载程序配置得不正确，将无法引导系统。此时只好用前面创建的引导软盘来启动系统，然后再修改引导装载程序的配置。

对于用 GRUB 作为引导装载程序的情形，应确认/boot/grub/grub.conf 文件中包含的 title 部分中的版本与刚刚安装的 kernel 软件包的版本相同，该文件的内容如下：

```
# Note that you do not have to rerun grub after making changes to this file
# NOTICE:  You have a /boot partition.  This means that
#          all kernel and initrd paths are relative to /boot/, eg.
#          root (hd0,0)
#          kernel /vmlinuz-version ro root=/dev/hda2
#          initrd /initrd-version.img
#boot=/dev/hda
default=0
timeout=10
splashimage=(hd0,0)/grub/splash.xpm.gz
title Red Hat Linux (2.4.20-14)
root (hd0,0)
kernel /vmlinuz-2.4.20-14 ro root=LABEL=/
```

```
initrd /initrd-2.4.20-14.img
title Red Hat Linux (2.4.20-2.30)
root (hd0,0)
kernel /vmlinuz-2.4.20-2.30 ro root=LABEL=/
initrd /initrd-2.4.20-2.30.img
```

如果创建了单独的/boot 分区，那么可以到内核与 initrd 映像的路径是相对于/boot 分区而言的。要配置 GRUB 来默认引导新内核，应把 default 变量的值改成包含新内核的 title 部分的号码，这个号码从 0 开始。例如，如果新内核是第二个 title 部分，就把 default 设置为 1。然后重新引导计算机来开始测试这个新内核，观察屏幕上的消息，查看硬件是否被正确地检测到了。

如果你选择了 LILO 作为引导装载程序，则要求/etc/lilo.conf 文件中包含的 image 部分中的版本与刚安装的 kernel 软件包的版本相同，该文件的内容如下：

```
prompt
timeout=50
default=2.4.20-14
boot=/dev/hda
map=/boot/map
install=/boot/boot.b
message=/boot/message
linear
image=/boot/vmlinuz-2.4.20-14
        label=2.4.20-14
        initrd=/boot/initrd-2.4.20-14.img
        read-only
        append="root=LABEL=/"
image=/boot/vmlinuz-2.4.20-2.30
        label=2.4.20-2.30
        initrd=/boot/initrd-2.4.20-2.30.img
read-only
        append="root=LABEL=/"
```

要配置 LILO 来默认引导新内核，可以把 default 变量的值改成包含新内核的 image 部分中的 label 的值。然后，以根用户身份运行/sbin/lilo 命令来使改变生效。运行后，其输出会与如下相似：

```
Added 2.4.20-2.30 *
Added linux
```

2.4.20-2.30 后面的*意味着该内核是 LILO 默认引导的内核。重新引导计算机来开始测试这个新内核，观察屏幕上的消息来确保硬件被正确地检测到了。

## 22.4  内核模块

### 22.4.1  内核模块介绍

Linux 内核结构是借用了微内核思想的整体式结构，这种内核结构使得 Linux 具有很高的运行效率，利于移植、定制，可广泛适用于多个领域，并且由于设计了可动态装载的内核模块，使其可以在系统运行时方便地添加、删除模块代码；一个模块可以使用另一个模块所提供的服务，这样就可以将一组相似模块的公共部分独立出来作为一个新的模块被调用，从而可以大大减少核心代码的规模、缩短开发时间和方便进行动态配置。

模块是一种目标对象文件，是一组已经编译好而且已经链接成可执行文件的程序，它们是核心的一部分，但是并没有编译到核心里面去。模块可以在系统启动时加载到系统中，也可以在系统运行的任何时刻加载；在不需要时，还可以将模块动态卸载。内核模块的动态装载特性可以把内核映像文件保持在最小从而节省内存，使用新的模块时不必重新编译内核，只要把新的模块编译后装载进系统，使系统具有更高的灵活性。

引导 Linux 时，只有少量的驻留内核被载入内存。之后，无论何时用户要求使用驻留内核中没有的功能，某内核模块（kernel module）——有时又称驱动程序（driver）——就会被动态地载入内存。

在安装过程中，系统上的硬件一般会被探测到。基于探测结果和用户提供的信息，安装程序会决定哪些模块需要在引导时被载入。安装程序会设置动态载入机制来透明地运行。

如果安装后添加了新硬件，而这个硬件需要一个内核模块，那么系统必须被配置来为新硬件载入正确的内核模块。当系统使用新硬件引导后，Kudzu 程序会运行，如果新硬件被支持，它就会被检测到，该程序还会为它配置模块。当然，你也可以通过编辑模块配置文件/etc/modules.conf 来手工指定这个模块。例如，如果某系统包括了一个 SMC EtherPower 10 PCI 网卡，那么模块配置文件包含以下行：

```
alias eth0 tulip
```

如果系统上添加了第二个网卡，它和第一个网卡一模一样，则可以在/etc/modules.conf 中添加以下行：

```
alias eth1 tulip
```

## 22.4.2  内核模块工具

如果安装了 modutils 软件包，则可以使用一组管理内核模块的命令。使用这些命令来判定模块是否被成功地载入了，或者为新硬件试验不同的模块。

使用/sbin/lsmod 命令可以显示当前载入的模块列表，下面是它的输出情形：

```
Module              Size  Used by    Not tainted
iptable_filter      2412   0 (autoclean) (unused)
ip_tables          15864   1 [iptable_filter]
nfs                84632   1 (autoclean)
lockd              59536   1 (autoclean) [nfs]
sunrpc             87452   1 (autoclean) [nfs lockd]
soundcore           7044   0 (autoclean)
ide-cd             35836   0 (autoclean)
cdrom              34144   0 (autoclean) [ide-cd]
parport_pc         19204   1 (autoclean)
lp                  9188   0 (autoclean)
parport            39072   1 (autoclean) [parport_pc lp]
autofs             13692   0 (autoclean) (unused)
e100               62148   1
microcode           5184   0 (autoclean)
```

```
keybdev              2976     0  (unused)
mousedev             5656     1
hid                 22308     0  (unused)
input                6208     0  [keybdev mousedev hid]
usb-uhci            27468     0  (unused)
usbcore             82752     1  [hid usb-uhci]
ext3                91464     2
jbd                 56336     2  [ext3]
```

对每行而言，第一列是模块名称，第二列是模块大小，第三列是使用计数。使用计数后面的信息对每个模块而言都有所不同。如果（unused）被列在某模块的那行中，则该模块当前就没在使用。如果(autoclean)被列在某模块的那行中，则该模块可以被 rmmod -a 命令自动清除。当这个命令被执行后，所有自从上次被自动清除后未被使用的并且被标记为 autoclean 的模块都会被卸载。Red Hat Linux 默认不自动执行清除动作。

如果模块名称被列举在行尾的括号内，那么括号内的模块就依赖于列举在这一行的第一列中的模块。例如以下行：

```
usbcore             82752     1  [hid usb-uhci]
```

其中 hid 和 usb-uhci 内核模块依赖于 usbcore 模块，/sbin/lsmod 的输出和查看 /proc/modules 的输出相同。

要载入内核模块，可以使用/sbin/modprobe 命令，后跟内核模块的名称。按照默认设置，modprobe 试图从/lib/modules/<kernel-version>/kernel/drivers/子目录中载入模块。每类模块都有一个子目录，例如用于网络接口驱动程序的/net/子目录。某些内核模块有模块依赖关系，这意味着必须首先载入其他模块才能载入这些模块。可以使用/sbin/modprobe 命令检查这些依赖关系，并在载入指定模块前载入满足这些依赖关系的模块。例如：

```
# /sbin/modprobe hid
```

这条命令可载入任何满足依赖关系的模块，然后再载入 hid 模块。

要在/sbin/modprobe 执行命令的时候把它们都显示在屏幕上，可以使用-v 选项：

```
# /sbin/modprobe -v hid
```

所显示的输出和下面相似：

```
/sbin/insmod /lib/modules/2.4.20-2.47.1/kernel/drivers/usb/hid.o
Using /lib/modules/2.4.20-2.47.1/kernel/drivers/usb/hid.o
Symbol version prefix 'smp_'
```

还可以使用/sbin/insmod 命令来载入内核模块，不过它不解决依赖关系。因此，推荐使用/sbin/modprobe 命令。

要卸载内核模块，可以使用/sbin/rmmod 命令和模块名称。rmmod 工具只卸载不再使用的和不是被正在使用的模块所依赖的模块。例如：

```
# /sbin/rmmod hid
```

这个命令将卸载 hid 内核模块。

另一个有用的模块工具是 modinfo。使用/sbin/modinfo 命令可以显示有关内核模块的信息。一般语法如下：

```
/sbin/modinfo [options] <module>
```

其中，选项-d 显示有关模块的简短描述，-p 选项列举模块所支持的参数。要获取选项的完整列表，请使用 man modinfo 命令。

# 参 考 文 献

[1] Thomas Schenk, Red Hat Linux System Administration. 北京: 机械工业出版社, 2001.

[2] 朱居正 高冰编, Red Hat Linux 9 系统管理. 北京: 清华大学出版社, 2007.

[3] Richand Petersen, Red Hat Linux 技术大全. 中国: 机械工业出版社, 2001.

[4] 杨建新 窦林卿, Red Hat Linux 9 入门与提高. 北京: 清华大学出版社, 2006.

[5] Christopher Negus, Red Hat Linux 9 宝典. 北京: 电子工业出版社, 2004.

[6] 许社村, Red Hat Linux 9 入门与进阶. 北京: 清华大学出版社, 2004.

[7] Linux 官方论坛: www.linux.org.

[8] 中国 Linux 论坛: www.linuxforum.net.